AF362830

Wilhelm Raabe

Der Schüdderump

e-artnow 2018

Henry Fielding
Tom Jones

Charlotte Brontë, Emily Brontë
Jane Eyre & Sturmhöhe

Else Ury
NesthäkchenBand 1 bis 10

Selma Lagerlöf
Weihnachten mit Selma Lagerlöf: Peter Nord und Frau Fastenzeit, Die Heilige Nacht, Ein Weihnachtsgast, Gottesfriede, Jans Heimweh und mehr

Charlotte Brontë
Jane Eyre

Wilhelm Raabe

Der Schüdderump

e-artnow, 2018
Kontakt: info@e-artnow.org

ISBN 978-80-273-1424-9

Inhaltsverzeichnis

Ergötztet ihr
Nicht lieber euch am lächerlichen Tand
Der Torheit? Oder an dem heitern Glück,
Womit am Schluß des drolligen Romans
Die Lieb ein leichtgenecktes Paar belohnt? –

Vielleicht! –

Gottfr. Aug. Bürger

Ergötztet ihr
Nicht lieber euch am lächerlichen Tand
Der Torheit? Oder an dem heitern Glück,
Womit am Schluß des drolligen Romans
Die Lieb ein leichtgenecktes Paar belohnt? –

Vielleicht! –

Erstes Kapitel

Ich eröffne dieses Buch recht passend mit einer kleinen Reiseerinnerung und durch dieselbe mit einer Erklärung und Rechtfertigung des Titels, um nicht späterhin, d. h. im Laufe der Erzählung, allzuoft über diesen Titel zu stolpern oder mit Vergleichen, Folgerungen und Nutzanwendungen an demselben hängenzubleiben. Einige Male wird das letztere freilich doch wohl geschehen.

Ich war mit dem Postwagen in einem hellen, lustigen norddeutschen Städtchen, dessen Namen ich deshalb verschweige, um nicht den Neid und die Eifersucht anderer Gemeinwesen zu erregen, angekommen, hatte zu Mittag gegessen und zwei bis drei Stunden zur vollkommen freien Verfügung, ehe der frische Schwager die frischen Gäule zur Weiterfahrt aus dem Stalle zog. In solchen Fällen widmet sich jeder, der nicht ein Geschäftsreisender ist, einer ganz behaglichen innerlichen Beschaulichkeit, die jedoch bald in eine sonderbare Ruhelosigkeit überzugehen pflegt. Man dehnt sich, man gähnt eine Weile auf der Bank unter der Laube vor dem Gasthofe; man erhebt sich, schlendert die nächste Gasse bis zur nächsten Ecke hinauf, guckt träumerisch auf die verstaubten toten Fliegen hinter dem Ladenfenster eines Krämers und kehrt zurück zu seinem Tische und seiner Bank vor der Tür, um von neuem einen muntern Kampf mit den lebendigen Fliegen des Ortes aufzunehmen. Die meisten Reisenden verfallen nunmehr in ein etwas stupides Hindämmern und ermuntern sich erst wieder, wenn die Pferde angeschirrt werden; ich dagegen, der von vielem Gebrauch macht, was andere Leute verachten, ich erkundige mich nach den nächstgelegenen Merkwürdigkeiten des Munizipiums; natürlich reservatis reservandis, d. h. unter Vorbehalt alles dessen, was der verständige Mann sich eben vorbehält, nämlich ob er die Kuriositäten besichtigen will oder nicht. Ich stellte eine ähnliche Erkundigung also auch diesmal an und kann gerade nicht sagen, daß es mich tief bekümmerte, als der Wirt, ein behaglicher Mann, sich hinter den Ohren kratzte und Merkwürdigkeiten, sei es der Natur oder der Kunst, in seiner Umgebung nicht vorzuführen wußte.

Schon lehnte ich mich mit einem unwillkürlichen Seufzer der Befriedigung zurück in den Lindenschatten, als ein kleines schwarzes Männlein, welches auf der Bank an der andern Seite der Tür saß, eine kleine, kurze schwarze Pfeife rauchte und deshalb von den Fliegen mit hohem Widerwillen vermieden wurde, mich melancholisch ansah und leise und scheu sagte: »Wir haben noch einen Schüdderump. Wenn der Herr den sehen will, so ist er willkommen dazu; und die Zeit langt auch, und ich will, mit Respekt zu sagen, den Herrn hinführen.«

»Ein Schüdderump? Was ist ein Schüdderump?« fragte ich, von dem Wort ungemein angezogen.

»Gehe der Herr nur mit mir«, sprach der Melancholische noch schwermütiger als zuvor. »Es kostet nichts, als was dem Herrn zu geben beliebt. Ich bin der Totengräber der Stadt, und da des Herrn Forstschreibers Grab fertig und parat steht und der Herr Forstschreiber erst um vier Uhr bei mir arrivieren wird, so langt, wie gesagt, die Zeit für den Postwagen und item für des Herrn Forstschreibers Leichenkondukt.«

Ich rückte auf der Bank. Dieser kleine Schwarze, der diese beiden Fahr-und Reisegelegenheiten so gleichgültig und mit so trübsinniger Verständigkeit zusammenbrachte, wurde mir ganz unbehaglich; allein der Grundstoff unseres Gespräches gewann dadurch an Interesse. In welcher Verbindung stand der Schüdderump mit dem Herrn Forstschreiber? Stand der Herr Forstschreiber in irgendeiner Verbindung mit dem Schüdderump? Ich brachte eine ganze Reihe ähnlicher Fragen dadurch zum Abschluß, daß ich aufsprang, den Hut ergriff und meine Meinung dahin aussprach: ich sei fertig und parat für den Schüdderump. Da aber sah mich der Melancholische bedenklich von der Seite an, schüttelte das Haupt und flüsterte, während er Feuer für seine Pfeife schlug: solches wolle er nicht verhoffen; aber er sei bereit für mich. – Damit gingen wir quer durch einen Teil des Ortes der Kirche zu.

Hinter der Kirche befand sich der Kirchhof; dicht am Kirchhofe lag meines Begleiters Amtswohnung, und dicht neben meines Begleiters Amtswohnung war ein uraltes steinernes Gewölbe, abgesperrt durch eine rostige, schwarze eiserne Gittertür. Diese Tür schloß der Traurige auf, deutete in den dunkeln Raum und sprach unheimlich hohl:

»Da steht er!«

Und mit unheimlichstem Behagen fügte er hinzu:

»Und jedermann muß sagen, daß er eine große Merkwürdigkeit ist und für jedes Mausoleum eine große Ehre wäre!«

Da stand er wirklich – ein hoher, schwarzer Karren auf zwei Rädern, mit einem halb erloschenen weißen Kreuz auf der Vorderwand und der Jahreszahl 1615 auf der Rückwand. Mein Begleiter legte zärtlich die Hand darauf und sprach:

»Trete der Herr nur näher; man sagt, und es steht auch davon geschrieben, er sei der einzige in der ganzen Welt. Anno 1665 ist er zum letzten Male gebraucht worden – sieht der Herr – so!«

Und der heitere Bursche zog den Karren herum, schlug einen Riegel weg, und die abscheuliche Maschine tat einen Ruck und kippte über und schüttete eine imaginäre Last von Pestleichen in die Grube.

»He, he«, kicherte der Alte. »Was sagt der Herr dazu? Das war bequem und ersparte unsereinem manche Arbeit – was? Ei freilich, vor zwei Jahren in der Cholerazeit, da hätten wir ihn beinahe wieder hervorgeholt und zu Ehren gebracht; aber der löbliche Magistrat und der Kirchenrat und am allermeisten die hochlöbliche Bürgerschaft fürchteten sich allzusehr vor ihm, und so blieb's, wie's war, und unsereiner hatte die Plackerei davon. Ein gut Stück Arbeit hätt er uns gespart. Will der Herr vielleicht einmal die Maschinerie selber probieren? Ich versichere den Herrn, es ist bequem für beide Parteien.«

Ich dankte herzlich, aber mit unverhohlenem Schauder für das Vergnügen und gab ein reichliches Trinkgeld, um alle ferneren Anmutungen dadurch abzuschneiden; allein es freute mich doch, daß ich von nun an ganz genau wußte, was ein Schüdderump sei, und ich hielt ihn in der Tat für eine große Merkwürdigkeit. Jetzt sah ich noch einen Augenblick in die Grube des Herrn Forstschreibers, die neben dem Hügel seiner seligen Frau gegraben war; dann blies vor der Posthalterei der Schwager, ich eilte zurück, stieg ein und fuhr ab und weiter durch Wiesengrün und Sonnenschein der Goldenen Au entgegen, aber den Schüdderump behielt ich für immer im Gedächtnis. Ja für immer, und trotzdem daß auch ich in meinem Leben mancherlei sah, hörte und bedachte, was dem uralten Gespenst durch lebendigen Schrecken und Schmerz wohl ein Paroli bot!

In mancherlei Glanz und Licht sah ich seinen Schatten fallen, in allerlei Flöten-und Geigenklang vernahm ich sein dumpfes Gepolter, und manch einen herzerfrischenden braven Wunsch, aber auch verschiedenes andere wurde ich von der Seele los, indem ich wie jener kleine schwarze Mann die Kette aushob, den Karren überkippte und die Last hinabrutschen ließ in die große, schwarze, kalte Grube, in der kein Unterschied der Personen und Sachen mehr gilt. So ist mir der Schüdderump allmählich zum Angelpunkt eines ganzen, tief und weit ausgebildeten philosophischen Systemes geworden, und es würde mich recht freuen, wenn ich im Laufe dieses Buches einige Anhänger, Schüler und Apostel für mein System heranbildete.

*

Wo das Harzgebirge seine Vorberge gleich lustig grünen Vorwachten hinausschiebt in die norddeutsche Ebene, da spürt man's in jedem Wasser und Wässerlein, das hervorsprudelt aus den Tannenwäldern und Buchenwäldern und dem Laufe der Täler folgt, wie eine Ahnung in jeder Welle, daß der gewaltige ewige Reigentanz dieses Elementes, das Meer, nicht allzufern und nun kein Fels und Abhang mehr zu überspringen sei, um die Heimat, den lustigen Festplatz, zu erreichen. Mit verhaltenem Jauchzen und einem allerliebsten, lachenden Leichtsinn, wie vierzehnjährige Mädchen aus der Schule, hüpfen die Bäche und kleinen Flüsse hervor: die Ilse und die Bode, die Oker und die Radau, die Selke und die Holzemme, und keine der ausgelassenen Dirnen weiß ihrer Lust genugzutun bis mitten in das flache Land. Hier beginnt dann freilich ein etwas altjüngferliches, fast matronenhaftes Schlurfen und Schleichen, bis die beiden alten

Muhmen, die Weser und die Elbe, den gesamten Schwarm einfangen und ihn richtig der wackeren und munteren Großmutter, der Nordsee, abliefern, welche bei Bremerhaven und Kuxhaven
ihre Türen weit genug offenhält. –

An einem dieser Wasserläufe, inmitten der letzten Hügelreihen des berühmten Gebirges,
liegt das Dorf Krodebeck und dicht daneben das adlige Gut, der Lauenhof, auf welchem die
Herren von Lauen sitzen und seit geraumer Zeit saßen. Die Gegend ist angenehm und ziemlich fruchtbar, die Bauern sind fett, wenn auch gerade nicht fromm; an Ackerfeldern, Wiesen
und Wald ist kein Mangel, und der alte Brocken sieht sowohl den Bauern wie den Rittern ganz
gemütlich über den Zaun und steht als Wetterprophet seit des Götzen Krodos Zeiten in dem
größesten Ansehen. Krodo – Krodebeck, Bach des Krodo – etymologisiert ein nicht unbekannter und nicht unrühmlich bekannter antiquarischer Gelehrter der Umgegend, und wir wissen
dadurch nunmehr sicher, auf welchem uralten und urheiligen germanischen Kulturboden die
Männer des Ortes den Pflug zu Felde führen. Ein Bach plätschert freilich durch das Dorf und
ergießt sich in das schon erwähnte Flüßchen, allein das Wässerchen heißt heute nur der »Bach«
oder vielmehr die »Beke« an und für sich und trägt auf den ältesten Flurkarten und in dem
Gedächtnis der ältesten Leute keine andere Bezeichnung.

Auch von dem Lauenhofe und den Herren von Lauen weiß der antiquarische Gelehrte einiges
zu sagen; es hat sich das Geschlecht aber auch in frühern Zeiten von Goslar bis Quedlinburg
der Pfaffheit und der Reichsbürgerschaft so bekannt gemacht, daß da – wie man heute in der
Reichshauptstadt zu reden pflegt – alles aufhörte. Damals saß das Geschlecht jedoch weiter oben
im Gebirge auf einer Burg, deren Trümmer der Liebhaber heute noch findet, wenn er vom
Stubenberg bei Gernrode seinen Weg durch das wilde Hasseltal dem Hexentanzplatz zu nimmt.
Leider hab ich vergessen, welcher Dynast, Bischof oder welche Stadt sich einst das Verdienst
erwarb, mit dem Nest eine ganze Brut bis auf das jüngste Nestküchlein auszuräuchern; was aber
dieses jüngste Nestküchlein anbetrifft, so habe ich eine dunkle Ahnung, daß es wie gewöhnlich
durch einen treuen Diener gerettet wurde und sich unter den Schutz einer frommen Tante, einer
Domina zu Gandersheim, flüchtete. Hier, unter der frommen Obhut und geistlichen Fürsorge
wuchs der Knabe zu einem biderben Jüngling heran, sammelte später einen Haufen ihm an
Flegelhaftigkeit und Frommheit nichts nachgebenden Gesindels, bemächtigte sich des Dorfes
Krodebeck, richtete den Lauenhof auf, schlug sich weidlich herum mit Askaniern und Welfen,
mit Stolbergern und Halberstädtischen und verschied seliglich als der Stifter einer neuen Linie,
welche auch heute noch den Lauenhof festhält und wohl festhalten wird, obgleich sie auf zwei
Augen und zwei Beinen steht, aber auf ganz muntern und soliden.

Von dem Lauenhof aus plagten die Ritter das Land bei weitem weniger als von der Lauen-
burg. Dagegen erzeugten sie mehr Korn, auch Obst aller Arten und vorzüglich viele Kirschen,
die heutzutage in guten Jahren gern von Berliner Händlern auf den Bäumen gekauft werden.
Sie brauten und brauen ein nicht zu verachtendes Bier, und ihre Viehzucht erhielt sich stets
auf der Höhe der Zeit. Ihre Kinderzucht war weniger zu loben, denn das Geschlecht lernte erst
gegen den Anfang des achtzehnten Jahrhunderts das Lesen und Schreiben; allein jeweilig fand
sich ein biederer Junker, der gern und aufmerksam zuhorchte, wenn berufene Leute, Kleriker
oder Laien, die Rede auf ästhetische oder wissenschaftliche Dinge brachten. Glaubwürdige Zeu-
gen dafür könnten wir vorführen, wenn es uns gestattet wäre, diesen oder jenen Stein auf den
Gräbern der Mönche zu Walkenried, Michaelstein, Schlanstedt und so weiter umzuwenden und
die ehrwürdigen Schatten der gelehrten geistlichen Herren heraufzubeschwören.

Sie saßen gern nieder an dem Herd der Lauen, die Mönche, die fahrenden Schüler, und
manch einer der letzteren, welchen der harte Winter auf den Lauenhof trieb, blieb auch den
lustigen Sommer über drauf hängen, zog mit auf die Falken- und Schweinsjagd und setzte, falls
sich Dinte, Pergament und späterhin Papier fand, zum Dank für gut Futter und Losament die
Familienchronik fort.

Welcher Art aber diese Aufzeichnungen waren, das will ich zum Lobe des guten Geschlechtes
kurz, jedoch nicht unvergnüglich mit einer Probe belegen.

»Anno domini 1578 war Hilmar Juncker zu Krodbke und auf dem Lawenhofe, mit dem hat sich ein Sonderliches zugetragen und hat es eine merkwürdige Ehr und weitruchbar Gloriam auf ihme gebracht. Das lief folgendermaßen: Als in bemeldtem Jahr Herr Friedrich des Namens der Viert von Liegnitz mit Dem von Schweinichen zu Herzogen Julium kamen, daselbsten einen Zehrpfennig zu holen, hat sich die Fama, daß die beiden Herrn im Land seyen, gar balde verbreitet, und ist ein mächtig Aufsehen auf jeglichem festen Haus geworden; sintemalen es kein Kleines war, wann der Herr von Schweinichen mit seinem Liegnitzer Herzogen in ein Thor einritt. Und ist ein Kehlenräuspern und Greifen nach denen Gurgeln gewesen, und wurde manch gut Rößlein aus dem Stalle gezogen zum Ritte nach Wolfenbüttel für des hochlöblichen Kreises Ritterehre und Ruhm.

Und ist der Ruf auch auf den Lawenhof gekommen zum Juncker Hilmar, und nach dreyen verdrießlichen Tagen voll Kopfreibens und unnöthlichen Bedenklichkeiten hat auch er gesattelt zum großen Turney und ist mit denen anderen Herren und seinem Knecht Zwiebrecht Affen gen Mitternacht gezogen zu des Herzogen Julii Hoflager. Nun haben Fürstliche Gnaden wohl zu solchem Zusammenfluß ein wenig scheel gesehen, denn Sie waren ein gar genauer Herr und den Conviviis und Poculationes wenig ergeben, und mit der Ritterschaft hatte es auch sonsten einen Haken, von wegen der verpfändeten Schlösser aus der Erbschaft des Herzogen Erich, so Sie einlösten, und welche die Juncker nicht in Güte räumen wollten. Haben aber doch Schanden halber ein gut Auge zum bösen Spiel und Dem von Schweinichen und der Liegnitzer Liebden sammt der Ritterschaft des niedersächsischen Kreises machen müssen. So ist das Saufen angegangen auf dem Schlosse in dem Saale, so man den burgundischen nennt, und hat zum guten Anfang gewähret drey Tage und drey Nächte in Einem fort. Am vierten und fünften Tag hat man den guten Rausch verschlafen, und am sechsten Tag hat man unter Fürstlicher Gnaden Fürtritt des Ortes Merkwürdigkeiten visitiret, und ist allda des Herrn von Lawn Ehr mit Gottes gnädiger Zulassung auf dem Tisch gehoben. Nämlich nachdem dem Liegnitzer und Dem von Schweinichen Pulver und Geschütz, Bley und Kostbarkeiten aller Art gezeiget worden sind, hat ihnen Herr Julius den Mund zum Beschluß am wässerigsten machen wollen; da sie doch ja nur auf einer Bettelfahrt da waren. Hat man ihnen nämlich im Provianthaus die große gerauchte Bratwurst, so ein viertel Meyl Weges lang gewesen ist, gezeiget! Sind dem Schweinichen freylich die Augen übergegangen, und der Herzog Julius hat sich des baß ergötzet; aber nicht lange; denn auf die Frag, wie viel Zeit ein Mann zu thun hätt mit dem Wunderstück, ist mein Juncker Hilmar von Lawen vorgetreten und hat gesprochen, mit Gott's gnädigem Beystand verhoff er's fertig zu bringen in vieren Tägen; allein es müsse der Trunck nicht darzu fehlen.

Da hat man laut aufgeschrien vor Wunder, und Jeder hat seine Meinung gehabt und der Herzog Julius die seinige, nämlich er hätt seine Wurst nicht gern an die Probe gesetzet. Allein wiederumb der Schanden halber, und weilen die Ritterschaft mit Heimtücke zugestachelt hat, mußte er den Liebling dranrücken, und am sechsten Tag der Festlichkeit ist dem Juncker von Lawen der Zipfel in den Mund gegeben und haben die Anderen im Kreise das Bacchanalium mit großer Lust aufgenommen. Ist nun freylich des Herzogen Gesicht um so länger geworden, je kürzer die Wurst wurd; aber die Juncker haben mit heimlicher böser Lust dem zugesehen und den Herrn von Lawen mit gutem Trost und Zuspruch ermuntert.

Es war die Wurst um eine Säule gelegt, und vier Tage lang hat sich der Herr Hilmar um gemeldte Säule fort und fort herumgefressen, und am dritten Tag schon ist ein Eilbot an den ehrbaren Rath zu Braunschweig um einen Schilderer abgesendet, daß er den Juncker mit dem letzten Zipfel der Wurst zum ewigen Gedächtnuß abconterfeie. Am vierten Tag mußte der Herzog richtig mit saurer Miene alle Drommeter und Heerpauker dem Herrn Hilmar zu Ehren posaunen und pauken lassen, und die Ritterschaft hat den Juncker mit Triumph auf den Schultern in sein Quartier getragen und ihn auf das Stroh gelegt zum Verdauen. Der Liegnitzer und Der von Schweinichen sind am folgenden Tage abgezogen, nachdem sie den Wirt kahl genug gemacht; allein Der von Lawen lag acht Tage und grunzte im Schlaf, und sein Knecht Zwiebrecht Affen pflegte ihn lieblich. Der Liegnitzer und Der von Schweinichen ritten zu Herzogen Heinz von Dannenberg auf das nämbliche Spiel, aber mein gnädiger Juncker Hilmar kam auf einem bekränzten Leiterwagen mit Geschnarrch und im tiefsten Schlaf auf dem Lawenhofe an, und hätt der getreue Knecht Zwiebrecht der Frauen nicht verzählet, was der Gestrenge ausgeführet und zu ewigem Ruhm des Hauses Lawen ausgefressen, mein gestrenger Juncker selber hätt wenig darvon sagen können.«

Zweites Kapitel

Auf einem etwas später geschriebenen Blatte der Chronik des Lauenhofes ist zu lesen, daß der Herzog Julius eine heftige Abneigung gegen das Geschlecht der Lauen bekommen habe und daß er den Namen nie hören konnte, ohne einen argen Verdruß und Widerwillen kundzugeben; wir aber hoffen fest, daß jene große Wurst weder in dem Magen noch in dem Gemüte einer unserer zartsinnigen Leserinnen einen Ekel an dem guten Geschlechte und unserer Geschichte erregte, und verpfänden unser Wort, daß ein ähnlicher Diätfehler im fernern Verlaufe ebendieser Geschichte nicht wieder vorfallen soll. Das silberne Glöcklein erklingt, und auf das etwas schauerliche mittelalterliche Schattenspiel, welches doch ein wenig gegen unsern Willen an der Wand aufdämmerte, folgt das Schattenspiel der süßen Gegenwart, die ihrer Verdauungskraft sicher nicht auf eine Viertelmeile Weges hinaus trauen dürfte, allein dafür in anderer Weise Taten ausübt, auf welche sie ebenso stolz sein darf wie der Junker Hilmar auf die seinige im Provianthause zu Wolfenbüttel.

Auf den Junker Hilmar folgte der Junker Asche, der noch ziemlich weit in den Dreißigjährigen Krieg hineinreichte und welchem es hundeelend darin ging. Auf diesen folgte Jobst und auf diesen wiederum ein Asche, der unter den Brandenburgern vor Turin das Leben verlor, allein glücklicherweise vorher einen Sohn erzeugt hatte, welcher den Alten Fritz noch als blutjungen Burschen zu Küstrin aus dem Fenster gucken sah und von dessen sechs Söhnen fünf im Siebenjährigen Kriege fielen. Der Überlebende tat das Seinige, den Verlust auszugleichen; doch auf dem Lauenhofe regierten nur noch zwei Herren von Lauen bis zu Hennig, der bei Beginn dieser Geschichte Stammhalter des Geschlechtes ist und gewissermaßen eine Rolle darin spielt, zuerst freilich nur eine Rolle unter der Vormundschaft seiner Frau Mutter, die sich selber einführen mag, sobald sich die Gelegenheit dazu bietet. Die gnädige Frau ist resolut genug dazu, und wir haben andere Leute, welche einer teilnahmsvollen Einführung eher bedürftig sind als jene.

Da ist zuerst und vor allen Dingen mit dem größten Respekt Herr Karl Eustachius von Glaubigern, ein westfälischer Edelmann und armer Vetter, der nach Abschluß des zweiten Pariser Friedens aus dem Kriege verwundet, mit Rheumatismen behaftet und sehr kahl in Beutel und Hoffnungen auf dem Lauenhofe einrückte und – nebst dem Kinde der schönen Marie – den höchsten Anspruch auf Achtung in dieser Historie hat. Er ist langen Wuchses, hält sich ungemein reinlich und nimmt sowenig als möglich Dienstleistungen an. Er geht und spricht langsam, sammelt Wappen, weiß darüber zu reden und zu schreiben und ist der einzige, welchen die gnädige Frau nach dem Tode ihres Gemahls dann und wann um Rat angeht und welcher diesen Rat auch wirklich zu geben weiß. Die Nachbarschaft gibt ihm den Ehrentitel des Ritters, und das Fräulein Adelaide Klotilde Paula von St-Trouin nennt ihn den Chevalier; er aber verdient die Bezeichnung, und zwar nicht allein deshalb, weil er in einem Kürassierregimente gegen die Franzosen zu Felde zog.

Das Fräulein Adelaide Klotilde Paula de St-Trouin kam einige Jahre früher als er auf dem Lauenhofe an, ist auch einige Jahre älter als er und würde ohne die abscheuliche französische Revolution von 1789 nicht unter den Barbaren des Herzynischen Waldes leben. Sie ist die Tochter des Grafen von Pardiac, der im Anfang dieses neunzehnten Jahrhunderts einer der tüchtigeren Zeichenlehrer zu Berlin war, aber doch in großer Armut starb und seine Tochter dem Großvater des Junker Hennig vermachte. Das Hofgesinde bezeichnet sie kurz als »Frölen« oder höchstens »Frölen Trine«; aber sie selbst nennt und schreibt sich: Très noble et très puissante Dame Comtesse de Pardiac, Dame Haute-Justicière du Comté de Valcroissant, née Chevalière de Malte par privilège accordé par le Pape Honorius III à la très illustre famille de Jehan de Brienne, premier Prince de Tyr et ensuite Empereur de Constantinople. Zu deutsch: Sehr edle und mächtige Frau Gräfin von Pardiac, Frau und Gerichtsherrin der Grafschaft Valcroissant, geborene Ritterin von Malta zufolge des Privilegs des Papstes Honorius des Dritten, verliehen der sehr glorreichen Familie Johanns von Brienne, ersten Fürsten zu Tyrus und späterhin Kaisers von Konstantinopel.

Die Last aller dieser Titel und Würden, welche alle, bis auf die Malteserritterschaft und den Papst Honorius, dem Chevalier ungemein »plausibel« erschienen, hat nicht in der vorteilhaftesten Weise auf den Charakter des Fräuleins eingewirkt. Es fühlt sich selbstverständlich leicht in seiner Würde gekränkt und ist etwas zänkischer Natur. Der Chevalier hat am meisten unter den Launen der Chevalière zu leiden, denn die Gutsfrau hat selten Zeit, darauf zu achten, und weist noch dazu alle Zumutungen mit ihrem Lieblingsworte ab:

»Herze, das ist alles dummes Zeug, und darauf kann ich mich nicht einlassen. Wissen Sie was? Gehen Sie damit zu dem Ritter.«

Das Fräulein folgt fast immer diesem Rate, wenn es sich nicht mit irgendeinem französischen Romane, Memoirenwerk oder, seltsamerweise, mit Hufelands »Kunst, das Leben zu verlängern« in einen Winkel zurückzieht, um das Leben zu verachten. In den sonnigeren Momenten seiner Existenz beschäftigt sich das Fräulein mit allerhand leider meistens vergeblichen Versuchen, von der Höhe des Daseins herabzusteigen und sich dem gemeinen Volke, dem Rest der Menschheit, soweit er durch die Bauern von Krodebeck vertreten wird, zu nähern und von »wohltätigem Einfluß« auf ihn zu sein. Adelaide Klotilde Paula von St-Trouin hat das heftige Bedürfnis, gute Lehren zur unrichtigen Zeit und an dem unrichtigen Orte zu erteilen, wie sie immer noch imstande ist, eine Stunde nach Mitternacht plötzlich die Gitarre am blauen Bande umzuhängen und zum Entsetzen sämtlicher Bewohner des Lauenhofes zu beginnen:

A Toulouse il fut une belle;
Clémence Isaure était son nom:
Le beau Lautrec brûla pour elle,
Et de sa foi reçut le don.«

Für die Stunden der Nacht ist der »schöne Lautrec« zwar sehr angenehm; allein für den langen Tag genügt er doch nicht, und das Fräulein hat einen angemessenen Raum im Busen übrig für sein Hündchen Peccadillo, welches gleich seiner Herrin sehr nervöser Natur ist und mit dem stattlichen ruhigen Kater Mystax, dem Stuben-und Studiengenossen des Ritters, auf einem ähnlichen Fuße lebt wie das Fräulein selber mit dem Chevalier.

Das ist ein Schattenspiel, aber ein etwas chinesisches, und der junge Herr Hennig von Lauen hat ausnehmenden Nutzen davon! Das trippelt und tänzelt und ziert sich wie die Figuren auf einem Rokokodamenfächer. Wie auf alten Punschschalen und Teetassen lächelt und verbeugt sich das und führt unter den sehr abnormen Bäumen und Büschen der Phantasie sehr abnorme Tierlein spazieren, während erstaunlich merkwürdige Vögel die Luft durchschwirren und bedenkliche Nester in dem Flachskopfe des Junkers Hennig bauen würden, wenn die gnädige Frau Mutter nicht manchmal mit einem verständigen Holla! und Halt da! dazwischenführe.

Es arbeitet mancher und manche an der Erziehung des kleinen Hennig; denn viel Leute: Bergleute, Schäfer, Jäger, Bauern und Bettler, kommen und gehen auf dem Lauenhofe, und der Vagabund, der euch einst – vor langen, langen Jahren vielleicht – am Weidenbach die erste Pfeife schneiden und blasen lehrte, war oft von größerem Einflusse auf eure Erziehung und euer Leben als der sehr gelehrte und ernste Mann, welcher zuerst die lateinische und griechische Grammatik euch vor der Nase aufschlug und behauptete: nur in ihr sei das wahre Arkanum des Wandels im Fleisch zu finden und ohne sie kein Heil und Vergnügen auf Erden weder in den Tagen der Jugend noch in denen des Alters.

Bergleute, Fuhrleute, Schäfer, Jäger, Bauern und Bettler hielten sich gern auf dem Lauenhofe auf, denn es war von jeher ein nahrhafter Hof und die Geschichte weiß nur von einem einzigen Herrn von Lauen, der ein geiziger Hund war und deshalb in größter Mißachtung bei seinen Stammesgenossen steht. Menschen und Tiere haben es gut auf dem Lauenhofe, so wie auch die Geistlichkeit stets das Ihrige bekam, sowohl früher in katholischer wie jetzt in lutherischer Zeit. Freilich, was der Pastor von Krodebeck ein »inniges, gottgefälliges Verhältnis« nennt, findet nicht statt. Die gnädige Frau geht so resolut an ihre Erbauung wie an ihre Arbeit, bringt einen merkwürdig scharfen und geraden Blick sonntags in die Kirche mit und hat häufig nach der Predigt ihrerseits ihrem frommen Seelenhirten den Text gelesen. Der Chevalier und das Fräulein sind katholischen Bekenntnisses, wovon jedoch der Chevalier nie Gebrauch macht, während das Fräulein sich häufig eines etwas enzyklopädistischen Anhauches nicht erwehren kann, was nicht immer vollständig zu ihren Verpflichtungen gegen den Papst Honorius den Dritten paßt. Der Pastor von Krodebeck speist nicht selten mit seiner Gattin auf dem Lauenhofe zu Mittag, aber der Ritter von Glaubigern spricht immer das Tischgebet.

Drittes Kapitel

Die Landstraße führt durch das Dorf Krodebeck, und jenseits des Dorfes, dem Norden zu, liegt ein wenig abseits der Straße ein kleines ärmliches Haus oder vielmehr eine niederträchtige verwahrloste Hütte neben einem Wassertümpel und dem Kirchhofe: das Armen-und Siechenhaus der Gemeinde. Unmalerisch ist das Ding nicht. Die Eschen-und Holunderbäume des Kirchhofs bilden einen ganz freundlichen Hintergrund für das graue Strohdach; allein ein Vergnügen ist es keineswegs, in dem Siechenhaus von Krodebeck leben und dem Dorfe zur Last liegen zu müssen.

Die Hütte enthielt zwei Gemächer, das eine rechts, das andere links von der morschen Eingangstür, dazu eine sehr primitive Zigeunerküche und unter dem Dache einen engen Bodenraum, in welchen Wind, Regen und Sonnenschein nach Belieben eindringen konnten. Manch liebes langes Jahr hatte an den schwarzen klebrigen Pfosten gerüttelt, und niemand zählte die schleichenden Schritte der Verlorenen, welche diese unglückselige Schwelle ausgetreten hatten. Von den kahlen Wänden hatte sich der Kalküberwurf längst abgelöst. Die Scheiben in den niedrigen Fenstern schillerten in jenen ironischen Regenbogenfarben, welche ein so arger Hohn auf jenes lieblichste Himmelszeichen sind, das einst der liebe Gott als den Bogen des Friedens über die ertränkten Geschlechter ausspannte; und gerade weil das alles so war, so hatte das Haus seine Geschichte wie das stolzeste Königsschloß, so gut wie das Heidelberger Schloß, die Alhambra und was es sonst für Ruinen in der Welt gibt.

Aber niemand hatte diese Geschichte aufgezeichnet, und so müssen wir uns an der melancholischen Moral genügen lassen, welche aus allen Ruinen aufwächst, einerlei ob sie einen Historienschreiber fanden oder nicht.

In dunkeln windvollen Herbst-und Winternächten tastete etwas wie mit unsichern Händen an den Wänden hin, klopfte an die Fenster und ächzte und stöhnte in den Winkeln oder gab sich mit einem dumpfen Fall und schnellem Laufen und Trappeln auf dem Dachboden kund. Dann kam es auch wohl häufig mit dem Ruß im Schornstein wie ein Schnarchen und Schnauben herunter, wie ein Fluch auf die harte, böse Welt, die solche Zufluchtsorte für ihre Armen, Kranken und Beladenen bauen kann; dann – ja dann war es Nacht und Winter und nicht heller Tag und Sommer wie damals, als das alte Weib, in jener Zeit die einzige Bewohnerin des Siechenhauses, am offenen Fenster in der Sonne saß und auf der Landstraße jenen Karren, der eine so große Ähnlichkeit mit dem Schüdderump hatte, vorbeikommen sah.

Das wäre die rechte Historiographin für die Hütte gewesen, diese alte Frau, welche an jenem Tage das Reich allein hatte im Siechenhaus zu Krodebeck und welche schon so manche Generation in dem armseligen, häßlichen Asyl hatte kommen und schwinden sehen! Es ist die Eigenart solcher Häuser, daß sie manchmal voll bis zum Überlaufen und manchmal leer sind wie das Gehirn eines Narren oder wie das Herz eines Klugen. Es hatte Zeiten gegeben, wo der Raum für die Bewohner des Hauses durch Kreidestriche auf dem Fußboden nach Zollen abgemessen war, wo das Alter in jedem Winkel hockte und mummelte, wo die Krankheit bis unter das Strohdach sich wand und wimmerte und wild hinausschrie, wo unter den Lagerstätten der mit dem Nervenfieber Behafteten die Kinder krochen, kreischten und zappelten, bis der Tod und der Gemeinderat aufräumten. Der letztere pflegte nämlich in den Nervenfieberzeiten Erd-und Strohhütten auf dem Anger vor dem Dorf zu errichten.

Der Säuferwahnsinn, der Blödsinn und die gemeine verkommene Brutalität des aus dem Zuchthause entlassenen Verbrechers waren in dem Siechenhause zusammengehäuft worden, und das alte Weib hatte damit hausen müssen und hätte darüber reden und schreiben können. Sie tat aber selbst das erstere nicht gern; denn sie hatte sich leider diesen Dingen und Zuständen gegenüber nicht die gehörige Objektivität bewahrt, sondern ganz jämmerlich und subjektiv darunter gelitten und schauderte sprachlos, wenn sie daran dachte. Es war lächerlich, allein dessenungeachtet doch wahr: die alberne alte Person hatte unter dem Geschrei und Gestöhn, den Zoten und Flüchen an ihren Nerven gelitten wie die vornehmste Dame, die nicht zwanzig lange Jahre hindurch dergleichen ertragen und anhören mußte. Man konnte nicht verlangen, daß, als endlich der Alte da oben ein Einsehen tat, gesunde und nahrhafte Jahre schickte und die Bevölkerung des Siechenhauses zu Krodebeck auf die eine oder die andere Art lichtete, daß, sage ich, die Alte hier unten sich hinsetze, ihr Elend beschreibe und den Schüdderump als das einzig echte und wahrhaft philosophische Vehikel für alle Dinge und Vorkommnisse auf Erden hinstelle!

Sie versuchte höchstens, die Stille und Einsamkeit zuguterletzt noch einmal zu einem kurzen Nachdenken über ihr eigenes Leben und ihren eigenen Tod zu benutzen; allein auch das ging schlecht genug, und das war kein Wunder in Anbetracht der übermäßigen Betäubung.

Die Landstraße lag in der vollen Glut der Julisonne da, und man übersah sie von dem Fenster des Armenhauses aus eine ziemliche Strecke, bis sie in einem Buchengehölz und Tannenwalde verschwand. Aus diesem Gehölz und Wald hervor kroch in einer Staubwolke der Karren, von dem wir eben redeten, und der uniformierte und mit einem großen Säbel bewaffnete Reiter, der ihn geleitete, ließ sein Pferd neben ihm im Schritt gehen. Es war ein grau angestrichener Karren mit einem grauen Leinwanddach, und er wurde von einem magern Gaule gezogen, dessen Lenker in einem blauen Leinwandkittel verdrießlich nebenherschritt. Er kroch langsam heran, aber die alte Frau im Siechenhaus hatte Zeit, ihn zu erwarten, und tat es in stumpfsinnigem Hinbrüten, indem sie die Hand über die blöden Augen hielt und mit schläfrigem Nicken ihm entgegensah, bis er dicht vor ihrem Fenster angelangt war und der Landreiter ironisch grüßend die Hand an die Pickelhaube legte.

Da blieb der zahnlose Mund offenstehen vor Schrecken, die alten, hagern, braunen Hände fingen mehr als gewöhnlich an zu zittern, und die Herrin des Siechenhauses zu Krodebeck hinkte mit leisem Ächzen vom Fenster weg, verkroch sich wieder einmal im dunkelsten Winkel und seufzte:

»O liebster Herrgott im Himmel, hol mich doch endlich ab aus der Welt, wenn du mir absolut keine Ruhe lassen willst!«

Der Karren fuhr dem Dorfe zu; die Grillen zirpten ruhig weiter in den Gräben, die Schwalben fuhren über den Weg, die Spatzen zankten sich in den Apfelbäumen; die Uhr auf dem Kirchturm schlug fünf, und es kam nicht das geringste darauf an, ob die Alte im Siechenhaus Ruhe haben sollte oder nicht.

An diesem nämlichen Nachmittag hatte die Familie auf dem Lauenhofe ihre Siesta ohne Störung gehalten, dann den Kaffee in einer der schattigen Lauben des Gartens eingenommen, und darauf war jeder seinen eigenen Wegen und Geschäften nachgegangen, ohne von dem andern gehindert zu werden, – alles nach gewohnter Sitte und Weise.

Es war ein ziemlich heißer Tag; aber es war ein schöner und, sozusagen, nahrhafter Tag. Die Harzberge erhoben sich lachend im blaugrünen Glanz, über den Feldern und Wiesen lag jenes Flimmern und Zittern, welches auch über den Werken der großen Dichter liegt und überall die Sonne zur Mutter hat.

Jeder Bauer verspürte den Tag wie einen Handschlag auf das Versprechen einer guten Ernte; jede Bäuerin schwitzte mit Behagen in den Abend hinein. Selbst aus den Ställen erklang das Gegrunz der Schweine wie ein mit Mühe unterdrückter behaglicher Jubel über die schönen Würste und fetten Schinken, welche die lieben Tiere für den Winterkohl des Jahres mit Selbstgefühl in der Stille heranbildeten. Gutmütig heiter sprudelten die Dorfbrunnen trotz der Wärme hervor, in den Baumgärten wälzten sich die Kinder im hohen Grase; die Hühner und Gänse gackerten und schnatterten im Schatten der Ackerwagen und der Hecken, und auf der Terrasse des Gutsgartens las Fräulein Adelaide von Saint-Trouin die Korrespondenz der Marquise de Pompadour, durch deren Erdichtung sich der jüngere Crébillon ein so großes Verdienst um die gebildete europäische Welt am Ende des vorigen Jahrhunderts erwarb.

Es stand ein chinesischer Pavillon auf dieser Terrasse, von welcher aus man die Dorfstraße und den Platz vor dem Hause des Schulzen überblickte. Schläfrig-träumerisch sahen Peccadillo und Mystax von der Mauerbrüstung auf das Dorf hernieder, und mit höhnischem Behagen sah von Zeit zu Zeit das Fräulein über seinen Crébillon weg auf den Band des Télémaque, welchen es dem Chevalier zur eigenen nützlichen Nachmittagslektüre und zur Bildung des jungen Hennig in die Hand gegeben hatte und welchen er sowohl wie der junge Hennig mit höflichem Mißbehagen in Empfang genommen hatten.

Da ein jeder der im Pavillon Versammelten die Aussicht kannte, so bekümmerte man sich durchaus nicht um sie, und das Gepolter eines vorbeifahrenden Karrens konnte die Aufmerksamkeit auch nicht erregen; aber der junge Hennig hatte, auf dem Knie des Chevaliers sitzend, soeben eine ziemlich anzügliche Bemerkung über den ehrenwerten Herrn Mentor gemacht, als ein von der Gasse herauftönendes Lärmen, ein verwirrtes Geschrei und Johlen sowohl den Fenelon als auch den Crébillon für den heutigen Tag vollständig zu den Akten legte.

Jener Karren, welcher dem alten Weibe im Siechenhaus einen so argen Schrecken eingejagt hatte, hielt jetzt vor dem Hause des Gemeindevorstehers, und ein guter Teil der Dorfbewohner war bereits um ihn versammelt und machte seinen Gefühlen durch das eben erwähnte Getöse Luft. Der Dorfschneider, welcher noch in dem süßen Kreise gefehlt hatte, kam eben eilig, um die Lücke auszufüllen, und rief im Vorüberlaufen dem Ritter eine Neuigkeit zu, welche auch das Malteserfräulein über die Marquise von Pompadour hinaus merkwürdig interessierte. »Mon Dieu, das ist das Widerlichste, welches mir heute begegnen konnte!« rief das Fräulein, die Pompadour in den Pompadour schiebend. »Mais, Chevalier, ich glaube, es ist unsere Pflicht hinabzusteigen, um – um –«

»Um unnötige Aufregung und Roheiten der Menge zu verhüten!« schloß der Ritter höflich und bot der Dame den Arm, um sie samt dem jungen Hennig die Treppe hinabzuführen, welche von der Terrasse in die Dorfgasse hinunterlief.

Sie gingen auf den Haufen zu, welcher sich vor der Tür des Schulzen angesammelt hatte, und selbstverständlich machten die Leute ihnen gern Platz. Auf der Vortreppe des Hauses stand der Landreiter, der das Fuhrwerk geleitet hatte, mit einer braunroten Feldwebelbrieftasche in der Hand, und neben ihm stand Klodenberg, der Ortsvorsteher, und sah aus – sah aus wie ein Bauer, der Ja zu einer Sache sagen muß, ohne vorher einen jahrelangen Prozeß darum führen zu dürfen.

»Das hilft Euch nun weiter nichts, Klodenberg; also nehmt Vernunft an«, sprach der Reiter. »Raus mit der Bescheinigung für richtige Ablieferung, und nachher wünsche ich recht viel Pläsier und die wenigsten Unkosten mit der Bagage. Ziert Euch nicht, Vadder, und macht's kurz und propre. 's ist ein durstiger Dienst, und ich hab so kaum Zeit für eine Pfeif Tobak im Krug. Aufgesessen! Marsch!«

»Das sagen Sie wohl, Wachtmeister; auf der Zierlichkeit kommt's mich freilich nicht an, und ein Präsedenzfall ist's auch nicht, denn es ist schon zu oft dagewesen; aber eine Schande ist's und bleibt's mit und ohne die Kosten«, brummte der Schulze, der wohl wußte, daß die halbe Gemeinde und der ganze Gemeinderat ihn auf eine derartige Gemütsäußerung ansehe.

»So ist es, Klodenberg; und in den Schein könnt Ihr's auch setzen, daß es so ist!« brummte der Kreis nach.

Lang und dünn hob sich jetzt das maltesische Fräulein auf den Zehen und guckte mit der Lorgnette unter die Leinwanddecke des Wagens; über die Schulter des Fräuleins sah der Chevalier, und der junge Hennig wurde von einem Knecht des Gutes in die Höhe gehoben, damit er ebenfalls von dem Wunder und Vergnügen zu genießen bekomme.

»Ei mein Himmel, sie ist's«, murmelte das Fräulein giftig und erbarmungslos; der Chevalier nahm eine Prise und zog die Achseln in die Höhe und schüttelte den Kopf mit einem bedenklichen: »Hm, hm!« Der junge Hennig aber sperrte den Mund weit auf und griff mit beiden Händen seinem Träger in das Halstuch.

Das Schauspiel konnte nicht erfreulich genannt werden, und die Bemerkungen Klodenbergs waren, von einem gewissen Standpunkt aus, gar so unbegründet nicht. Ein Weib lag, in sich zusammengezogen, unter dem Tuch auf einem Bündel Stroh und vergrub das Gesicht in dieses Stroh, als könne es nichts mehr von der Welt brauchen und wolle nichts mehr von ihr sehen. Und von der Brust oder aus den Armen des Weibes war ein Kind, ein kleines Mädchen, gegen das Fußende des Wagens hinabgerutscht, hatte sich an dem Wagenrand emporgehoben, klammerte sich mit beiden Kinderpfötchen krampfhaft da fest und sah mit großen, schwarzen und merkwürdig ruhigen Augen unter dem Verdeck hervor auf die höhnische erboste Menge, als könne es nie genug von dieser Welt bekommen, von der die Mutter genug, übergenug, viel zuviel bekommen zu haben schien.

»Wer ist das? Ist das wirklich Marie Häußler?« wendete sich der Chevalier an die Autoritäten des Ortes, welchen natürlich das böse Weib des Dorfes das Wort abschnitt, ehe sie den Mund zum Antworten öffneten, indem es kreischte:

»Die Marie, die schöne Marie ist's, wirklich und wahrhaftig, obgleich man's ihr nicht mehr ansieht, Herr von Glaubigern. Marie Häußler mit ihrem Balg ist's, und nun ist's gekommen, wie wir's lange verhofft und wie das gnädge Frölen es lange vorausgesagt haben, und sie kommt in der Kutschen und mit zweien Bedienten ins Dorf zurück, wie sie es selbst vorausgesagt hat, Herr von Glaubigern, und hier sind wir alle miteinander, um sie nach Gebühr mit Vivat und Musik wie 'n neuen Pastor zu empfangen.«

Das Volk von Krodebeck pfiff und schrie selbstverständlich nach diesen anregenden Worten, aber der Wachtmeister rief wütend von der Treppe herab:

»Haltet das Maul, ihr Rüpel und Lümmel, und der Hexe da schlage ich auf das Maul, wenn sie es nicht halten kann! Noch steht die Fracht und Fuhre unter meinem Kommando, und da duld ich keine Anzüglichkeiten. Wann ich die Quittung hab, mögt ihr Bauern sagen und tun, was ihr wollt; mich geht's weiter nichts an.«

Ein für die arme Heimkehrende viel Übel bedeutendes Murren und stilles Schimpfen lief durch den Haufen. Die Kranke verkroch sich darob tiefer in ihr Stroh, nachdem sie einen matten Versuch gemacht hatte, das Kind zu sich hinzuziehen. Das Kind sah sich auf das Rascheln des Strohes um nach seiner Mutter und lachte dann, als ob es meine, die Mutter wolle nur Verstecken mit ihm spielen; es ließ von seinem Halt ab, purzelte zurück und kroch mit glückseligem Kreischen zu ihr hinauf.

»Ich verbitte mir gleichfalls alle Anzüglichkeiten, denn was ich in betreff dieses Weibes gesagt habe und sagen werde, werde ich selber bemerken«, sprach plötzlich mit sehr schnarrendem Ton Adelaide Klotilde Paula von Saint-Trouin auf der Höhe ihres Standpunktes als Haute-Justicière der Grafschaft Pardiac und klopfte, um ihren Worten mehr Nachdruck zu geben, mit dem jüngern Crébillon, den sie wieder hervorgezogen hatte, auf den Rand des Karrens. »Herr Wachtmeister, ich bitte –«

»Zu Befehl, gnädiges Frölen«, sagte der Landdragoner, ordonnanzmäßig die Hand an die Pickelhaube legend.

»Herr Wachtmeister, ist dieses Frauenzimmer wirklich die Marie Häußler hier aus dem Ort? Ist dieses in der Tat das Kind der Marie Häußler?«

»Zu Befehl, gnädiges Frölen. Die Papiere sind in schönster Ordnung, und Klodenberg weiß, daß er nichts dargegen machen kann. Aberst er tut's und versucht's doch, und das ist (mit einem verächtlichen Blick im Kreise umher) einmal *ihre* Art so. Wissen Sie, gnädges Frölen – Marie Häußler – Krodebeck – Heimatsberechtigung – schleichendes Zehrfieber – ärztliches Attestat – und kurzum – alles in schönster Ordnung.«

»So mache man dem Skandal endlich ein Ende und bringe die Person und das Kind unter Dach«, befahl das Fräulein, während der Chevalier wiederum ein kopfschüttelndes Hm, Hm hören ließ.

»Jaja«, brummte der Schulze, »schon recht! Alles in Ordnung; und wenn der Mensche alles gesagt und getan hat, was sein muß, so gibt er sich, weil er freilich nicht anders kann. Kommt herein, Wachtmeister, Ihr sollt die Bescheinigung haben und einen Nordhäuser dazu. Holla, ihr andern da, schiebt den Karren nur nach dem Siechenhaus; es ist nicht das geringste dagegen zu machen. Die Herrlichkeit ist da, die Kosten sind nicht wegzudisputieren; also – macht euch ein Verdienst aus dem Verdruß und macht dem Volk das Ding so bequem, als es eben angeht.«

Er trat mit dem Reiter in das Haus, und von neuem erhob sich das Geschrei, das Pfeifen und Grunzen von Krodebeck. Ein Dutzend Hände griff in die Speichen der Wagenräder, und ein Dutzend Hände griff dem Fuhrknecht in die Zügel seines hagern Gauls. Daß dieses doch nicht ohne Unbequemlichkeiten für die schöne Marie und ihr Kind abgegangen wäre, ist sicher;

allein der Chevalier und die Nachkommin des tapfern Johann von Brienne legten sich mit ihrem ganzen Ansehen ins Mittel, und der junge Herr von Lauen half durch ein helles Gezeter.

So wurde der Karren vor das Siechenhaus von Krodebeck gezogen und geschoben, ohne daß – wenigstens auf diesem Wege – Mutter und Kind weiter zu Schaden kamen.

Viertes Kapitel

Adelaide von Saint-Trouin, welche eine zarte, eine zierliche Antipathie gegen jeden nahen Verkehr mit den untern Klassen der Gesellschaft hatte und aus gewissen Gründen eine unaussprechliche Abneigung gegen die schöne Marie zu hegen berechtigt war, ging nicht mit in das Siechenhaus, hielt auch den jungen Hennig fest an der Hand zurück, sowohl während der Karren abgeladen wurde, wie auch nachdem mit Hülfe einiger gutherziger Männer – nicht Weiber – die Kranke und ihr Kind in die Hütte geschafft worden waren. Der Ritter von Glaubigern, weniger zart organisiert, steuerte nach Kräften den noch immer sich wiederholenden Roheiten des Volks von Krodebeck, und es gelang ihm auch, den jetzt nachkommenden Vorsteher zu bestimmen, sein Ansehen in dieser Richtung walten zu lassen. Es zeigte sich, daß die alte Praktik des Gellertschen Amtmanns noch immer Geltung hatte. Der Dorfgewaltige wußte überzeugend zu sprechen. Vor seinen Ochsen, Eseln und Flegeln zerstreute sich der Haufen, bis auf das Malteserfräulein, welches sich keinen der mannigfachen Ehrentitel zurechnete und mit dem jungen Herrn von Lauen seinen Standpunkt auf der Landstraße behauptete, während der Chevalier jetzt hinter der Tür das alte Weib zu beruhigen suchte, welches, bis zum Zittern bestürzt über die neuen Ankömmlinge, die Hände rang und dumpfe Angsttöne hören ließ.

»Es wäre vielleicht angemessener, wenn wir nach Hause gingen, Hennig«, sagte das Fräulein. »Solche Szenen haben etwas Widerliches und Unschickliches, und diese vor allen kann mir nur peinlich sein. Auch sehe ich eigentlich nicht, welche Moral für dich, mein Kind, in diesem häßlichen Fall liegen könnte.«

»Ich gehe nicht nach Haus ohne den Herrn von Glaubigern«, sagte Hennig fest.

»Mon Dieu, der Chevalier! Ich begreife den Chevalier wirklich nicht. Er weiß doch, daß er hier auch einige Rücksicht auf mich zu nehmen hat.«

»Er wird der kranken Frau Geld geben, und ich will dem kleinen Mädchen meinen neuen Ball geben. Sagen Sie, Frölen Trine, weshalb schrieen und schimpften die Leute so sehr über die kranke Frau und das kleine Mädchen?«

»Hennig«, sprach die Abkömmlingin der Kaiser von Konstantinopel mit Würde und Entrüstung, »Hennig, wie oft habe ich mir schon diese pöbelhafte und zugleich alberne Bezeichnung meiner Persönlichkeit verbeten? Das ist unaussteh– nun, Vorsteher, sind Sie endlich mit Ihrem Arrangement da drinnen fertig?«

»Frölen Trine«, sagte der Vorsteher, sich den Schweiß von der Stirn wischend, »das sind kuriöse Sachen da innenwendig. Wer offiziell nichts drmit zu tun hat, der ist wohl dran, und wenn ich, mit Permission zu sagen, der Herr von Glaubigern wäre, so tät ich was Besseres, als mir darmit zu vermengelieren. Der Herr Ritter sind aber zu gütig, und so habe ich jetzo die Angelegenheit in seine Hände refüsiert, und er muß nun zusehen, wie er die Alte zur Ruhe und die Junge mit ihrer Krabbe in ein angenehmliches Verhältnis zu ihr bringt! 'pfehle mich, Frölen Trine.«

»Er hat auch Frölen Trine gesagt!« schrie Hennig, dem abmarschierenden Schulzen nachdeutend. »Alle im Dorfe sagen es, und ich bin auch aus dem Dorfe, und es ist ganz die Geschichte vom kleinen Töffel, sagt der Herr Ritter!«

Adelaide Klotilde Paula von Saint-Trouin erwiderte nichts. Sie schritt mit dem Crébillon im Pompadour und mit den Händen auf dem Rücken auf und ab vor dem Siechenhause, um das Wiedererscheinen des Chevaliers zu erwarten und von ihm ohne weiteres über den kleinen Töffel und das Verhältnis desselben zu ihr bedingungslosen Aufschluß zu fordern. Hätte sie eine Ahnung davon gehabt, daß der Schulze, im Weitereilen über die Schulter zurückblickend, tief geschichtsphilosophisch bemerkte: »Ein Frauensmensch ist genug, um sämtliche Nationen des Erdbodens in einen Knäuel drum aufzuwickeln!«, so würde sie sich auch zu dieser Unverschämtheit jedenfalls eine Erläuterung ausgebeten haben.

Die verscheuchten Dorfkinder lauschten verstohlen hinter und an den Hecken und suchten auf alle Weise die Aufmerksamkeit des Stammhalters der Herren von Lauen auf sich zu ziehen. Allein Hennig konnte sich jetzt nicht mit den Spielgenossen beschäftigen. All dieser Aufwand von Unruhe, Lärm, Ärger, geheimnisvollem Kopfschütteln und Ohrenkratzen beunruhigte sein junges Herz immer mehr, so daß er endlich in fast atemloser Spannung mit Auge und Ohr an den erblindeten Fenstern des Siechenhauses hing. Er fuhr ordentlich zusammen, als jetzt das eine dieser Fenster aufgerissen wurde und das gelbe traurige Gesicht des Ritters sich vorbeugte nach einem Atemzug frischer Luft.

»Ich bitte, Herr von Glaubigern«, rief das Fräulein, »die Atmosphäre hier ist drückend; – werden wir bald die Ehre haben –?«

»Sogleich, Gnädigste!« erwiderte der Chevalier mit artigstem Gruß und verschwand in demselben Augenblicke von neuem.

»Unausstehlich!« rief das Fräulein und zog den kleinen Hennig fast zornig über den Weg zu dem geöffneten Fenster hin. »Man scheint nicht die mindeste Zeit und Höflichkeit für uns überzuhaben«, murmelte Adelaide, während sie sich niederbückte und während Hennig sich auf den Zehen hob, um feurig neugierig in das Fenster gucken zu können.

»Also hier hängt der Schwarm am Zweig?« rief jetzt aber eine helle, sehr metallreiche Stimme hinter den beiden Lauschern. Mit aufgerichteter Nase, aufgestecktem Schurz und trotz der Hitze mit ungemein elastischem Schritt, welcher am ganzen nördlichen Abhang des Harzes seinesgleichen suchte, kam eine Dame über den Weg vom Dorfe her, der man es schon auf vierzig Schritt ansah, daß sie sich zur Herrin der Situation machen würde. Frau Adelheid von Lauen, die Herrin des Lauenhofes, war vor zehn Minuten auf dem Hofe von einem Ackerwagen niedergestiegen, hatte vernommen, was sich begeben hatte während ihrer Abwesenheit, hatte ihre Haube mit einem Ruck zurechtgeschoben und stand nun vor dem Siechenhause, um auch hier Ordnung zu stiften.

Zuerst bekam Hennig ihre wackere Hand zu kosten; im Vorbeimarsch fuhr sie ihm durch die Haare, zog ihm die Jacke zurecht und gab ihm durch einen wohlgemeinten Klaps zu verstehen, daß seine Erscheinung wie gewöhnlich mancherlei zu wünschen übriglasse. Sodann nahm Fräulein Adelaide einige geflügelte Worte in Empfang.

»Nichts für ungut, Base, aber ich wäre dem Dinge doch etwas näher gegangen und ließe mich jedenfalls nicht unnötig hier in der Sonne braten. Also die Marie ist wieder da? Das hat Sie wohl recht gefreut, Beste? Na, den Tag, an welchem sie kommen würde, konnte ich nicht vorauswissen; aber gewartet hab ich seit Jahren drauf. Jawohl, es ist auch für Sie eine recht nachdenkliche Geschichte, Fräulein Adelaide. Munter!«

Mit dem letzten Wort, welches sie nicht selten sowohl an ihre Reden vor dem Volk wie an ihre Selbstgespräche hing, nahm die Frau Adelheid das Siechenhaus mit Sturm, und zwar mit dem besten Willen, Ordnung, Friede und Sicherheit mit oder gegen den Willen der Leute darin aufzurichten.

Fräulein Adelaide dagegen faßte das Handgelenk des jungen Hennig fester, drehte ihn mit einem ärgerlichen Ruck um und führte ihn zurück auf die Gartenterrasse des Lauenhofes unter den chinesischen Pavillon. Hier angekommen, ließ sie den kleinen Junker nach einem zweiten Ruck frei, sank sodann auf den nächsten Sessel und befand sich bereits im nächsten Augenblicke in der Gesellschaft des jüngeren Crébillon tief in der Mitte des achtzehnten Jahrhunderts mit Peccadillo auf dem Schoße und Mystax in angemessener Entfernung zu ihren Füßen; – ach ja, Frau Gräfin von Baschi, ma vie est une mort continuelle. Je devrois, sans doute, me retirer de la cour: mais je suis foible, et je ne puis ni la souffrir ni la quitter. Es zeugte freilich von einer großen Mäßigung und Duldsamkeit, von einer höchst anerkennenswerten Milde im Charakter des Fräuleins, daß es so großes Elend so sanft ertrug und nicht längst den Hof, nämlich den Lauenhof, verlassen hatte, um in die orientalische Frage einzugreifen und als Prätendentin für den Thron von Byzanz aufzutreten.

Der junge Hennig, dessen Leben noch nicht ein ununterbrochenes Sterben war, vergaß bald die Ereignisse des Nachmittags, den Karren, den Wachtmeister, die kranke Frau mit dem kleinen Mädchen über wichtigeren Angelegenheiten. Die Verwalter ritten von den Feldern heim, und in ihrer Begleitung begann er die gewohnten Inspektionswege durch Kuh-und Pferdeställe. Dann war die Klappermühle im Bach, welche er am Morgen aufgerichtet hatte, im Gange zu halten; der Hühnerhof verlangte sein Recht, und mit der Dämmerung meldete sich das nicht ungerechtfertigte Verlangen nach dem Abendessen. Der Tag war hingegangen, ohne daß er sowohl für das Fräulein von Saint-Trouin wie für den Knaben etwas absonderlich Merkwürdiges mitgebracht hatte. Eiligen Schrittes kam die Gutsfrau vom Siechenhause zurück und stürzte sich von neuem in die gewohnteren Sorgen. Einige Zeit später kam der Chevalier langsam, melancholisch nachdenklich heim, stand einige Minuten wortkarg in dem Getümmel, der Unruhe, die auf dem Lande dem Feierabend voranzugehen pflegen, und schloß sich dann bis zum Klange der Tischglocke in seinem Zimmer ein. Nachdem diese Glocke er-und verklungen war und der sonst so pünktliche Ritter noch immer nicht erschien, stieg Mystax die Treppe hinauf, um ihn zu holen, und kratzte leise an seiner Zimmertür. Ihm gelang es, den Ritter aus seiner trüben Mutlosigkeit emporzuziehen, und unter seiner Führung erschien der Herr von Glaubigern in dem Gartensaale, in welchem der Tisch gedeckt stand.

Es war ein schöner Abend. Die Fenster und Flügeltüren des Saales waren weit geöffnet. Unter ihren hellen Glasglocken flackerten die Lampenflammen nur ganz wenig im kühlern Abendwinde, und vergeblich versuchten die verirrten Nachtschmetterlinge im taumelnden Flug gegen das Licht zu ihrem Verderben zu gelangen. Draußen rauschte und lispelte der Garten, die Frösche ließen sich bald näher, bald ferner vernehmen, und die Leute vom Lauenhofe hatten alle einen guten Appetit – alle, bis auf den Ritter von Glaubigern, welcher durchaus gar keinen Appetit bewies und gegenüber den freundlichsten Ermutigungen der Gutsherrin nur die Hand auf den Magen legte und mit stummem Achselzucken um Entschuldigung bat.

Nach dem Essen kam die Stunde, in welcher die Zeit, vorzüglich nach einem solchen heißen Tage, stillzustehen scheint, die Stunde, in der selbst der gefürchtetste und gehaßteste Anekdotenerzähler es wagen darf, sich noch einmal ungestraft seinem Laster hinzugeben, weil jedermann, geschaukelt zwischen dem Bewußtsein, daß es heute sehr heiß war und jetzt so angenehm kühl sei, manches ruhig hinnimmt, wogegen er sich in muntereren Minuten auf das hartnäckigste wehren würde.

Zwischen Schlafen und Wachen, mit der Stirn auf dem Knie des Chevaliers liegend, vernahm Hennig von Lauen die Geschichte der schönen Marie Häußler, verstand jedoch wenig mehr davon, als daß sie für die meisten Leute sehr traurig und unbehaglich war, aber dem Fräulein Adelaide von Saint-Trouin zu vielen ausgesuchten und treffenden Bemerkungen Anlaß gab.

Plötzlich fühlte er eine Hand in seinen Haaren und vernahm blinzelnd auftaumelnd die Worte der Mutter:

»Der Junge schnarcht doch zu greulich! Marsch zu Bett! Munter!«

Am folgenden Morgen wußte er weder von der Geschichte noch von den Bemerkungen das geringste mehr, und das war in mehrfacher Beziehung recht gut.

Fünftes Kapitel

Die Alten und die Jungen, die Patrizier und die Plebejer, die Klugen und die Narren, die ehrbaren Frauen und jene muntern Frauen in roter Haube oder gelbem Mantel zogen sie hervor aus den Häusern oder huben sie auf in den Gassen und luden sie auf jenen schrecklichen schwarzen Karren, den Schüdderump. Das ist lange her. Der schwarze Wagen ist zu einer unvergleichlichen Merkwürdigkeit geworden und wird dem durchreisenden Fremden als die einzige Kuriosität des Städtchens, welches das Glück hat, ihn zu besitzen, gezeigt! Es ist lange, lange her, seit er zum letztenmal in Gebrauch war, seit zum letztenmal die Lebendigen vor dem dumpfen Geknarr seiner Räder vom Fenster wegstürzten und scheu einander ansahen und sich die Ohren verstopften! Wir haben eine sich selbst nicht wenig lobende Gesundheitspolizei, die Sitten sind andere und bessere geworden, selbst der Ungebildete weiß, daß grüne Pflaumen und Gurkensalat zur Zeit der Brechruhr nicht zu den gesunden Nahrungsmitteln gehören. Gesundheitsflanell, wollene Leibbinden und Korksohlen werden täglich in den Intelligenzblättern angeboten und von den verständigen Leuten gekauft. Selbst der Ungebildete vermag, wenigstens in Deutschland, die Intelligenzblätter zu lesen, für die Gebildeten haben Lessing, Herder, Schiller, Goethe und Jean Paul gelebt, und – um so erstaunlicher ist es, wie nahe wir trotz alledem doch noch dem Schüdderump stehen! Wer sich eingehender damit beschäftigt, dem vermischen sich endlich die Vorstellungen derartig, daß er kaum noch die Vergangenheit von der Gegenwart zu unterscheiden vermag.

Es war ein schönes, halbnacktes Mädchen, dem nicht einmal der Schwarze Tod alle Reize hatte nehmen können, und selbst auf dem Schüdderump wehrte es sich noch gegen die scheußliche Grube, gegen die Verwesung mit und in dem Haufen der andern Leichen. Ich habe sie im Traume gesehen; – die im letzten Krampf starr und steif gewordenen Arme klemmten sich zwischen den Leisten der Seitenwände des schwarzen Wagens, ein Nagel hatte ihr Gewand gefaßt und es ihr von den Schultern gezogen. Als die wilden, rohen Knechte den Karren umstülpten, schien diese Tote allein den andern Leichnamen nicht folgen zu wollen. Die Knechte mußten sie mit ihren eisernen Haken losreißen und sie den übrigen nachschieben, und sie lachten dabei und wiesen die Zähne und die Zungen; denn es war ein sehr schönes Mädchen und war noch schön auf dem Schüdderump – und so ist auch Marie Häußler, die Tochter des Dorfbarbiers zu Krodebeck, ein sehr schönes Mädchen gewesen.

Zieht den Hut; der eigentliche Held und Triumphator dieser Geschichte erscheint für einen Augenblick im Hintergrund und schleicht leise über die Bühne!

Dietrich Häußler wurde zu Anfang des Jahrhunderts in Krodebeck geboren. Er verheiratete sich im Anfange der zwanziger Jahre und zeugte die schöne Marie. Im Jahre achtzehnhundertneununddreißig starb seine Frau, nachdem er im Jahre vorher mit seiner Tochter aus dem Dorfe verschwunden war. Die schöne Marie kam im Jahre fünfzig mit ihrer kleinen Antonie zurück nach Krodebeck; der Stammherr des Geschlechtes Häußler von Haußenbleib, dem freilich Schild und Schwert sogleich mit in die Grube gegeben werden muß, wird im Jahre einundsechzig zurückkommen, wenn Antonie Häußler eine schöne Jungfrau geworden ist, und dann – dann wird der Titel des Buches seine *volle* Lösung finden.

Dietrich Häußler hatte mit dem Kollegen von Sevilla nur die leichte Hand, doch nicht den leichten Sinn gemein. Er rasierte eigentlich vortrefflich; allein da er den Gott in seinem Busen kannte und eine Ahnung davon hatte, zu welch großen Dingen er berufen sei, so rächte er sich für jetzt dadurch an seiner niedrigen Lebensstellung und an der Menschheit, daß er so schlecht als möglich rasierte. Blutgierig zog er an jedem Sonnabend den Bauern von Krodebeck die Haut ab, machte in dieser Hinsicht sein Handwerk wirklich zur Kunst und konnte so mit ganzer Seele sich seinem Geschäft hingeben, grad wie in früheren Jahrhunderten ein schwärmerisch entflammter Folterknecht dem seinigen. Er war gewiß nicht dumm, sondern ein hinterlistiger, heimtückischer Gesell, welcher seine Lehrzeit und drei Jahre drüber in Berlin zugebracht hatte und einen großen Teil seiner Lebensanschauungen und Grundsätze auf diese fromme und vergnügte Zeit begründete. Sein Weib und seine Kinder führten ein gar elendes

Leben unter seinem Regimente. Sein Weib, von dem weiter nichts zu sagen ist, starb, und seine Kinder verdarben bis auf diese Marie, welche man in Krodebeck die schöne nannte und welche ebenfalls starb und verdarb, aber auf eine andere Art als die übrigen, denn die übrigen versanken nach einem kurzen Taumeln und Quälen in Krodebeck selbst; Marie aber kam in die weite Welt hinaus und erlebte viele Dinge, ehe sie nach Krodebeck zurückgebracht wurde, um ebenfalls daselbst unterzugehen.

Wie gesagt, hatte Dietrich die Verhältnisse der großen Stadt, da seine eigenen Neigungen schlecht waren, von der schlechtesten, erbärmlichsten Seite angesehen, und noch dazu von der erbärmlichsten Seite in der geringen Sphäre, in welche ihn sein Schicksal hingestellt hatte. Aber er war dazu mit einer gewissen Phantasie begabt, welche ihm die Dinge oft in einem absonderlichen Lichte erscheinen ließ. Er konnte so gut wie ein anderer träumen und die Wirklichkeit idealisieren und die Welt vollständig auf sich als den Mittelpunkt der Welt beziehen und in seinen einsamen Stunden gradeso glücklich sein wie ein anderer. Das ist das erfreuliche am Leben, daß der Mensch für seine Natur kaum verantwortlich zu machen ist, und so werden wir gewiß nicht auf den Meister Dietrich Häußler um das, was er war, und um das, was er wurde, mit zu finsterm Auge und zu tiefem Stirnrunzeln blicken. Nun hat ein Barbier in einer großen Stadt, der sich auch ein wenig aufs Frisieren versteht, Gelegenheit, allerlei zu sehen und zu hören, worüber sich nachdenkliche Betrachtungen anstellen lassen. Das Ideal tritt in erstaunlichen Formen auf, und schon in Berlin lag das Ideal für Dietrich in der Vorstellung, eine schöne Tochter zu haben und beliebig über dieselbe verfügen zu dürfen. Da er ein ganz stattlicher Bursche war, gelang es ihm, in der preußischen Hauptstadt in ein Geschäft hineinzuheiraten und dasselbe in zwei Jahren zu ruinieren. Er kam nach Krodebeck zurück, imponierte den Bauern mächtig in der ersten Zeit, log fürchterlich und wurde allmählich zu einer Persönlichkeit, welcher das Dorf alles in der Welt zutraute, jedoch nicht das Allergeringste anvertraute. Man lachte über ihn und fürchtete ihn ausnehmend, man glaubte seiner Versicherung, daß er morgen vierspännig fahren könne, wenn er wolle; allein man glaubte nicht, daß er morgen die fünf Silbergroschen, die er heute borgte, zurückzahlen werde. Man schenkte ihm heute die vollste Bewunderung und warf ihn morgen aus der Kneipe, und der, welcher ihm dabei den grimmigsten Fußtritt gab, schlich übermorgen zu ihm und schob die Schuld auf einen andern. Daß er seine Gelegenheit in allen Dingen abzuwarten wußte und nach Jahren noch jede Beeinträchtigung und Beleidigung heimzahlte, war jedermann bekannt, und da jedermann bekanntlich dem andern gern von Zeit zu Zeit einen tüchtigen Schabernack spielen läßt, so behauptete der Meister Dietrich Häußler seine Stellung in Krodebeck, bis er selbst es für angezeigt hielt, sie aufzugeben.

Er zeugte drei Söhne, die, wie gesagt, in früher Jugend verkamen, da er nichts mit ihnen anzufangen wußte. Nachher wurde Marie geboren und wuchs auf in Schmutz und Lumpen und hatte schon in ihrer Kindheit ein übel Leben; denn es wiederholte sich mit ihr eine alte, alte Geschichte, nämlich die von der Schönheit, welche in die Welt hineingeboren wird und natürlich von denen, die sich am heftigsten nach ihr sehnten, anfangs auf das stumpfsinnigste verkannt werden muß. Es haben viel größere und edlere Leute als der Barbier von Krodebeck ihr Ideal verkannt, ja blieben sogar noch hinter dem Barbier zurück; denn als diesem die Augen geöffnet worden waren, da glaubte er an sein Ideal und begrüßte es mit Jauchzen, was sehr hohe Geister und herrliche Charaktere sehr häufig nicht über sich gewinnen konnten.

Die Augen gingen ihm übrigens nicht sogleich auf und vor Vergnügen über. Das kleine Mädchen erschien anfangs in seinem Schmutz und seinen Lumpen, in seiner vollen und abscheulichen Verwahrlosung häßlich genug und wurde daher auch in den ersten Kinderjahren fast noch ärger mißhandelt als die unnützen Buben. Es bekam wenig zu essen, aber viele Fußtritte und Schläge. Was die Bauernschaft von Krodebeck dann und wann an dem Vater Häußler sündigte, kam der Familie des Barbiers in ganz logischer Folge heim, und oft vernahm man das Geheul und Wimmern dieses häuslichen Herdes in ruhigen Nächten durch das stille Dorf. Oft, sehr oft fanden die gnädige Frau vom Lauenhofe, welche damals noch eine viel jüngere und in behaglicher Ehe lebende gnädige Frau war, und der Chevalier von Glaubigern, welcher ebenfalls in jener Zeit ein noch viel rüstigerer Ritter war, Gelegenheit, hier ihre Autorität geltend zu machen, jedoch ohne großen Nutzen.

Adelaide Klotilde Paula von Saint-Trouin hielt es unter ihrer Würde, in solchen Fällen ihre Autorität geltend zu machen. Von einer Dame, welche eigentlich berechtigt war, Byzanz zu regieren und den Sultan Mahmud den Zweiten für einen niederträchtigen Usurpator zu erklären, von der konnte man doch nicht verlangen, daß sie sich so weit herunterlasse, um die Verhältnisse im Hause des Barbiers von Krodebeck zu regeln und sein Weib vor Prügeln, sein Kind vor Fußtritten zu schützen. Und doch trug nur die sehr noble und sehr mächtige Chevalière von Malta die Schuld davon, daß der Meister Dietrich sein Ideal erkannte.

Es war an einem schönen Sommermorgen, als das Fräulein, von einem romantischen Spaziergange in die Wälder durch das Dorf nach dem Lauenhofe zurückkehrend, durch einen argen Lärm im Hause des Barbiers aus seinen hohen Träumen aufgeschreckt und der trivialen Gegenwart gegenübergestellt wurde. In dem Hause dauerte zwischen Mann und Weib der Kampf um den täglichen Frieden noch fort; doch vor dem Hause am Brunnen wusch Marie Häußler bereits die Tränen aus den Augen und das Blut von der Nase. Ein schicksalvoller Sonnenstrahl fiel auf die Stirn, das Haar und die nackte braune Schulter des Mädchens, und statt in das Haus zu stürzen und dem Barbaren den Prügel aus der Hand zu nehmen, stand das Fräulein sehr still und hob die Lorgnette und winkte lächelnd hinüber:

»Himmel, welch ein Bild!«

Es war freilich ein Bild, ein reizendes Bild, und Adelaide bewährte das feinste Gefühl für den Zauber desselben. Sie ging langsam näher und hob mit den äußersten Fingerspitzen das Kinn der Weinenden empor, ließ das Augenglas herabfallen und rief:

»Es ist in der Tat keine Täuschung; – es ist wirklich überraschend! Und das ist heraufgekommen wie die Blumen unter der Hecke. Mon Dieu, Kind, wie kommst du unter die Canaille? Weißt du genau, wer du bist und woher du kommst?«

Mit ziemlich weit geöffnetem Munde, aber noch immer schluchzend deutete Marie Häußler auf die Tür ihres Vaterhauses, in welcher jetzt der Meister Dietrich stand und, gleichfalls sehr verwundert, nicht zu wissen schien, ob er sich näher heranwagen oder sich so tief als möglich vor der Malteserin in das Innere zurückziehen solle. Aber Fräulein Adelaide winkte, und der Barbier von Krodebeck trat oder kroch vielmehr mit den höflichsten Bücklingen näher und wünschte dem Fräulein einen guten Morgen, worauf dieses jedoch entgegnete:

»Er ist ein elender, ein flegelhafter, nichtswürdiger und zu gleicher Zeit ein dummer Gesell, Häußler. Ohne Komplimente, Häußler, Er ist ein widerlicher, brutaler Patron, und wenn die Welt noch regiert würde, wie es sich gebührt, so würde Er sicherlich nicht einen solchen heitern Morgen durch seine Roheiten ungestraft verstören dürfen. Übrigens hab ich Ihn nicht gerufen, um Ihm das zu sagen, denn es ist kaum noch etwas darüber zu sagen; aber das will ich Ihm mitteilen, daß ich dieses junge Mädchen von jetzt an unter meinen besondern Schutz nehme. Weiß Er, Häußler, daß Er eine sehr hübsche Tochter hat, welche nicht in Krodebeck unter dem Bauernpöbel verkommen soll? Sieh auf, Kind, und schäme dich nicht, mein feines Lärvchen. Komm im Lauf des Tages zu mir, nachdem du dich gewaschen hast. Bringe deine Schulbücher mit, wir wollen ein kleines Examen anstellen und sehen, ob die Stirn hält, was sie verspricht. Bist du willig, so sollst du bei mir bleiben als Chambrière; – ja, ich will dich erziehen, Kleine, und dein Glück zu machen suchen. Eine Kammerfrau der guten alten Zeit sollst du werden; ach, auch *das* Geschlecht ist vergangen mit allem übrigen Guten und Schönen! O mon Dieu, ich will mir ein Verdienst daraus machen, der Welt eine wirkliche Kammerjungfer zu bilden. Bonjour, Marion, weine nicht länger, mein Miezchen, und vergiß nicht, im Sonntagskostüm zu erscheinen.«

Mit graziösem Kopfneigen schritt die Enkelin so hoher Ahnen weiter und ließ den Barbier Dietrich Häußler in dem ungeheuersten Erstaunen an der Seite seiner Tochter zurück. Er blickte der Dame nach und sah auf seine Tochter; er sah lange und von den verschiedensten Standpunkten aus auf seine Tochter, rieb sich die Augen und die Stirn, blickte wie zweifelnd nach seinem Hause hin und blickte von neuem auf seine Tochter. Auch er hob jetzt ihr Kinn empor, wenn auch nicht mit den zartesten Fingerspitzen, und endlich trat er drei Schritte weit zurück, schlug mit der geballten rechten Hand in die offene linke und rief:

»Alle Donner – ob sie recht hat! Dreimal hat sie recht! Und ich bin ein Esel, ein Rindvieh, ein elendiger Tropf! Fünfzigmal hat sie recht, die hochnäsige Gans, und nun, marsch mit dir ins Haus, du nichtsnutziges Balg – nein, wollte ich sagen, geh rein, mein Herzchen, mein Püppchen, und sag der Alten, ich käm sogleich nach; aber vorerst müßte ich mich noch ein wenig erholen von allen Alterationen und angenehmen Überraschungen!«

Marie ging, wie ihr befohlen war; der Barbier aber lief dreimal um das Dorf und kam ganz kühl und ruhig heim, half selbst mit merkwürdig milder Hingebung an der Toilette der Tochter und schickte sie am Nachmittag mit dem schönsten Gruß auf den Lauenhof zum Fräulein Adelaide Klotilde Paula von Saint-Trouin.

Von dieser Unglücksstunde an aber kam eine große Veränderung in das Haus Häußler. Der Vater Dietrich wurde immer höflicher und immer zärtlicher gegen sein Kind und stieg durch tiefe Unterwürfigkeit allmählich auch immer höher in der Achtung, Gunst und Neigung der Gerichtsherrin von Valcroissant. Über ein Jahr blieb und studierte Marie Häußler in Adelaides Zucht und Schule, und nicht ein einziges Mal während dieser Zeit gab der Vater Häußler nach der gewohnten Art dem Dorfe Stoff zum Skandal oder Zorn. Es wurde merkwürdig still in seinem Hause; auch Dietrich studierte, und zwar die sonderlichsten Dinge; sein unglückseliges Weib quälte er schlimmer als je, doch ebenfalls auf eine andere Weise, ganz ohne alles fernere öffentliche Aufsehen und Ärgernis.

Was der Lauenhof über das Verhältnis denken mochte, welches sich zwischen dem Fräulein Adelaide und dem Hause Häußler angesponnen hatte, wie der Ritter von Glaubigern auch den Kopf schütteln mochte: es hatte niemand das Recht, sich zu verwundern, als am zehnten September des Jahres achtzehnhundertachtunddreißig plötzlich das Geschrei im Dorf erging, der Barbier sei über Nacht verschwunden und habe seine Tochter, die schöne Marie, mit sich genommen, und niemand wisse, wo er geblieben sei, seine Frau am allerwenigsten.

Betäubt und verstört erschien die Frau auf dem Lauenhofe und verlangte hustend und heulend ihr Kind und ihren Mann von Adelaide von Saint-Trouin. Das Fräulein jedoch war durchaus nicht in der Stimmung, sich auf dergleichen Zumutungen einzulassen; es lag in Krämpfen auf seinem Sofa, winselnd über sein allzu gutes Herz und die Undankbarkeit der Welt, trotzdem daß es bereits all seine Schiebladen, Kasten und Kisten genau durchgesehen hatte und sich der Überzeugung hingeben konnte, Marie Häußler habe den Dienst verlassen, ohne sich an andern Köstlichkeiten als eben dem guten Herzen ihrer Gönnerin zu vergreifen. Ohne den Chevalier und die gnädige Frau würde das arme Weib des Krodebecker Barbiers nicht den geringsten Trost vom Lauenhofe heimgebracht haben; so aber nahm sie wenigstens die Versicherung mit, man werde nach Kräften für sie sorgen, und was der Chevalier und die gnädige Frau versprachen, das hielten sie auch. Sie brauchten jedoch nicht lange für die Verlassene Sorge zu tragen, denn sie starb an der Schwindsucht und wurde begraben und vergessen.

Auch der Meister Dietrich und die schöne Marie wurden vergessen; wenn auch nicht so bald. Diejenigen, welche das Unglück haben, in die Mäuler der Leute zu geraten, mögen sich damit trösten, daß die Leute sehr beschäftigt sind und ungemein viel mit sich selber zu schaffen haben und daß der größte Skandal in Dorf und Stadt in demselben Augenblick beiseite gelegt wird, in welchem das Schicksal jeden einzelnen stillvergnügten Schwätzer an den Schultern faßt und ihn selber zurechtschüttelt.

Man vernahm, daß der Meister Häußler mit seiner Tochter zuerst sich nach Berlin gewendet habe, und natürlich erkundigte jeder, der aus Krodebeck nach der Reichshauptstadt kam, sich nach den beiden Ortsangehörigen. Es gelangten freilich nur wenige Krodebecker nach Berlin, und diesen imponierte die große Stadt so sehr, diese verloren in dem ungewohnten Gewirr und Getümmel so vollständig ihre schlaue ländliche Unbefangenheit, daß ihre Aussagen vor Gericht kaum einigen Wert gehabt haben würden. Die Nachrichten, welche sie heimbrachten, waren so unbestimmt und schwankend und widersprachen einander häufig derartig, daß jedermann alles daraus machen konnte und machte, ohne sich zu überheben, das heißt ohne mit dem

Daumen über die Schulter auf jene hinzuweisen, die seit den Tagen der Keilschriftsteller von Babylon und Ninive Weltgeschichte zu unserm Nutzen und Vergnügen zusammentrugen und niederschrieben.

So war die schöne Marie in Krodebeck heute eine vornehme Dame, welche in ihrem eigenen Wagen durch die Straßen fuhr und ihren Herrn Vater zum Geheimen Oberhofbarbier am Hof von Schaumburg-Oder-Lippe gemacht hatte: morgen dagegen war sie eine Lumpensammlerin, und der Papa, der Lump, saß ruhig in Spandau und zupfte Wolle und spann Trübsal. Die guten Krodebecker hatten einen gewaltigen Respekt vor dem Meister Häußler und allem, was zu ihm gehörte. Sie konnten sich eine solide mittlere Lebensstellung für ihn durchaus nicht vorstellen, und so hatte er nur die Wahl zwischen der höchsten Höhe und der tiefsten Tiefe des Daseins.

Friedrich Wilhelm der Dritte ging nach Charlottenburg und zu seinen Ahnen; der Professor Krüger malte das unsterbliche Huldigungsbild Friedrich Wilhelms des Vierten, welches der Unendlichkeit gegenüber nur den einzigen Mangel hat, daß es auf der Tribüne im Vordergrund den Meister Dietrich noch nicht mit zur Darstellung bringt. Daß er darauf gehörte, bewies er später zur Genüge, wie wir selber beweisen werden. Für jetzt freilich kam nur die erste authentische Nachricht über ihn nach Krodebeck vermittelst eines Steckbriefes, der ihn in ganz seltsamer Weise mit dem in der Angelegenheit des Erzbischofs von Köln begangenen Dokumentendiebstahl in Verbindung brachte. Wer kann übrigens sagen, auf welche Art dieser Steckbrief in die Amtsblätter kam? Er tat gewiß Herrn Dietrich Häußler keinen Schaden; denn schon in der nächsten Woche zeigte der Brave in den nämlichen Blättern an: es sei ihm nie eingefallen durchzugehen, und er sei immer noch in Berlin, Große Friedrichstraße Nummer soundso zu finden für jeden, der ihn aufzusuchen wünsche. Zugleich machte er Anspielungen auf den neukreierten Bischof von Jerusalem, welche ganz heimtückischer Natur waren. Der Exbarbier von Krodebeck *hatte* seine Verbindungen mit Ober-Lippe; allein schon im nächsten Jahre übertrug er dieselben nach Hannover, und der mythische Nebel, der bald um alle großen Menschen aufsteigt, zog sich nunmehr immer dichter über ihm zusammen. Immer undeutlicher und deshalb auch immer phantastischer tanzte der Meister Dietrich in dem sonderbaren Dunst und Duft, und als man einmal wieder schärfer hinsah, war er vollständig verschwunden und blieb es für lange Jahre. Man vernahm, er habe sich nach Österreich gewendet, doch ohne die schöne Marie. Heinrich Heine soll sie auf seiner berühmten Reise nach Hamburg im Zuchthaus zu Celle gesehen und mit Entzücken seinen Pariser Freunden von ihr gesprochen haben; doch dieses müssen wir dahingestellt sein lassen, denn Heinrich Heine besah und besang so manche schöne Damen in so mannigfachen Situationen, daß eine Verwechslung der Persönlichkeiten hier wohl zu entschuldigen ist. Daß Marie Häußler vier Jahre später sich in königlich preußischer Untersuchungshaft befand, ist urkundlich nachzuweisen, ebenso, daß sie aus derselben entlassen wurde, ohne daß der preußische Staat darüber zusammenfiel, und drittens, daß sie in ihre Heimat verwiesen wurde, aber daselbst nicht anlangte. Vom Februar des Jahres achtzehnhundertachtundvierzig bis zur Präsidentschaft, das heißt der Polizeipräsidentschaft des Herrn von Hinckeldey, lebte sie zum zweitenmal in Berlin, und zwar mit einem unmündigen Kinde, der kleinen Antonie. Vor dem Herrn von Hinckeldey flüchtete sie im Januar achtzehnhundertfünfzig nach Braunschweig, und von Braunschweig kam sie im Sommer des nämlichen Jahres auf dem Schub heim nach Krodebeck.

So spann Lachesis, welche von vielen für die liebenswürdigste und behaglichste der drei sonderbaren Schwestern gehalten wird!

Sechstes Kapitel

Wenn der Junker Hennig von Lauen traumlos die Nacht durchschlief, so erwachte er am folgenden Morgen mit einem fressenden Appetit, gleich allen seinen Ahnen. Und da am Frühstückstisch natürlich wieder von dem Ereignis des vergangenen Tages, der Heimkehr der schönen Marie und ihres Kindes, die Rede war, so fiel unter dem Kauen und Schlucken auch dem Junker der Karren mit der kranken Frau und dem kleinen wildäugigen Mädchen ein, und zwar begleitet von jenem eigentümlichen Grauen der Kinder, welches oft so unerklärbar ist und meistens doch viel mehr bedeutet als das Grauen der Erwachsenen.

Hier freilich war des Kindes Abneigung und Furcht nicht unerklärlich, und wird an dieser Stelle die passende Gelegenheit gekommen sein, einige Worte über die Erziehung Hennigs zu sagen. Der Einfluß des Vaters auf dieselbe bestand darin, daß der biedere Landedelmann mit großem Erstaunen in die Wiege des Stammhalters sah und seine Verwunderung darüber aussprach, wieviel der Mensch in seinem Leben erleben könne. Hennig hatte nur ein dumpfes Bewußtsein davon, daß ihn ein großer Mann mit großem, wehendem rötlichem Schnauzbart vor sich im Sattel gehalten habe und mit ihm durch den Wald, entlang dem Rande des Waldes und über das Stoppelfeld im vollen Galopp gejagt sei und daß er in Angst und Wonne, schreiend und lachend, umflattert von der schwarzen Mähne des Gauls, die Bäume, die Ackerstiere, die Menschen, die ganze weite Welt mit dem blauen Gebirge in der Ferne, vorüberfliegen sah. Der Tod hatte den braven Herrn von Lauen leider allzufrüh selber aus dem Sattel gehoben, und die Frau Adelheid regierte an seiner Statt auf dem Lauenhofe. Wir wissen bereits, daß sie das Regiment ernst nahm, allein in die Erziehung ihres Sohnes griff sie nur selten, dann aber jedesmal an dem rechten Orte und in der rechten Weise ein. »Munter!« sprach sie, dem Jungen in den Haarbusch greifend und ihn mit Energie auf den Standpunkt des gesunden Menschenverstandes zurückschüttelnd, wenn der Chevalier oder das Fräulein den »Taps« ihrer Meinung, d. h. der Meinung der gnädigen Frau nach zu hoch von demselben weggehoben hatten. Sie jagte ihn in das kalte Wasser und im Notfalle mit der Haselgerte dreimal um die Mauern des Lauenhofes. Sie war's, welche das Kopfschütteln des Ritters von Glaubigern in Worte übersetzte und der Malteserin damit in den Weg trat:

»Nun, Frölen, jetzt tun Sie mir die einzige Liebe an und machen Sie mir den Bengel nicht ganz verrückt. Weiß der Himmel, nächstens muß ich ihn noch mit den Hämmeln auf die Weide schicken, damit er nicht verlernt, daß das Gras grün ist und daß der Regen naß macht!«

Der Chevalier stand ihrer Anschauungsweise am nächsten, und wahrlich, solche Lehrmeister wie er sind sehr selten in dieser erziehungsbedürftigen Welt! Er hatte den Krieg gesehen und über den Frieden nachgedacht. In Einsamkeit und Stille, in Geduld und Entsagung hatte er an seinem eigenen Wesen, wenn auch nicht gebaut und gemeißelt, so doch geschnitzelt und gedrechselt, und damit soll gewiß kein Tadel ausgesprochen sein, sondern das höchste Lob, was einem guten Mann in seiner Lage gegeben werden mag. Ein altes, wunderlich kluges Kind! Und der Lauenhof, das Dorf Krodebeck und vor allem die Frau Adelheid wußten, was für einen Schatz sie an ihm besaßen, und überlegten es dreimal, ehe sie einem Worte oder Winke von ihm entgegentraten. Selbst seine größeste Widersacherin, das Fräulein Adelaide Klotilde Paula von Saint-Trouin, fürchtete sich im geheimen unendlich vor ihm, wenn es das gleich im gegebenen Falle nur durch höheres Aufwerfen der Nase, kläglichere Seufzer und anzüglichere Bemerkungen kundgab. Der Ritter von Glaubigern hatte viel studiert seit seiner Ankunft auf dem Lauenhofe. Er hatte seinen Sinn darauf gesetzt, zu erfahren, wie es eigentlich bei den Römern zu Hause aussah, und er hatte wirklich Latein gelernt, und zwar nach Johann Amos Comenius. Er hatte alle seine Wissenschaften nach dem Rezept des alten berühmten Rektors von Lissa zusammengetragen, und er gab sie nach demselben Rezepte wieder von sich: die Herren von der Domschule zu Halberstadt konnten freilich nachher die Hände über den Köpfen zusammenschlagen, als der Junker von Lauen in *ihre* Lehre geriet. Die Bilder fanden sich überall, im Hause und draußen und zu jeder Zeit, und der Kommentar fand sich ebenfalls am Rande ein, wie in jenem wunderlichen lateinischen Orbis pictus, den selbst die Türken, Perser, Araber

und Mongolen seit 1641 handschriftlich weitergaben. Wenn von dem Gebirge her die Schneewolken sich über das flache Land wälzten; wenn die Wetterfahnen des Lauenhofes wehklagend
sich im Kreise drehten; wenn die Schornsteine mit Stimmen begabt wurden, die lebhaft an die
Hexentänze des Blocksbergs, der so nahe in die Fenster guckte, erinnerten; wenn der Regen der
Tagundnachtgleiche über den Hof, durch das Dorf und über die Felder in Stößen fuhr; wenn
im Walde die ersten Anemonen und Leberblumen aus dem welken Laub unterm Gebüsch auf-
sahen und wenn der Wald so grün stand, wie das freudigste Kinderherz nur irgend verlangen
konnte: so – hatte das alles stets seinen besondern Zusammenhang mit dem alten Comenius,
und der Chevalier verfehlte nicht, den Finger an die Nase zu legen und diesen Zusammenhang
ernstlich hervorzuheben. Der Comenius war für alles brauchbar, nur nicht für das Fräulein von
Saint-Trouin. Dieses zog seine Weisheit und Lehrhaftigkeit aus anderen Quellen und ließ sie
über die junge Seele des Junkers laufen trotz der Dämme, welche der Ritter wehmütig, kläglich und bescheiden dagegen zu errichten beflissen war. In der Politik wie in der Pädagogik
begegneten sich der Chevalier und das Fräulein wie Mystax und Peccadillo bei *einem* Knochen.
Wenn jener, d. h. der Herr von Glaubigern, die reichsunmittelbare Herrlichkeit des Rittertums
im westlichen Deutschland und vorzüglich in seinem Stammlande Westfalen für die Krone auf
dem Tempel der Weltgeschichte hielt, so setzte das Fräulein den großen König Ludwig den
Vierzehnten als alleinigen wahren Gott in diesen Tempel und berief sich auf dieselbe Memoi-
renbibliothek, aus welcher es zugleich in seiner Weise die Erziehung Hennigs mitleitete. Diese
Memoiren haßte der Ritter, und die gnädige Frau verachtete sie. Letztere – deren allergrößtester
Stolz und allerherrlichste Familienzierde jener bei Zorndorf gefallene Oberstleutnant von Lauen
war, der sich durch diesen Fall die ganze Approbation des Alten Fritz erwarb – half sich durch
ein erhöhtes Geklapper ihres Schlüsselbundes gegen den großen Louis. Der Ritter, welcher als
feiner Kavalier nie vor den Damen mit irgend etwas klapperte, fand sich ziemlich wehrlos gegen
denselben, zog nur im verborgenen die Achseln in die Höhe und sagte bah! im geheimen. Auf
diese Interjektion hin sah der junge Hennig den treuen Mentor fragend an, aber der Chevalier
warf sich jedesmal mit entsagungsvoller Energie auf die Historie vom Herzog Wittekind und
trieb ihn nebst seinen Sachsen melancholisch in die Enge und in die Weser. Dem jungen Hennig wurde erst ziemlich spät klar, was jenes Bah bedeutete, aber auch dann sah er freilich lange
nicht vollständig ein, wieviel Philosophie der Geschichte darin verborgen lag.

Das Grauen, von welchem im Anfange dieses Kapitels die Rede war, wurde diesmal einzig
und allein durch die Prätendentin des oströmischen Kaiserthrons in die junge Seele gepflanzt.
Adelaide verspürte es ja selber vor vielen Dingen und Verhältnissen, die verständigeren Leuten
nur merkwürdig, achtbar, beklagenswert oder gleichgültig erscheinen können. Adelaide stand
viel zu hoch, um die Welt zu nehmen, wie sie war, und da sie also naturgemäß in recht ungemütlicher Verlassenheit wandelte, so suchte sie andere zu sich emporzuziehen, sei's um eine
Kammerjungfer der Vergangenheit, sei's um den Kavalier der Zukunft für diese tief gesunkene
erbärmliche Welt heranzubilden.

Im Winter behielt der Chevalier gewöhnlich die Oberhand im pädagogischen Wettstreite.
Die lieblichere Zeit des Jahres war, dem alten Comenius zum Trotz, selbstverständlich auch die
Zeit der lieblicheren Belehrung.

Da wurde allerdings dann dem Kinde vieles klargemacht, was dem Herrn von Glaubigern
in alle Ewigkeit dunkel blieb, und umgekehrt wurde manches in Nebel und Dunst gehüllt,
was der Ritter eben erst mit vieler Mühe dem Kinderkopfe in ein helleres Licht gerückt hatte.
Wenn der Herr von Glaubigern auch das Bewußtsein des Standes und des durch den Stand
bedingten Interesses im höchsten Grade besaß, so war er doch zu verständig und billig, um
nicht einzusehen, daß die Welt sich doch nicht ganz seit dem Untergang des Heiligen Römischen Reichs Deutscher Nation zum Schlechten verändert habe. Trotz aller Sehnsucht nach
verlorenen bessern Zuständen konnte er auch den gegenwärtigen Tag gelten lassen und hielt es
unter seiner Würde, die Gegenwart durch jenen bekannten, mehr oder weniger geschickt und
feierlich verhängten Standesegoismus hinter das Licht zu führen. Er konnte sich immer noch an
der Lebendigkeit, der Bewegung des Tages freuen, und wo er ihn nicht mehr verstand, da suchte

er den Widerspruch lieber im stillen zu verdauen, als daß er sich mit seiner harmlosen Umgebung in einen zwecklosen und unfruchtbaren Kampf darüber eingelassen hätte. Er sagte sich, daß von Krodebeck aus die Weltenuhr sich wahrscheinlicherweise nicht vor-oder zurückstellen lassen werde, und verdiente somit die Verachtung des Frölens im vollsten Maße. Mit Verachtung blickte das Frölen selbst auf den Kürassierharnisch, welchen der gute Ritter bei Ligny trug und über welchem er mit so heißen Tränen die Arme gekreuzt hatte, als er in der Nacht verwundet auf dem Schlachtfeld lag und der Rückzug seines Volkes an ihm vorüberrauschte.

Adelaide Klotilde Paula von Saint-Trouin, Gräfin von Pardiac und allen möglichen und unmöglichen andern Grafschaften, hielt es unter allen Umständen für ihre Pflicht, selbst da nein! zu sagen, wo niemand verlangte, daß sie ja! sage. Einmal in jedem Jahre wallfahrtete sie sicher nach Blankenburg, um auf dem Schloß und am Fuß der Teufelsmauer eine stille Andacht zu halten. Auf dem Schloß hatte ja Seine geheiligte Allerchristlichste Majestät der König Ludwig der Achtzehnte, leider recht bescheiden, selbst hofgehalten, und an der Teufelsmauer zeigte man eine Felsenfratze, welche dem dicken Herrn wie aus dem Gesichte geschnitten war und die bourbonische Nase sowie das bourbonische Kinn in wahrhaft genialer Weise zur Schau trug; wobei übrigens die Bemerkung gestattet sein wird, daß man in Deutschland kaum eine größere Felsenpartie bereisen kann, ohne daß die Reisehandbücher und die Führer aus der bourbonischen Physiognomie Kapital schlagen: vorzüglich in Gegenden, wo der Sandstein vorherrscht. Vor dieser Blankenburger Felsennase betete das Fräulein im vollsten Sinne des Wortes an und versank in eine Verzückung, welche den Schwarzen braunschweigischen Jägeroffizieren, die es zuerst auf das loyale Naturwunder aufmerksam gemacht hatten, großen Spaß bereitete. Daß der junge Hennig von Lauen sehr bald an diesen Wallfahrten teilzunehmen hatte und auch ein großes Vergnügen dran fand, war vorauszusehn. Es wurde ihm der Glaube an noch ganz andere Wunder zugemutet, und da er sich in jener Lebensepoche befand, in welcher man vorzüglich gern an alles Wunderliche und Wunderbare glaubt, so hatte er häufig einen größern Genuß davon als von dem grimmigen Amos Comenius, jedoch nicht immer. Den ausgezeichneten Jüngling Télémaque zum Beispiel haßte er viel ausbündiger als den Comenius.

War aber nicht der Klang der Fanfaren und Pansflöten von Marly und Versailles am Fuße dieser Harzberge ein Wunder, welches die junge Seele mit Lust und Behagen erfüllen mußte? Mit Begeisterung folgte Hennig dem Ritter von Glaubigern auf die wirkliche Hasenjagd; allein der barocke Zauberspuk des achtzehnten Jahrhunderts, welchen Adelaide heraufzubeschwören wußte, hatte gleichfalls seine innigen Reize. Ehe der Junker von Lauen die ersten Hosen aufgetragen hatte, war er zeitweise vollständig in einen Kreis gebannt, um welchen der Chevalier ängstlich genug herumtrippelte und von welchem aus er, d. h. Hennig, vorzüglich jenes ekle Grauen vor den ungewaschenen, lärmenden Erscheinungen der Wirklichkeit – das Grauen der Unmündigen und – der verzogenen und verzärtelten Erwachsenen empfand.

Mit Ekel, Abscheu und ohne die geringsten Gewissensbisse hatte sich das Fräulein von Saint-Trouin von dem Elendskarren der einst so schönen Marie Häußler und ihrem armen Kinde abgewendet; Furcht und Ekel erweckte das Bild dieser drei »Gegenstände« dem Junker von Lauen am Frühstückstisch auf dem Lauenhofe. Sogar die Neugier, welche das kindliche Alter allen Dingen entgegenträgt, wurde hier durch die Furcht überwogen, und mit heftigem Mißbehagen horchte der Knabe auf das, was die Mutter und der Ritter über die Leute im Siechenhause zu sagen hatten, während das Fräulein appetitlos, mürrisch-weinerlich dasaß und in allem, was gesprochen wurde, eine tiefe Kränkung seiner eigenen Persönlichkeit fand.

Der Herr von Glaubigern und die Frau Adelheid nahmen allerdings auf die Gefühle und Anschauungen des Fräuleins keine Rücksicht. Der Chevalier setzte auseinander, was geschehen könne, um die Aufregung des Dorfes über die heimgekehrte Gemeindegenossin so schnell als möglich zu verwischen. Er sprach sehr nüchtern von den Bauern von Krodebeck und gab sich darüber keinen Täuschungen hin; allein er sprach jedenfalls wie ein guter Mann, der ein unter seinen Augen begangenes Unrecht, welches er nicht verhindern konnte, nach Kräften auszugleichen bestrebt ist. Daß er bei seinen Vorschlägen und Ratschlägen nicht die Malteserin ansah, sondern lieber seinen Teller, war sicherlich ebenfalls ein Zeichen eines gutmütigen und feinfühlenden Herzens.

Die gnädige Frau blickte auf den grauköpfigen braven Hausgenossen mit den hellsten, glänzendsten, freundlichsten Augen und nickte von Zeit zu Zeit vergnügt in seine Worte hinein. Als er aber geendet hatte, knüpfte sie ihre Schürzenbänder fester, schüttelte sich in ihren Röcken zurecht und rief: »Man muß eben sein Bestes tun!«

Dann nickte sie auch dem Fräulein zu und sprach, durchaus nicht die Rücksichten des Chevaliers nehmend:

»Was machen Sie denn eigentlich wieder für'n Gesicht, Frölen? Herrgott und alle Klagelieder Jeremiä, eine Ananas haben Sie damals nicht aus der Krodebecker Gurke gezogen; aber – aber nun heulen Sie nur nicht! Ich will ja gern Abbitte tun, wenn ich zuviel gesagt habe! – Ach du liebster Himmel, da geht sie wieder hin!«

Da ging sie wirklich wieder hin mit dem Taschentuch vor den Augen, schwankend und stöhnend wie die Clairon in der Rolle der Phädra. Den Junker von Lauen hatte sie am Handgelenke gepackt und zog ihn hinter sich her. Belfernd und kläffend folgte Peccadillo ihr, während Mystax mit Bedacht auf ihren Stuhl sprang und mit ruhiger Würde sich der gnädigen Frau und dem Chevalier gegenüber niederließ.

»Nun bitt ich Sie, Glaubigern!« sagte die Frau Adelheid und fügte nach einigen Augenblicken hinzu: »Alter Freund, lassen Sie mir den Jungen nicht aus den Augen!«

Siebentes Kapitel

Wir haben bis jetzt mit dem Fräulein von St-Trouin und dem kleinen Hennig nur von der Landstraße aus in das Fenster des Krodebecker Siechenhauses gesehen und haben also noch über einiges zu reden, was sich am vorigen Abend hinter den erblindeten Scheiben begab.

Der »Homeister«, welcher unter der Oberaufsicht der gnädigen Frau eine zweite Bettstatt in der Hütte aufschlagen mußte, hatte sich entfernt mit seinem Handwerkszeug. Die gnädige Frau hatte der schönen Marie noch einmal das Kopfkissen zurechtgezogen und sich sodann gleicherweise mit dem Herrn von Glaubigern entfernt. Sie hatte die neugierigen Gaffer vor der Tür auseinandergejagt, und es war still in der Hütte geworden; – die alte Erbherrin und Burgfrau des Siechenhauses von Krodebeck fand sich zum erstenmal mit ihren neuen Hausgenossen allein, saß im Winkel und starrte auf das Bett. Marie Häußler hatte die Decke über den Kopf gezogen; das Kind kauerte neben dem Bette auf dem Erdboden und starrte auf die Alte. Krieg oder Frieden? Die Atmosphäre war dumpf, schwül und drückend wie vor allen größern Auseinandersetzungen, sei's zwischen zwei dummen nichtsbedeutenden Weibsbildern oder zwei klugen mächtigen Nationen!

Diese Auseinandersetzung mußte kommen, und sie begann in einer höchst drolligen, aber durchaus bezeichnenden Weise. Wie ein Käfer, der in einer gefährlich erscheinenden Situation wieder Mut faßt, regte die Alte allmählich wieder Glied um Glied. Wie eine Henne, über welche der Habicht hinrauschte, zog sie den Kopf wieder unter dem gesträubten Flügel hervor. Leise und scheu streckte sie den Hals aus ihrem Winkel vor und wiegte immer schneller den Oberkörper hin und her. Sie stöhnte laut und unterbrach sich dabei, nach dem Bett hinhorchend; und als ihr Seufzer von dem Lager her ein Echo fand, erhob sie sich und stand gebückt, wiederum lauschend. Sie hielt die Hand an das Ohr, und das Kind, welches sich immer mehr vor ihr fürchtete, fing an zu weinen, an zu schreien. Die Alte richtete ihre Aufmerksamkeit von der Mutter auf das Kind und murmelte ununterbrochen durch zwei Minuten:

»Oje, oje, oje!«

Es dauerte zwei volle Minuten, ehe sie in jenes Stadium übertrat, in welchem der Käfer anfängt, seine Fühlhörner zu putzen und zu »zählen«. Dieses Stadium fand endlich seinen Ausdruck durch die Interjektionen:

»O du lieber Gott! O Gott, Gott, Gott!«

Im dritten Stadium entfaltet der Käfer seine Flügeldecken und schnurrt davon, die Henne schüttelt sich und gackert hellauf; die alte Burgfrau im Siechenhaus aber, von einem ganz außergewöhnlichen Entschluß, von einem von Thor und Wodan zu gleicher Zeit gesandten Mut ergriffen, fuhr mit einem Kamm auf das angstvolle Kind los, packte es mit ihren knöchernen Händen, zog es trotz seines Widerstrebens zwischen die Kniee und fing an, es mit gespanntestem Nachdruck zu kämmen. Die Lage der Dinge hatte sich mit einem Schlage geändert. Der Standpunkt für den fernern Verkehr war auf die natürlichste Weise gewonnen.

Auf das Geschrei des Kindes hob Marie ein wenig die Decke vom Gesicht, um zu sehen, was vorgehe, sagte jedoch nichts und sagte auch nichts, als die Alte, nachdem sie ihr Werk vollendet hatte, die kleine Antonie zu dem Stuhl am Fenster führte, um ihr das heimkehrende Dorfvieh zu zeigen.

Die Sonne war nunmehr untergegangen, und die Glocken der Kuhherde ertönten bereits in der Ferne. Antonie stand wieder zwischen den Knieen der Alten, doch jetzt ohne Zwang; die alte Frau wie das Kind warteten beide mit gleicher Spannung auf die Heimkehr des Viehs, und wenn wir den guten Gebrauch, jeden Abschnitt durch eine passende Überschrift zu bezeichnen, in diesem Buche zur Anwendung bringen wollten, so würden wir über dieses Kapitel die Worte: *Das liebe Vieh!* setzen und mehr als einen Grund dafür bereit haben. Ein recht schöner Grund lag zum Exempel schon in dem plötzlichen Angriff mit dem Kamm auf den verwilderten Kinderkopf; allein das war, wie gesagt, nicht der einzige. Die Alte, welche den Menschen wenig Dank schuldete und noch weniger Zutrauen, besaß eine große und innige Neigung für das Vieh und stand mit demselben auf dem allerbesten Fuße, vorzüglich soweit es in Herden versammelt am Morgen und am Abend an der Tür des Armenhauses vorbeizog. Sie hatte nicht den geringsten Teil daran und sah deshalb gewöhnlich ganz philosophisch unbefangen in das Getümmel; und da der Stall, die Weide und die Schlachtbank nicht nur im Leben der Tiere, sondern auch im Menschenleben ihre Rolle spielen, so kann man wohl über das »liebe Vieh« und seine Geschicke die merkwürdigsten philosophischen Betrachtungen anstellen. An diesem Abend jedoch sah Hanne Allmann nicht unbefangen dem Heimzug ihrer Freunde zu. Sie saß und hielt sich die Stirn mit der Hand und wiederholte immerfort:

»Das liebe Vieh! Das liebe Vieh!«

Sie zogen alle vorbei. Zuerst die beredsamen Gänse, die Glück bedeuten, wenn man ihnen begegnet auf dem Wege. Sodann die zappelhaften, dummunruhigen Schweine, welchen man nicht begegnen soll, wenn man es irgend vermeiden kann, da sie Verdrießlichkeit, Hader, Zorn und Unglück anzeigen. Es kamen, geführt vom gewaltigen Dorfbullen, die stattlichen Kühe mit den Rindern und Kälbern, und den Beschluß machten die dummen, aber sehr viel Staub aufwühlenden Schafe samt den nervösen Ziegen.

»Das liebe Vieh! Das liebe Vieh!«

Verschiedene der Tiere kamen als nähere Freunde an das alte Weib heran, um es mit den feuchten Schnauzen anzublasen oder ihm die Hand zu lecken, die es ihnen aus dem Fenster hinhielt:

»Guten Abend, Hanne! Guten Abend, Hanne Allmann. Wie ging es den lieben langen Tag über? Und was für zwei junge, unbekannte Augen hat Sie da bei sich?«

Das Kind schlug die Hände zusammen und fragte, ob das an jedem Abend so sei; und Hanne Allmann – sie hatte wunderlicherweise wirklich auch einen Namen! – strich der Kleinen freundlich über die gekämmten Locken: freilich sei das so, vom Frühjahr bis in den späten Herbst. Da lachte Antonie und meinte, das sei schon recht, und die Alte lächelte auch.

»Ja, es ist schon recht!« sagte sie. »Siehst du, das ist des Vorstehers vornehme Schwarze, die kommt aus einem fernen Lande, ist allmächtig berühmt wegen ihrer Herkunft und kommt doch alle Abend und grüßt und nimmt nichts dafür, daß sie das alte Bettelweib im Siechenhaus kennt. Da ist Ulenbrinks Blesse, die ist auch aus einem reichen Hause, und da kommt des Barbiers Scheckigte, die ist die Schönste und Klügste in der ganzen Herde –«

Die Alte fuhr schreckhaft zusammen und blickte schnell und verstohlen nach dem Bett hinüber. Die Ideenverbindung hatte trotz aller Tragik etwas unendlich Komisches; doch die schöne Marie war zu krank und elend, um die Komik oder die unwillkürliche Beleidigung zu fühlen. Aber sie verkroch sich wieder tiefer unter ihrer Decke und fürchtete sich vor der alten Hanne Allmann schrecklich und nicht ohne Grund, soweit es das eigene böse Gewissen betraf. Von allen Krodebecker bösen Kindern hatte sie in ihrer Jugend der verachteten Bewohnerin des Siechenhauses die ärgsten und abgefeimtesten Possen gespielt, die schlimmsten Schimpfworte nachgerufen. Und sicher hatte sie gewußt, daß sie das klügste Kind im Dorfe sei, und deshalb in allen Boshaftigkeiten die übrigen angeführt. Außer dem Dorfbüttel, welcher zugleich den Armenvogt von Krodebeck vorstellte, fürchtete Hanne Allmann das hübsche Kind des Barbiers Häußler am meisten. *Das* war nun vor ihrer Tür abgeladen worden! Das sollte von nun an mit ihr unter demselben Dache wohnen! Zu Ende war die kurze Ruhestunde, der armselige verlorene Frieden; – die alte Unruhe, der alte Lärm und Schmutz, die alte Unzucht richteten von neuem ihr Reich in dem Siechenhause von Krodebeck auf! O es war, um sich unter die Erde in die letzte Ruhe, in den letzten Frieden – in den feuchtesten, schlechtesten Winkel des Kirchhofes, unter die Nesseln, welche der Totengräber in der Mauerecke aufhäufte, hinabzuwünschen! –

Das liebe Vieh! Ach ja, das liebe Vieh!

Schreckhaft war Hanne Allmann über ihr unbedachtes Wort zusammengefahren; doch sie mochte sich beruhigen: das kluge Kind des Barbiers war nicht mehr imstande, so feinen, wenn auch unwillkürlichen Spielen des Witzes zu folgen. Marie Häußler konnte nur noch das Allergemeinste, das Allergewöhnlichste, das, um welches auch die Dümmsten und Einfältigsten lachen und zittern, in Sinnen und Gedanken begreifen und festhalten. Sie wendete sich mühevoll auf die Seite, sah auf die beiden am Fenster und rief weinerlich:

»Hanne! – Hanne Allmann!«

»Ja, was, Marie?«

»Da bin ich!« sagte die schöne Marie.

»Oh! Ja, da bist du«, sagte die Alte und versuchte vergeblich, zu lächeln.

Marie Häußler lachte, und ihr Kind, welches glaubte, es sei etwas zum Lachen vorhanden, lachte auch; aber Hanne Allmann wischte sich den kalten Schweiß von der Stirn. Es entstand wieder eine Pause in der Unterhaltung, bis die Alte es nicht länger aushielt und sich zu der Bemerkung aufraffte: »In Krodebeck läßt es sich auch leben!«

Da griff die schöne Marie im höchsten Fieber, in Wut und Angst ihre Bettdecke mit beiden Händen, als müsse sie etwas zerreißen.

»Und sterben läßt es sich auch da, und das ist das beste! He, alter Uhu, alte Hanne, wo sind die Maulschellen, die Ohrfeigen, welche du mir einst versprochen hast? Jetzt könntest du die alten Schulden zahlen! Komm heran, schlage mich – komm, schlage mich tot! Jawohl, du mußt es wissen, *wie* es sich in Krodebeck leben läßt!«

Jetzt lachte die kleine Antonie nicht mehr, sondern zeterte hellauf.

»Mein Kind! Mein Kind!« rief die Mutter. »Hanne Allmann, das ist mein Kind, und es und mich haben sie auf dem Schinderkarren nach Krodebeck geschleppt, und es soll da leben, und ich soll da sterben. Hanne Allmann, vergib mir; ich kann in meinem Leben nicht wieder in der Gasse hinter dir herrufen. Vergib mir! Schlage mein Kind nicht! Schrei es nicht an! Um Jesu Christi willen, ich bitte dich um Vergebung!«

Für einen anständigen Menschen gibt es nichts Unangenehmeres, als um Verzeihung gebeten zu werden. Die braven Leute werden in solchen Fällen ungemein nervös dem Bittenden gegenüber. Sie liefen am liebsten weg, um dieser heißen Hand, die ihnen nach der Gurgel greift, zu entgehen, und sie fühlen einen Druck auf der Seele, ein vages Schuldbewußtsein, welche ihnen den Standpunkt in jeder Weise verrücken. Der arme Sünder weiß dies gewöhnlich ganz klar und nimmt, seiner Last erledigt, *seinen* Standpunkt vollkommen danach. Edlen Leuten, die sich mit Vergnügen um Verzeihung bitten lassen, braucht eigentlich niemand, und sei es der ärgste Bösewicht, dieses Vergnügen zu bereiten.

Hanne Allmann, welcher der Fall zum erstenmal in ihrem Leben begegnete, geriet außer sich. Es wurde ihr schwarz vor den Augen, sehr schwarz; sie seufzte, sie stöhnte, und jeder dritte Physiognomiker hätte voraussagen dürfen, daß sie sich im nächsten Augenblick auf die schöne Marie stürzen würde, um die verspätete Züchtigung vollkräftig nachzuholen und zum Anfang wenigstens ihr die Augen auszukratzen und die Haare auszuraufen. Wir aber wissen, daß dies nicht der Fall sein konnte, sondern daß sie jetzt nur noch etwas tiefer in sich die ganze Kleinheit des armen Geschlechtes der Menschen verspürte.

Sie hob das Kind von dem Schemel am Fenster herab und humpelte, die Hand desselben haltend, zu dem Lager der Kranken, sah ihr zum erstenmal genau und ohne zu zucken in das Gesicht, setzte sich neben dem Bette nieder und sagte:

»Sei nur still, Marie. Jag einem nicht solch einen Schrecken ein; – wir wollen schon miteinander auskommen.«

Und weil sie so ein altes Weiblein war, das stets ganz allein und ganz zuunterst in der Weltgeschichte gelebt und seine einzigen und besten Freunde unter dem lieben Vieh hatte, so wußte sie wirklich und wahrhaftig nichts weiter zu sagen. Nachher brachte sie ganz leise die kleine Antonie zu Bett und kroch selber unter ihre Decke und wartete die ganze Nacht mit einem sonderbaren Summen und Singen im Gehirn auf eine große Erleuchtung. Es kam aber nur mit dem neuen Morgen eine Vision; doch auch diese war nicht zu verachten unter so bewandten Umständen.

Achtes Kapitel

Mancherlei, und zwar seit uralten Tagen, wußte das Dorf Krodebeck und mit ihm das Siechenhaus von den Leuten zu erzählen, die von dem Gebirge zu ihnen niederstiegen, und das Siechenhaus hätte vielleicht die meisten und wunderlichsten Sachen berichtet, wenn Türen und Wänden die Zungen gelöst werden könnten. Bergleute und Vogelhändler, Kienrußhändler und Kohlenhändler, Jäger und Spielleute zogen durch den Ort und hielten, und zogen durch und hielten an seit mehr als tausend Jahren. Ihr Weg ging meistens immer weit nordwärts und den großen und reichen Städten der Ebene zu, ja oft sogar über das Meer hinaus zu den fremden Völkern, und ganz selten ohne Zweck und Grund. Es schlägt manch ein Fink in der Stadt London, welcher am alten Brocken aus dem cheruskischen Nest genommen wurde, und manch ein munterer Kanarienvogel singt vor ausländischen Ohren das Lied, welches ihm zu Zellerfeld und Andreasberg vorgepfiffen wurde. Wie die Singvögel reisen aber auch die Bäume. Bis hoch hinauf oder vielmehr tief hinab an den Strand der Ostsee und die Nordsee entlang flammt die herzynische Tanne am Weihnachtsfest. Harzknaben führen sie bis zur Eisenbahnstation, und der Dampfwagen bringt heutzutage den Kindern in Stettin die Freude und Poesie ihrer schönsten Feierstunde. Die Krodebecker sehen die Vögel und die Bäume vorüberziehen, und wenn die Träger, die Wagen und Schlitten vor dem Kruge anhalten und die klugen und unternehmenden Handelsleute sich durch einen Trunk für das fernere gute oder böse Wetter stärken, so erkundigen sie sich gern nach dem Wetter und den Wegen »da oben« bei den Leuten und geben ihnen vielleicht auch, wenn sie recht guter Laune sind, ein freundlich Wort mit auf die Reise. Was aber durch Krodebeck nordwärts zieht, das muß an dem Siechenhause vorüber, und die meisten aus dem fahrenden Volk haben eine Neigung, ein Verständnis, ja manchmal sogar durch die Verwandtschaft daheim eine gewisse brave, aber klägliche Achtung für dasselbe. Die meisten stehen in einem viel abhängigern, erniedrigenderen Verhältnis zu dem Siechenhaus als das liebe Vieh, welches gleichfalls daran vorüberzieht.

Übrigens, wenn in früheren Zeiten das Gebirge unheimliche, schlimme Gesellen: Schafdiebe, Wilddiebe und Diebe und Räuber, die womöglich alles mitnahmen, in die Ebene herniederschickte, so sieht auch der heutige Tag und die Nacht, welche demselben folgen wird, sonderbares Volk genug, welchem der Bauer trotz der guten Polizei, trotz Kirche und Schule nicht über den Weg traut, und welchem auf den einsameren Gehöften kein Hausvater gern ein Nachtlager in seiner Scheune oder auf seinem Heuboden gestattet. Auch in dieser Hinsicht könnten die Wände des Siechenhauses von Krodebeck von manchem späten Gast erzählen, der verstohlen hinter den Hecken und Zäunen heranschlich, leise pochte oder pfiff und zu jeder Stunde der Nacht Einlaß erhielt, ohne daß der Baron, der Pfaff oder der Bauernvorsteher vorher Wanderbuch und Paß, die Moral und die Taschen visiert und visitiert hatten. Das war auch noch zu den Zeiten der Hanne Allmann vorgekommen. Wie die Wände hätte das alte Weib davon erzählen können, welchen kuriosen Besuch der lahme Peter, die blinde Kölkenbecksche und der Trippel-Brand bekamen und was für ein gutes und nahrhaftes Leben es dann und wann im Armenhause gab. Da brotzelte freilich mancherlei auf dem Jammerherde, was in einen andern Topf oder an einen andern Spieß gehörte, und zu manchem wackern Trunk kam das Siechenhaus nicht auf dem richtigen Wege.

Die Alte im Siechenhaus spricht sowenig davon als die Wände. Sie duckte sich damals, wenn es draußen im Nebel und der Finsternis pfiff oder wenn es am Fenster kratzte und hustete, scheu nieder und verkroch sich unter ihrer Decke. Wenn jedoch die Tür sich wieder hinter dem späten Besucher geschlossen hatte und der heimliche Jubel oder Geschäftsaustausch anhub, dann verstopfte sie beide Ohren mit den Händen, um sowenig als möglich von den Verhandlungen, den Zoten und Schelmenliedern zu vernehmen. Sie hörte trotz der verstopften Ohren genug davon, um das Dorf, die Pfarre und den Gutshof durch Kundmachung in die größeste Aufregung zu versetzen; allein niemand durfte es ihr verdenken, daß sie nichts davon laut werden ließ; weder vor Junker, Pfaff und Bauerschaft wäre das nicht ohne Gefahr und gewißlich nicht ohne die beschwerlichsten täglichen und stündlichen Martern, Unbequemlichkeiten, Quälereien und Kränkungen für sie abgegangen. Und jetzt – in den ruhigeren Tagen und seit der Zeit, in welcher sie allein das Armenhaus bewohnte, hatte es für sie weder Sinn noch Nutzen, die alten Geschichten wieder aufzurühren und andern Leuten zum Spaß oder zur Verwunderung das vergangene Gruseln und den alten Ekel wachzurufen. Ebensowenig, doch aus einigen andern Gründen dazu, sprach Jane Warwolf, die jetzt, das heißt seit drei Uhr morgens, im Anmarsch auf Krodebeck war, von den alten Geschichten und vergangenen Zeiten, es müßte denn sein im größesten Vertrauen und im heimlichsten Zusammenhocken mit Hanne Allmann.

Um die Zeit, in welcher die Gutsfrau auf dem Lauenhofe aus dem Bett fuhr, fuhr auch die Frau im Siechenhause aus dem einzigen Schlummerstündchen auf, das ihr in dieser Nacht zuteil geworden war und in welchem sie eine Vision von einem alten grauen Unterrock, aus dem sich vielleicht ein Unterröckchen für das Kind der schönen Marie machen ließ, gehabt hatte. Die abbröckelnden Wände der Hütte hätten kaum von einem behaglichern und zugleich leichter in die Wirklichkeit zu übertragenden Traum berichten können; doch die Wirklichkeit kratzte längst schon wie ein verhungernder Hund an der Tür, und lange ehe der erste Sonnenstrahl über den Horizont schoß, war Hanne Allmann auf aus dem Stroh und in den Kleidern. Die schöne Marie schlief um diese Zeit zuerst ruhiger, während das Kind, welches sich durch nichts hatte stören lassen, ruhig weiterschlief.

Unhörbar schlich das Mütterchen umher, die armselige Ausstattung der Wohnung in Ordnung zu bringen. Erst als dieses geschehen und für jetzt nichts mehr zu schaffen war, warf sie einen Blick aus dem Fenster in die stille Frühe und auf die dämmerige leere Landstraße nach beiden Seiten hin, doch ohne das Fenster zu öffnen. Leise kam sie sodann zurück und sah auf die beiden Schlafenden, auf die wegemüden Wanderer, die das Schicksal von dieser staubigen grauen Straße in ihr betrübliches, dumpfes, enges Reich geworfen hatte. Sie blickte von der Mutter auf das Kind und wog Tod und Leben wie je eine Norne unter dem Zeitenbaum am Urdarborn. Jetzt war sie wieder allein, ungestört und ruhig. Die Zweige und Blätter der großen, geheimnisvollen Wunderesche rauschten leise ob ihrem Haupte, und die Verheißung einer noch tiefern Ruhe, eines noch tiefern Friedens war in diesem Rauschen. In dieser stillen Stunde überwand sie den großen Schrecken, die schlimme Angst in ihrer Seele vollständig und gewann einen Sieg, dessen sich kein noch so berühmter Held hätte zu schämen brauchen: sie trat ein für das Leben, wie schwer ihr Wunsch sie auch nach der andern Seite hinüberziehen mochte.

»Oje, was lacht das Kind im Schlaf?« murmelte sie. »Guck einer, dem ist's noch einerlei, wohin es die Welt schob und was aus ihm werden mag. Ei, ei, hat das der liebe Gott noch auf meine alten Tage mit mir im Sinne gehabt? Guck, Hanne Allmann, das hättest du gestern um diese Zeit wohl nicht gedacht, daß er dir vor deinem End noch einen Sarg und eine Wiege zu versorgen geben würde.«

Sie hatte vorhin in der Hast ihre Strümpfe umgewendet angezogen und schob's zum größten Teil darauf, daß ihr die Sache jetzt so leicht erschien; aber was auch die Meinung der Nation darüber sein mag, wir haben jetzt von dem größern Trost zu berichten, der nun vom Harz her heranmarschiert war, und zwar unter einer Form und Gestalt, welcher die meisten scheu ausgewichen wären.

Mit dem ersten Strahl der Sonne, als auch das Dorf sich schon regte, doch der Tau noch in voller Frische an Blatt, Gras und Spinngeweb haftete, klopfte dieser Trost an das Fenster des Siechenhauses und sah hinein – ein braun, runzlig Altweibergesicht, mit Stoppeln um das Kinn und Stoppeln um die Mundwinkel, gefurcht gleich einem übelgepflügten Ackerfeld, mit schneeweißen Augenbrauen, doch vollem, rotbraunem Haupthaar, das nach cheruskischer Sitte nach dem Hinterkopf hinübergezogen und in einen Knoten geschlungen war, mit grauen tiefliegenden Augen, die früher noch schärfer gesehen haben mochten, aber auch jetzt noch jedenfalls ihren Weg klar vor sich sahen!

Dieses war Jane Warwolf, und als die Alte in der Hütte ihr Gesicht am Fenster erblickte, verklärten sich ihre Mienen, und mit einem Ausruf der Freude humpelte sie wieder dem Fenster zu.

»Glück auf, Hanne!« rief die Alte draußen, ungeduldig einen kurzen Wirbel an den Scheiben trommelnd.

»Still, Jane, sie schlafen!« flüsterte Hanne Allmann mit einem Blick über die Schulter auf die schöne Marie und das Kind. Im nächsten Augenblicke stand sie vor der Tür, und wie die eine Hexe nun der andern die Hand schüttelte und die Zahnstumpfen zeigte, da mochte die rote Morgensonne ihre helle Freude an den beiden haben.

Die wandernde Frau war vielleicht nur um zehn Jahre jünger als die Frau aus dem Siechenhause, allein obgleich sie jetzt unter einer schweren Last gebückt stand, so sah man doch, daß sie sich in jedem Augenblick hoch genug aufrichten konnte. Und obgleich sie sich schwer auf den hohen Weißdornstock mit der künstlich geschnitzten Knopffratze stützte, so unterlag's doch nicht dem geringsten Zweifel, daß sie im Notfall mit eben diesem Stabe tüchtig dreinschlagen würde. Auf dem Rücken trug sie ihre Harzkiepe voll hölzernen Geschirrs, voll Löffel und Teller und Kinderspielzeug und trat damit jedermann frei unter die Augen. Auf dem Grunde des Tragkorbs jedoch führte sie einige Flaschen, welche sie bedächtig den Augen der hohen Medizinalbehörden entzog. Sie enthielten sehr gesunde Tränke, erprobt seit Jahrhunderten gegen die mannigfaltigsten Gebresten des Leibes, und konnten sich den zu Goslar gebrauten nach Heilkraft und Wohlgeschmack kühn an die Seite stellen.

»Da bist du! Und willkommen bist du wie ein Mairegen!« rief Hanne.

»Glück auf, junge Frau!« wiederholte Jane. »Freilich bin ich da, und den ganzen Weg von Wildemann her hab ich mich auf dies alte Drudengesicht gefreut; und richtig, ein Gesicht macht sie wie der Uhu vor dem Blitz – ganz wie ich's mir vorstellte, und ganz und gar nichts häßlicher. Nanu nur lustig! Wie steht's im flachen Land? Was macht Bratpfanne und Kuchenblech im Armenhaus zu Krodebeck? Aber nun sag einmal, Hanne, wie steht's denn mit unserer Reise? Raus aus der Schüchternheit! Sie werden allgemach ungeduldig da oben auf dem Blocksberg. Sie recken nun schon manch liebes Jahr die Hälse nach uns, und länger als bis zur nächsten Walpurgisnacht wollen sie unter keinen Umständen warten. He, he, Hanne Allmann, wie ist's mit dem Besen und der Ofengabel? Und wer geht noch mit aus euerm Dorf? Jaja, ich habe da eben im Vorbeihinken mehr als einen Schornstein angesehen; da kann man sich schon freuen auf das nächste Auffahren. Es werden wenige Besen in *der* Nacht in Krodebeck zurückbleiben, und wer von den Gevattern einer Ofengabel benötigt sein sollte, der wird dann wohl danach ein wenig bergauf zu steigen haben.«

Die alte Hanne duckte sich auch unter diesem Redestrom und ließ ihn über sich hinschießen. Sie wußte, daß die alte Jane sich aussprechen müsse, wenn sie angefangen hatte zu sprechen. Erst als die wandernde Frau ihre Last auf dem Rücken zurechtschob, nahm sie das Wort in der eintretenden Pause oder versuchte wenigstens, die Rede auf etwas anderes zu bringen.

»Von Wildemann kommst du, Jane?«

»Von Wildemann? Hab ich das gesagt, dann wird's freilich wohl seine Richtigkeit damit haben. Aber wo bin ich gewesen! Rund um den Erdball herum in der schlechten Welt in diesen letzten vierzehn Tagen! Oben und unten! In Rübeland und in Wernigerode, in Harzburg, Ilsenburg und in Klaustal, in Goslar und in Wieda, in Sachsa und in Walkenried – als ob es bei unsereinem darauf ankäme, woher er käme und wohin er ginge! Das Volk bleibt überall gleich, und Hunger und Durst hat man überall umsonst; die Hunde hängen sich einem überall an den Rock, und die hölzernen Bänke wollen mein Lebtage zu keinen seidenen Polstern unter mir werden. So will ich denn den Weg mal wieder ins Platte nehmen; das ewige Bergauf, Bergab kriegt man endlich auch satt, und es hat's nicht jeder so gut wie die gnädige Frau vom Siechenhaus zu Krodebeck. Ja freilich, die Hanne Allmann kann es mitansehen! Die sitzt hier in Saus und Braus und wartet im Lehnstuhl auf ihre Zeit und lacht auf dem Stockzahn und ziert sich; denn sie hat's schriftlich, daß der Junker mit der roten Feder endlich doch einmal vierspännig vorfährt, um sie durch die Lüfte mit sich zu nehmen.«

»Man könnte dir trotz aller Freundschaft gram werden, wenn man dir auf dein Maul nicht ein gut Stück zugute täte! Nun sage, wohin geht der Weg jetzund? Und wenn du alles los bist von der Seele, so höre an, was ich dir zu sagen habe.«

»Wohin der Weg jetzund gehet? Nach Braunschweig zur Sommermesse. Als ob dieses sich nicht von selber verstände! Hannchen, Hannchen, etwas mehr Einsicht in den Handel mit hölzernen Löffeln wäre dir doch zu wünschen! Aber still – nun horch, junge Frau, jetzt kann dein Glück blühen, wenn du wenigstens Verstand und Einsicht genug auftreiben kannst, um den richtigen Wunsch aus dem Bettelsack hervorzuholen. Ich habe mir nunmehro fest vorgenommen, dir mitzubringen, was dein Herz begehrt, und sollt's mich eine Million in barem Gelde kosten. Für alle sechs Nullen darfst du dir was wünschen, nur mit der nichtsnutzigen Eins davor mußt du mir aus alter Liebe, Freundschaft und Gefälligkeit vom Leibe bleiben. Das wäre also gesagt, und da ich dein dankbares Gemüte kenne, so komme ich auf etwas anderes und stelle die höfliche Frage: was kosten die Zichorien in Krodebeck, und was hat der hochgelobteste Gemeinderat fürs erste Frühstück im Korb ohne Boden, im Hotel zum Falschen Mariengroschen ausgeworfen?«

»Komm herein, du sollst dich wundern!« rief Hanne Allmann.

»Das wird mir lieb sein; denn so leicht wundere ich mich über nichts mehr in der Welt. Aber weißt du, Hannchen, umsonst nehme ich nichts an – unter keinen Umständen! Dafür hat mein seliger Herr Vater gesorgt – der trug ein ganzes, wirkliches und wahrhaftiges Bergwerk auf dem Rücken mit allen Silbergängen und Goldgängen und wurde ein reicher Mann dabei, wie du weißt, daß er mit seinem Mammon von Tür zu Tür zog und großes Aufsehen erregte.«

»Dieses ist wahr, und er wußte wahrhaftig gut dazu zu reden, Jane.«

»Und das Kupferbergwerk trug er in seiner Tasche – das war ein Mann, Hanne, – und ich bin seine Tochter, Hanne, und habe von ihm gelernt, was sich schickt und womit man sich den Leuten am angenehmsten macht. Es wär doch auch eine rechte Schande, sich lumpen zu lassen, wenn man ganz Peru und Paphlagonien auf dem Buckel mit sich herumschleppt!«

»Nun höre sie einer an! Wo sie nur all die grausamen und gelehrten Worte herkriegt? O Jane, Jane, jetzt laß aber auch mich einmal sprechen!«

»Alter Schatz, du tust ja nichts anderes seit einer Viertelstunde, und es scheint dir nur ein heimtückischer Spaß, daß ich dir währenddem mit Jammer und Klage den Sehnsuchtswalzer um eine Tasse Kaffee vorpfeife.«

Hanne Allmann, fast zum Äußersten gebracht, faßte die Schwätzerin an der Schulter und flüsterte ihr einige Worte ins Ohr. Da horchte Jane Warwolf denn doch hoch auf und stieß mit dem Wanderstock einige Male ziemlich fest auf den Boden. Dann ließ sie, wenn auch nicht den Sehnsuchtswalzer, so doch einen langen, bedeutungsvollen Pfiff hören und trat der alten Gastfreundin nach über die Schwelle des Siechenhauses von Krodebeck – ein ganz anderes Weib, als wie sie sich bis jetzt gezeigt hatte.

Neuntes Kapitel

Mutter und Kind schliefen noch immer. Sie hatten nichts von der oft ziemlich lauten Verhandlung der beiden Alten vor dem Fenster und der Tür vernommen. Hanne ging noch immer auf den Strümpfen, aber Jane Warwolf trat fest auf; das lachende lustige Gesicht war zu einem fast bösen und zornigen geworden, und sie murmelte mehr als ein Wort, welches die schöne Marie Häußler besser nicht vernahm. Das alles hatte wohl seinen Grund; denn Jane Warwolf hatte nicht zum erstenmal für die Freundin eintreten und das Gebiß zeigen müssen. Sie hatte die arme Hanne vor Schulz, Schulmeister und Pastor, vor den Bauern, ihren Weibern und Kindern unter ihre Flügel genommen und sie mit großem Gegacker verteidigt: sie versah sich natürlich von der schönen Marie nichts Gutes und hatte sich schnell vorgenommen, sich von Anfang an auf den richtigen Standpunkt ihr gegenüber zu stellen. Auf dem kurzen Wege von der Tür bis zum Bette der Schlafenden spiegelte ihr die Phantasie einen ganzen Reigen von zukünftigen Katzbalgereien der muntersten und hitzigsten Art vor, und so faßte sie ihren Stab fester und handgerechter und schnitt ein Gesicht, scheußlicher als das, welches den Knopf dieses braven Stabes bildete. Am liebsten würde sie die schöne Marie durch eine tüchtige Tracht Prügel erweckt haben, und vor nicht sehr langer Zeit wäre dieses sicherlich auch die zweckmäßigste und wohltätigste Art des Morgengrußes gewesen. Die schöne Marie verdiente leider recht häufig als erste Begrüßung noch etwas viel Eindringlicheres, wenn sich solches hätte ausfindig machen lassen.

Doch die Sonne war nun auch schon wieder höher gestiegen, und herrlich war der Morgen. Freudig schimmerte das Gebirge in der Ferne, und freudig glänzten die nahen grünen Hügel und Wälder von Krodebeck. Daß die Vögel in den Bäumen und den Lüften diese gute Gabe eines neuen, anscheinend regelrechten Sommertages besser würdigten und jedenfalls dankbarer empfingen als die Menschen, konnte keinem Zweifel unterliegen, und daß es kaum noch nützt und ergötzt, sich eines weitern darüber zu verbreiten, unterliegt noch weniger einem Zweifel.

Aber die Sonne kam in demselben Augenblick durch die niedern Fenster in dem Siechenhause zu Krodebeck an, in welchem die zwei alten Weiber über die Stubenschwelle traten, und das war nicht ohne Einfluß auf den Verlauf unserer Geschichte. Es ist immer ergötzlich und nützlich, es ist immer schön, wenn das Licht, wenn die Sonne sich irgendwo einmischt, und sie weiß das auch und tritt jedesmal lachend im richtigen Moment hervor bei Krönungszügen, Denkmalsenthüllungen, Paraden und so weiter. Da verkriechen sich die Regenschirme, die Begeisterung der Menge steigt, die hohen und allerhöchsten Herrschaften lächeln, und die Sonne lacht sowohl über die hohen und allerhöchsten Herrschaften wie über den Pöbel und die Berichterstatter.

Die Sonne traf das Haupt der höchsten Herrschaft, welche in dieser Geschichte erscheint, das Haupt Antonie Häußlers; und das Kind lächelte ebenfalls, als Jane Warwolf sich nunmehr über es beugte und es aufmerksam betrachtete.

»Hm! Hm!« machte Jane und warf einen erstaunten Seitenblick auf Hanne Allmann.

»Ich hab es auch gesehen,« flüsterte Hanne. »Man findet es nicht zum zweitenmal in Krodebeck. Ich habe es vorhin eine Stunde angesehen und doch nicht genug gehabt, und – die Sonne allein ist nicht schuld daran.«

Jane richtete sich wieder empor und zog die weißen Augenbrauen von neuem zusammen:

»Ihre Mutter war auch hübsch genug in der Wiege! Jetzt laß mich die sehen!«

Sie trat an das Bett der schönen Marie und blickte finster auf sie nieder. Nach einigen Augenblicken forschender Prüfung schob sie einige Haarflechten, welche der Kranken über die Stirn gefallen waren, von ihr zurück. Dann lehnte sie leise ihren Stock an den Bettpfosten, dann zog sie die Arme und Schultern aus den Tragriemen ihrer Last und setzte dieselbe mit Hülfe Hannes ab; dann setzte sie sich selber auf den Schemel neben dem Bette, stützte den Ellenbogen auf das Knie und das Kinn in die Hand; endlich sagte sie:

»Hanne Allmann, ich habe mir die Sache deinetwegen schlimmer vorgestellt, als sie sich jetzo ausweist; wir wollen deshalb nicht weiter gehen, als recht ist und wie wir vor Gott verantworten können. Nämlich so meine ich: wir haben schon manchen und manche mit solchem Gesichte, wie diese hier, gesehen, und wie mir deucht, kam jedesmal alles auf dasselbe Ende hinaus, näm-lich zur Tür hinaus, die Füße voran. Also, Hanne, habe Geduld; einen weichen Sitz im Himmel hast du dir bereits erworben, nun kannst du dir ein Fußkissen zu noch größerer Bequemlichkeit dazuverdienen. Ich hatte mir viel vorgenommen mit ihr und hätte ihr meine Meinung deutlich genug machen wollen; aber nun fehlt mir doch das Herz, zumal da es doch nichts hilft als zu einem Zank am Sterbebett und – das fehlte mir gerade noch. Jaja, Hanne Allmann, heute rot, morgen tot – Schönheit vergeht, Tugend besteht – und wie die Narreteien sonst alle heißen bei ähnlichen Gelegenheiten. Ich wollte dir mit Vergnügen eine von meinen gesunden Flaschen für sie zurücklassen; doch das ist nur etwas für die Gesunden. Hätten wir die Lisabeth aus Elend hier, so möchte die vielleicht genauer sagen können, wie lange die arme Kreatur es noch machen wird; daß dahingegen der lahme Bock von Hüttenrode gestern nachmittag mit seiner Weisheit und seinem Schubkarren voll Apothekenkräuter seitwärts abschob, ist durchaus kein Schaden. Also, sage ich, halt sie nicht zu warm und gib ihr klares Wasser zu trinken, so viel sie begehrt. Hm, Wasser und Erde, daraus entstehen alle Dinge und alle Dinge haben darin ihr Ende, weshalben es auch kein Fieber gibt, welches sich nicht mit Wasser oder aber mit dem Grabscheit verheilen läßt. Das wäre denn genug gesagt über die schöne Marie; was jedoch die hübsche Krabbe da anbetrifft, so hat die freilich und wahrscheinlich einen längern Weg vor sich als die Mutter; aber was das beste für sie wäre, wer mag das sagen?!«

»Still!« flüsterte Hanne Allmann. »Sie erwacht! Jetzt sei still und sei gut; – die Marie Häußler wacht!«

Die Warwölfin nickte, und die schöne Marie richtete sich in der Tat auf und warf verstörte, verwirrte Blicke umher. Erst suchte sie angstvoll ihr Kind mit den Augen, und dann sah sie schier noch angstvoller in die beiden Altenweibergesichter.

»'s ist die Jane aus Hüttenrode, die Jane Warwolf, erschrick nur nicht!« sagte Hanne. »Guten Morgen, Marie, das Kind schläft wie ein Engel, und auch du hast noch einen guten Schlaf gehabt.«

»Glück auf, Mariechen!« rief Jane. »Da sind wir richtig wieder einmal und empfehlen uns höflichst. Gib mir die Hand, ich beiße nicht. Halt den Kopf in die Höhe, Mädchen; wer in der Welt leben will, muß was ausstehen können.«

»War das ein Schlaf und Traum, oder ist mir das wieder passiert, was ich eben erlebte? Ja richtig, ich habe wirklich geschlafen; ach, Gott behüte euch alle vor solchem Schlafen!«

»Sieh, Mariechen, da liegt deine Puppe. Die gefällt mir recht, und du kannst wohl stolz auf sie sein. Kennst du mich nicht? Ich bin wirklich die Warwölfin aus Hüttenrode und hatte mir vorgenommen zu beißen, habe mich jedoch anders besonnen; also gib mir die Hand und kümmere dich nicht um die vergangenen Zeiten.«

»Ja, Marie, tu es!« sagte auch Hanne Allmann. »Jetzt koch ich uns einen Kaffee, und die Jane setzt sich derweilen zu dir und unterhält dich als ein Frauenzimmer, das auch in der Welt herumgekommen ist und Bescheid weiß in vielen Dingen, die unsereinem zu hoch im Siechen-hause zu Krodebeck sind.«

»Hussa, sie traktiert!« rief Jane Warwolf. »Juchhe, jetzt wird's schön in der Welt! Sie traktiert wirklich und wahrhaftig; nimm meine dumme Kompanie an, Mariechen, wir wollen ihr um eine Million nicht in den Weg laufen bei so lieblichen und schenerösen Absichten.«

»Wecke mir nur das Kind nicht«, sagte die alte Hanne und ging zu ihrem Herd, um das Frühstück, so gut es sich tun lassen wollte, zuzubereiten. Mit Hülfe derer von Lauen aber ließ es sich ziemlich gut tun.

Die Jane aus Hüttenrode blieb neben dem Lager der schönen Marie sitzen und unterhielt sie in der Tat als eine weltgewandte, weitgewanderte, welterfahrene Frau auf das angemessenste und anmutigste.

»Das hätte ich freilich nicht gedacht, dich hier zu finden, mein Mädchen, als ich vorhin in das Fenster guckte. Ehrlich gestanden, die Überraschung war anfangs größer als die Freude; doch – ärgere dich nur nicht, bei besserer Besinnung findet man wohl das richtige Maß und legt nicht alles und jedes übers Knie wie einen unnützen Buben, zumal wenn man weiß, daß es doch zu nichts hilft.«

»Nein, es nützt zu nichts!« sagte die schöne Marie in einer Weise, welche eine Pause in der Unterhaltung unbedingt nötig machte.

Erst nach einem minutenlangen Stillschweigen fing die Warwölfin ganz verschüchtert und mit viel gedämpfterer Stimme von neuem an:

»Ich hab einen Bruder gehabt, der kam auch so ähnlich aus der Welt heim, und ich bin zuletzt doch ganz gut mit ihm fertig geworden. Aber der hatte zu Wolfenbüttel im Zuchthause gesessen – fünfzehn Jahre hatte er da gesessen. Und fünf Jahre haben sie ihm geschenkt wegen mildernder Umstände oder weil sie dachten, daß sie ihn doch wohl lange genug festgehalten hatten; aber das nützte ihm nicht viel mehr; denn nachher saß er nur noch eine kurze Zeit im Winkel, sah niemanden an, brummte in den Bart und starb. Die Zuchthausjacke war ihm auf dem Leibe fest gewachsen, und als man sie ihm auszog, ging die Haut mit, ihn fror gottsjämmerlich, und so starb er.«

»Was hatte er getan?« fragte Marie Häußler.

»Nun, es war solch eine Busch-und Berghistorie drüben im Okertal an den Arendsberger Klippen. Du kennst uns ja, Kind! Frischauf zum fröhlichen Jagen! weißt du. Einer der Jägerburschen vom Arendsberg holte sich dabei die Brust und Lungen voll groben Schrotes und verblutete sich in den Tannen. Nachher ging denn die Jagd erst recht an, und meinen Bruder fingen sie unter der Harzburg, als er zur Eisenbahn herunterkletterte. Es waren noch andere dabeigewesen; allein die hatten mehr Glück, und das ist die Moral von der Geschichte: aufs Glück kommt's an in allen Dingen, Marie Häußler, und du hast auch wenig davon gehabt, also laß dir keine grauen Haare um das wachsen, was hinter dir liegt.«

»Ich lasse mir keine grauen Haare wachsen, Warwolfsche!« rief die schöne Marie, eine ihrer braunen Haarflechten von dem Kissen aufhebend und sie durch die Finger ziehend. »Das ist echte Farbe, dem Spuk darunter zum Trotz. Zum Verbleichen wird jetzt die Zeit nicht mehr langen, und darum gräm ich mich nicht, Jane Warwolf. Ich habe auch noch keinen gefunden, der mich auf einen andern Weg gewiesen hätte, und so bin ich denn aus eigenem Geschmack auf diesem hier angekommen – aber dein Bruder hat's gut gehabt, Jane.«

Die wandernde Frau schnob sich und schüttelte den Kopf und räusperte sich und sah nach der Tür, als ob sie nicht begreifen könne, wo die Hanne so lange bleibe, und als ob ihr die schleunige Rückkehr derselben sehr erwünscht sei.

»Ich weiß, was du denkst, Jane!« rief Marie. »Du hattest dir vorgenommen, ganz anders mit mir zu sprechen. Mit den Fingernägeln wolltest du mir zu Leibe gehen, den Stock da wolltest du mir auf dem Rücken zerschlagen, und nun findest du mich zu elend und jammervoll dazu, und mein hübsches Kind in seinem Schlaf hat dir auch gefallen, und nun bist du wie einer, der sich nach einem Brett umsieht, um es über den schmutzigen Bach zu schieben, daß er drüber weg kann. Lüge nicht – es ist so!«

»Ich lüge nicht; du hast recht, Marie Häußler, und ich meine, ich hätte auch mein Recht dazu gehabt, und der Hanne Allmann wegen ein dreidoppeltes.«

»Ich lüge auch nicht«, schluchzte die schöne Marie; »denn das ist nur vor Gericht meine Art gewesen, wenn sie alle zusammen auf mich eingeschrieen haben und ich allein gegen so viele stand. Wenn ich Reue hätte, so würde ich es sagen und dein Mitleid annehmen; es ist aber keine Reue in mir, und so kann ich auch dein Mitleid nicht gebrauchen. Wer weiß, was ich dir täte, Jane Warwolf, wenn ich nicht so schwach wäre? Ich habe auch kein Mitleid mit der Welt, ich schäme mich nur, und darüber bin ich wieder so zornig wie ein gehetzter Hirsch, der sich gegen die erbärmlichen Hunde stellt. Das sage mir, du Alte: wozu schämt sich der Mensch, wenn in der ganzen weiten Welt niemand ist, der's verlangt und einem darum näher rückt?«

»Sieh, sieh! Da hast du dein Kind zur rechten Zeit aufgeweckt, Marie Häußler! Was fragst du mich? Da, das dort frage – das weiß dir vielleicht eine Antwort zu geben. Glück auf, klein Mädchen! Guck, wie das mit den Augen den Mund aufsperrt! Lustig, du Kobold, der Kaffee kommt gleich, und die Sonne scheint auf das Dach des Siechenhauses zu Krodebeck.«

Das Kind streckte die Hände nach der Mutter aus und lachte hell und freundlich, aber die Mutter fuhr zusammen über den lustigen Ruf. Zugleich verkniff sie die Lippen in einer Weise, die jeden tüchtigen Kriminalrichter nachdenklich gestimmt haben würde und der alten Jane Warwolf, welche gleichfalls ein Stück von einem Kriminalrichter in sich hatte, keineswegs entging. Der eine hätte den Zug wahrscheinlich ins Debet geschrieben, die andere trug ihn unbedenklich im Kredit ein: wir, die wir hier bloß nüchtern niederschreiben, was geschah und was gesagt wurde, wir melden einfach, in welcher Weise die schöne Marie nach dieser Unterbrechung durch das Erwachen der kleinen Antonie fortfuhr, und überlassen jedem Leser seine eigene, wohlerwogene Entscheidung.

»Du Feind«, schrie die schöne Marie die Alte an, »siehst du, daß du mich doch schlagen und mit den Zähnen fassen mußtest! Ich habe es wohl gewußt, du Teufelin, daß du nur deshalb herzugeschlichen bist! Lache ihr nicht zu, Tonie, sie wird dir zunicken, um deine Mutter zu schlagen. Sieh weg, sieh weg, Tonie, sie will deine hellen Augen gegen deine Mutter ins Gericht führen. Sieh den bösen Feind nicht an, Kind, er wird auch dich beißen, wenn er deine Mutter totgebissen hat.«

Erschreckt fing die Kleine an, laut zu weinen.

»Ach, Marie Häußler, was alles mußt du erlebt haben!« rief traurig Jane Warwolf.

»Genug, um Bescheid zu wissen, daß niemand das Recht hat, das Kind gegen seine Mutter zum Gericht aufzurufen!«

»Du hast gefragt, und ich habe geantwortet.«

Nun fing die schöne Marie an, bitterlich zu weinen, und das war gut; denn es zeugte für die Richtigkeit der Auffassung dieses vorliegenden Falles durch die Warwolfsche.

Diese meinte nun:

»Jetzt will ich dir etwas sagen, Marie. Ich bin ein altes Weib und habe mancherlei durchgemacht, sowohl in den Bergen wie im platten Lande. Ich habe Verkehr mit vielen Leuten gehalten, guten und schlechten, dummen und klugen, und ich weiß, was der Mensch ist. Der Mensch ist ein armselig Geschöpf, und je weniger man von seinen Meriten spricht, desto besser ist's. Dahingegen nützt es aber auch im andern Falle gar nichts, wenn man ihm seine Nichtsnutzigkeiten und Dummheiten zu oft und zu grob vorrückt. Du schämst dich nicht, Mariechen? Ich will dir sagen, wie es ist, Mariechen! Du bildest dir ein, die ganze Welt stehe schon tausend Jahre auf den Zehen, um dich am Schandpfahl stehen oder unter diesem elenden Dache liegen zu sehen. Bilde dir nichts ein, Schatz, taxiere die Bauern von Krodebeck nach ihrem Werte, ziehe sie ab von der Welt, und dann rechne nach, wer sich um deinen Hochmut schiert.«

»Mein Kind! Mein Kind! Ich gehe fort und kümmere mich um nichts; aber sie lassen mein Kind zahlen, was ich verzehrt habe!« wimmerte Marie Häußler, und mit einem schweren, schweren Seufzer sagte Jane Warwolf:

»Ja, so hat man es freilich seit mehr als tausend Jahren gehalten!«

Der Faden der Unterhaltung war damit abermals abgerissen, und es wurde immer schwieriger, ihn wieder anzuknüpfen; aber jetzt ging der Alten eine neue Frage wie ein Licht auf.

»Du hast schon den Ritter gesehen und gesprochen, Marie?«

»Wen?«

»Den Herrn von Glaubigern! Den Ritter, den Ritter!«

»Ja. Er kam und reichte mir die Hand in den Schinderkarren und ging nebenher, als man uns hierher schob, und er hielt das Volk, als man uns ablud, daß sie uns nicht hier hineinwarfen, mit gebundenen Füßen, wie zwei Kälber in den Metzgerschuppen.«

Jane Warwolf strich langsam mit der Hand über das Gesicht, und die alte, sozusagen geniale, weltverachtende Behaglichkeit war im vollen Glanze wieder vorhanden.

»Nanu, du Narr, weshalb sagst du denn das nicht gleich? Na, da wollen wir denn wenigstens von jetzt an mit mehr Seelenruhe das Frühstück und Ihro Hoheit die Frau Erbprinzessin dieses glorwürdigen Siechen-und Armenhauses zu Krodebeck erwarten. Es ist die allerhöchste Zeit mit dem Frühstück, dein Bergkobold dort, Mariechen, sprengt uns sonst noch die vier Wände voneinander.«

Das Kind hatte sich in der Tat längst in so ungebärdiger Weise in das Gespräch gemischt, daß Jane Warwolf auch in Rücksicht auf dieses der Hanne ganz wohlgefällig und billigend zunickte, als diese nun endlich wieder eintrat, und zwar mit zwei dampfenden Töpfen in den Händen und einem Brotlaib unter dem Arme.

»O du meine Güte, welch ein Aufwand!« rief Jane. »Aber für uns ist nichts zu gut, nicht wahr, Tonie? Jetzt sperre den Schnabel nur auf; richtig, das kannst du gradso gut wie der König von Preußen, der Kaiser von Rußland und der Vorsteher Klodenberg. Aber halt, meine Damen, eine offene Hand hat der Herr lieb, und lumpen läßt die Warwölfin sich auch nicht. Da, klein Mädchen, da hast du einen Löffel in die Aussteuer; bleib brav und halte ihn in Ehren, wenn er auch nicht von Gold oder Silber ist. Da hast du auch einen, Marie; und hier habt ihr zwei Schüsseln, alles aufs feinste geschnitzt und gedreht; weine nicht, Marie, wann der Herr von Glaubigern jetzt anklopfte, sollt's mir auch für ihn nicht auf einen Löffel ankommen, und wann er Hunger hätte, würde er mit Dank bei uns niedersitzen und mithalten, ohne sich zu schämen.«

»Von dem sprecht ihr?« rief Hanne Allmann, den wackligen Tisch gegen das Bett heranschiebend und die schwarzen wackelnden Schemel dazu. »Von dem könnt ihr nie genug und nicht leise genug sprechen. Ich denke immer, der hat sich aus einer andern Welt in diesejenige verirrt und kann den Weg nicht wieder zurückfinden und geht suchend umher und fragt sich weiter von arm zu reich, von Tier zu Mensch, durch Sturmwetter und Sonnenschein, und will nichts als diesen Weg und gar nichts von dem, was an diesem Wege zu finden ist und um was sich alles andere zankt und zerrt und mit Hinterlist wegschiebt und stößt und schimpft und das Herz zerbricht! Da ist die gnädige Frau, die ist schon ganz anders, und das gnädige Frölen –.«

Die schöne Marie lachte hell und böse auf, und Jane Warwolf schielte böse seitwärts auf die alte Freundschaft und murrte:

»Von dem sei still, Hanne, denn niemand hat dich danach gefragt. Von dem einen kann man nicht zuviel und von der anderen nicht zuwenig reden. Du faß den Ritter ins Gemüte, Marie Häußler, und du, Hanne, schneid Brot und schneide dich nicht an Sachen, die dich augenblicklich nichts zu kümmern brauchen.«

»O herrje!« seufzte Hanne Allmann und tat mit Eifer, was ihr geheißen wurde, und alle frühstückten jetzt im Siechenhause zu Krodebeck; die schöne Marie allein konnte wenig genießen.

Lächelnd sah die schöne, große Weltensonne ihnen zu, wie sie auch mit auffälligem Wohlwollen und Behagen auf den Chevalier und Kürassierleutnant a. D. Karl Eustachius von Glaubigern sah, welcher jetzo im Garten des Lauenhofes mit der geöffneten silbernen Dose in der linken und einer Prise zierlich zwischen dem Daumen und Zeigefinger der rechten Hand vor seinen Lieblingsblumenbeeten stand, dazwischen auch wohl an das Siechenhaus und die schöne Marie darin dachte und dann jedesmal die Augenbrauen beträchtlich höher zog und hob.

Sie sprachen während des Essens und Trinkens nichts weiter, denn das, nämlich die Ernährung, ist für armes Volk eine zu ernste Sache und muß mit der gehörigen Bedachtsamkeit und Zusammenfassung aller Leibes- und Geisteskräfte betrieben werden. Auch nach dem Frühstück hatte die wandernde Frau wenig mehr zu Marie Häußler zu sagen. Aber sie nahm ganz zärtlich Abschied von dem Kinde und ganz wohlwollend von der Mutter, und man fand später am Tage ein Zehngroschenstück unter ihrer Tasse. Mit der alten Hanne Allmann hatte die Jane Warwölfin natürlich noch ein Gespräch unter der Tür.

»Es wird ein heißer Tag, und ich sollte schon längst auf dem Wege sein, doch der Mensch weiß nie, was ihn am Rock zurückehält«, sagte sie. »Das hätt ich mir heut nacht auf meinem Strohbund nicht träumen lassen, wen ich heute morgen bei dir wiederfinden sollt. Ach, Hanne, ein Jammer ist es doch, und mit leichterem Herzen ziehe ich nicht ab. Zwar deine Ruh und Behaglichkeit macht mir weniger Sorge; allein eine elende Welt ist's, und die Marie tut mir leid!«

»Und um das Kind möcht man gerad herausheulen!« sagte Hanne Allmann.

»Ja, Madamchen, wenn das was nützte, so wollte ich gern mithelfen, wie sehr's auch meiner Natur zuwider ist; aber ich hab noch nie gefunden, daß es anders wirkt als auf den Magen und die Verdauung, und wenn du das bei solchen Hungerleidern als wir eine Verbesserung nennen willst, so tu's auf deine eigene Gefahr. Also gehe ich denn, und zwar auf den Jahrmarkt, auf die Braunschweiger Messe mit Juden und Orgeln, mit Geigen und Meerkatzen, mit Pfeifen und Trompeten, und die schöne Marie laß ich dir zum Sterben zurück, denn ich kann's nicht hindern. Gib ihr klar kalt Wasser zu trinken, und das Kind – das Kind halt reinlich und frag den Herrn von Glaubigern um das Kind. Wenn ich zehn Jahre jünger wäre, wollt ich dir's abnehmen und es auf meine Kiepe setzen und ihm der Welt Wunder auf meine Art zeigen. Das ist nun nichts, also geh den Ritter um sein freundliches Herz an; wann ich wiederkomme, wollen wir einen neuen Kriegsrat halten; wer weiß, ob ich nicht von der Messe einen guten Rat darzu mitbringe?! Es wird ein heißer Tag. – Glück auf, Hanne Allmann!«

»Glück auf, Jane Warwolf!« sagte beklemmt die Frau vom Siechenhause und hielt die Hand über die Augen, denn die Sonne blendete, und sah der Freundschaft nach, wie sie auf der gelben Straße dem Walde zuschritt. In der Hütte weinte das Kind der schönen Marie; Hanne Allmann hatte keine Zeit, in diese wunderliche, geheimnisvolle, weite Welt, in welche alle diese Leute hineingingen und aus der sie zurückkamen, der alten, guten Kameradin nachzudenken.

Zehntes Kapitel

In Braunschweig war in dieser Messe ein heftiges Gedränge, großer Verkehr und Handel; auch die Warwölfin machte treffliche Geschäfte und trieb den Handel mit hölzernem Geschirr ins große. Kuriose Dinge waren zu sehen und zu hören und wurden hell ausgeschrieen vor dem Granitpostament, auf welchem nun bald die ehernen Füße Gotthold Ephraim Lessings ruhen sollten, und viel Weisheit und Verstand wurde hin und her ausgegeben unter den Topfweibern rund um den alten Löwen vor der Burg Dankwarderode und unter den Glocken von Sankt Blasius. Aber guter Rat war auch in Braunschweig auf der Messe teuer und rar, und als die Jane aus Hüttenrode auf der Heimkehr nach ihren Harzbergen abermals durch Krodebeck zog, da war die schöne Marie schon tot, und der beste Rat wäre in dieser Hinsicht zu spät gekommen. Was das Kind der schönen Marie anbetraf, so verließ sich die Warwölfin immer mehr auf den Ritter, legte nur einen preußischen Taler auf den Tisch des Siechenhauses und versprach, von neuem wieder vorgucken zu wollen, wenn die Umstände und der Handel mit hölzernen Löffeln, Mulden und Quirlen es gestatten würden. Sie hatte nicht einmal die Zeit, das Grab Marie Häußlers, welches doch so dicht neben der Tür des Siechenhauses lag, aufzusuchen. Die blauen Berge zogen sie nach dem Staub und Spektakel der Ebene zu heftig und verlockend an, und wir haben nicht das geringste Recht, der Alten darum gram zu werden, denn sie war eine brave Frau und tat und sagte zu jeder Zeit, was sich schickte.

Die schöne Marie war tot und begraben. Hanne Allmann hatte großen Besuch im Siechenhause gehabt, denn das halbe Dorf war gekommen, um die Leiche zu sehen, und alle hatten ihre Bemerkungen leiser oder lauter darüber gemacht.

Die einen sagten, es sei kein Schaden, daß das so schnell abgemacht sei, und die anderen meinten, es sei ein Glück. Die geistlichen und weltlichen Behörden, das Pfarramt und der Ortsvorsteher Klodenberg trugen das Nötigste schriftlich über den Fall ein, und die Ernte des Jahres nahm ihren gesegneten Fortgang. Am Begräbnis nahm nur der Lauenhof teil, und zwar durch den Chevalier von Glaubigern; die Gutsfrau hatte das Leichentuch gern hergeschenkt, aber weiter keine Zeit gehabt, sich um die traurige Geschichte zu kümmern. Adelaide Klotilde Paula von Saint-Trouin schenkte nichts her und erschien auch nicht in Person, um ihrem früheren Schützling die letzte Ehre zu geben. Sie schloß sich an dem Begräbnistage in ihrem Gemache ein und beschränkte ihre Bedürfnisse auf ein gebratenes Hühnchen, Kaffee und die Lektüre von Hufelands Makrobiotik; noch am folgenden Morgen aber war sie recht grämlich, bissig und unliebenswürdig und verlangte, daß man ihre Gefühle schone und die »unselige Person« in ihrer Gegenwart fürs erste nicht erwähne oder gar zum Thema der Unterhaltung mache. »Schämen Sie sich, Frölen Trine!« sagte die gnädige Frau ziemlich kurz.

Der Herr von Glaubigern erschien feierlich und in Gala am Sarge und am Grabe und zwang durch seine Erscheinung auch den Pastor, sich herzubemühen, welcher jedoch nicht offiziell kam, sondern höchst ungern und sehr verlegen. Die Grabrede hielt auch der Chevalier, und zwar ganz in der tiefsten Stille seines Herzens; sie mußte wohl sehr vortrefflich gewesen sein, denn sie rührte ihn selber und wurde von Hanne Allmann bis in die feinsten Abschattungen verstanden.

Ein Leichenmahl wurde nicht gehalten, denn diesmal erregten die Tränen den Appetit nicht, wie dies nach dem Wort Jane Warwolfs häufig der Fall sein soll. Aber der Ritter hatte noch ein langes Gespräch im Siechenhause mit der Hanne über die kleine Antonie Häußler, und da wurde verabredet, daß das Kind für jetzt in dem Siechenhause unter der Pflege der Frau vom Siechenhause verbleiben und daß der Ritter Karl von Glaubigern zwischen dem Kinde und dem Dorf Krodebeck und der übrigen Welt stehen solle. Jane Warwolf aus Hüttenrode war eben ein kluges Weib, welches ziemlich genau wußte, wie sich die Dinge auf Erden ineinander zu schicken pflegen!

Der Ritter von Glaubigern stellte sich, wie es ihm beliebte; aber das Fräulein von Saint-Trouin nahm gleichfalls seinen besondern Standpunkt ein und behauptete denselben mit großer Charakterfestigkeit. Es übertrug seine Abneigung ohne Abzug von der schönen Marie auf die kleine

Antonie und suchte in allem, was das Wohl der letzteren anbetraf, dem Chevalier so hinderlich als möglich zu sein, jedoch ohne alle Auffälligkeit. Zugleich zog es die Zügel seines Einflusses auf den Junker Hennig von Lauen fest an und erlaubte sich immer rücksichtslosere Eingriffe in den Teil der Erziehung des Jungen, welchen der Ritter sich fest gesichert hielt. Es fand die humane Bildung des Schlingels grenzenlos vernachlässigt und hielt den alten Comenius weniger als je für einen Ersatz für das Mangelnde. Es führte den Junker häufiger als je zwischen seinem Pompadour und dem Hündlein Peccadillo spazieren und lehrte ihn Weisheit und Tugend auf seine Art. »Was endlich daraus werden wird, soll mich doch wundern, Glaubigern!« seufzte ärgerlich die gnädige Frau; aber der Chevalier zuckte nur ganz leise mit den Achseln und sagte:

»Ich komme immer mehr zu der Überzeugung, daß wir uns nicht allzusehr zu ängstigen brauchen; der Junge ist kein Genie, und es würde schwerhalten, selbst für das Fräulein, ihm den Kopf derartig zu verdrehen, daß sein Standpunkt als Gentleman dadurch in Gefahr geriete. Der Lauenhof war immer ein braver, nahrhafter Ort; man lebt zu gut darauf, um seine Ungereimtheiten weit über die Feldmark hinauszureiten.«

»Und ich hoffe, so soll es immer verbleiben, lieber Alter!« rief die Frau Adelheid, treuherzig dem Ritter die Hand schüttelnd.

Der Junker Hennig sträubte sich oft heftig, wenn ihn die kalte Hand der ihre Pflicht kennenden Byzantinerin packte, um ihn zwischen den Hecken von Krodebeck und in ihren Idealen spazierenzuführen; aber auch Adelaide von Saint-Trouin fuhr oft heftig zusammen, wenn es hinter diesen Büschen raschelte und rauschte, die Zweige auseinandergezogen wurden und das Kind der schönen Marie ihr neugierig-furchtsam daraus entgegensah. Sie benutzte die Gelegenheit jedesmal aufs beste, den Zögling von neuem auf die Gemeinheit, Ekelhaftigkeit und Nichtsnutzigkeit der Welt jenseits ihrer Ideale hinzuweisen, und jedenfalls zeigte sie als das Erste und Selbstverständliche der kleinen Antonie ein Gesicht, vor welchem diese schnell genug in die Büsche zurückfuhr. Wie dann endlich der Junker Hennig sich zu diesen Lehren und der kleinen Antonie Häußler stellte, das kam an einem absonderlichen Tage des Spätherbstes zum Vorschein und zeigt, wie mißlich das höchste Ideal, die edelste, zarteste, feinsinnigste An-und Absicht dieser schlechten, gemeinen, nichtsnutzigen und ekelhaften, aber wirklichen Welt gegenüber stets und immerdar gestellt ist.

Es war ein Tag im Spätherbst des Jahres. Der Wald war bunt und der Himmel grau, sehr grau. An diesem Tage hatte sich der Ritter dem Fräulein zum Begleiter auf dem gewohnten Nachmittagsspaziergang angeboten, und das Fräulein hatte mit der gewöhnlichen grämelnden, süßlichen Miene die Begleitung angenommen. Verdrossen und mit hängendem Kopfe ging Hennig in der Mitte der beiden, und verdrossen, mit hängendem Kopfe folgte ihnen Peccadillo dicht auf dem Fuße: so waren sie abgezogen vom Hofe und hatten sich den Hügeln zugewendet.

Es war kein Tag, es war kein Wetter für die beiden alten Herrschaften. Ein unheimlich am Boden hinkriechender Wind trieb ein mattes Spiel mit den welken Blättern, und wenn Johann von Brienne plötzlich aus dem Boden aufgestiegen wäre, um den letzten Sprößling seines erlauchten Hauses dringend vor Rheumatismen und heftigem Gliederweh zu warnen, so würde dieses zwar sehr freundlich von ihm gewesen sein, hätte aber nur bei Leuten, die durch verwandtschaftliche Liebe und Affektion nicht verwöhnt waren, Staunen erregen können.

Es war kein Tag und kein Wetter überhaupt für alte Menschen. Auch der Herr von Glaubigern fühlte sich gedrückter und durch den engen Horizont befangener als sonst. Beide, das heißt der Ritter und das Fräulein, schritten langsam, erschienen dem Junker sehr langweilig und sprachen ihre Meinung und Absicht dahin aus, daß man nur bis zum Rande des nächsten Gehölzes gehen, sodann still, sittsam und vorsichtig umkehren und den Abend nützlich und anregend hinter den Wänden und hinter den Fensterscheiben des Lauenhofes verbringen wolle, welches letztere gleicherweise dem Junker durchaus nicht interessant und erfreulich erschien, denn es schloß mancherlei unausdrückbaren Jammer für ihn in sich.

Weiterhin auf dem Wege wurde Fräulein Adelaide recht gesprächig, doch stimmten Färbung und Stoff ihrer Unterhaltung leider ganz und gar zu der Witterung. Düster und lebenssatt schritt die hohe Dame dahin, mißgelaunt sowohl gegen die Vorsehung im allgemeinen wie gegen ihr Schicksal im besondern und gegen ihr Schicksal auf dem Krodebecker Burghof im allerbesondersten. Sie, die sonst so stattlich auf ihrer Einbildungskraft zu Roß saß, sie zog diese selbe Einbildungskraft wie einen müden Gaul am Zügel hinter sich her. Das närrische, aber doch glänzende Wellenspiel ihrer Phantasie hatte sich augenblicklich in ein bleigraues Gewoge verwandelt; die tollen Wolken ihres Gehirns hatten den letzten goldnen und silbernen Anhauch von ihren Säumen verloren. Adelaide von Saint-Trouin sah die Welt heute ebenso nüchtern an wie Adelheid von Lauen, wenn dieser ein Unglück in der Milchkammer passierte, wenn ein Viehsterben eintrat oder ein unvermuteter Abschlag der Fruchtpreise einfiel.

Ein jeglicher hat solche Tage, an welchen ihn alle Illusionen verlassen, an welchen der Pomp, die Pracht und das Vergnügen seines Daseins stückweise von ihm abfallen, Tage, an welchen er zwar nicht minder sich täuschen läßt, jedoch nicht durch den lachenden Schein und das behagliche Blendwerk, durch welches für gewöhnlich gütige Götter seinen Pfad bunt machen und verkürzen. Und alle schönen Illusionen hatten heute die Erbin des griechisch-lateinischen Kaiserstuhls im Stiche gelassen. Die Spinne hing ihr Gewebe in dem armen Gehirn Adelaides auf; die funkelnden Kuppeln von Byzanz versanken im Nebel, selbst der Papst Honorius der Dritte verlor seinen Reiz. Tyrus und Malta versanken wie Byzanz, und mit der Grafschaft von Pardiac löste sich die Grafschaft von Valcroissant in Nebel und Dunst auf. Zu ganz gewöhnlichem, mißtönigem Krodebecker Rabengekrächz war der Klang der Jagdhörner des großen Louis geworden, und was neben der Landstraße im Walde rauschte, das waren nicht die schönen Damen, die Marquis, Grafen und Herzöge von Versailles, sondern das war einfach und höchst ärgerlich das winterliche Blasen vom alten langweiligen Brocken und der Heinrichshöhe her.

Nun wußte der Chevalier freilich, daß die gnädige Frau sich von ihren ökonomischen Anfechtungen stets sehr bald erholte, obgleich auch sie von ihrem guten Humor immer auf Niewiedersehen Abschied nahm, und daß auch dem gnädigen Fräulein die alte närrische Herrlichkeit schnell von neuem anschießen werde. So konnte er die trübe Gegenwart mit ziemlich weiser Gelassenheit tragen, was der Junker von Lauen nicht vermochte. Der stieg zwischen den beiden Alten immer mürrischer hügelan und verspürte von Schritt zu Schritt immer größere Lust, etwas zu tun, was dem Fräulein diesen Nachmittag für seine ganze spätere Lebenszeit unvergeßlich mache und sein eigenes Rachebedürfnis wenigstens fürs erste befriedige.

Was ging es aber auch ihn an, daß doch eigentlich nichts mehr in der Welt auf dem rechten Flecke stehe und daß die Hoffnung, daß alles wieder auf diesen richtigen Fleck zurückgestellt werde, nun doch wohl zuletzt von den glaubenstreuesten Seelen aufgegeben werden müsse?! Was ging es ihn an zu erfahren, daß es gar keine Freude sei, in einer so schlechten, gemeinen, plebejischen, demagogischen Judenwelt leben zu müssen? Was ging es ihn an, daß selbst diese miserable, nichtsnutzige Welt noch erbärmlicher und niederträchtiger werden könne und in der Tat von Tag zu Tag werde? Was endlich ging es den Stammhalter des Lauenhofes an, daß es den Fürsten von Tyrus und Kaiser von Konstantinopel, Johann von Brienne, nicht im Traume eingefallen war, seine verwandtschaftliche Pflicht zu erfüllen, und daß die Erbin seines Thrones nun wirklich ein bedenkliches rheumatisches Ziehen von Schulterblatt zu Schulterblatt verspürte?

Herr Hennig von Lauen litt bis jetzt noch nicht an Rheumatismus. Der graue Tag brachte ihm keine Weltuntergangsgedanken, und was die Verschlechterung im sozialen Wesen betraf, so fühlte er, wie schon bemerkt wurde, heute selber ein Gelüst, als ein Rebell gegen dasselbe in seinen edelsten Inkarnationen aufzustehen und der Madame de Genlis, der Madame de Campan und so mancher anderen Madame und adeligen weiblichen Autorität was man nennt einen Esel zu bohren oder gar einen Tritt zu geben. Er war eben ganz unvermerkt und trotz aller zarten Sorgfalt und scheuen Vorsicht des Fräuleins auf jenem Standpunkt angelangt, auf welchem er die Gesellschaft und die Ansichten der Bauerjungen von Krodebeck bei weitem dem großen Louis, der Königin Marie Antoinette, dem alten Amos Comenius und sogar dem Herzog Wittekind, dem Liebling des Herrn von Glaubigern, vorzog, und gerade heute war der Tag und die Stunde, die eine ganze Epoche seines Daseins zum Abschluß brachten.

Die Lustwandelnden waren, bis jetzt ziemlich geschützt vor dem Winde, zu dem Walde emporgestiegen. Jetzt erreichten sie die Höhe, und der Wind kroch nicht mehr am Boden, zu ihren Füßen, sondern er faßte sie sehr rücksichtlos ganz und gar, kümmerte sich in Hinsicht auf das Fräulein nicht im geringsten um das Dekorum, wirbelte es einen Augenblick höchst frech und unanständig im Kreise umher und drehte es sodann ruckartig mit der verdrießlichen Nase gegen das Tal und Dorf zurück, als wolle er sagen: »So, jetzt marsch nach Hause – bis hierher und nicht weiter! Für heute haben wir genug von Ihnen!«

Den Peccadillo hob dieser Wind fast von den Füßen; der kluge Hund drehte ohne weitere Notiz kurz um und ging in wackelndem Trabe heim. Der Chevalier griff mit beiden Händen nach seiner Fuchspelzmütze, um sie tiefer über die Ohren zu ziehen.

Was den Junker anbetraf, so wendete sich dieser wie alle übrigen und sah mit tränenden Augen zurück. Da schlängelte sich der graue, steinige Feldweg hinab, da lag das Dorf, wo die Dreschflegel taktmäßig auf den Tennen klappten; da erhoben sich die spitzen Dächer und Giebel des Lauenhofes, und den Junker Hennig überkam plötzlich ein Widerwillen gegen alles das und ein noch heftigerer Ekel gegen die Heimkehr mit den alten Freunden und gegen die stillen Vergnügungen des Abends im Kreise derselben, sowie der arbeitsseligen Mutter und der anderen Haus-und Stubengenossen.

Mit einemmal schien dem Jungen ein Licht darüber aufzugehen, wieviel vom Leben er infolge seiner trefflichen Erziehung bereits verloren habe. In einem langanhaltenden dummen Geschrei machte er plötzlich seiner Entrüstung darüber Luft, tat einen Sprung über den Graben, lief den Abhang hinauf dem Walde zu und war verschwunden, ehe der Ritter und das Fräulein im geringsten fähig wurden, den Dämon, welcher ihren Zögling ergriffen hatte, zu begreifen und zu würdigen. Ehe sie sich sogar von dem ersten Schrecken erholt hatten, befand sich der sittsame Knabe schon so tief im Gebüsch unter den wild geschüttelten Eichen, daß die Rufe, die ihm endlich nachgesendet wurden, nur einen schwächlichen Eindruck auf seine Ohren machen konnten und bereits im nächsten Augenblick gänzlich verlorengingen in dem Sausen des Windes und dem Rauschen der Blätter. Hennig war allein, vielleicht zum ersten Male in seinem Leben wirklich allein, und fand keinen andern Ausdruck für das Gemisch von Furcht, Schauder und Wonne, welches ihn ob seiner Freimachung ergriff, als einen abermaligen ziemlich tierischen Schrei, den er so lange stets von neuem ertönen ließ, bis er braunrot im Gesicht und vollständig außer Atem war.

Dazu lief er immer fort – blind und rein besessen –, bis auch dazu seine Kräfte nicht mehr ausreichten. Keuchend vor geistiger und körperlicher Aufregung hielt er inne und horchte.

Das Rauschen und Sausen war nun ganz in den Baumkronen. Am Fuße der hohen Stämme war die Luft still und ziemlich warm; man merkte hier erst recht, wie nahe der Regen war, an welchem die ganze Woche gebrauet hatte.

Draußen vor dem Walde war das Fräulein außer sich; aber der Chevalier rieb sich verstohlen die Hände und vermochte nicht ganz ein Lächeln der Befriedigung zu verbergen. Hätte er den vollen Gewinn des Knaben geahnt, seine Befriedigung würde sich noch heller und deutlicher Luft gemacht haben, aller Wehklage und saueren Bosheit der verzweifelnden Adelaide zum Trotz. Hätte er sich indessen vollkommen klargemacht, wie wenig doch auch bei diesem Gewinn zuletzt herauskommen werde, so würde er zwar auf die Lamentationen des Fräuleins nicht mehr geachtet haben, allein eine große Freudigkeit hätte er sicherlich weder in Mienen noch in Gesten offenbart.

Der im Wohlleben aufgewachsene Hennig besaß jenes animalische Gefühl für die Behaglichkeit des Lebens, welches man auch Gemütlichkeit zu nennen pflegt, im hohen Grade. Den Genuß, faul und fett am Fenster oder am warmen Ofen zu sitzen, wenn die Nebel von den Bergen niederstiegen, wenn die Blätter und der Wind und Regen rauschten, kannte er sehr wohl; und nun riß ihn an diesem dunklen Nachmittag ein anderer Geist zum erstenmal über diese bequemen Stimmungen hinaus.

Die Wolken, die ihm über dem Kopf schnell hinglitten, verwandelten sich in Rosse, welche ihn weit fort von Krodebeck und aus der engen Welt seines väterlichen Hauses hinwegtrugen. In dem Winde klang eine muntere Stimme, die nicht an nasse Füße, Schnupfen, Rhabarber und Kamillentee mahnte. Zum erstenmal packte den Knaben das Robinson-Krusoe-Gefühl, das

Gefühl der Abenteurer, Entdecker und Eroberer. Noch einmal trug ihm ein Windstoß den schrillen Ruf der Chevalière von Malta herüber, und grinsend warf der Taugenichts seine Mütze in den nächsten Baum und lachte laut auf, erschrak jedoch trotz aller Tollmütigkeit nicht wenig, als dieses Lachen ein helles, fröhliches Echo fand.

Schnell und scheu blickte er umher, sah jedoch niemand, was seinen Mut und seine Sicherheit grade nicht erhöhte. In demselben Augenblick aber flog ihm seine Mütze aus den unteren Zweigen einer verkrüppelten Buche ins Gesicht. Auf leicht ersteigbarem bequemem Sitz in diesem untern Gezweig des gebogenen Baumes saß das schöne Kind der schönen Marie und lachte zum zweitenmal den Knaben hell an und der geschickt geworfenen Mütze nach.

Es ist schon gesagt worden, wie sich das Fräulein von Saint-Trouin den ganzen Sommer hindurch bemüht hatte, seinem Zögling einen gehörigen Abscheu vor der kleinen Vagabundin einzuflößen, und wie viele treffliche Lehren und Folgerungen sich für ihn an dieses winzige, zierliche Persönchen knüpften. Also war es kein Wunder, daß der Junker ziemlich dumm zu dem Vöglein auf dem Ast emporsah und eine nicht kleine Sehnsucht nach dem schützenden Rock des Fräuleins verspürte. Allein noch schlug das Herz zu hoch in der jungen Freiheit, als daß nicht auch dieses Unbehagen überwunden werden konnte.

»Guten Tag, Hennig! Komm herauf, hier ist Platz für mehr Leute!« rief Antonie Häußler. »Eh, eh, er fürchtet sich, und er kann nicht klettern, und die gelbe Frau leidet's nicht. Hu, wie kommst du in den Wald, wenn's regnen will, und ohne die gelbe Frau? Komm herauf, oder ich komme herunter und fliege mit dir fort, daß du in deinem Leben nicht wieder in dein Dorf den Weg zurückfindest.«

»Untersteh dich!« rief der Knabe sehr bestürzt und hastig einen dürren Ast vom Boden aufgreifend.

»Er fürchtet sich wirklich!« jauchzte das kleine Mädchen. »Soll ich dir auf den Kopf fallen, dummer Junge?«

»Ich fürchte mich nicht!« schrie der Knabe, mit Tränen in den Augen den Stock fortwerfend. »Ich will mich nicht fürchten! Komm herunter, du; ich tue dir auch nichts, und das Frölen ist weit genug, vor dem brauchst du dich auch nicht zu fürchten.«

Einen kurzen Moment zögerte das Kind, dann stand es auf seinem Aste leicht auf den Füßen, und im nächsten Augenblick glitt und trat es blitzschnell von dem knorrigen Stamm hinunter und stand vor dem Junker von Lauen in seinem flatternden Röckchen, dessen Stoff aus der Plunderkammer der gnädigen Frau stammte und dessen Zuschnitt und solide Arbeit der alten Frau vom Siechenhause alle Ehre machten.

Um diese Jahreszeit fängt der Rehbock an, sein Gehörn abzuwerfen, und ein solches Gehörn zog die Kleine hervor und bot es gleichsam als Friedensunterpfand dem Knaben an.

»Das findet man im Holze, und ich schenke es dir.«

»Das ist nichts Großes, aber gib es nur her, du kannst es doch nicht gebrauchen«, sagte Hennig. »Wir haben zu Hause einen Saal mit Geweihen von Hirschen, einen ganzen Saal voll, die solltest du einmal sehen!«

»Ich frage nichts danach!« war die Antwort, und das Gespräch stockte bedenklich, bis Hennig es zuletzt von neuem in Gang brachte, und zwar durch die schlaue Frage:

»Bist du immer im Walde? Was tust du im Walde? Bist du immer allein im Walde?«

Antonie lachte wieder ganz lustig.

»Ich denke mir was dabei; aber das geht dich nichts an, Schafskopf! Hab ich dich gefragt, weshalb du hierherkommst?«

Nun hätte die Unterhaltung füglich wieder zu Ende sein können und diesmal mit vollem Recht; allein der gegenseitige Reiz, sie fortzuführen, war doch zu groß.

»Was schimpfst du?« fragte der Knabe. »Habe ich dich geschimpft?«

»Nein. Ich sage auch nur, was mir einfällt; aber mich schimpfen sie in der Schule und im Dorf, und ich mache mir nichts daraus. Mach du dir auch nichts daraus!«

»Du, Tonie Häußler, weshalb will Frölen Trine nichts von dir wissen? Weshalb schimpft sie dich und fürchtet sich vor dir?«

»Ich weiß nicht. Frage deinen guten Herrn, den Herrn Ritter. Frag meine Pflegemutter, die alte Frau im Armenhause. Du weißt ja, daß ich im Armenhause wohne, wenn ich nicht im Walde bin.«

»Das weiß ich. Ich habe dich selbst mit den andern hingebracht, als du in Krodebeck ankamst, und ich habe mit dem Fräulein Adelaide vor der Tür gewartet, bis der Herr von Glaubigern mit der kranken Frau und dir drinnen fertig war.«

»Meine Mutter ist tot, und ich wohne im Siechenhause, und ich wünsche mir kein besser Leben. Fürchtest du dich vor mir, dummer Junge?«

»Nein – du gefällst mir!«

»So laß uns laufen. Ich laufe gern. Ich laufe gern mit dem Winde um die Wette. Horch, da oben geht er in den Wipfeln und ruft uns hier unten am Erdboden. Husch – he, weshalb hast du deinen alten Herrn nicht mitgebracht? – Der liefe mit uns und lachte wie ich über die gelbe, lange Frau.«

»Ich bin ihnen weggelaufen!« sprach Hennig mit kuriosem Selbstgefühl.

»Dem mürrischen Fräulein? Hussa, das ist recht! Da, komm, du bist kein dummer Junge. Das wirst du nun noch öfters tun!«

»Läufst du oft weg, Tonie?«

»Jeden Tag, denn sie sind an jedem Tag hinter mir her, sobald die Schule zu Ende ist. Sie machen es schon arg in der Schule, wenn der Kantor den Rücken wendet; aber auf dem Kirchhof sind sie sehr schlimm. Ich habe keinen, der mir hilft, und deshalb laufe ich – laufe immerzu, immerzu. O ich kann schnell laufen, ich habe es gelernt.«

»Von jetzt an will ich dir helfen!« sprach Hennig von Lauen, und das kleine Mädchen knickste so zierlich, daß selbst die Haute-Justicière von Valcroissant ihre Freude darüber hätte haben müssen.

»Ich bedanke mich, junger Herr von Lauen.«

Beide Kinder fühlten deutlich die Ausnahmestellung, in der sie sich befanden. Der Zögling des Chevaliers und der Chevalière und die Pflegebefohlene Hanne Allmanns standen seltsamerweise gar nicht so weit voneinander, wie es zuerst den Anschein haben mochte; denn sie standen beide allein und im vollen Gegensatz zu den gesellschaftlichen Verhältnissen von Krodebeck. Zwischen beiden und der Dorfkinderwelt lag die Dorfschule, welcher Antonie Häußler zwar gleichfalls angehörte, die aber denn doch nicht das geringste von ihr wissen wollte, in der sie heute nachmittag noch auf Erbsen gekniet hatte, um nachher auf dem Kirchplatz der ganzen jungen, in geordneten tausendjährigen Verhältnissen aufgewachsenen Bande als Spielzeug und Uhu zu dienen, ohne daß die Erwachsenen sich große Mühe gaben, der Quälerei des armen Kindes ein Ende zu machen. Wie der Junker zur Dorfschule stand, wissen wir, da wir die Ehre haben, Adelaide von Byzanz schon jetzt genauer zu kennen, als sie wahrscheinlicherweise sich selber kannte.

»Jetzt laß uns laufen, damit sie weder dich noch mich finden!« rief Tonie. »Ich habe dir das Horn vom Hirsch gegeben; wenn sie kommen, mußt du dich damit wehren. O es ist schön im Wald, und ich finde mancherlei darin. Aber die meisten Vogelnester waren schon leer, als ich hierherkam, jetzt sind sie alle leer. – Du, frage mal deinen guten Herrn, wohin die Vögel ziehen. Ich möchte es gar zu gern wissen; denn ich möchte mit ihnen gehen; aber die alte Mutter im Siechenhause weiß nichts davon; wenn einer davon weiß, so ist's dein guter Herr. Eßt ihr auch Heidelbeeren auf dem vornehmen Hofe? Ich hab mich satt daran gegessen. Hui, jetzt ist nur der Wind da; aber auch der ist gut; ich jage mich immer mit ihm, und niemand hat mir was zu befehlen. Der Wald gehört mir, daß du es nur weißt – deiner Mutter gehört er nur auf der Landkarte; aber mir gehört er, weil ich darin zu Hause bin. Hörst du den Wind, willst du ihn mit mir jagen? Ich tu dir nichts, fürchte dich nicht; – kannst du klettern?«

Sie hatte die Hand des Knaben ergriffen und zog ihn mit sich fort. Er ließ sich willig fortziehen. Das Zünglein stand ihr nicht einen Augenblick still; es mußte alles heraus, was sich in der aufgezwungenen Stille und Einsamkeit im Köpfchen und Herzchen angesammelt hatte.

»Wärst du früher gekommen – als der Wald noch grün war –, so hätt ich dir Dinge zeigen können! Das steht in keinem Buch; davon weiß der Herr Kantor nichts. Fürchtest du dich auch vor dem Herrn Pastor? Das darf man nicht; weißt du, es ist Sünde. Lustig! Die Blätter tanzen im Winde, der Wald ist nicht mehr grün; aber den Fuchs vor seinem Bau sollst du noch sehen; aber du mußt auf den Zehen schleichen, ganz leise, wenn wir vor seine Tür kommen.«

»Das hab ich hundertmal gesehen«, sagte Hennig. »Ich bin ein Jäger, und der Herr von Glaubigern lehrt mich das Schießen mit der Pistole.«

»Davor fürcht ich mich!« rief Tonie Häußler. »Es steht auch geschrieben: Du sollst nicht töten!«

»Du bist ein Mädchen und kannst sagen, was du willst. Ich bin ein Junge und ziehe in den Krieg, wenn ich groß bin. Der Ritter ist auch drin gewesen – in mancher Schlacht! – Du sollst seinen Säbel sehen und seinen Helm. Er hat auch zu Tod auf dem Felde gelegen, und die Reiterei ist über ihn weggegangen. Das wäre mir eins; – alle meine Vorväter sind in den Schlachten gewesen, mit dem Alten Fritz und noch weiter hinauf, daß man es gar nicht mehr weiß.«

»Vielleicht ist es schön; aber ich weiß nicht«, meinte Tonie nachdenklich. »Sieh, da hättest du auf der Nase gelegen, wenn ich dich nicht gehalten hätte!« rief sie dann lachend; und munter, den Augenblick um den Augenblick vergessend, sprangen beide Kinder weiter, ohne darauf zu achten, daß die Wolken immer dunkler wurden und der Abend immer sturmvoller herandrang.

Sie kamen vor die Tür des Fuchses, trafen jedoch leider den Herrn nicht zu Hause; dagegen fanden sie manche Spuren – abgenagte Knöchelchen, Federn und Pfoten, welche bezeugten, daß er wohlauf sei und sich an seinem Leibe nichts abgehen lasse.

»Siehst du, albernes Ding, der kümmert sich auch nichts darum, daß geschrieben steht: Du sollst nicht töten!« lachte der Junker, und das kleine Mädchen sagte noch nachdenklicher:

»Vielleicht ist es recht; aber ich weiß nicht.«

Malepartus war in einem engen Tälchen gelegen, in welchem bereits fast vollkommene Dämmerung herrschte. Die beiden Kinder, nachdem sie die Wohnung Meister Reinekes betrachtet, die Knöchelchen mit den Füßen hin und her gewendet und einige der Federn aufgehoben hatten, folgten dem Zuge dieses Tälchens, das sie noch tiefer in den Wald führte. Aus den Eichen-und Buchenbeständen gelangten sie jetzt in einen Tannenschlag, und hier sah Hennig von Lauen zum erstenmal seit seiner Flucht bedenklich auf und beklommen um sich.

Der Tannenwald hat das an sich mit seinem Duft, seinen regelmäßigen fahlen Stämmen und seinem toten glatten Boden, daß er den Lustigsten ernster stimmt, selbst am sonnigsten, glanzvollsten Sommertage. An diesem düstern Spätherbsttage herrschte vollständige Nacht unter den Tannen, und das fröhliche Rauschen in der Höhe war zum unheimlichen, gespenstischen Zischen in den Nadeln geworden.

Mehr als eine Stunde war vergangen, seit das Fräulein von Saint-Trouin dem Junker nachzeterte, und weinerlich rief der Junker jetzt:

»Du, ich will nach Haus! Ich weiß gar nicht mehr, wo ich bin. Weißt du es, Tonie?«

»Fürchtest du dich? Weshalb hast du deine gelbe Frau und deine Pistole nicht mitgebracht? Hast du schon einmal einen toten Menschen gesehen?«

»Nein, nein! O ich will jetzt umkehren!«

»Horch, jetzt kommt der rechte Sturmwind. Hast du schon einmal die Wilde Jagd gesehen? Hier in eurem Lande fährt sie, und die Tutursel fliegt voran: frage nur die alte Mutter im Siechenhause. Du brauchst dich nicht zu fürchten, der Hackelberg fährt nur bei Nacht, sagt die Mutter Hanne. Sei lustig! Sieh nur, wie die Welt sich schüttelt!«

»O Frölen, o Frölen, ich will in meinem Leben nicht wieder Frölen Trine sagen!« schrie der Knabe, fest den Arm seiner kleinen Gefährtin packend. »Frölen Trine, ich will es in meinem ganzen Leben nicht wieder tun!«

»Das hier ist der Mordgrund; da hat ein toter Mensch gelegen, und dort unten haben sie ihn gefunden. Ich habe schon zwei tote Menschen gesehen; hier in Krodebeck meine Mutter und in der Stadt, die Hamburg heißt, ein kleines, ganz kleines Kind, das schwamm in dem großen Wasser. Bist du schon in Hamburg gewesen, Hennig?«

»Nein, o nein, und ich will auch nur nach Haus; ich will nach Hause. O bitte, bitte, laß uns umkehren; ich schenke dir zwei weiße Kaninchen, dann hast du nach vier Wochen einen ganzen Stall voll, und ich schenke –«

Das Schlucken und Schluchzen des tapfern Junkers wurde zu arg und erstickte ihm die übrigen Versprechungen in der Kehle; aber auch das Mädchen wurde natürlich von seiner Zaghaftigkeit angesteckt und drängte sich dichter an ihn heran und blickte scheu hinter sich.

»O du! Du wolltest mir ja überall beistehen!« rief es.

»Unter den Menschen; – aber hier sind keine Menschen, und es wird immer dunkler – sieh!«

Da nahm Antonie Häußler von neuem ihren Mut zusammen, lachte wieder und rief:

»Ja guck, das ist mir noch gar nicht eingefallen, daß man sich vor dem Walde und vor dem Winde fürchten könne; ich habe mich immer nur vor den Menschen gefürchtet. Jetzt sei still und heule nicht; ich bringe dich schon heim. Komm! Du mußt mich nur nicht auch bange machen mit deinem Geschrei. Es schadet deiner Jacke nichts, wenn sie auch ein wenig naß wird, jetzt laufen wir wieder und lassen die Wölfe und Gespenster hinter uns und sind bald aus dem Dickicht und sind im Dorfe, und dann magst du gehen und mich bei deiner vornehmen Dame verklagen.«

Sie liefen wirklich. Das landfremde Kind der schönen Marie wußte in der Tat besser Bescheid in den Wäldern von Krodebeck als der erbangesessene Herr des Grund und Bodens. Es hielt die Hand des Knaben und zog ihn hinter sich drein, und er folgte täppisch, mit dem Ärmel der Jacke sich die strömenden Tränen abwischend.

Sie kamen über Waldblößen, auf denen der Sturm sie schon tüchtig schüttelte und schwere Regentropfen sie trafen. Sie standen hinter große Stämme gedrückt und suchten den verlorenen Atem wiederzugewinnen. Immer zierlich und behende wand und schmiegte sich das Mädchen durch das Gestrüpp, immer täppischer tappte der Knabe ihr nach und zerstieß sich die Knie und ließ sich die Nase von den Dornenzweigen zerkratzen. Endlich fanden sie sich wieder auf der Landstraße, eine Stunde von Krodebeck, und zwar gerad in dem Augenblick, als die Wolken sich öffneten und der Platzregen, vom Sturmwind gepeitscht, auf Wald und Straße niederfuhr. Wasser, Staubgewölk und gelbe wirbelnde Blätter fegten auf die beiden kleinen Wanderer hinein und machten sie für die ersten Minuten vollständig blind. Beide Kinder schrieen hell auf und stürzten sodann der Mütze des Junkers nach, welche munter auf der Landstraße vor ihnen her tanzte.

Elftes Kapitel

Mit lautem Jammergeheul hatte der Knabe mit beiden Händen nach seinem Kopfe gegriffen, als es bereits zu spät war, und sehr verständig wär's gewesen, wenn er nunmehr wenigstens auf seine Beine Achtung gegeben hätte, denn dieser Wirbelwind und Regen ließen in keiner Hinsicht mit sich spaßen. Beide Kinder wurden trotz ihres Sträubens von den Füßen gehoben, gedreht und auf der der Heimat entgegengesetzten Seite fort-und der Mütze nachgetrieben. Sie suchten sich zwar noch immer aneinander zu halten, allein es wollte nicht mehr gelingen, und auch Antonie Häußler hatte den Mut verloren und zeterte so hell wie der Junker.

Und dieser Sturm, der sie trieb, fuhr natürlich einem ihnen entgegensteuernden schwerbepackten alten Weibe gerad ins Gesicht, daß es mit gesenktem Haupte und vorgebeugtem Leibe seinen Weg dem Unwetter mühselig abgewann und ebenfalls weder sah noch hörte. So stießen denn die drei tüchtig und derb aufeinander, und die Herzen der Kinder wurden gar nicht ermutigt durch die Art und Weise, in der die wandernde Frau diesen Zusammenstoß aufnahm. Keine Hexe in irgendeinem Waldmärchen gab ihrer Bosheit und Entrüstung durchgreifenderen Ausdruck als die brave Jane Warwolf aus Hüttenrode; denn diese war es, welche das Schicksal zum Trost für »Hänsel und Gretel« in den Wald ausgesandt hatte.

»Holla! Oje! O dreidoppelt Düwelsdunnerwetter! Heilige Angst, was läuft einem da zwischen die Beine? O potz Sackzieher und Lederfresser, wen haben wir hier? Ihr Canaillen, ist das eine Witterung, um seinem Nebenmenschen so auf den Hals und einer abgerackerten, hungernden, durstenden Bettelmadam also auf die Krähenaugen zu springen? Ich will euch!«

Schon hatte die nasse, ärgerliche und ermüdete Frau die rechte Faust, ohne den Knotenstock fahren zu lassen, in den Haarbusch des Junkers versenkt und griff eben grimmigst mit der linken nach den wirren Locken und Flechten Tonies, als sie bei der letzten Helle des Tages glücklicherweise noch rechtzeitig erkannte, wen sie vor sich hatte. War ihr Zorn groß, so schien ihre Verwunderung jetzt doch noch größer zu sein, und sie machte auch der letzteren nicht weniger offen Luft als eben dem ersteren.

Zuerst ließ sie den Haarbusch des Junkers los, packte ihn dagegen an der Schulter und stellte ihn samt der kleinen Antonie, welche sie ebenfalls an der Schulter ergriff, vor sich hin.

»Ei herrje! Nanu, das ist mir eine schöne Bescherung! Ei, ei, darf man wirklich und wahrhaftig seinen Augen trauen? Der junge Herr vom Lauenhof mit dem gnädigen Fräulein vom Armenhause in angenehmster Kompanie, abends um halb sechse im stichdunkeln Walde und bei solch lieblichem Wetter! Ei Himmel, was verschafft denn gerade mir die Ehre? Und wie geht es der gnädigen Frau und dem Herrn Ritter und dem gnädigen Frö – ja, na, na, Hennig, was sagt denn das gnädige Frölen darzu, Hennig?«

»Dem gnädigen Fräulein ist er selbst durchgebrannt, und in den Mordgrund hab ich ihn gebracht, nachdem wir den Fuchs besucht haben!« rief Tonie Häußler gar weinerlich. »Aber wir waren schon auf dem Heimwege.«

»I kurios! Ist das der Heimweg, ihr Kröten? Ist das der Weg nach Krodebeck, dem Siechenhause und dem Lauenhofe, ihr ausbündigen Halunken? Das ist der Weg nach Goslar, meine Zuckerpüppchen, und ich wünsch euch eine recht glückliche Reise und kein schlimmeres Wetter als dieses gegenwärtige – Glück auf!«

Angstvoll griff der Knabe nach dem Rocke der Alten:

»O Frau Jane, wir wollen nicht nach Goslar. Es war der Wind und der Regen, die uns trieben, und in meinem Leben will ich nicht wieder weglaufen. O Frau Jane, Frau Jane, bringt uns nach Hause, bringt uns nach Hause!«

»Schön! Ist der Schacht verschüttet und das letzte Grubenlicht aus? Na, das Wetter ist freilich soso, und das gnädige Fräulein ist ebenfalls soso, also keine langen Worte und Komplimente. Marsch, ihr Bergkobolde, haltet euch rechts und links an meine Gesellschaft, legt euch an den Karren, schief mit der Schulter gegen den Wind! So ist's brav – nun laßt das Weinen und Plärren, es kommt so schon zuviel Wasser herunter, und wann der liebe Herrgott durchaus aus Wohlgefallen an der Menschheit eine neue Sündflut schicken will, so hat er eure Hülfe dazu nicht nötig. Na, Junkerchen, Junkerchen, auf Eurem – möcht ich an diesem Abend auch nicht sitzen, für alles Silber nicht, was sie seit tausend Jahren aus dem Rammelsberg heraufgeholt haben. Dazu kenne ich die gnädige Frau Mutter und das gnädge Fräulein viel zu gut!«

So gut wie die Warwölfin die beiden Damen vom Lauenhof kannte, so gut kannte Hennig von Lauen sie auch, und es war viel mehr als eine bloße Ahnung von dem ihm Bevorstehenden, was ihn, trotzdem er übergenug mit dem Wege und Wetter vorn zu tun hatte, doch unwillkürlich von Zeit zu Zeit nach hinten greifen ließ. Aber vorwärts ging's jetzt unaufhaltsam im muntern Schritt gen Krodebeck, und Tonie Häußler, die längst wieder besten Humors war, hüpfte und sprang lustig querhin und querüber vor den beiden anderen her und schien nur dann auf ihren Pfad achten zu müssen, wenn ein Regensturmstoß sie ganz von ihm wegschwemmen und -blasen wollte.

Sie kreischte vor Vergnügen und neckte den müden, frierenden, grämlichen Knaben nach Herzenslust, und Jane Warwolf aus Hüttenrode, die auch müde, hungrig und frostig genug war, schüttelte zwar den Kopf und brummte, jedoch laute Bemerkungen erlaubte sie sich nicht, und im Grunde hatte sie ihre Freude an dem wilden Dinge und nahm sich vor, der alten Hanne Allmann etwas recht Schmeichelhaftes über ihre Erziehungsmethode zu sagen.

Aber hier war nun das liebe Dorf Krodebeck endlich doch wieder! Zwar gleichfalls im strömenden Regen und sausenden Winde, aber doch mit Lampenschein aus den Fenstern und mit ermutigendem Hundegebell hinter den Hofmauern.

»Jetzt lauf, Tonie, und grüße die Mutter Hanne und sag ihr, ich spräche noch vor, um ein gut Wort für dich einzulegen. Sei brav und bleibe vergnügt und nimm das ganze Leben wie das Wetter heut abend.«

»Gute Nacht, Hennig, grüß deinen guten Herrn und schieb alle Schuld auf mich!« rief Antonie Häußler.

»Gute Nacht, du!« ächzte der Knabe und wurde von Jane weitergeschleppt, während das kleine Mädchen leichtfüßig in der Dunkelheit verschwand.

Hier war nun auch der Lauenhof wieder, der Lauenhof in gewaltiger und nicht unmotivierter Aufregung und Verwirrung! Es war nicht bloß der Junker und Stammhalter dem Fräulein Adelaide Klotilde Paula von Saint-Trouin durchgegangen, sondern auch ein glücklich auf ein Gewicht von vierhundert Pfund herangemästetes Schwein, an welchem sich am folgenden Morgen sein letztes Schicksal erfüllen sollte, hatte der unerbittlichen Parze und der gutmütigen Frau Adelheid durchgehen wollen und war wirklich den ganzen Nachmittag über vermißt worden.

Nun kamen beide, der Junker und die Sau, in der nämlichen Stunde heim, und das war unbedingt ein Glücksfall für den Junker, denn die Freude über den zweiten Sünder und wirklichen Trebernfresser, der heimkehrte, war zu groß, um nicht den Ärger und Verdruß über den erstgenannten Taugenichts und Ausreißer ein wenig zu mildern.

Daß es noch immer regnete, wissen alle meine Leser, und wie auch der reinlichste Ökonomiehof bei dergleichen Wetter aussieht, wissen sehr viele meiner Leser. Die Dachtraufen des alten Hauses gossen Ströme trüber Fluten aus ihren fratzenhaften Mäulern, Schnauzen und Schnäbeln. Das Volk des Hofes lief mit und ohne Laternen, mit und ohne Wasserstiefel, beschuht und unbeschuht durcheinander und spektakulierte heillos. Aus den Stallungen erscholl das Gebrüll und Gebrumm der Ochsen, Kühe und Rinder, das Federvieh in seinen Behältern griff munter mit offenem Schnabel in das Konzert ein; die Hunde waren natürlich außer sich, und die gnädige Frau war ganz in ihrem Elemente. Mit aufgeschürzten Röcken und aufgekrempelten Ärmeln widmete sie sich in der Mitte ihrer Hintersassen ganz ihrem Schwein, und das Gequiek dieses Schweines unter den zärtlichen Händen von zwanzig Knechten, Mägden, Verwaltern und Milchmamsells war fürchterlich.

»Da hat Sie Ihren Jungen, Fraue«, sprach Jane Warwolf, den greinenden Bengel am Ohr herzuführend. »Mitten im Kuckelrucksholz hab ich ihn arretiert. Da hat Sie ihn, Fraue, und es soll Sie nichts kosten als eine Abendsuppe und ein Nachtquartier.«

»Richtig! Natürlich! Mun-ter!« sagte die Gnädige, versetzte ihrem Sprößlinge im Fluge eine tüchtige Maulschelle und widmete sich, ohne weitere Zeit für ihn übrig zu haben, von neuem mit Energie dem Hinterteile des Borstentieres, welches letztere noch immer eine heftige Abneigung gegen seinen Stall kundgab und nur geschoben seitwärts sich demselben zubewegte.

»Das war dir versprochen, mein Sohn! Tröste dich und sei dankbar«, sprach Jane zu ihrem Schützling und zog ihn weiter über den Hof; denn jetzo erklang von der Vortreppe des Herrenhauses ein geller Ruf schneidend und schrill über allen Lärm und Aufruhr des Abends.

Auf der Treppe unter dem Vordach des Hauses standen der Chevalier und Fräulein Adelaide, ebenso erregt wie die anderen, nur aus einem anderen Grunde und mit größerem Abscheu vor Schmutz, Regen, harten Ellenbogen und nassen Füßen. Den Schrei aber hatte das Fräulein ausgestoßen, als es des Junkers und seiner Führerin im Laternenschimmer ansichtig wurde. Der Ritter nahm eine Prise über die andere, und Peccadillo und Mystax, welche ebenfalls auf der Treppe harrten und die Abneigung der beiden alten Herrschaften gegen das schlechte Wetter teilten, spitzten die Ohren und bewegten die Schwänze sehr hastig.

»O Hennig! O ciel! Da ist er! Da ist er! Um das Stück Vieh ist der ganze Hof und das halbe Dorf auf den Beinen gewesen, und für das arme böse Kind war niemand übrig!« schrillte hysterisch die Malteserin. »O mon Dieu, Hennig, wie hast du mir dieses antun können! Sie, Frau, bringe Sie ihn hierherauf! Bringe Sie ihn auf der Stelle hier herauf! O Gott, o Gott, diesen Tag vergesse ich in meinem Leben nicht! Sie da, Weib, Frau, wo hat Sie ihn gefunden? Herr von Glaubigern, geben Sie der Person zwei und einen halben Silbergroschen, und – o Hennig, Hennig, war denn alle Tendresse, alle zarte Sorgfalt, Bildung und Lektüre weggeworfen an dich, wie an jenes widerliche Tier, welches sie dort unten soeben mit so entsetzlichem Lärm in sein Behältnis zurückbringen?«

»Ja, da haben Sie Ihren Deserteur wieder, Frölen. Jetzt wickeln Sie ihn nur recht hübsch in Baumwolle und Seidenpapier und seien Sie von neuem recht glücklich drmit. Glück auf, Herr von Glaubigern, schlecht Wetter! Aber brave Herzen bei schlechtem Wetter, das ist das Wahre!«

»Die Haut habe ich mir von den Händen gerungen, und jetzt ist alles wie gar nichts!« wimmerte Adelaide.

»Glück auf, Jane!« sprach der Ritter, der wandernden Frau statt des Geldbeutels die Hand bietend. »Ich danke Ihnen, Jane, wir haben uns einige Sorge um den Knaben gemacht.«

»War nicht nötig, Herr von Glaubigern – er war in guter Kompanie und hat was gelernt heute.«

Der Ritter nahm abermals eine langsame Prise und bot die Dose dem alten Weibe, welches mit einem Knicks zugriff.

»Ich will Ihnen nachher davon erzählen, Herr von Glaubigern.«

Der Ritter neigte das Haupt und wandte sich zu dem gnädigen Fräulein, welches mit dem feuchten, triefenden, schmierigen, heulenden Liebling in den Armen einen harten Kampf zwischen Ekel und Entrüstung einerseits und Entzücken und Rührung andererseits kämpfte.

»Mein Sohn«, sprach er, »ein kluger Mann benutzt jede Gelegenheit, um sich zu bilden; wie nennt sich nach dem Herrn Professor Comenius das Schwein in lateinischer Zunge?«

»Sus! Ja, sus!« winselte der unglückliche Examinand.

»Und wie in der Sprache der Franzosen?«

»Cochon!« jammerte der Junker.

»Sehr richtig. Vorzüglich, wenn es sich noch in den Jahren der Jugend befindet! Nun, mein lieber Hennig, werde ich raten, nicht abzuwarten, daß die Frau Mutter dort unten im Hofe ihre Hände zu frei mache, es könnte sonst leicht noch zu einem zweiten Examen kommen, für dessen Resultate ich nicht einstehen würde.«

»Herr von Glaubigern?!« rief das Fräulein vorwurfsvoll und entrüstet, folgte aber nichtsdestoweniger eilig der wohlmeinenden Zuflüsterung und führte den Junker, der nur allzugern sich führen ließ, ab, um ihn wenigstens für den Abend dem rächenden Arme des Gesetzes zu entziehen. Was zwischen den beiden ferner noch vorging, ist unbekannt; allein schon nach einer Viertelstunde lag Hennig, an den letzten Brocken eines frugalen Nachtessens kauend, warm zugedeckt unter berghohem Federbett, und niemand auf dem Lauenhofe hatte eine Ahnung davon, von welch entscheidendem Einflusse dieser eben vergangene Tag auf die meisten Bewohner des Lauenhofes, vor allem aber auf den Erben und Herrn desselben sein sollte. Selbst der Chevalier ahnte nichts davon.

Es dauerte eine geraume Zeit, ehe Ordnung und Ruhe auf dem Hofe wiederkehrten; nur ganz allmählich wurde es still und wurde auch die Frau von Lauen fähig, sich mit Dingen zu beschäftigen, welche sich nicht ganz und gar auf die Landwirtschaft bezogen. Sie wusch sich die Hände, ließ ihre Röcke nieder und stieg zu dem Zimmer des Ritters von Glaubigern hinauf, allwo sie die Warwölfin im lebendigsten Verkehr mit dem Chevalier traf. Die Frau Jane, welche dem Fräulein von Saint-Trouin gegenüber einen ziemlich phantastischen Tanz aufgeführt hatte, wurde vor dem Ritter und der Frau Adelheid in ihrem Berichte kurz, klar und bündig. Sie erzählte, wo und in welcher Gesellschaft sie den Junker Hennig gefunden habe, und benutzte die Gelegenheit, ein hohes Loblied über Tonie Häußler und die Pflegemutter derselben im Siechenhause anzustimmen.

Der Ritter und die Edelfrau ließen sie freundlich gewähren, nickten sogar Billigung und schickten sie nach Anhörung dessen, was sie zu sagen hatte, in die Gesindestube hinab, wo sie vom sämtlichen Volke mit einer gewissen scheuen Zurückhaltung, jedoch keineswegs ungern aufgenommen wurde und, nachdem sie ihren Wanderstab und ihre Last abgesetzt hatte, in einem weiten Kreise sogleich die hervorragende Stelle einnahm, welche ihr von Rechts wegen gebührte. Über den Köpfen der braven Leute aber fragte die Gutsfrau:

»Nun, olle Fründ, was meinen Sie, hole ich ihn mir noch aus dem Neste, um ihm das Leder zu gerben?«

Der Ritter schüttelte bedachtsam den Kopf.

»Solches wollen wir nicht tun, Frau Adelheid. Wollen ihn ruhig schlafen lassen auf die Strapazen. Und im Vertrauen, Frau Adelheid«, fuhr der alte Herr flüsternd fort, »wir wollen ganz still sein und mehr als ein Auge zudrücken, wenn dem Jungen morgen wieder einfallen sollte, sich auf ähnliche Art unserer Leitung, unserer Erziehungs-und Bildungsmethode zu entziehen. Sie sind eine resolute Frau, meine Liebe, aber gegen Johann von Brienne, Konstantinopel, Malta und den Papst Honorius kommen wir doch nicht an –«

»Das weiß der liebe Himmel!« seufzte die Edelfrau.

»Und was Krodebeck gegen Versailles und den König Louis den Vierzehnten ausrichtet, das will wenig bedeuten«, flüsterte der Ritter weiter, »also – im höchsten Vertrauen, meine Gute, wir wollen klug sein wie die Schlangen, wenn auch ohne Falsch wie die Tauben, und wollen alle beide Augen in betreff des Kuckelrucksholzes zudrücken, und gegen das gnädige Fräulein wollen wir sehr liebenswürdig und galant sein. Ach, Adelheid, Sie, welche uns, das heißt das Frölen und mich, als zwei unnütze, unbequeme Inventarstücke auf den Lauenhof übernommen haben, Sie wissen nicht, wie nachsichtig und freundlich man gegen uns sein muß; – Sie sind eben eine brave Frau und verdienen es, uns totzufüttern.«

»Hören Sie, Ritter, wenn ich jünger wäre, so sollten Sie einen Kuß haben, aber so wie's jetzt ist, käm's lächerlich heraus, und ich schämte mich«, schluchzte die Gutsfrau, die hellen Tränen lachend abwischend. »Sie sind ein alter Narr, das weiß das ganze Dorf, und jetzt geben Sie mir Ihre alte, gute, liebe Hand und schlafen Sie wohl. Ich denke, morgen machen wir wohl wieder einmal in Kompanie der Hanne Allmann eine Visite?!«

Es war dem Junker Hennig von Lauen von dem Fräulein Adelaide strengstens anbefohlen worden zu schwitzen; und er schwitzte. Und obgleich er sich am ganzen Leibe ziemlich zerschlagen fühlte, so hatte er doch zuviel erlebt, um auf der Stelle einzuschlafen. Der Sturm war nach und nach in einen echten und gerechten Landregen übergegangen, und wer so tüchtig im Kuckelrucksholze durchgewaschen worden war, der mochte aus diesem unablässigen Rauschen wohl mancherlei heraushören, was Leuten, die ruhig unter Dach und Fach geblieben waren, entging.

Es waren lauter selbstverständliche Dinge, welche die schwingende Phantasie rekapitulierte; aber alles warf einen Schatten, wie die Haube einer märchenerzählenden Amme oder Großmutter am Winterabend. Es war ein Gemisch aus Schauer und Wonne, welches den Junker wach erhielt; und alles in allem genommen, überwog zuletzt die Wonne den Schauer bedeutend, bedeutete aber kaum etwas Gutes für die Meinungen und Ansichten der armen Adelaide von Saint-Trouin. Der Junker von Lauen hatte eine bessere Spielkameradin gefunden, als die Haute-Justicière der Grafschaft Valcroissant sein konnte, und es war viel lustiger, nach Malepartus hinunterzuhorchen und auf das Erscheinen der spitzen Schnauze und klugen Äuglein Meister Reinekes zu warten, als mit dem frommen und eleganten Jüngling Télémaque die krummen rosigen Wege des Lasters zu vermeiden. Der Knabe hatte die Ohrfeige der ungnädigen Mama wohl gespürt, allein über alles siegte die unbezwingliche Vorstellung, daß doch das größte Vergnügen in der Welt sei, dem weisen Mentor und dem Frölen Trine davonzulaufen und zu erkunden, wie weit der Wald sich in die Welt erstrecke und wie es hinter diesem Wald aussehe!

Freilich stiegen verschiedene sehr ansehnliche und würdige Persönlichkeiten empor, um sich diesen schönen Vorstellungen und den daraus entspringenden schlechten Vorsätzen strengstens entgegenzustellen. Wenn sich auch mit dem Herzog von Engern und Westfalen, dem biedern Wittekind, Warnekinds Sohn, dem Haupt-und Stammeshelden des Herrn von Glaubigern, wohl fertig werden ließ: so war doch mit den sämtlichen Louis von Frankreich und Navarra nicht zu spaßen, und Madame de Campan und Madame de Genlis zeigten sehr drohend die Rute und zeigten bedenklich spitzige und mit scharfen Nägeln bewaffnete Finger. Aber die Krisis war eingetreten, und sämtliche im Körper wie im Geiste auf dem Lauenhofe zu Krodebeck ein und aus gehende Persönlichkeiten hatten sich darein zu finden. Daß sich jedoch Hennig mit allen gleichfalls abzufinden hatte, verstand sich von selbst und ging in den Träumen, welche dann endlich doch auf den Halbtraum folgten, ziemlich leicht und bequem vonstatten, wie solches auch bei erwachsenen Leuten in zweifelhaften Situationen und gefährlichen Kollisionen des Lebens der Fall zu sein pflegt. Die Dämonen der Nacht stehen nicht immer mit den Dämonen des Tages auf dem besten Fuße, und wie der Mensch dabei fährt, als Federball dient und sein armes, leeres Schicksal erfüllt, das kümmert bekanntlich und erweislich die Götter sehr wenig. Weshalb sollten sie ihr Spielwerk nicht gebrauchen? Beim Styx, meine Herren und Damen, versetzen wir uns an ihre Stelle, und seien wir einmal – gerechter als sie.

Zwölftes Kapitel

Ein Gehirn, in welchem Tonie Häußler und der Herzog Wittekind, der Professor Amos Comenius und Fräulein Adelaide von Saint-Trouin, Louis XV. und Madam Scrofa aus Krodebeck zugleich mit Jane Warwolf aus Hüttenrode, dem Ritter von Glaubigern und der gestrengen Frau Adelheid einen Tanz aufführen, soll wohl wirr und müde werden! Auf das Gezappel und Geschwirr von Figuren und Stimmen folgte das dunkle, unermeßliche, raum- und zeitlose Nichts, und dann war es plötzlich wieder Morgen für den Junker von Lauen, und ein neuer Tag seines Daseins hatte unter veränderten Aspekten begonnen.

Die große Hausglocke des Lauenhofes machte allem Spuk der Nacht ein Ende. Früher als sonst war Meister Hennig aus den Federn und in den Kleidern und suchte sofort die Frau Jane in der Gesindestube auf, um die frischgeschlossene Freundschaft nicht erkalten zu lassen. Die Warwölfin begrüßte ihn aufs höflichste und erkundigte sich teilnehmend nach seinem Befinden überhaupt, aber vorzüglich, wie ihm das kalte Bad des vorigen Tages bekommen sei. Er bezeigte jetzt einige Lust zu renommieren und sich als Held aufzuspielen, doch da kam er an die Unrechte und wurde an der Nase auf den richtigen Standpunkt zurückgeführt, ohne daß jedoch die Freundschaft darunter litt. Nachher begleitete er die wandernde Frau bis an das Hoftor und sah sie durch den immer noch fortdauernden Regen abmarschieren, dem Siechenhause zu, und sah ihr dumm mit offenem Munde nach, bis die liebliche helle Stimme Fräulein Adelaides ihn zum Frühstück rief und an die nahende französische Lektion mahnte. Das Frühstück ging vorüber, ohne daß weiter nach den Vorgängen des vergangenen Nachmittags gefragt wurde; die französische Stunde nahm ihren Anfang.

Mit dem Glockenschlage winkte die Chevalière mit spitzem Zeigefinger über ihre Tasse und den Tisch weg, erhob sich langsam mit einem würdigen Rundgruß an alle Tischgenossen und ergriff die Schulter des noch dämischer und grämlicher als gewöhnlich aussehenden Hennig. Widerwillig erhob auch er sich und folgte der grausigen Notwendigkeit – verstockt, giftig und doch dem Weinen nah folgte er ihr treppauf, und die Tür der weisen und strengen jungfräulichen Lehrmeisterin öffnete sich vor ihm, verschlang ihn und schloß sich. Adelaide hatte ihn – es war keine Rettung mehr für ihn vorhanden, und unaufgefordert ließ er alle Hoffnung draußen.

Draußen vor den angehauchten Fensterscheiben mischten sich die ersten Schneeflocken des Winters in den Regen. Lieblich duftete in den Fensterbänken die altjungferliche Blume, das Geranium, und Peccadillo suchte seinen gewohnten Platz in der Sofaecke und setzte sich bequem hin, um die kommenden Erörterungen zu notieren. Auf den Kupferstichen an der Wand schwuren die Gardedukorps im Ballsaal und sangen »O Richard, o mon roi« – beschäftigte sich Marie Antoinette zu Trianon mit Menschenliebe und Kindererziehung – stieg der Sohn des heiligen Ludwig zum Himmel empor, während der Flegel Santerre die Trommeln rühren ließ, um die Rührung der neugierigen Pariser in der Geburt zu ersticken. Es war sehr warm und altjungferlich behaglich in dem Zimmer der Erbin Johanns von Brienne. Die närrischen Blumen und Vögel auf den Stuhllehnen und Kissen, die vergilbten Zeichnungen des Grafen von Pardiac über der Kommode, der dicke wackelköpfige Chinese auf derselben, der Spiegel im Rokokorahmen, in den Vasen die Sträuße künstlicher Blumen, die Potpourrivase auf dem Rokokoschrank – alles dies konnte nicht netter und behaglicher sein, und auf nichts in der Welt blickte der Junker von Lauen in seiner jetzigen Seelenstimmung mit solchem Verdruß als auf alles dieses. Freilich an und für sich war jedes Ding freundlich genug, wenn sich nur von jedem Dinge das Fräulein von Saint-Trouin hätte trennen lassen! Aber hier saß sie in ihrem Reich, und kein oströmischer Kaiser, kein Johanniter-Großmeister von Rhodus oder Malta blickte je saurer von seinem Stuhl auf einen abzuurteilenden Verbrecher als Adelaide anjetzo auf den Junker Hennig.

»Hennig«, sagte sie, »Hennig, Hennig, ich habe die ganze Nacht kein Auge geschlossen, und der Kummer – der Kummer um dich ließ mich nicht schlafen.«

»Frölen Trine –«

»Wieder ein Dolchstoß!« ächzte das Fräulein. »Kind, Kind, du treibst mich zur Verzweiflung; – du bringst mich dahin, auch an dir zu verzweifeln, an dir, welcher mich bis jetzt allein noch an dieses kummervolle, arme, verachtete Dasein gefesselt hat! Hennig, du bist ein abscheulicher Taugenichts, und ich werde zu den strengsten Mitteln greifen, um dich auf den Pfaden des Anstandes und der Selbstachtung zu erhalten. Ist denn alles, alles vergebens gewesen? Habe ich wirklich diese ganzen Jahre hindurch diesen täglichen, stündlichen Kampf um dich gegen all diese schädlichen Einwirkungen – ich könnte viele derselben nennen! – vergeblich kämpfen müssen?... Und welchen Mächten soll ich unterliegen? Ich will nicht reden von den Einflüssen, die in nächster Nähe wirken, – ich will dich nur fragen, mein Sohn, um welche Gesellschaft du gestern nachmittag die meinige vertauscht hast?... Hélas, du antwortest nicht, du saugst an dem Daumen, welches gleichfalls ein Horreur ist, – du weißt keine Antwort. Stelle dich auf beide Füße, mein Kind; es ist anständiger; ja, gebrauch nur dein Mouchoir, es ist freilich nützlich, jedoch zu Tränen wirst du dich dadurch wohl nicht zwingen –«

»Ich zwinge mich auch nicht, ich schneuze mich, und was ich gestern getan habe, das tut jeder ordentliche Junge jeden Tag, und ich will auch ein ordentlicher Junge sein, und Tonie gefällt mir recht gut, und ich habe ihr versprochen, jeden Jungen durchzuprügeln, der sie nur schief ansieht. Und Frölen, ich weiß gar nicht, was Sie wollen, und ich weiß gar nicht, wenn Sie mich spazierenführen, weshalb ich immer anhören soll, daß die Welt so schlecht sei, und daß es besser wäre, man stürbe, und daß alle Leute nur alle Leute nicht erkennten und alle Leute alle Leute nur verachteten und kein Adel mehr sei und hier auf dem Hofe gar nicht, und daß es sonst besser war und nur immer schlechter würde, und, was schrecklich ist, daß ich der Beste werden soll und alles wiedergutmachen soll, und gar keinen Spaß für mich allein haben soll und nur alles soll, was ich nicht mag, was gar zu schrecklich und langweilig ist, huhi, huhi – hihihi!«

Der Junker, von seinen Gefühlen überwältigt, heulte gradhinaus, Peccadillo, steif auf alle viere sich stellend, bellte. Das Fräulein aber, aus allen Illusionen und Idealen hinausgeschlagen, sah das Tabernakel in ihrem Herzen von einem Steinwurf zertrümmert, sah bleich, wortlos und als ob ihr übel werde, auf den Junker, lehnte sich zurück auf ihrem Stuhle und wies mit matter Hand auf das Lehrmaterial auf dem Tische und keuchte tonlos:

»Wir wollen fortfahren, wo wir gestern morgen stehengeblieben!«

Sie fuhren fort; jedoch nicht, wie sie aufgehört hatten. Es lag zuviel zwischen dem gestrigen Tage und dem heutigen. Wohl machte die treffliche Dame Adelaide Klotilde Paula von Pardiac und Valcroissant dem schäbigen neunzehnten Jahrhundert noch immer Filet unter der Nase; aber die Nadel, mit welcher sie von Zeit zu Zeit ihrem verstockten heimtückischen Zögling auf den Blättern seines Buches den Weg andeutete, zitterte und verlor selber den Weg. Seinen eigenen Weg fand Hennig schon allein durch die Porzellanpalmenwälder und Biskuitwildnisse des Monsieur Bernhardin de Saint-Pierre; und ob es auf Isle-de-France regnete oder auf Krodebeck und das Kuckelrucksholz, war ganz einerlei. Übrigens war der Paul doch gar zu weise und dumm, und der Unterrock Virginiens stammte unzweifelhaft ebenfalls aus der berühmten Fabrik von Sèvres, und es war eine ganz andere und viel lebendigere Sache, mit Tonie Häußler dem Chevalier und der Chevalière durchzugehen, den Meister Reineke in seinem eigenen Hauswesen aufzusuchen und im Sturm und Unwetter mit Jane Warwolf heimzukommen!

Als die alte schwarze Wanduhr auf dem Hausflur, welche dem braven Herrenhause durch so manchen bösen und guten Tag geholfen hatte, abermals die Stunde schlug, erwachten beide, Schüler und Lehrerin, aus einem tiefen Traum; doch jeder hatte etwas anderes geträumt, und als sich Hennig ein wenig schwankend erhob, um sich zu dem Ritter von Glaubigern zur zweiten Lektion zu begeben, erhob sich auch das Fräulein und sprach lemurenhaft:

»Was geschehen müßte, um mir und dir zu helfen, weiß ich nicht, mein Sohn; aber es müßte etwas geschehen, es müßte etwas geschehen, es müßte in der Tat etwas geschehen!«

Damit sank sie mit geschlossenen Augen von neuem zurück, und schleunigst nahm der Junker von Lauen Reißaus im panischen Schrecken vor dem unheimlichen Etwas, welches unbedingt geschehen mußte und welches nur augenblicklich noch der Schleier der Zukunft deckte.

Im vollen Galopp durchmaß Hennig den Korridor, stolperte und fiel zuerst gegen die Tür des Ritters und sodann in das Zimmer desselben, daß der gute, alte Herr ganz entsetzt auffuhr:

»Lümmel, ist dieses die Art, bei anständigen Leuten einzutreten?«

»Ich kann nichts dafür, Herr von Glaubigern«, winselte der Knabe. »Sie hat mir nachgesehen wie ein Gespenst. Ich habe mich gefürchtet; denn es muß etwas geschehen, sie weiß nur noch nicht, was. O Herr Ritter, ich hab geglaubt, sie ist hinter mir her, und ich habe mich so sehr gefürchtet!«

Der Chevalier griff stumm nach dem Handgelenk des Knaben, fühlte ihm den Puls, schüttelte das würdige Haupt und murmelte:

»Es ist die allerhöchste Zeit, daß dieses ein Ende nehme. Junge, bist du auf dem Lande aufgewachsen? Bist du ein Lauen? Bist du wirklich ein Sprößling jenes Lauen, welchen der gelahrte Hauspfaff als Hilmar Allantophilos in die Hauschronik eingetragen hat, daß ganze ungelehrte Generationen sich den Kopf über das grausame griechische Wort zerbrechen mußten, bis ich herauskriegte, daß es Wurstfreund hieß... Was ist geschehen, und was muß geschehen, du Narr?«

»Weil ich gestern dem Herrn Ritter und dem Frölen Trine weggelaufen bin, muß etwas geschehen!« schluchzte Hennig. »Und weil ich in schlechte Gesellschaft geraten bin! Und weil ich der Beste in der ganzen Welt werden soll, und weil sich alle meine Großväter im Grabe umdrehen, wenn sie an mich denken, was noch das wenigste wäre, wenn sich nicht Frölen Trines Großväter alle miteinander mitdrehten!«

»Ei, ei, ei!« murmelte der Chevalier.

»Ja, und es wird mir zuletzt alles einerlei, und ich will's nur gestehen, Herr Ritter; ich habe gesagt: ich wäre schon so gut genug für mich, wenn man mich nur in Frieden ließe, und der Beste könnte ich in meinem ganzen Leben nicht werden und hätte auch keine Lust dazu, und der Herr Leutnant von Glaubigern wäre ja da, und wenn einmal die Welt absolut umgedreht werden müßte, so könnte der das allein tun, und mich brauche er ganz gewiß nicht dazu!«

»Hm, hm!« machte der Chevalier, nahm eine sehr lange Prise und stand in seinem weißen, reinlichen Hausrock, dem wohlgefältelten Busenstreif, seinen hellgrauen Pantoffeln und seinem hellgrauen Hauskäppchen mit dem hellblauen Quast in der Tat wie ein Heros da, der aus höherer Region herniederstieg, um diese schlechte Erdenwelt in ihre Fugen wieder einzurenken; allein ziemlich verlegen erschien er dessenungeachtet. Wie dem heiligen Markus der Löwe, so strich ihm Mystax, sein Kater, um die Beine; er faßte den Schnurrenden am Genick, nahm ihn unter den Arm und sprach:

»Mein Sohn Hennig, das einzige, was ich dem soeben von dir hervorgebrachten Unsinn entnehme, ist, daß du gegenwärtig durchaus nicht fähig bist, dich den Musen mit der ihnen zukommenden stillen und feierlichen Subordination zu widmen. Hm, hm, ich halte es für besser, den Eutropium heute nicht hervorzulangen, und was Gatterers Abriß der Heraldik betreffen möchte, so wollen wir auch den dahin gestellt sein lassen, wo er steht. Mein Sohn Hennig, ich hätte mancherlei zu bemerken; allein da du doch nur das wenigste davon begreifen würdest, so mache ich dich nur auf den lustigen Schnee da draußen aufmerksam und rate dir, dich auf der Stelle zu trollen, das heißt aus der Tür zu scheren und mir höchstens in den Essensstunden wieder vor die Augen zu kommen.«

Mit großen Augen und weit offenem Munde starrte der Knabe den wackern Lehrmeister an.

»Ich soll allein laufen? Ohne Sie und – ohne das Fräulein?« stammelte er.

Der Ritter neigte das Haupt.

»Wenn ich aus der Haustür gehe, so ruft – sie mich um! Nachher sitze ich wieder da, und es ist alles zu Ende.«

»Ei, Mystax, Mystax, gutes Tier«, sprach leise der Ritter zu seinem Kater, indem er ihm zärtlich den Pelz streichelte. »Das Haus hat auch eine Hinterpforte, nicht wahr, Mystax? Ei, ei, Mystax, gutes Tier!«

Es war unmöglich, daß der Junker von Lauen Augen und Mund noch weiter aufreißen konnte. Mit einem Male drehte er sich auf den Hacken, stürzte aus dem Zimmer und schlug die Tür hinter sich zu, daß der Helm, der Brustharnisch und der Kürassiersäbel von Ligny an der Wand klirrten.

Es roch auch in dem Gemache des Leutnants von Glaubigern ein wenig altjungferlich; allein es herrschte noch ein anderer Duft darin, der sich freilich schwer bestimmen ließ.

»Ei, ei, ei«, sagte der Ritter von Glaubigern, ans Fenster tretend, »sie wäre imstande, auch mich umzurufen, wenn ich aus der Haupttür ginge und nicht die Hinterpforte benutzte!«

Es würde uns zu weit führen, wenn wir den Junker von Lauen auf allen seinen Wegen bis zur Mittagsstunde begleiteten. Als die Eßglocke erklang, erschien er pünktlich; aber selbst in diesen wenigen Stunden, die verflossen waren, seit ihn das Fräulein kummervoll entließ, hatte er die bedauerlichsten Fortschritte zum Schlimmern gemacht. Mit herzzerreißender Wehmut betrachtete ihn das Fräulein, als er über seinen Teller herfiel. Sein Gemüt schien noch verstockter geworden zu sein; sein Äußeres war jedenfalls schmutziger geworden, seine Ausdrucksweise plebejischer oder, wie Adelaide es bezeichnete, – volkstümlicher. Er bezeigte weder als Christ noch als Edelmann Reue, daß er gestern allen höheren, reineren, tugendhafteren, heiligeren Gesinnungen durch die Lappen gegangen war, und nur, wenn es Art der Menschheit wäre, Buße durch erhöhte Gefräßigkeit zu tun, hätte er einige Hoffnung für die Zukunft gegeben.

Nach aufgehobener Tafel fühlte sich das Fräulein zu schwach, um den Kampf um diese verlorene Seele mit den bösen Mächten von neuem aufzunehmen, tief gebeugt und halb gebrochen zog es sich zur Mittagsruhe zurück; der Ritter hatte noch eine halb heitere und halb ernste Unterredung mit der gnädigen Frau, und der Junker ging abermals seiner Wege, ohne daß ihm jemand dieselben verlegte. Auch dieses Mal trauete er dem Dinge noch nicht und verließ, vorsichtig über die Schulter zurückblickend, den Lauenhof wiederum auf Nebenwegen. Er hatte die Hosen in die Stiefelschäfte gesteckt; unter den Armen trug er, was ihm von seinen Schätzen als das Begehrenswerteste erschien, eine Schachtel mit arg mitgenommener königlich preußischer Infanterie im Sturmschritt, eine sehr lecke Arche Noah und eine in Fetzen zerflatternde Ausgabe des Robinson Krusoe mit schönen, bunten Bildern. Dazu trug er an den Ohren sein sehr erstauntes und deshalb sehr zappelndes Lieblingskaninchen mit den schönen roten Augen vor sich her, und so war's kein Wunder, daß er ziemlich keuchend – das Siechenhaus von Krodebeck erreichte.

Tonie Häußler, die vom Fenster aus gleichfalls in den ersten Schneefall des Winters hinausblickte und ihre Kinderbetrachtungen darüber anstellte, sah den Genossen von gestern hinter den Hecken hervorkommen, stieg herab von ihrem Stuhl und verkroch sich, ohne ein Wort zu sagen, hinter dem Ofen. Die alte Hanne, welche am Ofen spann, hatte den Schnee allzuoft kommen und gehen sehen, um viel darauf zu achten; aber verwundert erhob sie das Haupt, als es vor ihrer Stubentür kratzte und stolperte und der Junker von Lauen, ohne anzuklopfen und ohne die Begleitung der Mutter oder des Herrn von Glaubigern, in ihrem grauen, trüben Reich erschien. Die Alte war sehr verlegen über die hohe Ehre, wackelte ein wenig ängstlich hin und her, sagte: Ei, ei, ei! wie der Chevalier, erkundigte sich zaghaft nach der gnädigen Frau und noch zaghafter nach dem Befinden des gnädigen Fräuleins.

»*Der* bin ich zum zweitenmal durchgegangen!« sprach Hennig, »und es wird nicht das letztemal sein, und hier bin ich mit dem Karnickel und mit den Zweiundzwanzigern im Sturmschritt und dem Noahkasten; ich habe gestern der Tonie versprochen, es zu bringen, und da ist es!«

Der ehrliche Bursche kramte seine Herrlichkeiten aus auf dem zertretenen Fußboden; aber wo war der Kobold aus dem Kuckelrucksholz? Der steckte hinter dem Ofen und leuchtete nur mit verwunderten großen Augen aus der Dämmerung hervor. Es hielt sehr schwer, ihn aus seinem Versteck hervorzulocken; allein was dem Junker und dem weißen Kaninchen nicht gelingen zu wollen schien, das gelang den Magdeburger Füsilieren. Sie nahmen auch das Herz der jungen Dame mit Sturm, und die Familie Noah sowie der Robinson Krusoe vollendeten die Eroberung, und so wurde das, was sich gestern unter freiem Himmel, im Walde und im Windessausen angesponnen hatte, heute innerhalb der vier Wände des Siechenhauses weitergesponnen. Ergötztet ihr euch nicht lieber

> an dem heitern Glück,
> Womit am Schluß des drolligen Romans
> Die Lieb ein leicht genecktes Paar belohnt?

Vielleicht! Sehr wahrscheinlich! Ja ohne alle Zweifel! – O wie schön, wie friedlich und freundlich könnte unser Weg sein ohne das dumpfe Poltern in der Ferne, ohne den schwarzen Wagen, der immerfort *seinen* Weg durch die Geschlechter alles Lebendigen fortsetzt, dessen Fuhrmann so schläfrig düster mit dem Kopfe nickt und dessen Begleiter, die Leidenschaften, mit Zähneknirschen und Hohnlachen die eisernen Stangen und Haken schwingen; denn ihrer ist ja das Reich und die Herrlichkeit der Welt, und wer kann sich rühmen, daß er im Kampfe wider sie wirklich den Sieg davongetragen habe?

Hanne Allmann hatte sich wieder an ihr Spinnrad gesetzt; sie drehte das Rad, zog den Faden und nickte ebenfalls mit dem Kopfe – schläfrig, aber doch verwundert über das junge Leben zu ihren Füßen. Sie mummelte und summte auch zu dem schnurrenden Rade, legte die Hände im Schoße zusammen und schüttelte das Haupt, uralte Weisheit dumpf und mühsam im stumpfen Gehirn und Herzen zusammensuchend. Sie und der Ritter von Glaubigern wußten ja am besten Bescheid in Krodebeck, was es auf sich habe mit dem Schüdderump; die andern waren viel zu sehr beschäftigt mit dem lärmenden Tage, und die beiden Kinder – dort am Tische des Siechenhauses – ja, die hatten noch nicht mitzureden; obgleich sie mitzuleiden hatten, wenn ihre Stunde kam.

»Erstorbenes Leben, blindes Augenlicht« – es hatte die Greisin aus dem Siechenhause das Recht, vor einem größern Palast niederzusitzen zu Fluch und Klage als die beiden Königinnen und die alte Herzogin, die Mutter von Königen, die vor dem Königsschloß von England zu Klage und Fluch niedersaßen; und zuletzt wurde sie auch nur durch den wackern Freund Robinson Krusoe daran verhindert. Die blauröckige königlich preußische Infanterie füllte eben mit dem durch sie hervorgerufenen Interesse nicht den ganzen Nachmittag aus. Sie zog sich wieder in ihre Schachtel zurück, und das Karnickel trat als handelnde oder vielmehr leidende Person in das Spiel. Doch auch dieses hatte seine Zeit; nicht wenig zerzaust rettete sich das Tierchen unter den Ofen und sah von dorther aus seinen roten Augen ängstlich dem ferneren Treiben der beiden Kinder zu.

Es war nunmehr der erst so sehr mißratene und dann vom Schicksal so gut gezogene Meister Robinson an der Reihe, und der Junker Hennig fand die schönste Gelegenheit, durch ihn sich als einen welt-und bücherkundigen Mann zu erweisen. Mit den Augen und den Ohren folgte Tonie Häußler seinen deutenden Fingern und Erklärungen, und die Alte am Spinnrad wurde auch alles Wunderns voll und fragte einmal über das andere, ob das wirklich in dem Buche stehe, ob das nicht erstunken und erlogen sei.

»Nein«, sagte Antonie, »es ist wahr. In Hamburg hab ich einen schwarzen Menschen gesehen, der war ganz so schwarz als der liebe Freitag, und vielleicht war er auch aus seinem Dorfe. Seinen Vater Donnerstag hätt ich zu gern gesehen, aber der ist ja tot. Es steht ganz gewiß in dem Buche, und hier ist sein Bild, wie er gebunden im Kahn liegt und eben an den Bratspieß gesteckt werden soll.«

Sie legte das zerfetzte Buch der Alten auf die Kniee, und trotz ihrer blöden Augen mußte Hanne Allmann von Blatt zu Blatt die herrliche Historia in den Bildern betrachten und erhub die Hände über Heiden und Türken und menschenfressende Mohren und fand ein großes Behagen und Wohlgefallen an den frommen Lamas, wie sich das in Anbetracht ihrer Verwandtschaft mit dem »lieben Vieh« eigentlich von selbst verstand. Stolz, mit den Händen in den Hosentaschen, stand der Sohn des reichen Hauses in der Stube der Bettelleute und gab noch sonst mancherlei aus dem reichen Schatze seiner Studien zum besten; ja er hätte fast sogar in dem noch reichern Schatze der Studien seiner Lehrmeisterin, des Fräuleins Adelaide, Stoff zum Prahlen und Großtun gefunden, allein da ging ihm doch ein Schrecken durch die Gebeine; denn plötzlich fiel ihm ein, daß vielleicht grad in diesem Augenblick das Fräulein von Saint-Trouin auf dem Lauenhofe sich aus seiner Mittagsruhe erhebe und flötend durch die Säle und Gänge des Kastells den lockenden Ruf erschallen lasse:

»Hennig! Hennig! Lieber Hennig!«

Da zog er schnell die Hände aus den Taschen hervor und warf mißtrauische Blicke nach dem Fenster und der Tür. Er wußte nicht, daß das Fräulein mit einer argen Migräne aus dem

Schlafe der Edlen erwacht war und den Chevalier von Glaubigern zu einer Partie »Tokadille« zu sich gebeten hatte. Er wußte nicht, daß schon seit einer Stunde der Chevalier ihm mit einer bedenklichen Anlage zum Trismus, das heißt der Maulsperre und dem Kinnbackenkrampf, gegenübersaß und daß der Chevalier in dieser einzigen Stunde für alle Sünden seines Lebens Genugtuung geleistet hatte. Er wußte nicht, daß der Chevalier sich bereits ein kleines Guthaben zuschreiben durfte und daß in diesem Moment die gnädige Mama in der Milchkammer zu ihrer Adjutantin sagte:

»Mamsell Molkemeyer, Sie sind erst nach den Sommergewittern auf dem Lauenhofe eingetreten, deshalb will ich Ihnen von einem Mittel hier in der Milchstube reden, und ich lasse mich darauf totschlagen, daß es jedesmal hilft. Sehen Sie, es steigt kein Unwetter am Himmel auf, ohne daß ich nicht den Herrn Leutnant auf irgendeine Weise und auf Umwegen hierherkriege und mit angenehmer Unterhaltung bis zum letzten Donnerschlag festhalte. Wissen Sie, unser drittletzter Erster Verwalter war ein Gelehrter von den Ökonomieuniversitäten, der hat es mir griechisch gesagt, nämlich der Herr Ritter verneutralisiert die Elektrizität; aber das gnädige Fräulein darf freilich nicht dazukommen oder nur in die Nähe; denn das verneutralisiert den Herrn Ritter, und so haben wir denn leider auf dem Lauenhof gradso viel und häufig sauer gewordene Milch wie andere Leute; denn das Frölen halte sich einmal einer vom Leibe und noch gar beim Gewitter!«

Hennig wußte aber auch nicht, daß seine Mutter an diese liebliche Anekdote und das treffliche Hausmittel eine bedenklichere Frage nach seinem eigenen Verbleiben geknüpft hatte und daß die Mamsell Molkemeyer ziemlich sichere Auskunft darüber gegeben hatte. Er wußte nicht, daß die gnädige Frau darauf einen Blick in das Wetter geworfen, und als sie es befriedigend fand, eine ziemliche Neigung kundgegeben hatte, in eigener Person den Spuren des Sohnes und Erben zu folgen und den mit dem Ritter von Glaubigern verabredeten Besuch im Siechenhause fürs erste einmal allein abzustatten.

Der Regen ließ gegen Abend allmählich nach und hörte mit einem letzten tüchtigen Guß ganz auf. Von dem Schnee war selbstverständlich in derselben Minute keine Spur mehr vorhanden. Die kahlen Pappeln an den Wegen zeichneten sich scharf gegen die Luft ab. Rote Streifen des Sonnenunterganges spiegelten sich in den Lachen und wassergefüllten Gleisen der aufgeweichten zerfahrenen Landstraße, und auch vor den Harzbergen rollte das schwere Gewölk langsam fort. Nur der alte Brocken blieb verdrießlich unter seiner Nebelkappe: die Vorberge lagen bald gänzlich klar da, und das weiße Schloß der Stolberge zu Wernigerode blickte ganz hell herüber.

Beide Kinder in dem Siechenhause hatten sich wieder zu dem Fenster gezogen und sahen nach den roten Wolken und den schwarzen Krähen, welche letztere in großen Schwärmen von den Bergen kamen oder nach den Bergen reisten und auf den Pappeln von Krodebeck ihre Neuigkeiten gegeneinander austauschten.

»Da kommt deine Mutter, Hennig!« sagte Antonie Häußler.

Sie kam wirklich; und später, das heißt lange Jahre nach ihrem Tode, erinnerte sich Hennig daran, wie sie kam und wie sie gewöhnlich zu kommen pflegte. Natürlich wieder mit aufgeschürzten Röcken, die wackern Waden in den glänzendsten, weißesten Strümpfen, und auf dem solidesten Rindsleder marschierte sie heran vom Lauenhof. Sie hätte der Spitze des größesten und tapfersten Heeres keine Schande gemacht, und ihr Humor blieb derselbe, ob sie auf eigenem Gebiet freundschaftlich begrüßt einherzog oder die Grenze feindlichen Territoriums kriegerisch überschritt.

»Komm hinter den Ofen!« flüsterte der Junker, eilig und tölpisch seine Siebensachen zusammensuchend; aber auch Tonie Häußler stellte sich fest auf ihren kleinen Füßen und sagte:

»Ich brauche mich vor niemand zu verkriechen und vor deiner Mutter gar nicht. Sie kann mich ganz gut leiden, und ich sie auch.«

»Wer kommt? Von wem sprecht ihr, Kinder?« fragte Hanne Allmann, die Hand hinter das halbtaube Ohr haltend.

»Von der gnädigen Frau, Mutter Hanne«, rief Tonie. »Da ist sie am Fenster.«

Die gnädige Frau guckte richtig in das Fenster: sie hatte die Gewohnheit, erst in das Fenster zu gucken, ehe sie das Haus der Leute betrat, denen sie einen Besuch zugedacht hatte. Ihr Sprößling stand mit der Arche Noah, dem Robinson und dem blauröckigen Fußvolk unter den Armen und zog den Kopf zwischen die Schultern. Sie aber stand mit in die Hüften gestemmten Händen auf der Stubenschwelle, blickte helläugig und durchaus nicht blöde umher und erst ganz zuletzt auf den Stammhalter.

»So!?« sagte sie mit leichtfragender Betonung und faßte den ganzen Lauf der in diesem Teile des Buches enthaltenen Dinge merkwürdig gut in diesem einzigen kleinen Worte zusammen. Fünf Minuten später saß sie behaglich neben der greisen Bewohnerin des Siechenhauses und hielt den allergemütlichsten Dorfklatsch ab. Von dem, was sonst noch besprochen wurde, wird im zweiten Teile die Rede sein.

Dreizehntes Kapitel

Die Frau Adelheid von Lauen war eine kluge Frau, und wer das bisher nicht merkte, dem wird kaum zu helfen sein. Sie war vielleicht das klügste Weib auf viele Meilen in der Runde, jedenfalls aber sämtlichen Bewohnerinnen Krodebecks und des Lauenhofes doppelt gewachsen in Hinsicht auf Verstand und den guten Willen, bemeldeten Verstand zu gebrauchen. Wenn wir sie nicht stets und überall zuerst hervortreten und frisch ihre Meinung sagen ließen, so handelten wir dabei ganz nach ihrem Sinne; denn sie pflegte im Leben keineswegs eher auf der Bühne zu erscheinen, als bis es Zeit und ihr Stichwort gefallen war. War dann aber ihre Zeit wirklich gekommen, so kannte sie jedesmal ihre Rolle durch und durch, griff munter und tapfer mit beiden Händen in die jedesmalige Komödie oder Tragödie des Tages ein und wußte Hindernisse, vor denen andere Leute ratlos stillstanden, ungemein schnell aus dem Wege zu räumen.

So hatte sie nun auch die Erziehung ihres Kindes den beiden alten Hausfreunden überlassen, ohne die daraus hervorgehenden Unzukömmlichkeiten anders als von Zeit zu Zeit durch eine vergnügte Bemerkung zu rügen. Nun hielt sie diese mehr oder minder segensreiche Epoche der Entwickelung ihres Junkers für abgeschlossen, und daß der Ritter von Glaubigern darin mit ihr übereinstimmte, trug nichts zur Befestigung ihrer Ansichten bei, aber war ihr doch in hohem Grade angenehm. Die Summe ihrer Meinungen hatte sie wahrscheinlich am vorigen Abend während der Jagd auf das nützliche, fette, aber felone Borstenvieh gefunden, hatte die Sache zuguterletzt noch einmal beschlafen und war jetzt gekommen, um in dem Siechenhause von Krodebeck unter Gegenzeichnung von Hanne Allmann das Siegel unter ihre Entschlüsse zu drücken. Die gnädige Frau hatte keine bessere Gevatterin, um eine längere Gedankenreihe vor ihr zu rekapitulieren, als die Alte im Armenhause. Daß dann für das Kind der schönen Marie auch einiges dabei abfiel, war sehr natürlich; übrigens müssen nicht selten die Hauptpersonen im bunten Erdengewühl sich mit dem begnügen, was beiläufig für sie abfällt, – sie sind nicht immer daran gewöhnt, daß der Tag sich viel um sie kümmere.

Die Witterung und die Gesundheit waren besprochen, einige interessante Dorfgeschichten kurz und gut zurechtgerückt, und die gnädige Frau holte jetzt mit einem hellen suchenden Blick und bedeutsamen Wink den Sohn aus dem Ofenwinkel hervor und sagte:

»Hanne Allmann, wir kennen uns jetzt lange genug, um zu wissen, was wir voneinander zu halten haben. Du bist eine kluge Frau und hast mir schon manchen guten Rat gegeben, also unbeschadet dessen, was meine eigene Meinung ist, sage mir, was fange ich mit meinem Jungen da an?«

»O gnädige Frau«, sprach die Alte, ohne sich im geringsten zu besinnen, »wenn es mein Junge wäre, so täte ich ihn ganz gewiß um Ostern künftigen Jahres weg vom Hofe.«

Der Junker Hennig sperrte wieder einmal den Mund auf und bereitete sich zu einem dumpfen Jammergeheul vor. Die Idee, daß man ihn vom Hofe »weg« und irgendwo »hin tun« könne und unter Umständen werde, erschien ihm im hohen Grade ungemütlich und bedrohlich.

»Ich täte ihn auf Schulen; er ist nichts nütze mehr allhier«, fuhr Hanne Allmann fort.

»Sieh, das wollte ich nur hören, Hanne!« rief die Frau Adelheid. »Wenn zwei verständige Leute wie wir dasselbe denken und der Herr von Glaubigern auch nichts dagegen einwendet, so kann man abwarten, wie sich die übrige Menschheit dazu stellt, und weiß, worauf man sich beruft, wenn andere Leute anderer Meinung sind. Das wäre also abgemacht. Munter!«

Mit einer frei und sicher einen Kreis, sozusagen in das Universum hinein beschreibenden Handbewegung schien das Geschick des Junkers in der Tat abgemacht zu sein; aber dieselbe Hand, welche diesen Kreis in die Luft gezogen hatte, griff jetzt noch weiter, zog die kleine Antonie Häußler hinter dem Rücken des Knaben hervor und stellte sie in das letzte Licht des scheidenden Tages.

»Und nun zu dieser, Hanne. Auch darüber hab ich längst mit dir reden wollen; aber du weißt ja, wie es auf dem Hofe zugeht, wie unsereins bei Tag und Nacht in seinen Knochen und Gedanken zusammengeschüttelt wird und wie man vor allen Sorgen und Dummheiten kaum am Sonntag in der Kirche zu einem ruhigen Augenblick und vernünftigen Nachdenken kommt.

Da hast du's besser als wir alle, Hanne Allmann; dir summt dein Leben jetzo hin wie dein Spinnrad da; dir springt niemand mit beiden Füßen in deinen stillen Tag, und wenn dir einmal ein Faden reißt, so ist's ein Ereignis für dich. Aber davon wollten wir nicht sprechen, sondern von dem Kinde. Du handelst brav an ihm – es sieht ganz menschlich aus; – ich möchte dir gern helfen, alte Sünden und altes Elend gutzumachen; aber das weiß ich eben nicht, ob du mich schon jetzt dazu gebrauchen kannst. Wie ist es mit dem Kinde? Wie hat es sich? Und vor allen Dingen, was fangen wir mit ihm an?«

Die alte Frau rieb hastig die Hände im Schoß aneinander und sah mit den wunderlichsten Augen von Tonie Häußler auf die Frau von Lauen.

»Gnädige Frau«, sagte sie sodann leise, »ich lebe über ein Menschenalter unter diesem Dache, und ich will nichts Nachteiliges darüber sagen; aber es ist ein kurioses Dach, und allerlei habe ich darunter sehen und hören und fühlen können, was kaum ein anderer Mensch ausgehalten hätte, und Sie hat recht, Gnädige, je weniger man darüber spricht und spintisiert, desto besser ist's. Doch von diesem Kinde muß man freilich sprechen; denn das ist wie aus einem fremden, fremden Land unter das Dach gekommen, und nun leben wir miteinander; es und ich, und wissen nicht Bescheid umeinander und müssen uns zu jeder Stunde übereinander verwundern. Ach, gnädige Frau, das muß ein sehr kluger Mensch sein, der hier Bescheid weiß; ich aber sehe es des Nachts im Traum mit zwei goldenen Flügeln, und am Tage ist's doch nur ein Bettlerkind und das Kind der Marie Häußler; ich bin zu dumm, um klug daraus zu werden. Weiß Sie, Gnädige, manchmal fürchte ich mich mehr vor dem Kinde, als ich mich sonsten vor irgendeinem Menschen hier im Siechenhause gefürchtet habe; aber lassen kann ich nicht mehr von ihm, und wenn man mir es nähme, so wär's mein Tod. Komm, Tonie, laß die gnädige Frau in deine Augen gucken; der Herr Ritter hat das schon häufig getan und hat jedesmal den Kopf geschüttelt.«

»Und gesagt hat er nichts?« fragte die Frau Adelheid.

»Freilich hat er manches gesagt; aber davon habe ich nichts verstanden. Er hat von Wundern gesprochen, die täglich auf Erden geschähen und von niemand begriffen würden. Er hat auch von der Schönheit gesprochen, die komme, ohne daß man wisse woher und wozu, da doch niemand nach ihr verlange, als um sie zu schänden und zu ruinieren. Zuletzt hat er mich gefragt, ob ich wissen könne, wie diese jungen Augen auf dem Totenbett dreinsehen würden; aber, Gnädige, das muß Sie doch selber sagen: im Siechenhause zu Krodebeck sollte man solche Fragen nicht stellen!«

»Mit dir kann man vielerlei aufs Tapet bringen, Hanne Allmann; also ziere dich nicht. Und daß ich hier sitze, um Rat mit dir zu halten, das ist wohl auch kein kleines Zeichen davon, daß man dich für eine gescheite Person hält. Was du freilich hier eben durcheinanderworfelst, das verstehe ich auch nicht; aber deinen Willen sollst du haben. Komm her, Kleine; zeig mir deine Augen, Mädchen, und fürchte dich nicht, ich reiße dir den Hals nicht ab.«

Die Kleine sträubte sich zwar im ersten Schrecken ein wenig gegen den festen Griff der Gnädigen; allein das ging blitzschnell vorüber; schon im nächsten Augenblick sah sie nicht mehr aus, als ob sie sich vor irgend etwas in der Welt fürchte, und was ihre Augen anbetraf, so öffnete sie dieselben womöglich noch weiter als sonst, und tapfer ließ sie sich hineinblicken.

»Es ist ihre Mutter, wie sie leibt und lebt!« rief die Frau Adelheid. »O Frölen! Frölen! Frölen Adelaide!... Seht doch die kleine Hexe –«

Die alte Bewohnerin des Siechenhauses zupfte ängstlich die Lehnsherrin am Rock und legte bittend den Finger auf den Mund. Die gnädige Frau wendete sich schnell zu ihr und sagte:

»Du hast recht, Hanne Allmann, es ist nicht gut, alte böse Dinge aufzurühren, wenn niemand es verlangt und nichts dadurch verbessert wird. Und du hast weiter recht, und der Chevalier hat gleichfalls recht: *die* Augen sind wunderlich und kommen nicht zum zweitenmal in Krodebeck vor, und vielleicht ist das ein Glück. Da sollte man freilich meinen, das winzige Ding habe mehr erlebt als das ganze Dorf seit hundert Jahren; – da sollte man es wirklich fragen, ob es vor hundert Jahren schon einmal vorhanden gewesen sei und heute durch die Augen davon erzähle –«

»Grad wie das liebe Vieh!« sagte Hanne Allmann ernst und tiefsinnig.

»Ich schicke dir dein Teil von der frischen Wurst, Hanne!« rief die Gnädige, ihre Begriffe seltsam, aber ganz regelrecht aneinanderhängend. »Jetzt gehe, Kind, und spiele; das ist das beste für dich. Du gefällst mir recht gut, trotz deiner Augen. Sei brav und fürchte dich nicht; wir wollen trotz allem als Christenmenschen an dir handeln.«

»Ich fürchte mich nicht«, sagte Tonie Häußler; »nicht einmal in der Schule und in der Kirche.«

Die beiden Frauen sahen sich ziemlich betroffen an; Hanne Allmann aber sagte schnell:

»Das hat seinen Grund, Gnädige, und ich will nachher noch ein Wort darüber sagen. Sonst aber ist das Kind wirklich ein gutes Kind, und wir haben schon unsern Trost aneinander gefunden. Nicht wahr, Tonie?«

Statt aller Antwort drängte sich das kleine Mädchen dicht an die greise Pflegemutter heran und umfaßte sie zärtlich. Dies Beispiel wirkte, und der Junker von Lauen schmiegte sich gleichfalls an seine Mutter, welche, obgleich sie sonst für überflüssige, unnötige Zärtlichkeitsbeweise wenig Sinn und noch weniger Zeit hatte, es diesmal ganz gutmütig duldete und freundlich dem Sohne die Haare aus der Stirn strich. Der Tag war vergangen, die schwarzen Wände des Siechenhauses und die schwarze niedere Decke drückten schwer das Herz zusammen, und selbst die muntere, helle Frau Adelheid von Lauen fühlte sich ganz schwermütig und bänglich gestimmt. Sie sah sich um in dem traurigen Raume und sagte:

»Es ist nicht meine Schuld, daß du hier sitzest, Hanne. Du weißt, wie oft ich dich herausnehmen wollte, seit ich das Regiment führe; aber einem Trotzkopf wie dir rückt die ganze preußische Armee den Kopf nicht zurecht.«

»Es ist aber doch auch nicht meine Schuld«, sprach die Greisin mit rührender Einfachheit. »Als Ihr noch ein jung Mädel auf Eures Vaters Hof waret, da habe ich freilich bei Tag und Nacht die Hände gerungen nach einem, der mich aus meinem Jammer erlöse; doch es ist schon manches Jahr seit der Zeit gegangen und gekommen. Nun ist es lange, lange zu spät, mich anders aus dem Hause herauszunehmen als im Sarge. Ich bin hineingewachsen in das Haus. Also, gnädige Frau, lasse Sie mich darin; aber nachher – Sie weiß: nachher! Nachher hole Sie sich das Kind heraus, und verdiene Sie sich einen Gotteslohn, ohne sich um die Welt zu kümmern. Die schöne Marie wird bald vergessen sein, also ist wenig Gefahr und Schande dabei vorhanden. Verdiene Sie sich einen Kranz, liebe Frau, um uns Weiber, und nehme Sie eins von uns in die Höhe, und lasse Sie sich vom Herrn Ritter von Glaubigern dabei raten; dann kann ein gut und edel Werk daraus werden und der Lauenhof große Ehre davon haben.«

Die Frau von Lauen strich noch immer ihrem Sohn mechanisch über die wirren Haare; jetzt nickte sie ins Weite und sagte:

»Jaja, Junge, wir Weiber haben sicher unsere schwere Not, und es wäre wohl zu wünschen, daß sich eines des andern annähme. Ich denke, ich habe es gut gehabt, sowohl in meines Vaters Hause wie unter deines seligen Vaters Zucht, Junge; aber das weiß doch keiner auszusagen, wie schwer es uns gemacht wird, uns durch die Welt zu schlagen und uns stramm und fest so zu halten, daß die Welt uns nicht nach ihrem Sinn als Spielzeug behandele. Halt den Schnabel, dummer Junge; denn das verstehst du nicht!«

»Ich sage ja gar nichts!« winselte der Junker, der »das« in der Tat nicht verstand; denn vergeblich mochte er sich wohl auf den kühnen Gesellen besinnen, der es gewagt haben konnte, seine Frau Mutter als Spielzeug zu behandeln. Es fiel ihm nur ein der Landwirtschaft sich als Volontär widmender junger Herr von Waschewitz ein; doch der konnte nicht als Exemplum gelten; denn nach dem ersten schwachen Versuch, seine Lebensanschauungen der gnädigen Frau gegenüber geltend zu machen, hatte er schleunigst den Lauenhof verlassen und sich seines Versuchs nimmer gerühmt.

»Du sollst kein vergebliches Wort geredet haben, Hanne Allmann«, sprach die Gnädige, sich erhebend. »Das muß ich aber sagen, wenn es einem Menschen gegeben ist, mir das Herz schwer zu machen, so bist du's, Hanne. Da sollte man sich ja wahrhaftig nach dem Frölen Trine sehnen! Hier hast du meine Hand darauf, Alte: der Lauenhof soll für das Kind der Marie eintreten, wenn du deine Vollmacht abgegeben hast, und der hochlöbliche Gemeinderat samt dem Gevatter Klodenberg werden sich hüten, mir dreinzuräsonieren. Übrigens hoffe ich, du wirst mir noch lange zum Trost in solchen Dämmerstunden wie heute dienen, und du sollst mir doch in Anbetracht dieses erlauben, dir auch jetzt schon ein wenig mehr zu helfen.«

»Es ist mir wirklich nichts nütz, Gnädige, und dem Kinde wäre es jetzo noch weniger nütz. Sie tut schon übergenug an uns, Fraue, und wenn ich mehr von Eurer Güte brauche, so schicke ich das Kind. Jetzt bleib drin, Tonie; das letzte Wörtlein sage ich der gnädigen Frau draußen.«

Auch die Alte erhob sich von ihrem Schemel und begleitete die Frau Adelheid und den Junker von Lauen vor die Tür ihrer Hütte. Hier sprach sie:

»Darum wollte ich Sie bitten, Fraue, legt ein gut Wort ein beim Schulmeister für die Antonie, daß er die andern Kinder mehr von ihr zurückhalte; das Elend begreift keiner, dem nicht tagtäglich unter diesem Dache mit Tränen davon vorgesungen wird. Und wenn Sie sich auch an den Herrn Pastor wagen will, so —«

»Ja, ich wage mich daran, und es soll alles besorgt werden, wie du es wünschest, Hanne!« rief die Frau Adelheid. »Du kannst das übrige für dich behalten; es wird mir ein Pläsier sein, den Herren deine Meinung nach meiner Melodie vorzugeigen.«

»Mache Sie es nicht zu arg«, sagte die Alte lächelnd, »hätt ich solche Musik gewollt, so hätt ich die Jane Warwolf geschickt.«

»Keine Sorge, Hanne!« sprach die gnädige Frau mit großer Würde. »Ich weiß mit der hohen Geistlichkeit umzugehen, sowohl vor als nach Tisch. Guten Abend, Hanne, – also fürs erste wäre alles zwischen uns wieder in Ordnung.«

Sie hielt noch immer ihren Sohn am Oberarm; jetzt faßte sie ihn fester und führte ihn ab, tapfer durch den Schmutz der Landstraße, den väterlichen Laren und Penaten zu.

Unter dem Tor des Lauenhofes sprach sie:

»Junge, Junge, was machst du für ein Gesicht? Es werden jedermann zu seiner Zeit die Koffer gepackt, und du Narr wirst keine Ausnahme machen wollen; – schäme dich! Übrigens – bei besserer Überlegung brauchst du heut abend dem Fräulein Adelaide noch nichts von deinem jämmerlichen Schicksal zu sagen. Wenn erst der Metzger vom Hofe ist, paßt die Zeit besser zu allen freundschaftlichen Erörterungen, und man hat seine Gedanken mehr beisammen, um auf nichtsnutzige Einwendungen und unangenehme Tränenfluten dienen zu können.«

Vierzehntes Kapitel

Die Alte hatte recht; sie hatte viel Unruhe, aber auch viel Freude und großen Segen von dem Kinde, welches die schöne Marie in der Welt und in dem Siechenhause von Krodebeck zurückließ. Die Unruhe und Sorge entsprang bald ganz und gar den Gedanken an die Zukunft; die Gegenwart bot nur Freude und Licht. Ja, Licht! Es folgte überall ein glänzender Schein den kleinen Füßen, welche das Siechenhaus nun so lustig machten und die Greisin in stets neue Verwunderung setzten. Es war ja auch das erstaunlichste, daß diese kleinen Füße so viele und verschlungene Wege über Berg und Tal, durch Städte und Dörfer geführt worden waren, um endlich das Siechenhaus von Krodebeck zu erreichen und die alte Hanne Allmann zu umtanzen und zu umtrippeln, wie nur Elfenfüße trippeln und tanzen konnten.

Ein Lebensjahr war der Hanne Allmann noch zugemessen, gerechnet von der Ankunft Marie Häußlers an, – ein Jahr des Segens von Sommer zu Sommer! Es war, wie wenn zuguterletzt nun doch noch aller Welt Lieblichkeit und Schönheit in den dunkeln Winkel der Alten blicke und lächelnd rede: »Hattest du gar keine Ahnung davon, Hanne, daß man diese kurzen fünfundsiebenzig Jahre hindurch nur seinen Spaß mit dir getrieben habe? Du Närrin, es war ja nur ein Versteckenspiel; – jetzt mach die Augen auf, so weit du kannst, und sieh uns, wie wir sind und wie schön die Erde für ihre Bewohner, wie süß das Leben sein kann!«

Die Greisin sperrte die trüben Augen freilich so weit auf, als sie konnte, und merkte, wie das immer geschieht, wenn die Freude auf Erden in ein Haus und in ein Herz kommt, durchaus nicht den bittern Hohn, der aus den Falten des blauen Gewandes der Göttin die Zähne wies. Sie war dankbar, als ob wirklich eine Verpflichtung dazu vorhanden sei. Ganz menschlich vergaß sie die fünfundsiebenzig Jahre der Dunkelheit um einen Augenblick nicht des Lichtes, sondern des Widerscheins des Lichtes. Sie vergaß den Scherz, welchen das Schicksal mit ihr getrieben hatte, im fünfundsiebenzigsten Lebensjahre, als ihre Augen bereits stumpf geworden waren und ihre Glieder zitterten unter der Last des höchsten Alters.

Jauchzend brachte das Kind sein Spielzeug und füllte die Hütte damit an – das alte, das uralte Spielzeug der Menschheit, die Lust an den roten Morgen- und Abendsonnen, den treibenden Wolken, dem Reif am Baum, dem Mondschein auf den beschneiten Feldern! Die Tür stand jetzt immer offen; denn das Kind ging aus und ein und hatte die volle Schürze mit beiden Händen zusammenzuhalten, um nichts von seinen Schätzen zu verlieren.

Fünfundsiebenzig Jahre war Hanne Allmann alt geworden, und immer noch rief es in dem Walde:

> Kuckuck up der Wie’n,
> Wannehr schall eck frien?

Immer noch blies man auf die befiederte Samenkugel der abgeblühten Butterblume und fragte den Tod um seine Meinung und Absicht, während Mutter Natur ihr beschwingtes Blütenleben auf dem Kinderhauche weiter in die Welt hineinbeförderte. Noch immer war der Apfelbaum im Frühling aller Schönheit und im Herbste aller Herrlichkeit voll, und noch immer gab es nichts Geheimnis- und Ahnungsvolleres als im Februar den Haselstrauch mit seinen blutroten Kämmchen und gelben Troddeln.

Antonie Häußler, das verwahrloste, verwilderte Kind der Vagabundin, kam wie die Tochter eines gar reichen, hohen Hauses in das Siechenhaus von Krodebeck. Die kleinen Hände, die zierlichen Füßchen, die klaren, klugen Augen und der lachende Mund waren gleich der Mitgift eines Königskindes zu achten, und der kluge, verständige Sinn, das leichte, gute Herz des Kindes, an welches niemand ein Recht hatte, stammten aus dem tiefsten, reichsten Grunde der Welt. Die Alte im Siechenhause schlug offen oder im stillen die Hände zusammen über den Reichtum, welchen ihr Tonie mitgebracht hatte; die Alte vor allem war berufen, den Schatz zu erkennen und den höchsten Genuß sowie die größeste Sorge davon zu haben. Daß dem so war, sprach sich im vorigen Kapitel in der Unterredung mit der gnädigen Frau deutlich aus.

Aber das Kind, das Kind war da in seiner ganzen Lieblichkeit, und die Sorge nahm in dem Gemüt der Greisin doch nur einen geringen Raum ein! Erst kam die Verwunderung, dann das Lachen in das Siechenhaus zurück; es ging kaum ein Tag vorüber, an welchem Hanne Allmann nicht sich und die schwarzen Wände fragte:

»Wo kommt sie her? Und wie komme ich zu ihr?« Wenn Tonie dann zufällig die halblaute Frage verstand, so schmiegte sie sich dichter an die Pflegemutter und rief dagegen:

»Von wem sprichst du, Mutter? Sprichst du von mir? Wenn du von mir sprichst, so sag's; – ich will dir sagen, woher ich komme. Ich war bei meiner Mutter auf dem Kirchhofe, und nachher habe ich mich doppelt gesehen im Entenweiher. Wo ist meine Mutter geblieben? Ich bin doch mit ihr in so vielen Ländern und unter so vielen Menschen umhergezogen, bis ich hierher zu dir gekommen bin. Meine Mutter hat mich immer auf dem Arm getragen, und wenn die Leute schlecht gegen sie gewesen sind und sie in der Nacht oder auf dem Wege hat weinen müssen, so habe ich sie an den Flechten gezogen und an den Ohren gezogen und ihr die Augen zugehalten, daß sie hat lachen müssen. Ich sehe sie nicht mehr und höre sie nicht mehr – sie ist gestorben; – ist das nicht kurios und recht traurig? Sieh, wie grau der Himmel ist, es ist gar kein grün Blatt mehr an den Bäumen und nicht eine einzige Blume auf dem Kirchhof. Das Gras ist noch da, das ist auch noch grün, aber es gefällt mir nicht; meine Mutter liegt darunter und sagt nichts und rührt sich nicht. Der Wind pfiff über den Zaun, und mir ist bange geworden, und ich habe mich gefürchtet, bis die Enten durch die Hecke krochen und über die Gräber und Steine wackelten. Sie schnatterten und schlugen mit den Flügeln und steckten die Schnäbel durch das Gras. Die dickste wollte sich auf meiner Mutter Kopf stellen; aber da habe ich sie gescheucht, und es hat einen großen Lärm gegeben, und wir sind alle zu gleicher Zeit am Weiher angelangt. Sie sind hinein-und hinübergefahren; aber ich bin auf der Brunnenröhre sitzen geblieben, bis das Wasser wieder ruhig war, und nachher habe ich mich doppelt gesehen. In dem Wasser war der graue Himmel auch; weißt du, und meine Mutter hat oft gesagt, sie wolle in das Wasser gehen, da sei ihr allein geholfen. Weshalb habt ihr sie denn in die Erde gegraben, wenn ihr im Wasser geholfen war? Ich gehe gern an das Wasser, vorzüglich im Sommer an den Teich im Walde. Darin sieht man viel, und die Enten stören einen nicht. Da fährt's leise und schnell drauf hin und her, und von unten auf wächst Kraut und kommen Blumen auf langen Stengeln. Wenn die Sonne drein scheint, sehe ich doch noch mal meine Mutter darin; aber heute am schmutzigen Weiher, da habe ich nichts gesehen als mich, und das Wasser hat mich ganz häßlich gemacht. Dann sind zu den Enten die Gänse gestanden, und alle haben die Hälse nach mir gereckt und geschrieen und gezischt. Ich habe einen Stein nach mir im Wasser geworfen, da war alles aus; und weil das lange gelbe Fräulein vom gnädigen Hofe mit dem guten Herrn auf der Landstraße dahergekommen ist, habe ich mich wieder gefürchtet und bin gelaufen. Sieh, nun weißt du, woher ich gekommen bin. Vor dem guten Herrn allein hätte ich mich nicht gefürchtet; doch das ist alles gleich, mir kann doch ja keiner helfen.«

»Kind«, rief die Alte, »jetzt hab ich dich lange genug angehört. Was schwatzest du da stundenlang her? Und weshalb soll dir keiner helfen können?«

»Die Leute im Dorfe sagen es. Sie sagen, ich sei nichts nutz und nichts wert, und als die Buben neulich die Katze versäuft haben, haben sie mich mit versäufen wollen und sind mit einem Strick und einem Stein hinter mir drein gerannt; aber diesmal bin ich ihnen noch zu schnell gewesen. Die Mädchen haben aber nachher gelacht und gesagt, es helfe mir doch nichts, daß ich so flink sei; ins Wasser müsse ich doch einmal. Nun sage du, muß ich ins Wasser, und ist mir dann geholfen?«

Wenn nun in diesem Augenblick die Wände des Siechenhauses zu Krodebeck auseinandergerückt wären, wenn die hellste Sonne eines Wiener Sommertages durch rotseidene geschlossene Vorhänge in das hohe, stolze Gemach gefallen wäre und den modernen, weißen, silberbeschlagenen zierlichen Sarg in der Mitte dieses Gemaches mit einem rosigen Schimmer bemalt hätte, so würde die Alte im Siechenhause nicht schmerzensreicher und angstvoller dreingesehen haben als jetzt, wo alles fürs erste beim alten blieb und sie mit abwehrenden Händen nur stöhnen konnte:

»O Kind, Kind, was für Unsinn redest du und was für schlechte Dummheiten lässest du dir in den Kopf setzen!«

Hüpfend und lachend in die Hände klatschend, rief Tonie Häußler:

»Sei ganz ruhig, ich gehe mein Lebtage nicht ins Wasser; es gefällt mir zu gut auf der Erde und bei dir, Mutter! Und heute hab ich viel trocken Fallholz aus dem Kuckelrucksholz geholt, nun können wir heut abend warm sitzen und hören, wie's im Ofen schilt und schwatzt. Nachher kriech ich zu dir ins Bett; dann braucht sich keiner zu fürchten vor Gluhschwänzen, Tückebolden und Gespenstern. Wenn du im Schlaf Angst hast, zupf ich dich an deiner alten spitzen Nase; dann wachst du auf und merkst, daß du bei mir bist, und alles ist gut. Und wenn ich vom gelben gnädigen Fräulein träume, so schüttle mich nur tüchtig; – wenn ich wache, fürchte ich mich vor niemandem. Den möcht ich sehen, dem zuliebe ich ins Wasser ginge! Ich habe es ganz gut in der Welt und verlange es nicht besser.«

Das letztere war mehr, als der Junker Hennig von Lauen in diesen Zeiten von sich behaupten konnte. Seine Verdauung war noch immer vortrefflich; allein sein Gemütszustand ließ vieles zu wünschen übrig, und daß auch ihm dann und wann vom Fräulein Adelaide von Saint-Trouin träumte, war noch das wenigste; denn er hatte die wohlmeinende Dame auch im Wachen um sich, und da ließ sie sich keineswegs abschütteln wie ein Traum. Nachdem der Metzger vom Hofe war, hatte sich der ruhige Moment zur »freundschaftlichen Erörterung« in der Tat bald gefunden, und das darauf folgende Geschrei war freilich entsetzlich gewesen.

Während der Chevalier mit billigend erhobenen Augenbrauen und zustimmendem Kopfnicken eine stumme Prise nach der andern nahm, hatte die Enkelin Jehans de Brienne gleichfalls eine Prise nach der andern genommen, nachdem der erste Stupor vorüber war, jedoch nicht stumm. Keine tragische »Madame« ihrer klassischen Landsleute erhob je den Dolch der Verzweiflung oder den Giftbecher der Rache mit furchtbarerem Pathos; die Frau Adelheid hatte – so was in ihrem Leben noch nicht gesehen.

Das sei zu arg, rief Adelaide von Saint-Trouin – das habe sie nicht um den Lauenhof verdient.

Sie ging so weit, als eine zimpferliche alte Jungfer nur irgend gehen kann, und behauptete, sie habe dieses Kind geliebt, als ob sie es selber geboren und gesäugt habe.

Ja, sie sagte »gesäugt« und rührte selbst den jüngsten Verwalter dadurch zu Tränen!

Sie behauptete: Da sie es – das Kind – in einer andern und bessern Weise als sonst jemand unter den Barbaren des Lauenhofes gebildet habe, so habe sie auch ihre Meinung über dasselbe, und ihre Meinung sei, daß man dieses Kind, bloß um sie – Adelaide Klotilde Paula – zu ärgern, auf den Pfad des Verderbens hinausstoße. Sie wußte fest, daß es sich hier gar nicht um die Sorge für die Edukation des Junkers handle, sondern einzig und allein um eine giftige, heimtückische, boshafte Verschwörung und Verabredung gegen eine unglückliche, hülflose Persönlichkeit, deren Namen sie nicht nennen wolle, da es doch nichts helfe. Wie die eben versteinernde Niobe ihr Jüngstes, umfaßte sie den zerknirschten Hennig und fand ebensowenig Erbarmen als jene, obgleich sie jedesmal, ehe sie in Krämpfe verfiel, außer sich vor tragischem Weh, schrie: noch nie sei für einen echten Kavalier etwas Gutes und Anständiges aus diesem In-und Auf-Schulen-Gehen zum Vorschein gekommen, und durch hundert traurige Beispiele aus der Geschichte des hohen und niedern europäischen Adels wolle sie das beweisen und belegen.

Wenn sie dabei auf den Chevalier von Glaubigern sah, wie die Gemahlin Amphions auf den hochgebildeten, aber rachgierigen Gott Apollo, so hatte das weiter keine Folgen, als daß der erstere alte Herr im Innersten seiner Seele wehmutig sagte:

»Ach du lieber Gott, das wird eine schöne Zeit werden!«

Die gnädige Frau erwiderte auf alles, was das gnädige Fräulein vorbrachte, einfach:

»Liebste Seele, daß Sie ein arges Lamento erheben würden, das hab ich im voraus gewußt, und daß ich mich sehr davor gefürchtet habe, das können Sie mir auf mein Wort glauben. Aber was hilft's? Die Sache ist einmal beschlossen, und ich meine, Sie kennen mich gut genug, um zu wissen, daß sie nicht übers Knie abgebrochen wurde. Daß ich auf Ihre Meinung viel halte, Frölen, wissen Sie gleichfalls, wenn Sie's auch nicht zugestehen werden; aber mein Seliger hat doch auch ein Wort mitzureden, und dessen Meinung war's item, daß der Junge nicht gänzlich unter uns Mistfinken hocken bleibe und ebenfalls zu einem werde.«

Mistfinke!... Wir müssen leider das scheußliche Wort noch einmal hinschreiben; denn seine Wirkung auf die Erbin von Byzanz war zu fürchterlich und wirkte wie ein Topf voll griechischen Feuers von den Mauern Konstantinopels auf ein sarazenisches Admiralschiff. Es hob die Versteinerung der Tochter des Tantalus vollständig auf; Fräulein Adelaide ließ den Junker frei aus den Falten ihres Gewandes, richtete sich zur vollen Höhe ihrer majestätischen Erscheinung empor, sprach: »Ich habe keine Macht, mir *das* zu verbitten; aber ich verbitte es mir doch!«, wandte sich, ging die Treppe hinauf und ließ sich acht Tage lang das Essen auf ihr Zimmer schicken! –

Den Junker nahm dann der Ritter von Glaubigern mit auf seine Stube und wendete sich in langer, wohlgesetzter Rede erst an seine Vernunft sowie seinen Verstand, und als dieses nichts half, an sein Ehrgefühl, was von besserer Wirkung war. Die gnädige Frau, welche nicht die Zeit hatte, um, wie sie sagte, abgetane Geschichten noch einmal breitzutreten, ging ihren Geschäften mit gewohnter energischer Gemütsruhe nach und machte sich ein Vergnügen daraus, das Fräulein in seiner grämlichen und gramvollen Abgeschlossenheit mit den lieblichsten Delikatessen der Jahreszeit zu versorgen. Um Weihnachten machte das Schicksal den letzten Schwankungen im Busen Hennigs dadurch ein Ende, daß es den Sohn des Pastors von Krodebeck, den lieben Franz Buschmann, zum erstenmal als Unterquartaner mit einer roten Mütze von Halberstadt nach Hause führte. Der liebe Franz, sonst ein blöder, etwas heimtückischer Knabe, trat jetzt stolz und überlegen dem frühern Spielkameraden entgegen und fand selbstverständlich einen großen Reiz darin, ihn durch seine Würde und Welterfahrung niederzudrücken. Hennig prügelte ihn zwar hinter der Pfarrscheune jämmerlich durch und warf die rote Mütze in die nächste Pferdeschwemme; allein moralisch erlag er jedoch vollständig gegen den Pastorenfranz. Dieses zeigte sich vorzüglich daran, daß er eine halbe Stunde nach dem Kampfe gegen seine kleine Freundin im Siechenhause in ganz derselben Art und Weise renommierte, wie Franz gegen ihn geprahlt hatte, und sich in den glorreichsten Phantasien darüber erging, wie er nun ebenfalls in nicht gar langer Zeit mit einer roten Mütze von Halberstadt nach Krodebeck heimkehren werde.

Daraus wieder geht für den Leser hervor, daß das mit dem Siechenhause angeknüpfte Verhältnis in vertraulichster Weise fortdauerte. Das Fräulein von Saint-Trouin hatte sich auch darein finden müssen. Es kann leider nicht länger verhehlt werden, daß das so vielfarbig leuchtende Gestirn Adelaides immer tiefer am Horizont des Knaben sank, während der Ritter von Glaubigern mit seiner ganz gewöhnlichen Laterne sich immer höher erhob. Seit der Chevalier seinen Zögling auf die Hintertüren des Hauses und des Lebens aufmerksam gemacht hatte, hatte er seine Stellung ihm gegenüber merklich verbessert, allein ihn zugleich auf Wege und Gänge hingewiesen, die jedermann leider nur zu bald von selber findet und die nur von so ganz gewöhnlichem Mittelgut, wie der Junker Hennig von Lauen, ohne weitere Gefahr beschritten werden.

Ungehindert trug der Knabe die Subsidien jeglicher Art, welche der nahrhafte Edelhof der alten Bewohnerin des Armenhauses fast gegen ihren Willen zukommen ließ, hinüber und den Dank in ebenso mannigfachen Gaben zurück. Die Welt nahm allmählich eine andere Form und Farbe für ihn an, und immer neue Elemente mischten sich in die phantastischen Anschauungen, die eine Folge seiner bisherigen wunderlichen Erziehung waren. Als mit abziehendem Winter die wandernde Frau Jane Warwolf von neuem in Krodebeck vorsprach, da fand sie im Äußern alles beim alten, allein im Innern doch manches verändert, und zwar nicht zum Nachteil weder des Ganzen noch des einzelnen.

Auf dem Lauenhofe stellte die scharfe Frau Jane den Junker nach ihrer Art zwischen ihre Kniee, tat ganz verwundert über ihn, als ob sie jetzt erst merke, was für ein merkwürdiger Bursche er eigentlich und unwissentlich sei, und erquickte ihn sehr durch das Gelöbnis, ihn auch in Halberstadt auf dem hochedeln und hochberühmten Gymnasium nicht verlassen, sondern ihn auch dort mit ihrem besten Rat und Trost unterstützen zu wollen. Als der Chevalier hierzu ein wenig lächelte, wurde sie ziemlich grob und versicherte ihn: sie wisse, was sie sage, mit ihrem Vater seliger habe sie das weltberühmte Bergwerk bis in die höchsten Klassen produziert, und ihr seliger Mann habe mit Stieglitzen, Dompfaffen und Kanarienvögeln in alle vier Winde hinein gehandelt. Sie habe sich mit den Herren Primanern und Sekundanern um manchen lieben Groschen geschlagen – rief sie –, und was die Herren Präzeptors und Klabberaters betreffe, so müsse es keine Botanik und Apothekerwirtschaft mehr auf Erden geben und kein kurios Kraut mehr rechts und links vom Brocken wachsen, wenn ihr die nicht grün wären bis in die äußersten Zweige.

»Nur stille, stille, ich glaube alles!« ächzte der Ritter mit beiden Händen vor den Ohren, und der Junker Hennig glaubte gleichfalls alles und noch mehr; denn vor der Tür teilte ihm die Frau Jane noch im höchsten Vertrauen mit: Was den Pastorenfranz angehe, so möge er sich um das »Trübsal« keine grauen Haare wachsen lassen; denn das Geschöpf sei froh, wenn es unter den jungen halberstädtischen Herren nicht selber Haare lassen müsse; seine Stellung im dortigen sozialen Leben sei nicht sehr bedeutend, und von seinen wissenschaftlichen Leistungen verstehe sie – Jane Warwolf – zwar wenig, allein reden habe sie noch gar nicht davon gehört; Prügel seien unter allen Umständen das Beste für den jungen Heiligen, und wenn sein Herr Vater –

Hier nieste sie glücklicherweise und nahm, ohne den Satz zu vollenden, mit dem gewohnten helltönigen Glückauf für diesmal Abschied vom Lauenhofe.

Im Siechenhause zog sie darauf die kleine Antonie Häußler ebenfalls zwischen ihre Kniee. Sie betrachtete sie dann eine geraume Weile wirklich in stiller Verwunderung und ließ sie frei, nachdem sie ihr mit leiser Hand über Stirn und Haare gestrichen hatte, ohne ein Wort zu sagen und ohne ein Gelöbnis zu tun. Als das Kind jedoch die Stube verlassen hatte, faßte sie schnell die Freundin Hanne am Oberarm, schüttelte sie ziemlich energisch und rief:

»Du, du, was hast du mit der Kreatur angefangen? O Hanne Allmann, sag, was für ein Vogel wird aus dem Ei, das dir der Kuckuck ins Nest legte? Herrje, willst du das Geheimnis und Rezept zu der Zucht nicht verkaufen? Damit ließe sich ein schön Stück Geld verdienen!«

»Ich habe viel Freude von dem Kinde, Jane«, sagte Hanne.

»Und schade, was beizufällt!« lachte Jane.

»Ja!« sagte Hanne Allmann, aber fügte leise hinzu: »Ich wollte freilich, das Kind wäre früher zu mir gekommen; jetzt fällt mir sicher der schönste Sonnenschein auf mein Grab; aber es ist auch so gut, und ich bin zufrieden.«

»Unsinn!« rief die Warwölfin ärgerlich. »Willst du junge Dirne vom Sterben sprechen, während ich eben das Maul auftue, um dir mein Kompliment über dein frivol und frisch Ansehen zu machen? Die Sonne wird freilich manch liebes Jahr auf deinen und meinen Hügel schauen, und daß wir manches Pläsier verpaßt haben, das steht auch fest, aber weshalb du anjetzo damit angerückt kommst, das begreife ein anderer.«

»Das Kind ist so jung – und die Welt ist so jung, und ich bin so alt, so alt!« rief Hanne Allmann weinerlich.

»Schön! sehr schön! Ei herrje, was man doch für Neuigkeiten erfahren kann, wenn man am Wege vorspricht!«

»Ja, du auf deiner Landstraße erfährst natürlich nichts davon, wie man alt werden kann; aber ich, ich spür's in allen Knochen, und es tut mir so leid, es tut mir jetzt so leid, und davon sprech ich heut zum ersten Male zu einem andern Menschen. Mir ist so weh, wenn ich das Kind ansehe, und ich bin doch so glücklich mit ihm. Auch Zorn ist dabei und Angst ist dabei; aber wie ich es auch sage, ich kann es doch niemandem recht sagen, wie es mir zumute ist um mich und um das Kind!«

»Dann halte den Mund; – andere Leute müssen es auch tun. Was weißt du von meiner Landstraße? Was weißt du, was ich erfahren und nicht erfahren, bedenken und nicht bedenken kann? Hanne Allmann, ich habe dich lieb, und du bist mein einziger Freund in der ganzen weiten Welt; aber ich kenne dich auch durch und durch, und was kein anderer verrichtet hat, das wirst auch du nicht verrichten: wirr und blöde laß ich mich nicht machen. Glück auf! Ich meine, einmal sehen wir uns doch noch wieder und mögen die angenehme Unterhaltung weiterspinnen. Glück auf!«

»Glück auf und lebe wohl, Jane Warwolf!« sagte Hanne und reichte der Freundin abgewendet die Hand. Jane hob ihren Tragkorb wieder auf den Rücken, schüttelte die dargebotene Hand und schritt von dannen, wie immer mit einer Miene, als ob sie Indien erobert und nun des Spaßes halber das Dorf Krodebeck noch nachgeholt habe. Sie schritt sogar noch straffer und sieghafter als gewöhnlich einher; aber nur so lange, als ihr Weg vom Siechenhause her zu überblicken war. Sobald sie den traurigen winterlichen Wald erreicht hatte, sank ihr Kopf herab und ging sie tief gebückt unter der Last auf ihrem Rücken. Die dichten, alten, borstigen Augenbrauen zogen sich finster zusammen, sie schlug mit ihrem Wanderstabe zornig in die Pfützen und nach den Steinhaufen an ihrem Wege und hub an, in einer ganz andern unmutigen und zornigen Weise als die melancholische Freundin mit den Göttern und Menschen zu hadern.

»Sie hat recht; wir leben ein Hundeleben und sterben einen Hundetod! Sie weint darüber, und ich lache darüber; aber es kommt auf dasselbe hinaus, und niederträchtig ist's! Der alte Herr vom Lauenhof weiß auch davon zu sagen – ein Hundeleben, ein Hundeleben! Ja, wie viele Jahre Zuchthaus hätt's gekostet, wenn die schöne Marie das Kleine mit einem Stein am Halse in den Bach geworfen hätte? Hui, da ist der Wind wieder! Da jagt er die Schneewolken über die Tannen herauf. Nun hab ich ihn wieder bis in die Nacht im Gesicht; – Sackerment, die sitzt und jammert über den letzten Sonnenstrahl, der in ihren Jammerwinkel fällt; – Sackerment, ein Hundeleben und ein Hundetod, und das letzte ist das Beste; – Glück auf, Jane Warwolf!«

Fünfzehntes Kapitel

Der alte Herr auf dem Lauenhofe litt in der Tat am Leben, und zwar in zwiefacher Beziehung. Erstens im allgemeinen, wie Frau Jane Warwolf aus Hüttenrode das ganz richtig aufgefaßt hatte, und zweitens im besondern, wie davon selbst dem Junker Hennig von Zeit zu Zeit eine dumpfe Ahnung aufging.

Es war ein schwerer Winter für den Chevalier, denn erstens war's auch für ihn keine Kleinigkeit, sich von seinem Zögling trennen zu müssen, und zweitens wurde, je näher diese Trennung rückte, seine Stellung gegen das Fräulein immer mißlicher und verdrießlicher.

Noch einmal hatte Adelaide von Saint-Trouin, Chevalière, Haute-Justicière usw. usw., sich gerüstet de cap en pied erhoben zum Kampf für *ihren* Zögling. Konnte sie auch das Verderben nicht vollständig von ihm abwehren, so trat sie doch noch einmal für sein besseres Bewußtsein ein, indem sie dasselbe vor der Abreise des Schlingels mit allem Hohen und Feinen bis zum Rande zu füllen strebte.

»Was wird der arme Junge in Halberstadt auszustehen haben, bis sie ihm das wieder aus dem Leibe und der Seele gedroschen haben!« stöhnte die gnädige Frau, und der Ritter von Glaubigern hielt es für seine Pflicht, ein ernstes Wort mit dem gnädigen Fräulein zu sprechen. Ein grades ernstes Wort ließ sich jedoch sehr übel mit dem Fräulein reden; denn sie nahm es stets krumm, und in ihrer jetzigen Stimmung nahm sie es natürlich außergewöhnlich krumm.

»Mein Gnädiges, wenn ein Mensch von dem hohen Verdienst, welches Sie sich um unsern Knaben erworben, überzeugt ist, so bin ich dieser«, sprach der Chevalier. »Aber, mein Gnädiges, wenn ich mir je erlauben würde, Ihnen gegenüber von einer Danaidenarbeit zu reden, so würde ich es jetzo tun müssen. Ich bin der bescheidentlich anheimgegebenen Meinung, daß in Halberstadt alles wieder auslaufe.«

»Und ich, mein lieber Herr von Glaubigern, ich bin der Meinung, daß Sie seit längerer Zeit einen Ton gegen mich angenommen haben, den ich ignorieren muß, aber nie verzeihen werde«, erwiderte das Fräulein mit einem Lächeln süß wie Essig und fügte hinzu: »Ich fühle mich *allen* Anfechtungen gegenüber stark genug, meine Pflicht bis zum Äußersten zu tun, und ich werde sie tun, mein Herr Leutnant. Daß ich freilich auf *jede* Höflichkeit Ihrerseits, mein Herr von Glaubigern, zu verzichten habe, ist mir schmerzhaft, kann mich jedoch in meinen Vorsätzen nur bestärken. Ich bitte, sich also fernerhin nicht mehr durch mich und mein armes Kind irgendeinen Chagrin machen zu lassen; bitte übrigens auch, bei Gelegenheit an einem andern Orte diese meine Sentiments zu kommunizieren.«

Als der Ritter diese Sentiments wirklich andernorts mitteilte, ächzte die Frau Adelheid:

»Ich sage Ihnen, Alter, in meinem ganzen Leben nicht habe ich das heilige Osterfest so inbrünstig herbeigewünscht als diesmal. Ich habe den Jungen herzlich lieb, und es geht mir schwer ab, ihn in die Welt hinauszuschicken, aber ich will meinem Schöpfer auf den Knieen danken, wenn er glücklich vom Hofe ist. Ich fange jedesmal an zu schwitzen, wenn er mir vor die Augen kommt, und nachher ist mir das Frölen mit seinem Wassereimer mehr als ungesund. O liebster Alter, machen Sie es wie ich und gehen Sie beiden soviel als möglich aus dem Wege! Ich versichere Sie, Ostern *muß* kommen! Und was man mit Geduld ausrichtet, das können Sie tagtäglich an mir lernen!«

Und endlich kam Ostern wirklich! Gleich einem zweiten jungen Ritter Sankt Georg zog der Junker zum Kampf mit dem nichtswürdigsten aller Drachen, nämlich der »erbärmlichen Gegenwart«, aus.

»Und das will mein Junge sein! und das schneidet Gesichter, wenn es in die weite Welt hinausgeht!« sprach die Frau Adelheid beim Abschiednehmen mit ziemlicher Entrüstung.

»Ich schneide keine Gesichter«, greinte der Junker Hennig; »aber mir sind genug geschnitten worden die letzte Zeit hindurch. Kein Mensch weiß, wie ich heimkommen werde, sagt das Frölen; aber mir ist zuletzt alles einerlei!«

»Der Junge könnte einen um den letzten Rest natürlicher Abschiedsrührung bringen!« stöhnte die gnädige Frau mit erhobenen Augen und Händen. »Jetzt trolle dich – der Wagen wartet –

bleib gesund, sei brav und lerne was, auf daß du deinen Vorfahren einmal einen wirklichen richtigen Grund zur Verwunderung gibst!«

Was das Fräulein noch am Hoftor sprach, ist durch keine Feder dem vollen Wert und Inhalt nach wiederzugeben; der Chevalier sagte wenig oder eigentlich gar nichts; wir aber benutzen die hoffentlich im Leser durch diese Abschiedsszene hervorgerufene Beklemmung, um ihn zu versichern, daß wir im folgenden ihn nicht mit den Leiden und Freuden der sehr dankbaren, jedoch auch recht bekannten Schulgeschichten behelligen werden.

Der Junker Hennig von Lauen zeigte sich in den jetzt folgenden Jahren nicht besser und nicht schlimmer als die Millionen guter Jungen, die vor ihm diese Wege beschritten und denen man am Schluß ihrer irdischen Laufbahn das Lob mit in die Grube gab: Kein Licht, aber ein braver Kerl. Daß er seine Ahnen durch außergewöhnliche Gelehrtheit nicht in Verwunderung setzen würde, war seinen Lehrern bald klar; aber daß er ein wackrer Bursch sei, wurde ihnen ebenso schnell kund, und so rechneten sie, wie solches ebenfalls seit Jahrhunderten geschieht, eins ins andere und hielten ihn wert, wie es sich gebührte.

Daß die Frau Jane Warwolf ihr Wort einlöste und ihn ihrerseits in die große Welt einführte, gereichte ihm sehr zum Vorteil. Die Frau Jane kannte die große und die kleine Welt, und viele der Mitschüler des Junkers beneideten ihn nicht wenig um diese Bekanntschaft und Freundschaft, obgleich er auch viel Hohn und Spott darum zu leiden hatte. Der Oberlehrer Krummholz, bei welchem dem Junker außer der körperlichen auch noch einige geistige Pflege kontraktlich ausgemacht worden war und der beim ersten Auftreten der würdigen Frau ziemlich bedenklich dreinsah, hatte bald nichts mehr gegen ihre Besuche einzuwenden und trat sogar, im Laufe der Zeit, selbst in ein freundschaftliches Verhältnis zu ihr.

Als der Knabe in den Sommerferien zum erstenmal nach Haus zurückkehrte, fand er sich in der schönsten Blüte der Flegeljahre dem Faktum gegenüber, das von jetzt an die Farbe und den Lauf unseres Berichtes bestimmt. Und daß er dasselbe unbefangen hinnahm, ohne es in seiner ganzen Bedeutung zu verstehen und ohne weiter darüber nachzudenken, versteht sich wohl von selber. Er kam nach Haus und fand die kleine Antonie Häußler in das tiefste Vertrauen und die innigste Zuneigung des Fräuleins Adelaide von Saint-Trouin aufgenommen! – – – Die Sache aber war in der Art zugegangen, daß selbst der Chevalier und die gnädige Frau, obgleich sie in mancher stillen Stunde den Kopf darob schüttelten und die Stirn rieben, nicht einen einzigen wirklichen Grund zur Verwunderung auffinden konnten.

Überreich an den schönsten Verheißungen war der Frühling am Fuße der Harzberge erschienen; und was der Frühling versprochen hatte, das erfüllte der Sommer im reichsten Maße. Wir haben bereits im vorigen Kapitel erzählt, in welcher Weise das Kind im Siechenhause die düstern wie die sonnenhellen Tage zu benutzen wußte und welche Schätze es von jedem Streifzug der alten Pflegemutter heimbrachte: so voll von Blumen, Licht und Wohlduft war die elende Hütte seit Menschenaltern nicht gewesen! Mit rührend listigen Sprüngen folgte das Kind dem leise lachenden Wandel der Natur, und keine Knospe konnte sich entfalten am Bach, am Waldrande, im Gebüsch und auf den Wiesen von Krodebeck, die es nicht vorausahnte, im Traume sah und am Tag pflückte, um sie liebkosend der Greisin in den Schoß zu werfen.

Alles freudige Leben des Jahres schien sich dichter an das alte verwahrloste Haus zu drängen. Über den Zaun des Kirchhofs quollen die Blüten der Holunder-und Goldregenbüsche auf das morsche Dach. Dem Efeu und dem wilden Wein ließ sich nicht wehren, und die Vögel sangen zu Scharen auf dem First, setzten sich auf die Fensterbrüstung und hüpften vertrauter als je über die Türschwelle.

»Es ist ein Wunder, wie schön es auf der Erde ist!« sagte Hanne Allmann an jedem neuen Morgen. »Ach, ich habe nicht gewußt, wie leid es einem ums Fortgehen sein könne. Ja, das klingt im Sinn und flimmert vor den Augen und summt im Ohr; – wüßt ich nur, was mir noch im Ohr poltert, – das ist, als schaufelten sie die ersten Schollen auf einen Sarg, als polterte ein Karren über den Knüppeldamm! Ja, wäre die Jane hier, die könnt ich fragen, denn sie hat manch ein gutes Mittel gegen mancherlei Gebresten; aber den Ton könnt sie doch nicht bannen. Da kommt das Kind aus der Schule mit den hellen Schweißtropfen vor der Stirn. Es sagt, und die

Leute sagen, es sei ein heißer Sommer; aber die alte Hanne friert's bis tief in die Knochen. Freilich, die Jungen haben eine Sonne, und die Alten haben eine, und es bleibt doch ein und dieselbe. Die Reichen haben ein Leben und die Armen haben ein Leben, und es ist doch ein und dasselbe; – o wieviel hat der Mensch zu bedenken, wenn er so alt geworden ist wie ich und in der letzten Stunde eine Hand einen Laden aufwirft wie in einer dunkeln Kammer! Ach, die Sonne, die Sonne! Ich hab sie so lange, lange vor der Tür, und nun ist's mir, als hätt ich niemals darauf geachtet!«

»Du«, sagte das Kind, »der Schulmeister hat gesagt, hier hätten blinde Heiden gewohnt, wo wir jetzt wohnen; blinde Heiden, arme Leute vor tausend Jahren!«

»Davon hab ich auch vernommen, aber es ist lange vor meiner Zeit gewesen.«

»Und nachher haben große Könige regiert, die hat man Kaiser genannt, und Sachsen hat man sie genannt. So stehen sie aufgeschrieben. Sie haben ihre Burg dort an den Bergen gehabt; aber sie haben bis nach Rom hinunter regiert. Das ist ein Land, da ist immer Sommer.«

»O Herrgott!« seufzte die Alte.

»Jawohl! Und die Apfelsinen wachsen da. Die hab ich in Hamburg gesehen, aber der Schullehrer weiß nichts; wäre Hennig hier, der sollte uns mehr von den Kaisern und dem Römerland und den Apfelsinen sagen.«

»Tonie, ich bin gar nicht zur Schule gegangen. Das war zu meiner Zeit noch nicht. Ich bin auch hier gesessen wie ein blinder Heide und weiß von nichts. Ja, die Jane Warwolf, die ist in der Welt herumgekommen, doch nicht bis in die Sommerländer, und die sagt, ich hab's gut gehabt! Gut gehabt! Und vielleicht ist's so, wenn ich es nur recht verstände. Ich verstehe nichts, und nun bist du gekommen, mein Kind; das Jahr ist so schön, und ich hab eine so große Freude und eine so große Angst; weißt du denn, wie ich's meine?«

»Ach ja! Das ist, wie wenn mir der gute Herr vom Hofe und das gnädige Fräulein begegnen. Da habe ich auch Freude und Angst zugleich. Heute aber ist mir das gnädige Fräulein allein begegnet und hat mich am Ohr gezogen. Da bin ich ausgerissen, und deshalb bin ich so heiß. Wenn ich dem guten Herrn begegne, will ich's ihm klagen.«

»O Himmel, tu das nicht, Kind! Hast du denn gar keine Furcht?«

»Nein! Weshalb sollte ich mich fürchten?« fragte Antonie dagegen.

»Ich habe immer Furcht gehabt! Mein ganzes Leben lang.«

»Jetzt bin ich bei dir; nun ist das andere alles vorbei. Hast du mich lieb? Ich habe dich sehr lieb, deshalb fürchte ich mich nicht; denn ich weiß, wohin ich laufen kann, wenn man mir nachspringt.«

Die Alte bedeckte die Augen mit beiden dürren Händen und sank kümmerlich in sich zusammen. Sie vernahm das Poltern und Rollen deutlicher als je, und als sie die Hände sinken ließ, murmelte sie schreckhaft:

»Tonie, und wenn ich jetzt auch fortginge?«

»Das tust du nicht!«

»Doch.«

»Wohin?«

»Hinaus – hinunter – fort – zu deiner Mutter!«

»Nein«, rief das Kind mit vollster, lachendster Überzeugung, »das tust du nicht! Über dich sprechen sie lange nicht so schlimm im Dorfe wie über meine Mutter!«

Das seltsame Gespräch fand gegen Ende Mai statt; in den ersten Tagen des Juni wurde Hanne Allmann von einer großen Schwäche, verbunden mit leisem Fieber und starker Schlafsucht, befallen, und schon am vierten Juni konnte sie sich nicht mehr in der gewohnten Weise erheben, um für sich und das Pflegekind den kleinen Haushalt weiterzuführen.

Nun hätte es unter anderen Umständen wieder lange Zeit währen können, ehe das gute Dorf Krodebeck und selbst der Lauenhof von diesen Umständen Kenntnis erhalten hätte; denn die Greisin war schon häufiger schwach und krank gewesen und verlassen geblieben – man braucht eben nicht auf die Insel Juan Fernandez verschlagen zu werden und dort das Nervenfieber bekommen, um solche Erfahrungen zu machen. Die Frau Adelheid war ein sehr beschäftigtes

Weib, und den Herrn Ritter von Glaubigern führte sein Spaziergang doch nicht immer unter dem Fenster des Siechenhauses vorüber. Ohne die Gegenwart des Kindes in der Hütte würde man vielleicht auch diesmal die alte Frau wochenlang nicht an der Tür oder am Fenster derselben vermißt haben, und diesmal nicht, um ein vergnügtes Wiedersehen mit Hm und Ha und einigem bedächtigen Kopfschütteln zu feiern. Diesmal würde man zu großem Aufsehen und unter noch größerem Geschrei die Alte zur Mumie vertrocknet auf ihrem Bett gefunden haben. Dann freilich wäre das ganze Dorf samt dem Lauenhof zum Besuch gekommen. Die gnädige Frau würde sich arge Gewissensskrupel gemacht haben und der Herr Ritter von Glaubigern noch ärgere; aber der Vorsteher Klodenberg hätte doch ziemlich gefaßt das kuriose Ereignis zu Protokoll genommen und dieses an die zustehende Behörde abgeliefert.

»Sie hat's fast zu lange gemacht«, hätte ein würdiger Gemeinderat gesprochen. »Da sollt dem Geduldigsten der Geduldfaden reißen!« – Nachher hätte der Pastor Buschmann den Sterbefall in sein Amtsregister eingetragen, um bei Gelegenheit den Totenschein ausstellen zu können. Krodebeck hätte nun auch leider noch die Kosten des Begräbnisses zu tragen gehabt. Dann hätte das Siechenhaus zum erstenmal seit fünfzig Jahren leer gestanden, und die Geschichte Hanne Allmanns wäre regelrecht zu Ende gewesen, wenn nicht vielleicht Jane Warwolf aus Hüttenrode auf einem Marsch durch Krodebeck einen boshaften Lärm und dem Gemeinderat eine häßliche Stunde gemacht hätte. Vielleicht hätte aber auch Jane Warwolf sich nur für eine stille Stunde in der leeren Hütte hingesetzt, um sich zum erstenmal seit langen Jahren recht auszuweinen. Das letztere wäre wohl alles in allem genommen das Passendere gewesen!

Die alte Hanne sandte auch jetzt das Kind nicht selber zu den Freunden auf dem Gutshofe. Sie hatte eine gewaltige Meinung von sich und hielt fast zuviel auf das, was sich schickte; vielleicht war es aber auch nur der Instinkt des lieben Viehes, der sie verhinderte, um Hülfe zu rufen: für solch ein armes Tier schickt es sich eben nur, bei keiner Gelegenheit und selbst beim Sterben nicht einen unnötigen Lärm zu machen.

Also sagte Hanne Allmann zu Antonie Häußler:

»Ich weiß nicht, was das mit mir ist. Ich bin krank! Doch ich meine, so wohlauf bin ich in meinem Leben nicht gewesen. Aufstehen kann ich nicht, um uns die Suppe zu kochen; im Schrank liegt ein Brot für dich und ein Beutel mit trockenen Birnen im untern Fach. Einen Groschen hab ich auch in meiner Kleidertasche; den such und lauf ins Dorf um Milch. Sag aber nichts von mir, bring mir nur einen Krug voll frischen Wassers mit.«

»Jaja, ich weiß alles und bin mit allem zufrieden!« rief Tonie und tat, wie ihr geheißen. Sie aß das Brot und die gedörrten Birnen und trank die Milch; die Pflegemutter aber trank das Wasser und fiel aus einem Schlaf in den andern. So ging dieser Tag ganz gut vorbei; am Abend kroch das Kind ins Nest, und die Alte und die Junge verschliefen die Nacht ganz ruhig. Am folgenden Morgen, also am fünften Juni, war das Kind früh auf, allein Hanne Allmann schlief weiter; Tonie wusch sich draußen vor dem Hause und kam glänzend zurück, half sich allein in die Kleider, aß den Rest des Brotes und trank jetzt ebenfalls Wasser. Die Alte verlangte nicht mehr nach dem irdenen Kruge, sondern schlief weiter, schlief immerzu, und das Kind saß den ganzen Tag hindurch still am Bette, sah dem Wege der Sonne durch die Stube zu, sah sie am Abend weichen, hatte am Tage einen Schutz vor den Gespenstern am Leben und Treiben auf der Landstraße, am Abend an dem Singen der jungen Dorfleute und fing erst dann an, im Innersten sich unbehaglich zu fühlen, als es wiederum in der vollen Dunkelheit in sein Bett kroch, und diesmal recht hungrig. Aber es schlief wieder schnell genug ein, schlief wiederum gesund und traumlos und erwachte erst, als die Sonne hell und hoch am Himmel stand. Das war der sechste Juni.

Die Sonne stand hoch und hell am Himmel; es war fast neun Uhr, als Tonie aufrecht auf ihrem Strohsack saß, mit beiden Händen sich fest aufstützte und nach der Pflegemutter hinübersah und horchte. Die Pflegemutter schnarchte; aber auf sonderliche Art. Ihr Kopf lag zurückgebogen, und sie hatte die Augen halb geöffnet, doch sah man nur das Weiße, und das war ganz schrecklich anzusehen.

»Mutter, Mutter!« rief das Kind; aber es war die eigene Mutter, nach der es nun in seiner plötzlichen, heftigen, zitternden Angst rief.

Hanne Allmann antwortete auf den Ruf nicht.

Nun stand Tonie auf bloßen Füßen neben dem Lager der Greisin und rief auch sie leise mit Namen und streichelte ihr zitternd den dürren Arm; Hanne Allmann antwortete nicht und regte kein Glied. Rückwärtsschreitend im immer heftigeren Entsetzen zog sich das Kind, unverwandt den Blick auf das Bett heftend, gegen die Tür, und als es dieselbe erreichte, riß es sie mit Macht auf, warf sie mit einem erbärmlichen Schrei hinter sich wieder ins Schloß und stürzte hinaus aus dem Siechenhause von Krodebeck auf die sonnebeschienene Landstraße und lief, von allen Schauern gejagt, dem Dorf und dem Gutshof zu. So kam der erste Schrecken, den Hanne Allmann auf ihrem Lebenswege einem Wesen einjagte, vollständig an das unrechte.

In dem chinesischen Pavillon auf der Terrasse des Gutsgartens aber saß Fräulein Adelaide Klotilde Paula von Saint-Trouin, den schönen Morgen und Gressets Vert-Vert genießend. Sie sah entsetzt das Kind der schönen Marie nackt, im bloßen Hemde, mit aufgelöstem Haar und vorgestreckten Händen heranstürzen; sie sah es am Fuße der Treppe, die von der Terrasse auf den Fahrweg hinunterführte, zusammensinken; sie beugte sich über die Brüstung der Mauer und rief hinab:

»Mädchen, was soll das? Wie siehst du aus? Schäme dich! Steh auf, geh fort!...Du böses Kind, welch eine Unanständigkeit! Soll ich hinunterkommen und dir Beine machen?«

Und sie kam, als das Kind sich nicht aus dem Staube der Heerstraße erhob, wirklich herunter, langsam – grimmig-ernsthaft – ganz Porphyrogenneta, im Purpur Geborene, und – wurde fünf Minuten später von dem Ritter von Glaubigern in dem chinesischen Lusthause gefunden, das Haupt Antoniens im Schoß und ihr energisch die Schläfen mit Kölnischem Wasser reibend.

In dem nämlichen Augenblick erwachte das Kind und rief wimmernd:

»Ich bin so sehr hungrig und – zu Hause – ist – ein Gespenst! Ich weiß mir nicht zu helfen!«

Sechzehntes Kapitel

»Herr Chevalier«, hatte dann das Fräulein gesagt, zum erstenmal seit ziemlich langer Zeit wieder einmal das Wort an den Leutnant richtend, »Herr Chevalier, es scheint mit diesem unglücklichen Geschöpf etwas vor sich gegangen zu sein.«

»In der Tat, mein Gnädiges!« hatte der Ritter erwidert und, ohne vorerst das ihm widerfahrene Glück zu würdigen, das Kind auf seinen eigenen braven Armen in das Herrenhaus getragen. Adelaide mit dem Vert-Vert in der einen Hand und dem Eau-de-Cologne-Fläschchen in der andern war ihm, äußerlich höchst unbewegt, auf dem Fuße gefolgt und hatte auch den ferneren Hülfsleistungen und Bemühungen um das Kind nur von weitem durch die Lorgnette zugesehen. Ein wirres Zulaufen aus allen Ecken, Gängen und Räumen des Lauenhofes war geschehen, die gnädige Frau hatte sich wie gewöhnlich groß gezeigt, Tonie Häußler hatte sich allmählich ein wenig erholt und klareren Bericht über die Zustände des Siechenhauses gegeben: Fräulein Adelaide von Saint-Trouin schien ihre Beteiligung an der Sache für vollkommen abgeschlossen zu halten.

In eigener Person, doch nicht ohne die Begleitung des Ritters von Glaubigern, hatte sich die Frau Adelheid auf den Weg zum Siechenhause gemacht. Stärkungsmittel, kühlende Säfte, Delikatessen aller Art folgten im Überfluß. Der Pastor Buschmann war unnötigerweise gleichfalls von der Sachlage benachrichtigt worden; Klodenberg war begleitet von einem Mitgliede des Gemeinderats gekommen; nichts von dem traf ein, was hätte eintreffen können! Hanne Allmann starb wohlversehen mit allen geistlichen und leiblichen Tröstungen, unter den Augen sowohl des Staates wie der Kirche und unter der fast allzu regen Teilnahme der gesamten Bevölkerung von Krodebeck. Hanne Allmann erlangte aber ihr Bewußtsein nicht so weit wieder, um das alles genießen, empfinden und würdigen zu können; sie starb oder vielmehr sie schlief weiter und hinweg, und selbst der gnädigen Frau und dem guten Herrn von Glaubigern gelang es nicht, ihr noch einen freundlichen Blick abzugewinnen. Eines Tages war sie gestorben; und als eine Woche darauf Jane Warwolf durch das Dorf kam, erschrak sie sehr heftig, als sie an das Fenster des Siechenhauses nach ihrer Art klopfte und niemand antwortete und als sie die Tür verschlossen fand. Sie ließ ihren Stab fallen und sah um sich, blind und blaß; sie griff mit beiden Händen nach dem Kopfe und rief:

»Ist das wahr? Ist das wahr? Ist das möglich? Hanne, Hanne, mach auf! Reg dich! Ich bin's, ich, ich, die Jane, die Jane! Hanne, Hanne Allmann, ich bin's. Wir kennen einander länger als fünfzig Jahre, und es soll, es soll nicht wahr sein!«

Als alles Rufen und Pochen nichts geholfen hatte, war sie auf den Lauenhof getaumelt, einer Betrunkenen gleich, und da saß sie dann auf der untersten Stufe der Treppe, die unter das Vordach der Haustür führte, hatte das Gesicht, unter der Schürze verborgen, auf die Kniee gelegt, und um sie her im gedrängten Kreis stand stumm und angstvoll das Hofvolk, unter welchem auch der Ritter, das gnädige Fräulein, die gnädige Frau und die kleine Antonie Häußler nicht fehlten.

Als sie zum erstenmal aufsah, sagten alle weiter nichts als: »O Jane!« oder »O Jane Warwolf!« und dann sagte sie:

»Ja – o Jane! Das ist zu schrecklich! Ich weiß nicht, wie mir ist; aber Hanne, Hanne Allmann, fünfzig Jahre, sechzig Jahre, und auf solche Weise vorbei! Tür zu und Fenster zu, und alles vorbei, alles vorbei, als ob nie etwas gewesen sei. Ja, guckt alle nur und seht betrübt – es hat sie kein Mensch gekannt und liebgehabt wie ich, und ihr wußtet alles und habt ihren armen Sarg gesehen, und ich laufe draußen herum in der Welt, lustig und grimmig, immer lustig! Tür zu, Fenster zu! Alles wie nichts, wie nichts! Keinem König kann's grausamer zumute sein! O Herr von Glaubigern, was soll ich anfangen? Sagen Sie mir, was ich anfangen soll?«

Da ist der Herr von Glaubigern näher zu dem armen alten Weib herangetreten, hat ihr die Hand gegeben und sie sanft emporgezogen; der schlimmste Grobian auf dem Lauenhof hat ihr höflich ihren schweren Tragkorb vom Buckel gehoben und die gnädige Frau sämtliches Volk kurz an seine Geschäfte geschickt. Der Chevalier ist allein mit der alten Jane fortspaziert, hat sie zuerst in die Putzstube derer von Lauen geführt, dann auf seine eigene Stube, sodann im Verlauf des Tages nach dem Kirchhofe, hat auch einen Boten an den Gemeindevorsteher um den Schlüssel zum Siechenhause geschickt und hat am Abend, als die Sonne untergehen und die Vagabundin unter keiner Bedingung auf dem Lauenhofe und in Krodebeck übernachten wollte, sie auf den Weg gebracht, ihren Bergen zu.

Die Sonne ist recht schön untergegangen und hat die zwei Alten auf der Höhe des Weges freundlich genug bei ihrem Scheiden angeblickt.

»Glück auf, Herr von Glaubigern«, rief da Jane Warwolf, »ich will nie vergessen, was Sie heute an mir getan haben! Sie haben recht in allen Dingen, so altes Volk wie wir sollte wahrhaftig das Sterben leichter nehmen als das Leben; wenn es nur nicht gegen die Natur wäre! Das weiß der liebe Gott, was für eine gottsjämmerliche Plage man an sich selber hat; die ganze übrige Welt macht einem nicht halb soviel zu schaffen. Ja, freilich weiß ich es recht gut, daß der Herrgott auch aus Ihnen ein arm Tier gemacht hat; aber die Hände will ich Ihnen küssen für Ihr tapferes liebes Herz, wenn Sie es verlangen. Und was die Hanne Allmann anbelangt, so hat die es sicher jetzt gut; der langt niemand mehr mit Krallen und Klauen in ihre Ruhe hinunter. ›Schön und zufrieden!‹ sagte mein Vater, wenn er die Klappe vor seinem Bergwerk schloß und die Einnahme auf fünf Silbergroschen gestiegen war. Und was das Kind anbetrifft, so –«

»Die Gnädige hat nichts dagegen, daß es auf dem Hofe bleibt unter der speziellen Obhut der Mamsell Molkemeyer, die eine sehr respektable Dame ist. Auch das gnädige Fräulein scheint glücklicherweise nichts dagegen zu haben, und so brauchst du dir deswegen weiter keine Sorgen zu machen, Jane.«

»Sehen Sie nach dem Rechten, so ist mir alles recht, Herr von Glaubigern. Es wäre mir um der Hanne willen lieb, wenn das Geschöpf nicht verkäme und verwahrloste. Es hat der Alten gutgetan in ihren letzten Tagen, und das soll ihm in alle Ewigkeit hinein vergolten werden; dafür würde ich es im Notfall oben auf meiner Kiepe durch die Welt tragen. Ja, die Hanne! Es ist nicht auszudenken, daß sie da unten liegt und daß ich jetzt fortgehe und weiß, daß ich nicht mehr anzuklopfen brauche an ihrem Fenster. Wären die alten Berge dort nicht, ich glaube, das Himmelszelt fiele doch noch heut abend über mich, so wenig trau ich mich jetzt im flachen Land! Die ganze Welt ist anders geworden seit heute morgen; wie ein gejagt Kind muß ich laufen, um zu meinen Bergen zu kommen. Und der Tau fällt auch; kehren Sie um, Herr von Glaubigern; ich muß laufen – von allen Seiten schreit das platte Land auf mich ein!«

»Das weiß ich leider wohl, daß du wie blind und toll in die Nacht hineinrennen wirst«, rief der Chevalier. »Jane, Jane, nimm dich zusammen und sei ein vernünftig Weib!«

»Wie blind und toll! Wie blind und toll!« murmelte die Alte; dann wendete sie sich plötzlich, rief mit lautem Schluchzen: »Glück auf, Herr von Glaubigern!« und ging mit weiten, doch nicht wie sonst sicheren Schritten. Der Chevalier hat noch lange Zeit gestanden und ihr nachgesehen, mit diesem Geschick auch das seinige im Busen bewegend; denn auch ihm war es im Verlauf seines langen und gar kümmerlichen Lebens sehr oft zumute gewesen, als schreie alles Land rings um ihn her auf ihn ein! – –

Hanne Allmann war begraben, und Tonie Häußler hatte auf dem Lauenhofe ein Unterkommen gefunden. Im Dorfe schwatzte man viel über das letztere; aber glücklicherweise brauchten die Leute, auf welche das Geschwätz hinausging, sich am wenigsten darum zu kümmern. Mamsell Molkemeyer hatte die Kleine gern unter ihre spezielle Aufsicht in der Milchkammer genommen, der Ritter behielt sie mit dem größten Wohlwollen im Auge, die Gnädige sah scharf, aber durchaus nicht unfreundlich auf das arme, heimatlose Wesen, und das Gnädige sah mit immer seltsameren Blicken auf es.

Das gnädige Fräulein hatte seit jenem Tage, an welchem es fürs erste so unwiderruflich mit dem Chevalier brach, aus seinem Leben eine Wüste gemacht, unübersehbar nach allen vier Himmelsgegenden hin, graufarbig, schwül und mit Peccadillo als einzigem lebenden Wesen darin. Aber was am Ende war Peccadillo in der Sahara? Ein schwärzlicher, hin und her hüpfender Punkt auf einem Riesenbettlaken! Er machte die Landschaft doch nur ungemütlicher, unbehaglicher! Adelaide von Saint-Trouin fühlte zu groß, um die Lücke, welche der Junker

Hennig in ihrem Busen gelassen hatte, vollständig durch ihren Schoßhund ausfüllen zu können; sie fühlte zu stolz, um ihrer Verlassenheit durch erhöhte Unliebenswürdigkeit am Busen eines Mannes Luft zu machen, den sie verworfen hatte, sie fühlte sich auf Tonie Häußler – reduziert, und man konnte gerade nicht sagen, daß die Existenz des Kindes dadurch im Anfang anmutiger gemacht wurde.

Die Zuneigung begann unter fortwährendem Tadeln, Ohrzupfen und In-den-Weg-Fahren. Die Tochter der schönen Marie lernte den Schatten, welchen Byzanz auf Krodebeck und den Lauenhof warf, kennen, wie ihn Meister Hennig und der Herr Ritter von Glaubigern kennengelernt hatten.

»Es ist ein Jammer; keine Katze spielt ärger mit der Maus als das Gnädige mit der armen Kreatur!« sagte die Mamsell Molkemeyer.

»Es sollte doch an der Mutter genug gehabt und getan haben!« sagte die gnädige Frau.

Der Ritter von Glaubigern sagte gar nichts; ein Schrei der Überraschung aber ging über den Lauenhof, als an einem Sonntagmorgen Tonie Häußler in einem seidenen Röckchen erschien und zwischen Lachen und Weinen erzählte, das gnädige Fräulein habe sie auf ihr Zimmer geführt und ihr den Staat unter Verabreichung von zwei tüchtigen Ohrfeigen (auf jede Backe eine, sagte Tonie) angelegt.

»Es ist der Rest von einer alten Fahne ihrer Mutter!« rief die gnädige Frau. »Ich kenne es genau, von dem übrigen hat sie vor Jahren der Marie eine Jacke gemacht; – ach du himmlischer Vater, jetzt geht auch *das* liebe Leiden von neuem an!«

Der Ritter von Glaubigern sagte gar nichts; aber er nahm das Kind ebenfalls mit auf sein Zimmer und fing an, ihm in verschiedenen guten Dingen Unterricht zu geben, jedoch ohne diesmal den Amos Comenius zu Hülfe zu nehmen. Daß dieser Eingriff des Chevaliers dem Fräulein sehr kränkend erschien, muß jedermann einsehen; – Adelaide Klotilde Paula von Saint-Trouin holte ihrerseits die Antonie auf ihr Zimmer, um die schlechten Einflüsse so nachdrücklich und schnell als möglich zu neutralisieren. Die gnädige Frau schlug die Hände über dem Kopfe zusammen; aber der Ritter rieb die seinigen sehr heiter aneinander und sprach:

»Frau Adelheid, diesmal gewinnen wir den Sieg auf der ganzen Linie. Dieses Kind ist zu unser aller Segen auf den Hof gesendet worden, verlassen Sie sich darauf. Und, Frau Adelheid, verlassen Sie sich auch auf mich; wir werden hier ein Wunder erleben, wenn wir es erleben.«

»Ich will es wünschen, lieber Alter«, sagte die Gnädige mit einem tiefen Seufzer, »aber, erinnern Sie sich, an der Marie wollte das Frölen gleichfalls ein Wunder tun, und wir haben es erlebt, was daraus geworden ist.«

»Auf meine Ehre, der Fall wird sich nicht wiederholen!« rief der Chevalier mit einem Nachdruck in Stimme und Gebärde, vor welchem selbst die Frau Adelheid von Lauen betroffen zurückwich.

Als der Junker Hennig zum erstenmal von der Schule heimkam, hatten die Einwirkungen des Ritters und des Fräuleins auf seine kleine Spielkameradin im vollsten Maße begonnen. Mit seltsam veränderten Augen sah sie schon in eine neue Welt, während der Meister Hennig, wie wir bemerkten, durchaus nichts Verwunderungswürdiges in den neuen Zuständen fand. Er hatte wichtigere Dinge im Kopfe und lebte ja noch in dem glücklichen Alter, in welchem man das Außergewöhnlichste als das Selbstverständlichste nimmt und eigentlich nur dann überrascht wird, wenn sich das Mirakelhafte in das ganz Gewöhnliche, Alltägliche auflöst.

Er trug nunmehr auch eine rote Mütze und kam munter in Begleitung des Pastorenfranz auf dem Hügel an, von welchem man zuerst den spitzen Kirchturm von Krodebeck zu Gesicht kriegt. Es war gegen Abend und der Marsch durch den heißen Sommertag ziemlich anstrengend gewesen; aber das Herz des wackeren Jungen war leicht und vergnügt genug, während das seines Begleiters mit etwas bänglichen Gefühlen dem Vaterhause entgegenschlug. Das Sündenregister des Pastorenfranz, auf welchem übrigens die Unterlassungssünden am schärfsten hervortraten, war diesmal nicht klein, und der Arm des Herrn Pastors unter Umständen nicht schwach. Je mehr Hennig vorwärts trieb, desto trübseliger schritt sein Wandergenoß einher; je mehr Lust zum Jauchzen und Jubilieren der eine verspürte, desto mehr Neigung zum Heulen und Zähneklappern verspürte der andere. Bedenkliche Visionen von einem nicht in den Teichen Krodebecks gewachsenen gelben Röhrchen tanzten vor seinen wässerigen Blicken, und er trug sehr schwer an seinem Ranzen, in welchem auch der Bericht über sein ethisches und intellektuelles Verhalten neben der Notiz steckte, daß man ihn, den Träger, keineswegs schon in der Oberquarta brauchen könne und daß man in Halberstadt wenig Hoffnung habe, ihn jemals – wenigstens sicherlich nicht vor dem vierzigsten Lebensjahre – in ihr gebrauchen zu können.

Franz Buschmann begriff durchaus nicht, weshalb Hennig so eile, um nach Haus zu kommen. Er erklärte, ihm liege nicht das geringste an dem albernen Dorf und am liebsten würde er auch jetzt noch umkehren, um auf jeder beliebigen wüsten Insel ein glücklicheres Dasein zu führen und wenigstens dort seinen eigenen Willen zu haben.

So warfen beide Knaben recht lange Schatten über die Felder, als sie an den Rand jenes Gehölzes gelangten, in welches der Kobold aus dem Siechenhause vordem den Junker zu so argem Schreck und Ärger des Fräuleins von Saint-Trouin entführt hatte, um ihm Reineke des Fuchses Wohnung zu Malepartus zu zeigen. Und siehe – wer wandelte jetzt zuerst den heimkehrenden Söhnen des Tals auf den Gefilden der Heimat entgegen? Der Chevalier Karl Eustach von Glaubigern sowie Fräulein Adelaide Klotilde Paula von Saint-Trouin! Und zwischen den beiden Alten schritt Antonie Häußler, die Tochter der schönen Marie, das Kind aus dem Siechenhause, der Kobold aus dem Kuckelrucksholze, ganz zierlich und ohne die allergeringste Koboldhaftigkeit einher, und alle drei freuten sich sehr der glücklichen Begegnung, jedoch ohne außergewöhnliche Ekstase. Das Fräulein hatte einen Ersatz für die Bedürfnisse seines Herzens gefunden, und der Herr Ritter war zu gescheit, um in diesem Augenblicke seine Genugtuung darüber zu laut werden zu lassen. Im Innern sang sein Herz freilich sehr, und zwar aus der tiefsten Tiefe des Satzes vom zureichenden Grunde.

Ganz zierlich reichte Tonie Häußler dem Spielgesellen die Hand, sagte: »Guten Abend, Buschmann!« und verkroch sich scheu hinter dem Ritter, welcher beide Knaben auf die Schultern klopfte und sprach: »Da seid ihr also wieder? Sehr schön! sehr erfreulich! Nun, ich hoffe, wir werden recht vergnügte Wochen miteinander verleben.«

»Das hoffe ich auch«, sprach das gnädige Fräulein. »Übrigens, mein lieber Hennig, ist Peccadillo seit deiner Abwesenheit nicht mehr daran gewöhnt, am Schwanz in die Höhe gehoben zu werden. Ich bitte dich dringend, dieses in Zukunft zu unterlassen.«

Beschämt ließ der Junker den Köter fallen. Mit zornigem Gebell verkroch sich Peccadillo hinter seiner Herrin, und der Chevalier setzte nun doch alle Vorsicht beiseite und rieb sich so befriedigt die Hände, daß ihn nur ein sehr wohlmeinender Dämon vor großem Schaden und vielen Verdrießlichkeiten bewahren konnte.

Im Triumph stieg jetzt die Gesellschaft zum Dorf hinunter. In diesem Triumphzuge aber agierte der Pastorenfranz den gefesselten barbarischen König, die Fürstin Zenobia oder sonst eine jammergeschlagene antike Persönlichkeit trefflichst durch hängende Lippen, gesenktes Haupt, schwankenden Fuß und verstockt trotzig-wütigen Blick, und zwar ohne den geringsten Kunstaufwand. Der Empfang auf dem Lauenhofe entsprach dann freilich nicht ganz der Feierlichkeit des Moments. Die gnädige Frau bezeigte nicht die mindeste Lust, dem heimkehrenden Sohne einen Lorbeerkranz auf die Stirn zu drücken. Im Gegenteil, sie fuhr, ohne sich im mindesten gerührt oder begeistert zu zeigen, in ihrer Arbeit, nämlich im Brotkneten, fort, reichte dem Sohne nur einen mit Mehl und Teig bedeckten Finger und sagte:

»So, da bist du also wieder, Junge! Na, da wird die ruhige Zeit wohl wieder fürs erste zu Ende sein. Na, 's ist gut – marsch hinein, und laß dir von der Mamsell Molkemeyer ein Butterbrot geben, nachher wollen wir eine Stunde früher zu Nacht essen, daß du doch merkst, daß du zu Hause bist.«

Der Gruß war doch auch römisch und solide, und der Junker merkte es in der Tat bald, daß er zu Hause sei. Nur ein wenig ungewöhnlich erschien es ihm, daß ihm die kleine Antonie Häußler in die Speisekammer folgte; aber auch der Ritter von Glaubigern und Fräulein Adelaide gingen mit, und dieses hielt die Sache im alten Gleichgewicht. Nach dem Abendessen in der Gartenlaube wurde der Ranzen des jungen Scholaren einer genauen Prüfung unterworfen, und der Chevalier nahm mit großem Ernst und vieler Würde die Zeugnisse der Halberstädter Scholarchen entgegen, schüttelte nicht wenig das Haupt und sprach zuletzt mit etwas zögernder Wehmut:

»Es hätte noch schlimmer ausfallen können!«

Auch der Koffer des Junkers langte noch am nämlichen Abend an und wurde ebenfalls ausgepackt. Er enthielt den gelehrten Apparat sowie die Wäsche und Kleidungsstücke des Meister Hennig und gab Anlaß zu einer heftigern Szene, und zwar zwischen dem gnädigen Fräulein und dem heimgekehrten jugendlichen Ungeheuer.

Zu dem gelehrten Apparat gehörten natürlich auch die blauen Hefte des Knaben, und in dem ersten derselben, welches der Chevalière in die Hände fiel, fand sie auf der ersten Seite eine ausgezeichnet gelungene, aber sonst keineswegs schmeichelhafte Federzeichnung, sie selber darstellend mit Peccadillo unter dem Arm und ihrem Namen samt einigen bodenlos frechen Notizen über ihren Charakter, ihr Alter und ihren jungfräulichen Stand zu Füßen.

Mit einem Schrei der Entrüstung ließ Adelaide von Saint-Trouin dieses schändliche, schändliche Pasquill aus den Händen fallen, schauderte im Innersten zusammen, brach mit einem nicht unbedeutenden Teil ihrer Vergangenheit, indem sie sich erhob, ihrem früheren Liebling und Goldsohn die nachdrücklichste aller Ohrfeigen versetzte und zu Bett ging, nachdem sie ihn einen Flegel ersten Ranges geheißen hatte.

Nachdem hierauf auch der Junker, und zwar in ziemlich kläglicher Stimmung, zu Bett geschickt worden war, sagte der Herr Ritter von Glaubigern nichts weiter als: »Sehen Sie wohl, Frau Adelheid!?«, und die gnädige Frau erwiderte mit sehr munterer und befriedigter Miene:

»Jawohl sehe ich, alter Freund! Und daß Sie wieder einmal recht gehabt haben, sehe ich gleichfalls.«

»Nun, so wollen wir auch das kleine Mädchen fürs erste unter dem Schutze der Mamsell Molkemeyer ruhig schlafen lassen.«

»Jaja, so sind die alten Jungfern und Junggesellen!« lächelte die Gnädige. »Ohne ein Spielzeug trotz Mystax und Peccadillo geht's nun einmal nicht. Na, ich mengeliere mich in nichts; – gute Nacht, Glaubigern.«

Der Chevalier erhob sich ebenfalls und küßte der Frau von Lauen die Hand, was er nur dann tat, wenn er mit ihr und sich in der Tiefe seines guten Herzens so recht zufrieden war.

Aus dem Pfarrhause hat man in dieser nämlichen stillen und milden Sommernacht immer von neuem sich wiederholende, eigentümlich klatschende Töne, vermischt mit einem immer von neuem beginnenden Zetergeschrei und Jammergeheul, vernommen.

Siebzehntes Kapitel

Auch am nächsten Morgen schien die Sonne hell, und der Junker war früh aus den Federn; denn so wie die Krodebecker Spatzen sangen die Spatzen vor dem Fenster des Oberlehrers Krummholz zu Halberstadt doch nicht. Er fand sich sehr behaglich in der Heimat, und mit ihm verzichten wir gern auf alle zarteren und innigeren Gefühle und Empfindungen in dieser Hinsicht, haben dagegen mitzuteilen, wie er, der Pastorenfranz und die kleine Tonie sich von neuem zusammenfanden und in welcher Weise sie ihre Erfahrungen und Anschauungen gegeneinander austauschten. Es geschah an dem nämlichen Tage, und zwar in dem bekannten Pavillon auf der Terrasse an der Landstraße, wo das chinesische Dach einen erquicklichen Schatten gegen die heiße Mittagssonne gab und wo man doch auch die Welt, nämlich die Dorfgasse, nicht gänzlich aus den Augen verlor.

Franz Buschmann, welcher bei weitem die meisten Erfahrungen gesammelt zu haben glaubte, ganz abgesehen von denen, welche er noch am vergangenen Abend zu den übrigen gelegt hatte, – führte selbstverständlich das große Wort und war gegen das Bettlerkind ausnehmend grob und unverschämt.

»So, Hennig«, sprach er, »da wären wir zwei mal wieder bei den Alten; und wenn's auch kein Spaß und Vergnügen ist, so werde ich mir für die lumpigen vier Wochen nichts daraus machen. Na, gestern abend – uh – ja, es ging lustig bei uns her; aber ich hatte mich darauf eingerichtet; – das ist abgeschüttelt, und das Schlimmste habe ich hinter mir, und jetzt heißt es lustig! Die Alte war fast noch giftiger als der Alte; aber sie sollen sich beide wundern – geschenkt wird ihnen nichts, sie sollen noch Mund und Nase aufsperren. ›Die Rache ist süß, und ich will vergelten, spricht der Herr‹, sagte der Alte, und er soll es nicht umsonst gesagt haben! Fürs erste aber wollen wir uns es bequem machen; – du, Zigeunermädchen, schieb mir die Bank unter die Füße; wir sind in den großen Ferien, und da muß man sich von dem Drangsal erholen – uh!«

»Ich bin kein Zigeunermädchen, und deine Magd bin ich gar nicht, Buschmann!« rief Tonie entrüstet, trat jedoch vorsichtig einige Schritte zurück.

»Hi, guck einer die Hexe! Sag mal du, was willst du denn eigentlich hier? Wie kommst du eigentlich hierher? Weißt du nicht, wohin du gehörst? Mach dich nützlich und angenehm – auf der Stelle pariere oder scher dich dahinunter auf die Straße. Dahin gehörst du; denn da bist du hergekommen.«

»Sei still, Franz! Das brauchst du nicht zu sagen!« rief Hennig mehr verlegen als ärgerlich; trotz seiner Tölpelhaftigkeit sah er dem Kinde an den Augen an, daß in der Seele desselben mehr vorging, als der Pastorenfranz vermutete.

»Vieh!« rief Tonie Häußler, fest und lange dem Angreifer in das Angesicht blickend. »Du bist der richtige Buschmann – der Buschmann aus Afrika!... Du, du, o du – was habe ich dir zuleid getan?«

Sie ließ die geballten Hände sinken und wendete sich laut weinend zu dem Junker:

»Weißt du es nicht, weshalb ich hier bin, Hennig? Es ist, weil der schlechte Buschmann recht hat; weil ich auf die Landstraße gehöre, weil niemand mich haben will, seit die Mutter Allmann gestorben ist. Weil niemand mich haben will, deshalb darf ich hier sein; die gnädige Frau will es, das gnädige Fräulein will es, und der Herr Ritter will es erst recht! Was kümmert es dich, Franz, daß man mich gut und gescheit machen will? Dich kümmert's nicht; aber die Buschmänner nennt man auch Botokuden, und solch einer steht in deinem Buch, Hennig, und solch einer bist du, Franz Buschmann!«

»Frag im Dorf und frag den Schullehrer und frag meinen Vater und meine Mutter, wer du bist; man wird dir sagen, wer du bist!« schrie der Knabe, die Faust dem Kinde unter die Nase haltend.

»Und es ärgert dich, daß ich auf meine Nester und Eier und flügge Brut im Walde Achtung gegeben habe, wenn du zu Haus warst!« lachte durch ihre Tränen das kleine Mädchen. »Nicht eine Feder hast du mir nehmen dürfen!«

Der Pastorenfranz lachte auch, aber zeigte zugleich doch die Zähne, denn diese Erinnerung schien ihn mehr als alles übrige zu erbosen.

»Kusch, kusch, Katz!...Katz! Katz! Fort die Katz!« rief er, nach der Gegnerin schlagend; aber jetzt hielt ihn Hennig und rief weinerlich:

»Buschmann, jetzt gib Ruhe! Franz, ich werfe dich von der Mauer, wenn du nicht still bist! Laß die Tonie; ich leid's nicht, daß du sie anfassest und schimpfst! Es soll sie niemand schimpfen, sie gehört auf den Hof und zu uns, denn der Herr Ritter hat sie lieb, das hab ich gleich gewußt, und für den Herrn Leutnant steh ich auf gegen Russen und Franzosen und alle wilden Völkerschaften aus dem kleinen und großen Roon!«

»Und eine Zigeunerin und eine Katze ist sie doch, und um den Ritter, den armen Ritter kümmere ich mich keinen Pfifferling, und jetzt fliegt sie grad die Trepp hinunter. Fort, kusch, fort, Katz, Katz, Katz!«

Er war auf das den Kopf angstvoll mit den Händen schützende Mädchen zugesprungen, und Hennig sprang eben gleichfalls zu und faßte ihn am Haarbusch, als sich dem erbosten ersten Angreifer eine dürre, aber sehr weiße und zugleich recht kräftige Hand auf die Schulter legte und der Herr Chevalier von Glaubigern ruhig sagte:

»Ei, ei, mein Söhnlein, gemach! gemach! Welche unnötige, welche gewalttätige Aufregung? Es hat nie als Sitte gegolten, den Damen solche Worte ins Gesicht zu sagen oder sie gar durch Tätlichkeiten zu beleidigen; und auf dem Lauenhofe war es nie Sitte.«

Nun übertrieb der Ritter hier freilich ein wenig; denn Frau Adelheid von Lauen war imstande, bei passenden Gelegenheiten den ihr untergebenen Damen noch ganz andere Titulaturen zu verleihen, ja sie sogar mit bewaffneter oder unbewaffneter Hand ohne weiteres körperlich anzugreifen; allein die plötzliche Anrede und der Ton des Leutnants machten dessenungeachtet einen bedeutenden Eindruck auf den rohen Sünder, zumal da der Redner noch nicht fertig war, sondern fortfuhr:

»Was aber dieses hier gegenwärtige Fräulein anbetrifft, so verbitte ich mir dringendst alle weiteren und ferneren Brutalitäten gegen es. Ich würde jeder fernerweitigen Roheit, auch Lümmelhaftigkeit in Ausdruck und Gebärde gegenüber die nötigen und durchgreifendsten Maßregeln zu treffen wissen, was man sich hinter die Ohren schreiben möge. Anjetzo marsch nach Hause, du Schlingel, – mit dem Herrn Vater werde ich die nötige Rücksprache nehmen, auch der Frau Mutter eine freundliche Bitte vorzutragen mir erlauben. Marsch – marsch!«

Das gegenwärtige Fräulein küßte auf dieses hin dem alten Kavalier zärtlichst die Hand; Herr Franz Buschmann jedoch zog die Schultern bedenklich in die Höhe und schlich auf eine Weise davon, die mit dem Rückzuge der zehntausend Griechen oder sonst einem tapfern und berühmten Rückzuge nicht die mindeste Ähnlichkeit hatte. Unser Freund Hennig zog das dümmste Schulbubengesicht, welches jemals seit dem Sündenfall, dem wir bekanntlich jegliche Erkenntnis zu danken haben, geschnitten wurde. Er hatte erkannt, daß unter Umständen kein Mensch, auch der beste Kamerad, auch der Pastorenfranz nicht, zum Leben und Gedeihen unentbehrlich sei; doch war er weit davon entfernt, alle Folgerungen dieser uralten, urewigen Wahrheit, dieses alleinigen Grundrechtes, durch welches sich die Menschheit vor dem Menschen rettet, zu ziehen. Das letztere ist eine ganz allgemeine Bemerkung, mit welcher auch wir uns wieder in das Allgemeinere erheben.

Nur schandenhalber kümmerten sich der Chevalier und das Fräulein um die Bildungsfortschritte ihres frühern Zöglings.

»Es kann uns genügen, daß er im rechten Fahrwasser ist«, sagte der Ritter zu der gnädigen Frau; »was Außerordentliches wird doch nicht aus ihm; aber ein braver Kerl ist er geblieben, und solches ist die Hauptsache. Daß der Comenius einige Heiterkeit bei den Halberstädter Herren erregt hat, verberge ich mir keineswegs, also – legen wir ihn ad acta; ich schmeichle mir doch, daß er seine guten Dienste leistete.«

»Ich wüßte nicht, vor welchem Schulmeister ich größern Respekt als vor dem alten schweinsledernen Burschen hätte. Ich habe ihn immer mit Ehrfurcht auf dem Tische liegen sehen«, meinte die Frau Adelheid, und der Ritter schob lächelnd die Mütze von einem Ohr aufs andere.

»Jaja, es ist ein gefährlich Ding!« sagte er. »Ich und der Hennig haben unsere liebe Not mit ihm gehabt; nun aber soll ihm seine Ruhe im Winkel von Herzen gegönnt sein.«

Sie glaubten alle auf dem Lauenhofe ihre eigenen Wege für sich zu haben, und nur selten ging ihnen eine Ahnung davon auf, wie sie sich sämtlich im Kreise bewegten und wie ihre Wege sich schnitten und stets von neuem dicht nebeneinander herliefen. Der Frau Adelheid war dieser Sachverhalt noch am klarsten, und sie unterließ es nicht, sich gegen die Vertraute ihrer Seele, die Mamsell Molkemeyer, darüber auszusprechen.

»Merken Sie was, Mamsell?« fragte sie. »Ich merke was, und bald werden wir alle noch mehr merken. Der Herr Ritter ist ein herzensguter Mann; er ist fast zu gut für diese Welt; aber ohne ein Spielzeug kann er ebensowenig leben wie das Frölen. Merken Sie was, Mamsell? Sie haben eben nie genug an Mystax und Peccadillo, und dazu bleiben sie merkwürdig jung, und die beiden guten Tierchen werden allmählich recht alt und viel zu faul und fett für den muntern Verkehr. Ich habe es gleich gemerkt, als das Kind auf den Hof kam, was wir erleben würden. Erst hat mein Junge herhalten müssen, und es hat mich oft konfus genug gemacht – aber der ist ihnen nun über den Kopf gewachsen; sie haben ihn als Kalb am Bändchen auf die Weide geführt, und nun ist ihnen unter der Hand ein Ochse daraus geworden – das macht sich immer so und ist nur für den nicht kurios, der nichts damit zu tun hat. Nun ist ihnen die Tonie wie vom Monde in den Schoß gefallen; nun haben sie die am Bande, und was daraus werden soll, das weiß ich nicht! Und ich gebe Ihnen mein Wort, Mamsell, ehe der Herbst ins Land steigt, wird der Herr Ritter noch hitziger drüber sein als das Frölen! Für meinen Jungen ist es mir lieb, daß er drüber weg ist; aber das Mädchen! das Mädchen!?... Ich hatte es ja auch gut mit ihm im Sinn; aber anders! Es wird mir ganz schwül, wenn ich dran denke, und ein Jammer ist es, Mamsell; denn was für ein gesundes und nützliches und braves Leben hätten wir dem Kinde im Molkenwesen zurechtgemacht, wenn wir unsern Willen allein hätten.«

»Frau von Lauen«, sprach die Mamsell, »wenn ich an Ihrer Stelle wäre, so hätte ich meinen Willen sicher allein.«

»Und das zeigt, daß Sie nichts davon verstehen, Molkemeyern, und daß Sie mal wieder wie eine Gans in den Tag hineinschnattern. Solange ich auf dem Lauenhofe zu befehlen habe, solange kann der Herr von Glaubigern darauf und damit tun und lassen, was er will. Lieber wollt ich mir doch die Zunge abbeißen, als dem lieben Mann ein widrig Wörtchen sagen! Einen Mann wie einen Engel findet man nicht alle Tage, und – Mamsell Molkemeyer, wenn ihn der liebe Gott, was er selbst verhüten möge, eines Tages zu sich riefe und der Herr Ritter bietet Ihnen an, Ihre arme Seele in der Rocktasche mit hinaufzunehmen, so greifen Sie dreist zu und zieren Sie sich nicht; eine solche gute Gelegenheit, die ewige Seligkeit zu erlangen, finden Sie so bald nicht wieder.«

An einer andern Stelle ließ sich die Gnädige ähnlich vernehmen.

»Jaja, Herr Pastor, Sie haben vollkommen recht, und Ihre liebe Frau hat recht, und das Dorf soll auch recht haben; aber ich sehe wahrhaftig nicht ein, wie es zu ändern wäre. Sie sagen, es schicke sich nicht, und es entstehe nur Verdruß und wer weiß was alles draus; aber – können Sie es ändern? Ich kann's nicht! Versetzen Sie sich in meine Lage, Herr Pastor. Das Frölen hat seinen Kopf aufgesetzt, mehr denn je, und was das bedeutet, wissen Sie ebensogut wie ich. Es meint, da die Welt doch auseinanderginge, so sei's das vornehmste und nobelste, man stelle sich wieder auf Adams Standpunkt und nehme jegliches Tierchen, wie es sich produziere. Und wissen Sie, der Herr von Glaubigern hat es daraufhin groß angesehen und hat ihm nachher, als es vom Tisch aufstand, ganz fein und ehrerbietig die Hand geboten und die Tür geöffnet mit einer Verbeugung, und nachher hat er mir gesagt, entweder gehe die Welt wirklich unter, oder das gnädige Fräulein sei noch von keinem Menschen recht gewürdigt worden. Der Herr von Glaubigern hat sich ganz auf die Seite des gnädigen Fräuleins gestellt, und dagegen ist nichts zu machen. Wozu sich übrigens das Dorf eigentlich in diese Geschichte mischt, sehe ich gar nicht ein. Von Ihnen, Herr Pastor, und Ihrer lieben Frau rede ich natürlich nicht; aber die andern Maulaffen sollen mir nur kommen, ich werde sie gehörig heimzuschicken wissen. In den alten Schriften und Chroniken steht freilich nichts davon, daß die Herren von Lauen jemals das Kind einer Vagabundin an ihren Tisch aufgenommen haben; aber das kann doch den Krodebeckern unmenschlich gleichgültig sein. Jetzt bin ich da und der Herr Leutnant von Glaubigern und Fräulein Adelaide von Saint-Trouin, die eine so vornehme Dame ist, wie die Welt und der alte Blocksberg da sie noch gar nicht gesehen haben, und was ich der alten Hanne Allmann versprochen habe, das ist mir auch noch hell im Gedächtnis, und somit, Herr Pastor, wenn wir, die alte Hanne mitgerechnet, nichts gegen die Tonie Häußler einzuwenden haben, so möchte ich den sehen, der mir mit seinem Wenn und Aber das Leben noch saurer machen wollte, als es mir schon so zuweilen ist. Sie kommen doch heut abend mit den lieben Ihrigen, Herr Pastor? Wir haben einen Puter mit Johannisbeeren und nachher eine Schüssel recht schöner Krebse!«

Selbstverständlich kam der Herr Pastor samt der Frau Gemahlin und dem trefflichen Herrn Sohn. Ihnen gegenüber zwischen dem Chevalier und dem Fräulein von Saint-Trouin saß Antonie Häußler, und so konnte denn noch späterhin an demselben Abend Frau Adelheid ihr gutes Herz gegen ihre Vertraute in der Küche ausschütten:

»Jetzt läßt sich wirklich nichts mehr ändern, Mamsell Molkemeyer. Ein sonderbares Ding ist es; aber wenn ich wirklich einen Trost gebraucht hätte, so hätte mir das Gesicht der Buschmann denselben verliehen. Ich glaube, heut nacht lach ich mich in den Schlaf; aber wissen möcht ich wohl, was mein Seliger dazu sagen würde. Gott sei Dank, der Herr Ritter übernimmt die Verantwortung! Sieh, bist du auch einmal wieder da, Jane Warwolf? Du hast dich ja lange nicht sehen lassen auf dem Hofe.«

»Ja, Fraue, ich bin wieder einmal da«, sagte die Greisin, von ihrem Sitz neben dem Herde sich erhebend. »Ich bin gekommen, um nach der Erbschaft der Hanne zu sehen; da nehmt meine Hand, Fraue von Lauen; Ihr seid ein stolz, brav Weib und sollt Euch nicht bloß in den Schlaf, sondern auch in den Tod lachen. Eure Sterbestunde soll Euch so leicht werden, als Ihr mit Eurem guten Herzen das Leben den Menschen macht. Fraue, Ihr seid eine stolze Frau, und es ist eine Ehre, Euch lieb zu haben.« – –

Wie gut es ist, daß sich dann und wann durch Menschenkraft nicht ändern läßt, was man gern anders haben möchte! Wenn Tonie Häußler wie aus dem blauen Himmel auf den Lauenhof herabgefallen war, so brachte sie auch alle Schönheit und Freundlichkeit ihrer Heimat als Gastgeschenk mit herab, und der Lauenhof hatte nicht nur großen Nutzen, sondern auch viel Vergnügen davon. Hier war nun in der Tat das richtige Bildungsobjekt für den Chevalier und das Fräulein von Saint-Trouin, und auch das Sonderbarste und Verschrobenste, welches bei allem, was die beiden Alten zu geben hatten, mit unterlief, konnte hier keinen Schaden stiften; wovon im nächsten Kapitel weiter die Rede sein wird. Jegliches Körnlein der Weisheit und Courtoisie, welches der Ritter und das Fräulein ausstreuten, fiel auf den besten Boden und ging sehr lieblich auf. Zu der Zierlichkeit der körperlichen Erscheinung des Kindes fügte sich von Tag zu Tage wundervoller eine unbeschreibliche Zartheit des Gemütes; und die großen dunkeln Augen, die vor kurzem noch so wild und scheu in das Erdengewirr hineinfunkelten, leuchteten jetzt in einem Lichte, welches selbst den Rohesten betroffen machen und anmuten mußte. Früher als bei andern Kindern entwickelte sich bei Antonie Häußler eine gewisse Jungfräulichkeit, welche die Herzen aller gewann und die Frau Adelheid immer mehr in ihrer Überzeugung bestärkte, daß sich nicht das geringste mehr an den neuen Zuständen des Lauenhofes ändern lasse.

In dem Siechenhause von Krodebeck hatte Tonie vollkommen die Erziehung erhalten, welche die guten Feen ihren Lieblingsschützlingen in der Einsamkeit und Wildnis angedeihen lassen; gewissermaßen wurde diese Erziehung auf dem Lauenhofe fortgesetzt, und seltsamerweise verspürte auch der Junker jetzt einen wohltätigen Einfluß davon. Was früher in anima vili nur komisch, verdrießlich oder gar beängstigend auf ihn gewirkt hatte, das kam jetzt durch ein Medium, durch das, was man in der Naturlehre einen Lichtleiter nennen würde, in gänzlich veränderter Beleuchtung und Bedeutung an ihn, und manches wurde ihm nunmehr höchst interessant, um was er früher sogar seinen besten Freund, den Herrn Leutnant von Glaubigern, in den tiefsten Abgrund der bekannten Hölle des westfälischen Adels verwünschte, während er sich zu gleicher Zeit recht anmutig ausmalte, wie er Fräulein Adelaide Klotilde Paula von Saint-Trouin als konstantinopolitanische Stechfliege zwischen dem Deckel und Titelblatt des Amos Comenius fing und sie grausam zerquetschte.

Jedenfalls ging der Junker schon aus seinen ersten Ferien nicht dummer nach Halberstadt zurück, obgleich seine Faulheit nichts zu wünschen übriggelassen hatte und er mit den eigentlich exakten Wissenschaften sehr im Rückstande geblieben war. Dagegen war der Pastorenfranz diesmal fast übermenschlich fleißig gewesen; denn der Herr Papa hatte ihn kaum aus der physischen und moralischen Klemme freigelassen. Der Charakter des Knaben hatte jedoch nicht dadurch gewonnen; Franz Buschmann trug zu schwer an der Bürde seiner unfreiwilligen Gelehrsamkeit. Mürrisch, verdrossen und boshaft, ein Feind der Götter und der Menschen, zog er von neuem mit dem Schulgenossen von Krodebeck ab, dem einstigen Wohnsitz des guten alten Vater Gleim zu. Daß er Theologie studieren werde, stand nach wiederholten Familienberatungen fest. Weshalb auch nicht?

Achtzehntes Kapitel

Sechs Jahre hintereinander kam Hennig von Lauen viermal jährlich, nämlich zu Weihnachten, Ostern, Pfingsten und in der Erntezeit, heim von der Schule zu Halberstadt nach Krodebeck, ohne daß sich während dieser Periode etwas anderes Verwunderungswürdiges zugetragen hätte als das ewige große Wunder, daß alle Dinge, lebendige und tote, älter werden, und die Welt doch jung und gesund bleibt. Daß er das an sich selber nicht merkte, war kein Wunder, sondern ein Glück der Jugend; in dieser Hinsicht fühlt das Alter feiner und klammert sich um so fester an der Erde ewig junge Schönheit.

Der Chevalier und Fräulein Adelaide bemerkten sicher das Winken des fleischlosen Fingers, den eiskalten Hauch, der sie dann und wann aus dem grünsten Walde, von der sonnigsten, blumigsten Wiese anwehte; auch in den braunen Flechten der gnädigen Frau zeigten sich silberweiße Streifen, und nur Jane Warwolf aus Hüttenrode trat unverändert einher, als ob die Zeit über sie keine Macht habe. Die Gräber von Hanne Allmann und der schönen Marie auf dem Kirchhofe des Dorfes wurden von Gras und Gebüsch überwuchert, sanken ein und verschwanden aus dem Gedächtnis der Leute wie die Gräber berühmterer Leute, die soeben hie und da von ratlosen Komitees im Schweiße des Angesichts gesucht wurden, da allmählich die Zeit der Bronze für die erlauchten Toten gekommen war.

Da nun weder Hanne Allmann noch die schöne Marie zu den erlauchten Toten zu rechnen waren, so wäre nicht abzusehen, weshalb gerade ihretwegen, und noch dazu so bald nach ihrem Abscheiden, ein Ausschuß sollte zusammengetreten sein, um ihre Ruhestätten in Ordnung zu halten; es besorgte das doch Jane Warwolf so gut als möglich. Diese passierte nie das Dorf Krodebeck, ohne ein Viertelstündchen auf einem der beiden Hügel auszuruhen und mit ihren harten Händen und ihrem Wanderstabe unter die Nesseln und Ranken zu fahren. Glitt doch auch Antonie wohl im Abendnebel daran vorüber oder stand daneben einen Augenblick still, um eine Rosenknospe oder einen Strauß Waldblumen darauf zu werfen, ehe sie wieder hinter den Hecken des Lauenhofes verschwand! Sie aber stand jetzt glücklicherweise zu reich beschattet und umduftet von den Blütenzweigen ihres kurzen Lebens, um mehr als einen flüchtigen Augenblick stillen, aber nicht schmerzvollen Traumes für die trübe, ängstliche, verworrene Vergangenheit übrig zu haben.

Denn als die Zeit gekommen war – wie denn für alles Gute und alles Böse einmal das Siegel von den Augen, Ohren und Lippen der Welt fallen muß! –, da staunten alle Leute, was für ein schönes Mädchen aus dieser Antonie Häußler geworden sei, und selbst die Übelwollenden, deren nicht wenig waren, mußten zugeben, daß Krodebeck augenblicklich sonst nichts dergleichen aufzuweisen habe. Die, welche sich ihrer Mutter in deren vollster Pracht noch erinnerten, behaupteten freilich, die Marie Häußler sei noch schöner gewesen, allein da fragte es sich denn doch, ob solches möglich sei; und die, welche die schöne Marie nicht gekannt hatten, mochten mit vollem Rechte behaupten, es sei nicht möglich. Aber auch noch nie hatte eine junge Dirne des Ortes unter solcher scharfen Aufsicht des Dorfes gestanden als dieser Schützling des Lauenhofes. Überall, überallhin folgten ihr die Seitenblicke und das Geflüster und das leise Lachen hinter vorgehaltener Hand, und aus welchem Blut und Zustand sie stammte, das merkte man klar an ihrem scheuen Wesen, das niemandem gerade ins Gesicht zu blicken sich getraute, an ihrem bösen Gewissen, das jedermann aus dem Wege wich, und vor allen Dingen an der kuriosen Hartnäckigkeit, mit der sie an der »anderen Vagabundin«, der Jane Warwolf, trotz ihrem närrischen, unverdienten und unverschämten Glücke festhielt. Wenn man alles recht bedachte, so war dieses Mädchen trotz seinem hübschen Gesicht und schlanken Wuchs doch nur eine Schande für die Gemeinde und alle ordentlichen Leute. An das aber, was für den Lauenhof aus dieser Grille der beiden alten Fratzen, nämlich des Herrn Leutnants und des französischen Fräuleins, entstehen mußte, mochte man gar nicht denken. Daß das Fräulein längst für das Tollhaus reif sei, habe man freilich schon gewußt; aber dem Herrn von Glaubigern habe man doch mehr Verstand und Einsicht zugetraut. Daß die gnädige Frau es sich bieten lasse, sei kurzweg unbegreiflich; ja die sei sogar die Verblendetste, der Pastor Buschmann habe das zu seinem

Schaden und tiefen Kummer erfahren, als er seine Pflicht getan und, wie es sich schicke, geredet habe; der mische sich nicht mehr darein, so wenig als irgendein anderer in Krodebeck, und man könne es ihm nicht verdenken.

So war es in der Tat! – Tonie Häußler behielt eine tiefe, unauslöschliche Neigung zur Jane Warwolf und allem, was mit ihr, ihrem Leben, Wesen, Wandern und Treiben zusammenhing. Die gute Frau konnte nicht kommen, ohne daß Tonie, gleich als habe sie eine Ahnung ihres Nahens, sie auf einem Stein an der Landstraße oder im Walde erwartete; sie konnte nicht gehen, ohne daß das junge Mädchen sie stundenweit, sei es auf ihrem Wege gegen die Harzberge oder in das flache Land hinein, begleitete. Wenn sie nach ihrer Gewohnheit den Wanderstab für eine Nacht auf dem Lauenhofe in die Ecke setzte, so war Tonie Häußler ihre treueste Genossin und aufmerksamste Zuhörerin. Und alles dieses war leider Gottes der einzige Kummer, der noch dazu zum größten Teil nur der Kummer der Eifersucht war, welchen das Kind dem Fräulein Adelaide von Saint-Trouin und allen seinen hohen Ahnen bis zu Johann von Brienne, dem Fürsten von Tyrus und Kaiser von Konstantinopel, hinauf bereitete. Und noch dazu hatte das Dorf Krodebeck nicht einmal die Gewißheit, daß sich der Papst Honorius der Dritte darüber im Grabe umwende!

Außer dieser Hinneigung zum Gemeinen fand das gnädige Fräulein nichts an Antonie Häußler auszusetzen. Das Schicksal rächte die schöne Marie durch ihr Kind vollständig an der alten Feindin und Verderberin, und zwar in einer Weise, deren es sich viel häufiger bedient, als man gewöhnlich glaubt. Das gnädige Fräulein unterlag den eigenen Maximen, Ansichten und Lehren, indem die Schülerin mit denselben und durch dieselben hoch über die Lehrerin sich erhob und sie zwang, verwirrt, beschämt und zweifelnd vor dem Wunder, das sie als ein Werkzeug in mächtigerer Hand hervorgerufen hatte, dazustehen. Was bei Adelaide von Saint-Trouin als beklagenswerte oder lächerliche Verzerrung auftrat, das erschien in Antonie Häußler als süßester Reiz; was bei dem Fräulein ein krankhaftes, kindisch unverständiges Abzappeln aus einem unbegriffenen Zustande nach dem anderen war, das wurde in Tonie zu dem stillen, tiefverborgenen Heimweh, der melancholischen Sehnsucht nach Ruhe und Licht, die allein nur, und auch nur in vereinzelten Momenten, das Reich der Ruhe und des Lichtes in der Seele des Menschen aufbaut.

Diesmal hatte der Ritter von Glaubigern recht seine Freude an den pädagogischen Siegen seiner alten Freundin. Da gab es kein Achselzucken und Kopfschütteln mehr; sein Behagen stieg von Tag zu Tag, der Comenius verstaubte im Winkel, und mit lustig ausgebreiteten Fittichen folgte der Chevalier den seltsamsten Flügen der Chevalière.

»Jetzt sind sie beide närrisch! O mein Himmel, muß ich das noch an dem Alten, an dem Leutnant erleben!« rief die gnädige Frau. »Unter den Händen ist er mir toll geworden, und am Ende hab ich noch gar meine Freude daran; denn da müßte man ja blind sein, um nicht zu sehen, wie wohl ihm bei seiner Narrheit zumute ist.« –

Die Frau Adelheid hatte nie in ihrem Leben in irgendeiner Behauptung so vollkommen recht gehabt wie hier. Der Ritter Karl Eustachius von Glaubigern war nicht nur rein verrückt in seinen Beziehungen zu der Erbschaft der Hanne Allmann aus dem Krodebecker Armenhause, sondern es war ihm wirklich wohl in seiner Verrücktheit. Ihm war nie während seines Lebens so wohl zumute gewesen.

Wir wissen, daß er ein armer Mann war, daß er gleich dem Fräulein von Saint-Trouin in Abhängigkeit von dem Vermögen und Wohlwollen anderer, wenn auch anständiger Menschen auf dem Lauenhofe wohnte. Daß der Lauenhof ohne ihn durchaus nicht zu denken war, daß er, der Ritter, bei weitem mehr gab, als er empfing, und daß die gnädige Frau in allen Stücken ihn gern, willig und meistens mit Tränen der Rührung in den Augen als ihren Herrn und Meister anerkannte, änderte hieran nichts.

Wir wissen auch bereits, daß er ein sonderbarer Mann war, der sich mühselig an der Welt abquälte und in stiller, ununterbrochener Arbeit auf eigentümlichen Umwegen ihren Geheimnissen beizukommen strebte. Er hatte nicht nur die Frau Adelheid und den Junker Hennig, sondern auch sich selber erzogen, und an dem letztern Gegenstande putzte, zog, schnitzelte und schabte er noch immer ununterbrochen herum. Es war ein großer Pädagog an ihm verlorengegangen, aber ein fast noch größerer Philosoph gewonnen worden, und das war kein Wunder, daß er im Verlauf seines Lebens manchen bittern Kern aus der Hülse abgegriffener, ganz behaglicher Gemeinplätze löste. Nicht wie andere Erdgeborene begnügte er sich damit, zu seufzen: es ist ein elendes Dasein! sondern er fragte dabei nach dem Warum, und das ist unter allen Umständen ein zwar recht verdienstliches, jedoch zugleich sehr mißliches Ding und häufig schmerzhafter als dieses elende Dasein selber. Und er gehörte durchaus nicht zu den wenigen Ausgewählten, den Glücklich-Unglücklichen, denen ein großes Ziel, ein hoher Zweck gegeben wurde, um sich daran und darnach zu Tode zu ringen. Aber wie sich die Sonne des höchsten Genius gewöhnlich in den weihevollsten Stunden hinter dem trüben Gewölk der Wirklichkeit verbirgt und, wie das Volk sich auszudrücken pflegt, – Wasser zieht, so konnte auch seine Seele Wasser ziehen, und das Volk von Krodebeck und der Umgegend bemerkte es auf der Stelle und meinte:

»Ist dem auch mal wieder der Buchweizen verhagelt? Der hat doch wahrhaftig keinen richtigen Grund, um das Maul zu verziehen!«

Seine beste Freundin aber, die Frau Adelheid von Lauen, sagte höchstens:

»Laßt ihn! Es hat ein jeder seine kuriosen Stunden, und so muß man sie auch dem Alten gönnen. 's wird sich schon wenden. Munter!«

Ja munter! Alle jene, welche dem Chevalier von Glaubigern jede Berechtigung zur Melancholie absprachen, hatten recht, und die gnädige Frau hatte gleichfalls recht, und der Herr Ritter hatte sehr unrecht, sich durch die unbegreiflichsten, nichtsnutzigsten Lappalien die behaglichsten Tage ganz mutwillig zu verderben. Wahrlich, es ist niemand verpflichtet, seinen Lebenstag dem des andern unterzuordnen, wie niemand verpflichtet ist, über einen Gewinn außer sich zu geraten, den vielleicht erst eine ferne Zukunft auf ihrem Wege findet.

»Haben Sie Geduld mit mir, Frau Adelheid«, sagte der Ritter. »Mir ist wieder einmal ganz wie dem Oliver Cromwell zumut gewesen.«

»Von dem Menschen hab ich noch nie etwas gehört«, antwortete die Gnädige.

»Nun, er war ein gewaltiger Kriegsmann und Regent, aber auch zuweilen voll finsterer Phantasien und voll Sorgen um Vergangenes und Zukünftiges. Und als es mit ihm zum Sterben ging, da hat er seinen Leibpastor gefragt, ob ein Mensch, der einmal in der Gnade Gottes gewesen, je wieder aus derselben herausfallen kann. Nein! hat der Pastor geantwortet, und das hat dem Cromwell merkwürdig wohlgetan, und meine Meinung ist, daß die Geschichte für jedermann paßt, denn in der Gnade waren wir alle einmal, wenn wir nur immer an den dunkelen Tagen daran denken könnten.«

»Das ist in der Tat eine vortreffliche Geschichte, Liebster, und sehr brauchbar in allen möglichen Ärgernissen«, meinte die gnädige Frau und fügte dann wie gewöhnlich hinzu: »Verlassen Sie sich darauf, Glaubigern, ich werde sie mir merken; aber jetzt tun Sie mir auch den Gefallen und führen Sie das Frölen ein wenig in die frische Luft. Die gute Seele liegt mir seit einigen Tagen gleichfalls wieder schwer auf der Seele und dem Leibe.«

»Mit Vergnügen!« sprach dann der Chevalier, doch er hätte hinzufügen können:

»Wahrlich, es geht keine Müdigkeit über die des Starken und Tapfern!« – –

Jetzt führte der Herr von Glaubigern mit dem gnädigen Fräulein die Tonie Häußler spazieren, und die Stunden der Gnade, die ihm in den sechs Jahren, von denen hier die Rede ist, zuteil wurden, folgten einander immer lichter und lieblicher auf dem Fuße. Zwischen seiner braven und sehr gescheiten Pedanterie und der Rokokozierlichkeit des Fräuleins von Saint-Trouin wurde das Kind aus dem Siechenhause zu einer feinen Jungfrau und zu einer Dame im höchsten Sinne des Wortes; denn Mutter Natur ging glücklicherweise auch mit allerwegen und ließ ihr Kind nicht aus den Augen. Nun mochten die Schalmeien und Jagdhörner der Königin Marie Antoinette klingen, wie sie wollten: der Chevalier fand nichts daran auszusetzen; ja er fand sogar selber ein still inneres, träumerisches Behagen daran. Er hatte nichts dagegen, daß seinem jetzigen Liebling die oft so graziösen Nebelbilder verlorenen Glanzes und untergegangener Sitte vor der Phantasie vorübergaukelten.

»Sie wächst in allen Dingen in die Anmut hinein!« rief er. »Die Blüten schlagen über ihrem Haupte zusammen. Und man spricht von der Armut der Erde, während *so* etwas auf ihr möglich ist! Alles begreift sie auf den ersten Wink – Herrgott, und wenn ich daran denke, wie der Bursch, der Hennig, der Esel, mir und sich den hellen Angstschweiß über denselben Wissenschaften ausgepreßt hat, so möchte ich ihr zu Ehren den Jungen heut noch rechts und links ohrfeigen! Und sie allein darf das Frölen Frölen nennen, ohne auf der Stelle zu Asche zu werden! Es ist ein Wunder, ein Wunder, ein Wunder – ein Wunder! Sie ist die Lehrerin, und wir sind die Schüler. Achtundsechzig Jahre bin ich alt geworden und habe mich abgequält, um zu erfahren, was mir fehle: bis sie gekommen ist, um es mir und um es uns allen zu sagen. Denn allen hat das gefehlt, was sie nach Krodebeck bringt, sie haben sich nur nicht gleich mir gemüht und abgeängstet.«

Daran mußte wohl etwas Wahres sein; es war jedenfalls ein Vergnügen, zum Exempel auf die Gefühle und die Mimik der gnädigen Frau in dieser Hinsicht zu achten. Wenn die schlanke Gestalt des jungen Mädchens mit holdem Lächeln sich ihr entgegenbeugte oder an ihr vorbeischritt, so war das Mienenspiel der Frau Adelheid ungemein drollig anzuschauen. Sie sah ihr entgegen, sie sah ihr, fast verstohlen, seitwärts ins Gesicht, sie sah ihr nach, und dann – ja, dann schien sie noch lange nicht fest überzeugt zu sein, recht gesehen zu haben, und die Ausrufe, in welchen sich dieser Gemütszustand Luft machte, waren nicht weniger seltsam als ihre Gebärden.

»Sie wächst mir in allen Dingen aus meinem Leben hinaus!« rief die Gnädige kopfschüttelnd. »Hätte ich die Angst nicht um das, was daraus werden mag, so würde ich es mir nur allzugern gefallen lassen. Jaja, Mamsell Molkemeyer, es ist gar nicht beneidenswert, unter lauter Narren und Phantasten allein die Augen klar und verständig offenzuhalten.«

»An Ihrer Stelle, gnädige Frau, schickte ich die Jungfer morgen aus dem Hause«, sprach die Mamsell, worauf die Frau von Lauen mit einem unbeschreiblichen Blick auf ihre Vertraute erwiderte:

»Dann würden Sie mit der Familie Buschmann freilich wohl das Reich auf dem Lauenhof allein haben. Ich glaube, wir zögen ihr alle nach, und was mich anbetrifft, so könnte ich schon des Anstands halber nicht zurückbleiben, da der Herr Ritter den Zug anführen würde. Übrigens, Mamsell, verfügen wir uns für jetzt zu unseren Käsen zurück, wie der Herr von Glaubigern sagen würde, Sie alberne Person.«

Über die Blicke, das Flüstern und das halbverlegene Kichern des Dorfes Krodebeck haben wir bereits das Nötige gesagt und könnten darüber schweigen, wenn nicht auch hier das Wunder eingetreten wäre, daß Antonie Häußler im Spiel des Zeus mit der Welt die beste Hand erlangte. Einen Teil des Dorfes, als dessen Protagonist der Pastorenfranz gelten konnte, jagte sie in Furcht, und den andern gewann sie einfach durch ihre Liebenswürdigkeit; – die Gleichgültigen kamen hier wie überall nicht in Rechnung. Die Menschen finden sich in den Willen der Götter viel leichter, als sie je zugestehen werden; die allerhöchsten Herrschaften erfreuen sich eben eines sehr lauten und herzlichen Gelächters, wie man auf Erden aus alten und neuen Historien zur Genüge lernen kann. Wir, mit einer umfangreichen Erfahrung in dieser Hinsicht – was nämlich das Lachen der Götter anbetrifft – begnadet, finden durch dieselbe leicht den Weg zu der Schicksalsverknüpfung des Kindes aus dem Siechenhause mit dem Junker Hennig von Lauen, einem Verhältnis, dessen Bedeutung wohl nicht zu verkennen ist.

Die jungen Leute waren nicht immer eines Sinnes während ihres zeitweiligen Zusammenlebens, wie man solches auch von den besten Kameraden nicht verlangen kann. Aber sie waren oder wurden vielmehr gute Kameraden in der vollsten Meinung des Wortes. In den ersten Jahren von Hennigs Schulleben zankten sie sich um alles und jedes sowohl innerhalb als außerhalb der Mauern des Lauenhofes, jedoch am meisten außerhalb derselben, und dem Pastorenfranz ließ sich gerade nicht nachrühmen, daß er beflissen gewesen sei, die Steine des Anstoßes ihnen aus dem Wege zu räumen – im Gegenteil.

Aber in allen den häufig wiederkehrenden Stunden und Tagen, in welchen das zärtliche Verhältnis des Junkers zu dem Pastorenfranz auf dem Nullpunkt stand, bedauerte Hennig auf das innigste, daß Tonie Häußler kein Knabe sei, damit man ein ewiges Freundschaftsbündnis mit ihr schließen und den Franz für ewige Zeiten seinem Schicksal überlassen könne. In allen den Tagen, in welchen die alte Freundschaft zum Franz in gewohnter Blüte stand, hatte Hennig weniger dagegen einzuwenden, daß sie ein Mädchen sei und bleibe, zumal da sie in dieser Form und Erscheinung häufig genug sehr nützlich war, um vor der Mama, dem Herrn von Glaubigern und dem »Frölen Trine« für manche Dinge und Angelegenheiten als freundlicher Schutzgeist einzustehen, für welche der Junker trotz allem Kopfzerbrechen und allen Schulbubenausflüchten so leicht keine Entschuldigung gefunden hätte. Man ist ja dem, der mit sanft abwehrenden Händen zwischen Schuld und Sühne tritt, immer dankbar, wenn es gleich jedermann dringend anzuraten ist, seine Rührung und Dankbarkeit ja nicht laut und naiv merken zu lassen. Hält man in solchem Fall den Mund und hält man die Träne zurück, so zeigt man erstens Charakter und kann zweitens, im Fall der andere je in ähnlicher Art unseres Beistandes bedürfen sollte, viel ruhiger und stoischer das Schicksal walten und der ewigen Gerechtigkeit freien Lauf lassen.

Doch jede Vakanz, die Hennig in Krodebeck zubrachte, verlängerte die jedesmalige Dauer des Einverständnisses zwischen ihm und dem jungen Mädchen und verringerte in demselben Verhältnis die freundschaftlichen Neigungen zu dem armen Franz Buschmann. Als Tonie Häußler sechzehn und Hennig achtzehn Jahre alt geworden waren, gab es kaum noch irgendwelche Schatten zwischen ihnen, und – »das habe ich immer gefürchtet, und das ist mir das fatalste bei der ganzen Geschichte, und jetzt mag der Ritter beweisen, daß er jede Verantwortung auf sich nimmt!« sagte die gnädige Frau.

Sie hatte leider nicht den geringsten Grund zu ihren Befürchtungen; die Götter schufen sich eben nur einen Grund zum Lachen, und – wer will ihnen das verdenken in ihrer langweiligen ewigblauen Seligkeit? – Daß dieses Lachen nicht immer das angenehmste ist, wird auch das Ende *dieses* Teiles lehren. Wenn aber die Götter den Ihrigen alles Gute im Traum verleihen, so gehörte Hennig in dieser Zeit zu ihren bevorzugtesten Lieblingen. Was er unmittelbar von dem Chevalier und dem Fräulein von Saint-Trouin nicht hatte annehmen wollen und können, das nahm er zum größten Teil von Antonie gern und willig hin. Er fand, daß es gar nicht übel und im letzten Grunde ein gar nicht unberechtigter Wunsch der beiden Alten gewesen sei, daß er das Leben ein klein wenig mit Zierlichkeit anzufassen sich befleißige, und so suchte er mehr und mehr in Gegenwart des jungen Mädchens selbst Bäume und Felsen mit Zierlichkeit zu erklettern. Er stolperte jetzt längst nicht so oft wie früher über seine eigenen Füße; er schämte sich eben vor dem leichtfüßigen guten Kameraden und ärgerte sich zu sehr an dem Pastorenfranz, der in den heimatlichen Gefilden stets eine Ehre dreinsetzte, sich so rüpelhaft als möglich aufzuführen.

Das war alles damals! – Damals schien die Sonne in der rechten Weise; damals machte der Regen auf die rechte Art naß. Damals vernahm das junge Ohr noch nicht das dumpfe Rollen in der Ferne, bei dessen Ton die Alten stehenbleiben, stutzen und schweigend horchen. Die Räder des goldenen Wagens, auf dem Oberon und Titania über die Welt fahren und dann und wann auch wohl ein begünstigtes Menschenkind als blinden Passagier mitnehmen, glänzen, aber sie poltern nicht wie die Räder jenes anderen, schlimmen Karrens, der nur blinde Passagiere befördert und dessen Lenker sich wenig darum kümmert, wie tapfer Hüon und wie schön Rezia ist.

Sie erlebten große Wunder in all der Unbefangenheit, die eben dazugehört, um Wunder zu erleben. Der Glaube, welchen das alte Fräulein von Byzanz so lange festgehalten hatte, daß nämlich die Welt ein Zaubergarten von Rechts wegen sein müsse, stand für die jungen Leute als erster und letzter Glaubensartikel unumstößlich fest, und sie hatten ihn nicht einmal wie Fräulein Adelaide von Saint-Trouin in den schlimmen und schlechten Anfechtungen des Tages mühevoll festzuhalten; denn sie stellten sich unter einem Zaubergarten doch etwas anderes vor als jenes Paradies, aus welchem der Papa der würdigen Dame vordem emigrieren mußte. Von allen Fluren und Hügeln, aus allen Wäldern Krodebecks rund um sie her, erscholl ihnen tausendstimmig das Kredo der Jugend. Aus jedem Buche, welches sie lasen, lachte ihnen das Wunder entgegen. Bei Gott, sie waren nicht so dumm, sich mit dem Herrn von Florian und der Frau von Genlis zu begnügen. Sie begnügten sich nicht einmal mit der Bibliothek des Herrn von Glaubigern und den Herren Schiller und Goethe, denn da hätte es doch keine Leihbibliotheken in Halberstadt geben müssen. Der Chevalier und das Fräulein erfuhren längst nicht von jeder Lektüre, die Meister Hennig verstohlen herbeischaffte, und als echten Kindern der zweiten Hälfte des neunzehnten Jahrhunderts behagte ihnen – d. h. nicht dem Chevalier und dem Fräulein – die Lyrik und der Roman der zweiten Hälfte des neunzehnten Jahrhunderts ungemein, und sie erlitten durchaus nicht den ästhetischen und moralischen Schaden dadurch, welchen sehr ehrenwerte Leute nicht voraussagen werden, weil sie auch diese Erzählung nicht lesen.

Viel größeren Schaden als alle Lektüre hätte ihnen aber fast der junge Gottesgelehrte Franz Buschmann getan. Er erlebte kein Mirakel in Krodebeck, und so setzte er natürlich auch alles daran, bei den andern den Glauben daran zu untergraben; nur gelang es ihm glücklicherweise nicht ganz so, wie er wünschte. Die Unbefangenheit der armen Tonie zerstörte er freilich allmählich, und er schien kein größeres Vergnügen zu kennen, als sie in Zorn und Tränen zu sehen. Als dann endlich die Seele des jungen Mädchens zu allen Lebensgefühlen erwacht war, winkte das Schicksal von neuem: die Götter ließen lachend auch dieses Spielzeug aus den Händen fallen; Herr Dietrich Häußler kam als ein großer Mann nach Krodebeck zurück, doch nicht, um daselbst zu wohnen und Gutes zu tun, sondern um, nach so langem Verschollensein, ganz und gar wie früher vollkommen das Gegenteil von dem zu tun, was man von ihm zu erwarten sich seltsamerweise immer noch berechtigt glaubte.

Neunzehntes Kapitel

Es ist jetzt mehr Sitte als Notwendigkeit (wie ältere Sachverständige schnöde behaupten) geworden, daß diejenigen jungen Leute, die sich dem Landbau widmen, wenn ihre Vermögensumstände oder ihre Hoffnungen es erlauben, ein Jahr oder ein halbes auf einer Universität zubringen, weniger der Wissenschaften und des Herrn von Liebig als des Gaudeamus igitur wegen, wie die oben angeführten Sachverständigen gleichfalls behaupten. Auch für den Junker von Lauen war dieser heißersehnte Zeitpunkt nunmehr herangekommen, das Halberstädter Gymnasium lag hinter ihm, und nach abgehaltenem Familienrat stand es fest, daß er im Oktober nach Berlin gehen werde. Man befand sich, nach der Juden Zeitrechnung, im sechsten Jahrtausend der Welterschaffung, und so war es in der Tat hohe Zeit, daß das, was Adam sehr verdrießlich und ganz als Autodidakt begonnen hatte, endlich in ein System gebracht werde.

»Es ist vor allem unsere Pflicht und Aufgabe, uns auf der Höhe der Situation zu erhalten«, meinte der Ritter von Glaubigern. »Der größere Grundbesitz hat auch hier dem kleineren mit einem guten Beispiel voranzugehen – weshalb sollten wir den jungen Menschen nicht nach der Hauptstadt senden? Er mag gehen und wird nachher sich der Verwaltung des alten Erbteils seiner Väter mit desto größerem Eifer widmen und den Römischen Kaiser in partibus, Joseph II., Maria Theresia regnante, das heißt unter der obersten Leitung seiner braven Frau Mutter, desto freudiger und nutzbringender agieren.«

»Ich sehe kaum einen Grund davon ein!« hatte Fräulein Adelaide gesagt; aber die gnädige Frau war natürlich wieder auf die Seite des Chevaliers getreten, und mit innerlichem Jauchzen hatte Hennig seinen Willen durchgesetzt, obgleich ihm die eigentliche Wissenschaft des Pflügens, Düngens, Säens und Erntens bereits wie im Spiel in die Hand gewachsen war, wie vordem allen seinen Ahnen, die nie eine Universität besuchten und doch den Lauenhof stets auf der Höhe ihrer Zeiten erhielten.

Doch wir befinden uns augenblicklich erst in der Weizenernte.

Der Pastorenfranz war zum erstenmal von Halle heimgekommen, wo er ein Stipendium und einen Freitisch genoß und seine kostbare Gesundheit durch allzu eifrige Hingabe an seine Studien in Gefahr setzte, wie seine Mama behauptete. Daß er studierte, daß er ohne alle Widersetzlichkeit Theologie studierte, war zu einer Tatsache geworden, und daß er sich von dem Freitisch und seinen Studien in Krodebeck mit aller Hingabe erholte, war gleichfalls eine Tatsache. Den Freitisch lästerte er ganz offen und ohne Zwang; über seine Studien dagegen sprach er sich natürlich nur ganz im Vertrauen gegen Hennig mit Verdruß und Verachtung aus. »Aber man frißt sich durch«, setzte er jedesmal hinzu; »Behaglichkeit ist die Hauptsache, die Gnade wird sich späterhin auch wohl einstellen, und Hennig, ich verlasse mich fest auf dich und rechne auf Krodebeck, wenn der Alte einmal – na, du verstehst mich!«

Der Junker verstand ihn freilich und ärgerte sich häufiger denn je an ihm; weniger über Insinuationen gleich der eben angeführten, die er im Grunde doch für ganz natürlich und wohlbegründet erachtete, sondern über die wirklich wunderbare Behaglichkeit, mit der ihn der junge Gottesgelehrte dann und wann auf die Felder hinausbegleitete und seiner harten Arbeit zusah.

Während Hennig im Schweiße seines Angesichts den Verwaltern und Knechten seiner Mutter half und hochrot vor Eifer riesige Garben der heißen Augustsonne entgegen auf die Wagen schwang, lag Franz gewöhnlich unter einem Busch lang ausgestreckt neben dem Viktualienkober und rief nur von Zeit zu Zeit kauend hinüber:

»Ich bewundere, aber ich begreife dich nicht, mein Sohn. Jetzt komm endlich her und erquicke dich; denn siehe, es stehet geschrieben: Du sollst dem Ochsen, der da drischet, nicht das Maul verbinden!«

»Keine Zeit!... Nachher!« ächzte der Junker dann wohl grimmig durch die Zähne, und Franz Buschmann drehte sich faul auf die andere Seite, seufzte: »Des Menschen Wille ist selbst bei einer solchen Hitze sein Himmelreich!«, zog einen abgegriffenen Band der Abenteuer des Chevalier Faublas aus der Tasche und blickte aus der idyllischen Gegenwart wohlig über denselben hinweg in eine stille, friedliche, nahrhafte und gottselige Zukunft.

Auch Antonie begleitete im leichten Sommerkleid und gelben Strohhut die Ernteleute des Lauenhofes häufig auf die Felder hinaus; aber sie suchte sich nützlicher zu machen als der ekstatische Studiosus der Theologie, und sie gereichte jedenfalls den Knechten und Mägden sowie dem Junker zu größerem Trost und Vergnügen als der junge gefräßige Gottesgelehrte. Eine lächelnde freundliche Hebe, trug sie den Arbeitern die Krüge mit dem Erntebier zu und lächelte nur dann nicht, wenn sie notgedrungen den Busch des Pastorenfranz streifen mußte und es breitmäulig aus dem Schatten klang:

»Mir auch einen Tropfen zur Labe, Fräu-lein Häußler!«

»Sei kein Flegel, Buschmann! Ich meine, du kannst den Weg zur Tränke selber finden!« rief dann wohl Hennig aus den Garben herüber. »Tonie, kümmere dich nicht um den Dickhäuter; schon in Halberstadt haben wir gewußt, daß ihm eine ganze Seite in der Zoologie allein gehöre. Lustig, Tonie, du bist ein gutes Mädchen, du bist wahrhaftig ein gutes Mädchen, und, bei den lateinischen Göttern, was mich angeht, so fühle ich mich wie ein Gott in meinen Armen und Beinen. Hurra, es geht doch nichts über Krodebeck in den Erntetagen!«

Es war eine gute Zeit. Wenn die gnädige Frau auf die Felder hinauskam, segnete sie sich mit Fug und Recht über das fette Jahr und sang helle Jubellieder in der Tiefe ihrer Seele. Und wenn in der kühlern Abenddämmerung der Ritter von Glaubigern und das Fräulein von Saint-Trouin nachfolgten, so freuten auch sie sich und hatten gleichfalls allen Grund dazu. Sie konnten auch Jubelhymnen in der Tiefe ihrer Seele anstimmen, und zwar über ihre beiden Zöglinge. Sie wußten beide, was schön und gut sei, wenn auch auf verschiedene Weise, und sie standen oft beide still und stumm, während ihr Herz über die jungen Leute lachte.

In diesen Augenblicken pflegte das Fräulein dem Chevalier die goldene Dose zu bieten:

»Ein schöner Abend, Herr von Glaubigern!«

Und der Ritter, zierlich mit spitzen Fingern zugreifend, erwiderte:

»Ein sehr schöner Abend! Wahrlich, mein Fräulein, wir haben wohl beide häufig nicht gedacht, daß die Sonne uns so freundlich untergehen werde!«

»Mein lieber Herr von Glaubigern!« sprach Adelaide, »wem hat man das zu danken? Wie häufig und wie unverständig ist man mir unter den frivolsten Vorwänden in den Weg getreten? Ja, und was würde sowohl aus dem Hennig wie aus dem Kinde geworden sein, wenn ich in allen Dingen meinem bessern Verständnis und meinen Gefühlen hätte folgen dürfen? Nun, ich will nicht alte Wunden von neuem aufreißen, mein verehrter Herr Chevalier; es ist in der Tat ein recht schöner Abend für uns, obgleich hoffentlich die Sonne doch noch nicht so tief steht, um auch diese ziemlich verständliche und recht ironische Bemerkung in betreff meiner Lebensjahre zu motivieren.«

»Oh!« seufzte der Ritter, und von jedem andern hätten wir sagen dürfen, er habe einen grunzenden Seufzer laut werden lassen, und zwar mit vollkommenster Berechtigung. Der Chevalier aber grunzte überhaupt nicht und also auch nicht in diesem Falle.

Es war eine herrliche Zeit, eine Zeit der Erfüllung. Niemand, selbst der Ritter von Glaubigern nicht, hatte eine Ahnung davon, welches Gewölk hinter den Bergen brauete und welch hinkender, hämischer Schritt langsam und unaufhaltsam sich näherte. Nicht einem klang dieser metallische Schritt, der halb Hufschlag war, in den guten Stunden durch die Seele, selbst nicht durch die ängstliche Seele des Chevaliers und Leutnants Karl Eustach von Glaubigern.

Es war eine sehr vergnügte Zeit; allein vorüber mußte auch sie gehen. Allmählich verklang das Schärfen der Sensen, das Rufen und Singen der Arbeiter und Mägde auf den Feldern von Krodebeck. Die Felder wurden leer, und Wagen auf Wagen schwankte zum Dorfe hinab. Endlich kam der Abend, an welchem die letzten Garben auf den letzten Wagen geladen wurden und auch diese Ernte vollendet war.

Der Morgen war sonnig und heiß wie gewöhnlich gewesen; gegen Mittag hatte sich ein leichter Dunst über das Land gelegt, und als am Abend die bebänderte, mit Goldflittern und künstlichen und wirklichen Blumen geschmückte Erntekrone auf der höchsten Garbe des letzten Erntewagens aufgepflanzt wurde, änderte sich die Atmosphäre in eigentümlicher Weise. Über den Wald im Westen schob sich ganz plötzlich eine seltsame gelbliche Wand empor, in welche die Sonne, eine feurig rote Kugel, hinunterglitt. Mit ungemeiner Schnelligkeit wogte der Dunst heran: der Höhenrauch verhüllte die Ferne und die Nähe, legte sich schwer und betäubend auf Augen und Hirn und machte sich den Lungen so sehr bemerklich, daß selbst die stattlichen, starken Gäule des Lauenhofes in ihren Geschirren unruhig wurden, die Köpfe in die Höhe warfen und laut und unmutig schnoben.

Natürlich sah auch das Volk von den Stoppeln auf und umher, und alle tauschten die uralten Bemerkungen, Fragen und Antworten über den geheimnisvollen Dunst und Nebel aus; allein der Schleier, der sich über die geleerten Felder legte, fiel nicht zugleich über ihre Seelen. Im Gegenteil schien er den halben Rausch, in welchem sie sich alle befanden, nur noch zu erhöhen. Sie schrieen und jauchzten und umtanzten die Wagen; sie jagten einander durch den wehenden Duft. Der Pastorenfranz lief den kreischenden Mägden nach, und Hennig hob, wie ein junger Herkules auf der Deichsel zwischen den Pferden stehend, in seinen starken Armen Antonie als Erntekönigin auf den für sie bereiteten Sitz, gerade unter der bunten, bebänderten Krone. Was für Wetter der Höhenrauch auch bedeuten mochte, der Segen des Landes war vor allen bösen Mächten in Sicherheit gebracht, und der größte und höchste Jubeltag des Bauern war nach langem, hartem Mühen zwischen Furcht und Hoffnung dem Jahre abgewonnen.

Noch lag die gelbrote Kugel in dem gelben Dunst, und etwas Schöneres als das Gesicht der Erntekönigin auf dem schwankenden Sitz in diesem magischen Lichte gab es nicht auf Erden. Und sie allein blieb in ihrer freundlichen Ruhe unter den vielen aufgeregten Menschen. Still lächelnd blickte sie von ihrem hohen Sitze hin über das Land, über all die leeren Felder. Das Lächeln verschwand, die Sonne ging unter, mit einem Male hatte der unheimliche Rauch, der sich auf die Fluren von Krodebeck gelagert hatte, die rechte Färbung angenommen: alles Bunte und Leuchtende versank in dem trüben Grau, der Horizont verengerte sich mehr und mehr, und lachend rief Hennig von Lauen zu der Spielgenossin hinauf:

»Hallo, Tonie, ist das nicht, als ob der Herbst dem Sommer die Lichter ausbliese? Wie schade, daß der Ritter und das Frölen zu Hause sitzen, wir kommen dadurch um einen ganzen Sack voll Philosophie und Klagelieder Jeremiä! Munter, sagt meine Alte; jetzt geht's nach Haus, nun schreit euch alle aus und bringt dem guten Jahr ein Vivat; nachher tanzen wir in den Winter hinein!«

Das Wort ließ sich niemand unter den Ernteleuten zum zweiten Male sagen. Sie schrieen allesamt mächtig und aus sehr gesunden Lungen, und dreimal hallte die Gegend von ihrem Hochrufen wider.

Nun schwang sich Hennig auf den Sattelgaul, die Knechte und Mägde ordneten sich zum Zuge vor und hinter dem Wagen. Das schwere Viergespann zog an; tief in den Ackerboden unter der schweren Last einschneidend, drehten sich knarrend die Räder, und von den Stoppeln schwankten die letzten Garben dem Feldwege zu, der nach dem Dorfe hinabführte.

Mit hellem Gesang zog man einher, nachdem man auf ebenerem Boden angelangt war. Selbst der Pastorenfranz sang mißtönig mit, trottelte aber doch ziemlich verdrossen nach; denn heute an dem arbeitvollen Tage hatte er bei niemand die Beachtung gefunden, welche er doch stets verdiente, und auch jetzt in dem Triumphzuge spielte er keine hervorragende Rolle und fühlte das.

Die Mägde neckten ihn, die Knechte sahen mit einem gewissen Hohn auf ihn herab, und der Junker in seiner Pracht auf seinem Lieblingsgaul schien gar nicht mehr zu wissen, daß der Buschmann auch noch in der Welt sei.

Und je näher man dem Dorfe kam, desto mehr wuchs die Erregung des Volkes. Längst reichte das im Chor angestimmte Lied nicht mehr aus, um dem Jubel Luft zu machen. Wild und toll jauchzten einzelne in die Melodie hinein, und der Junker auf dem Sattelpferde tat mit Hollageschrei und Peitschengeknall das Seinige, die schwere, graue Atmosphäre zu erschüttern.

Der Lärm des Ernteheimzuges hätte einen Toten auferwecken können, und doch stand da, wo der Feldweg auf die große Straße trifft, eine alte Frau mit einem Tragkorb auf dem Rücken, gestützt auf ihren Stab, und schien nicht das mindeste davon zu vernehmen. Mit gesenktem Haupte, wie in das tiefste und betrübteste Nachdenken versunken, stand Jane Warwolf aus Hüttenrode da, hexenartiger als je in der gelbgrauen Beleuchtung. Sie erhob den Kopf erst, als sie zurücktreten mußte, um nicht unter die Hufe der Pferde zu geraten, und sah mit einem Gesicht auf den lustigen Haufen, über welches jedermann, der sonst ihren Humor kannte, sich billig verwundern mußte.

»Glück auf, Jane Warwolf!« rief Hennig. »Da bist du wie gewöhnlich zur rechten Zeit. Du willst natürlich den Tanz eröffnen und sollst deinen Willen haben – der Ritter wartet längst mit Sehnsucht und weißen Handschuhen. Marsch, Alte, ins Glied! Fühlung, Fühlung! Wärst du früher gekommen, hätten wir dich sicher als Königinmutter da oben hinauf neben die Tonie gesetzt!«

»Glück auf, Herr von Lauen!« sprach die Alte finster und gebärdete sich in allem ganz anders, als jedermann erwartete. Denn statt munter vorzuspringen und trotz ihrer siebenzig wohlgezählten Lebensjahre als die Ausgelassenste in den Zug und Gesang einzufallen, stapfte sie krummen Rückens neben dem Gaule Hennigs her und sagte nur:

»Mir ist nicht tanzlustig zumute, Herr von Lauen.«

Dazu starrte sie schief von unten auf mit einem solchen Ausdruck von Sorge, Gram, Haß und Schrecken nach dem hohen Sitz der schönen Erntekönigin, daß diese, welche sich gleichfalls grüßend von ihrem Thron zu der Alten niedergebeugt hatte, betroffen rief:

»O Jane, was ist dir begegnet?«

»Ach, Tonie, Tonie – Tonie Häußler, wenig Gutes!« antwortete Jane Warwolf mit solchem sibyllenhaften Klagelaut, daß nun auch der Junker sie genauer betrachtete und gutmütig rief:

»Ja wahrhaftig, Jane, es ist nicht richtig mit dir. Das Gesicht hätt ich heute von dir am wenigsten erwartet! Hallo, was ist geschehen? Heraus damit, alte Jane, du weißt, wenn dir zu helfen ist, so wird sich fürs erste immer noch jemand auf dem Lauenhofe dazu bereit finden lassen.«

»Ich danke Ihnen für das gute Wort, Herr von Lauen«, sagte Jane; »aber zu helfen steht mir nicht. Und was das schlimmste ist, die Not geht mich nicht allein an; denn da ließe sie sich wohl tragen. Sapperment, ihr kriegt alle euren Löffel voll heut abend, und es bleibt noch genug über, um euch für lange Jahre einen bittern Mund zu machen.«

»Kann *ich* dir nicht helfen, Jane?« rief Antonie von ihrer Höhe herunter.

»Nein, mein Kind, liebes Kind! Du am allerwenigsten. Ei, Mädchen, hast du Gold und bunte Bänder zu Häupten?! Flitter-und Schaumgold heute, echtes, richtiges Gold morgen! Wer weiß? Wer weiß? Ei Jesus, haben sie dich wie eine Fürstin auf die Garben gesetzt? Wer weiß, ob du nicht morgen als eine richtige Edelfrau auf deinen eigenen Garben sitzest? O Jesus, Jesus, die Haare möchte man sich um den Jammer ausraufen!«

»Jane Warwolf«, rief der Junker nun ziemlich ärgerlich, »jetzt sag grad heraus, was du nach Krodebeck bringst, oder halt den Mund, bis wir zu Hause sind. Das wäre freilich eine Kunst, vier Gäule vor einem Erntewagen zu regieren und solch eine Unterhaltung zu gleicher Zeit zu führen!«

»Es ist schon recht, Hennig, und ich wollte, Herr von Lauen, ich dürfte den Mund für ewige Zeiten halten. Ein paar Jahre früher, und ich würde mein Elend zuerst zum Herrn von Glaubigern getragen haben; aber heut muß ich zuerst zu dir reden, Hennig; bist ja doch allgemach Meister auf dem Hofe geworden. Jetzo fahr zu und bring den Segen Gottes heim; ich wollte, du wärst stark und klug genug, allen Segen Gottes in Sicherheit zu bringen, ehe der Sturm daherfährt und der Teufel seine Tatze darauf legt.«

»Das Weib könnte einen toll machen, wenn sie ihren Sinn drauf setzte!« murmelte der Junker, seine Zügel fester zusammennehmend und scheue Blicke auf die Alte werfend, die gespenstisch neben seinem Pferde mithumpelte, dem Dorfe und dem Lauenhof zu. Allein der Ernteheimzug ist für den Landmann ein zu großes Ereignis, um nicht alle anderen Angelegenheiten darüber in den Hintergrund zu schieben.

»Munter!« sagte Hennig von Lauen, die Peitsche schwingend. »Die Närrin wird mit der verehrlichen Landespolizei in einen Konflikt geraten sein, oder es ist ihr eine überseeische Handelsspekulation mit irdenem Geschirr oder hölzernen Löffeln fehlgeschlagen; – jedenfalls wird sich wohl ein Pflaster auf die Wunde finden lassen.«

Der Zug hatte jetzt das Dorf erreicht, und wenn hier in der Gasse der Enthusiasmus groß war, so stieg die Begeisterung doch erst am Tore des Lauenhofes auf ihren Gipfel. Da stand die gnädige Frau trotz der dämmerigen Stunde strahlend in der ganzen Würdigkeit des Moments. Da standen dem Höhenrauch zum Trotz der Chevalier Karl Eustach von Glaubigern und Fräulein Adelaide von Saint-Trouin, Pardiac, Valcroissant, Tyrus und Byzantium und wehten hingerissen mit den Taschentüchern, mit welchen sie sich vor dem ungesunden Nebel und Dunst Mund und Nase verstopften.

Es war aber auch ein schöner Anblick, als Antonie Häußler mit Beihülfe Hennigs von den hohen Korngarben niederglitt und zierlich und leicht sich vor der gnädigen Frau verneigte. Es war gut und lieblich anzuhören, als sie der gnädigen Frau den alten niedersächsischen Erntespruch hersagte, den die Gutsfrau nun schon bei so mancher Ernte vernommen hatte und welchen sie trotzdem nie genug hören konnte. Auch die Gnädige hatte in Reimen zu antworten, und es wäre freilich eine Merkwürdigkeit auf dem Lauenhofe gewesen, wenn sie beim Aufsagen *ihrer* Rolle einen Zubläser nötig gehabt hätte.

In tiefem Schweigen, mit gespanntester Aufmerksamkeit lauschte natürlich das Volk im achtungsvollen Kreise, und heiter waren die Mienen aller Hörer, bis auf das verrunzelte, graue Gesicht der wandernden Greisin dicht neben dem Junker. Das blieb grimmig-sorgenvoll und ließ sich nicht erheitern und erweichen.

Nach den Reden folgte von neuem ein wirres Durcheinander. Hennig wurde hierhin und dorthin gerufen, alle hatten mit ihm zu sprechen, und so war's sehr verzeihlich, daß er in dem Tumulte gänzlich vergessen, daß auch Jane Warwolf aus Hüttenrode mit ihm zu reden habe. Erst als der Abend beinahe ganz in die Nacht übergegangen war, fiel ihm die Erinnerung, und jetzt seltsam schwer und schwül, auf das Herz. Er ging, die Alte aufzusuchen, und fand sie. Sie saß auf dem Prellsteine an einem der Pfeiler des Hoftors mit beiden Ellenbogen auf den Knieen und dem Kinn in beiden Händen. Ihr Korb stand neben ihr, der Stab lag zu ihren Füßen, und sie, die sonst die Lebendigste und Lauteste in jedem Tumult war, schien heute mit der Welt Lust und Lärmen völlig abgeschlossen zu haben.

Als ihr Hennig die Hand auf die Schulter legte, sah sie kratzbürstig und boshaft auf und rief:

»Also kommen Sie doch, Herr von Lauen? Ich rechnete schon nicht mehr darauf. Nun, ich will Sie nicht lange aufhalten; die Geschichte geht Sie auch im Grunde wenig an. Sowie ich mein Teil des Elends von der Seele los bin, mögen Sie zurück zu Ihren Narren laufen, um weiter zu jubilieren.«

»Sei nicht grob, Jane. Du hast nun lange genug mit deinen Hexenkrallen an mir herumgezerrt. Kann ich dir helfen, so weißt du, daß ich es gern tue, und übrigens verbitte ich mir alle dummen Redensarten.«

Die Greisin stand auf:

»Es ist schon gut, und ich habe unrecht. Kommen Sie mit mir, Herr von Lauen. Ich bin nichts als eine nichtsnutzige Vagabundin, und im Laufschritt ist mir noch allewege alles am leichtesten abgegangen. Kommt, Junker!«

Sie schritt voran, und Hennig folgte ihr. Sie führte ihn auf der Landstraße gegen das Siechenhaus von Krodebeck hin, immerfort nach ihrer Art leise mit sich selber redend.

Vor dem Siechenhause hielt sie an, faßte nunmehr plötzlich mit einem hastigen Griff die Hand ihres Begleiters und rief:

»Das weiß niemand als ich, wie einem zu Sinne ist, der nur *ein* Fleckchen zum Stillsitzen in Frieden auf seinem Wege hat und kommt und findet die Tür verschlossen und die Fenster erblindet und sieht den Tod sitzen am Herd, wenn man durch die Scheiben guckt. Und sie haben gelacht im Dorfe über die zwei närrischen alten Weiber, die Freundschaft halten wollten wie andere Leute! Wäre der Herr von Glaubigern nicht gewesen – – doch was schwatze ich davon? Ich rede davon, weil mir wiederum sehr schlecht zu Sinne ist, nur auf eine andere Weise, Herr von Lauen. Sehen Sie, Herr von Lauen, mir ist übel vom Leben, und die wüste Höhle da, in welcher die Hanne Allmann ihr ganzes schönes Leben durch saß und meine alleinzigen Ruhestunden im Schoße wiegte, die paßt ganz in meine Übelkeit und meinen Ekel. O Herr

Hennig, ich komme ja von Alexisbad, und in Mägdesprung da habe ich einen Gevatter, und
der hat eine Vogelhecke für den Handel und eine Epimedie darin, was man eine Seuche oder
Krankheit und so nennt, und da habe ich noch von meinem seligen Vater her Rat wissen und
doktern müssen wie der gelernteste Menschendoktor, und da habe ich ihn gesehen in Glanz
und Gloria und ihn trotz Glanz und Gloria auf der Stelle wiedererkannt, und er ist auf dem
Wege hierher, und nun frage ich Sie, Herr von Lauen, was in aller Welt und um Jesu willen
sollen wir mit ihm anfangen?«

»Das weiß ich nicht!« sprach der Junker, sich hinter den Ohren kratzend. »Erst müßte ich
doch wissen, wen in aller Welt und um Jesu willen du in Alexisbad oder in Mägdesprung gesehen hast. Wer ist in Glanz und Gloria auf dem Wege nach Krodebeck?«

»Hab ich das noch nicht gesagt?« schrie Jane Warwolf immer erregter. »Nun, wer anders als
mein anderer Gevatter?! Ihr Großvater, Herr von Lauen! Tonies Großvater, Herr von Lauen.
Der Meister Dietrich Häußler, der Balbierer, als großer, großmächtiger Herr! Der Großvater
unserer Antonie, Herr von Lauen, und daß er nicht ohne eine schlechte heimtückische Absicht
da ist, darauf mögen Sie einen Eid ablegen, Herr Hennig. Der Kerl hat immer gewußt, was er
gewollt hat!«

»I verflucht! Hat er das? Der Teufel! Ja, aber was soll ich —« der Junker stand mehrere Augen-
blicke da, ohne die Bedeutung der Nachricht der wandernden Frau zu fassen. Antonie Häußlers
Großvater? Was wußte er von Antonie Häußlers Großvater? Was ging ihn Antonie Häußlers
Großvater an?

Da stand eine Welt auf, von der er heute kaum noch etwas wissen konnte! Personen und
Verhältnisse wuchsen hier plötzlich im wunderlichen Nebel und Rauch des Abends empor, deren Bezüge zueinander und zu ihm selber er erst nach und nach zu fassen imstande war. Es
war deshalb auch gänzlich ungerechtfertigt, daß ihn Jane Warwolf aus Hüttenrode schier beim
Kragen nahm und ihm ins Ohr gellte:

»Es ist ihr Großvater! Es ist der Meister Dietrich Häußler! Wer soll uns denn gegen ihn
helfen, wenn Ihr nicht wißt, was Ihr sollt, Herr von Lauen?«

Verständiger war's, daß sie in fliegender Hast, sprudelnd und spuckend, ihrem verwirrten
Zuhörer auf der Stelle einen kurzen, aber farbenreichen Auszug der Geschichte des trefflichen
Signor barbiere lieferte und ihn dadurch fähiger machte, ihre Leidenschaftlichkeit zu begreifen
und selber in die größte Aufregung und Wut zu geraten.

Obgleich er unter gewöhnlichen Umständen, sowohl dem Fell wie dem Charakter und dem
Intellekt nach, sich als ein ganz regelrechter Esel zeigte, so stand er diesem häßlichen Geschick
schnell genug feinfühlig und klar gegenüber.

»Das ist ja heillos! Niederträchtig ist es. Er soll und darf nicht hierherkommen. Er hat kein
Recht, jetzt zurückzukommen. Du aber hast recht, Jane, dies ist gewiß eine Nachricht, die einem
die gute Laune verderben kann. Herrgott, je klarer mir die Geschichte wird, desto schwüler
wird mir; er darf unter keinen Umständen nach Krodebeck zurück. Er ist ein Landstreicher,
ein schlechter Mensch; heut abend noch spreche ich mit dem Vorsteher, der muß uns helfen,
und im Notfall reit ich noch in der Nacht zum Amte. Er hat kein Recht, die Tonie zu berühren;
er ist ein heimatloser Taugenichts, und ich leide nicht, daß er nach Krodebeck zurückkehrt.«

Jane Warwolf schüttelte betrübt den Kopf: »Er ist kein Vagabund mehr, Hennig. Das ist gerade das schlimme. Er ist ein vornehmer Herr mit Bedienten in bunten Jacken; ganz Krodebeck,
der Lauenhof eingerechnet, kann gegen ihn einpacken, wie sie auf der Braunschweiger Messe
sagen. Der wird sich viel um den Vorsteher kümmern! Ja, wenn er als ein Landstreicher und
Bettler heimkäme, da wär ich eine Närrin, wenn ich mir die geringste Sorge um den Lumpen
machte. Da könnte man ihn freilich am Kragen nehmen oder ihn mit einer Hand voll Taler
hinschicken, woher er gekommen ist. Aber er kommt aus dem Österreich mit Extrapost, als ein
Graf oder Fürst oder Baron oder noch viel Schrecklicheres. Er ist ein grausam reicher Mensch
geworden in dem Österreich, um den reitet Ihr vergeblich zu Amte, Herr von Lauen, und wenn
Ihr Euer bestes Pferd darüber zu Tode jagt. Hat er mich nicht fast zu Tode gejagt von Gernrode herüber? Die Beine zittern mir noch unter dem Leibe: der wird dem alten Dummkopf,

dem Klodenberg, schön heimleuchten! Glauben Sie, daß der Halunk nach Krodebeck käme, wenn er nicht wüßte, was er da wollte? Er weiß es sicher und wird es uns sicherlich seinerzeit kommunizieren, und ich weiß nicht, was wir gegen ihn vorbringen und tun sollen.«

»Himmeltausenddonnerwetter!« rief der Junker mit solchem Nachdruck, daß der graue quieszierte Zuchthäusling, welcher jetzt an Stelle Hanne Allmanns das Krodebecker Siechenhaus innehatte und welcher längst mit der Hand hinter dem Ohr gehorcht und nun bereits genug erfahren hatte, schnell seine Blechlampe anzündete und mit dieser aus dem Fenster leuchtete, um zu erkunden, mit welcher Berechtigung der junge Herr vom Hofe da so gotteslästerlich fluche und so anheimelnd seine abendliche beschauliche Gemütlichkeit störe.

»Der Teufel soll den Burschen holen!« schrie Hennig in halber Verzweiflung. »Da sollte man ja alle Hunde loslassen. Sackerment, je genauer man darüber nachdenkt, desto miserabler wird einem! Und ich habe noch gar nicht darüber nachgedacht – das kommt erst noch. Und mir sagst du das zuerst, Jane? Und ich soll euch hier heraushelfen? Hier auf einmal soll ich mehr wissen und klüger und stärker sein als ihr alle? Das ist auch leichter aufgeladen als gefahren; fürs erste bin ich jedenfalls ebenso dumm und blind wie ihr, und ich sehe nicht ein, Jane Warwolf, weshalb du nicht die schöne Nachricht und Bescherung zuerst zum Herrn von Glaubigern gebracht hast.«

Die Lampe des Emeritus hinter dem Fenster des Siechenhauses gab nicht so viel Licht, um das Mienenspiel Janes erkennen zu lassen, und das war recht vorteilhaft für den jungen Herrn von Lauen, denn schmeichelhaft war das Zucken um Nase und Mund nicht für ihn.

»Jaja, Herr von Lauen, es ist freilich eine sehr verdrießliche Geschichte«, sagte die Alte trocken und kurz. »Ich hätte sie Ihnen auch sicher nicht zuerst zugetragen, wenn ich nicht bei der Jugend an die Jugend gedacht hätte. Andere alte Leute hätten bei besserem Verständnis vielleicht anders gehandelt, und ich bitte um Verzeihung, Herr von Lauen. Und es ist doch auch ein Unterschied, wer in die Krallen des Bösen fallen und wem man zu Hülfe springen soll! Dem armen Kinde, dem armen Mädchen kann wohl niemand helfen – wer denkt des einen bunten Schmetterlings, wenn der Sommer vorüber ist? Es flatterten ihrer mehr über dem Tal, und der nächste Sommer wird wieder andere bringen. So wollen wir beide anjetzo kein Wort mehr darüber verlieren, Herr von Lauen; aber dem Herrn Ritter von Glaubigern wollen wir doch Kenntnis von unserer Ratlosigkeit geben.«

»Das wollen und müssen wir!« rief Hennig mit einem erleichternden Atemzug. »Wenn einer hier noch Rat weiß, so ist es der Ritter. Das wäre ein gesunder Schlaf geworden, wenn ich die Geschichte als der einzige mit zu Bett hätte nehmen müssen.«

Zwanzigstes Kapitel

War dieses noch der stille, unschuldige Erdenwinkel, der von der Welt nichts wußte und sich nicht um sie kümmerte? Die wackeren alten Berge, die auf ihn herabsahen wie Schutzgeister, gute Ammen und brave Gevattern auf eine grünverhangene Wiege, bedeckte die Nacht, und immer betäubender legte sich der Dunst des Höhenrauchs auf Krodebeck. Kein Stern erschien in der Finsternis; das Tal war schutzlos gegen jeglichen bösen Willen, der in sein bis dahin so sicheres, abgeschlossenes Dasein hineingreifen wollte. Ein tiefer, unendlicher Schmerz erfaßte den Junker Hennig von Lauen, ein Schmerz, wie er ihn noch nie in seinem jungen Leben erduldet hatte. Und mit dem unendlichen und tiefen Schmerz kam die volle Erkenntnis dessen, was Antonie Häußler für den Lauenhof bedeutete, und was sie ihm, d. h. dem Junker selber, geworden war im Laufe der Jahre, ohne daß er es gemerkt hatte. Er, d. h. der Junker Hennig von Lauen, weinte blutige Tränen nach innen und rang im stummen, fiebernden Jammer die Hände.

So oder ungefähr so hätten wir berichten – schreiben müssen, wenn uns im geringsten daran gelegen wäre, den Beifall und die Teilnahme unserer Leser in der gewöhnlichen Weise zu fesseln und nach altem und durch die Gewohnheit fast geheiligtem Brauche das Wahre dem Erhebenden mit wahrhaft rührender Naivität nachzusetzen.

> Wer gut sein Schifflein zu steuern weiß,
> Den soll man höchlichst preisen;
> Doch vitam impendere vero ist
> Das Wort der Helden und Weisen;

und obgleich wir weder zu den Helden noch den Weisen zu rechnen sind, werden wir in diesem Fall doch bei der Wahrheit bleiben. Der Junker von Lauen weinte keine blutigen Tränen, er rang nicht die Hände und hatte durchaus nicht die Absicht, seine Vasallen aufzurufen und mit Schild und Schwert den süßen Schatz des Lauenhofes gegen den nichtsnutzigen Feind zu decken. Er war ärgerlich, wütend, ein wenig ängstlich betrübt und vor allem in großer Verlegenheit. Das war aber auch alles, was wir in diesem Momente über seine Stimmung mitteilen können.

»Und ich habe nicht einmal den Mut, dem alten Herrn die Sache vorzutragen, Jane!« sagte er. »Wenn einer außer sich geraten wird, so ist's der Ritter; denn er vor allen hat sein ganzes Herz an das arme Kind gehängt. Ich glaube, er würde es nicht überleben, wenn er sich von ihr trennen müßte.«

Jane Warwolf antwortete auf diese Lamentationen nichts mehr; sie trat nur fester auf und schritt schnell vorwärts, und so kamen sie beide zurück auf den Lauenhof.

Hier herrschte noch immer große Unruhe. Das Getümmel war fast so arg wie an jenem Abend, an welchem Hennig triefend aus dem Kuckelrucksholze von Jane Warwolf zurückgeführt wurde, nachdem er in der Wildnis die Bekanntschaft Tonie Häußlers gemacht hatte. Da war wieder viel Geschrei und Hinundherrennen von Menschen und Tieren, aber heute standen der Chevalier und das Fräulein von Saint-Trouin nicht angstvoll in banger Erwartung unter dem Vordach der Treppe. Sie hatten sich längst als ruheliebende und ruhegewohnte Leute aus dem fröhlichen Wirrwarr zurückgezogen und saßen ein jegliches friedlich in seinem Gemach, behaglich die Frau Adelheid dem ihr gemäßen Element überlassend.

Wir kennen bereits den Chevalier in seinem schneeweißen wollenen Schlafrock, seinem Jabot, seinen hellgrauen Pantoffeln und dem hellgrauen Hauskäppchen mit dem hellblauen Quast. Manches Jahr ist hingegangen, seit wir ihn zum erstenmal darin erblickten, und nichts hat sich an diesen Äußerlichkeiten verändert. Nur Mystax ist tot und nicht ersetzt worden, er liegt im Garten begraben, und der Herr Ritter kann das Frölen nicht begreifen, welches den Peccadillo von einem kunstreichen Harzförster ausstopfen ließ, ihn in einem Glaskasten aufbewahrt und immer noch viel Kampfer und Wehmut an ihn verwendet, trotzdem daß Tonie Häußler auf den Lauenhof gekommen ist. Wir kennen den Chevalier in seinem Lehnstuhl vor seinen Wappenbüchern und Sigillenkästen und brauchen also nicht zu schildern, wie ihn Jane und

Hennig bei angezündeter Lampe und zugezogenen Vorhängen fanden, nachdem auch sie sich dem aufdringlichen Spektakel des Hofes entwunden hatten.

Sie hatten angeklopft, und der Ritter hatte sie aufgefordert einzutreten. Nun standen sie in dem stillen, warmen Raume vor dem alten Herrn, der verwundert bei ihrem Eintritt seinen Sessel zurückgeschoben hatte und, wie es schien, für heute trotz aller Herzensgüte genug der Aufregungen hatte. Ach, er wußte nicht, wie das Schicksal ihn jetzt zu überraschen gedachte und wie wenig bald die Behaglichkeit dieser Abendstunde für ihn in Betracht komme!

»Siehe da, meine Freundin Jane!« sprach er. »Und auch du, Hennig? Nun, das war heut ein anstrengender Tag für die Bewohner des Lauenhofes, aber doch auch ein recht gesegneter. Ich habe deiner Frau Mutter bereits meinen Glückwunsch abgestattet; aber der Höhenrauch, Heerrauch, Haarrauch oder wie du sonst willst, hat mich wie gewöhnlich frappiert, indigniert und intrigiert. Du siehst mich beschäftigt, Hennig, einige ältere Autoren über seine Entstehung, Bedeutung und seinen sehr fraglichen Nutzen nachzuschlagen; ich finde jedoch auch hier leider nichts als Dunst, Nebel und einen höchst übeln Geruch. Also, Jane, ich freue mich stets, dich zu sehen; was bringst du mir noch in so später Stunde? Du weißt, es ist eine späte Stunde, um noch irgendein Geschäft abzumachen, wenn es nicht sehr dringlicher Art ist. Hat Eure Botschaft nicht Zeit bis morgen?«

»Nein, Herr von Glaubigern«, sagte Jane Warwolf leise und betrübt. »Wie gern, wie gern würde ich Ihnen das Herzeleid ganz ersparen, wenn es anginge. Aber es geht nicht an; denn es ist mir alle Augenblicke, als spüre ich eine haarige Kralle im Nacken, und ich muß mich umsehen, als ob mir der Teufel schon in die Kiepe gesprungen wäre und ich seinen heißen Hauch hinter den Ohren verspürte. Ich hab mit dem Herrn von Lauen allbereits von dem Elend gesprochen, weil ich mir gleich gedacht habe, der Fall gehöre – und noch dazu so spät am Abend – zuerst der Jugend zu; allein der Herr Hennig getraut sich nicht, ihn anzufassen, und, Herr Ritter, Herr Ritter, so hab ich mir wieder einmal in meiner Angst keinen andern Rat gewußt als bei dem Herrn Ritter, und jetzo sage ich's gradheraus, ich brauche den Herrn Ritter als Kumpan bei der Mordtat; er mag es nehmen, wie er will; aber ich weiß, wie er es nehmen wird!«

»So kurz als möglich!« murmelte der Chevalier, den der böse Rauch vor seinen Fenstern ungemein nervös machte.

»Das wäre mir auch das liebste«, sprach Jane, »aber ich kenne den Herrn Ritter ebensogut, als er sich selber kennt, und so meine ich, ein kleiner Umweg –«

»Ärgert mich nicht, Jane!« rief der Chevalier. »Sperrt man ihn noch so sehr aus, im Notfall findet er seinen Weg durch den Schornstein, ich meine den Höhenrauch oder Heerrauch, und du, Hennig, sprich, was wollt ihr eigentlich? Was habt ihr mir noch mitzuteilen?«

Er war aufgestanden und stützte sich, vorgelehnt, den beiden Besuchern gegenüber mit beiden Händen auf den Tisch. Er schien die größte Lust zu haben, sowohl die Jane als den Junker wieder zur Tür hinauszuschieben; allein der letztere schob nun die alte Frau zur Seite, stützte gleichfalls beide Hände auf den Tisch und sprach mit der unheimlichen Lust, mit welcher auch der Gutmütigste seinem Nebenmenschen eine unangenehme Nachricht überliefert:

»Herr Leutnant, der Herr Dietrich Häußler ist auf dem Wege nach Krodebeck.«

Der Ritter sah ihn fragend an. Auch er hatte die Existenz des Meisters Dietrich ziemlich vergessen. Selbst der Name Häußler sagte ihm zuerst nichts, so sehr war Antonie Häußler allmählich zu einem von allen solchen äußerlichen Bezügen abgelösten Wesen auf dem Lauenhofe geworden. In dieser Hinsicht ging es ihm wie dem Junker, und erst nachdem ihm die Nachricht von Jane Warwolf mit mehr Nachdruck wiederholt worden war, begriff er sie in ihrer vollen Bedeutung. Da suchte er mit zitternden Händen zwischen seinen Papieren und Höhenrauch-Autoren nach seiner Tabaksdose, und als sie ihm zwischen die Finger geriet, schüttete er ihren Inhalt auf den Tisch und rettete nur eine Prise, auf welche er nieste, was eins der größten Wunder war, das ihm passieren konnte.

»Der Meister Dietrich – der Dietrich Häußler ist auf dem Wege nach Krodebeck?« stammelte er.

»Ja – ja und dreimal ja!« rief Jane Warwolf. »So ist es; in Alexisbad bin ich ihm begegnet.«

»Das Kind! das Kind! aber wir haben das Kind!« schrie der Ritter. »Was will er hier? Will er uns das Kind nehmen? Das wird er nicht, das soll er nicht! Holla, mein Gott, das ist ja fürchterlich. Rufe deine Frau Mutter, Hennig; – ja, ruft auch das Fräulein – ruft sie alle zusammen, ruft das ganze Haus zusammen: ich gebe das Kind nicht her. Die ganze Welt hat es aufgegeben, und ich habe es mir erworben; mir gehört es, und niemand soll es mir nehmen. Aber er wird das auch nicht wollen, wir werden es ihm abkaufen, er war stets ein erbärmlicher Schuft; ich werde selber ihm entgegenfahren, er soll den Lauenhof gar nicht betreten.«

Jane schüttelte den Kopf:

»Der Junker wollte die Hunde auf ihn loslassen und ihn mit der Hetzpeitsche bewillkommnen. Das wäre freilich das richtigste, wenn es anginge; aber es geht nicht an. Und mit dem Loskaufen ist's auch nichts, Herr von Glaubigern. Sie werden ihn nicht wiedererkennen, Herr. Er ist ein gar vornehmer Mensch geworden, wenn ich gleich nicht weiß, was er sonsten dabei geblieben ist. Er ist imstande und frägt bei der gnädigen Frau an, wieviel sie für den Lauenhof verlangt.«

»Das ist unmöglich!« rief der Chevalier.

»Gerade darum!« sprach die Frau Jane.

»Er wird uns das Kind nicht nehmen wollen!« rief der Chevalier.

»Er hat ein Band im Knopfloch, einen dicken Bauch, weiße Haare wie ein Generalsuperintendent und zwei Bediente in langen gelben Röcken und mit blanken Knöpfen; was er tun wird, weiß ich nicht«, sprach die Frau Jane.

Der Ritter blickte verwirrt und hülflos von einem zum andern.

»Das Kind! das Kind! wem gehört das Kind? Jane, du mußt uns bezeugen, wie das Kind nach Krodebeck gekommen ist und wie wir es nachher an der Gartenmauer des Lauenhofes auf der Landstraße gefunden haben. Ihr habt es heut noch gesehen, wie es von eurem Erntewagen heruntersah und lachte. Wem gehört das Kind, wie es jetzt ist? Mir, mir und – dem Fräulein von Saint-Trouin. Jaja, das ist es, wenn ihr alle keinen Rat wißt – wenn alles so ist, wie ihr sagt – Hennig, so hilf mir in die Kleider, ich gehe zu dem gnädigen Fräulein. Jaja, die Komteß wird mir helfen. Sie ist klüger als wir alle; – o er soll nur kommen, der Landläufer, der Räuber, der Bösewicht; wir beide, das Fräulein und ich, werden für die Tonie einstehen. Meinen Hut! Meine Schuhe! Meinen Stock, ja meinen Stock, Hennig –«

»Ob ich mir den Jammer nicht so auf ein Haar hinaus vorgestellt habe, den ganzen Weg hierher!« ächzte Jane Warwolf. »Es ist wahrhaftig zuletzt ein Mirakel und eine Lächerlichkeit, zu welchem kuriosen Elend man auf Erden jung werden muß.«

Ein Mirakel und ein Zeichen allergrößester Ratlosigkeit war es jedenfalls, daß der Ritter von Glaubigern bei der »Komteß« Rat und Hülfe suchte. Es zeigte vor allen Dingen recht deutlich, wie sehr auch Adelaide von Saint-Trouin bei der Erziehung Antonie Häußlers beteiligt war und der Ritter ihren Einfluß, und vorzüglich in einem solchen Notfall, zu würdigen verstand.

Mit zitterhafter Unbehülflichkeit zog der Chevalier seinen Schlafrock aus, unter Beihülfe der alten Freundin. Mit zitternder Unbehülflichkeit tastete er nach den Ärmellöchern seines dunkelblauen Staatsfracks, welchen Hennig ihm hinhielt. Er griff in der Tat nach seinem Stock wie nach einer Waffe, beschrieb damit einen drohenden Kreis in der Luft, nahm ihn unter den Arm, und, gefolgt von den beiden Unglücksboten, wackelte er eilig über den Korridor nach den Gemächern des Fräuleins von Saint-Trouin.

Auch Adelaide hatte sich in Betracht des Erntelärms und des Höhenrauchs früh zurückgezogen und den Tee auf ihrer Stube eingenommen. Obgleich sie jetzt nicht ganz so häufig an Kopfweh litt wie in früheren Tagen, so litt sie doch noch häufig genug daran; und sie schlug nicht die Bücher der Gelehrten nach und benutzte die Gelegenheit nicht, um ihre Kenntnisse zu vermehren. Ein etwas gespenstischer Heroenkultus, bestehend aus einer weinerlichen Andacht vor dem Glaskasten Peccadillos, war alles, was ihr jetzt in solchen Fällen ihre Nerven erlaubten, wenn sie die Tür selbst vor Antonie Häußler verriegelt hatte.

Noch nie hatten die Angehörigen des Lauenhofes, welche nur allzu gut die Symptome kannten, es gewagt, die hohe Dame in solchen Zuständen herauszupochen!

Heute – jetzt klopfte der Chevalier an, aber er winkte zugleich warnend und abwehrend nach rückwärts, und seine Begleiter blieben gern auf dem Gange zurück, mischten sich nicht in die Kapitulationsverhandlungen zwischen den beiden vortrefflichen Herrschaften und beneideten den Ritter gar nicht um den nun endlich erlangten Eintritt in das jungfräuliche Refugium.

Der Ritter *trat* ein, die Tür schloß sich hinter ihm; Jane Warwolf setzte sich matt auf eine Bank, die in der Fensternische der Tür des Fräuleins gegenüber stand; Hennig aber legte das Ohr an die Tür und horchte: auch er winkte dabei warnend und abwehrend rückwärts.

Sie lauschten beide, und beide sehr beklommen.

Die Türen auf dem Lauenhofe waren noch aus gutem, altem, schwerem Eichenholz gezimmert und taten ihre Pflicht, wie moderne Türen sie nicht mehr tun, aber dessenungeachtet vermochten sowohl der Junker wie auch die Frau Jane den Gang der Handlung drinnen ziemlich genau zu verfolgen.

Zuerst hörten sie natürlich die ziemlich klägliche und scharfe Stimme, die Familienstimme Jehans von Brienne, die vor so vielen Jahrhunderten schon die Einwohner von Konstantinopel mit Vergnügen vernahmen. Das gnädige Fräulein beklagte sich mit bitterer Höflichkeit über die Störung in so später und ungewöhnlicher Stunde. Doch ein dumpfes Gesumm gleich dem Getön einer an einer Fensterscheibe auf und ab summenden Brummfliege ließ sich vernehmen; der Chevalier von Glaubigern bat jedenfalls um Entschuldigung und versicherte, daß nur die dringende Not ihn zu solcher Ausschreitung, zu solcher Überschreitung der Grenzen der Sitte und Höflichkeit getrieben habe.

Wieder vernahm man des Fräuleins Organ. Adelaide nahm die Entschuldigungen des Ritters an, bat jedoch unbedingt um eine nähere Erklärung; – es wurde still hinter der Eichentür, das heißt, die Horcher draußen vernahmen nicht den atemlosen Bericht des Herrn von Glaubigern. Es blieb aber nicht still, und jetzt war nur eines schade, nämlich daß der Meister Dietrich Häußler nicht ebenfalls an der Tür des Fräuleins von Saint-Trouin horchte: jetzt hätte sich die Tugend an ihm gerächt, jetzt hätte er den Lohn für alle seine Sünden, Bosheiten und Lasterhaftigkeiten in Empfang nehmen können! Heller denn je klang die Stimme Adelaides auf, und Jane Warwolf legte sich auf ihrem Sitze zurück und seufzte mit einer gewissen Befriedigung:

»Na gottlob, jetzt ist die Katze auch da aus dem Sacke! Herr von Lauen, anjetzo haben wir wenigstens nicht mehr zu befürchten –«

Sie konnte ihren Satz nicht vollenden. Die Tür wurde aufgerissen, und das Frölen, échevelée, jede Rücksicht auf das, was es seiner Stellung schuldig war, beiseite lassend, erschien – stürzte hervor – stürzte sich (o wie schade, daß es sich nicht auf den Meister Dietrich stürzen konnte!), stürzte sich im flatternden feuergelben Nachtgewand auf die in ihrer Mattigkeit scheu sich duckende Jane, packte sie an beiden Schultern, zog sie in die Höhe, zog sie gegen die Zimmertür, zog sie in das Zimmer und schlug dem Junker Hennig von Lauen die Tür vor der Nase zu – »als ob man nicht das mindeste Interesse an der Sache gehabt hätte!«, wie sich der Junker später ausdrückte.

Einige Zeit wartete Hennig noch, ob man nicht auch ihn zur Beratung hereinrufen und holen werde, allein man schien ihn drinnen durchaus nicht mehr nötig zu haben. Es blieb ihm nichts übrig, als zu seiner Mutter zu gehen, um bei dieser das zu suchen, was die andern nicht mehr von ihm zu wollen schienen, nämlich Hülfe und Trost. Noch warf er einen Blick durch das eben erwähnte Fenster des Korridors in den dunkeln, nebeligen Hof, wo es jetzt allgemach ruhiger geworden war, hinunter, und in demselben Augenblick schlüpfte Antonie Häußler drunten, ein Laternchen tragend, vorüber. Sie ging, mit einer weißen Schürze angetan, nach einem der Nebenwirtschaftsgebäude, lächelnd, schlank und leichtfüßig – allein licht und freundlich in dem schweren schwarzgrauen Dunst und der Nacht. Sie schien ihre Freude an den phantastischen Schatten, welche sie umgaben, zu haben; denn sie hielt ihre kleine Laterne hoch und blieb stehen und drehte sich und sah über die Schulter, wie ein Kind, das sich von einem Spielkameraden nicht fangen lassen will. Zierlich nahm sie einen Zipfel ihrer Schürze auf und verschwand um die Ecke eines Gebäudes; da mußte jemand sie anhalten und mit ihr reden, denn der rote Schein der Laterne zitterte noch eine Weile in dem Nebel, bis er endlich verschwand und Hennig von Lauen – seinen Mund schloß.

Er, der Junker, tat einen Sprung und einen Faustschlag in die Luft und rannte treppab, stolpernd und polternd, zu seiner Mutter, fiel ihr, wie sie behauptete, gleich einem Klotz auf den Leib und gebärdete sich nun mit einem Male schlimmer als irgendein anderer auf dem Lauenhofe um das, was die Rückkehr des Herrn Dietrich Häußler dem Hofe androhte und möglicherweise wirklich antun konnte.

Es war unmöglich, der Lauenhof konnte nicht von der Tonie lassen!

»Und das muß einem auch jetzt, wo man schon alle Hände voll zu tun hat, über den Hals kommen!« war das erste, was die gnädige Frau sagte; aber trotz aller gegenwärtigen und aller in Aussicht stehenden Unruhe und Aufregung (der Erntetanz mußte unbedingt in den allernächsten Tagen gefeiert werden!) sagte sie doch noch mehr und schüttelte sich mit der gewohnten Energie in ihren Röcken.

»Das ist Schwindel, und wir lassen uns nicht darauf ein!«

»Was sollen wir aber anfangen, wenn sich alles wirklich so verhält, wie Jane Warwolf erzählt?«

»Zuerst glaube ich noch nicht daran. Seit die Alte vor die verschlossene Tür des Siechenhauses gekommen ist, sieht sie Funken, Flammen und Gespenster auf allen Wegen. Bah, wen mag sie in Alexisbad gesehen haben? Und dann, wenn wirklich ein Fetzen Wahrheit der Vogelscheuche aufgehängt sein sollte, so (und hier richtete sich die Gnädige zu ihrer ganzen Höhe auf) – so soll er mir nur kommen, der Hauptlump, der Jammerkerl! Er soll's nur wagen, mir vor die Augen zu treten; er hat bereits früher das Pläsier gehabt, die Frau von Lauen kennenzulernen, und mit Vergnügen werde ich ihm die guten alten Zeiten ins Gedächtnis zurückrufen.«

»Das wird viel helfen!« meinte Hennig kläglich.

»Halt den Mund, Junge. Herrgott, diese alten Zeiten! Man darf nichts anrühren, ohne daß es irgendwo klingt und klirrt und rauscht, daß einem die Tränen vor Rührung in die Augen kommen. Das ist wie eine Rumpelkammer oder wie ein alter dunkler, vergessener Kleiderschrank von der Großmutter her. Wie lang ist's eigentlich her, daß ihn, ich meine den Häußler, mein Seliger zum erstenmal aus dem Hause warf? Da, halt mir einmal das Licht, Junge, das ist eine solche Ewigkeit, daß ich alle Finger gebrauche, um es herauszurechnen. Und wie alt war die schöne Marie, als sie uns zum Sterben hierher nach Krodebeck zurückgebracht wurde? Halt das Licht gerade, Junge; – sechzig Jahre ist heut der Bursch sicher alt; auch zwei oder drei Jahre drüber, darauf soll's mir bei solch einem nichtsnutzigen Exempel und Exemplar nicht ankommen. Munter, jetzt hab ich's, seit Anno 1838 haben wir nicht die Ehre gehabt, ihn bei uns zu sehen; ja, da kann er es freilich in der Zeit zu etwas Ordentlichem gebracht haben! Sie sagten immer, er sei ein Genie, und der eine sagte: ein verrücktes, und der andere sagte: ein heilloses; aber die meisten meinten kurzweg, er sei ein Halunk, und das war auch meine Meinung, und er natürlich hat behauptet, das sei eine alte biblische Geschichte, daß der Prophet in seinem Vaterland nichts gelte. Sieh, sieh, und nun kommt der wieder und ist ein großer Mensch, ein großer Herr geworden! Wir waren damals so froh, als wir ihn los waren. Herrje, erleben möcht ich wohl, daß die Jane richtig gesehen hätte! Da muß man die Menschen kennen! Das würde ein schönes Leben in Krodebeck abgeben.«

»Und Antonie wird er uns nehmen und wird sie ruinieren, wie er seine Tochter zugrunde gerichtet hat!« rief Hennig. »Es wird mir immer klarer, was uns geschehen soll, und immer erbärmlicher wird mir auch. Ich gebe die Tonie nicht her! Ich tu's nicht. Ich schieße ihn nieder wie einen Hund. Eben ging sie über den Hof. Vor einer Viertelstunde wußte ich noch nicht, was wir an der Tonie verlieren; aber jetzt weiß ich's. Ich gebe sie nicht her; ich schieße jeden, der Hand an sie legt, nieder wie einen tollen Hund.«

Die Mutter nahm das Licht, welches der Sohn immer noch hielt, ihm aus den Händen und leuchtete ihm ins Gesicht. Mit einemmal war sie ganz kühl und ruhig geworden, und nach einer ziemlichen Pause sagte sie: »Junge, was fällt dir eigentlich ein? Und – wie ist mir denn? Jawohl, ja freilich, er könnte wohl ein Recht haben, seine Enkelin von uns zu fordern. Das ist doch eine Sache, über welche man ernstlich nachdenken muß, Hennig. Wenn er wohlhabend und irgendwie ein anständiger Mensch geworden ist, so sehe ich nicht ein, welch ein Recht wir aufzuweisen hätten, dem Kinde an seinem Glück hinderlich zu sein. Nur keine Sentimentalitäten! Herrje, da traue ich selbst dem Herrn von Glaubigern nicht. Wo ist die Jane? Ich muß sie auf der Stelle sprechen, jetzt muß ich mit eigenen Ohren hören, was sie von dem Herrn Häußler gesehen und über ihn gehört hat. Und wo ist die Tonie? Weiß sie es schon, was ihr bevorsteht?«

Hennig schüttelte den Kopf:

»Noch weiß sie es nicht. Sie ging soeben mit der Laterne über den Hof zur Mamsell Molkemeyer. Jane Warwolf ist mit dem Ritter in der Stube des Frölens; – sie haben mir die Tür vor der Nase zugeschlagen, als ob mich die ganze Geschichte nicht im geringsten zu kümmern brauche, und da hab ich das Kind mit der Laterne über den Hof gehen sehen; da ist mir klar geworden, wie sehr mich die Geschichte kümmert, und hier bin ich, Mutter, und du wirst uns helfen, daß wir die Tonie nicht verlieren und sie gar noch an einen solchen Schuft verlieren.«

»Ich werde jedenfalls meine fünf gesunden Sinne beieinanderbehalten, und das übrige wird sich finden«, sprach die Frau Adelheid von Lauen. »Auf Phantastereien laß ich mich nicht ein; – o Gott, da kann ich selbst den Herrn von Glaubigern nicht zu Rat und Trost gebrauchen; das seh ich schon, jetzt werde ich fürs erste die einzige verständige Seele auf dem Lauenhofe sein, und gerade jetzt in all dem Wirrwarr und Erntearbeiten! Das hat mir gerade noch gefehlt; und so ist es mir mein ganzes Leben durch gegangen! Aber das sage ich euch allen: hier behalte ich die Zügel in der Hand, und jetzt werde ich mit der Jane reden, an das Frölen und den Ritter mag ich gar nicht denken. O Himmel, da möcht ich lieber doch zum Pastor Buschmann um Hülfe und Beirat schicken!« –

Hätte Herr Dietrich Häußler Edler von Haußenbleib geahnt, in welche Verwirrung er das Haus derer von Lauen durch sein Erscheinen nördlich am Harz stürze, so würde er sich in seinem schlechten Gemüte sicher trefflich darüber ergötzt haben. Wer sagt uns aber, daß er es nicht wußte?

Es entstand in dem obern Stockwerk des alten Rittersitzes eine große Bewegung. Unten im Hause vernahm man den Chevalier, das Fräulein von Saint-Trouin und Jane Warwolf auf der Treppe. Sie stiegen in aller Hast hinunter und redeten wirr durcheinander.

Einundzwanzigstes Kapitel

Der seltsame Nebel, der, so weit sein Reich ging, jedermann betäubte oder aufregte, hatte auch an Tonie Häußler seine Macht nicht verloren. Sie bekam kein Kopfweh wie Fräulein Adelaide, aber sie fühlte sich unruhig, beängstigt und verspürte eine rechte Lust zum Weinen, ohne zu wissen weshalb und ohne ihr nachzugeben. Im Gegenteil, sie nannte sich selber ein dummes Närrchen, warf all die lustigen und traurigen Melodien, die ihr in den Sinn kamen, in einen Reihen oder Leich zusammen und trug im Tanzschritt ihre Laterne über den Hof zur Mamsell Molkemeyer, um ihr ihre Hülfe anzubieten.

Doch die Mamsell war sehr ungnädig und sagte: »Kind, tu, was du willst, nur geh mir aus dem Wege! Gebrauchen kann ich dich jetzt nicht.«

Dasselbe hatte bereits die gnädige Frau gesagt und hinzugefügt:

»Tonie, du siehst müde und matt aus; geh zu den Alten oder suche dir sonst einen stillen Winkel aus; für heute sollst du Ruhe haben.«

Aber heute einen stillen Winkel auf dem Lauenhofe zu finden, das war eine Kunst; in den beiden einzigen, welche es an diesem Abend gab, hatten sich die beiden »Alten« bereits verriegelt, und selbst den Chevalier hätte Tonie an diesem Abend nur ungern in seiner Ruhe gestört. Da trug sie denn ihr Laternchen aus dem Bezirk der Mamsell Molkemeyer weiter und trug es in den nächtigen Garten.

»Es ist das beste, ich hole mir noch einen Strauß«, sagte sie; »einen Strauß für den Tisch; sie haben doch alle ihre Freude dran, und es ist so bald vorbei damit. Sie waren alle heute so vergnügt und ich auch; ich habe mit ihnen gelacht und gesungen, aber so recht gefreut habe ich mich doch nicht. Nun liegen die Felder wieder leer hinter uns, ich sah hoch vom Wagen durch den häßlichen Dunst, weiter als sie alle; es war alles leer, und deshalb war ich traurig selbst unter der Erntekrone. Ja, ich hole mir und ihnen noch einen Strauß von lebendigen Blumen; wenn auch nur der Ritter darauf achtet, so ist's gut und genug.«

Sie nahm ihr Lämpchen auf und gelangte durch eine Seitenpforte in den Garten, und hier unter den alten hohen Bäumen war es finsterer als sonstwo. Tonie Häußler ließ schnell die hohen rauschenden Wipfel hinter sich und warf im Vorübereilen nur einen scheuen Blick an den Stämmen empor, wie der Schein ihrer Laterne an ihnen vorbeiglitt und an ihnen in die Höhe lief. Sie hätte unter ihren Blumen selbst ohne ihr Laternchen Bescheid gewußt; schon hatte sie zierlich ihre Kleider zusammengefaßt und schlüpfte zwischen den feuchten Buchsbaumeinfassungen der Beete hin. Nun kauerte sie unter ihren Lieblingen, stellte ihr Licht mitten in einen vollen Asternbusch und sagte lächelnd:

»Das ist meine Ernte.«

Sie pflückte zur Rechten und Linken und im Kreise umher und hielt jede Blume in den Lampenschein, ehe sie dieselbe den Schwestern in der linken Hand hinzufügte. Sie neigte das hübsche Haupt zur Rechten und zur Linken und summte leise ihre Melodien fort; doch der fröhlichen wurden leider immer weniger, und die melancholischen gewannen bald ganz und gar die Oberhand.

Jetzt betrachtete die Sängerin ihren Strauß, und dann trug sie ihre Laterne zu einem anderen Beet, kauerte von neuem nieder, aber sang nicht weiter. Ganz ängstlich blickte sie nun über die Schultern und sagte leise lachend:

»Man sollte meinen, ich wolle mir selber Mut machen mit dem Singsang! Ei Tonie, fängst du an, dich vor der Nacht und dem Höhenrauch zu fürchten? Das wäre noch besser, und nun hältst du dir selbst zum Trotz den Mund und kümmerst dich um nichts.«

Das war leicht gesagt, aber schwer getan, denn der Strauß war noch lange nicht fertig, und an Stelle der Liedersätze kamen die Gedanken, und leider Gottes kamen sie gleich von Anfang an trüb und auf schwermütigen Fittichen.

»Ein Vogel sollte doch noch wach geblieben sein um mich, das wäre freundlich gewesen«, meinte Tonie, aber sie meinte auch: »Freilich, das ist keine Stunde und keine Witterung für sie, und dann – wie viele sind schon fortgezogen! Ich will mich gleichfalls beeilen, daß ich wieder zu meinesgleichen komme; selbst die buntesten Astern fangen an, mir Gesichter zu ziehen, und ich traue ihren Farben nicht. Ach Gott, ist das nicht, als ob meine Blumen aus dem Gespensterreich aufwüchsen? So, da und da und nun noch die dort aus der Mitte – komm, Liebchen, ich bringe dich zu Freunden! Jetzt bin ich fertig, und das ist gut, und nun wollt ich, ich hätte die große Kastanienallee schon hinter mir und könnte mein Lämpchen in Sicherheit ausblasen.«

Sie erhob sich, ordnete ihren Strauß ein wenig handgerechter und sprach ruhig-nachdenklich:

»Wer eben freien Eintritt in meine Seele erhalten hätte, der würde allen Hausrat in arger Verwirrung drin gefunden haben und müßte einen herrlichen Begriff von mir mit fortnehmen! O Tonie Häußler, schäme dich und stifte mir hier auf der Stelle Ordnung!«

Sie ging noch nicht. Sie stand still und ließ auch die Laterne am Boden.

»Wie schnell heute der Rauch herankam! Sie hatten mich eben auf den Wagen unter die Krone gesetzt, und eben schien noch die Sonne über die Stoppelfelder, da rollte er heran und fraß alles – Farben, Licht und Stimmen!... Wie habe ich mich heute wieder über den Pastorenfranz geärgert! Ja, ohne den wäre ich ganz glücklich auf dem Lauenhofe, aber es soll niemand ganz glücklich sein. Ohne den Buschmann wäre ich gewiß zu glücklich und vergäße sicherlich alles, was ich doch stets im Gedächtnis behalten muß; er sagt mir jeden Tag, woher ich komme, und das ist sehr gut.«

Jetzt ordnete sie ein wenig an ihrem Blumenstrauß.

»Ei, ei, ich glaube, ich bekomme Nerven wie das gute Fräulein; aber es ist nur der dumme Nebel daran schuld. Der Franz Buschmann ist nicht schuld daran; da hilft mir der Chevalier, jaja, der Herr Ritter!« Und mit den hellen Tränen in den Augen fing sie von neuem an, leise zu summen, und zwar:

> »En partant, reçois le seul gage
> Que je possède encore ici,
> Ce bouquet de rose sauvage,
> De violette et de souci.«

Das war närrischerweise aus dem schönen Liede, welches schon in früheren Jahren Adelaide von Saint-Trouin so gern sang, und paßte weder zu den Spätsommerblumen in der Hand der Sängerin noch sonst in den jetzigen Augenblick; aber:

> »L'églantine est la fleur que j'aime,
> La violette est ma couleur,
> Dans le souci tu vois l'emblème
> Des chagrins de mon triste cœur;

und jetzt bring ich meine Ernte, meinen Strauß meinen eigenen Anverwandten, und der Herr Ritter wird mich darum nicht weniger liebhaben!« schluchzte Tonie Häußler.

Hastig ergriff sie die kleine Laterne, faßte ihren Strauß fester und drückte ihn gegen den Busen. Im Lauf durchmaß sie die gewundenen, jetzt so dunkeln Kieswege des Gartens, gelangte von jener Terrasse mit dem chinesischen Pavillon auf die Landstraße und eilte dem Kirchhofe dicht neben dem Siechenhause von Krodebeck zu. Sie, welche eben so scheu und ängstlich in die sie umgebenden Schatten sah, welche sich vor dem Rauschen der Bäume fürchtete, sie fürchtete sich nicht mehr zwischen den Gräbern ihrer Anverwandten. Sie wand sich zwischen den Hügeln, Kreuzen und tauigen Sträuchern durch bis zu den beiden Gräbern im Winkel, die ihr gehörten. Da stand sie und teilte ihren Blumenstrauß und gab der Mutter ein Teil und der Pflegemutter das andere.

»Beinahe hätte ich euch vergessen«, flüsterte sie, »aber ihr wißt doch, ich kann euch nicht vergessen, und es wird immer zwischen uns im Rechten bleiben.«

Sie hob die Laterne und ließ ihren Schein zur Rechten und Linken über beide Hügel fallen. Der Nebel schien immer dichter zu werden, und der Emeritus im Siechenhause, der von seiner einsamen Zuchthauszelle her immer noch eine fiebernde Ruhelosigkeit in Gliedern und Knochen verspürte und auf keinem Platz mehr stillsitzen konnte, kam eben an sein Hinterfenster und verwunderte sich sehr über das rote schwankende Licht auf dem Kirchhofe zu so ungewöhnlicher Stunde. Zuerst erschrak er sogar, doch ein alter Sünder faßt sich kurz und schnell, und so sah er im nächsten Augenblick ganz scharf und genau auf das Phänomen und rief:

»Sackerment, das ist ja die junge Mamsell vom Hofe. Hehe, da muß ich der Krabbe doch meine Gratulation anbringen und ihr die Hohnörs vom Ort und der Gelegenheit machen. Verdammt, die Haare möchte sich ein ehrlicher Mensch ausraufen, wenn er nur von weitem an den Glückspilz, an den Dietrich denkt – Sackerment!«

Er nahm die schwarze kurze Tonpfeife aus dem Mund, drückte die Asche mit dem Daumen hinab und tappte vorsichtig aus seiner Höhle hervor. Leise schlich er um die Ecke, und plötzlich fuhr Antonie Häußler mit einem Schrei unter der Berührung seines Zeigefingers zusammen und fuhr zitternd herum und sah das alte, grimmig grinsende Gesicht gerade vor sich:

»Schönsten guten Abend, Tonie, Mamsell Tonie, Fräulein Tonie Häußler!«

»Was wollt Ihr – was – was wollen Sie von mir? Das ist unrecht! O wie haben Sie mich erschreckt!«

»Nun, nun«, sagte der Emeritus begütigend, »es war nicht schlimm gemeint. Unsereiner nimmt doch auch immer noch teil an dem Vergnügen der Menschheit und hat sein Pläsier dran, wenn seinem Nebenmenschen ein guter Bissen auf den Teller fällt. Na, Fräulein Tonie, Fräulein Häußler, vergessen Sie den Alten im Siechenhause nicht, wenn der Herr Großvater angekommen ist. Wissen Sie, aus alter Bekanntschaft – er wird sich wohl selber erinnern; aber es ist einerlei, ich wünsche viel Glück und gönne ihm sein Glück, und ich wollte nur sagen, daß es mir eine große Ehre wäre, wenn er sich meiner auch erinnerte und vielleicht aus seinem guten Herzen eine Gabe in das Hotel Schubbejack schickte.«

»Ich weiß nichts – ich verstehe nicht – ich bin so sehr erschrocken. Jetzt will ich heim – geht fort, laßt mich frei, ich bitte Euch herzlich! Man wird mich daheim vielleicht schon vermissen!«

»Halt!« rief der Emeritus, »halt! Fräulein Tonie, wissen Sie wirklich nicht, was für ein unmenschliches Glück und unverdiente Herrlichkeit für Sie unterwegs ist?«

Das junge Mädchen schüttelte immer ängstlicher den Kopf.

»Ei, so soll mich der Teufel holen, wenn ich mir nicht auch von Ihnen ein Trinkgeld, und zwar ein anständiges, verdiene, gnädiges Fräulein. Also hat die Bagage Ihnen noch nichts verkündigt? Schön, so horchen Sie gefälligst; ich habe vorhin auch gehorcht und Wunderdinge erfahren; aber so sind die Leute: alles Gute behalten sie solange als möglich für sich selber und lassen nichts heraus, wenn man ihnen nicht mit dem Brecheisen oder dem Dietrich kommt. Ja, der Dietrich, der Dietrich – ach, gnädigstes Fräulein Tonie, wenn ein Mensch gewußt hat, was in dem Dietrich steckte, so bin ich der Mensch gewesen, und jetzt kommen Sie her und lassen sich erzählen und denken nachher dankbar und erkenntlich an den armen alten Mann im Siechenhause, von dem kein Mensch was wissen will und der es doch so gut mit der Menschheit meinte.«

In seiner Weise, das heißt mit seinen Redensarten und Ausschmückungen, flüsterte der Emeritus dem jungen Mädchen alles das zu, was er vorhin bruchstückweise von der Unterhaltung Hennigs und Janes erlauscht hatte, und so erfuhr Antonie Häußler über den Gräbern der Mutter und Pflegemutter, im Schatten der zerbröckelnden Mauer des Armenhauses von Krodebeck das große Glück, welches ihr bevorstand und um welches so große und betrübte Aufregung bei allen Freunden auf dem Lauenhofe herrschte. Was der gute Ritter von Glaubigern ihr in der zartesten Weise sagen sollte, das sagte ihr jetzt das brutale Schicksal mit rohem Lachen, heimtückisch-neidisch, frech und erbarmungslos – o weshalb brauchte der Chevalier so lange Zeit, sich zu besinnen? Weshalb mußte Fräulein Adelaide von Saint-Trouin auch heute um ihre Meinung gefragt werden? Müssen die braven Leute überall und immer zu spät kommen, um sich mit denen, die zu ihnen gehören, zu verständigen, ehe die gleichgültige, schadenfrohe oder eigennützige Welt sich vordrängt und jede Verständigung, jeden Trost und jeden Ausgleich so häufig unmöglich macht?!

Lautlos hörte Antonie Häußler den Emeritus an. Sie lehnte an dem hölzernen Gitter, welches eines der Gräber des Dorfes umschloß, ihre Hand lag auf einem der Eckpfosten, und diese Hand umklammerte immer fester ihre Stütze. Sie schloß die Augen und öffnete sie wieder, sah vor sich im roten Schein und Nebel das alte böse Gesicht schwankend, undeutlich und doch peinlich klar wie alles umher, wie das Laternchen auf dem Hügel der Mutter, wie die zerstreuten Blumen, wie das hohe Gras zu ihren Füßen, die schwarzen Bäume und Büsche und die schwärzere Nacht, die von allen Seiten grimmig herandrängte. In diesem Augenblick wurde vom Lauenhof her ihr Name gerufen, da entfloh sie mit einem leisen Schrei; sie lief in die Dunkelheit hinein, gänzlich unfähig, über ihren Weg und Willen Rechenschaft zu geben.

Es war Hennig, welcher dem guten Kameraden rief. Die Herrschaften auf dem Hofe waren nach heftigem Durcheinander der Meinungen zu der Ansicht gekommen, daß es leider unbedingt nötig sei, das Kind von der Sachlage in Kenntnis zu setzen, und man suchte nach dem Kinde. Während die anderen hin und her fragten, ging der Chevalier, fort und fort unverständliche Sätze murmelnd, auf und ab. Man verfolgte die Spur der Tonie von der Mamsell Molkemeyer in den Garten und erfuhr, daß sie mit ihrem Strauß und ihrer Laterne auf der Landstraße gesehen worden war. Jane Warwolf ahnte, wohin sie gegangen sein könne, und folgte ihr mit Hennig. Sie riefen beide und horchten und warteten auf Antwort; aber der Emeritus saß kichernd und glucksend, seinen schwarzen Pfeifenstummel im Munde, wieder in seinem Winkel und ließ sie rufen, ohne sich zu rühren. Als jedoch Hennig an sein Fenster klopfte, öffnete er es sehr vergnügt und antwortete auf die Frage, ob er nicht das Fräulein Tonie auf dem Kirchhofe gesehen habe:

»Freilich habe ich sie gesehen und ihr mit Höflichkeit die Hohnörs gemacht, wie es sich schickte. Hab mich auch recht schön und bescheiden im voraus bei dem Herrn Großvater in gütige Erinnerung empfohlen. Sie brauchen sich weiter keine Molesten zu machen, Herr von Lauen; ich hab dem Fräulein alles erzählt – alles der Reihe nach, wie ich es vorhin von meinem Jammerwinkel her von Ihnen und der gnädigen Frau von Warwolf hier in Erfahrung gebracht habe. Das Fräulein waren sehr interessiert und dankbar, aber auch ein wenig außer sich und sind verschwunden und haben mich stehenlassen, wie denn die jungen Leute so sind, Herr von Lauen.«

Wütend schlug der Junker mit der Faust nach dem alten Halunken, aber lachend fuhr dieser zurück und warf das Fenster zu. Jane Warwolf faßte den zornigen Hennig, zog ihn zurück, zog ihn auf die Landstraße und rief:

»Das ist schlimmer als alles andere und noch dazu unsere Schuld! O das arme Geschöpf! Es ist meine Schuld, meine Schuld! Weshalb hab ich nicht mich um keinen Menschen gekümmert und sie beiseite genommen und mich mit ihr unter einen Busch am Wege gesetzt und selber zu ihr gesprochen? Da bin ich von einem zum andern gelaufen, und wohin ist *sie* nun in ihrer Verwirrung gelaufen?«

»Ich breche dem Hund die Tür auf und ziehe ihn an den Ohren hervor – er muß es wissen!« rief Hennig.

»Und ruf das ganze Dorf zusammen und schicke es ihr nach! Wir wollen langsam und still auf dem Wege zum Holze weitergehen, dort werden wir ihr wohl begegnen; zu bessern und gutzumachen ist jetzt doch nichts mehr«, sagte Jane.

Hennig folgte der Alten störrisch, aber doch ohne eigenen Willen, und so gingen sie auf der Landstraße weiter, dem Walde entgegen. Es war der Weg, auf welchem die schlimmen Geisterfußtritte das Pflegekind des Lauenhofes verfolgt und gejagt hatten, und unter den ersten Bäumen standen Jane Warwolf und Hennig von Lauen still und horchten. Nun rief Jane von neuem zärtlich und weinerlich den Namen des jungen Mädchens, und nun meinten sie, dicht neben sich ein verhaltenes Schluchzen zu hören; sie hatten sich jedoch geirrt, denn jetzt näherte ein leichter Schritt sich ihnen aus der Finsternis des Waldes, Antonie Häußler trat ruhig an sie heran und fragte:

»Hast du mich gerufen, Jane? Bist du auch da, lieber Hennig? Ei, wie hätt ich euch necken können, wenn ich in solcher Stunde und bei solchem Nebel mit euch hätte Versteckens spielen wollen. Aber ihr brauchtet keine Sorge darum zu haben, ich bin gern zu euch gekommen; es ist gar zu schaurig und unheimlich da hinter mir.«

»Liebe, liebe Tonie«, rief Jane, und Hennig rief:

»Du kannst dir nicht vorstellen, wie betrübt und wütend wir alle dort unten sind. Wir kamen, dich zu suchen und heimzuholen, und dann – dann haben wir den alten Schuft im Siechenhause gesprochen, und – und –«

»Ja«, sagte Antonie, »er hat mir einen großen Schrecken eingejagt, und darauf bin ich recht töricht gewesen und bin in die Nacht hineingerannt wie ein Kind, das man mit einer Maske schreckte. Vielleicht ist es so am allerbesten gewesen, Jane, denn nun hab ich alles, was mir an Verstand mit auf die Welt gegeben wurde, wieder beieinander; und jetzt wollen wir nach Haus gehen. Da ist der Herr Ritter und die gnädige Frau und Fräulein Adelaide, und es ist mir doch, als habe sich alles mit einem Schlage verändert. Seit einer Stunde hab ich manches Jahr gelebt – zurück und weiter hinaus; immer weiter hinaus und tiefer zurück. Das ist so bunt und ängstlich und unbegreiflich, daß man wohl Vernunft und Verstand zusammennehmen muß. Kommt, wir gehen zurück zum Lauenhof – sie müssen alle mit mir sprechen, ich muß alle die freundlichen Stimmen wiederhören, denn eben ist mir doch gewesen, als sei das Leben der Freunde, und mein Leben mit, schon vor hundert Jahren verklungen.«

»Der Klügste sollte darüber zum Narren werden!« sprach Jane Warwolf mit allem Nachdruck.

»Der – Mann dort unten sagte, du habest die Nachricht hierhergebracht, Jane?«

»Ja, Herzenskind, es ist mein Schicksal gewesen, und du darfst es mich nicht entgelten lassen, wenn du in Purpur, Pracht und Herrlichkeit sitzen wirst.«

Tonie lachte und sagte:

»Ich glaube alles, aber daran glaube ich fürs erste noch nicht. Was meinst du dazu, Freund Hennig!«

»Ich weiß nichts, ich meine nichts; aber von Stunde zu Stunde kriege ich größere Lust, der ganzen Welt in das Gesicht zu springen.«

»O Gott – und der Herr Ritter!« rief Antonie in schmerzlichster Bewegung und zog die alte Jane schneller mit sich fort.

Sie gingen heim durch die stille Nacht und den wogenden Dunst, in welchem die Lichter des Dorfes und des Rittergutes trübe und schwankend flimmerten. Sie erreichten das Tor des Lauenhofes, an welchem eine murmelnde Gruppe von Knechten und Mägden verlegen-stumm bei ihrer Annäherung auseinandertrat. Sie gingen in die große gelbe Stube zur Rechten des Hausflurs, wo die kuriosen und durchaus nicht anmutigen Ahnenbilder des wackern Hauses an den Wänden hingen und wo an dem runden Tische in der Mitte des Gemaches die Mutter, der Chevalier und Fräulein Adelaide Klotilde Paula von Saint-Trouin ebenfalls eine stumme Gruppe bildeten. Auch diese Gruppe löste sich bei ihrem Eintritt, doch zog sich niemand zurück, sondern alle drei kamen mit erhobenen Armen und Händen heran, und der Herr Ritter von Glaubigern faßte das junge Mädchen in seine Arme und hielt es fest und streichelte ihm wortlos mit zitternder Hand die Haare und versuchte zu reden, brachte es aber nur zu einem zärtlichen, halb abgebrochenen Schmeichelwort und sah über die Schulter des Kindes die Frau Adelheid mit einem so verlorenen Blicke an, daß die gute Frau trotz aller eigenen Rührung unwillkürlich lächeln mußte.

Nun wurde den ganzen Abend hindurch die seltsame Nachricht hin und her gewendet, ohne daß man ihr viele Lichtseiten abgewann. Am schweigsamsten hielt sich die Frau Adelheid; sie ließ die anderen reden und fiel nicht ein einziges Mal dem Fräulein von Saint-Trouin ins Wort. Dagegen warf auch sie den ganzen Abend hindurch absonderliche Seitenblicke auf den Sohn und das Pflegekind, versank häufig in ein tiefes Nachdenken und fuhr aus demselben kurz und schroff empor. Sie war sogar einige Male gegen das arme Mädchen, die Tonie, kurz und schroff, und da sie für alles ihre Gründe hatte, so mußte sie auch hierfür dergleichen aufweisen können. Gegen Mitternacht wurde sie grob und scheuchte den melancholischen Kreis auseinander und in die Betten; aber reumütig bot sie zu gleicher Zeit dem Chevalier den Arm und geleitete ihn selber die Treppe hinauf bis zur Tür seines Zimmers und wünschte ihm kläglich und mit unverhohlenem Zweifel an der Erfüllung ihres Wunsches die angenehmsten Träume.

Zweiundzwanzigstes Kapitel

Auf den Höhenrauch fiel sogleich eine sehr nasse Witterung ein. Man hatte eine alte Bauernregel in dieser Beziehung, und unter andern Umständen würde der Ritter von Glaubigern jedenfalls seinen Theorien über den ungemütlichen Dampf mancherlei Zweckdienliches angefügt haben; allein weder er noch das Dorf Krodebeck hatten jetzt Zeit und Stimmung, sich um das Wetter zu kümmern. Mit Blitzesschnelle hatte sich natürlich das Gerücht von dem glorreichen Nahen des einst so verachteten Meister Dietrich verbreitet, und war die Verwirrung darob groß auf dem Lauenhofe, so war sie fast nicht geringer im Dorf. Die älteren Generationen, welche den Mann noch persönlich kannten, schüttelten die harten Köpfe, krauten sich in den cheruskischen Haarwülsten, schnarrten, brummten, knurrten und meinten, das gehe freilich weit über alles hinaus, was der Mensch sonst wohl auf Erden erleben möge. Die jüngeren Geschlechter, welche den Meister nicht mehr von Person kannten, sperrten die Mäuler auf, vernahmen mit Staunen und Verwunderung die Erzählungen der weisen Alten, und da sie sich kaum einen klaren Begriff von »dem Österreich«, aus welchem der einstige Dorfgenosse vierspännig anfuhr, machen konnten, so hielten sich ihre Phantasien ganz naturgemäß mehr westwärts auf der bekanntern germanischen Flugbahn, und verschiedene dumpfe, undeutliche Auswanderungspläne nahmen rasch eine bestimmte klare Form an. Schon im nächsten Frühjahr verdankten die Vereinigten Staaten von Amerika dem »unverschämten und nichtswürdigen Glück« des klugen Meister Dietrich Häußler die Landung einiger gar nicht unbrauchbaren neuen Bürger, teilweise mit Familie.

Gleich einem Smyrnafahrer, auf welchem nicht ein Fläschchen, sondern ein ganzes Faß voll Rosenöl platzte, verbreitete der Meister Dietrich weither einen sehr süßen Wohlgeruch, wie auch sonst das Piratengesindel, welches das Fahrzeug bemannen mochte, beschaffen war. Und das Pastorenhaus roch die Süßigkeit von ferne wie das übrige Dorf, nur vielleicht mit noch feinerer Nase und richtigerem Verständnis, und es hatte sie, wie sich zeigen wird, weit früher als sonst jemand im Dorfe und auf dem Hofe gerochen. Die Kunde, wie sie von der Frau Jane Warwolf gebracht wurde, gelangte freilich am ersten Abend leider zu spät zu dem geistlichen Herd, als daß der Herr Pastor noch in derselben Nacht den pflichtmäßigen Besuch auf dem Lauenhofe hätte abstatten können; allein am folgenden Morgen, und zwar so früh als möglich, erschien und vernahm er mit großem Interesse alle näheren Umstände genauer. Nachdem er sehr höflich und zärtlich gegen Fräulein Antonie Häußler gewesen war, empfahl er sich würdig nachdenklich, das heißt, er wurde von seiner Gattin abgelöst und zu seinen sonstigen Pflichten heimgeschickt, während die ehrwürdige Frau nunmehr selber recht fest Posto faßte und allmählich allen melancholischen Bewohnern des Hofes den Wunsch nach einem Kaminbrande im Pfarrhaus innig ans Herz legte.

»Wir haben zuerst unsern Ohren nicht getraut und darauf jedenfalls eine ungemein unruhige Nacht gehabt, Fräulein Antonie«, sprach die Gute. »Ja, Fräulein Antonie, liebes Fräulein, der liebe Gott weiß die Seinen wohl zu finden und ihnen das Ihrige zur rechten Zeit zu geben. Wir haben uns herzlich über das große Glück, welches Ihnen zuteil werden soll, liebes Fräulein, gefreut. Bis zum grauen Morgen hat uns die Unruhe umhergetrieben, und mein Mann wachte mit einem recht argen Kopfweh auf, aber im Hause litt es ihn doch nicht; er mußte und mußte nach dem Lauenhof, um zu erfahren, ob das Ganze nicht auch auf einer Täuschung beruhe, und als er viel länger ausblieb, als er sollte, da litt es auch mich nicht länger daheim, und da bin ich nun, und da sitze ich nun und kann nur immer von neuem Glück wünschen, mein liebes, liebes Fräulein.«

»Aber sehen Sie sich doch nur um, meine verehrte Frau Pastorin: wir sind gar nicht so sehr glücklich!...durchaus nicht!« rief die Gnädige mit ziemlich saurem Gesicht.

»Und darauf wollte ich eben kommen, meine Liebe«, erwiderte die geistliche Dame. »Es freut mich, daß Sie selbst davon anfangen, Beste. Ach, Fräulein Tonie, Sie sind noch so jung und sollen erst nach und nach erfahren, was das Leben ist. Nicht wahr, Herr von Glaubigern und gnädiges Fräulein, wir Alten wissen und haben längst erfahren, wie es sich damit verhält und daß der Tropfen Wermut in jeden Freudenbecher fällt, wie mein Mann sagt. Wir haben auch in diesem besonderen Falle lange genug in Krodebeck gelebt, meine Besten, um zu wissen, woher hier der sehr, wirklich sehr bittere Tropfen –«

»Frau Pastorin, ich halte es für angemessener, wenn wir augenblicklich«– – hierüber schweigen! wollte der Chevalier sagen.

»Hierüber schweigen«, sagte die Frau Pastorin Buschmann, und der Herr Ritter gab mit einem tiefen Seufzer seinen Kampf auf.

»Jawohl, hierüber schweigen!« wiederholte die Seelenhirtin. »Ganz dasselbe sagte ich auch zu meinem Mann, und er gab mir vollständig recht. Er muß mir, beiläufig gesagt, sehr häufig recht geben. Freilich, liebe Tonie, wir haben recht viel in der vergangenen Nacht von dem Herrn Großvater gesprochen. Wir mußten es, Fräulein von Saint-Trouin! Es war unsere Pflicht, Frau von Lauen! Leider war es unsere Schuldigkeit, Herr von Glaubigern, denn wir sind zu alt in Krodebeck geworden. Der Herr Großvater gehört zu unseren Jugenderinnerungen, Tonie.«

»Man muß mit seinen Jugenderinnerungen abschließen können, meine Gute«, meinte Adelaide Klotilde Paula von Byzanz mit einem Gesicht, welches jeglichen byzantinischen Heiligenmaler in Verzückungen hingerafft haben würde.

»Und das haben wir unter Gebet und Tränen getan!« rief die Frau Pastorin Buschmann, welche unter *dieser* Erinnerung fast von neuem in Tränen und allgemeiner und ganz spezieller Menschenliebe unterging. »Wir haben vollkommen, vollständig und ganz und gar abgeschlossen – der Herr ist unser Zeuge! O ja, mein liebes Fräulein Häußler, wenn sich alles wirklich und wahrhaftig so verhält, wie Jane Warwolf behauptet, so soll es dem Herrn Großvater an einem offenen, freudigen, herzlichen Willkommen in Krodebeck und im Krodebecker Pfarrhause nicht mangeln. Sie sollten meinen Mann in dieser Hinsicht gehört haben, das Herz würde Ihnen aufgegangen sein; und wie mein Mann, so hat sich auch mein Sohn geäußert: wir werden es sämtlich für eine große Ehre ansehen, alte wohlmeinende, freundschaftliche Beziehungen in einfacher ländlicher Befangenheit erneuern zu dürfen, mein armes, sü-ßes Kind. Nicht wahr, ich darf hoffen, daß wir hierin alle einer Meinung sind?«

Mit glänzenden Augen blickte die Rednerin im Kreise umher, ohne innezuwerden, daß auch sie in einer Wüste predige. So trug sie denn ihr Jauchzen über den heimkehrenden Sünder zur großen Erleichterung des Lauenhofes wieder nach Haus, und die gnädige Frau sprach mit einem tiefen Atemzug:

»Gottlob, daß sie fort ist! Beinahe wäre ich ausfallend geworden.«

Fräulein Adelaide von Saint-Trouin aber meinte sehr fein:

»Meine Teure, gegen ein so gutes Gewissen richtet man kaum durch Impertinenz irgend etwas aus.«

Auf dem Wege nach Haus nahm die geistliche Hirtin noch einen anderen Korb mit. Sie lud die alte Jane Warwolf, die sonst durchaus nicht in der Gunst des Pfarrhauses stand, mit dringender Freundlichkeit ein, am Nachmittag eine Tasse Kaffee bei ihr zu trinken, und Jane lehnte die Einladung schnöde ab.

Das war ein trostloser Tag! Die Witterung wurde immer feuchter, die Wolken zogen immer niedriger und wurden immer grauer. Niemand fand irgendwo Ruhe, und selbst die Frau Adelheid wurde der Vorstellung, daß der letzte Erntewagen so glücklich noch ins trockene gebracht worden war, kaum froh. Der Chevalier wanderte ununterbrochen im Hause umher, er stieg die Treppen hinauf und kam im nächsten Augenblick wieder herunter; er sah aus allen Fenstern, öffnete alle Türen und blickte in Schränke und Schubladen, in welchen er nicht das mindeste zu suchen hatte und zu finden hoffen konnte. Er verbrauchte sehr viel Schnupftabak, und die Haute-Justicière folgte in allem seinem Exempel; wahrhaft ahnfrauenhaft, stumm und Arme und Busen voll eiserner Messer, stieg sie jedesmal, wenn er die Treppe hinaufstieg, eben dieselbe hinab und umgekehrt. Hennig vermied das Haus und die Gemeinschaft der Leute drin nach Tunlichkeit. Er trieb sich in den Ställen, Scheunen und auf dem Hofe umher, und die Leute draußen hatten alle Gründe, sich über seine üble Laune zu beklagen. Die gnädige Frau fand ihren besten Trost an ihrer Mamsell Molkemeyer, und Tonie – Fräulein Antonie Häußler hatte ihr Spinnrädchen hervorgeholt, saß in einem Winkel dahinter, bleich, müde, mit zuckenden Lippen, und der Faden brach ihr recht oft, und das surrende Rad brachte den Tumult in ihrer Seele nicht zur Ruhe. Wahrhaft lächerlich in ihrer Unruhe erschien aber unsere wackere Freundin Jane Warwolf. Sie, die überhaupt so selten an irgendeinem Orte Ruhe fand, wußte unter den bewandten Umständen gar nichts mit sich anzufangen und trieb sich umher wie ein herrenloser Hund – wir wissen leider keinen anständigern Vergleich. Daß sie mit den andern die Ankunft des Meister Dietrich in Krodebeck zu erwarten hatte, verstand sich von selber, »aber«, sagte sie später, »der Mensch kann mancherlei erleben, was er nicht zum zweiten Male erleben möchte, und sollte ich *die* Tage noch einmal durchmachen müssen, so könnte es der liebe Gott selbst einer Kreatur wie mir nicht verübeln, wenn sie mit einem Strick in den Wald ginge und nicht eher wieder zum Vorschein käme, als bis man sie gefunden hätte – brrr!«

So lief sie im Dorfe hin und wider, wurde hier angerufen und dort angerufen, saß auf der Bank und auf jener, lief ein Stück Weges auf jeder Landstraße und auf allen Feldwegen hinaus und kehrte grimmig um und kam regennaß zurück und betrug sich sehr unfreundlich in der Gesindestube des Lauenhofes – »und das war kein Wunder«, sprach sie ebenfalls später, »denn so viel Gift, als andere Leute in sich lassen können, ohne die Miene zu verziehen, kann ich auch in mir lassen, doch nicht mehr. Und ich sage Ihnen, Herr von Glaubigern, kein Engel im Himmel hat jemals mehr stille Wut in sich hineingeschluckt, als ich in *den* Tagen, und was herausmuß, das muß heraus, sonsten gäbe es gar keine Engel – Sie immer, mit Erlaubnis zu sagen, ausgenommen, Herr von Glaubigern.«

Es war ein trostloser Tag, und die Tage, welche ihm folgten, waren noch schlimmer; denn wenn es schon arg ist, auf etwas Gutes, Angenehmes und Erfreuliches warten zu müssen, so ist eine Geduldsprobe, wie sie jetzt die Bewohner des Lauenhofes zu bestehen hatten, kaum zu ertragen. Der einzige lichte Schein ging am zweiten Tage nach der Ankunft Janes auf dem Hofe von dem Pastorenfranz aus, der gleichfalls dort einen Besuch abstattete und sein möglichstes tat, die düstere Gesellschaft durch sonderbar unbefangene Liebenswürdigkeit zu erheitern. Er zeigte sich ungemein höflich gegen Tonie Häußler, und als sie unglücklicherweise ihr Taschentuch fallen ließ, sprang er mit einer Gelenkigkeit zu, welche selbst den Herren von Bock und von Kalb auf der Jagd nach dem klassischen Strumpfband der Prinzeß Amalie hätte beneidenswert erscheinen müssen. Er hätte etwas anderes verdient als die bloße Verwunderung der Anwesenden, und es war ihm unter solchen Umständen nicht zu verdenken, daß er die Gesellschaft wenigstens in noch größere Verwunderung versetzte, indem er zu ihrer Kenntnis brachte, er werde morgen eine kleine Vergnügungsreise in die Berge unternehmen.

Sie sahen ihn alle an, und mürrisch fragte Hennig:

»Bei diesem Wetter?«

»Ja, mein Junge! Das Wetter ist freilich nicht verlockend, allein vielleicht habe ich die letzte Zeit hindurch zu still über den törichten Büchern gesessen. Leider ist meine Körper-und Seelenstimmung noch schlechter als das Wetter, und meine Mutter hat sich schon längst über meine Nerven beklagt. Ich fühle es, die Berge werden mir guttun, und es wäre eine große Freundlichkeit, wenn du mich auf der Fahrt begleiten wolltest, Hennig.«

Der Ritter von Glaubigern räusperte sich sehr ausdrucksvoll, die übrigen schwiegen bis auf die Frau Adelheid, welche der Meinung sämtlicher Anwesenden in den einfachen Worten Ausdruck gab:

»Machen Sie sich nicht lächerlich, Franz.«

Daß der hoffnungsvolle Kandidat der Gottesgelehrtheit hierdurch ein wenig aus dem Konzept gebracht wurde, kann nicht geleugnet werden; aber er faßte sich schnell, redete noch einiges über das Wetter und seine Gesundheit und nahm sodann Abschied mit der Versicherung, daß ihn sein Reiseglück noch nie verlassen habe und daß auch diesmal die Sonne auf seinen Pfad herablächeln werde, sobald er Krodebeck im Rücken habe.

»Man schickt ihn dem – Mann entgegen!« flüsterte Adelaide dem Chevalier ins Ohr, als sich die Tür hinter dem jungen Leidenden geschlossen hatte. Der Chevalier sah auf die gnädige

Frau, diese zuckte die Achseln und warf einen Seitenblick auf ihren Sohn, und dieser trommelte verdrossen an der Fensterscheibe und sprach:

»Da geht er hin mit seinem Regenschirm und Gummigaloschen! Weiß denn niemand, was der Bursche bei solchem Wetter im Harz zu suchen hat?«

Gehörten die Leute auf dem Lauenhofe nicht zu unseren allerbesten Freunden, wir könnten über alle lachen. Sie hätten es nun bald für eine Gnade genommen, wenn der Meister Häußler endlich angelangt wäre; aber der Meister Häußler kam fürs erste noch nicht. Das Wetter blieb feucht, die Tage wurden immer trostloser, und zu allem andern Elend hatte der geängstete und geärgerte Kreis auf dem Hofe jetzt auch noch in der Phantasie den Pastorenfranz auf seinen Pfaden zu verfolgen: Ist er wirklich gegangen, um *ihn* zu treffen? *Wie* wird er ihn treffen? *Wo* wird er ihn treffen? *Hat* er ihn in diesem Augenblick bereits getroffen? Und: was für einen Eindruck hat *er* auf den Buschmann gemacht?

Fast hätte die gnädige Frau einen Besuch im Pastorenhause abgestattet, und sie hätte in der Tat gar nicht übel daran getan, denn das Pastorenhaus wußte auch diesmal, d. h. unter der neuen Lage der Dinge, wirklich bald besser Bescheid als der Lauenhof und war ruhig.

Im Alexisbad hielt sich Herr Dietrich Häußler nicht mehr auf; aber in Wernigerode auf dem Marktplatz, dem alten, herrlichen Rathaus gegenüber, liegt der Gasthof zum Hirsch, und hier fand Franz Buschmann, ganz zufällig das Fremdenbuch durchblätternd, was er nicht suchte, nämlich ein ihm doch interessantes Autogramm:

»D. H. Edler von Haußenbleib, mit Bedienung.«

Am folgenden Tage schon langte im Krodebecker Pfarrhause ein Brief an, in welchem der gute Sohn den zärtlichen, besorgten Eltern einen kurzen Bericht von seiner Reise, seiner Gesundheit und einer höchst interessanten Bekanntschaft, welche er ganz zufällig gemacht hatte, gab; und umgehend schrieb der Herr Pastor an den guten Sohn im Hirsch zu Wernigerode zurück und freute sich sehr der Fügungen des Himmels und sah einen augenfälligen Fingerzeig Gottes da, wo andere Leute vielleicht etwas anderes gesehen haben würden.

Kein Diplomat hätte sich der Wendungen zu schämen brauchen, in welchen der geistliche Herr seinen Gefühlen in einer bestimmten Richtung Ausdruck gab und den augenblicklichen Stimmungen und Verhältnissen von Krodebeck Rechnung trug. Wer den Mann nur nach seinem all-und sonntäglichen Auftreten kannte, hätte gewiß nicht geahnt, wie zart und feinfühlig er unter Umständen sein konnte und in diesem Briefe war. Daß er am Schluß dieses Schreibens sich und sein Haus dem Edlen von Haußenbleib zur vollkommenen Verfügung stellte und ihn einlud, während seines voraussichtlichen Aufenthalts in Krodebeck sein Absteigequartier unter seinem bescheidenen Dache zu nehmen, war freilich für den überraschend, welcher den Mann und sein Haus nur aus dem Alltagsverkehr kannte.

Es erfolgte keine schriftliche Antwort auf diesen Brief; allein der liebe Franz hatte gefunden, daß das Wetter in den Bergen noch viel schlechter sei, als das Wetter vor den Bergen. Seine rheumatischen Beschwerden nahmen zu; er nahm Vernunft an, kehrte verdrießlich-ergeben das Gesicht wieder gen Norden und kehrte heim zum väterlichen Herde; der Edle von Haußenbleib ließ herzlichst grüßen und nahm mit aufrichtiger Dankbarkeit die wohlgemeinte, gütige Einladung freundlich an; jedoch auch er litt leider am Rheumatismus und hielt es für eine Pflicht sowohl gegen sich selber als gegen – seine Enkelin, seine Gesundheit nicht mutwillig zu vernachlässigen. Der Edle von Haußenbleib ließ sagen, er werde erscheinen, sobald das Wetter sich nur ein wenig aufgehellt habe, und sein sehnlichster Wunsch sei, daß dieses recht bald geschehen möge.

»Wir haben nunmehr unsere christliche Schuldigkeit getan und können jetzt das Weitere ohne Unruhe und Ungeduld erwarten«, sprach der Herr Pastor zu seiner Gattin; aber kummervoll müssen wir gestehen, daß *wir* nicht die christliche Geduld besaßen, um zu zählen, wie oft er von jetzt an nach dem Hahn auf seinem Kirchturm und nach dem Wetterglas sah und wie oft er melancholisch vor seine Haustür trat und die Hand prüfend in den Landregen hineinhielt.

Diesmal erfuhr der Lauenhof zuletzt das Gute, was der Herr Kandidat von seiner Fahrt heimgebracht hatte. Und er erfuhr es auf Umwegen, denn der Pastorenfranz, durch einen Schnupfen ins Zimmer gebannt, zeigte sich fürs erste nicht auf dem Hofe. An einem Sonnabend war der Kandidat heimgekehrt, und am folgenden Tage bereits hielt es der Herr Pastor für seine Pflicht, seine Gemeinde von einem erhöhten Standpunkte aus auf das bevorstehende Ereignis recht salbungsvoll vorzubereiten. Was er sagte und wie er es sagte, machte denn auch den gewünschten Eindruck: die Bauernschaft von Krodebeck lauschte mit aufgesperrtem Maul, Antonie Häußler war in Schrecken und Verwirrung einer Ohnmacht nahe, und die gnädige Frau war nahe daran, ihr Gesangbuch gegen die Kanzel zu schleudern und im Sturmschritt die Kirche zu verlassen. Daß sie sich bezwang, war eine Merkwürdigkeit, aber eine Merkwürdigkeit war's auch, daß die fromme Gemeinde nicht auf der Stelle aus der Kirche fortstürzte, um vor dem südlichen Ausgange des Dorfes eine Ehrenpforte für den heimkehrenden Helden, der merkwürdigerweise diesmal wirklich als ein Ritter heimkehrte, zu errichten. Besprochen wurde das Ding wirklich am Nachmittag im Kruge, und wer weiß, ob nicht die Tat dem Rate gefolgt wäre, wenn nicht die Frau Adelheid ihren Gefühlen bereits an der Kirchentür mit Nachdruck Luft gemacht hätte. Auch die Frage, was der andere Herr Ritter zu der Sache sagen werde, fiel ins Gewicht, und so begnügte sich das Dorf damit, gleichfalls nach den Regenwolken zu sehen und mit Spannung zu erwarten, daß der Himmel sich aufkläre.

Seien wir nun kurz. Der Edle Häußler von Haußenbleib ist endlich lang genug ausgeblieben; und wie es bei allen mit Sehnsucht oder Furcht erwarteten großen oder kleinen Dingen zu gehen pflegt, so war auf einmal das Ereignis in die Welt getreten, ohne daß die Welt dadurch über den Haufen geworfen worden wäre: der Edle Häußler von Haußenbleib war in Krodebeck eingetroffen. Am Mittwoch schon und wirklich bei recht heiterem Himmel war der große Mann angelangt und hatte sogar das Pfarrhaus durch seine Ankunft überrascht; denn ganz einfach, wie der Einfachste der Sterblichen, zu Fuß kam er an, wandelte langsam und behaglich an den Stockrosen und Stachelbeerbüschen des Pfarrgartens vorüber, schlug tändelnd im Vorbeischreiten mit dem eleganten Stöckchen einer frühen Dahlie den Kopf ab, besah das geistliche und gastliche Haus eine kurze Weile durch sein Augenglas und trat ein. Der geistliche Herr fuhr verstört und ein wenig blödsinnig stierend aus dem Nachmittagsschlummer empor, die Gattin endigte mit einem leisen Schrei einen heftigen und sehr lauten Streit mit der Magd des bescheidenen Daches, und nur Franz war imstande, sich rasch zu fassen und die notwendige gegenseitige Vorstellung zu besorgen. Im nächsten Augenblick zeigte es sich denn freilich, daß über einen reuig heimkehrenden Sünder mehr Freude ist als über neunundneunzig Gerechte. Der Edle von Haußenbleib konnte mit dem ersten Empfang in Krodebeck wohl zufrieden sein.

Er war nicht nur zufrieden, er war sogar gerührt, und sein Wagen, oder vielmehr der Wagen des Wirts zum Hirsch in Wernigerode, hielt vor dem Dorfkruge, wo der vornehme Wiener Bediente mit Herablassung das scheue Staunen hinnahm, welchem sich der Herr so bescheiden entzogen hatte. Es zeigte sich bald, daß der Edle durchaus nicht deshalb nach Krodebeck gekommen sei, um Aufsehen zu erregen, und daß die Familie Buschmann in mehrfacher Beziehung über den Mann, welchen sie so gastfreundlich unter ihr Dach einlud, sich getäuscht habe. Von einer schönen, milden und etwas wehmütigen Vertraulichkeit war gar nicht die Rede. Unbefangen genug trat der erfahrene, weltgewandte Mann auf; aber diese helle lächelnde Unbefangenheit blieb seltsamerweise gänzlich auf der Seite des Herrn von Haußenbleib, und bereits während der ersten gern und höflich angenommenen Erfrischung merkte der Herr Pastor mit wachsendem Unbehagen, daß nicht er, sondern ganz und gar der verehrte Gast die Sachlage beherrsche und die Verhältnisse von Krodebeck nach seinem Gefallen zurechtrücken werde.

Der Pastor Buschmann hatte sich den Meister Dietrich Häußler ganz anders vorgestellt, und selbst die Frau Pastorin fühlte zum erstenmal in ihrem Leben sich einer Macht gegenüber, die über ihre Krodebecker Erfahrungen weit herausging und gegen die sie keine Waffe besaß. Der behagliche Fremdling in dem eleganten grauen Herbstkostüm, welches aussah, als ob jedermann es tragen und wie ein Gentleman drin aussehen könne, lächelte sie aus allen ihren Verschanzungen. Es war rein unmöglich, mit *diesem* Mann von Dingen zu reden, welche er nicht hören wollte. Eine leichte Handbewegung genügte, um ganze Jahresreihen voll der interessantesten Data und Fakta abzutun und sie für immer aus dem Gespräch zu verbannen. Das war ein Mann, der jede Krodebecker Weltanschauung wie von einem hohen Berge übersah und der den Vorhang seiner Welt, der Welt, aus welcher er jetzt zum Besuch erschien, nur mit größtmöglichster Vorsicht lüften durfte, wenn das dreimal glühende Licht nicht seine volle blendende Wirkung auf diese einfachen Bewohner des nördlichen Abhanges des Harzgebirges ausüben sollte.

Nach eingenommener Erfrischung bat der große Zauberer den verschüchterten, schwindelnden Pfarrer um eine vertraulichere Unterhaltung und – führte ihn gemütlich die Treppe hinauf in das Studierstübchen desselben. *Er* führte den Pastor in das Studierstübchen und litt es als feiner Kavalier durchaus nicht, daß die Dame des Hauses sich jetzt noch länger durch ihn in ihren Haushaltsgeschäften stören ließ. Als nach einer halben Stunde peinlich prickelnder Aufregung die geistliche Hirtin es nicht länger aushielt und leise ebenfalls die Treppe hinaufging und die Hand auf den Türgriff legte, fand es sich, daß der Edle die Delikatesse fast etwas zu weit getrieben hatte: er hatte den Riegel vorgeschoben!

»Wir kommen sogleich, meine Liebe!« klang von drinnen die Stimme des Gatten, eigentümlich gehalten und gedrückt. Kopfschüttelnd stieg die geärgerte Frau wieder hinab und fand sich – dem überwältigenden Wiener Lakaien gegenüber, welcher eben das Gepäck vom Dorfkrug hatte herbeischaffen lassen und dessen großartiger Unterwürfigkeit gegenüber sie fast in Schwachheit, Angst und Ratlosigkeit verging.

Und die beiden Herren kamen noch lange nicht, und als sie endlich kamen, lächelte der Herr von Haußenbleib mehr denn je, und der Pfarrer sah sehr erschöpft aus, trocknete sich die Stirn mit dem Sacktuch und flüsterte, als er die Gelegenheit fand, einen kurzen Augenblick die Gattin allein beiseite zu nehmen:

»Er weiß nun alles, und ich weiß nichts, als daß er *nicht* seinen Aufenthalt in Krodebeck nehmen und *nicht* friedlich fürderhin unter uns wohnen wird; o mein Gott! O meine Gute, meine Be-ste!«

»Wer hat dir geraten, daß du dich in nichts mengen und mischen solltest?« fragte die Beste scharf, schneidend und kurz und hätte noch mehr gesagt, wenn der Gast nicht in diesem Augenblick wieder eingetreten wäre. Der Ritter von Haußenbleib hatte den imposanten Bedienten mit einer Karte nach dem Lauenhof geschickt und ließ anfragen, wann es den gnädigen Herrschaften gefällig und angenehm sein werde, den gnädigen Herrn zu empfangen. Der gute Franz hatte dem Menschen den Weg zu zeigen und tat's mit einem schrillen Gefühl des Unbehagens.

Es war jetzt gegen vier Uhr am Nachmittag. Der Pastorenfranz hatte dem Diener das Tor des Lauenhofes von ferne gezeigt und war wieder zurückgekehrt; der Diener trat ein in das Tor und traf zuerst auf die Frau Jane Warwolf, die nach ihrer Gewohnheit auf dem Prellsteine saß und jetzt aufsah und seufzte:

»Da ist der erste von der Bande! Glück auf, jetzt bricht das Unglück herein!«

Der Fremde, welcher natürlich die Meinung der Alten nicht verstand, grüßte höflich, schritt weiter dem alten Herrenhause zu und wurde mit seiner Botschaft von Hennig in Empfang genommen und zur Mutter weiterbefördert. Die Frau Adelheid nahm die Karte und die Bestellung hin, betrachtete den Boten aus einer besseren Welt geraume Zeit mit großer Aufmerksamkeit und ließ zurücksagen:

»Der Herr – Edle – von Haußenbleib – mag kommen, wann er will. Sagen Sie ihm das, mein lieber Mann, und sagen Sie ihm zugleich, es habe der Umstände gar nicht bedurft, denn der Herr Häußler werde sich noch erinnern, daß er ein ganz guter alter Bekannter von mir sei und daß ich mich weder vor ihm noch sonst jemand in meinem Leben im geringsten geniert habe.«

Auch diese Rede verstand der Bote nur zur Hälfte, aber er verstand doch genug davon, um mit einer tiefen Verbeugung seinen Rücktritt nehmen zu können. Er schritt wieder fort, wie es schien gar nicht erbaut von dem Ton, welcher auf diesem nordischen Bauernhofe herrschte, und gegen fünf Uhr kam an seiner Stelle der Edle Häußler von Haußenbleib in Begleitung, wenn auch nicht des Genius loci, so doch des Pastor loci. Und wenn die Frau Adelheid von Lauen sich, ihrem Wort zufolge, vor keinem Menschen in der Welt genierte, so hatte sie sich doch auf den Besuch keines Menschen innerlich und äußerlich so sehr vorbereitet wie auf den dieses Mannes.

Den anderen schwamm, sang und klang es vor Auge und Ohr in einer Weise, die sie fürs erste vollständig unfähig machte, die nötige Klarheit der bedenklichen Stunde gegenüber festzuhalten.

Dreiundzwanzigstes Kapitel

Wir haben wohl den Schüdderump gänzlich vergessen? Das Leben ging uns so leicht und weich ein, die Tage gingen wie auf samtnen Schuhen vorüber: weshalb auch sollten wir in der guten Stunde selbstquälerisch das aufsuchen, was seinerzeit ohne Einladung nahen und sich nicht abhalten lassen wird? Wir waren gesund und wohlauf; ja, wir konnten lachen, ohne zu wissen warum; warum sollten wir freiwillig das dunkle Bild im Winkel aufstöbern, welches uns sehr ernst stimmt, ohne daß wir behaupten könnten, wir wüßten nicht weshalb?

Horch, was war das? Vielleicht traf das Rad des widerwärtigen Karrens auf einen Stein im Wege, und so wurde die schauerliche Last ein wenig zusammengerüttelt, und den Ton vernahmen wir mitten im fröhlichen Behagen des Daseins, im Kreise der Freunde, einsam am warmen Ofen in der Winternacht, auf der Höhe des Gelags, unter den Kränzen der Hochzeitsfeier, im Theater, am Wirtshaustisch oder im tiefen traumlosen Schlaf. Das ist's! Und man fährt mit der Hand an die Stirn: so viel Lichter um uns her angezündet sein mögen, so hell die Sonne scheinen mag, auf einmal wissen wir wieder, daß wir aus dem Dunkeln kommen und in das Dunkle gehen und daß auf Erden kein größeres Wunder ist, als daß wir dieses je für den kürzesten Moment vergessen konnten.

Da denken wir mit Schauern derer, welche gestern starben, und derer, die in tausend Jahren sterben werden, und vielleicht denken wir auch an ein uns fremdes, gleichgültiges, unbekanntes Kind, das wir einst zufällig unter den Blumen seines Sarges erblickten, und sehen ernst genug geradaus und begreifen augenblicklich kaum noch, wie der dicke Gevatter uns gegenüber so herzlich über den alten Witz seines hagern Nachbars lachen kann, bis dasselbe Wunder auch uns von neuem widerfährt und das Messer-und Gabelgeklirr des Lebens auch uns von neuem betäubt und obendrein uns recht vergnügt stimmt. –

Sie waren wiederum alle in der gelben Stube versammelt und sahen auf die Karte des Herrn von Häußler, welche auf dem Tische lag. Auch Jane Warwolf saß im Winkel; die Frau Adelheid hatte ihr den Eintritt und Aufenthalt nicht verwehrt, in Anbetracht, daß sie wohl ein Recht besaß, bei diesem Empfang zugegen zu sein, und sich vielleicht dabei sogar nützlich machen konnte.

Antonie saß bleich und zitternd zwischen dem Chevalier und dem Frölen; sie kannte nun ihre Familiengeschichte bis in die geringsten Einzelheiten, und als die gnädige Frau, welche am Fenster Posto gefaßt hatte, plötzlich den Kopf zurückwarf und rief: »Da kommt er, wahrhaftig! Nun munter!«, da lehnte sich das junge Mädchen im Stuhl zurück, griff zur Rechten und Linken nach den Händen der beiden alten Freunde und schloß für einen Moment ganz die tränenschweren Augen. Der Junker von Lauen blickte seiner Mutter entsetzlich dumm über die Schulter und murmelte:

»Also das ist er?«

Er war es wirklich! Ein ältlicher, wohlerhaltener, behaglicher Herr von Mittelgröße, mit grauweißem Haar, in einem schon erwähnten grauen Herbstkostüm; ein freundlicher Herr, dessen äußere Erscheinung weder etwas Auffallendes noch etwas Unangenehmes hatte, ein Herr, dem man im Eisenbahnwagen mit Vergnügen die Tabaksdose angeboten hätte, um eine erfreuliche Reisebekanntschaft anzuknüpfen, ein Herr, der keineswegs aussah, wie die Frau von Lauen ihn sich vorgestellt hatte, und der weder durch Arroganz noch Verlegenheit eine Handhabe für einen übelwollenden Gegner bot.

Er hatte seinen Arm in den des Pastors Buschmann geschoben, und diesem Herrn sah man freilich die Verlegenheit und das Gefühl seiner falschen Stellung deutlich an. Er lächelte auch, allein auf vollkommen andere Weise als der Edle von Haußenbleib. Oh, der Würdige duldete Arges in diesem Augenblicke, und seine Qualen wurden nicht dadurch gemindert, daß er wohl ahnte, sein Begleiter wisse, wie sehr er leide und für seine tiefe, herzliche, selbstlose Teilnahme am Wohl und Wehe des Nächsten büße. Der Edle von Haußenbleib hielt ihn sehr fest, er ließ ihn nicht los, er hielt ihn sogar immer zärtlicher, und die gnädige Frau hinter der Fensterscheibe sprach:

»Ganz wie Pastor und Pullox, oder wie Ihre beiden alten Völkerschaften sonst heißen mögen, Glaubigern! O Kinder, Kinder, er ist es, er ist es wirklich! Aber einem andern als mir selber würd ich's doch nicht glauben. Das ist der Häußler, der Dietrich Häußler? Da sollte es freilich jeder verschwören, je einen Eid vor Gericht abzulegen.«

Er war es unzweifelhaft, und er ließ den Pastor Buschmann anklopfen; schnarrend rief Adelaide Klotilde Paula von Saint-Trouin: »Entrez.« Antonie erhob sich mit einem klagenden Ausruf und wankte mit ausgestreckten Händen vorwärts; der Edle trat ihr rasch entgegen, sah sie einen Moment starr, erstaunt und doch ein wenig fragend an und rief sodann, mit ausgebreiteten Armen, in voll herausbrechender naivster Herzlichkeit und Freude:

»Jesus Maria, ganz wie ihre Mutter, ganz wie mein liebes Kind! Ganz wie ich sie mir vorstellte und wünschte! Tonerl, Tonerl, du bist's! Du bist's gewiß und wahrhaftig, und hier hast du mich, hast du deinen armen, alten Großpapa, und nun werden wir uns unter keinen Umständen wieder verlassen!«

Niemand hatte das Recht oder maßte es sich an, ihn zu hindern, das Kind in seine Arme zu ziehen und es fünf Minuten hindurch immer von neuem abzuküssen; selbst das Fräulein von Saint-Trouin konnte ihn nicht daran hindern. Antonie weinte laut, und als der Edle, von so vielen sonderbaren Mienen umringt, sie endlich freiließ, sah er doch endlich auch einmal aus wie jemand, der irgend etwas ganz anders fand, als er's sich in der Phantasie ausgemalt hatte.

Aber unter dem Blicke Adelaides faßte er sich ungemein schnell. Die Hand seiner Enkelin haltend, trat er einen Schritt zurück, verbeugte sich ernst und würdig im Kreise und wendete sich an den Angstschweiß schwitzenden Pfarrherrn mit den Worten:

»Mein verehrter Freund, ich bitte Sie, kommen Sie mir zu Hülfe. Sie wissen alles, was ich sagen könnte; o reden Sie, reden Sie, reden Sie für mich! Sie sehen, ich habe für tausend unbedingt nötige Worte nur ein unverständliches Stammeln. Mein würdiger Freund, Sie, dem ich meine ganze Seele geöffnet habe, sprechen Sie, sprechen Sie für mich!«

Der Pfarrherr, mit einem Gesicht wie ein nicht schnupfender Diplomat, welcher aus der Dose eines regierenden Herrn eine Prise nehmen *mußte*, wand und drehte sich, allein es war keine Hülfe für ihn, und er erhob die Hände; und er öffnete den Mund und begann mitten aus der eigenen vollkommenen Enttäuschung heraus:

»Ach, hochgeliebte Anwesende, wie fein und lieblich ist es, wenn Brüder einträchtiglich miteinanderwohnen –«

Weiter ließ ihn die gnädige Frau leider nicht gelangen, denn ohne auf seine Stellung im Leben und in der Kirche Rücksicht zu nehmen, wohl aber seine Stellung zu den gegenwärtigen Zuständen scharf ins Auge fassend, unterbrach sie ihn und sagte:

»Lassen Sie das, Buschmann. Von allem andern abgesehen, meine ich, daß sich für dieses merkwürdige und erfreuliche Wiedersehen vielleicht passendere Bibelstellen finden und anwenden lassen würden. Sprechen Sie nur dreist selbst, lieber Häußler; wir kennen uns ja und werden einander gewiß verstehen. Ich bin eine einfache Frau, aber auf den Kopf bin ich doch nicht gefallen; also stammeln Sie in Gottes Namen nur los, Alterchen; und um einen guten Anfang zu machen, fasse ich ebenfalls tausend Worte in eins und sage Ihnen, daß Sie uns heute eine recht sonderbare Ehre erweisen, und ich hätte nimmer gedacht, Sie noch einmal mit meinen leiblichen Augen in Krodebeck und hier auf dem Lauenhofe zu erblicken.«

»Sie haben, wie immer, recht, gnädige Frau«, erwiderte der Edle plötzlich gefaßt, kühl und ohne jegliches Stammeln. »Sie haben heute ebenso recht wie unter andern Umständen vor zwanzig Jahren; es ist eine große Ehre sowohl für Krodebeck als auch für den Lauenhof. Einer solchen Dame gegenüber ist es freilich besser, selber seine Sache zu führen, und so stimme ich der gnädigen Frau in aller Untertänigkeit bei: lassen wir jetzt und in Zukunft alle Mittelpersonen beiseite! Verhandeln wir von Mund zu Munde, vom – Herzen zum Herzen! – im Grunde war das alle Zeit meine Maxime. Vom Herzen zum Herzen! Kann man einen bessern Wahlspruch, eine edlere Devise für ein Wappenschild ersinnen? Und ich habe die Worte zur Devise genommen, meine Herrschaften, und ich habe im großen und im kleinen zu jeder Zeit danach gehandelt. Tonerl, Tonerl, vom Herzen zum Herzen; würde ich hier auf dieser Stelle, in diesem Zimmer stehen, wenn nicht das Herz mich hergeführt hätte, wenn nicht das Herz jeden meiner Schritte gelenkt hätte!?«

»Bravo!« murmelte Fräulein Adelaide und schickte das Wort wie einen Pfeil gegen das Herz des Redners; allein der Edle schien mit siebenfältigem Erz gegen dergleichen ironische Angriffe gepanzert zu sein. Er achtete wenigstens nicht im geringsten auf die Haute-Justicière und diesen Akt peinlichen Rechtes; kaltblütig fuhr er gegen die Frau Adelheid gewendet fort:

»Ja, meine Gnädige, ein Zweck und Ziel, wie ich im Busen trage, lassen wohl größere Anstände überwinden als einige seit einem Menschenalter veraltete törichte Reminiszenzen, zumal wenn man sich im Rücken so gut gedeckt weiß durch eine ernste, segensreiche, mühevolle Tätigkeit wie der arme Dietrich Häußler. Es steht ein Greis vor Ihnen, gnädige Frau, ein Greis unter greisen Leuten, von allen übrigen Unterschieden gegen die Vergangenheit zu schweigen. Wir sind alle andere geworden, und ich bitte, nicht zu vergessen, daß ich nur deshalb in meinem Alter eine solche weite und beschwerliche Reise unternommen habe, um hier an dieser Stelle meinen innigsten, tiefgefühltesten Dank für alles auszusprechen, was man mir, meinem Haus und vor allem diesem lieben Kinde Edles und Gutes erwies. Ich bin kein armer Mann mehr, meine Herrschaften, und meine soziale Stellung läßt kaum noch etwas zu wünschen übrig; allein, was ich auch vor mich brachte, das Herz erhielt bis jetzt seinen Teil noch nicht, und dieses wünsche ich ihm nunmehr zu geben. Verzeihen Sie, gnädige Frau, daß ich mich immer zu diesem Engel wenden muß. Ja, Tonerl, Tonerl, dich habe ich nötig, du allein hast mir zum vollen Frieden und Glück meines Alters noch gefehlt. Und wie ähnlich du deiner armen, seligen Mutter siehst! Du bist wahrhaftig das Kind meiner Marie – es ist kein Zweifel möglich – alles übrige gilt mir nichts! Himmlisch! Rührend, rührend! Ach, meine Hochverehrtesten, das ist wahrlich ein süßer, ein unbeschreiblicher Moment!«

»Na, so beschreib ihn lieber nicht, Dietrich!« ließ sich, aus dem Winkel, entsetzlich roh und rücksichtslos die Meinung der Frau Jane Warwolf vernehmen und brachte auf sämtliche Anwesende einen ganz wunderbaren Eindruck hervor. Leider faßte sich der Edle am schnellsten. Er bediente sich seiner Lorgnette, zog die Augenbrauen ein wenig in die Höhe und sagte milde und lächelnd:

»Schau! Wohl noch eine alte Bekannte? Wenn ich nicht irre, eine recht gute alte Bekannte, die Frau Christiane Warwolf aus Hüttenrode? Mein Gott, wie sich die Zeiten ändern und wie einem die besten Freunde aus dem Gedächtnis schwinden können!«

Er ließ das Augenglas fallen und schloß damit dieses Intermezzo vollkommen ab. Dagegen faßte er die zitternde Antonie von neuem in die Arme und richtete die feuchten Augen – diesmal ohne Lorgnette – auf die übrigen Anwesenden.

»Jaja«, rief er in Freude und Wehmut zugleich, »dies ist denn das junge Mädchen, mein Kind, meine Enkelin, deren Existenz mir so lange verborgen blieb und die ich jetzt als mein ganzes, vollstes, eigenstes Eigentum an mein Herz nehme! Nicht wahr, meine Teuren, ich darf sagen, es ist *unsere* Antonie? Die Vergangenheit ist vollständig in diesem jungen, schönen Wesen begraben, und niemand hier in diesem Kreise trägt dem alten vereinsamten Mann es nach, wenn er auch seinerseits alles tun will und wird, was den Segen der Gegenwart und das Glück der Zukunft unbedingt erhöhen muß?!«

Der Ritter von Glaubigern seufzte tief; der Edle von Haußenbleib aber setzte sich auf den nächsten Stuhl und zog das Kind der schönen Marie auf seine Kniee.

»O gnädige Frau«, sprach er, »gönnen Sie uns Zeit, uns von einer solchen Aufregung zu erholen. Dort sinkt die Sonne hinter den bekannten Horizont meiner, ich kann leider nicht sagen glücklichen oder unschuldigen Jugendzeit. Ich bin ein sehr reicher Mann, aber ehe ich das Kind ließe, würde ich lieber als ein blinder Bettler mit ihm den Lauenhof verlassen. O gnädige Frau, könnten Sie wirklich das Brot und Salz des guten, alten Hauses, welches Sie keinem Bettler verweigern, mir verweigern wollen?«

Mit andern Worten hieß das: der Herr von Haußenbleib lud sich hiermit auf dem Lauenhofe zum Abendessen ein, und das war denn in einer Art praktisch und den Verhältnissen der Gegenwart und Zukunft so sehr angemessen, daß keine Weisheit und Welterfahrung, kein Plato und kein Pythagoras etwas Verständigeres und dem Moment Angemesseneres an die Stelle hätte setzen können.

Nur einen kurzen Augenblick sah die Gutsfrau etwas verloren und zweifelhaft auf den Edlen und die Freunde; aber da ihr niemand zu Hülfe kam oder zu Hülfe kommen konnte, so murmelte sie eine undeutliche Zustimmung und setzte etwas deutlicher hinzu, sie habe sich jedenfalls dieses Vergnügen ausbitten wollen. Was für eine gewaltige Kluft zwischen den Parteien dadurch plötzlich überbrückt war, das mußte bald jedermann klarwerden.

Jane Warwolf stöhnte und gnurrte in ihrer Ecke und wiegte den Oberkörper in höchster Mißbilligung hin und her.

»Wird dir übel, Jane?« fragte die Frau Adelheid, und tückisch erwiderte die Alte:

»Ja, recht sehr übel wird mir!«

Die Gnädige ergriff die Alte am Handgelenk, wendete sich nochmals an den Edlen:

»Also, wir haben nachher die Ehre!« und schritt steif hinaus, die Warwölfin hinter sich drein ziehend. »Es war die allerhöchste Zeit«, sagte sie nachher, »einen Augenblick später wäre sie ihm wie eine Wildkatze ins Gesicht gesprungen, und, lieber Glaubigern, anjetzt ist es mir wieder völlig unklar, weshalb ich sie eigentlich dran gehindert habe. Ach Gott, wir sind in diesem Punkte immer zu kitzlig auf dem Hofe gewesen. Einer Anspielung auf die Speisekammer gegenüber haben unsere besten und gröbsten Vorsätze nicht Stich halten können.«

Dem sei nun, wie ihm wolle, fürs erste war die Gnädige herzlich froh, einen Atemzug freierer Luft einnehmen zu dürfen, und leider müssen wir hinzufügen, daß sie, sobald sie die Tür hinter sich zugezogen hatte, in der Tiefe ihrer Seele folgendes Selbstgespräch hielt:

»Wer hat denn eigentlich diese ganze Suppe eingebrockt? Ich nicht! Da brauchte man wahrhaftig kein Prophet zu sein, um vorhersagen zu können, was aus diesem Wesen mit dem armen Kind zuletzt herauskommen mußte. Daß dieser Bursche, dieser Häußler, auf einmal wieder auftauchen würde, konnte freilich keiner wissen; aber das ist ganz einerlei, einmal mußte der Kuchen in die Asche fallen, und wer weiß, ob die Vorsehung nicht auch hier wieder den besten Weg gefunden hat? Ja, er soll bei uns essen, und der Ritter und das Frölen mögen jetzt die Kosten ihres Vergnügens tragen, ich habe sie oft genug gewarnt.«

»Sie sieht finster drein, Frau von Lauen«, sagte Jane Warwolf, »aber es hilft nichts. Jetzo möcht ich auch die Hunde loslassen.«

»Untersteh dich!« rief die gnädige Frau, aus ihrem Nachdenken erwachend. »Hier kann niemand helfen, und der liebe Gott kennt überall das Beste. Nein, es hilft nichts – der Herr ißt bei uns.« –

In der gelben Stube erschien der Edle gerührter denn je. Er vergoß sogar einige Tränen, was dem in Kummer und Zorn ringenden Ritter unmöglich war. Aber viel rührender als die Tränen des Edlen waren die Liebkosungen des Ritters, mit welchen er sein Pflegekind jetzt umfing, anzuschauen. Sowie die Frau Adelheid das Zimmer verließ, hatte Antonie sich den Armen des Großvaters entzogen und mit einem Wehelaut sich in die Arme des Pflegevaters geworfen, während sie eine heiße, fieberhafte Hand dem Fräulein von Saint-Trouin reichte:

»Ich kann euch nicht lassen! O wo ist meine Mutter? Wo ist die alte Frau, der ich ganz gehörte, als meine Mutter gestorben war? Was soll aus mir werden? Was soll ich tun?«

»Mein Kind! mein liebes, liebes Kind!« stöhnte der Ritter, der in diesem Moment vor den blinden Augen eine seltsame Vision von dem Kürassiersäbel und Panzer droben über seinem Sofa und vom Feld bei Ligny und der anrasselnden französischen Reiterei hatte, unfähig, sich von dem zerstampften Boden emporzurichten.

»O mein Kind!« ächzte das Fräulein, und Hennig rief:

»Tonie, bleibe bei uns! Es wird dich niemand uns nehmen, wenn du wirklich bei uns bleiben willst!«

Mit ausgebreiteten Händen wendete sich der Edle gegen den jungen Mann.

»Das Herz bricht mir, und doch – doch bin ich so glücklich!« rief er mit zitternder Stimme. »Jetzt erkenne ich erst ganz, welch ein Juwel mir zuteil wurde und welch einen Dank ich abzutragen habe. Ach, meine Antonie, es wird niemand dein Herz zwingen – niemand hier im

Kreise! Frei und ungehindert mußt du der Stimme in deinem Innern folgen; ach, wer erkennt besser als ich, wie – wie étrange und delikat der Standpunkt ist, auf den dich ein hartes Geschick uns und der Welt gegenüber stellte. Ach wohl, mein teures Mädchen, folge hier und immer dem Zuge deines Herzens, es wird dich jederzeit das Richtige lehren.«

Er war noch lange nicht fertig. Es war sehr gefährlich, ihn zum Wort gelangen zu lassen, denn fürs erste hörte er nicht wieder auf. Er redete mit tränenvoller Stimme weiter von berechtigten Gefühlen, von süßschmerzlicher Gegenwart und hoffnungsreicher glanzvoller Zukunft. Er schlug einen vortrefflichen Seifenschaum und seifte sämtliche Anwesende in einer Art ein, die ihn zu seiner jetzigen Lebensstellung vollberechtigt erscheinen ließ. O er spielte trefflich den hochgebildeten Mann und ließ den reichen nur in den feinsten, aber grade darum anlockendsten Abschattungen hervortreten. Er freute sich so unendlich um des Kindes willen, sich aus Not, Elend und Niedrigkeit zu solcher wundervollen Lebenshöhe aufgeschwungen zu haben, und er ließ die Autorität, die er hätte in Anwendung bringen können, so zart verschleiert im Hintergrunde durchblicken, daß er auf jedem Punkte – zum zweiten Male sei es gesagt – im elegantesten, aber auch undurchdringlichsten Harnisch erschien. Zuletzt bat er in noch zartern Tönen und überquellenden Herzensklängen um ein kurzes Einzelgespräch mit Antonie und würde nicht darum gebeten haben, wenn man es ihm hätte verweigern können.

Willenlos trat Antonie Häußler wieder zu ihm hin; der Pastor von Krodebeck erhob sich von dem Stuhl, auf welchem vorhin Jane Warwolf saß, und wankte, sein Taschentuch erst auf das linke und dann auf das rechte Auge drückend, zur Tür. Vernichtet bot der Ritter dem Fräulein von Saint-Trouin den Arm, und der Junker von Lauen stürzte wie ein Verrückter ins Freie und stöhnte:

»Oh, wenn mir doch jetzt ein Mensch begegnete, dem ich die Seele aus dem Leibe prügeln könnte! Oh, wenn mir doch jetzt mein Freund Buschmann begegnete!«

Vierundzwanzigstes Kapitel

Der Edle von Haußenbleib nahm, wie die gnädige Frau sich ausdrückte, mit dem Lauenhofe »vorlieb«. Er war so gütig und griff zu, auch da, wo er seinen Gefühlen einen Zwang antun mußte. Er saß bei Tisch neben seiner Antonie, der einzige, welcher, seiner Wehmut zum Trotz, Appetit entwickelte, und bedauerte nur, daß sein gütiger und vortrefflicher Gastfreund, der Herr Pastor, nicht auch an dem freundlichen Mahle teilnehmen konnte. Die übrigen wußten wenig zu sagen und konnten noch weniger essen.

Es war ein schöner, stiller, warmer Abend; die Erde sah auf den Mond, als ob Höhenrauch und Regenwolken gänzlich unbekannte Begriffe für sie seien, und die Bewohner des Lauenhofes blickten teilweise auch zum Monde empor. Sie gingen nämlich nach dem Abendessen im Garten spazieren – es war wirklich eine wunderschöne Herbstnacht. Der Edle hatte natürlich wiederum den Arm Antoniens unter den seinigen gezogen und führte sie langsam durch die hellen Gänge, als ob er seit zwanzig Jahren jede Nacht verstohlen über die Mauer geklettert sei, um sich Ortskenntnis zu verschaffen. Er plauderte nunmehr ganz munter – er war sehr heiter – er war ausnehmend vergnügt und in der Tat ungemein unterhaltend. Selbst Hennig, welcher grollend hinter dem Alten und seiner Enkelin drein zog und Blätter und Zweige von den Büschen abriß und sie entweder grimmig in den Weg streute oder sie noch grimmiger zerkaute, mußte mit immer stärkerem Interesse ganz gegen seinen Willen aufmerken.

Da sprach der vielerfahrene, weitgewanderte Greis, mit einem Blick auf den guten, ehrlichen Mond, von der schönen Stadt Wien, und wie herrlich man dort lebe. Hohe Dinge redete er von seinem Leben dort und den noch höheren Personen, welche ihn daselbst der Ehre ihrer Bekanntschaft würdigten. Dann erzählte er von Italien, und jetzt fing der Mond an, wirklich sein ehrlich, breit Gesicht zu einem Grinsen zu verziehen. Von Venedig, Mailand, Padua, Mantua usw. schwärmte er, und seltsamerweise mit der höchsten Begeisterung von der herrlichen Stadt Verona. *Der* Name schien ihn jedesmal in eine mildere Ekstase zu versetzen. Von Romeo und Julia, vom Dietrich von Bern schien er wenig zu wissen; aber desto mehr wußte er von der trefflichen strategischen Lage des Ortes und über das Fort San Felice und das Kastell San Pietro zu sagen. Fast zärtlich sprach er von der dreifachen Verteidigungslinie der Stadt, von all den wunderbaren Massentürmen, Terrassen, den bastionierten Fronten, Revers-und Traversalmauern, Ausfallsrampen und dem Brückenkopfe am neuen Arsenale: es war kaum zu glauben, daß dieser Mann einst an jedem Sonnabendabend die Krodebecker Bauern für den sonntäglichen Kirchengang rasiert hatte!

Er wußte ausgezeichnet gut Bescheid in Verona, und wer ihn hörte, der mußte, wie er sich auch sträubte, endlich daran glauben, daß die Veroneser über diesen ihren zweiten Dietrich von Bern in einem fortwährenden Taumel von Entzücken und Dankbarkeit schwammen. Kein Mensch auf Erden meinte es so gut mit den Veronesern wie der Edle von Haußenbleib, und wiedermal drückte der Edle das Taschentuch auf die Augen, wenn er an die gratitudine und riconoscenza der braven Leute dachte.

»Ich habe sie schon dreimal mit verproviantieren helfen!« rief der Edle in diesen süßen Erinnerungen schwelgend, und dann – dann wendete sich der Gartenpfad, und die drei Lustwandelnden richteten ihre Schritte von neuem dem alten Herrenhause zu. Dort schimmerte die Lampe durch die Glastüren und Fenster des Gartensaales, und wenn man näher herantrat, erblickte man den Ritter von Glaubigern und das Fräulein von Saint-Trouin an dem noch gedeckten Tische, die Stirnen auf die Hände gestützt, kummervoll einander gegenübersitzend; und das war gewiß kein fröhlicher Anblick. Die Frau Adelheid hatte sich längst zu ihrer Mamsell Molkemeyer begeben und saß ganz behaglich, ihr Herz ausschüttend, in der Milchkammer; aber diese beiden armen Greise saßen, trotz der Gesellschaft, die sie einander leisteten, allein – ganz allein – jedes für sich allein! Sie erschienen kümmerlicher, verlorener, antiquierter denn je, und es gab nichts Schmerzlicheres in der Welt für Antonie Häußler, als zu gleicher Zeit den Gesprächen ihres muntern, hellen Großpapas zuhören zu müssen und diese beiden guten, alten, treuen, sonderbaren Leute, deren letzter Lebenstrost sie gewesen war, im Auge zu haben.

»O und wie oft werde ich sie noch verproviantieren helfen!« jubilierte der Edle, und in diesem Augenblicke trat die gnädige Frau, welche ihre Seele in der Milchkammer vollkommen befreit hatte, zu ihm, und der Herr von Haußenbleib fing von neuem an, seinen seligen Empfindungen über die Kasematten und bombenfesten Speicher von San Felice Worte zu geben.

Sie traten wieder in den Gartensaal und nahmen wieder Platz an der Tafel, und da der Edle nunmehr bei dem Feldzuge von achtzehnhundertneunundfünfzig angelangt war, so stieg seine Begeisterung natürlich auf den Gipfel. Das Wasser lief einem im Munde zusammen, wenn man ihn von den Delikatessen reden hörte, die er für das kaiserlich-königliche Heer in seinem wunderbaren Verona aufgehäuft hatte. O diese glückseligen Veroneser! Sie bekamen ja nach dem Frieden von Villafranca alle schönen Reste, welche das kaiserlich-königliche Heer übriggelassen hatte, und der gnädigen Frau fing wirklich an das Wasser im Munde zusammenzulaufen.

Nun zog sich der Edle bescheiden hinter seine Verdienste in doppelter Bedeutung zurück und ließ nur leise ahnen, wie sehr sein Eifer und seine Mühen Anerkennung und Würdigung gefunden hatten. Die gnädige Frau schüttelte immer verwunderungsvoller, aber auch immer billigender den Kopf, und ihre Blicke auf Antonie wurden immer teilnehmender, inniger und gerührter, als ob sie sich im geheimen sage: »Nein, was für ein Glück dieses Mädchen hat! Was für ein Glück dieser Mensch, dieser Häußler gehabt hat! Es ist ein Vergnügen, ihn von komprimiertem Gemüse sprechen zu hören, und wie man sonst von ihm denken mag, seine Zeit hat er nicht verloren. Ei, was für eine verzauberte Prinzessin haben wir in der Tonie hier auf dem Lauenhofe aufgezogen, während er in einem Jahre mehr erlebte als der Lauenhof in einem Menschenalter! Alles, was recht ist, aber das muß man dem Mann lassen, er überhebt sich nicht und weiß doch zu reden. Wer hätte gedacht, als mein Seliger ihn zur Tür hinauswarf, daß er auf solche Weise wieder hereinkommen würde? Munter! Man muß ihm wirklich mit Pläsier zuhören, und ich sehe wahrhaftig nicht ein, weshalb die Tonie immer noch mit solcher Jammermiene dasitzt! Darüber muß ich doch mit dem Herrn von Glaubigern reden.«

Die arme Antonie! Sie saß wieder zwischen dem Ritter und dem Fräulein und schien ihr Glück durchaus nicht zu begreifen. Noch wenigstens war sie nicht imstande, über das Kastell San Pietro und das Fort San Felice den Lauenhof und die guten, alten, treuen Freunde zu vergessen. Als der Edle sie endlich beim Abschiednehmen zärtlichst auf die Stirn küßte, brach sie in ein krampfhaftes Weinen aus, welches um so heftiger wurde, je mehr sie dagegen ankämpfte.

»Es ist die übermäßige Freude«, meinte der Edle, »und es wird das beste sein, ich überlasse sie jetzt der treuen Teilnahme derer, welche ihr bereits soviel des Guten erwiesen. Obgleich Tausende auf die wenigen Jahre, die mir noch vom Leben übrigbleiben, Anspruch haben, werde ich doch gern einige Tage in der alten Heimat verweilen, um dem Kinde Zeit zu geben, sich zu beruhigen und sich in sein neues Leben zu finden. Ach, meine Herrschaften, mit schwerem Herzen und schwankendem Fuße betrat ich diesen Boden, aber dankerfüllt und leichten Gemütes scheide ich und wünsche sämtlichen hochverehrten Anwesenden eine angenehme Nachtruhe. Ach, was mich selbst betrifft, so werde ich trefflich nach einem so segensreichen Tage schlafen. Gnädige Frau – gnädiges Fräulein – meine Herren, ich hab die Ehr!«

Er hatte die Ehre, sich zu empfehlen, d. h. er ging für heute; daß er jedoch morgen wiederkommen werde, unterlag keinem Zweifel. Er ging, nachdem er den schönen Überrock, welchen ihm am Nachmittag sein Diener nachgetragen hatte, angezogen hatte. Die gnädige Frau begleitete ihn bis auf die Treppe der Haustür, und hier küßte er ihr die Hand und jagte ihr dadurch einen solchen Schrecken ein, daß sie fast das Licht fallen ließ. Die Begleitung eines Knechtes und einer Laterne lehnte er dankbar ab, da es ihm Vergnügen mache, seinen Weg durch Krodebeck einmal wieder allein zu finden.

»Hm«, sprach er, als er in der Dorfgasse stand, »wer hielte mich jetzt nicht für einen Narren?« Gleich darauf lächelte er und berührte den Nasenzipfel mit dem Stockknopf: »Nun, solange ich selbst mich nicht dafür ansehe, wollen wir diese Frage beiseite lassen. Ach, welch eine angenehme Nacht! Also dies ist Krodebeck, und das war die Tochter der Marie? Ah, wandeln und genießen wir alle Eindrücke, wie sie sich darbieten! O Heimat, Heimat, weshalb darf ich dich nicht auch verproviantieren? Chè diavolo, nur dadurch könnte ich alle meine Verpflichtungen gegen dich abtragen, und wer trüge nicht gern alte Schulden ab, wenn es auf solche Art geschehen könnte?!«

Unendlich wohlwollend sah er sich um; aber er pfiff leider auf eine sonderliche Weise dazu, und dann ging er langsam weiter, immerfort nach rechts und links ausschauend und mit heimwehtrunkener Seele die lange entbehrten Düfte von Krodebeck einschlürfend.

»Noch geradeso wie vor dreißig Jahren!« murmelte er. »Und dort ist der Krug, und man scheint sich, wie vor dreißig Jahren, drin zu prügeln. Evviva, welch eine herrliche, stärkende, göttliche Luft! Wirklich, man prügelt sich dort. Und wenn ich daran denke, daß auch ich – – – ach, lassen wir uns von dem weichen Herzen nicht allzusehr entmannen, lauschen wir lieber in genügender Entfernung und mit heiterer Erinnerung schönerer Tage, warum man sich eben im Kruge prügelt und wer sich prügelt.«

Er trat ein wenig näher, und in demselben Moment quoll der kämpfende Haufe aus der Tür der Schenke hervor, und ein arg zerzauster Mensch flog unter einem Sturm von Fußtritten und Faustschlägen ihm vor die Füße, rappelte sich so eilig als möglich auf und schoß ächzend, fluchend und schimpfend in die Nacht hinein, gerad als der Mond hinter dem Horizonte versank.

»Na, so gfallt's mir, dös muß i sagn!« erklang eine Stimme aus der Mitte des siegjauchzenden Haufens, und der Edle von Haußenbleib trat noch einen Schritt näher, hielt die Hand hinter das Ohr und murmelte:

»Eh, eh, mein Joseph? Piano! Das gfallt mir auch! – Holla, heda, Joseph!« rief er, und sogleich stand der Gerufene neben ihm und rief atemlos:

»Euer Gnadn, i hab mi neutral verhalten, ganz neutral; aber a kreuzbrav Volk ist's hier, Euer Gnadn. Da habn sie den Mensch, weil er auf Euer Gnadn, mit Permiß zu sagn, großartig geschimpft hat, blitzblau schlagn.«

»O, wie leid tut mir das«, seufzte der Edle. »Und wen haben sie dergestalt gemißhandelt?«

»Den Peter Quickbrey aus dem Siechenhause!« erklang es aus dem Kreise der jungen Bauern, welche sich jetzt dumm verschämt herangezogen hatten. »Der Herr ist eine Ehre für Krodebeck, und von solchem Kerl und Zuchthäusler lassen wir Sie nicht verschimpfieren, Herr Häußler, und deshalb haben wir ihn traktiert, wie sich's schickte, und ihm das Maul gestopft.«

»Hm, hm, der Peter Quickbrey!« murmelte der Edle unendlich elegisch. »Also der lebt noch? O meine Herren, den hab ich freilich in meiner frühesten Jugend gekannt, allein er war schon damals keine Ehre für das Dorf, und kein anständiger Mann duldete ihn in seiner Gesellschaft. Also der arme Teufel lebt noch, und zwar im Siechenhause; Joseph, erinnere mich doch morgen, daß ich ihm eine kleine Unterstützung in das Siechenhaus schicke. Meine Herren, ich danke herzlich für Ihre freundliche Intervention; sollte einmal jemand von Ihnen bei Seiner Kaiserlich-Königlich-Apostolischen Majestät – doch das hält uns zu lange auf – meine Herren, ich danke nochmals und wünsche Ihnen, recht wohl zu ruhen.«

Ein dumpfes, furchtsames, achtungsvolles Gemurmel der Bauern begleitete ihn auf seinem Rückzuge. Schnelleren Schrittes eilte er dem Pfarrhause zu, wo die ganze Familie ihn mit Herzklopfen erwartete und wo er noch einmal in vollster, heiterster Liebenswürdigkeit zu strahlen begann, ehe er sich zur Ruhe begab.

In dieser Nacht gab es in Krodebeck vom Siechenhause bis zum Lauenhofe kein Dach, unter welchem man nicht vom Edlen Dietrich Häußler von Haußenbleib träumte.

Im Siechenhause rieb sich der Emeritus auf seinem Strohsacke wütend Schultern und Rücken, und im Herrenhause hatte der Junker Hennig von Lauen eine Gespenstererscheinung.

Es erschien nämlich dem Junker um Mitternacht oder doch nicht lange nach Mitternacht der Chevalier Karl Eustachius von Glaubigern in dem genügend beschriebenen Callot-Hoffmannschen Nachtkostüme mit dem Nachtlicht in der Hand, winkte ihm, ruhig liegenzubleiben, setzte die Lampe auf den Tisch und sich neben das Bett des jungen Mannes, schlug die Hände zusammen und stöhnte:

»Oh, Hennig, was fangen wir an? Er würde sie uns verkaufen, wenn wir ihm genug dafür bieten könnten; er wird sie in Wien verkaufen; es ist mir alles, alles klar, und es gibt kein Mittel, ihn in seinem Willen zu hindern als das Geld, das Geld – das Geld! Fräulein Adelaide sitzt auch noch wach auf dem Bette – ich sah ihr Licht unter der Tür durchschimmern – wer kann in dieser Nacht auf dem Lauenhofe schlafen?«

Nun hatte der Ritter den Junker freilich aus einem ganz gesunden Schlummer erweckt, aber das war einerlei; der ruhelose Kummer achtet in solchen Stunden nicht allzu genau auf die Gemütsverfassung der Umgebung; er überträgt sein Gefühl womöglich auf das Universum und schwatzt deshalb so häufig in den Tag oder die Nacht hinein.

»Seit ihr an jenem unglücklichen Abend von eurer Ernte heimkamet, Hennig, ist mir keine ruhige Stunde mehr zuteil geworden. Die Seele hab ich mir zermartert um die Frage, was diesen Mann zu diesem, auf den ersten Blick so törichten Vorgehen gebracht haben könne. Jetzt weiß ich es! Er hat erfahren, wie schön und gut das Kind geworden ist, und er kann es nun gebrauchen, und jetzt nimmt er es mir – mir, welchem es ganz und gar allein zu eigen gehört! Er nimmt es mir, und ich bin ein armer Mann, der auch nur von den Almosen anderer gelebt hat: ich habe kein Geld, mein Eigentum dem elenden, erbärmlichen Gesellen abzukaufen. Er nimmt es mir, der es mit seinem Herzblut nährte, in dessen Gedanken es seine ganze Heimat hat und der allein weiß, was es in diesem armen Leben wert ist!«

»Nun ja, ich weiß doch auch, was ich weiß!« murmelte Hennig unter seiner Decke hervor, aber der Chevalier schüttelte betrübt den Kopf:

»Das könnte Fräulein Adelaide auch sagen; aber es ist gleichgültig; wir vermögen alle nichts gegen die Macht, welche uns in der Höhe und in der Tiefe entgegensteht. Knabe, es ist das ganze Schrecknis der Welt, das mir mit einem Male klargeworden ist, und – es ist auch gleichgültig, zu wem ich davon rede. Das ist das Schrecknis in der Welt, schlimmer als der Tod, daß die Canaille Herr ist und Herr bleibt. Ach, schlafe nur, mein Sohn; ich will nun auch zu Bett gehen, mich friert entsetzlich.«

Während auf dem Lauenhofe der Ritter von Glaubigern so das Elend der Erde fühlte und jetzt gespenstisch die Wände entlang sich zu seinem Gemache zurücktastete, stützte sich in dem friedlichen Pfarrhause, in der ehelichen Kammer, die Frau Pastorin im Bette auf den Ellbogen und sprach:

»Da hast du nun, was du gewollt, und wie du's gewollt hast, Buschmann! Droben liegt er in meinem Visitenbett, und wie ich ihn jetzt kennengelernt habe, liegt er im sanftesten Schlummer, und wir sitzen hier wach in Angst und Ärger. Buschmann, Buschmann, so hast du es gewollt! Das war ein Heimlichtun mit seinem Briefe und deiner Antwort darauf; selbst der arme Franz durfte nicht das geringste davon erfahren, und hätte ich nicht von meinem Rechte Gebrauch gemacht, so würde ich auch nichts erfahren haben. Was mischtest du dich in Sachen, welche dich nichts angingen? Aber so bist du, Buschmann; sein großmäuliger Brief verdrehte dir auf der Stelle den Kopf. Da mußte auf der Stelle geantwortet und haarklein Bericht über das alberne Mädchen und alles, was damit zusammenhing und -hängt, gegeben werden, und Quartier wurde angeboten, und dann ging die Komödie mit den Leuten vom Lauenhofe an, und wir wußten von nichts, als die Warwölfin kam, und dann wurde das arme Kind, der Franz, ins Blaue geschickt. Da mußte er unbedingt als reuiger Millionär seinen Wohnsitz in Krodebeck nehmen, und man konnte nicht wissen – und man mußte die Augen offen behalten – und es war unsere christliche Pflicht und Schuldigkeit, und wie die schönen Redensarten sonst noch heißen: aus der Haut möcht ich jetzt über die Dummheit fahren! Mein Visitenbett und die Bewirtung läßt er sich freilich gefallen, aber weiter haben wir nichts davon, als daß wir uns mit den Leuten auf dem Hofe tödlich verfeindet haben. O Buschmann, Buschmann, wenn der Mensch in diesem Augenblicke von etwas träumt, so träumt er von deiner Stupidität, und er hat recht, ich tät's selber an seiner Stelle. So rede doch! Mit einem solchen Schafsgesicht besserst du nichts!«

Der Herr Pastor stöhnte schwer, allein er antwortete nicht; denn was er auf diese schöne Rede erwidern konnte, durfte er nicht äußern. Ach, er war nicht der Mann gewesen, so feine diplomatische Fäden allein zum Gewebe zu schlingen; er hatte in dieser Angelegenheit nichts ohne das Wissen und den Willen der Gattin getan: wahrlich, er mochte mit Fug und Recht ächzend an seinen Busen schlagen! Was den Edlen Häußler von Haußenbleib anbetraf, so lächelte der wirklich im Schlaf, und gleichfalls mit Fug und Recht; aber am andern Morgen erwachte er doch auch ziemlich früh und – überlegte. Daß er der Überlegung rasch die Ausführung folgen lassen würde, konnte man von ihm erwarten, und so geschah's, zumal da schon beim Kaffee ein Eilbote von der nächsten Telegraphenstation mit einer Depesche anlangte, welche die Anwesenheit des großen Mannes in Frankfurt am Main dringend wünschte und die er mit bescheidenem Selbstgefühl sowohl seinen Gastfreunden im Pfarrhause wie auch den Herrschaften auf dem Lauenhofe zur Einsicht vorlegte.

»Ich – wir sind den Frankfurtern manche Verbindlichkeiten schuldig«, sagte er; »Tonerl, ich muß am Nachmittag reisen, so sehr es mich schmerzt, die teure Heimat sozusagen nur im Fluge zu streifen, um dich, meinen höchsten Schatz, mit mir draus fortzutragen. Nur das tröstet mich und wird auch die Freunde im Kreise trösten, daß ich dich in ein schönes, glänzendes Leben hineinführe und alte Schulden mit Zins und Zinseszins ausgleichen kann. Ich habe auch stets gefunden, daß ein kurzer Abschied einem langen bei weitem vorzuziehen sei; das übervolle Herz schöpft man bei solcher Gelegenheit ja doch niemals leer.«

Bei den letzten Worten zog er die Uhr hervor und sagte:

»Wir haben also noch drei Stunden zur Verfügung; o Tonerl, brich mir nicht das Herz durch diesen Blick!«

Drei Stunden! Er sprach diese beiden Worte langsam aus und sah dabei jedermann der Reihe nach fest und freundlich an; er hatte sein wahres Vergnügen an der Bestürzung, welche sich auf jedem Gesichte malte.

Wer könnte nun schildern, wie sie auf dem Lauenhofe diese drei Stunden ausfüllten, wie sie Abschied nahmen und dem Wagen nachblickten, der das Pflegekind von dannen trug?! Weder der Ritter von Glaubigern noch das Fräulein von St-Trouin haben etwas Neues oder Geistreiches dabei bemerken können. Die anderen gleichfalls nicht. Aber die Berge, Hügel und Wälder, die Wohnungen der Lebenden und die Gräber der Toten, die Wände der gelben Stube und der chinesische Pavillon auf der Gartenterrasse redeten wie mit Menschenzungen.

Die gnädige Frau meinte zwar auch, es sei gut, daß der Herzquälerei so schnell ein Ende gemacht worden; aber sie wandte sich doch mit Tränen in den Augen ab; – Hennig sagte nichts als:

»Lebe wohl, Antonie!«

Als der offene Wagen gegen vier Uhr nachmittags durch den sonnedurchleuchteten Tannenwald rollte und der behagliche alte Herr neben der jungen bleichen Dame eben die erste Zigarre anzündete, erhob sich Jane Warwolf vom Rande des Straßengrabens, streckte die Hand gegen die Reisenden aus und schrie heiser und zornig:

»Du bist doch ein Narr, Dietrich Häußler!«

Fünfundzwanzigstes Kapitel

Hinter uns versinken die blauen Berge des deutschen Nordens; es versinkt der alte, sagenhafte Gipfel des Brockens, der bis jetzt so vertraut und doch so geheimnisvoll auf den Lauf dieser nachdenklichen Alltagsgeschichte herabsah und in jeden Traum mit seinen uralten Märchen und ewig neuen Gedichten hineinwinkte. Vor uns im Süden steigen immer andere Berge über immer andern grünen und fruchtbaren Ebenen auf: wir aber fahren dahin über den Häuptern und Wohnungen der Millionen, bis ein letzter Kranz himmelanragender, zackiger Gipfel den Horizont begrenzt. Dahinter liegt Italien, dahinter wohnt ein anderes Volk, und wir besinnen uns, daß wir von deutschen Leuten schreiben und erzählen.

Siehe dort unten unsern Weg!

Jetzt liegt er im Sonnenschein und Frieden; die Glocken der Kirchen dringen leise zu uns herauf; wenn es auf den Feldern blitzt, so ist's das Gerät in der Hand des Ackermanns, wenn es rollt und rauscht, so ist's die freudige Arbeit der Menschen, und wenn ein Lied klingt, so ist's auch ein Schall der Freude.

Wie lange wird das dauern?

Noch eine kurze Zeit, und diese Friedensglocken werden Sturm rufen, und ein ander Rollen und Rauschen wird sich erheben. Dann wird es auch auf den Feldern flimmern und blitzen; aber ein ander Gerät wird in den Händen der Arbeiter sein, und eine schreckliche Arbeit wird man damit verrichten. Wie riesige Schlangen werden die Heere, schillernd und dunkel zugleich, über die Ebenen gleiten, durch Wälder, Städte und Dörfer, über Flüsse und Gebirge sich winden. Aus Schluchten und Tälern werden sie hervorbrechen und züngelnd sich suchen; und gleich riesigen Schlangen werden sie sich finden und umfassen und werden sich umwinden und erdrücken wollen. Ein Schauspiel für die Götter, wird das eine der Ungeheuer sieghaft das Haupt emporbäumen im Qualm und in den Flammen brennender Städte und Dörfer, und mit Tränen in den Augen werden die – die – Unbefangenen in der Nation sich die Hände reiben über den Sieg.

Schön! Wenn man ganz genau wüßte, daß die Olympier wirklich mit Herz und Hand an dem Kampfe um Ilion beteiligt wären, so könnte man die Sache sich schon gefallen lassen; allein es hat stets nachdenkliche Leute gegeben, die offen und rücksichtslos behaupteten: der Kampf der Mäuse und der Frösche liege den Herrschaften da oben viel mehr am Herzen als der Zorn des schnellen Achilleus und die biedere Tapferkeit Hektors, und nicht die Iliade, sondern die Batrachomyomachie sei das Lieblingsbuch derer auf den goldenen Stühlen.

Das ist freilich unter allen Umständen eine schlimme Vorstellung für die armen Sterblichen, die in allen Dingen so sehr auf die gute Meinung angewiesen sind, welche sie von sich selber und den hohen Regierenden haben. Fort damit! – Und wenn sich der Krieg vom Frieden nur durch einen etwas mehr zusammengedrängten und inhaltreichern Lärm und Tumult unterscheidet, so ist das Mehr oder Weniger in dieser Beziehung doch von einiger Bedeutung für das Wohlbehagen der Menschheit und darf nicht allzu leichtsinnig unterschätzt werden.

So fahren wir, denn noch liegt ja die Welt im Frieden, soweit ihr derselbe möglich ist, und, bei den Göttern, wie ein Garten Gottes ist das deutsche Land anzuschauen – sehr hoch von oben – aus der Vogelperspektive! So fahren wir – jetzt durch das ewige Blau, und jetzt durch das ewig wechselnde, verwehende, von neuem sich ballende, vielfarbige Gewölk. Die goldenen Tropfen sprühen um uns her, in jeglichem spiegelt sich der beneidenswerte Komfort der Unsterblichen, und nur solange wir uns also in der Höhe halten, nehmen auch wir teil an dem impertinenten Behagen jener. –

Siehe, da ist die große Wasserscheide! Hunderttausende fliegen daran vorüber und denken nicht daran. Ein Bach geht südwärts und wird das Schwarze Meer erreichen; ein Bach rauscht nach Norden, und seine kleinen Wellen werden in den mächtigen grauen Wogentanz der Nordsee gezogen werden. Es ist Verstand – ein Weltverstand in dem geschwätzigen Rauschen und Murmeln, und das beste ist doch, daß keine menschliche Macht und Willkür das lustige Element hindern wird, seinen verständigen Willen durchzusetzen.

Aber schon senken sich unsere Flüge. Schon haben wir kaum noch etwas mit dem Weltverstande zu schaffen. Jener Strich durch die Marchebene ist die Kaiser-Ferdinands-Nordbahn, und auf jenem Bahnzug, der soeben mit Geschnauf und Gezisch Lundenburg passiert, sitzt ein alter guter Freund von uns, der sehr edle Junker Hennig von Lauen aus Krodebeck, der nun wiederum einige Jahre älter geworden ist, einiges in diesen Jahren erlebte, den wir als einen ganz verständigen Menschen kennenlernten, von dessen Weltverstande es bis jetzt jedoch ebenfalls heißen mag:

»Aus besondrer Konsideration
Wollte man stilleschweigen davon«,

wobei das übrige im Examen des Kandidaten Hieronymus Jobs nachzulesen sein würde.

Er kam von Krodebeck und wußte im letzten Grunde durchaus nicht, weshalb er es verlassen habe. Gesund und männlich genug sah er aus; daß er klüger aussehe, konnte man gerade nicht behaupten, und was das schlimmste war, frei und leicht blickte er eben nicht in die sonnige Abendlandschaft hinein und nach den Kleinen Karpaten zu seiner Linken hinüber.

Er trug einen schwarzen Flor um den Hut – es hatte sich manches in der Heimat verändert, seit Tonie Häußler den Lauenhof verlassen mußte. Der Junker war nicht umsonst einige Jahre älter geworden; was aber auch geschehen sein mochte, nichts war aus dem gewöhnlichen Lauf der Dinge herausgefallen, und das ist unter allen Umständen wenigstens ein Trost für den wohlmeinenden und treuen Historiographen, selbst in einem Bericht wie der unsrige.

Wir wissen, daß der Junker von Lauen um die Zeit, als der Edle Dietrich Häußler von Haußenbleib auf dem Lauenhofe erschien, gleichfalls im Begriff stand, den Hof für einige Zeit zu verlassen, um in Berlin die Landwirtschaft von einem höhern, geistigern Standpunkt auffassen zu lernen. Das war ausgeführt, wie es im Familienrat beschlossen wurde; der Junker war ausgezogen gen Ahala – wie er sich jetzt auf dem Wege nach Ahaliba befand –, er war heimgekommen und mußte in der Tat sich sehr merkwürdigen und geheimnisvollen Studien hingegeben haben, denn der Lauenhof bemerkte von den Früchten derselben, weder im Guten noch im Schlimmen, das allergeringste. Fräulein Adelaide von Saint-Trouin behauptete natürlich: *sie* habe doch recht gehabt; der Ritter von Glaubigern zuckte kümmerlich die Achseln, und die gnädige Frau meinte:

»Er hat wenigstens einmal frische Luft geschöpft!«

Was sie sich unter dieser frischen Luft eigentlich vorstellte, das mochte sie vor allen vier Winden verantworten.

Es war kein angenehmes Leben auf dem Lauenhofe. Der Ritter und das Fräulein schrieben viele Briefe nach Wien und erhielten viele Briefe von dort; sonst aber kümmerten sie sich um nichts mehr und schlichen ohne Teilnahme umher oder saßen trübselig in ihren Stuben. »Ich würde einen Finger von meiner linken Hand darum geben, wenn ich ihnen dadurch ein neues Spielzeug verschaffen könnte!« seufzte die gnädige Frau.

»Es ist nicht auszuhalten!« rief der Junker, und er hielt es auch nicht lange aus. Eines Morgens spielte er seine letzte Karte gegen diese Öde und Langeweile aus, setzte sich zu Pferde, ritt nach Halberstadt und trat als Einjähriger Freiwilliger Kürassier in das Regiment. So brachte er ein zweites Jahr nach dem Abschied Tonie Häußlers erträglich hin; allein auch das ging vorüber, und als er dann wieder nach Hause kam, fand er daselbst das alte Leiden in derselben melancholischen Blüte und selbst seine alte brave Mutter müde, verdrießlich und verstimmt, und das war das schlimmste.

»Ach, Hennig«, sprach die Gnädige, »jetzt erst sehe ich recht ein, welchen Trost und welche Hülfe ich vordem an dem Chevalier gehabt habe. Jetzt weiß niemand mehr, warum er lebt; es ist, als habe jeder nur daran sein Vergnügen, daß er dem andern den Tag so sauer als möglich mache. Jede gute Stunde wird einem vor der Nase weggeschnappt, und allmählich kommt es doch auch mir vor, als ob in meiner Jugend alles besser gewesen sei, selbst das Wetter. In meinem ganzen Leben ist mir die Butter nicht so oft mißraten als jetzt. Mit den Leuten läßt sich auch nicht mehr wie früher verkehren; – es ist alles anders geworden, ich verstehe die Welt nicht mehr, und so kann ich dir nicht helfen, mein Junge, du wirst die Zügel jetzt selbst in die Hand nehmen müssen, und ich werde mich hinter mein Spinnrad setzen und es wie die andern machen und den lieben Gott verlästern vom Abend bis zum Morgen und umgekehrt – wie die andern.«

Vergeblich hatte Hennig versucht, der Mutter diesen Vorsatz auszureden. Sie blieb fest, und der Ritter und Leutnant Karl Eustachius von Glaubigern hatte wirklich als gewissenhafter Chronist den Beginn einer neuen Regierung in das »Geschichtsbuch« derer von Lawen auf dem Lauenhofe einzutragen. Das geschah grade um die Zeit, als der Pastorenfranz nach abgelegtem alten Adam, ein ganz anderer Mensch und ein wohlbestallter, wirklicher Kandidat der Theologie, von Halle kam, um seinen Vater in der Führung seines Amtes zu unterstützen. Längere Zeit betrachtete der gottselige Jüngling den Jugendfreund und sprach sodann wehmütig-salbungsvoll und mit leisem Kopfschütteln:

»Hennig, auch du hast den Weg zur Gnade noch nicht gefunden!«

Darüber ließ sich nun nicht streiten, und obgleich der Junker den frommen Freund ebenfalls eine ziemliche Weile mit einem etwas eigentümlichen Seitenblick von oben bis unten maß, so mußte er doch zugestehen, daß die Gnade freilich noch nicht bei ihm eingekehrt sei.

»O Buschmann!« seufzte Hennig fast ebenso kläglich wie der Kandidat; allein der Ton war doch ein anderer und deutete nicht darauf hin, daß der Pastorenfranz viel dazu beitragen werde, daß das, was er die Gnade nannte, sehr bald bei diesem Sünder einkehren werde. –

Der Kandidat Buschmann hatte es viel besser als der Junker von Lauen. Er war in seinem Gott vergnügt, trug das Haar à la Jésus-Christ gescheitelt, und wenn er sich je langweilte, so nannte er das Zerknirschung, gab sich eine Haltung dadurch und machte sich sogar ein Verdienst daraus. Ob er immer noch einen Teil seiner kostbaren Zeit der Lektüre des Chevalier Faublas und der Claurenschen Romane widmete, wollen wir dahingestellt sein lassen; aber ein Faktum ist, daß er mit ziemlichem Beifall vor den Bauern von Krodebeck predigte und fester denn je an eine dereinstige selige Auflösung seines Herrn Vaters die schönsten Hoffnungen knüpfte, sowohl für den Herrn Vater wie auch für sich selber. Von Antonie Häußler sprach er selten, und wenn es geschah, stets mit der größten Hochachtung; dem Ritter von Glaubigern und dem Fräulein ging er mehr denn je aus dem Wege. –

Von dem Ritter und dem gnädigen Fräulein an dieser Stelle zu reden, würde sehr unpassend sein. Wir werden mit ihnen noch einmal zusammentreffen und dann ausführlicher erfahren, wie sie in diesen Jahren lebten und dachten. Daß jene Seiten unseres Buches dann recht heiter und lichtvoll werden, können wir leider nicht verbürgen; der Trost, welchen ihre Zustände in diesen Zeiten dem Junker gewährten, war ein sehr mittelmäßiger, und ihr Leben auf dem Lauenhofe trug auch jetzt nicht dazu bei, ihrem Zögling das seinige daselbst erfreulicher zu machen.

Nachdem Hennig von Lauen die Zügel der Regierung ergriffen hatte, tat er ein ganzes Jahr lang sein möglichstes, um seinen Pflichten gerecht zu werden. Er säete und erntete, er trieb Handel mit allerlei Vieh und Früchten des Bodens; er ritt auf den Feldern umher und ließ sich doch in guten Augenblicken mit einigem Behagen von seiner Mutter darum loben. Wenn er gewußt hätte, was ihm eigentlich fehle, so würde er eine benachbarte hübsche und gutmütige Amtmannstochter geheiratet haben und schon jetzt so glücklich als möglich geworden sein. Er wußte es aber noch nicht, und so mußte denn das, was alle verständigen Leute der Umgegend späterhin wirklich sein Glück nannten, noch eine Weile anstehen.

Er hielt sich für entsetzlich dumm, was er nicht war, welche bescheidene Ansicht sogar von einem ganz offenen Kopf und gesunden Blick Zeugnis ablegte. Daß er sich für unmenschlich verlassen und elend versimpelt hielt, können wir eher gelten lassen; allein daß er bei verschiedenen Gelegenheiten sogar den Kandidaten Buschmann um sein Streben, Wissen und seinen freien Blick in die Welt beneidete, war wiederum im höchsten Grade übertrieben und mußte im Grunde niemandem lächerlicher erscheinen als dem Pastorenfranz selbst.

Jetzt erst traten die Folgen seiner ersten Erziehung recht zutage. Wenn auch der Meister Amos Comenius längst tot und begraben war und nicht wiederauferstehen konnte, so erwachten seltsamerweise die alten Wunder, welche die Enkelin Jehans von Brienne, Fräulein Adelaide Klotilde Paula von Saint-Trouin, Tyrus, Byzanz und Malta vordem in seine junge Seele gepflanzt hatte, zu erneutem Leben, wenn auch unter veränderten Formen und Farben. Er fing wieder an, Gesichte zu sehen, wie man sie nur in den Jahren sieht, in welchen noch alle Fibern der Phantasie der leisesten Berührung schwingend und klingend antworten, wo schon hinter dem nächsten Hügel, der die Aussicht versperrt, entweder das Paradies oder die Hölle liegt, wo kein Ton und Lichtstrahl uns trifft, kein Wolkenschatten auf uns fällt, ohne daß in Herz und Gehirn ein Heer von unbändigen Gedanken und närrischen Vorstellungen sich in den Sattel schwingt, sich in den Steigbügeln emporrichtet, und die geflügelten Rosse, allesamt mit einem Male die Schwingen entfaltend, mit Brausen zur Verwunderung und zum Ärger aller bereits verständig gewordenen Leute sich in die Lüfte erheben. Es ist immer sehr bedenklich, wenn dieser abnorme Zustand im Verlaufe eines Menschenlebens zum zweitenmal eintritt, und die Verständigen haben wohl recht, sich darüber zu entsetzen, denn wie jeder Rückfall zeugt er von einer bedauerlichen Schwäche der Konstitution nach einer bestimmten Richtung hin. Ein dritter Anfall pflegt gewöhnlich unheilbar zu sein und den Patienten für alle Zeiten entweder dem Gesichtskreis oder doch jeglicher Berücksichtigung in allen soliden Fragen und Verwicklungen der vernünftigen Leute zu entheben.

Eine prickelnde Unruhe und Ungeduld bemächtigte sich des Junkers von Lauen immer mehr, und diejenigen seiner Bekannten, die ihn wegen der Behaglichkeit seiner Existenz beneideten, wußten nicht, was sie taten; denn er selber glaubte nur deshalb in Krodebeck zu leben, um das Leben zu versäumen, und da er jetzt alt und selbständig genug war, um seinen Willen gegen einen andern, selbst gegen den seiner Mutter durchsetzen zu können, so tat er das oder verkündete wenigstens, daß er's tun werde; allein grade zu unrechter Zeit und Stunde.

Die alte Frau erschrak heftig und erzürnte sich sehr an dem Abend, an welchem der Sohn ihr erklärte, daß er sein Regiment von neuem in ihre Hände und die des Herrn Fröschler, des jetzigen Oberverwalters und Majordomus des Lauenhofes, niederlegen werde, um den Hof noch einmal und wiederum auf längere Zeit zu verlassen. Es entstand eine betrübliche Szene und ein ärgerliches Hinundhergerede; aber Hennig blieb fest. Er erklärte, er komme um, wenn man ihm nicht seinen Willen lasse; er müsse reisen, er müsse die Welt sehen, ehe er es daheim aushalten könne. Jedermann sei in Paris und Italien gewesen, nur er nicht, und doch habe niemand nördlich vom Brocken jemals eine solche Sehnsucht, in den Vesuv zu gucken, gehabt als wie er, und man möge um Gottes willen Vernunft annehmen und ihn nur noch ein einziges Mal von der Kette loslassen, er wolle wie der gute Ritter Götz von Berlichingen sein Ehrenwort geben, daß er nachher nie wieder die Feldmark von Krodebeck überschreiten werde.

Die Mutter führte die triftigsten Gründe dagegen an. Sie wurde sogar ziemlich grob, indem sie behauptete: noch nie sei ein Herr von Lauen in die Welt ausgezogen, der nicht heimgekehrt sei wie der Peter aus der Fremde. Von dem Land Italien hatte sie überhaupt noch nie etwas Gutes vernommen, und jener Lauen, der mit dem Kaiser Lothar von Süpplingenburg drunten war, der mochte allein als abschreckend Exemplum für seine sämtlichen Nachkommen bis in die späteste Zukunft dienen, und der Herr Ritter von Glaubigern mochte noch heute zu jeder beliebigen Stunde in der Chronik mit dem Finger auf den unglückseligen Tropf deuten.

»Hm!« hatte aber der Herr Ritter von Glaubigern gebrummt und weiter nichts hinzugefügt; das Fräulein von Saint-Trouin aber hatte sogar nicht undeutlich zu verstehen gegeben: was das schöne Frankreich anbetreffe, so sei sie allen Orleanisten, Republikanern und Bonapartisten zum Trotz gar nicht abgeneigt, die Gefahren und Unbequemlichkeiten der Reise zu teilen, und daß ein junger Mensch sich von chevareleskem Abenteurergeist beseelt zeige, finde sie gar so übel nicht, Kartoffelspiritus könne er in reiferen Jahren doch noch genug brennen.

»Es ist dummes Zeug, und es bleibt dummes Zeug, und ich gebe meine Einwilligung nicht. Übrigens magst du tun und lassen, was du willst, Hennig!« hatte die Frau Adelheid von Lauen gerufen und sehr aufgeregt den Familientisch verlassen.

Es war ein stürmischer Februarabend, an welchem diese Verhandlung stattfand. Barhäuptig und im hohen Grade erhitzt schritt die Gnädige über den Hof, um nach ihrer Gewohnheit den letzten Trost am treuen Busen ihrer Mamsell Molkemeyer zu suchen, und zum ersten Male in ihrem Leben erkältete sie sich und wurde sehr krank.

Als man sie dann einige Tage später mit Mühe und Not fest in ihr Bett gebracht hatte, zog sie trotz dem Fieber und Schmerz einer Unterleibsentzündung den Kopf des Sohnes am Ohrläppchen zu sich nieder und flüsterte:

»Munter, alter Kerl! Wenn ich etwas in der Welt nicht leiden mag, so ist es solch ein Gesicht, und – du bist doch ein guter Junge, Hennig, und recht hast du auch darin, daß du deine jungen Tage gebrauchen willst, solange es noch Zeit ist. Ich hab's ebenso gemacht, wie ich es verstand, und habe mich wenig um die sauern Mienen rundum gekümmert. Und, lieber Junge, auf schmucke, weiße Strümpfe hab ich von je viel gehalten, also sollt es sich so machen, wie ich fast vermeine, so guck einmal nach, oben in dem linken Eckzimmer nach dem Garten zu, in der Kommode rechter Hand, die unterste Schublade ganz unten. Da wirst du zwei Paare finden, mit Hanfgarn zugebunden, und sie mögen dir bekommen – das ist mein eigener Verdienst seit sechsunddreißig Jahren, und meine Patenpfennige stecken auch dabei, und du magst sie endlich wieder mal unter die Leute bringen, denn es wird doch Zeit dazu. Und Hennig, das sage ich dir, der Lauenhof gehört dir von Rechts wegen; aber den Ritter und das Frölen, die vermach ich dir, und ich weiß, du wirst die armen guten Kreaturen stets obenan zu Tisch sitzen lassen. Es gehört sich auch so, wenn es auch kurios genug ist, daß sie bleiben und ich gehe; denn wer hat stets und je auf das Leben geschimpft und gewinselt darüber, ich oder sie? Ich gewiß nicht! Ich habe an jedem neuen Morgen meine neue Lust gefunden, so schwer's mir auch oft geworden ist. Es mag sein, daß ich nicht einen solchen tiefen Verstand davon gehabt habe wie die andern, aber kurios ist es, sehr kurios, und ich hätte nimmer gedacht, daß die beiden mir noch die Hände und Füße zurechtrücken würden! Nun ja, es ist einerlei; wer das Gute genossen hat, muß auch das andere mit in den Kauf nehmen, und solches wird dir ebenfalls nicht erspart bleiben, Kind. Jetzt geh und schick mir den Ritter, das kann gar kein Mensch aussagen, was für eine Gabe der Mann hat, einem über jede böse Stunde wegzuhelfen. O Hennig, Hennig, halte mir den Ritter in Ehren und setze ihn obenan und frage ihn stets um seine Meinung, auch wenn du es besser weißt und seinem Rate nicht folgen willst! Ich habe es stets so gemacht und bin stets gut dabei gefahren...« –

Sollen wir davon erzählen, wie die vier schwarz behängten Rappen auf dem Lauenhofe scharrten und stampften, wie die Glocke der Dorfkirche von Krodebeck verkündete, daß eine wackere, gute Frau gestorben sei? Sollen wir davon reden, wie in der Kirche die Steinplatte von der Gruft der Lauen aufgehoben und der Sarg in das Gewölbe hinabgetragen wurde? Sollen wir von der Rede des Pastor Buschmann sprechen, von dem, was die Leute sagten, und von dem, was der Ritter von Glaubigern und das alte, alte Fräulein von Saint-Trouin nicht sagten? Wir fahren und haben keine Zeit dazu! Wochenlang war der Junker Hennig von Lauen außer sich, aber er hatte den ganzen Frühling vor sich, um sich zu beruhigen. Nachher überließ er doch dem Chevalier, dem Frölen und dem Administrator Fröschler den Lauenhof und ging wirklich auf einiges Zureden hin abermals auf Reisen. –

»Wenn du durch Wien kommen solltest, so bringe dem Kinde einen Gruß von mir; ich habe es sehr lieb gehabt. Sag ihr das, mein Sohn; aber – halt – dich nicht zu lange dabei auf!« hatte die gnädige Frau am Tage vor ihrem Tode gesagt.

»Wagram! Station Wagram!«

Sechsundzwanzigstes Kapitel

Wer Wagram erreicht hat, der wird auch wohl nach Wien kommen. Hinter Floridsdorf zeigte es sich, daß der Kahlenberg immer noch an seiner Stelle lag, und die Zigeunerbande auf dem Bahnhofe hielt noch immer den Radetzkymarsch für das zur Erquickung und Ermunterung der Reisenden geeignetste Tonstück. Der Sommerabend war sehr schön, die Landschaft in den letzten Strahlen der Sonne unendlich grün und leuchtend, und – dort guckte der Stephansturm aus dem Grün wie jeder andere Kirchturm hervor – »Bassama –, wär das auch übergestanden! Sind wir da, und wünsch fernerhin glücklichen Reis'!« sagte der alte ungarische Dorfpastor. Mit Sonnenuntergang war man in der Tat in Wien angelangt.

Der alte dicke ungarische Dorfpastor, welcher von Brünn an dem Junker von Lauen die treffliche Vorlesung über die ungarischen Flüche gehalten hatte und welcher sich zur Belohnung und als einzige Gegenleistung für seine Gefälligkeiten in Hinsicht auf seinen Zwetschgenbranntwein und seinen ausgezeichneten Tabak ausgebeten hatte, der Herr möge ihm einmal einen preußischen Taler – einen »wirklichen preußischen Taler mit dem Alten Fritz drauf« zeigen, hatte den jungen Mann seiner väterlichen Obhut und Führung entlassen. Der junge Prager Geistliche, welcher in Hinsicht auf Gesichtsfarbe, Gesichtsausdruck und Haltung so sehr dem teuern Kandidaten der Theologie Franz Buschmann glich und den braven Ungar seiner »Weltgewandtheit« wegen für einen lutherischen Priester hielt, war in dem Gewühl des Nordbahnhofes verlorengegangen, ohne eine Spur hinterlassen zu haben. Hennig nahm höflichst Abschied von der jungen hübschen Dame, die in Gänserndorf einstieg und so sehr freundlich und zuvorkommend gegen ihn war und, wie es schien, recht gern eine recht deutliche Spur auf ihrem ganzen Wege bis in die innere Stadt, bis zu ihrem Nestchen in der Entengasse hinterlassen hätte. Es war sehr heiß in Wien, heiß und staubig. Die Bäume vor dem Bahnhof standen weiß bepudert, und das Menschengewühl, die Fiaker und Omnibus trugen nicht dazu bei, die Atmosphäre zu klären.

Der Junker zündete auf dem Wiener Boden die erste der glücklich durchgeschmuggelten Zigarren an – eine Zigarre der Unentschlossenheit und Unbehaglichkeit. Die leichten Wölkchen, die sich den lieben langen Tag auf den Wiesen und Feldern von Krodebeck emporkräuselten, waren ganz andere als die, welche sich hier in der schwülen, stauberfüllten Luft verloren; da war er denn, der Junker von Lauen, und hatte nicht einmal Eile, einen Gasthof zu erreichen.

Er hatte überhaupt keine Eile in irgendeiner Beziehung, und doch fühlte er sich im höchsten Grade unruhig und sorgenvoll. Die lange Fahrt dieses Tages von Prag her konnte nicht allein die Schuld dieser Abspannung tragen; wie eine Drohung von Unheil, Verdruß und großen Widerwärtigkeiten schwebte es über ihm, es überkam ihn plötzlich ein Gefühl, als hab er sich von jetzt an machtlos, willenlos einem übellaunigen harten Meister zu fügen. Es war ihm, um seine eigenen liebenswürdigen Ausdrücke zu gebrauchen, als werde ihm der Sattelgurt viel zu fest angezogen und als reite ihn jemand, der um Sporn, Trense und Kandare teufelsmäßig gut Bescheid wisse. Andere Leute pflegen derartigen Stimmungen in andern Bildern Ausdruck zu geben, allein die Sache bleibt unter allen Umständen dieselbe. –

Die Korrespondenz, welche der Lauenhof diese Jahre hindurch mit Antonie Häußler geführt hatte, gab keinen Grund zu irgendwelcher Besorgnis in dieser Richtung. Ein Brief aus Wien war im Gegenteil stets ein Anlaß zum hellern Aufflackern aller Lebensgeister auf dem Hofe gewesen, und wenn der Herr von Glaubigern mit einem solchen zierlichen Blättchen in der Hand erschien, hatte selbst die gnädige Frau, im eilfertigen Lauf ihre Hände in der Schürze trocknend, häufig ihren Schuh auf dem Wege in das gelbe Zimmer verloren. Eine sehr betrübte, tränenreiche Antwort war freilich auf das Schreiben zurückgekommen, in welchem der Chevalier dem Kinde den Tod der Frau Adelheid meldete; allein, was diese Antwort auch an seltsamen, verworrenen Andeutungen und dunkeln, unverständlichen Klagelauten enthalten mochte, der Anlaß dazu war so natürlich gegeben, daß der Ritter von Glaubigern nur bemerkte:

»Sie nimmt es sich mehr zu Herzen als irgend sonst jemand; – ich hab's mir wohl gedacht, es war immer ihre Art so. Übrigens, bei meiner Ehre, ich könnte wahrhaftig nächstens einmal an den Meister Dietrich schreiben, um ihn wegen meiner schlimmsten Befürchtungen um Verzeihung zu bitten.«

Das letztere hatte der Ritter nun doch nicht getan; aber welch ein Teil der Schuld an der jetzigen Fahrt des Herrn von Lauen auf ihn fiel, wollen *wir* nicht weiter erörtern.

»Es soll mich wundern, wie ich sie finde, ob sie noch hübscher geworden ist, und was der Schuft, ihr vornehmer Herr Großpapa, sonst aus ihr gemacht hat!« murmelte Hennig, seine Zigarre fortschleudernd und einen Lohnkutscher heranwinkend. Er war nicht mehr der Knabe, der Krodebecker Bauerjunge, welcher mit dem wilden Pflegekinde der alten Hanne Allmann sich im Kuckelrucksholze umhertrieb und welcher später mit der schönen Tonie Häußler unter den Hecken der Heimat Veilchen suchte und dann und wann die größte Lust verspürte, den albernen, rohen Franz Buschmann mit Ohrfeigen und Fußtritten aus der Idylle hinauszujagen.

Er dachte wirklich an den Pastorenfranz, als er sich in die Kissen seines Wagens zurücklegte, und dann dachte er an den Freund Fröschler, dem er nicht nur den Lauenhof, sondern auch den Chevalier von Glaubigern und das Fräulein von Saint-Trouin zur Verwaltung anvertraut hatte, und dabei mußte ihm irgend etwas ungemein komisch erscheinen; denn plötzlich lachte er hell und laut auf. Dann schlug er beide Hände auf die Knie und rief:

»Und hier bin ich – und es ist, als wenn man eine uralte, verquollene Rokokoschranktür mit Stöhnen und Angstschweiß zugezwängt hätte. – Hurra! es ist doch angenehm, hier zu sein, und auf die Kleine freue ich mich unmenschlich! Ob sie wohl noch gewachsen ist? Ich glaube es nicht. Tonie, Tonie, es ist, bei den Göttern, ein hübscher Name, ein Name, wie helle Glocken – selbst wenn die Mutter ihn in Haus und Hof und Garten hineinrief, klang er wie Musik. Wie das alles vorübergeht! Nie hätte ich gedacht, daß ich einmal so fremd an Krodebeck denken könnte wie in diesem Augenblick. Da bin ich hier, und in acht Tagen bin ich in Venedig – selbst der Edle von Haußenbleib, unser Herr Großvater, ist mir auf einmal zu einem viel realern Gegenstand geworden als alles, was ich vor drei Wochen am Fuße des alten Blocksbergs zurückließ. Nun glaube ich auch wirklich daran, daß ich den Vesuv und den Ätna erklettern werde, und hier sind wir vor dem National-Gasthof. Bei Gott, es ist doch nicht alles Sattelgurt, Hafer, Roggen, Kartoffeln und Krodebeck in der Welt! O Tonie Häußler, ich meine, du wirst auch dein Vergnügen an der alten Freundschaft haben; und morgen bei guter Stunde werden wir dem alten braven Mädel in großer Gala unsere Aufwartung machen und unsere Kreditivbriefe aus dem Rokokoschrank nicht dabei vergessen!«

Für alle Zeit sollte er sich des Zimmers, welches man ihm in dem Hotel in der Taborstraße anwies, erinnern. Was er auch noch erleben mochte, an keinen Ort knüpfte sich so viel für ihn als an diese Wände, an diesen Teppich, auf welchem er eine Nacht nach der andern ruhelos, schlaflos hin und her schritt in einer Welt, die eine andere geworden war, mit brennenden Augen, klopfenden Pulsen und geballten Händen. Für jetzt nahm er ein Bad, speiste mit ausgezeichnetem Appetit zu Abend, legte sich mit einer neuen Zigarre ins Fenster und sah behaglich in die Taborstraße hinunter. Er glaubte für alles Zeit zu haben, und glaubte in allen Dingen sich die gehörige Ruhe gönnen zu können.

Es war vollständig Abend geworden, die Gasflammen in der Straße und in den Läden wurden angezündet, und es war in der Tat kein geringes Behagen, nach den Anstrengungen und passiven Mühen des heißen Reisetages vorerst aus sicherer Höhe eine friedliche halbe Stunde lang in das Getümmel von Ahaliba hinabzusehen, ehe man durch seine eigene Person das Gewühl vermehrte und alle Folgen davon auf sich zu nehmen hatte.

Wir wissen, daß der Junker von Lauen dann und wann das, was man im gewöhnlichen Leben ein beschauliches Gemüt zu nennen pflegt, in einem ziemlich hohen Grade betätigen konnte; und beschauliche Gemütlichkeit war die einzige richtige Bezeichnung für seinen augenblicklichen Seelenzustand.

Im Anfang sah er wohl noch ein wenig verquer und stumpf in das Leben der großen Stadt, allein das dauerte nicht lange; er gehörte gottlob nicht zu den nervösen Leuten, die in der jeglicher Aufregung folgenden Betäubung sich tagelang abzuzappeln haben. Seine Vergleichung des Lauenhofes mit einem zugezwängten Rokokoschrank kam ihm von neuem in den Sinn, und er konnte von neuem darüber lachen.

Dann sagte er:

»Wenn der Himmel doch geben wollte, daß er grade jetzt wieder Verona verproviantierte!« und er meinte hiermit nicht den Rokokoschrank; aber auch diese Vorstellung vergnügte ihn sehr, und er fuhr fort:

»Ja, das wäre das beste. Da hätten wir uns allein, wahrhaftig, ich könnte viel drum geben, wenn er augenblicklich wieder einmal Verona verproviantierte. Ihm würde es Vergnügen machen, und mir wäre es eine wahre Herzenserleichterung! Da könnten wir zusammensitzen in diesem Wien wie einst in der Fliederlaube in unserm Garten. Ihr würde es gewiß ebenfalls recht sein, denn wie hat sie oft den armen Franz angeblitzt, wenn er um die Hecke schob, der – Esel!«

Jetzt näselte er dem gottseligen Franz nach:

»Hennig, ich sehe, auch du hast den Weg zur Gnade noch nicht gefunden!« und lachte hell auf:

»Es ist zu gut! Wenn ich mich nicht zu sehr auf morgen freute, möchte ich wohl den Buschmann an meine Stelle wünschen und mich hinter die Türritze; da würden wir wohl vernehmen, ob sie von dem fraglichen Wege mehr weiß als ich.«

»Hm«, fügte er nach einer Weile hinzu, »wenn ich an jene Nacht denke, in welcher der Chevalier an mein Bett kam, seinen leeren Geldbeutel bejammerte und der Welt und dem Herrn von Haußenbleib sein Pflegekind mit seinem Herzblut abkaufen wollte, wird's mir doch ganz wunderlich. Holla, und in diesem Augenblick fährt sie vielleicht dort unten vorüber, und ich bin wahrscheinlich nur deshalb hier in Wien, um auf es aus dem Fenster zu glotzen wie auf einen Krodebecker Düngerhaufen?! ›Das sieht ihm ganz ähnlich!‹ würde meine Mutter gesagt haben. O Tonie, Tonie, Tonie, wenn er doch Verona verproviantierte!«

Eilfertig griff er nach dem Hut und stürmte, als ob er bereits das Beste versäumt habe, hinaus in den Abend, in das fremde Leben; und der Reiz, aufs Geratewohl durch die Lichter und Schatten einer großen unbekannten Stadt zu solcher Stunde zu schreiten, bemächtigte sich seiner bald im vollsten Maße. Er geriet an die Ferdinandsbrücke und wußte genug von der Topographie des Orts, um überlegen und wählen zu können zwischen einem Gang und Glas Eis im Prater und den Geheimnissen und nächtlichen Reizen der innern Stadt. Der Stephansturm, der schwarz durch die Dämmerung herübersah, gewann natürlicherweise schnell die Oberhand in einem Menschen, welcher daheim der schönen Natur zur Genüge hatte und der mit der allerschönsten Natur stets nur körperlich durch die trefflichste Gesundheit in Gefühlsverwandtschaft gestanden hatte.

Also kreuzte Hennig diese kleine Donau, irrte ein wenig auf dem Glacis umher und die Trümmer der alten Basteien entlang und fand endlich seinen Weg durch die Kärntnerstraße in immer höherer Stimmung.

»Es ist doch eine vornehme Stadt«, brummte er. »Schade, daß wir sie nicht an unser Berlin anhängen können, wir würden dann, glaube ich, jedes andere Nest rund um den Erdball herum um mehrere Nasenlängen schlagen!«

Nun fiel ihm eine alte Melodie aus der alten, lustigen, längstvergessenen Posse, den »Wienern in Berlin«, ein, und er summte sie im Weiterschlendern behaglich vor sich hin. So verwöhnt war er nicht, daß er nicht sein Behagen genommen hätte, wo er es fand, und es war in der Tat ein Behagen, sich hier in Wien zu finden, den Chevalier, das Fräulein von Saint-Trouin und den Freund Fröschler in Krodebeck sitzend zu wissen, Geld zu haben, mit der schönen Jugendfreundin dieselbe Luft einzuatmen und ein Freiherr in der angenehmsten und tiefsten Bedeutung des Wortes zu sein.

»Am Ende ist es mir auch höchst gleichgültig, ob er Verona verproviantiert oder nicht. Was kümmert mich das, worüber die Alten daheim die Köpfe schütteln? Da fällt einer nach dem andern heraus, und selbst meine arme Mutter hat herausfallen müssen, und das Leben mit seinen Lichtern und Wagenrollen und Kling und Klang geht weiter, und jedermann hat doch nur mit seiner eigenen Gegenwart abzurechnen. Es lebe die Gegenwart! Da wäre ich doch ein Narr, wenn ich mich in Wien an einem Haar ekeln würde, das die andern vor einem Menschenalter in Krodebeck in der Suppe fanden! Und die Tonie hat ja in jedem Briefe gemeldet, daß es ihr wohl gehe und daß ihr kaum etwas zu wünschen übrigbleibe. Le Nozze di Figaro? Ob das der Barbier von Sevilla ist? Hören wir dem Herrn von Häußler zu Ehren noch einen Akt von diesem Barbier! Zum Teufel, in der richtigen Stimmung kann man alles in Musik setzen, selbst den Barbier von Krodebeck!«

Er geriet wirklich noch zum Finale der Hochzeit des Figaro in das Opernhaus und erfuhr, wie man in Österreich Silber mit Silber zahle. Dazu machte er einige recht freundliche Bekanntschaften, welche ihm allerlei Dinge wiesen, die nur den Ortseingeborenen und den von diesen unter die Flügel Genommenen bekannt zu werden pflegen, und vergnügte sich durchgängig vortrefflich. Seine Laune wurde immer besser; mit sich selber war er recht zufrieden, und mit dem Universum fand er sich im vollkommensten Einklang. Einige Offiziere – Norddeutsche im Dienste des Hauses Habsburg –, welche mit Bereitwilligkeit die Landsmannschaft hatten gelten lassen, geleiteten ihn weit nach Mitternacht nach der Leopoldstadt zurück. Sie wußten von dem Edlen von Haußenbleib, kannten ihn jedoch nicht persönlich, wenn sie ihn gleich als eine sehr bekannte Persönlichkeit darstellten. Im National-Gasthof konsumierte der Junker von Lauen noch ein bedeutendes Quantum Sodawasser und schlief den Schlaf der Glücklichen bis tief in den hellen Sommermorgen hinein.

Siebenundzwanzigstes Kapitel

Glücklicherweise haben wir uns mit den Empfindungen unseres Schutzbefohlenen bei seinem ersten Erwachen in Wien nicht eingehender zu beschäftigen. Wenn wir sagen, daß er einen großen Teil seiner gestrigen Exaltation für kaum begründet erklärte und auf den Rest derselben mit einem nur mit Mühe zurückgedrängten Mißvergnügen blickte, so haben wir in dieser Hinsicht das Unsrige geleistet und können ihn ruhig für die ersten beschaulichen Morgenstunden sich selbst überlassen.

Es war irgendein kirchlicher Feiertag, und zugleich wurde irgendwo eine Parade abgehalten oder die kaiserlich-königliche Infanterie zu sonst einem Zweck in Gala durch die Straßen geführt. Die Sonne schien, die Glocken klangen, und die Musikbanden der verschiedenen weißröckigen Regimenter lärmten kriegerisch-munter durch die Gassen und über die Märkte, in und auf welchen das eilig-behäbige Menschengetriebe heute sonderbar wenig mit den Kümmernissen und Sorgen anderer Städte der Erdenbewohner zu tun zu haben schien.

Nahe Glocken und ferne Militärmusik sind etwas, was die Stimmung nicht verschlechtert, und solches erfuhr unser Freund Hennig, den wir jetzt in einem Fiaker wiederfinden, welcher ihn der Wohnung des Edlen Dietrich Häußler von Haußenbleib zuführt. Der Junker befand sich in diesem Moment in der Lage, solche äußerliche Anreize wohl gebrauchen zu können; er sah dem ersten Zusammentreffen mit der Jugendfreundin nicht mehr durch solch einen rosigen Schleier wie gestern entgegen, und er konnte nicht mehr über die Bilder der Heimat lachen, sondern fühlte tief und klar, daß der Ritter Karl Eustachius von Glaubigern sich nie dazu geeignet habe, für ihn – Hennig von Lauen –, auch in der aufgelegtesten Stimmung nicht, den Stoff zur geringsten possenhaften Bemerkung abzugeben. Jetzt blickte der Junker trübselig genug auf die bunten Gruppen und in die lachenden Gesichter auf seinem Wege. Er saß vorgebeugt, mit den Händen auf den Knieen, und von Zeit zu Zeit griff er in der Brusttasche nach den Briefen, welche ihm der Chevalier und Fräulein Adelaide an ihr Pflegekind mitgegeben hatten. Er hielt sich, sozusagen, daran und hatte allen Grund dazu.

»Nun weiß ich doch wieder nicht, wie mir ist«, murmelte er. »Nur eines weiß ich genau: ich wollte, wir träfen uns wie gewöhnlich im chinesischen Pavillon auf unserer Gartenterrasse und nicht hier in der Fremde! Gestern abend sah sich das Ding leicht genug an; aber jetzt erst merke ich, weshalb ich eigentlich hier bin, und ich würde viel drum geben, wenn ich den Leutnant in diesem Augenblick neben mir hätte, und wir könnten beide uns bei ihr anmelden lassen und mit der Visitenkarte zu gleicher Zeit herein und ihr an den Hals fallen: ›Da sind wir, Tonie! Nur deinetwegen sind wir da, und ganz Krodebeck läßt grüßen; und nun, Mädchen, wie geht es dir? Und wie ist es dir diese ganzen langen langweiligen Jahre hindurch gegangen?‹...Da würde der Chevalier wie gewöhnlich alles übrige aufs beste besorgen, und ich könnte wie gewöhnlich mein Vergnügen und meine Freude im Winkel haben!«

Nun sah der Junker den Edlen von Haußenbleib gleichfalls in einer andern Beleuchtung als am Abend vorher.

»Wie wird er mich empfangen? Was habe ich ihm zu sagen? Was kann ich ihm von Krodebeck aus Gutes bestellen?«

Es war ein großes Glück, daß in diesem Moment der Wagen hielt und der Kutscher die Tür aufriß; in seinen Gefühlen gegen den Edlen war Hennig eben im Begriff, seinen Rosselenker an der Schulter zu packen und ihm den heftigen Wunsch auszudrücken: er möge umkehren und ihn bis auf weiteres nach der Leopoldstadt zurückfahren. Jetzt war er gezwungen, auszusteigen und seine Geschicke zu erfüllen, und der Fiakerkutscher sah längere Zeit von seinem Bock aus nach ihm zurück und sprach nachdenklich:

»Kruzitürken, ist mir all eins, was d'Leut giftet; aber den hätt ich doch drum fragn mögn.«

Der Junker befand sich jetzt in der Vorstadt Mariahilf, ungefähr in jener Gegend, allwo die »Laimgrube« in die Mariahilfer Hauptstraße übergeht, und wenn wir es für passend hielten, könnten wir die Nummer des Hauses nennen, an welchem er nunmehr sehr betreten emporstarrte, ehe er es betrat.

Wir nennen aus mehrfachen Gründen die Nummer des Gebäudes, in welchem sich die Privatwohnung des Edlen Dietrich Häußler von Haußenbleib befand, nicht; aber da wir auch auf unsere Leser einige Rücksicht zu nehmen haben, dürfen wir es doch nicht ganz der Phantasie derselben anheimgeben, sich die Lokalitäten auszumalen.

Hennig von Lauen sah ein stattliches Bauwerk vor sich, das in keiner Weise an Krodebeck und an den Lauenhof erinnerte. Zwei große elegante Läden nahmen zu beiden Seiten der Tür das untere Stockwerk ein: – ein Trauerwarenmagazin unter der wunderbar passenden Firma »Zur betrübten Hekuba« auf der Rechten – ein Modewarenmagazin unter dem ebenso treffenden Zeichen »Zur schönen Helena« auf der Linken. Die lebensgroßen, gar nicht übel gemalten Bildnisse der Trojanerin und Achäerin in ganzer Figur suchten so erschütternd und verlockend als möglich auf die vorbeiwandelnden Phäaken zu wirken und ließen ihnen jedenfalls die Wahl, im eiligen Vorüberstreifen einen Zug Zerknirschung aus dem düstern memento mori rechts zu schöpfen oder dem lachenden, verführerischen, aber etwas kostspieligen Leben links einen nickenden Wink zu geben.

Eine Treppe hoch befanden sich die Geschäftszimmer einer Versicherungsgesellschaft, an welcher der Herr von Haußenbleib wohl auch in irgendeiner Art beteiligt war, obgleich er ein eigenes Büro auch noch tief im wimmelnden Mittelpunkt der innern Stadt in irgendeinem »hintern Trakte« besaß.

Im dritten Stock wohnte der Edle, und darüber hinaus stieg der Bienenstock mit seiner summenden Bevölkerung bis hoch in den blauen Wiener Himmel hinein und gab noch einer wunderlichen Bevölkerung von Studenten, Jüngern der Kaiserlichen Kunstschule, Photographen und so weiter Licht genug und Schutz gegen Wind und Wetter fast zur Genüge; und der Hausmeister wußte, welche Stellung ein Hausmeister diesem unberechenbaren Völkchen gegenüber einnimmt.

Von neuem griff der Junker nach den Krodebecker Briefen in seiner Brusttasche. Die schönen jungen Damen, die, je nachdem sie das Leben oder den Tod dem Publikum gegenüber vertraten, in hellern oder dunkelfarbigern Toiletten hinter den Spiegelfenstern der Läden beschäftigt waren, sahen ihn bereits darauf an, ob sie ihre Rechnung auf ihn als glücklichen Erben oder als glücklichen Verliebten und Verlobten machen durften: er aber hatte sie nunmehr nach beiden Seiten hin zu enttäuschen.

Wie das Haus, in welchem Tonie Häußler in Wien wohnte, von außen aussah, mußte er allgemach wissen.

»Es ist doch zu wunderlich, daß ich sie hier finden soll!« seufzte er. »Aus der Ferne sah sich alles das ganz anders an, und so albern wie jetzt bin ich mir im Leben noch nicht vorgekommen. Bei Gott, ich habe Angst! Verlegen bin ich schon häufiger gewesen; aber jetzt habe ich Angst! Und vor wem? Um was? O dummes Zeug und kein Ende, jetzt stelle ich dem Unsinn ein Bein: nach zehn Minuten werden wir ja doch darüber lachen, und, auf Ehre, ich werde ihr beichten und mich herzlich gern von ihr auslachen lassen!«

Mit einem Sprunge war er im Hause und erstieg eilig die Treppen, und da er sein Leben unterwegs nicht bei der Nilassidantia versicherte, so erreichte er ohne weitern Schaden die Tür, an welcher eine glänzende Metallplatte ihm anzeigte, daß hier der Landsmann aus Krodebeck – nein, der Edle D. Häußler von Haußenbleib, Ritter des Erlöserordens usw., unzweifelhaft seine Wohnung habe und daß man nur die Glocke zu ziehen brauche, um die arme Tonie hinter der polierten Pforte mit den geschliffenen Scheiben zu finden. Mit zaghafter Hand griff er nach dem blanken Messingknopf und horchte atemlos auf den hellen Klang drinnen. Hätte ihn seine selige Mutter jetzt erblicken können, würde sie die Schultern beträchtlich in die Höhe gezogen und dazu gemeint haben:

»Ganz wie ich's mir vorstellte! Natürlich der Peter in der Fremde! Jawohl – als ob ich das nicht schon vom Kaiser Lothar her gekannt hätte. Wozu heiratet man denn aus einer Familie in die andere und führt seine alten Register, wenn man sich allmählich dabei nicht selber kennenlernte?«

Zunächst fand sich Hennig natürlich einem ähnlichen schönen Bedienten gegenüber, wie er vor einigen Jahren den Bauern von Krodebeck so sehr gefiel; doch war's nicht mehr derselbe, welcher damals den Edlen begleitete, der Frau Pastorin Buschmann mehr als nötig imponierte und im Dorfkruge so elegant für die Ehre seines Herrn einzutreten wußte. Durch diesen stattlichen Jüngling erfuhr Hennig vor allen Dingen, daß die Götter, wenn es ihnen beliebt, immer noch imstande sind, der menschlichen Einfalt zu Hülfe zu kommen: der Edle von Haußenbleib war wirklich nicht zu Hause, er befand sich in der Tat wie auf Bestellung in Italien, und der Diener konnte nicht sagen, wann er heimkehren werde, da der gnädige Herr das häufig selbst nicht vorher bestimmen könne.

Mit einem tiefen erleichternden Atemzug schickte der Junker von Lauen nunmehr seine Karte der Tonie und wurde zugleich einem zierlichen Kammermädchen überliefert, welches ihm die Hoffnung gab, das gnädige Fräulein werde ihn wahrscheinlich sogleich empfangen können. Er wurde in das nächste Gemach geführt, man schob ihm einen Sessel zu, doch nahm er nicht Platz, sondern blieb aufrecht in der Mitte des Gemachs und suchte, klopfenden Herzens, sich in der kühlen Dämmerung zurechtzufinden.

Die Kammerjungfer, welche in Wesen und Erscheinung dem Schilde zur Linken der Haustür zu nicht geringer Empfehlung gereicht und es im Notfall vollständig ersetzt haben würde, hatte ihn mit einem besondern Blick angesehen, als er ihr die Karte zustellte, und gesagt:

»Das gnädige Fräulein ist schon längere Zeit nicht ganz wohl!« mit eigentümlicher Betonung des Wortes »ganz«.

Die Vorhänge waren zugezogen, und das heiße Licht des Tages fiel nur gedämpft in den reichen Raum. Da stand selbstverständlich irgendwo auf einer Konsole eine Nachbildung der Ariadne von Dannecker; und dunkel erinnerte Hennig sich später, an den Wänden neben einer schönen Kopie des Zinsgroschens von Tizian, welche gleichfalls die Leute gern zur Ausschmückung ihrer Zimmer verwenden und die, wie sich verschiedene Herrschaften erinnern werden, z. B. auch in dem Zimmer der Frau Geheimen Rätin Götz in Berlin hing, – lebensgroße Porträts des Kaisers Franz Joseph und der Kaiserin Elisabeth gesehen zu haben. Er behielt stets ein Gefühl von diesem ersten Warten auf die Jugendgespielin in der Kühle nach der langen Fahrt durch den glühenden Sommertag, ein Gefühl der harmonischen Wirkung von reichen Vorhängen, Tapeten und Teppichen, und behielt für alle Zeiten im Gedächtnis, daß er von einem Tischchen ein Album aufgenommen habe und hundert Photographien unbekannter Gesichter und Gestalten zwischen den Fingern und wirbelnden Gedanken gedankenlos durchlaufen ließ.

Aber er hatte auf die Bemerkung der Kammerjungfer auch gesagt:

»O das tut mir leid!«

Eine ganz gewöhnliche, alltägliche Redensart – das erste Glied einer Kette, welche sich ihm jetzt um die Seele legte und welche noch nach Jahren, wenn die hübsche, gutmütige, verständige Amtmannstochter vielleicht längst das Ihrige hingenommen hat, durch seine Träume im Wachen und im Schlafe klirren wird!

Sie war also nicht ganz gesund, und er hatte sie doch immer nur gesund gekannt?! In Krodebeck war ja überhaupt niemand je krank gewesen als vielleicht dann und wann das Fräulein von Saint-Trouin, und der machte es Vergnügen, und deren Leiden kannte man und ging der Patientin höchstens ein wenig mehr aus dem Wege. Die Leute starben wohl auch in Krodebeck, wie wir bereits an einigen Beispielen erfuhren, allein das ist etwas ganz anderes, wie jedermann weiß; denn trotzdem war man sehr gesund in Krodebeck!

»Sie hat uns nichts davon geschrieben; – weshalb hat sie das nicht getan?« fragte sich Hennig. »Es ist unrecht. In ihren Briefen lacht sie, wie sie auf dem Lauenhof über alles und nichts lachen konnte; selbst wenn sie sich über den Buschmann ärgerte, lachte sie. Aber vielleicht ist es nichts, und sie wollte den alten Ritter nicht unnötigerweise ängstigen. Der Teufel hole das feine Frauenzimmer mit der seidenen Schürze – mit solchen dummen Redensarten kommen sie stets in der Komödie aus den Kulissen.«

Er sah sich nochmals um; aber die Vorhänge sanken nicht herab, die Wände rückten nicht auseinander; nach wie vor blickte der listig lauschende Pharisäerkopf dem Heiland über die

Schulter, und Ariadne hielt sich auf ihrem Panther noch immer im Gleichgewicht. Die grünen Wiesen, Büsche und Wälder von Krodebeck, das alte Herrenhaus und die ganze Kette der blauen Harzberge samt dem Blocksberg lagen weit, weit in der Ferne und wohlverpackt und verschlossen in der alten schnurrigen Rokokokommode; und der Junker von Lauen besaß, in diesem Moment wenigstens, nicht das Zauberwort, welches einen frischen Hauch, einen freundlichen Ton, einen freudigen Strahl aus ihr in die Vorstadt Mariahilf herüberrufen konnte.

Jetzt trat das feine Frauenzimmer mit dem zierlichen Schürzchen schnell wieder hervor und sah ihn noch viel aufmerksamer als vorhin und sehr erstaunt an. Es winkte ihm und bat ihn leise, zu folgen, das gnädige Fräulein freue sich sehr, ihn zu sehen. Er durchschritt mit der Führerin noch ein zweites reiches Gemach, und dann stand er vor Antonie Häußler, die in ihren Briefen stets gelacht hatte, wie sie auf dem Lauenhofe über alles und nichts lachen konnte. Starr stand er da – – die arme Tonie hatte freilich in ihren Briefen den Herrn Ritter von Glaubigern nicht ängstigen wollen!

»Tonie! Tonie?« rief Hennig zitternd, zum Tode erschreckt von dem, was er nicht gedacht, nicht sich vorgestellt hatte.

Und Tonie Häußler hatte sich aus ihrem Sessel erhoben, mit Hülfe der hübschen gesunden Kammerjungfer, welche der Edle von Haußenbleib wahrscheinlich fertig und vollendet in dem Laden zur Linken seiner Haustür gekauft hatte. Die hübsche gesunde Kammerjungfer hielt ihre Herrin mit einem Arm umfaßt; denn nur so schien letztere sich aufrechthalten zu können. Und jetzt streckte Tonie Häußler beide Hände nach dem Besuch aus und rief mit leiser, stockender Stimme:

»Hennig! Hennig! Ist es denn wahr und möglich? Bist du es wirklich, Hennig? Das ist wie ein Erwachen zum Leben, zu dem guten alten Leben. Sie haben ihre Tonie nicht vergessen in der Heimat! O Hennig – lieber, lieber Hennig!«

Er antwortete ihr nicht. Er trat ihr näher – einen Schritt – zwei Schritte. Er legte zögernd seine Hände in die ihrigen und sagte langsam:

»Das ist sehr unrecht! Ich muß dies auf der Stelle nach Haus schreiben. Das haben wir nicht gewußt. O Tonie, Tonie, hast du gar nicht an uns gedacht?«

Antonie Häußler versuchte zu lächeln, doch es gelang ihr schlecht. Sie sagte:

»Mein Großvater ist in Italien; er ist sehr häufig dort, und ich bin mit dort gewesen – es war sehr schön. Ich kann euch nicht vergessen; aber sieh, ich lebe hier nun mitten in der großen Stadt Wien, und da muß ich das Gute mit dem Bösen nehmen, wie es kommt. Es ist mir auch immer gut gegangen, und ich bin recht vergnügt gewesen bis zum Tode deiner Mutter. Da hattet ihr euren Schmerz und ich den meinigen. In den letzten Zeiten bin ich freilich ein wenig unwohl gewesen; aber jetzt geht es viel besser – vielleicht war's nur ein bißchen Heimweh, und weil ich nicht schreiben konnte, wie – doch es ist nun alles gut, und ich freue mich so sehr, so sehr, dich zu sehen, deine Hände zu halten und dich bei mir zu haben, als wärst du mit der ganzen Heimat gerad vom Himmel mir in die Fremde hineingefallen.«

Nun hatte Hennig bereits die Stelle der Kammerjungfer eingenommen; sanft, wenngleich etwas unbehülflich, hielt er die Jugendgespielin, das Kind aus dem Siechenhaus zu Krodebeck, im Arm und stützte sie, zog ihren Sessel heran und setzte sie vorsichtig in die Kissen. Die Kammerjungfer sah alledem ziemlich verwundert zu, schüttelte den Kopf, blickte wie fragend auf ein großes, trefflich gelungenes photographisches Porträt des Edlen von Haußenbleib an der Wand und zog sich zurück. Der Junker holte sich gleichfalls einen Stuhl, rückte ihn so dicht als möglich an den Sessel Antoniens und rief:

»Ja, da bin ich, Mädchen – du dummes, böses Mädchen, und fürs erste geh ich jetzt nicht wieder. – Darauf richte dich ein. Den Herrn – Großpapa lassen wir ruhig in Italien bei seinen Geschäften; wenn einer aus Krodebeck dort ist, so hat Krodebeck in dieser Beziehung vollkommen seine Pflicht und Schuldigkeit getan. Mir gefällt dieses Wien ausgezeichnet, und jetzt – ganze Eskadron, marsch! – liefre dein Elend aus, oder – Jott sei uns jnädig! ich nehme es mit Sturm wie den hartmäuligsten Ascherslebener Kommißgaul.«

Nun lachte Tonie Häußler doch wirklich und faltete die Hände:

»Ach, Hennig, das ist wie ein Mairegen! Das ist Krodebeck! O ich bin so glücklich!«

»Und Franz Buschmann läßt grüßen – und der Chevalier – und das Frölen! – Du solltest unsere Saaten sehen, Tonie, – und hier hab ich die ganze Tasche voll Briefe. Sie haben Tag und Nacht darüber gesessen, und der Ritter hat mich fast umgebracht mit dem, was ich dir sagen sollte, Tonie, und was ich nicht vergessen sollte, und in Peccadillo sind trotz aller Vorsichtsmaßregeln doch die Motten gekommen, und das Frölen war außer sich; der ganze Lauenhof saß acht Tage lang mit unter dem Glaskasten und roch nach Kampfer! Von meiner armen Mutter will ich noch nicht sprechen, das alles kommt später: wir haben Zeit, für alles haben wir Zeit, Tonie, und nun sei ein braves Mädchen und mach mir das Herz nicht zu schwer; wir bringen alles wieder in den Sattel – Kreuzelement, ob wir nicht zum nächsten Appell parademäßig ausrücken werden?!«

»Und ich nenne ihn noch immer du; als ob sich das ganz von selbst verstände!« rief Tonie fröhlich. »Wann bist du angekommen? und wo wohnst du, Lieber? Ich finde mich noch gar nicht zurecht, du bringst mir fast zuviel Glück mit. Ja, fürs erste darfst du mich nicht wieder verlassen – weißt du, ich bin daran gewöhnt, meinen Willen zu bekommen; ich bin sehr verzogen – es ist eben ein Unheil: die alte Hanne Allmann hat den Anfang damit gemacht, und so bin ich aus einer weichen Hand in die andere gegangen, und hier – jetzt – hier habe ich auch meinen Willen!«

Ihr ganzes Wesen hatte sich bei den letzten Worten verändert. Sie hatte sich wieder halb aufgerichtet, ihre Augen glänzten halb ängstlich, halb triumphierend, und ein anderer als der Junker von Lauen hätte schon aus der abwehrend-drohenden Bewegung ihrer Hand allein erkannt, wie Antonie Häußler hier in Wien ihren Willen bekam und wie der Edle Dietrich Häußler von Haußenbleib sich gegen denselben verhielt. So leicht jedoch merkte der Junker von Lauen nichts; er sah nur mit erhöhtem Staunen die schnelle Röte auf den Wangen der jungen Dame kommen und gehen, er sah mit erneutem Schrecken die bleiche Farbe wiederkehren.

Doch nun fing Tonie an zu fragen, und er hatte zu antworten und zu erzählen. Sie ließ ihm kaum Zeit zu seinen Antworten – auf halbem Wege ahnte sie schon, was er zu sagen hatte. Ach, er wußte gar nicht, wie viele wissenswerte Dinge er als Reisegeschenk mitbrachte, er staunte selbst darüber, wie interessant ihm selber mit einem Male die Alltagsneuigkeiten von Krodebeck und dem Lauenhofe in der Kaiserstadt Wien wurden.

Und immer rief Tonie dazwischen:

»Nimm dir Zeit, wir haben ja Zeit! Ich will alles wissen, und ich will alles ganz genau wissen. Ich will dir helfen zu erzählen; aber, sieh, du mußt dir auch rechte Mühe geben; vielleicht freust du dich, wenn du ein alter Mann, ei – ein alter würdiger Herr bist, noch darüber, daß du mir heut und in diesen Tagen den Gefallen tatest. Vielleicht kannst du auch Tote auferwecken – probier es einmal. Es soll uns keiner stören, wir wollen ganz allein sein, den guten langen Tag durch – o ich bin so glücklich, Hennig.«

Hennig von Lauen gab sich rechte Mühe. Er blieb den ganzen Tag an der Seite Tonies und kehrte sich nicht im geringsten an die Sitte der Welt. Er erzählte, er schwatzte; dazwischen las sie mit flimmernden Augen die Briefe, welche er ihr gebracht hatte. Er hatte auch ihren Schlummer zu bewachen und wußte oft selbst nicht, ob er jetzt im Wachen oder im Traume sitze, und am Abend ging er betäubt nach Haus und saß die halbe Nacht durch, um das Versprechen zu lösen, welches er dem Ritter von Glaubigern und dem Fräulein von Saint-Trouin gegeben hatte, nämlich umgehend von Wien aus zu schreiben.

Achtundzwanzigstes Kapitel

Es war bereits Dämmerung, als er den National-Gasthof in der Taborstraße erreichte, und auf seinem Wege dahin hatte sein Dämon ihn wie einen Trunkenen vor Unglück und Verdrießlichkeiten aller Art zu hüten. Es war ein ziemliches Wunder, daß er sein Zimmer mit gesunden Gliedern erreichte; wie es in seinem Innern aussah, werden wir uns aus seinem Briefe zusammenreimen müssen. Er war kein Held von der Feder, aber dessenungeachtet ist es unsere Pflicht, sein Schreiben nach Krodebeck diesem Buche vom *Schüdderump* beizulegen. Einen schönen Stil leidet unsere Aufgabe diesmal überhaupt nicht, und wir haben deshalb nicht einmal um Entschuldigung zu bitten.

Der Junker von Lauen schrieb, wenn nicht gut, so doch recht ausführlich, folgendes:

»Lieber Herr Leutnant!

Ich zeige an, daß ich in Wien und gesund bin. Aber mit dem Vesuv ist's fürs erste noch nichts, und auf die Kamelzucht bei Pisa habe ich mich vielleicht auch umsonst gefreut, und das wäre doch über alle feuerspeienden Berge in der ganzen Welt gegangen. In Leipzig war ich in Möckern, wo Sie Anno dreizehn auch waren; aber da ist leider alles zugewachsen und zugebaut, Sie würden sich selber nicht mehr zurechtfinden. Ich stieg über mehrere Zäune, um die Stelle zu sehen, wo die Gardemarine zusammengehauen wurde; aber dabei fing mich ein Feldwächter und ging mit mir nach Eutritzsch, wo mich mein Patriotismus zwei preußische Taler kostete. In Dresden ist's schön. Die Elbe ist dort so breit wie in Magdeburg am Herrenkrug, in dem Bildersaal bin ich auch gewesen, aber es waren mir fast zu viele Bilder drin, und so bin ich umgekehrt; aber ich bringe einen Katalog mit. Das Grüne Gewölbe hat mir eigentlich besser gefallen; weil jedoch fortwährend eine furchtbare Hitze war, so habe ich mich meistens auf dem Waldschlößchen, dem Feldschlößchen, dem Felsenkeller und an ähnlichen schönen Punkten aufgehalten. Nachher hätte ich in der Sächsischen Schweiz beinahe dreimal den Hals gebrochen, nämlich auf der Bastei, am Kuhstall und am Prebischtor. Am Prebischtor gab's böhmischen Wein; aber vorher auf dem großen Winterberge nichts als Nebel. Von Prag will ich weiter nichts sagen, es war zu schön; ich habe auch Streit mit einem österreichischen Jägeroffizier bekommen, und die Herren waren außerordentlich freundlich und zuvorkommend, und ein liebenswürdiger ungarischer Husarenleutnant arrangierte alles aufs beste für mich; doch zuletzt wurde die Sache in Güte beigelegt, und wir fuhren und ritten in bester Kameradschaft nach Bubentsch und kamen spät, aber recht vergnügt in der Nacht heim.

Hätt ich den Weg von Prag nach Wien zu Pferde gemacht, so würde ich nicht den größten Teil verschlafen haben. Auf der Eisenbahn schlafe ich immer, und diesmal schlief ich fester denn je, woran die lieben Prager Herren wohl ein wenig mit schuld sein mochten. Aber in Brünn aß man zu Mittag, und von hier an blieb ich wach bis Wien, allwo wir mit untergehender Sonne vergnügt anlangten, nachdem wir Wagram passiert hatten, was mir sehr merkwürdig war und Ihnen gewiß gleichfalls recht kurios vorgekommen wäre.

Ich kam mit zwei geistlichen Herren und einer jungen Dame heiter und vergnügt an und fuhr zum National-Gasthof in der Taborstraße, wohin jedermann in Krodebeck für die nächste Zeit seine Briefe richten mag, und erholte mich von den Strapazen der Reise, das heißt, ich lief zuerst allein und dann unter dem Schutz einiger angenehmer Leute vom Regiment Erzherzog Rainer bis spät nach Mitternacht umher; denn wer sich in einer fremden Stadt nächtlicherweile ordentlich orientiert hat, der weiß sich nachher auch bei Tage zurechtzufinden. Sehen Sie, Herr von Glaubigern, das gnädige Fräulein meint immer, ich hätte keine Maximen; aber wenn das keine Maxime ist, so weiß ich nicht, was eine ist.

Wien ist wirklich eine recht hübsche Stadt und macht den Wienern alle Ehre; aber die Donau, welche ich bis jetzt kennenlernte, ist nicht weit her, doch existieren zwei, und die andere ist die rechte. Herr Leutnant, Sie kennen Goslar, und ich kenne es auch, und da muß ich sagen, daß es mir stets sonderbar vorgekommen ist, wie man einst hat glauben können, Rom und den Erdball von Goslar aus regieren zu können. Warten Sie nur, ich breche nicht aus der Bahn; denn trotzdem daß Wien eine prachtvolle Stadt ist, hat es in einer Hinsicht doch eine merkwürdige Ähnlichkeit mit Goslar; nämlich trotz allem und allem ist es meine feste Meinung, daß man Krodebeck und den Lauenhof nicht von Wien aus regieren kann; die Infanterie versteht kein Deutsch, und es wird zwar deutsch kommandiert, aber geflucht muß italienisch, polackisch und böhmisch werden. Donnerwetter, wenn das Goslarer Kontingent vor achthundert Jahren italienisch gesprochen hätte, würde die Weltgeschichte ganz anders aussehen; aber das sind nur so meine dummen Gedanken, und weil ich vor Verwirrung und Betrübnis nicht weiß, was ich eigentlich schreibe.

O lieber Herr von Glaubigern, am folgenden Morgen, als wie heute morgen, war ich bei unserer Tonie, und da habe ich mit blutendem Herzen erfahren, daß wir nach Belieben sitzen und politisieren mögen, es geht doch alles seinen gewiesenen Gang. Ach, Herr Leutnant, wir haben auch den Lauf der Welt nicht von Krodebeck aus regieren können, das wissen Sie ja; aber so schlimm hatte ich's mir nicht vorgestellt! Was ich Ihnen jetzo auch geschrieben haben mag, ich kann mit der Hand auf dem Herzen versichern, daß ich mich auf der Reise bis jetzt auf nichts mehr gefreut habe als auf das Kind; aber die Freude ist mir vollständig ins Wasser gefallen.

Und es ließ sich alles so gut an! Sie erinnern sich, Herr Leutnant, was uns der Herr von Häußler während seines Besuchs auf dem Hofe vorräsonierte von Mantua, Peschiera und Verona; und so dumm bin ich nicht, daß ich nicht bei jetziger Zeitlage die stille Hoffnung hegte, er würde sich augenblicklich wieder dort aufhalten. Diese Hoffnung hat mich nicht getäuscht; der Herr Dietrich Häußler verproviantiert Verona, und Tonie, unsere Tonie war allein zu Hause! Den ganzen Tag heute hab ich bei ihr gesessen, und wir haben von Krodebeck wie von einem himmlischen Paradiese gesprochen, was es doch nicht ist, wie Sie ebensogut als ich wissen. Es kommt alles darauf an, wie man ein Ding ansieht, und seit heute morgen sehe ich den Lauenhof in einem viel bessern Lichte als gestern abend, allwo ich wie ein Narr auf der Wolke ritt. Jetzt haben wir 'ne Lerche geschossen, und ich suche mühselig meine Gliedmaßen wieder zusammen. Kreuzlahm bin ich nach Haus gehinkt und sitze hier und schreibe, ich weiß nicht was!

Die Tonie ist krank, Herr Leutnant, und hat uns schon lange erbärmlich mit ihren fröhlichen und vergnügten Briefen hinter das Licht geführt; und seit ich sie gesehen habe, ist es mir zumute geworden, als habe diese ganze große Stadt Wien mit einem Male Trauer angelegt, – selbst die Luft kommt mir seit heute morgen ganz anders vor; und wie kann da noch von großem Spaß die Rede sein, wo jede Glocke klingt, als ob sie zum Begräbnis läute?

Ich habe dem Mädchen schön die Wahrheit gesagt – auch in Ihrem Namen, Herr von Glaubigern; – allein was hilft das? Sie lächelt und meint: es habe nichts zu bedeuten, sie habe es sehr gut, alles gehe nach ihrem Willen, und der Großpapa Häußler suche ihr jeden Wunsch aus den Augen abzulesen. In der letztern Hinsicht ist es mir durchaus nicht lieb, daß sich der Herr von Haußenbleib in Italien befindet, dem möchte ich ebenfalls verschiedenes aus den Augen ablesen, ehe ich der Tonie wieder traue, und etwas Ähnliches habe ich dem Kind zu verstehen gegeben; allein es hat wieder nur gelächelt – doch nicht so, wie es in Krodebeck lachte. So wütend und betrübt zugleich bin ich noch nie in meinem Leben gewesen, und in einer merkwürdig tollen Stimmung bin ich heute abend in die Taborstraße zurückgekehrt. Wäre ich betrunken gewesen, hätte kein vernünftiger Mensch an meinem Zustande was aussetzen können, so aber bin ich mir fast selber zum Ekel geworden und finde meinen einzigen Trost nur in diesem Schreiben an Sie, lieber Herr von Glaubigern, denn ich weiß, daß Ihnen dabei womöglich noch übler werden wird; denn Sie haben in jener Nacht, als Sie wie ein Geist umgingen und an mein Bett kamen, vollständig recht gehabt, woran ich übrigens schon damals nicht zweifelte.

Der Edle Dietrich Häußler wohnt hier in einer ganz schönen Gegend in der Vorstadt Mariahilf in einem sehr schönen Hause. Und da sitzt denn auch unsere Antonie, und ich habe heute neben ihr gesessen, das Herz voll von Tränen, wie die Mamsell Molkemeyer, wenn ihr ein Unglück mit der Butter passiert ist. Wir haben von nichts anderem gesprochen als von Krodebeck und dem Lauenhofe, von der Mutter, von dem Fräulein Adelaide, von der alten Hanne Allmann, der alten Jane Warwolf und Ihnen, Herr Ritter. Sie hat auch Ihre und des Fräuleins Briefe gelesen und läßt sich allen empfehlen, aber schriftlich kann man das nicht ausdrücken, wie! – Wir haben zusammen zu Mittag gegessen, und das allein schon konnte einem den Wagen umwerfen, wenn man das Vergangene und das Gegenwärtige zusammenhielt. Der Edle Dietrich Häußler scheint in der Tat hierzulande ein großes Tier zu sein; aber das Kind ist krank – sehr krank, Herr von Glaubigern, und ich schämte mich fast, so dick und fett ihr da gegenüberzusitzen und die ganzen letzten Jahre hindurch so vergnügt gewesen zu sein und so wenig an sie gedacht zu haben. Sie hat Bediente und Kammerjungfern, allein man braucht sie nur anzusehen, um zu wissen, wie heillos sie jedesmal gelogen hat, wenn sie uns schrieb, daß es ihr gut gehe. Ja, während es uns freilich besser ging, als wir verdienten – den Tod der Mutter abgerechnet –, verkümmerte sie hier oder wurde auf das niederträchtigste mit Kunst fast zu Tode gequält. Davon will sie zwar nichts hören; aber ich bleibe in Wien, bis ich mir alles ins klare gebracht habe, und hoffe, daß ich damit auch Ihre und des gnädigen Fräuleins Meinung treffe, Herr Leutnant.

Herr von Glaubigern, mit dem gnädigen Fräulein ist das eine eigene Sache, und wir haben ihm allesamt vieles abzubitten, was ich mit einem höflichen Kompliment auszurichten bitte. Das sage ich ganz offen, ich für mein Teil habe früher kein größeres Vergnügen gekannt, als wenn sich plötzlich beim schönsten Wetter das Gnädige mit seinem Taschentuch in den Winkel setzte und den König Ludwig den Sechzehnten und die Eroberung Konstantinopels durch die Türken bejammerte und für vierzehn Tage seine Gesellschaft in diesem irdischen Jammertal für jedermann unmöglich machte. Damals war mir bärenmäßig wohl, aber heute fühle ich zum erstenmal den Klotz am Bein und tue dem Fräulein Adelaide Abbitte und Ihnen auch, Herr Leutnant. Und dazu muß man nach Wien gekommen sein, um solche Erfahrungen zu machen! Das alles muß einem hier in Wien klarwerden, hier, allwo jeder, der Ihnen begegnet, vor Behagen kaum Platz in seiner Haut zu haben scheint!

Ich war in einer netten Stimmung, heute abend auf dem Heimwege; – Fräulein Adelaide in ihren elendesten Momenten war das reine Himmelblau gegen mich! O ich hätte sie alle mit den Nasen gegen die Laternenpfähle stoßen können, wenn sie nicht zu freundlich und vertraulich Platz gemacht hätten! Und die Frauenzimmer gar! Die tanzten alle, und ich glaube, unsere Tonie ist die einzige, die mitten unter ihnen allein sitzt und weint. Nur ein Blinder, welchem die Augen in dem Augenblick aufgehen, in welchem die Sonne untergeht, kann wissen, wie mir in dieser Stunde zumute ist. Ja, Herr Leutnant, auch Sie hatten recht, wenn auch auf eine andere Art als das gnädige Fräulein. Aber wir andern in Krodebeck waren alle zu dumm, um Sie zu begreifen, weshalb wir uns natürlich um soviel weiser und klüger dünkten als Sie. Jetzt erst reime ich mir allmählich zusammen, was Sie eigentlich meinten, wenn Sie Ihre unverständlichen Reden hielten, wie zum Beispiel, wenn Sie sagten, der Tag sei nicht so hell, als man denke, und das Licht liege nur in dem Vergangenen und der Sehnsucht darnach, die Zukunft aber bringe auch nur, was der Tag heute sei, oder noch etwas Schlimmeres und so weiter.

Daß dieses so ist, habe ich nun gemerkt. Wir haben heute von nichts als der guten alten Zeit sprechen können. Was frage ich noch nach den Kamelen und dem Vesuv? Schon daß der Edle von Haußenbleib in dem Italien sein Glück gemacht hat, könnte mir die sämtlichen Pomeranzenländer in alle Ewigkeit verleiden; aber hoffentlich hängen ihn die Garibaldiner demnächst einmal an den Beinen auf, und nachher werde ich mir den Baum mit Vergnügen besehen und auch alles übrige Sehenswürdige mit Gemütlichkeit nachholen.

Grüßen Sie den Fröschler, Herr Leutnant, und bitten Sie ihn, in der Ernte die Eichsfelder scharf unterm Zügel zu halten. Nur durch die menschenmöglichste Grobheit kann man mit denen in Güte auskommen, wenn sie gleich nicht so schlimm sind, als die römischen Eichsfelder, welche die Maler so gern in den Kunstausstellungen aufhängen, aussehen. Aber auf den Fröschler gerate ich nur, weil die Tonie und ich von nichts anderm als dem Lauenhof gesprochen haben und er jetzt doch auch zum Lauenhofe gehört. Wir haben hier freilich mit ganz anderm Volk zu schaffen als den Ernteleuten vom Eichsfelde. Sehr viele Herrschaften – Herren und Damen mit prachtvollen Titeln und noch prachtvollern deutschen, polnischen und italienischen Namen haben nach mir gleichfalls ihre Visitenkarten hereingeschickt und anfragen lassen, ob das gnädige Fräulein zu sprechen sei. Wir haben sie diesmal jedoch sämtlich abgewiesen, da wir den Tag für uns allein brauchten. Ich hoffe, einige dieser Herrschaften genauer kennenzulernen, und werde sodann dem Lauenhof mehr darüber melden. Ach, ich glaube, ich erfahre dadurch Schlimmeres, als wenn ich den Ärzten der Tonie einen Besuch machte. Der Edle von Haußenbleib hat sicherlich einen höchst sauberen Bekanntenkreis. Der Teufel hole ihn! nämlich den Edlen.

Ich sah ganz genau, wie das Kind bei einigen jener Namen den Kopf zurückwarf oder die Lippen zusammenbiß. Und der Bediente sah es nach jeder neuen Abweisung immer größer an, und das schöne Kammermädchen schien sogar einmal die Absicht zu haben, eine vorlaute Bemerkung zu machen.

Herr Chevalier, verlassen Sie sich auf mich! Etwas Großes und allzu Kluges haben Sie mir nie zugetraut; aber an dieser Stelle bin ich imstande, den Pferdemarkt zu bereiten, ohne irgendeinem Juden Gelegenheit zu einem: ›Israel, frohlocke!‹ über mich zu geben. Das Kind ist mir immer noch viel zu lieb, um ihm nicht gern einige Wochen meines Daseins zu opfern, und außerdem gefällt mir Wien in der Tat ungemein, und ich begreife schon jetzt ganz wohl, daß man daselbst ganz angenehm leben kann.

Nun wäre ich für heute zu Ende, sowohl mit meinen Kräften als auch mit meinem Papier. Das ist die schwerste Arbeit gewesen, die ich ausgeführt habe, seit Sie den Comenius zuklappten; freilich ob Sie daraus klug werden, ist Ihre Sache. Wäre es irgend möglich gewesen, so würden Sie auch diesen Brief nicht erhalten; aber dafür befände ich mich dann bereits mit der Tonie auf dem Heimwege nach Krodebeck.

Schreiben Sie an mich in den National-Gasthof, Zimmer 38, was Sie wollen; und schreiben Sie und das gnädige Fräulein an die Tonie so vergnügt als möglich – Sie tun ein gutes Werk damit und werden mich schon verstehen.

Leben Sie wohl und bleiben Sie mein bester Freund!
Hennig von Lauen«

Neunundzwanzigstes Kapitel

Wir haben dieses konfuse Schreiben, wie gesagt, seiner ganzen Länge nach geben müssen und ersehen daraus, daß Leute, welche nicht gewohnt sind, Briefe zu schreiben, in gegebenen Fällen mit sonderbarer Energie ans Werk gehen. Aber wir erfahren noch einiges andere daraus. So z. B. erhalten wir leider vor allen Dingen die Gewißheit, daß der Junker von Lauen nicht der Mann war, um dem dunkeln Fuhrmann in die Zügel zu fallen und die Speichen der schwarzen Räder rückwärts zu drehen. Seine Erziehung hatte ihn nicht fähig gemacht, einer Welt, wie sie ihm jetzt entgegenstand, mit Aussicht auf Erfolg den Kampf anzubieten; und unklare Gefühle haben, selbst in Verbindung mit dem besten Willen, stets sehr wenig gegen die offenkundigen Geheimnisse des Erdenlebens ausgerichtet. Es war vorauszusehen, daß Hennig sich eine Weile abmühen würde, um endlich mit blutenden Fingern nach Hause zu schleichen und sich zu trösten, wie Millionen vor ihm sich getröstet haben. So geschah es! Und daß er kein übler Gesell war, geht ebenfalls in unumstößlicher Gewißheit aus seinem jetzigen, an den Ritter von Glaubigern gerichteten Notschrei hervor. Und daß er das fremde reiche Leben, welches ihn jetzt umgab, nicht ohne Nutzen für spätere Zeiten durch ein so eigentümliches Medium in seine Erfahrung aufnehmen mußte, war, seinen schriftlichen Ergüssen zufolge, gleichfalls nicht zu bezweifeln. Er war nicht der Mann, welcher bis jetzt viel über die Dinge, welche ihn umringten, nachgedacht hatte. Menschen und Sachen ließ er gelten, wie sie sich gaben, was unter allen Umständen wohl das behaglichste ist, jedoch nicht grade für die Stärke und Regsamkeit des eigenen Geistes spricht. Das änderte sich natürlich auch in der Folge wenig; er ließ Menschen und Sachen nach wie vor in der alten Art auf sich wirken; allein er konnte sich unter Umständen doch darüber ärgern, und das war unbedingt ein großer Gewinn, wenn auch nicht für seine Behaglichkeit, so doch für sein ethisches Bewußtsein. Der Pastorenfranz war übrigens durchaus nicht gezwungen, die süße Gewißheit, an seines Vaters Stelle Pfarrherr zu Krodebeck zu werden, infolge dieser Wiener Reise seines Patrons aufzugeben! – –

Der Junker von Lauen siegelte seinen Brief an den Herrn von Glaubigern, wog ihn in der Hand, atmete etwas erleichterter und sprach:

»So! Nun wissen sie, woran sie sind, und können mir ihrerseits mitteilen, wie sie das Elend ansehen und was ich in ihrem Namen an die Tonie bestellen soll. Übrigens ist es mir recht lieb, daß ich nicht auf dem Hofe vorhanden bin, wenn dies Skriptum anlangt. Das wird eine schöne Bescherung geben; es ist schon von ferne schlimm genug, sich allein das gnädige Fräulein auszumalen, und an den Ritter mag ich gar nicht denken.«

Mit einem nicht sehr zarten Segenswunsch warf er sein Schreiben auf den Tisch und sich nach einer kurzen Weile aufs Bett und erwachte am andern Morgen nach einem gesunden Schlaf mit dem Gefühl, sich einer erstaunlichen Mühe und Arbeit ohne die geringste Aussicht auf Nutzen und Gewinn unterzogen zu haben.

»Ich verderbe den Alten höchstens den Appetit, wie er mir verdorben worden ist. Das ist alles!« sagte er während des Ankleidens, warf aber nachher den Brief eigenhändig in den nächsten Briefkasten und saß mürrisch und brütend in einem Kaffeehause, bis ihn die Wirbel der großen Stadt von neuem mit sich fortrissen. –

Wir haben im Grunde über die Zeit, welche er nun durchlebte, wenig zu sagen; wußte er doch selbst späterhin wenig davon zu erzählen! Naturen gleich der seinigen geraten nur zu leicht, wenn sie aus der gewohnten Bahn und Umgebung gerissen werden, in einen Taumel, der sie eben nicht befähigt, auf sich zu achten und für andere zu sorgen. Nur zu leicht verlieren sie jeden Maßstab für die Dinge und sind nachher, wenn sich die hohen Wogen verliefen, kaum imstande, was jene Periode ungewöhnlicher Aufregung betrifft, die Wirklichkeit von den Gebilden der Phantasie zu unterscheiden. Wohl aber sind sie zu jeder Zeit imstande, das Unglaublichste glaublich zu finden, wie sie sich den allerderbsten Realitäten gegenüber vorzugsweise gern dem drolligsten, aber für sie selber keineswegs vorteilhaften Skeptizismus zu überlassen pflegen.

Dazu finden sich denn natürlich Leute, welche sich ihrer auf das wohlwollendste annehmen, im Überfluß. Die guten, heitern, leichtherzigen Freunde und Freundinnen tauchen an allen

Ecken und Enden auf und sind stets zur rechten Zeit gegenwärtig, um kleine Unannehmlichkeiten, Mißverständnisse und Verdrießlichkeiten mit wahrhaft rührender Aufopferung des eigenen Wohls und Behagens aus dem Wege zu räumen.

Der Junker Hennig von Lauen, welcher nicht nach Italien weiterreiste, sondern in Wien sitzenblieb, um der armen Tonie Häußler mit Rat und Tat beizustehen, hatte nach acht Tagen selber nichts nötiger als den Rat und die treue, ängstliche Hülfe der Jugendgespielin: ein Fall, den auch gescheitere Köpfe als er in einige Überlegung ziehen können.

In einer Hinsicht hielt der Junker vollständig Wort – er setzte sein ganzes Herz daran, der Tonie die Grillen zu vertreiben; nur war's eine andere Frage, ob er sich rühmen konnte, die richtige Art und Weise dafür ausfindig gemacht zu haben?!

Ein Mensch der sentimentalen Heimats-und Heimwehgefühle war er nicht, und so fing er denn sehr bald an, in bezug auf die Heimat recht witzig zu werden. Je mehr Bekanntschaften er machte, und er machte deren auch einige im Hause des Herrn von Haußenbleib, desto mehr verringerte sich der Druck auf seiner Seele, desto schneller schwanden die Sorgen und zornmütigen Aufwallungen, die ihn bei und nach dem ersten Wiederzusammentreffen mit dem Pflegekinde des Lauenhofes erfaßt und geschüttelt hatten. Von Tag zu Tage gefiel es ihm besser in der großen Stadt an der Donau, und je besser es ihm dort gefiel, desto größeren Trost fand er auch für Tonie Häußler in der Vorstellung, daß Krodebeck doch den Himmel auf Erden nicht bedeute und daß man mit einer gewissen harmlosen, jedoch nicht übertriebenen Neigung zu demselben allen Verpflichtungen gegen dasselbe Genüge leisten könne.

In diesem Sinne suchte er das arme Kind durch allerlei Karikaturen des Ortes und der Leute dort zu erheitern, und da der Ort und die Leute, seit Antonie sie verlassen mußte, so ziemlich die nämlichen geblieben waren, so war auch der Junker darauf beschränkt, seinen Humor in den alten Geleisen zu halten, und Tonie hatte also nicht einmal die Gelegenheit, andere Dinge und Personen in einem andern Lichte zu sehen. Er war unerbittlich im Auskramen seiner verbrauchten Plattheiten, und das schlimmste war, daß er den Chevalier von Glaubigern in der besten Absicht lächerlich zu machen suchte und gar nicht ahnte, wie er dadurch das Glück, welches er der Enkelin des Edlen von Haußenbleib gebracht hatte, in das Gegenteil verkehrte.

Dann und wann gelang es dem jungen Mädchen, ihn zurückzurufen in die Stimmung und den Ton der ersten Stunden ihres Zusammenseins; allein das dauerte nie lange, und er erschien an jedem neuen Tage aufgelegter, heiterer und zufriedener mit sich und aller Welt. Daß er darum ganz und gar aus dem Gedächtnis verloren hätte, weshalb er seine Reise nach dem Süden nicht weiter fortsetzte, weshalb er in Wien sitzengeblieben war – wollen wir nicht sagen. Er dachte häufig daran; es schwebte ihm fast jeden Augenblick vor der Seele; allein er wandelte in Betäubung, und das war auch eigentlich gar kein Wunder, denn Tonie Häußler lebte in einer seltsamen Welt, und diese Welt hatte seltsame Fangarme, denen man sich nur mit großer Gefahr näherte und die nicht leicht wieder losließen, was sie einmal erfaßt hatten.

Es war von dem größten Interesse für ihn, den neuen Bekanntschaften gegenüber recht klar und bei Sinnen zu bleiben, denn da er nach und nach fast alle Freunde und Freundinnen des Edlen Dietrich Häußler von Haußenbleib kennenlernte, so hatte er sich auch gegen alle in irgendeiner Art zu wehren. Und dazu verwirrten ihn allmählich die Äußerlichkeiten des Lebens, die Gassen, die Theater, die Berge und Gärten, die Kunstwerke und selbst der große Fluß in einer Weise, daß ihm zuletzt wenig von seinem frühern Anschauen und Denken übrigbleiben mußte. Oft griff er, wenn er spät in der Nacht sich endlich in seinem Zimmer in der Taborstraße allein fand, an die Stirn, um sich zu fragen: wer, was und wo er sei, und was mit dem nächsten Sonnenaufgang werden solle. Antonie Häußler, welche denselben Kampf in ziemlich derselben Art gekämpft hatte, war zu einem andern Ende gekommen, als dem Junker von Lauen bevorstand: sie hatte gesiegt und ihren Willen behalten, aber Hennig von Lauen war verloren, wenn nicht eine kräftige Hand zugriff und ihn nun von dem Abgrund zurückriß.

Die arme Tonie, was vermochte sie von ihrem Sessel, von ihrer Krankenstube aus gegen Ahaliba?!

Man nahm alles so leicht in Ahaliba! Man war so gern bereit, jedes und jeden von der bequemsten Seite zu nehmen. Da gab es keine unnötigen Haarspaltereien zwischen dem, was geschah, und dem, was eigentlich hätte geschehen oder nicht geschehen sollen. Jedermann schien nur zu bereit, den lieben Nächsten und noch lieber die hübsche Nächste unter allen den bedenklichen Umständen zu entschuldigen und in Schutz zu nehmen, unter welchen man demnächst selber entschuldigt und in Schutz genommen zu werden wünschte. Freundlich und heiter wurden Angelegenheiten und Verhältnisse behandelt, welche dem Moralisten wie dem Kriminalrichter Stoff zum Denken und zum Arbeiten geben konnten; und freundlich, heiter und lächelnd wurden natürlich auch die Resultate hingenommen, welche die Moralisten und Kriminalisten in einzelnen Fällen dieser fröhlichen, unbefangenen Lust des Daseins abgewonnen hatten.

Und jedermann hatte so viel erlebt und gesehen und kannte die Welt so gut. Und niemandem konnte man es übelnehmen, wenn er es sich in dieser drolligen Welt so bequem als möglich machte! Der Edle Dietrich Häußler von Haußenbleib war vollkommen berechtigt, auf dieser Schaubühne den Patriarchen zu agieren, und wurde so häufig als Muster und verehrungswürdiges, nachahmenswertes Beispiel höchsten irdischen Strebens und Erreichens aufgestellt, daß selbst der Junker von Lauen aus Krodebeck sich allgemach daran gewöhnte, ihn derartig loben zu hören. Von dem Schüdderump wußte niemand etwas. Von dem Schüdderump hatten ja überhaupt in diesem Buche nur der Ritter und Leutnant Karl Eustachius von Glaubigern und sein Pflegekind, die Tochter der schönen Marie Häußler aus dem Siechenhause zu Krodebeck, mehr als nur eine Ahnung.

Es kann hier nicht unsere Aufgabe sein, die einzelnen Perlen der Schnur zu zählen und sie in der Sonne glitzern zu lassen; sie haben doch nur in ihrer Gesamtwirkung ihren Einfluß auf den Lauf unserer Geschichte und selbst auf den Junker Hennig von Lauen. Was kümmert uns z. B. jener Herr, welcher mit Seiner Päpstlichen Heiligkeit auf einem solchen guten Fuße stand, daß er jedem, welcher es verdiente, den Orden des Goldenen Sporns verschaffen konnte? Es war ein sehr interessanter Herr, ein sehr liebenswürdiger und würdiger Herr; allein obgleich Hennig ihm mit Vergnügen zuhörte, war er, Hennig, doch noch bescheiden genug, um zu erklären, daß er sich keiner so auffälligen Verdienste um das Erbteil des heiligen Petrus bewußt sei, um auf die freundlichen Vermittlungen des Herrn Barons irgendwelchen Anspruch zu haben. Aber er besuchte den Herrn Baron in seiner eleganten Wohnung und traf daselbst andere Herren, welche ihn wiederum mit anderen Herren bekannt machten, und so fühlte er sich binnen kürzester Frist dem Herrn Baron zu mannigfachem Dank verpflichtet.

Von den Damen, gegen welche Hennig sich gleichfalls bald in der verschiedensten Weise verpflichtet fühlte, wollen wir noch weniger reden. Sie rühmten sich alle ihrer guten Seiten; aber auch meistens des Gegenteils derselben. Von allen Lebensaltern und Lebensstellungen, waren sie fast alle mit einem Stück mehr oder weniger mythischer Lebensgeschichte behaftet, und ihre Vergangenheit war selten danach angetan, daß sie einer schönen Vertraulichkeit in der Gegenwart Abbruch getan hätte. Aller Zukunftsgedanken entschlugen sie sich gern und eilig, und das war sehr verständig, denn die Zukunft ist am Ende keines Menschen Freund und am wenigsten die Freundin der schönen Damen, und das nicht bloß in Wien, sondern auch in Ahala und rund um den Erdenball herum.

Worüber könnten wir noch schweigen? Natürlich über die hohe und niedere Finanz, die selbstverständlich eine hervorragende Stellung in dem abenteuerlichen Kreise des Hauses auf der Laimgruben einnahm. Aber auch die Kunst in ihren verschiedensten Verzweigungen bietet uns eine treffliche Gelegenheit, unser Manuskript abzukürzen; und gerade hier müssen wir vor allen Dingen den Finger auf den Mund legen, denn der Edle Dietrich Häußler von Haußenbleib, welcher selbst sein Leben so künstlerisch abgerundet hatte, galt *diesen* Künstlern als ein großer Mäzen, und sein Name hatte den besten Klang auf ihren Zungen.

Ach, wir schweigen wohl; aber die Herrschaften sprachen alle sehr laut für sich selber, und sie imponierten dem Junker von Lauen, was auch das Kind aus dem Siechenhause zu Krodebeck und er selbst dagegen einwenden mochten! Das war ein anderer Verkehr als auf dem Lauenhofe in Krodebeck, in der berühmten Stadt des guten Vaters Gleim, ja selbst ein anderer Verkehr als in der sonderbaren Stadt Berlin an der Spree. Die Bauern und der Pastor Buschmann nördlich vom Blocksberg, die schon außer sich vor Respekt gerieten, als sie den Edlen, den sie doch in seiner Jugend gekannt hatten, wieder zu Gesicht bekamen, was würden sie zu allen den Herren und Damen gesagt haben, welche in dem Hause des Edlen aus und ein gingen und die sie nicht in ihrer Jugend gekannt hatten?

Ob wohl der Pastorenfranz diesen gnädigen Frauen gegenüber auch von dem Wege zur Gnade geredet haben würde? Sicherlich nicht! Er wäre fest überzeugt gewesen, daß sie denselben längst gefunden hätten; – bescheidentlich würde er sein evangelisch gescheitelt Haupt ihnen entgegengeneigt und höchstens den Wunsch ausgesprochen haben: ihnen mit sanften Schritten auf ihrem Pfade nachwandeln zu dürfen. Der Pastorenfranz hätte gewiß nicht seinem Junker einen Vorwurf daraus gemacht, daß derselbe sich ohne viel Sträubens in den bunten Tanz hineinziehen ließ. Er würde unzweifelhaft mit Vergnügen selber der nächsten Nachbarin auf der Stelle die Hand gereicht haben und hätte nachher bei gehöriger Muße eine Abhandlung über das Weib in Scharlach auf dem rosenfarbenen Tier mit den sieben Köpfen und zehn Hörnern geschrieben. Vielleicht würde man ihn dann auf diese Abhandlung hin in Halle zum Doktor der Theologie gemacht haben – so wäre man durchaus nicht aus der Apokalypse herausgefallen, und alles hätte den Weg genommen, den es auf dieser muntern Erde zu nehmen pflegt.

Fort damit! Ein ander Gesicht steigt uns in der Seele empor. Der Abend ist klar und still, die Sonne sinkt eben hinter die Vorhügel der Herzynischen Berge. Die alte Hanne Allmann sitzt am offenen Fenster ihrer Hütte und hält ein kleines Mädchen auf dem Schoße. Jetzt klingeln vom Walde her die Glocken der nach Haus zurückkehrenden Herden. Da kommen die guten Freunde der armen Hanne, da kommt das liebe Vieh, und die besten Bekannten darunter treten nach alter guter Gewohnheit näher, recken die Hälse und legen die feuchten blasenden Schnauzen auf das Fenstergesims. Vielleicht tritt auch Jane Warwolf aus dem Staubgewölk auf der Heerstraße mit ihrem hellen, kratzbürstigen »Glück auf!«. Es ist alles eins – man kennt einander und versteht einander; man weiß wenig von Ahala und noch weniger von Ahaliba; ach Gott, das liebe Vieh, das liebe Vieh!

Aber die Sonne von Krodebeck ist viele Male seit jenen Zeiten hinter den Wald hinabgesunken; wir beschwören Geister, die nur unwillig unserm Wort Folge leisten. Jane Warwolf ist längst vor die verschlossene Tür des Siechenhauses gekommen und hat vergeblich am Fenster gepocht. Nach der alten Hanne Allmann hat Peter Quickbrey, welcher auch den Edlen von Haußenbleib in seiner Jugend kannte, in dem Siechenhause von Krodebeck gewohnt. Der ist neulich ebenfalls gestorben, er hat es in dem Siechenhause nicht so lange ausgehalten als Hanne Allmann; wir aber haben nicht den Beruf mehr, die Geschichtsregister der traurigen Hütte weiterzuführen; wir befinden uns mitten in der prachtvollen Stadt Wien, wo das gnädige Fräulein, wo Antonie Häußler auf ihrem Sessel in ihren Kissen sitzt und die Bekannten und Freunde ihres Großvaters lächelnd zu empfangen und heiter zu unterhalten hat und wo sie auch von Zeit zu Zeit mit Herzklopfen den Besuch des Junkers Hennig von Lauen annimmt. –

Pflichtgemäß hatte Tonie dem Edlen in Verona zwischen seinen Mehlsäcken, Fässern voll eingepökelten Fleisches und Büchsen voll komprimierter Gemüse Nachricht von der Ankunft des jungen Landsmannes in Wien gegeben, und der Edle hatte fast umgehend geantwortet. Er hatte sogar sehr ausführlich geantwortet, ganz gegen seine Gewohnheit! Denn für gewöhnlich liebte er es, sich jenes kurzen und bündigen Stiles zu bedienen, der in der Korrespondenz des ersten Napoleon vielleicht seinen vollwichtigsten Ausdruck fand. Auf dem Leipziger Schlachtfelde konnte man seine Meinung kaum lakonischer diktieren, als sie der Edle von Haußenbleib sonst aus seinen Kasematten in der berühmten Stadt des Fürsten Escalus zu wissen tat; aber diesmal – en famille – wusch er seine schmutzige Wäsche wie das allergewöhnlichste alte Weib und füllte anderthalb Bogen mit seinen Gefühlen, Wünschen, Hoffnungen und Befürchtungen.

Zu Anfang seines Briefes freute er sich vor allem ungemein, daß das Befinden seines lieben Kindes in Wien stets weniger zu wünschen übriglasse, und dankte herzlich für alle lieben Nachrichten aus der Laimgruben. Die Ankunft des jungen Herrn von Lauen in der Kaiserstadt gereichte ihm zur unendlichen Befriedigung, und er glaubte kaum fähig zu sein, schriftlich seine volle Genugtuung darüber ausdrücken zu können. Das war freilich eine Nachricht, welche das Herz höher schlagen machte; denn was aus Krodebeck kam oder nur an Krodebeck erinnerte, war wie eine »Pièce auf dem Alphorn für einen Schweizer Kuhhirten« in der ungemütlichen Fremde – nämlich unter den Fleischtöpfen von Verona. – Der alte Herr wurde vollkommen sentimental an dieser Stelle, so sentimental, daß man es seinem Schreiben ganz und gar nicht ansah, daß er während der Abfassung desselben ein anderes Blatt daneben liegen hatte, auf welchem er, zwischen seiner Rührung durch, den Preis von fünfhundert Fässern eingepökelten Schweinefleisches zusammenrechnete und seine Prozente davon abzog. Wie Amyntas blies er auf dem Haferrohr, gerad als ob er für dies süße Getön – keine Prozente erwarte und den Lohn für seine Bemühungen nur im eigenen Herzen und in den Zähren von Daphnis und Chloe, und zwar sein ganzes Leben hindurch gefunden habe. Er hoffte, daß der junge Herr in seinem Hause wenigstens einen Hauch aus der teuern Heimat wiederfinden und davon in *seinen* Briefen nach der Heimat berichten werde. Er hoffte, wünschte und bat, daß das gute Tonerl nichts versäumen werde, um dem lieben Gast den Aufenthalt in der Kaiserstadt so angenehm als möglich zu machen, und er bedauerte innig, augenblicklich nicht in dieser Kaiserstadt anwesend zu sein, um dieses hohe Vergnügen mit der Enkelin wenigstens teilen zu können, hoffte jedoch, den verehrten Herrn von Lauen bei seiner Rückkehr aus Italien – die er beiläufig in nahe Aussicht stellte – noch vorzufinden, um selbst zeigen zu können, wie ein ehrlich treues Herz weder durch die Jahre noch den Wechsel des Glückes in seinen Neigungen und Empfindungen verändert werde. –

In dieser Weise ungefähr füllte der Edle den Bogen aus, und konnte der Inhalt unbefangen Wort für Wort, Satz für Satz dem Gast aus dem Norden vorgelesen, ja selbst zu eigener Einsichtnahme vorgelegt werden.

Was dagegen den halben Bogen betraf, so schien der Briefschreiber noch nicht das Vertrauen zu seiner Antonie zu haben, daß sie bereits das streng Geschäftliche von aller schönen Vertraulichkeit zu sondern wisse. Der zweite Teil der Epistel begann mit einem dicken schwarzen NB! und forderte die teure Enkelin mit vollem Ernst und Nachdruck auf, wohl ihre Stellung im Leben und der Gesellschaft zu bedenken und mit möglichster Delikatesse alles zu vermeiden, was den Interessen des Edlen und damit ihren eigenen Interessen zum Schaden gereichen könne. Der würdige alte Herr hielt sich versichert, das Tonerl wisse, daß es sich in einer Situation gleich der des Hauses in der Laimgruben nicht um dumme, kindische Sensiblerien handle, sondern um sehr ernste und bis jetzt mit eiserner Konsequenz durchgeführte Zwecke und um Hoffnungen, die man nicht ein ganzes langes Leben hindurch verfolgt habe, um sie zuletzt vielleicht den lächerlichen Vorurteilen und Wallungen einer albernen, nervösen jungen Dirne aufopfern zu müssen. Es sei keine Kleinigkeit – schrieb er –, als reicher Mann zu leben und als sehr reicher Mann dereinst – wenn es nötig sein sollte – zu sterben. Nicht umsonst habe er sie – die Tonie – vom Lauenhofe abgeholt und in solch ein glänzendes Dasein geführt, nachdem er sich überzeugt habe, ein glücklicher Zufall habe sie ganz seinen Ansichten gemäß erzogen. Nun solle sie – und sonderbarerweise bat er das Kind jetzt »auf den Knieen« –, nun solle sie ihm, dem treuen Verwandten, wohlmeinenden und die Welt kennenden Großpapa, nicht wiederum die bittere, herzkränkende Überzeugung wachrufen, er habe sich hier sowohl in seinen Ansichten wie auch in seinem Vorgehen recht verdrießlich geirrt und sich durch seine Reise nach Krodebeck höchstens eine tüchtige Rute gebunden.

Wie er am Schluß dieser Auslassungen der Adressatin noch seinen Segen geben konnte, ist eigentlich unbegreiflich, allein zum Glück knüpfte er denselben an die Bedingung, daß der »Junker vom Blocksberg« so schnell als möglich nach Hause oder weitergeschickt werde, und so kam alles wieder ins Gleichgewicht. Der Brief aber kam richtig in Wien an und gelangte wie alles, was der Edle von Haußenbleib seit jener Reise nach Krodebeck Antonie Häußler mitzuteilen hatte, leider Gottes an seine Adresse.

Dreißigstes Kapitel

Es wird wohl ewig ein Geheimnis bleiben, ob auch Toinette, die schöne Kammerjungfer, um diese Zeit einen Brief aus Verona empfing. Daß sie mit dem Edlen von Haußenbleib in Korrespondenz stand, unterlag keinem Zweifel, und daß sie ihr gnädiges Fräulein und den jungen Kavalier aus dem Norden bei allen Gelegenheiten scharf im Auge behielt, war gleichfalls sicher. Sie nahm den innigsten Anteil an dem jungen Kavalier aus dem Norden, empfing ihn mit dem sonnigsten Lächeln, wenn er die Glocke des Hauses in der Vorstadt Mariahilf zog, und hatte für alles, was er sprach, ein offenes Ohr – vorzüglich hinter Vorhängen, halboffenen Türen und an Schlüssellöchern. Sehr ärgerlich dabei war nur, daß sie nicht immer verstand, was das gnädige Fräulein und der gnädige Herr eigentlich sagen wollten; kein verständiger Mensch konnte gewöhnlich aus dem Larifari und ausländischen Gschwätz klug werden, und wenn man sich zuletzt den Sinn wohl auslegen konnte, so war's doch ein Elend um das verschrobene Geträtsch, und der Angstschweiß trat einem dabei auf die Stirn. So himmelhohe Worte um nichts konnte man doch nur im Reich machen, und es gehörte schon ein gar gutes Herz dazu, um sich, selbst für einen so lieben Herrn wie den gnädigen Herrn von Haußenbleib, einem so schweren Dienst zu unterziehen.

»O Jesus Maria, da ist er wieder!« seufzte Fräulein Toinette, die Taffetschürze glattstreichend. »Der gnädige Herr ist zu gut, daß er dieses duldet. Ach, bonjour, Herr Baron; – das gnädige Fräulein ist heut weniger wohl – wir haben Briefe erhalten aus Italien vom gnädigen Herrn, und das gnädige Fräulein hat recht geweint. Treten's ein, Herr Baron, wir freuen uns immer, Sie zu sehen.«

Hennig von Lauen schob die hübsche Rednerin fast unhöflich zur Seite und fand schnell seinen Weg ohne sie zu Antonie.

Toinette blickte ihm nach, zog die Achseln in die Höhe, ließ sie mit einem Ruck wieder fallen und murmelte:

»Der arme gnädige Herr, wie er mich schmerzt! Ach Maria und Josef, säß ich an der Stelle der Gans da drinnen, da sollte die Welt ein ander Spiel sehen!«

Mehr als vieles andere gab dieses geflügelte Wort dem Edlen zu Verona in seiner Vermutung, er habe wenigstens einmal bei einem Griff ins Leben fehlgegriffen, recht. Mehr als vieles andere beweist diese Kammerjungfer-Philosophie, daß die Reise nach Krodebeck einen bedenklichen politischen Fehler des Herrn Dietrich Häußler bedeute und daß er schwerlich jemals die Kosten derselben aus der Befriedigung der verwandtschaftlichen Bedürfnisse seines großväterlichen Herzens herausschlagen werde.

Der Junker von Lauen hatte am vorigen Tage eine Einladung der Freiin Zoe von Wanesch, in einem kleinen, gewählten Kreise liebenswürdiger Leute den Nachmittag auf ihrer Villa in der Nähe von Hietzing zuzubringen, mit Vergnügen angenommen und sich in der Tat vortrefflich daselbst vergnügt. Der kleine gewählte Kreis hatte aus einer ziemlichen Menge liebenswürdiger Leute bestanden, aus Leuten, die meistens alle den Edlen von Haußenbleib kannten und schätzten und mit großer Zärtlichkeit und leisem innigen Bedauern von seiner schönen Enkelin sprachen. Ein junger jüdischer Bankier aus einem großen Hause und mit ausgezeichnetem musikalischen Talent begabt war diesmal in Verbindung mit der Freiin Zoe die Seele der Gesellschaft gewesen. Erst spät in der Nacht war man zur Stadt zurückgekehrt, und Hennig, von Lichtglanz und süßen Melodien bis in den Traum begleitet, hatte außerdem sehr lieblich von einer gewissen Frau Emanuele Werdenberg, die uns sonst weiter nichts angeht, aber auch in der Leopoldstadt wohnte und den Junker in ihrem Wagen dorthin mitnahm, geträumt. Und jetzt erst, nach den Worten Toinettes, an der Tür Antonies fiel ihm ein, daß diese Madam Emanuele in der vorigen Nacht, als der Wagen durch die Mariahilfer Hauptstraße rollte, eine Bemerkung über die Existenz der Tonie fallen ließ, welche er nur im halben Rausch an seinem Ohr vorübergehen lassen konnte, ohne den Ritter von Glaubigern würdig zu vertreten.

Mit der weißen, rechten Schulter gegen die Wohnung des Edlen Dietrich Häußler von Haußenbleib winkend, hatte die gnädige Frau gemeint:

»Wir können alle Komödie spielen, wenn es nötig ist; aber die dort oben versteht's am besten. Halb Wien hält sie mit ihrer Hektik zu ihren Füßen fest. Oh, das ist eine Feine und macht Ihrer Heimat alle Ehre, Herr Baron, und der Alte – der Herr von Haußenbleib, ah, cela s'accorde à merveille avec son système! Gestehen Sie es selbst, lieber Freund, Sie haben uns schon manchen braven Intriganten von Ihrem biedern Norden hierher hinuntergeschickt; allein dies kleine bleiche Passionsblümerl schlägt doch alles, was uns in dieser Art zuteil wurde. Agréez mes hommages, monsieur; je m'en connais, c'est de notre ressort, und mein Mann, der sich, wie Sie wissen, augenblicklich in Karlsbad mit seiner Gicht befindet und dessen linken Fuß in Wachs ich erst vor vierzehn Tagen nach Mariazell in Gebet und schwarzer Wollrobe brachte, würde Ihnen mit Tränen in den Augen seinen Enthusiasmus für das süße Kind aussprechen!« –

»Es ist eine Niederträchtigkeit, eine bodenlose Abscheulichkeit, und ich bin ein Narr – ich bin schlimmer als ein Narr, ich bin ein Affe, den man auf dem Seil tanzen läßt und Zuckerbrocken zuwirft!« stöhnte Hennig an der Tür Tonie Häußlers. »O Tonie, Tonie, mein liebes Mädchen«, rief er, in das Zimmer stürzend, »schilt mich, lache über mich, mach mit mir, was du willst; aber –«

Vielleicht wollte er sagen: »Verzeihe mir, denn du weißt ja, wie wenig ich bedeute, wie wenig von jeher mit einem Gesellen gleich mir anzufangen ist!« – allein er brachte den Satz nicht heraus, er verstummte plötzlich und stand und ließ den Hut zur Erde fallen und sagte erst nach einer Weile:

»Tonie, du brichst mir das Herz! O Tonie, was ist dir nur begegnet?«

Antonie Häußler hatte den Brief ihres Großvaters im Schoß liegen. Sie reichte Hennig die matte Hand und sagte:

»Ich habe nicht gut geschlafen in der Nacht; ich habe über allerlei nachdenken müssen, davon ist mir der Kopf ein wenig wüst. Dann habe ich auch schlimm geträumt, ich bin mir selber begegnet, und da hat man – das andere hat gefragt: wohin ich gehe und woher ich komme. Ich habe dann geantwortet, ich weiß nicht mehr was, aber es muß wohl ziemlich traurig gewesen sein, denn wir haben beide geweint, ich und das andere. Das war alles dummes Zeug; doch es liegt mir in den Nerven, und es ist nicht meine Schuld. Dazwischen hab ich auch viel an Krodebeck gedacht, da hast du in den Wagen geguckt, als ich mit meiner Mutter ankam, und das Fräulein von Saint-Trouin hat die Hand auf den Rand des Wagens gelegt und hat böse auf meine Mutter eingeredet. Ich habe die ganze Vergangenheit wie durch ein scharfes Glas gesehen. O ich wollte, ich wäre bei meiner Mutter, und ich wollte, der Herr von Glaubigern wäre auch gestorben; denn von dem habe ich nachher ebenfalls geträumt. Ich bin ihm auch begegnet, und da habe ich ihn gefragt, wie es ihm gehe, und er ist in seiner Uniform gewesen, mit Helm und Harnisch und mit dem Degen an der Seite, ganz stattlich und kriegerisch; aber er hat sich traurig umgewendet und nicht geantwortet, und das ist das schlimmste in dem ganzen Traum gewesen, denn ich habe doch bis in das tiefste Herz hinein gewußt, was er gemeint hat. Doch das ist einerlei, ich freue mich, Hennig, du siehst wohl aus, es geht dir gut, und es ist so gut von dir, daß du immer zu mir kommst. Setze dich – heut morgen hab ich auch Briefe aus Italien bekommen, und nicht wahr, du gehst nun bald – recht bald – o recht bald nach Italien?! Bitte, tu es; du wirst dich einst freuen, daß du es getan hast!«

Der Junker von Lauen setzte sich neben – vor die Tonie und hielt ihre Hand fest und rief: »Tonie, es fängt alles an, sich rund um mich her zu drehen! Ich bin zu dumm, um die Welt zu verstehen, und ein Tag wirft mich dem andern wie einen Ball zu. So einer wie ich soll seinen Pflug führen und mit der frischen Luft und seinen gesunden Knochen zufrieden sein. Und es ist mir noch jedesmal so gegangen und zumute gewesen! Sowie ich den Lauenhof und das Kuckelrucksholz hinter mir habe, geht das Elend an, und alles, was mir das Frölen und der Ritter in der Jugend an Weltkenntnis und Verständnis und Feinheit beigebracht haben, geht unter und verloren in dem Tumult um mich her. Alles ist ganz anders, als ich es mir einbildete, und alle Augenblicke hüpfe ich mit dem Schienbein in beiden Fäusten wie wahnsinnig im Kreis herum, weil ich mich mit dem Knie an irgendeinem unbekannten Gegenstand gestoßen habe. Das ist in Berlin so gewesen, und im Regiment war's fast das gleiche, und hier in Wien ist's am schlimmsten. Ach, du hast wohl recht, mir zu zürnen; aber bei Gott, ich verspreche dir, liebes Mädchen, ich habe genug davon, und von heute an wird's anders, auf Ehre, ich werde selber die Hand hinhalten, und sie sollen mir alle drauf steigen, alle, auf Ehre! Aber weiter – nach Italien gehe ich noch nicht; ich werde wieder an den Chevalier schreiben; – o Tonie, was sollte ich mich in der weiten Welt lustig machen, wenn du hier so kümmerlich sitzest?!«

»Du bist ein guter Junge, Hennig«, sagte Antonie, »und ich verstehe dich wohl in allem, was du mir eben gesagt hast.«

»Siehst du, das weiß ich ja, das habe ich immer gewußt, und deshalb darfst du mich nicht fortschicken. Du allein hast mich immer verstanden, und deshalb habe ich dich auch stets so gerne gehabt. Es ist in Krodebeck zur Zeit der Kleeblüte kein grüner Busch, an dem ich nicht noch einmal gern mit dir säße und das alte Leben, die alten guten Tage, noch einmal von vorn durchspielte. Und zum Donnerwetter, ich bin ja auch nur in Wien, um dich aufzuheitern, ich hatt es nur die letzte Zeit hindurch ein wenig vergessen; – auch in Krodebeck hab ich manchmal um ein Dachsgraben oder dergleichen wenig Notiz von der übrigen Menschheit genommen, und mit den grünen Büschen und den Mondscheinabenden in der Laube und alledem hat es doch seine Richtigkeit.«

»Ich danke dir für alles, was du sagst, lieber Hennig; aber du mußt doch gehen. Sieh, ich – ich – gehe ja auch.«

»Du gehst auch? Du wirst auch reisen?« fragte der Junker erstaunt.

»Ja! Hast du das noch nicht gemerkt? Ja, ich bin reisefertig, und ich gehe gern von hier fort.«

»Und ich gehe mit! Das ist vortrefflich! Wir gehen zusammen nach Italien, nach Verona! Hurra, es lebe der Edle von Haußenbleib, dein Herr Großvater. Das ist das beste Stück, welches er je ausgeführt hat, – denn nicht wahr, er ruft dich doch zu sich?! O das ist vortrefflich!«

Jetzt lächelte Tonie Häußler wirklich, sie lächelte wieder wie in den alten Tagen; aber der Ernst kam schnell genug zurück, sie blickte gradeaus, an dem Junker von Lauen vorüber, und sprach, als spreche sie mit einem andern, während das schöne Kammerfräulein draußen an der Tür sich ebenfalls höchst verwundert fragte:

»Sie verreist? Sie geht fort? Was ist nun das wieder?« –

»Ich gehe fort«, sagte Tonie. »Mir ist mein Bündel gemacht wie meiner Mutter, und ich bin ohne Heimat wie sie. Sie wurde gejagt, und ihr Kind hat es nicht besser getroffen; – was macht es, in welcher Art uns das Licht verleidet wird?...Ich wäre gern geblieben, wahrhaftig, ich habe Freude an der Welt gehabt, ich wäre gern geblieben, aber nun ist es das beste, daß ich gehe. Der Herr Ritter würde dasselbe sagen, und ich hole zu allen Dingen die Meinung des Herrn Ritters ein. Ich bin bald zum Bewußtsein meiner selbst erwacht und habe in allem Sonnenschein meiner Kindheit doch stets die dunkle Hand gesehen, welche mir meinen Weg anweist, und der ging abseits aller andern Wege. Ach Hennig, es ist heute doch mein einziges Glück, daß ich eine Fremde in der Welt bin; denn wie elend und nichtswürdig wäre ich, wenn ich jetzt keine Fremde in diesem Leben wäre, wenn ich nur im geringsten teil daran hätte. Ich wäre entweder erbärmlicher als alle, welche je den Fuß in diese Räume setzten und sich wohl darin fühlten, oder ich wäre so unglücklich, daß selbst der Ritter mir nicht mehr helfen könnte; und sieh, lieber Hennig, damit das letztere nicht doch noch kommt, ist es am besten, daß ich gehe und mich aus dem Leben verliere, wie meine Mutter sich draus verloren hat.«

»Tonie, Tonie«, rief der Junker von Lauen, »ich verstehe nicht deine einzelnen Worte; aber ich weiß, was du sagen willst, und das ist heillos, das soll nicht sein! Das haben wir auch daheim nicht um dich verdient. Du wirst nicht sterben – ich werde dem Ritter schreiben – du wirst nicht davongehen, weil die Lumpen und solche Esel wie ich die Oberhand auf Erden haben – du wirst das dem Chevalier und dem gnädigen Fräulein nicht zuleide tun. Man wird dir von Verona geschrieben haben, und das hat dich verstimmt. Man wird dir vielleicht über mich geschrieben haben – sage es nur; morgen schon, heute, wenn du willst, können wir heimgehen und die beiden Alten zu den glücklichsten Leuten machen. Dann lassen wir eine Dornenhecke um uns aufwachsen und sind in vierzehn Tagen von der ganzen Welt vergessen. Da wären wir denn binnen Jahr und Tag wie der Chevalier und das Frölen, aber es ist mir einerlei, wenn du hier solch ein Gesicht machst. Mamsell Toinette geben wir unsere Karten, und beim Teufel, ich glaube, damit haben wir unsere Pflicht und Schuldigkeit gegen jedermann getan und können ruhig abreisen. Sage ein Wort, Tonie, und ich renne nach der Leopoldstadt und packe!«

Nun lachte Antonie doch und sagte:

»Hennig, bei welchem deiner Berliner Diplomaten bist du in die Schule gegangen? Weißt du nicht, daß es die Feinheit aller klugen Leute ist, sich dummzustellen? Aber verstelle dich nur nicht, mein armer Junge; es wird dir trotz aller deiner Klugheit nicht gelingen, mich aus meinen Banden zu erlösen, so tapfere Ritter ihr auch seit Jahrhunderten gewesen seid und so viele arme, von Riesen und Drachen gefangengehaltene Jungfrauen ihr auch vordem befreit haben mögt.«

»Dummes Zeug!« brummte der Junker so kläglich und so herzlich betrübt, daß die Freundin schnell sagte:

»Schau, es sollte dich freuen, preux chevalier, daß ich noch Lust zum Lachen habe; aber in der Hinsicht bin ich ganz wie mein Großvater und verproviantiere immer von neuem meine Festungen. Es hilft nur leider wenig; die guten Vorräte von Heiterkeit verderben immer früher, ehe ich Gebrauch davon machen kann – ach!«

Sie griff mit der Hand nach der Brust und preßte die Lippen fest aufeinander; denn plötzlich fühlte sie in ihrem Busen den grimmigen Ritter, der allein imstande war, sie zu befreien; und Hennig von Lauen biß auch die Zähne zusammen und drohte mit der Faust in die leere Luft. Es mochte zweifelhaft sein, wem die Handbewegung galt, doch ein unauflösbares Rätsel war es nicht. Der Junker wollte reden; aber Tonie winkte ihm zu schweigen, und so saßen sie nebeneinander, beide in großen Schmerzen, bis der Anfall vorüber war. Darauf sprach Antonie wieder.

»Deine selige Mutter, Hennig«, sagte sie, »war doch die Glücklichste auf dem Lauenhofe. Ich habe viel darüber nachgedacht und weiß es ganz bestimmt. Sie hat es recht sauer gehabt, ihr Leben durch; aber ihre Sorgen waren mit all ihren Freuden so fest verbunden, daß sie sie gar nicht voneinander unterscheiden konnte. Wenn ihr etwas mißlang, so geriet sie nur in größere Arbeit und Munterkeit, und das war ihre Lust vom Morgen bis spät in die Nacht. Und sie ist immer in ihrem Reich und Kreise geblieben und hat immer Bescheid gewußt in allen ihren Pflichten und Rechten, und damit allein schon hat sie das allerbeste Los gezogen. Siehst du, Hennig, ich lege mir jetzt oft mein Leben zurecht, wie es hätte geführt werden müssen, damit es auch mir wohl darin geworden wäre. Ihr guten Leute hättet mich lassen sollen, wie ihr mich am Todestage der alten Hanne Allmann fandet; dann wäre ich jetzt eine fröhliche Magd und sänge vielleicht mit der Mamsell Molkemeyer meinen Tag weg. Aber der Ritter und das Fräulein, die tragen die Schuld an meinem Unglück; denn sie gaben mir den Schein, als sei ich brauchbar für die Welt, in der ich heute lebe. O der Ritter, der Ritter! Ich küsse den Staub von seinen Füßen; dem Ritter danke ich all mein Glück – o merke, Hennig, wie scharf ich über mein Leben nachdenken muß, um so sprechen zu können!«

»Ich werde ihm alles schreiben«, stöhnte der Junker von Lauen. »Er wird damit umzugehen wissen.«

»Er weiß schon alles«, sagte Tonie. »Du brauchst ihm nichts mehr zu schreiben. Als er vor vier Jahren Abschied von mir nahm, hat er bereits gewußt, wie alles kam und wie es weiter kommen mußte. Du kannst ihm durch kein Schreiben etwas Neues sagen. Ich bin bei euch wie ein Vogel mit gestutzten Flügeln gewesen. Draußen ist es kalt, der Schnee liegt hoch, und der Wind fährt durch den Wald, es ist eine große Barmherzigkeit, das kleine Tier in der warmen Stube zu halten, und es ist auch eine Barmherzigkeit, ihm die Flügel zu stutzen; denn sonst würde es sich den Kopf an der Fensterscheibe zerstoßen. Aber ich bin doch den Schauder der Gefangenschaft nicht losgeworden; – niemals, auch in den glücklichsten Stunden nicht, bin ich von einer argen Furcht vor einem drohenden Etwas, einem dunkeln Unbekannten frei geworden, und wie allen in solcher Art Furchtsamen waren mir scharfe Sinne und ein feines Gefühl für allerlei, was andere Menschen nicht bemerken, gegeben. Da ist es denn sehr süß, aber auch sehr gefährlich gewesen, daß der Chevalier und das gnädige Fräulein solches Gefallen an mir fanden und mich an ihr Herz nahmen, denn bald gehörte ich ihnen ganz und gar an und gehörte doch nicht in diese Welt, und, wiederum, gehörten wir alle drei dann nicht in den Erdentag:

deine Mutter hat das wohl gewußt, Hennig von Lauen! Es war eine Seligkeit, der Schönheit auf den Wiesen von Krodebeck zu begegnen und von ihr geküßt zu werden; aber es war auch furchtbar und tötend, doch kein Recht an den Gruß zu haben, sondern hinauszumüssen – früher oder später hinauszumüssen in das abscheuliche Gewühl, wo das, was der Ritter von Glaubigern sah und fühlte und lehrte, keine Geltung hat, sondern nur gebraucht wird, um Nutzen und Gewinn daraus zu ziehen, wie aus jedem andern. Sie kaufen und verkaufen alles, und ich habe in vergangener Nacht im Traum den Ritter von Glaubigern in seiner Rüstung gesehen, und er bedeckte die Augen mit der Hand und war wehrlos. Und ich bin eine große Dame – eine sehr große Dame durch den Ritter von Glaubigern geworden, ganz ohne daß du es gemerkt hast, mein armer Hennig, und ich trage auch meinen Harnisch und – bin so wehrlos wie der Ritter von Glaubigern und so stark und unüberwindlich wie er, Hennig von Lauen!«

Sie sah prächtig aus in ihrem Stolz; der Junker ertrug fast den Blitz ihrer Augen nicht, und seltsamerweise fiel ihm gerade jetzt der Pastorenfranz ein, der einst gewagt hatte, dieses Mädchen zu necken und reizen, wie man ein schwaches Tier, das sich nur durch ungeschickte, ohnmächtige Flügel-und Pfotenschläge wehren kann, neckt. In Hennigs Bewunderung mischte sich ein wenig Furcht und dann noch etwas anderes, ein schmerzlich Gefühl, wie Reue um ein unwiederbringlich Verlorenes, dessen Wert man zu spät erkannt hat – ein erstes wahrhaftiges Weh, das bei Leuten seiner Art wirklich gleich einem gewappneten Mann hereinbricht und um so überraschender wirkt, je schneller es vorübergeht.

»Du sollst mit mir nach Haus kommen, Antonie! Du mußt!« rief er, mit geballten Händen aufspringend. »Du bist ja frei und gerettet, wenn du willst. Sei nicht widerspenstig! Ich weiß nicht, was ich dir sage; aber ich fühle das Rechte! Du gehst mit mir – mit mir – und du bist wieder bei deinen Freunden, und der Ritter soll uns weiter raten auf dem Lauenhofe.«

Tonie Häußler schüttelte den Kopf:

»Ich darf nicht, ich kann nicht, Lieber. Ich bin auch für deine Heimat verdorben und verloren. Ich würde von selber schon zu euch gekommen sein, wenn das angegangen wäre; aber auch dort ist kein Platz mehr für mich.«

»Weshalb ziehst du deine Hand weg? Laß sie mir! Ich weiß ja nun, wie alles bestimmt war und weshalb das so kommen mußte. O Tonie, wie glücklich wollen wir auf dem Lauenhofe sein, und was wird der Chevalier sagen! Du hast es vielleicht so wenig als ich gewußt, daß du mit Leib und Seele mir gehörst, doch nun wissen wir es beide, und alles, was geschah, mußte geschehen, damit wir *unsern* Weg fänden und den Weg nach Haus. Nicht wahr, Tonie? Jetzt nicke nur mit dem Kopfe, und wir ziehen einen dicken Strich durch unsere Rechnung, und der Mann in Verona mag sich wundern, so viel er will.«

Antonie Häußler nickte nicht mit dem Kopfe, sie gab auch nicht dem Junker von Lauen die Hand; sondern sie legte beide Hände im Schoß zusammen, sah still und traurig auf den Jugendfreund und sagte ganz leise:

»Woher kommst du, Hennig, um so mit mir sprechen zu können? Seit wann weißt du, daß du mich liebst? Ach Lieber, du glaubst in der Tiefe deiner Seele selbst nicht an diesen Rausch und willst verlangen, daß ich daran glauben soll?! Nein, nein, in Krodebeck war ich dein guter, lustiger Spielkamerad, und hier in Wien, da du mich nicht mehr lustig und zum Spiel aufgelegt findest, mißkennst du dein Mitleid, dein ehrliches braves Herz, und trägst beides in die Taufe und gibst ihm einen neuen Namen. Nun soll ich deinen Irrtum wiegen und das Herz dir, weil es heute ein wenig schwer und unruhig ist, in den Schlaf singen. Nein, nein, das wäre freilich ein schönes Spiel; aber die Sonne ist nun schon allzu tief dafür gesunken, wir haben keine Zeit mehr dazu. Siehst du, ich bin in allen Dingen zu klug für dich, mein armer Freund.«

»Jawohl! Ich bin freilich zu allen Zeiten ein Dummkopf, ein Tölpel gewesen, und du hast sicherlich das Recht, mir die Wahrheit zu sagen. Aber es ist nicht die Wahrheit, es soll nicht die Wahrheit sein! Früher in den Tagen von Krodebeck hätte ich dich deinem Schicksal wohl leichter abgewinnen können; aber auch heute noch ist es nicht zu spät. Ich will mit dir selbst nun streiten, bis ich dich habe, festhalte, und bis du mein bist.«

»Oh, das ist schlimmer als alles andere!« rief Tonie mit hellem Wehlaut. »Was willst du noch gewinnen, Hennig? Du kannst nichts mehr gewinnen! Oh, du sollst nicht mehr zu mir kommen! Geh fort – heut noch mußt du von Wien abreisen. Ich will dich nicht wiedersehen!«

»Wage das!« rief Hennig grimmig. »Siehst du, du bist sehr klug; aber ich gewinne es dir doch ab!«

Tonie Häußler antwortete nicht, sie sank wie leblos in ihren Sessel zurück. –

Man hoffte wieder einmal auf eine gute Ernte in Krodebeck und hatte die besten Gründe für diese Hoffnung. Es war ein Jammer, daß es der Frau Adelheid von Lauen nicht mehr vergönnt war, den Segen zu sehen, welcher sich über ihre Felder hinbreitete und im lauen Sommerwinde regte, – jegliche Ähre ein Wunder für alle, die Hunger hatten, und alle die, welche auf den Hunger anderer Leute hin Handel trieben und ein Vermögen erwerben wollten. Jeder Tag legte einen neuen Segen zu dem des vorigen. Der Administrator, Freund Fritz Fröschler, und sämtliche Gehülfen und Untergebenen desselben wuchsen hoch über ihre gediegensten Hoffnungen hinaus und hatten so etwas in ihrer ganzen Praxis noch nicht erlebt. Sie schrieben sich aber auch kein geringes Verdienst um die Herrlichkeit zu, und niemand war berufen, es ihnen abzusprechen.

Es war gute Nahrung und ein herzhaft Wohlbehagen bei allem niedersassischen Volk am nördlichen Rande des Harzgebirges; seit Menschengedenken hatte der alte Geisterberg, der Brocken, nicht solch ein treffliches Wetter angezeigt wie in diesem Jahre. Die Bauern von Krodebeck wurden zusehends dicker und würdiger, das heißt gröber. Es triefte wie Fett aus der Höhe, und selbst das liebe Vieh wurde glänzender und rundlicher darob von Tag zu Tage. Um so wehmütiger und betrüblicher war der Kontrast, welchen zwei Leute zu dieser erfrischten Gegend und zu diesen behaglichen Zuständen bildeten, und zwar zwei Bewohner des Lauenhofes, der Ritter Karl Eustachius von Glaubigern und die Inhaberin so vieler hohen Titel und Würden, Fräulein Adelaide Klotilde Paula von Saint-Trouin. Die beiden waren weder jünger, noch rundlicher, noch glänzender geworden; die beiden hatten keine Freude an der gediegenen Gegenwart und der lachenden Zukunft, und wer *ihnen* ins Gesicht sah, dem wurde es freilich schwer, den Glauben an die über alles sich erstreckende Güte Gottes sich unversehrt zu erhalten. Während ihre ganze Umgebung sich entweder verjüngt oder sich doch in einem recht befriedigenden Stillstand erhalten hatte, waren sie um vieles älter geworden und bedeuteten für sich allein eine Welt, aber eine gar traurige, in dem sie umgebenden Leben. Ohne die Frau Jane Warwolf hätte man sie vielleicht gar nicht mehr zu den Lebendigen gerechnet, und der alten Jane allein hatten sie es zu danken, wenn das noch des Dankes wert war, daß sie nicht ganz in ihrem Winkel verstaubten, mit Spinnweb überzogen wurden und zuletzt das Los des Spinnwebs in jeder Hinsicht teilten.

Wer hätte nach dem Tode der Frau Adelheid und jetzt, wo der Junker von Lauen in Wien auf der Hohen Schule des niedrigsten Lebens sich befand, noch großen Anteil an ihnen nehmen sollen?

Der Freund Fröschler, den wir selber kaum kennen?

Das Pastorenhaus? Der Pastorenfranz?

Ach, es war schon etwas für die beiden Greise, auf einer heißen grünen Gartenbank zu sitzen und ein dumpfes Gefühl des Dankes für die Treue und Teilnahme der Hundstagssonne zu haben! Was konnten die Menschen den beiden Alten noch bieten, was besser gewesen wäre als die Sonne um die Mittagsstunden?! Die Warwölfin war die einzige, welche einiges an den Fingern aufzählen konnte.

»Jane«, hatte die gnädige Frau am Tage vor ihrem Tode zu der neben ihr sitzenden Freundin gesagt, »Jane, eines will ich dir sagen und verbitte mir jede Widerrede. Von jetzt an hört das dumme Herumlaufen in der Welt auf; du machst mir kein einfältig Gesicht hin, sondern du nimmst Vernunft an und setzest dich fest auf dem Hofe. Du kriegst alle deine Bequemlichkeit, wie man das schriftlich finden wird, und dazu vermache ich dir den Ritter und das gnädige Frölen – hörst du, den Ritter und das Frölen! Denn das ist jetzo meine einzigste Sorge, was die wohl anfangen sollen ohne mich! Du gibst dich also drein, Jane, und stellst deinen Stock in den Winkel. Merken läßt du dir nichts, aber das sage ich dir, du läßt sie mir nicht aus den Augen, und was das gnädige Frölen anbetrifft, so verlasse ich mich auf dein gutes Herz in betreff von seinen Humoren und Anzüglichkeiten! Du läßt sie mir nicht aus dem Sinn – beide nicht – und hör, was den Ritter anbetrifft und wenn ihr so zusammensitzt in einer guten Stunde und ihr redet von mir und den Tagen, die wir zusammen gelebt haben, so macht euch nicht gegenseitig das Herz schwer, sondern haltet euch vergnügt und hell, ich bin es auch gewesen; und das überlaß ich dir ganz, wie du jedesmal von neuem es bringst an den Chevalier, daß er eine so große Ehre und Freude und solch ein Trost für mich gewesen sei mein ganzes Leben lang!«

»Verlasse Sie sich drauf, Fraue«, hatte Jane Warwolf geantwortet. »Ich nehme Ihr Vermächtnis an, Fraue, und will mich danach halten, wie ich es verstehe und wie ich Sie verstehe. Auf dem Hofe bleib ich.«

Und so war es geschehen! Die Vagabundin hatte ihren Wanderstab für alle Zeit auf dem Lauenhofe abgestellt und ihr Amt als Wartefrau leise, unbemerkt und unendlich feinfühlig angetreten. Und wie sich die Frau Adelheid das Verhältnis der wunderlichen drei vorgestellt haben mochte – wenn sie dieselben im Verlauf der Tage hätte beobachten können, so würde sie sicherlich mit ihrer heitersten Miene gesagt haben: »Nun, die Sache macht sich!«

Es war ein eigentümliches, halb komisches, halb rührendes Schauspiel, die greise, hexenhafte, helläugige Führerin mit ihren beiden Schutzbefohlenen durch Hof und Dorf, durch Haus und Garten ziehen oder sie mit ihnen zusammenhockend zu sehen, und eigentümlich war die sehr verschiedene Art und Weise, in der sich die beiden alten Herrschaften in die Pflegerin fanden.

Der Chevalier behielt, trotzdem er viel schwächer, gebrochener und hinfälliger erschien als die ausgewetterte, tapfere und scharfe Führerin, sein volles Übergewicht über sie; aber das Fräulein von Saint-Trouin war wie ein verzogenes, unzufriedenes, weinerliches Kind und machte der wackern Jane in der Tat das Dasein oft recht schwer.

Je älter die Enkelin Jehans von Brienne wurde, und sie wurde allmählich sehr alt, desto deutlicher, und für die Umgebung unbequemer, redeten ihre hohen Ahnen und alle ihre Jugendgefühle auf sie ein, und sie weinte und wimmerte, nachdem sie kurz vorher sehr vornehm, schroff und anzüglich gewesen war, und wünschte tot zu sein, und fürchtete sich sehr vor dem Sterben, und war fortwährend mehr als je, was sie vor drei Lustren war: très noble et très puissante Dame Comtesse de Pardiac, Dame Haute-Justicière du Comté de Valcroissant, née Chevalière de Malte par privilège accordé par le Pape Honorius III à la très illustre famille de Jehan de Brienne, premier Prince de Tyr et ensuite Empereur de Constantinople, *etc. etc.*

Der Ritter von Glaubigern war seit dem Tode der Frau Adelheid von Lauen eigentlich weiter nichts mehr als ein guter, alter Mann. Wir wissen, wie sein Reichtum immer den Kreis seines Daseins ausfüllte, aber seit man ihm das Pflegekind nahm, war dieser Kreis von Tag zu Tage enger geworden, und mit dem Tode der braven Freundin und Beschützerin schien auch sein Leben abgeschlossen zu sein. Daß dieses jedoch nur so schien, das merkte seine Umgebung jedesmal aufs deutlichste, wenn ein Brief aus Wien anlangte; und wie noch einmal, aber freilich zum letzten Male, der gute Ritter, der alte Kriegsmann und Held, der große Chevalier Karl Eustach von Glaubigern aus dem Schlummer erwachen und in voller Rüstung in den Kampf hinausreiten sollte, das werden wir bald erfahren. –

Der Junker Hennig von Lauen hatte seit jenem ersten Schreiben gleich nach seiner Ankunft in der österreichischen Hauptstadt, welches wir in seiner vollen Länge mitteilten, noch verschiedene andere abgeschickt und geschrieben, wie er es verstand. Auch Tonie Häußler hatte geschrieben, und sie hatte gelogen; aber Hennig hatte nicht gelogen, denn wir haben erfahren, wie leicht ihm das Leben verging und wie leicht ihn die Leute und Dinge überredeten, sie von der besten und heitersten Seite zu nehmen, kein Narr zu sein, sondern ein kluger junger Mann: und – er schrieb, wie er die Leute und die Dinge sah und nahm, er schrieb vergnügt, und so log er wirklich nicht in seinen Briefen. Ach, Tonie log, und der Ritter von Glaubigern wußte, daß sie log; und an dem Tage, an welchem wir unsere Leser zum erstenmal wieder in persönliche Berührung mit den drei Alten auf dem Lauenhofe bringen, war ein neuer Brief von Wien angekommen, in welchem der Junker abermals die Wahrheit schrieb und der, wie Jane Warwolf sich ausdrückte, dem aufgerichteten Jammergerüst den Kranz auf das Dach steckte. –

Wir befinden uns wieder auf der Terrasse des Gutsgartens, und der Blick von derselben ist noch immer der nämliche. Da liegt die staubige Landstraße in der heißen Sonne, dort öffnet sich die Aussicht in die Dorfgasse und auf das Gemeindehaus, vor welchem vor so vielen Jahren der Karren mit der schönen Marie und der kleinen Antonie anhielt. Die Krodebecker Kinder sitzen auf der Treppe des Gemeindehauses, einige Wagen und Pflüge stehen zusammengeschoben um den Brunnen; das ist alles, wie es immer war. Nur die jungen Bäume in der Umgebung sind sämtlich tüchtig gewachsen und verdecken hie und da den Blick in das freie Feld und auf den Wald; doch dafür sind andere Bäume abgestorben oder niedergehauen, und somit ist auch das so ziemlich im gleichen geblieben.

An den chinesischen Pavillon hätte Freund Fröschler neulich beinahe ruchlos eine verschönernde Hand gelegt, das heißt, an seinem Platz eine ästhetischere Birkenhütte aufgerichtet; aber der Chevalier ist glücklicherweise noch zur rechten Zeit gekommen und hat das alte gute Plätzchen für das Fräulein von Saint-Trouin gerettet. Der chinesische Pavillon wirft noch immer seinen Schatten auf die Bänke und den kleinen runden Tisch. Der Lack und die schönen Farben sind freilich abgesprungen und verblichen; aber dem Lack und den schönen Farben ist überhaupt wenig zu trauen, und der Chevalier tat wohl daran, als er dem Administrator in den Arm fiel und ihm durch seinen architektonischen Ehrgeiz einen dicken Strich zog.

Der chinesische Pavillon stand noch; aber das Fräulein von Saint-Trouin studierte an dem Tage, an welchem auch wir ihn von neuem betreten, darin nicht mehr die Korrespondenz der Marquise von Pompadour vom jüngern Crébillon; sondern der letzte Brief aus Wien lag auf dem kleinen, runden, wackelnden Tischchen, und der Ritter von Glaubigern und das Fräulein saßen regungslos auf den Bänken und sahen blind vor sich hin.

Wo der Chevalier und das Fräulein sich aufhielten, da war jetzt auch die Frau Jane Warwolf nicht weit entfernt, und diesmal lehnte sie mit untergeschlagenen Armen an dem Tische, schlug grimmig den Takt zu irgendeinem Marsch mit dem Fuße und rieb von Zeit zu Zeit mit dem Knöchel des rechten Zeigefingers heftig die Stirn. Wenn das gnädige Fräulein von Zeit zu Zeit den Oberkörper stöhnend und seufzend hin und her wiegte, so schien das die Jane nicht in ihrem Nachdenken stören zu können; aber als sich endlich der Ritter rührte und mit einem tiefen Seufzer von neuem nach dem Briefe des Junkers von Lauen griff, da war die Jane auf der Stelle mit ihrem Sinnen zu Ende. Auch sie streckte von neuem die Hand nach dem Briefe aus; doch sie nahm ihn nicht, sondern klopfte mit dem Knöchel des Zeigefingers nur scharf darauf und rief:

»Da haben wir es also, und nun wären wir soweit, und alles kommt regelrecht im Gänsemarsch, eins nach dem andern, wie wir es uns längst ausgephantasiert haben. Also die Speisekammer mit dem welschen Namen ist mit allen Wintervorräten versehen, und der gnädige Herr von Häußler, mein lieber Freund, ist in der großmächtigen Stadt Wien angekommen oder wird demnächst dort anlangen, um anjetzo nun in seinem eigenen Hauswesen den guten Wirt zu spielen. Ach, Herr von Glaubigern, lassen Sie nur die Hand davon; es steht alles drin, und es wird sich wohl alles so verhalten, wie der junge Herr schreibt. Und den Koch, will ich sagen den Grafen mit dem ausländischen Namen, bringt er mit, der Dietrich, da muß denn wirklich das Leben da unten so fidel werden, daß es kein Mensch mehr aushalten kann. Jawohl hat es unser Herr Hennig mit den Festivitäten und Lustbarkeiten gut getroffen, oje, oje; und wir hier, tausend Meilen fern, sitzen und stehen hier auf dem Lauenhofe wie in der Luft und in diesem Babilljon wie auf dem Kopfe, und das Herz möchte uns zerspringen aus Elend ob all der Herrlichkeit! Wie lange ist es her, seit ich meine Hanne Allmann wie ein Rohrsperling heruntermachte, weil man ihr die Marie und das Kind von Gemeinde wegen unters Dach gelegt hatte? Ja, ist das nicht eine Stunde, wo man recht merkt, wie oft man den Menschen um nichts ins Gesicht springt?! Da schreibt der junge Herr von der Herrlichkeit, und das Kind, unser Kind bezahlt die Kosten mit seinem Blut und Leben. O gnädige Herrschaften, freilich haben wir das alles allhier schwarz auf weiß von unserm Herrn Hennig, und wie dem zumute ist, das steht auf dem nämlichen Blatt – Sackerment!«

Die Warwölfin schlug so derb mit der Faust auf das Wiener Schreiben, daß Fräulein Adelaide heftig zusammenschrak und trotz allem Kummer Gelegenheit fand zu bemerken:

»Jane Warwolf, diese Heftigkeit war unnötig und ist unschicklich. Vergesse Sie sich nicht, Jane Warwolf; erinnere Sie sich stets, wen Sie vor sich hat.«

»Ich mich vergessen?« rief die Alte mit einem wenig reumütigen Blick auf das Gnädige. »Ich mich erinnern? Ich mich vergessen? O du grundgütiger Himmel, weiß ich nicht, wen ich vor mir habe, und habe ich nicht erst heute morgen zwei Stunden lang im Schweiße meines Angesichts den Pikkadill im Glaskasten mit Kampfer traktiert und aus purster Verehrung für die Hinterlassenen die Motten ausgebürstet?«

Der Ritter winkte seufzend abwehrend mit der Hand, und mit vollständig verändertem Ausdruck und Ton fuhr Jane Warwolf gegen ihn gewendet fort:

»Und nachher hab ich die Gräber auf dem Kirchhof verrestauriert, die schöne Marie und die Hanne Allmann. Das war auch eine harte Arbeit, und nachher ist der Brief von unserm Junker gekommen, und jetzt wollte ich, daß ich auch in der Grube läge, da möchte ein anderer kommen und mir das Unkraut vom Leib reißen und mich verrestaurieren oder es bleibenlassen, das wäre mir ganz einerlei. Vergessen?...ja, was soll denn der Mensch eigentlich vergessen, und was soll er im Gedächtnis behalten? Vergessen?...da bringt einen ein Wort auf das andere, und man weiß nie, wohin man kommt, wenn man beim Pikkadill angefangen hat. Was soll der Mensch im Gedächtnis behalten? Das Gute und Liebliche oder das Schlechte und Hundsföttische? Was hab ich und der Herr Ritter hier denn davon gehabt, daß wir das erstere aufbewahrt haben im tiefsten Hirn und Herzen? Nichts als Jammer und Kummer, und desto mehr davon, je älter wir geworden sind. Sagen Sie es gradheraus, liebster bester Herr von Glaubigern, daß ich recht habe. Fürchten Sie sich nicht! Die gnädige Frau hört uns leider Gottes nicht mehr, um einen Narren und Philosophen aus uns zu machen. Schämen Sie sich nicht; denn das gnädige Fräulein will ich diesmal, mit Respekt zu sagen, zu uns rechnen. Sehen Sie, Sie schütteln mit dem Kopfe, und das ist immer ein Zeichen, daß Sie ja und amen sagen wollen. Das ist grad das Schreckliche und Scheußliche! Aus dem Häußler oder dem Herrn von Häußler, oder wie er sich jetzt nennt, mache ich mir nichts. Es ist mir einerlei, ob er lebt oder stirbt, dick und fett oder umgekehrt wird; denn was kann er dafür, daß er jetzt unser Kind ruiniert? Nichts kann er dafür! Es mußte so sein, und es ist immerdar so gewesen! Die Hanne Allmann war auch ein schön und lieblich Wesen in ihren ältesten Tagen und ist da drüben im Siechenhaus verdorben und hat fünfzig Jahre drauf gewartet. Und hier sitzen wir drei – Sie vor allen, Herr von Glaubigern –, und da sollte man freilich den Faden in der Welthistorie verlieren.«

»Hab ich nicht ein gutes Los gewonnen, Jane Warwolf?« fragte der Ritter.

»Sie?! Sie?« fragte dagegen die alte kluge Frau. »Gehen Sie hin und fragen Sie das Kind, unsere Tonie in Wien, darnach; die muß Sie jetzt noch besser kennengelernt haben in ihrer Not als ich hier, und die wird Ihnen Bescheid geben. Ich wollte, ich dürfte über Sie lachen, Herr von Glaubigern, da käme ich doch heute einmal dazu.«

»Von mir scheint heute gar nicht die Rede sein zu sollen!« sprach jetzt das gnädige Fräulein mit sehr pikierter Miene.

»O Sie gehören freilich zu den Allerglücklichsten, Frölen!« rief die Warwölfin. »Sie haben wohl auch allerlei Dinge und Sachen gesehen, die Sie nicht bekommen konnten; aber Sie haben eben nichts Unverständiges gesehen, sondern sich stets hübsch auf dem Erdboden gehalten und haben dazu immer warm und behaglich gesessen, und so – seien Sie froh und vergnügt, daß von Ihnen hier nicht die Rede gewesen ist. Ein böser Wille ist gewiß und wahrhaftig nicht dabei vorhanden gewesen! Wir sprechen ja auch nur von dem Herrn von Häußler, und daß der nicht schuld daran ist, daß alles Liebliche und Schöne in der Welt verruiniert wird; denn wenn das nicht so sein müßte, so möcht ich den wohl kennen, welcher das zustande brächte. Was mich im besondern anbetrifft, so rechne ich mich ganz und gar zum Vieh und mache mir, mit Respekt zu sagen, eine Ehre draus.«

»Dafür danke ich Ihr, Jane Warwolf«, sprach das Fräulein von Saint-Trouin halb empört und halb beistimmend. »Es zeigt mir, daß Sie Ihren Standpunkt bei besserer Überlegung einzunehmen weiß. Es ist ein Unterschied in der Welt immer noch, und ich rechne mich bis jetzt denn doch nicht zum Vieh, was auch die erbärmlichen Zeiten aus uns gemacht haben.«

Die Frau Jane fand nicht die Muße, auf diese Eräußerung der Haute-Justicière noch etwas zu entgegnen; denn nun hatte sie ihre ganze Aufmerksamkeit dem Ritter von Glaubigern zu-

zuwenden, und es war ihr nicht zu verargen, wenn sie plötzlich gar große Augen machte und den Mund sehr weit öffnete.

Der Ritter, welcher bis zu diesem Augenblick in sich zusammengesunken und kümmerlich vorgebeugt dasaß und die Stirn mit beiden Händen hielt, ließ jetzt die Hände sinken und richtete sich empor. Das erstaunliche Ereignis, von welchem wir zu Anfange dieses Kapitels sprachen, trat ein – der Ritter richtete sich auf!

Das Alter schien ihm wie ein schwerer Mantel von den Schultern zu sinken; die welken Glieder und Muskeln reckten und dehnten sich und schienen mit einem Male neue Kraft zu gewinnen. Er seufzte noch einmal aus tiefer Brust; aber dann stand er wie ein Mann in seinen besten Jahren vor dem Tischchen, nahm den Brief des Junkers Hennig von Lauen, überflog ihn noch einmal, faltete ihn bedächtig zusammen, schob ihn in die Brusttasche und sprach langsam, aber klar und bestimmt:

»Vergeblich ist alles Sinnen, Grübeln und Grämen, wir lösen den Bann nicht dadurch. Von allen Seiten dringt der Feind auf sie an, und sie steht ganz allein. Was will der Knabe? Er weiß kaum, was er schreibt! Auch er läßt sich gegen die Unglückliche ins Feld führen. So wird es denn, alles in allem genommen, das beste sein, daß man mit eigenen Augen sieht; und solches zu tun, ist meine Absicht. Ich werde nach Wien reisen!«

»Herr von Glaubigern?!« kreischte das Fräulein.

»Ja, ich werde nach Wien reisen«, wiederholte der Ritter.

Jane Warwolf schrie nicht auf wie Adelaide von Saint-Trouin; allein ihr Blick, ihr Emporfahren und Zurücktreten war ausdrucksvoller, als wenn sie nicht nur die Decke des chinesischen Pavillons, sondern auch ein gut Stück der blauen Himmelsdecke über der Gartenterrasse heruntergeschrieen haben würde.

»Ich reise nach Wien und nehme dem Mann das Kind, wie er es mir genommen hat«, sagte der Ritter Karl Eustachius von Glaubigern. »Da wäre denn das Rätsel gelöst, über welches ich mir den Kopf und das Herz zerbrochen habe, seit der Wolf in der Nacht über uns kam! Der alte Mann dort unten hat seinen Willen gehabt, er hat jahrelang versuchen dürfen, was er durchsetzen mochte. Nichts hat ihn gerührt: unbarmherzig, leichtsinnig, verblendet und – vergeblich, vergeblich hat er sich abgemüht, das Beste in der Welt sich – sich dienstbar zu machen. Nun aber tritt mein Recht von neuem in Kraft und Geltung, und bei meiner Ehre, ich werde es mir nehmen! Auch ich will wie der Wolf über den Mann kommen und Rechenschaft fordern über diese Jahre. Ich reise nach Wien – morgen reise ich; ich werde das Kind zurückholen, mein Fräulein! Ja, Jane, ich werde das Kind zurückholen, und es wird mir folgen. Ja, Jane Warwolf, wenn ich es wagte, so würde ich hierüber auch lachen; denn merkt ihr wohl, welch ein Allerweltsspaß darin liegt, daß dieses das richtige geworden ist, daß heute ich hingehen darf, mein Eigentum zu nehmen, wie jener Mann es sich vordem genommen hat?! Das ist die Komödie, die große Komödie der Welt, und der Schluß ist nahe, und ich bringe den Schluß, und du – du hattest unrecht in allem, was du soeben vorbrachtest, Jane Warwolf!« –

Darin lag freilich ein göttlicher Humor, und wer sich zuerst darüber faßte, war nicht die Frau Jane Warwolf aus Hüttenrode, sondern Fräulein Adelaide Klotilde Paula von Saint-Trouin, rechtmäßige Beherrscherin von Malta, Tyrus und Byzanz. Auch sie erhob sich jetzt stattlich von ihrem Sitze, reichte dem Chevalier die Hand zum Kuß und sprach:

»Mein Herr von Glaubigern, Sie haben mich überrascht; aber Sie machen mich heute stolzer als je auf Ihre Bekanntschaft und Achtung. Mein Herr von Glaubigern, wir haben einander oft mißverstanden, und ich glaube nicht, daß die Schuld immer auf meiner Seite lag: in diesem Augenblick verstehen wir uns, vielleicht zum erstenmal in unserm Leben, vollkommen. Sie machen mich heute sehr glücklich, Herr Chevalier, und ich rechne es mir für eine Ehre an, daß ich seit dem sechsten Februar des Jahres achtzehnhundertsechzehn meine Tage in Ihrer werten Gesellschaft hinbringen durfte; aber – glauben Sie wirklich, Ihren Kräften diese weite Reise zutrauen zu dürfen?«

Der Ritter hob die dürren Finger der Dame mit altgewohnter Zierlichkeit an seine Lippen und erwiderte mit einer tiefen Verbeugung:

»Mein Gnädigstes, ich fühle mich heute nicht angegriffener als gestern, als vor zwanzig Jahren. Ich gedenke meinen Vorsatz auszuführen, und es ist mir wahrlich eine große Ehre und Freude, daß Sie denselben billigen.«

»Allons, à cheval!« rief das Fräulein mit einem unnachahmlichen Wink der Hand und warf einen Blick umher, als ob sie sämtliche Vasallen ihrer sämtlichen Länder dadurch zur Heeresfolge aufrufen könne. »Mein teurer Herr von Glaubigern, ich bitte Sie freundlichst, den Tee heut abend in meinen Zimmern einzunehmen.«

Nun hatte sich endlich auch die Frau Jane so weit gefaßt, um artikulierte Laute für ihre Gefühle zu finden.

Vor allen Dingen stürzte sie sich auf den Chevalier, packte ihn und umarmte ihn mit solcher furiosen Inbrunst, daß auch ihm nunmehr der Atem fast entging. Dann ließ sie ihn frei, trat wieder einen Schritt zurück, erhob von neuem die Arme in die Luft und rief:

»Das ist das Allergrößte, was Krodebeck je erlebt hat, und wenn ich auch nur deshalb auf dieser Erde jung geworden wäre, um hiervon Zeugnis ablegen zu können, so wär's genug, zum Überfließen genug, und glauben tät's mir doch niemand, wenn nicht der Herr Ritter selber noch einmal dafür einträte! Da wird sich freilich der Häußler wundern! Kein Gespenst um Mitternacht könnte keinen größern Affekt zuwege bringen, und darbeisein möcht ich wohl! O und Tonie! Unsere Tonie!...Das wär alles, als wenn das Mühlrad angehalten wird und alles still wird! O Herr von Glaubigern, Herr von Glaubigern, aber seit dreißig Jahren, ich will sagen, seit zwanzig Jahren haben Sie ja keinen Fuß vom Lauenhof gesetzt. Vor zwanzig Jahren waren Sie einmal in Hannover –«

»Und jetzt reise ich nach Wien!« sprach der Ritter mit seinem mildesten Lächeln, bot dem Fräulein von Saint-Trouin den Arm und führte es von der Terrasse herab, dem Hause zu.

»Es ist wohl nicht möglich!« stöhnte Jane Warwolf und fiel auf die nächste Bank.

Zufällig führte den Administrator sein Weg eine Viertelstunde später in den Pavillon. Mit einer Weizenähre zwischen den Zähnen kam er summend daher, wahrscheinlich, um von neuem, wenigstens in Gedanken, die Axt an das chinesische Wunder zu legen.

Bei seinem Nahen erwachte Jane aus ihrer Betäubung, erhob sich und fragte:

»Sagen Sie, Herr Fröschler, waren Sie schon einmal da hinten – dort um die Ecke, in Quedlinburg?«

»Ich hatte einige Male das Vergnügen, meine Hochverehrteste.«

»Und hat man Ihnen auch die alte ausgeräucherte Äbtissin gezeigt?«

Freund Fröschler schnalzte wie in der Erinnerung eines hohen Genusses mit der Zunge:

»Die schöne Aurora? Die holde Gräfin von Königsmark? Ich hatte die Ehre – o delikat – brr! Sehr Pergament und Wurmfraß – zehn Silbergroschen an den Küster.«

»Nun, Herr Fröschler, so will ich Ihnen etwas sagen. Die hat sich auf heut nachmittag zum Kaffee angemeldet und kommt im Staat – sechsspännig – und Sie mögen ihr entgegenreiten!«

Damit humpelte auch die Alte dem Hause zu, und der Administrator stand, sah ihr nach, nahm die Ähre aus dem Munde, wirbelte sie zwischen den Fingern und murmelte:

»Das weiß der Teufel! Hätt man nicht diesen festen Boden unter sich und tagaus, tagein mit den Lümmeln vom Eichsfelde zu tun, das Grauen sollte einem über diese alten Spukgestalten, die man hier zur Gesellschaft hat, am hellichten Tage ankommen.«

Zweiunddreißigstes Kapitel

Das Nest mit dem unbekannten welschen Namen, wie die Frau Jane Warwolf die hochberühmte Stadt und Festung Verona für gewöhnlich zu bezeichnen pflegte, quoll über. Die bombenfesten Speicher, die wunderbaren Kasematten über und unter der Erde, die Vorratskammern in allen Innen-und Außenwerken und in den großen Forts San Felice und San Pietro waren mit allem angefüllt, was ein kriegserfahrener Festungskommandant nur irgend wünschen konnte. Der weißröckigen Infanterie lief das Wasser im Munde zusammen, wenn sie nur an die Herrlichkeiten dachte; und vor allen Vorratskammern wurden Doppelposten ausgestellt, um einen größern Teil der Besatzung des Vergnügens und der Ehre teilhaftig machen zu können, das Gewehr vor der unberechenbaren strabbondanza zu schultern.

Unberechenbar? No, signori! Die Veroneser wußten ziemlich genau, was die neue Verproviantierung ihrer Stadt gekostet hatte, und der Edle Dietrich Häußler von Haußenbleib wußte es ganz genau. Er hatte seine sämtlichen Posten auf dem Papiere. Er konnte in jedem beliebigen Moment in ausführlichster Weise Rechenschaft ablegen, und die Kommission, welche ihm denn bei Gelegenheit diese Rechenschaft abgenommen hatte, war mit seinen Leistungen aufs höchste zufrieden und wußte, wenn auch nicht so sicher wie der Edle, doch jedenfalls so genau als die Veroneser, daß man in diesem kostspieligen irdischen Jammertal nichts umsonst bekam.

Was die Privatangelegenheiten des Edlen von Haußenbleib anbetrifft, so können wir uns auch in dieser Hinsicht beruhigen: der Edle hatte nicht nur ein anständiges, sondern auch ein sehr gutes Geschäft gemacht und einen neuen Orden dazugewonnen. Der sardinische Orden des heiligen Lazarus war es selbstverständlich nicht, und daß jener Herr, welcher dem Junker von Lauen zu einem ähnlichen Schmucke helfen wollte, nichts mit der Dekoration zu tun hatte, konnte ihren Wert nur erhöhen. Was jener Herr geben konnte, das hatte der Edle längst sich selber verschafft. –

Figaro là – Figaro quà! Noch einmal wandelte der Edle Dietrich Häußler von Haußenbleib, ein wohlbeleibt, behäbig Männlein und immer noch Grau in Grau, über den Schauplatz seiner segensreichen Tätigkeit, hierhin grüßend, dorthin winkend und einen letzten Sorbetto auf der Piazza Bra schlürfend. Welcher Vogel um diese Jahreszeit in dem Granatbaum singen mochte, es gab keinen vergnügteren Vogel rund um die dreifachen Verteidigungslinien der Stadt als den Edlen von Haußenbleib am letzten Abend seines diesmaligen Aufenthalts in Verona.

»Ich werde auch dem Mädchen einen Spaß machen, so wenig sie es um mich verdient!« murmelte er. »Aber wenn man der ganzen Welt seinen Segen geben möchte, wie könnte man da sein eigen Fleisch und Blut ausschließen? In Venedig kaufe ich dem dummen Ding einen Schmuck, so prachtvoll ich ihn finde, und da ich den Conte ebenfalls dort finden werde, so meine ich, wir bringen auch diese Angelegenheit, da wir augenblicklich so gut im Zuge sind, endlich in Richtigkeit. Da kann sich das Tonerl dann wirklich nicht beklagen, daß ich mit leeren Händen nach Haus gekommen sei, und hoffentlich wird sie dann so wenig gegen den Grafen wie gegen den Schmuck mit ihren gewöhnlichen albernen Einwendungen vorrücken und mir die Laune verderben.«

Er sah in diesem Moment nicht darnach aus, als ob er sich je in seinem Leben die gute Laune habe verderben lassen.

Nicht ohne eine gewisse Berechtigung

»Evviva Vittorio
Emanuele«

summend, zog er sich in sein Quartier zurück und reiste am andern Morgen nach Venedig ab.

Es war im Anfang ein lachender Morgen, und erst hinter Vicenza bezog sich der Himmel mit einem leichten Regendunst, der hinter Padua zu einem wirklichen Regen wurde. O könnten wir unsere besten Freunde und Freundinnen in die Stimmung des Edlen auf dieser Fahrt versetzen und sie dauernd darin erhalten! Mit wahrhaft wollüstiger Befriedigung dehnte er sich in seiner Ecke, blies leichte blaue Wölkchen aus seiner Zigarre und sah mit halbgeschlossenen

Augen die Rebengehänge, die alten und neuen Schlachtfelder, die Maulbeerpflanzungen, die alten romantischen Städte, Städtchen, Dörfer, Flecken und Villen bis zu den Tiroler Bergen hin vorüberfliegen. Als es, wie gesagt, in der Nähe des Adriatischen Meeres anfing zu regnen, versank der Träumer in einen Halbschlummer, der süßer als alles übrige war, und da er die lange Brücke von Mestre wohl schon einige hundert Male passiert hatte, so erweckte ihn das Donnern des Zuges auf derselben keineswegs. Er erwachte zum vollen Bewußtsein erst im Venediger Bahnhof und sagte gähnend:

»Ah, das waren vier sehr angenehme Stunden. O Gott, wie billig sind doch die Genüsse dieses Lebens, wenn man zu genießen versteht!«

Aber wenn der Edle von Haußenbleib bei vollem Bewußtsein war, so wußte er vor allen Dingen klar und scharf, daß die Geschäfte den Vortritt vor jeglichem Vergnügen zu beanspruchen haben. Er ließ sich deshalb schleunigst zu seinem gewohnten Hotel rudern und gab auf der Stelle den verschiedensten Leuten Nachricht von seiner Ankunft in der alten Kaufmannsstadt. Die also Benachrichtigten ließen dann auch nicht lange auf ihre Besuche warten, und die mannigfaltigsten Konferenzen dauerten einige Tage hindurch, oft bis tief in die Nacht hinein. Aber das alles war doch nur ein behagliches Tändeln mit einem deliziösen Nachtisch nach aufgehobener üppiger Tafel, und wir – wir haben nur einer einzigen Verhandlung beizuwohnen. Diese hat denn aber auch ein um so größeres Interesse für uns, obgleich hoffentlich niemand erwarten wird, daß es sich dabei um all die oft besungenen, gemalten und photographierten Herrlichkeiten und Schönheiten Venedigs, um Historie, um die Wunder der Kunst und der Natur, um Gondeln, Serenaden, Ave-Marias und Mondenschein auf den Lagunen handelte.

Es regnete ja in Venedig, und:

»Sankt Johannes im Kot heißt jene Kirche; Venedig
Nenn ich mit doppeltem Recht heute Sankt Markus im Kot.«

Freilich haben auch wir diesmal ein doppeltes Recht, von dem Ort und der Gelegenheit so geringschätzig zu sprechen, indem wir uns leider die Freiheit nehmen müssen, unsere Leserinnen in wirklich ausnehmend schmutzige Gesellschaft einzuführen; denn wir treffen jenen Herrn im eifrigen Gespräch mit dem Edlen von Haußenbleib, welchen der letztere augenblicklich seinen besten Freund nannte. –

Es war, an dem drückend schwülen, feuchten Tage, ein kühles, weites, stattlich-dämmeriges Gemach, in welchem der Edle mit seinem Freunde, dem Grafen Basilides Conexionsky, bei einem Glase duftiger Eislimonade und einem Bündel Zigaretten im vertraulichen Gespräch saß, während vor den offenen maurisch-gotischen Fenstern der Regen leise niederrieselte und ein mittelalterlicher venezianischer Nobile, der vor einigen Jahrhunderten vielleicht ebenfalls recht gute Geschäfte gemacht hatte, aus seinem gebräunten Rahmen von der Wand wohlwollend auf sie herabsah und seine rechte Freude an ihnen zu haben schien.

Der Conte Basilides, ein lang aufgeschossener, in ein hellfarbiges Sommerkostüm hineingeschlotterter Mensch von ungefähr fünfunddreißig Jahren, lag seiner ganzen Länge nach auf einem dunkelroten Diwan; der muntere Greis dagegen saß aufrecht, mit seinem neuen Bändchen im Knopfloch, in einem Stuhl, der einst das Eigentum des Venezianers an der Wand gewesen sein konnte, beobachtete und betrachtete den Grafen scharf und aufs zärtlichste und sagte eben:

»Also, mein Lieber, es bleibt dabei. Sie geben mir das Zeugnis, daß ich meinerseits alles tat, mögliche Hindernisse des Glückes meiner Kinder – ich sage meiner Kinder, mein Sohn! – aus dem Wege zu räumen: Sie begleiten mich nach Wien, und wir bringen die Sache zum Abschluß wie verabredet.«

»Weshalb sollte es nicht dabei bleiben, Babbo Teodorico, allersüßester Schwiegerpapa?« stöhnte der Graf, beide Arme unter den Hinterkopf schiebend. »Gewiß begleite ich Sie, und zwar um so enthusiastischer, je weniger ich Ihnen das verlangte Zeugnis verweigern kann. Ach, stören Sie die Süßigkeit dieses Momentes nicht durch unnötige Worte – Sie wissen es ja nur zu gut, Sie Grausamer, welch eine innige Sehnsucht nach diesem – diesem erfreulichen Abschluß ich seit Monden mühevoll zu unterdrücken hatte. Sie wissen es nur zu gut, was ich litt, wie ich litt und warum ich litt, Sie herzloser Mann. Bewundern mußte ich Sie immer, selbst vor einem Vierteljahre, als Ihr Gestirn bedenklich in cadente domo stand: ein um so größeres Vergnügen macht es mir, Sie heute – lieben und bewundern zu dürfen! Wahrhaftig, Alter, Sie haben Ihre Chancen glorreich zu benutzen gewußt – es lebe Verona und mit ihm Romeo und Julia, Basil und Antonia! Da sitzen Sie wieder und sind Ihr Gewicht in Gold hundertfach wert, und hier liege ich, den Edelstein meines Wertes im Busen, und fühle die Schwingen wachsen, die mich meinem holdesten Lebensziel entgegentragen sollen. Ja, Babbo, Babbo, Sie sind das begehrenswerteste Großväterchen, welches mir jemals in meinem Leben begegnete, und morgen mit dem ersten Dampfschiff gehen wir nach Triest hinüber.«

»O Basilides, wenn Sie wüßten, Basilides, wie sehr ich Sie um diesen Ton, in welchem Sie zu mir reden, beneide, so würden Sie denselben nicht mit einer solchen Virtuosität gegen mich anstimmen!« sprach der Edle, welcher diesen Ton durchaus nicht nach seinem Geschmack fand und nicht wenig darunter litt, obgleich er wirklich unter Umständen ebenfalls ein Virtuose darin war, wie er das zum Beispiel vor einigen Jahren in Krodebeck unter den Barbaren des Herzynischen Waldes zur Genüge bewies. »Lassen Sie uns ernst sprechen, Graf«, fuhr er fort, »ich halte das Glück meiner Enkelin für einen Gegenstand der ernsthaftern Unterhaltung.«

»Ich bin ernst und offen – ich bin nie anders, Signor«, erwiderte der Graf; »aber ich bin heute glücklich, und ich habe das Recht, glücklich zu sein; denn aufrichtig gestanden, mein sehr würdiger Freund, noch vor zwölf Wochen sah es kaum danach aus, daß wir je zu einem solchen angenehmen Geplauder uns zusammenfinden würden. Ihre besten Freunde, und ich habe das Recht, mich dazuzurechnen, hatten Ihre Stellung aufgegeben und hielten Sie für verloren, unwiderruflich verloren. Was wollen Sie? Sie vor allen sollten meine Heiterkeit zu würdigen wissen; denn ach, Sie allein wären ja nur imstande gewesen, meine Verzweiflung zu messen, wenn das Fatum mich gezwungen hätte, das seligste Verhältnis, das ich je entrierte, abzubrechen, Babbo!«

»Babbuino!« sprach der Edle Dietrich Häußler von Haußenbleib in der tiefsten Tiefe seiner Seele; äußerlich aber schnitt er nur eine bittersüße Grimasse; ja er vermochte es sogar, dem »Pavian« mit einem neuen Lächeln zu antworten.

»Sie haben Recht, Basil; wenn auch nicht völlig, so doch in mancher Beziehung«, sagte er. »Ich muß Ihre Behutsamkeit loben; denn ich weiß sie zu würdigen, und sie gerade gibt mir die besten Garantien für eine segensreiche Zukunft. Da wir zusammen ernten wollen, so muß freilich vollkommene Offenheit über sämtliche ökonomische Vorbedingungen zwischen uns herrschen. Ich werde mir die Freiheit nehmen, in andern Dingen bei Gelegenheit ebenfalls so offen als möglich gegen Sie zu sein, Basil. Ja, vor einigen Monden standen meine Angelegenheiten nicht so günstig wie heute. Einen Augenblick schien es, als ob ich das Los aller jener Schwärmer zu teilen hätte, jener braven, törichten Leute, die sich immer, wie das Beispiel zeigt, wieder finden, um Glück, Kraft, Vermögen, Blut und Seele dem allgemeinen Besten zu opfern, und zuletzt ihren teuersten Illusionen zum Opfer fallen. Dem lieben Gott sei Dank, diese Gefahr ist fürs erste glücklich abgewendet. Meine Anstrengungen wurden mit dem besten Erfolg gekrönt. Wir haben uns wiedergefunden, teurer Basil! Das Gewölk hat sich verzogen – die Luft ist wieder rein!«

Weshalb streckte der Graf Basilides Conexionsky plötzlich beide Beine gegen die Zimmerdecke empor und krähte förmlich vor überwältigender Heiterkeit?

»Si, si, carissimo!« rief er unter fortwährenden Lachkrämpfen. »Die Luft ist wieder rein, und es geht nichts über eine gesunde, reine Luft«, kicherte er, und diesmal versuchte der Edle von Haußenbleib vergeblich zu lächeln, geschweige denn mitzulachen.

Vor drei Monaten hing in der Tat ein sehr schweres Gewölk, ganz unfigürlich genommen, über dem Haupte des Edlen, und die Luft um ihn her war so ungesund, so unrein, daß selbst seine besten Freunde, und beim Zeus, der Graf Basilides gehörte zu seinen besten Freunden, – sich die Nase nicht ohne Grund zuhielten.

Es war durchaus nicht abzusehen, in welcher Art eine ungeheure Lieferung komprimierter Gemüse endigen werde; denn der Dunst, der vierzehn Tage nach der Ablieferung aus einigen der geöffneten Büchsen emporstieg, war schauderhaft und trieb selbst eine slowakische Arbeiterkompanie im Laufschritt aus den Magazinen. Der Edle hatte allen Grund, von einem düstern Gewölk über seinem Haupte zu reden: aber der Edle hatte auch alles Recht, sich der endlichen Desinfektion zu freuen. Mit Energie hatte er die verschiedenen Mittel und Mittelchen, die in solchen anrüchigen Fällen die Lüfte am sichersten reinigen, angewendet, und das Resultat war ein glänzendes gewesen. Der infernalische Duft hatte sich verzogen, die slowakische Arbeiterkompanie war in die Vorratskammern zurückkommandiert worden, und heute strahlte die Sonne des Glücks mit erneuertem Glanz auf das würdige Haupt des ehemaligen Barbiers von Krodebeck hernieder. Seine Enkelin war von neuem eine sehr annehmbare Partie für den Herrn von Conexionsky, und die von dem Edlen so hochgepriesene Offenherzigkeit seines jüngern Freundes legte der Exbarbier höchstens als ein weiteres Zeichen des guten Herzens des Grafen zu den übrigen bereits vorhandenen Beweisen. –

Nach einer frischen Papierzigarre greifend, gab aber Basilides Conexionsky jetzt sowohl seinem Körper wie der Unterhaltung eine andere Wendung. Indem er das wohlriechende Zündhölzchen, welches ihm der umsichtige Versorger Veronas dienstbeflissen reichte, mit einem sanften Neigen des Kopfes nahm und gebrauchte, sagte er:

»Ach, Väterchen, hören Sie den Regen! Hören Sie, wie er auf den Sumpf niederrauscht! Man könnte fast vor träumerischem Behagen zum Poeten darüber werden! Es geht doch nichts über einen solchen innern Frieden in Verbindung mit einem solchen äußern monotonen Geräusch. Mein Herz ist freilich in Wien; aber mein Körper ist augenblicklich mehr als je auf diesem Sofa, und aus dieser Trennung erwächst ein so außerordentlich anmutiges, süßes, unsagbares Drittes – ein, sozusagen, schwankendes Genügen, daß die Phantasie in Wahrheit eine brutta puttana sein müßte, wenn sie sich irgend im geringsten bemühte, einen Namen dafür aufzufinden. Beiläufig, mein Bester, jetzt wäre vielleicht der rechte Moment gekommen, um mir etwas Ausführlicheres über diesen jungen norddeutschen Kavalier, der bis jetzt einige Male so sonderbar durch Ihre liebenswürdige Konversation schäkerte, mitzuteilen. Nicht, daß er mich über den Rauch dieser Zigarre hinaus interessierte, allein Sie wissen, Papa, alle Menschen interessieren den Weisen, zumal wenn sie sich in so angenehmer Weise und in so innigster Vertraulichkeit mit der promessa in seinen Gesichtskreis einführen. Ist der junge Mann ein buon camarado, oder – oder das, was wir unter dem Gegenteil verstehen?«

Der Edle von Haußenbleib drehte sich ein wenig in seinem Fauteuil und antwortete: »Mein lieber Sohn, da es Ihnen gefällt, auch dieses Thema zu berühren, und ich gestehe wiederum, daß Sie auch hier einiges Recht dazu haben, so sollen Sie in dieser Hinsicht ebenfalls meine Seele so klar sehen wie den blauesten italienischen Himmel.«

Mit einem Blick nach dem Fenster meinte der Graf lächelnd:

»Das freut mich, vorausgesetzt, daß Sie nicht den heutigen Tag zum Bürgen Ihres Gleichnisses machen, Babbo! Offen gestanden, wenn mir jener junge nordische Edelmann unendlich gleichgültig ist, so interessiert es mich doch nicht wenig, zu erfahren, weshalb Sie nicht diesen Herrn von Lauen als Gemahl Ihrer Enkelin vorzogen, da doch, wie mir scheint, mannigfache Umstände, ältere und neuere Bezüge, heimatliche Neigungen und, wie ich fast Grund habe anzunehmen, auch gewisse Herzensbedürfnisse dort oben in Wien für ihn sprechen?!«

Der Edle hatte Furcht – er hatte unbedingt sehr große Furcht vor dem jungen Adeligen mit dem slawischen Namen, und er hätte nur das anzuführen brauchen, um deutlich darzulegen, weshalb er den Grafen Basil Conexionsky dem armen Junker Hennig vorzog. Er fühlte auch trotz allem eine gewisse, nicht unberechtigte Neigung zu dem Grafen und hätte auch dieses anführen können; allein der Graf würde vielleicht am allerletzten eine derartige Erklärung erwartet haben und war jedenfalls bereit, jede andere Auseinandersetzung eher gelten zu lassen.

»Sie wissen genug von meiner Vorgeschichte und der meiner Enkelin, teurer Basil, als daß ich nötig haben sollte, noch einmal darauf zurückzugreifen«, sprach der Edle Häußler von Haußenbleib. »Und da ich in dieser Beziehung Ihnen gegenüber so ziemlich auf demselben Standpunkte mich befinde und das Buch Ihres Lebens sowie die höchst eigentümliche Chronik Ihres Geschlechts bis zurück in das dritte Glied, bis zu dem glänzenden Ahnherrn, Ihrem eigenen sonderbaren Herrn Großvater, zur Genüge kenne, so verbürgt mir das, daß auch Sie gar nicht wünschen, in solcher Art mich zurückgreifen zu lassen. Wir kennen einander, schätzen einander und können einander sehr nützlich sein – das genügt vollkommen, nicht wahr, lieber Graf?«

»Vollkommen!« gähnte Basilides. »Aber greifen Sie ruhig, wie es Ihnen beliebt; Sie können mich stets nur auf das angenehmste berühren«, fügte er hinzu, und wenn ein Mensch imstande war, den Edlen von Haußenbleib aus der Fassung zu bringen, so vermochte das der liebe Graf durch solche Bemerkungen.

Allein der Edle faßte sich, wie wir wissen, sehr rasch, und so rettete er sich auch diesmal schnell, und zwar wiederum durch ein Wort, welches er nur in der Tiefe seiner Seele sprach, und fuhr laut fort:

»Wenn ich also über gewisse Tatsachen schweige, so kann ich über die Gefühle und Empfindungen, welche sich an eben diese Tatsachen knüpfen, da Sie es wünschen, nicht schweigen. O Dio, wie gern würde ich jene Idylle von Krodebeck, welche mir dieser Herr Hennig von Lauen vertritt, in den Kreis meiner Anschauungen, Geschäftsverbindungen und Hoffnungen aufnehmen; aber es geht nicht! Ich weiß kaum, wie ich mich in diesem Punkte Ihnen gegenüber delikat genug ausdrücken kann, und hoffe nur, daß wir uns auch hier, ohne viele Worte, verstehen werden. Ach, Basil, Sie machen sich keinen Begriff von dem Wust der Vorurteile, kleinlichen Rankünen und philisterhaften Begriffsverwirrungen, welche dort unten in jenem albernen Erdenwinkel in den Köpfen der Leute nisten, brüten und sich ins Unendliche vermehren. Dagegen ist die größte Intelligenz machtlos, und selbst Ihr Witz, mein Freund, würde vor so großartiger Stupidität kläglich die Flagge streichen müssen. Überlegen Sie es nur! Würde ich heute mit Ihnen hier in Venedig sitzen, wenn es ginge, wenn es gegangen wäre? Als ich vor drei, vier Jahren dort war, brachte ich einige Illusionen hin und glaubte mich der kuriosen Rumpelkammer zum mindesten gewachsen; allein ich fand schnell genug, daß ich mich sehr hierin getäuscht hatte. Ich gestehe Ihnen offen, werter Graf, daß ich nichts in meinem Leben so sehr bereut habe als jene Reise und daß meine ganze Tatkraft dazugehörte, die Rute, welche ich mir da band, im Laufe der Jahre wieder aufzulösen.«

Der Graf Basilides nahm die Zigarette aus dem Munde, seufzte zärtlich, küßte die Fingerspitzen der rechten Hand und warf einen Kuß in die weite Ferne – nach Wien – in die Vorstadt Mariahilf; und der Edle von Haußenbleib wußte den Gestus vollkommen zu deuten und sagte:

»Sie haben wiederum recht, Basil. Da ich Sie gefunden habe, den Mann ohne Vorurteile, den Menschen, welchen ich mein ganzes Leben hindurch suchte, um alles mit ihm zu teilen, den Mann, der wirklich die Absicht hat, alles zu gewinnen, und im Notfall alles daransetzt, um eine Grille zu befriedigen, wenn sie ihm einmal durch den Kopf fuhr, den wahren, wirklichen Ritter ohne Furcht und Tadel, so wäre es lächerlich, einen falschen Schritt zu beklagen, der doch auch nur zum Glücke geführt hat, indem er dazu dient, uns beide auch durch liebe verwandtschaftliche Bande zu vereinigen.«

»Mille grazie«, lächelte der Graf, »übrigens heirate ich die süße Antonie nur, weil auch ich entsetzlich viele Vorurteile hege, dieselben liegen nur nach einer andern Direktion als die anderer Leute.«

»Und sehen Sie«, fuhr der Edle, ohne auf die Unterbrechung zu achten, begeistert und gerührt fort, »sehen Sie, trotz ihrer doch sehr fraglichen geheimen Neigungen weiß meine Enkelin so gut als ich, daß Krodebeck unwiderruflich hinter uns liegt, daß jener junge Mensch nicht nur ein Tölpel ist, sondern auch ein kompletter Esel gerade in Hinsicht auf diese fragliche Neigung; und deshalb – deshalb, Signor Conte, treffen auch hier unsere Kalkulationen zu und können wir auch hier heiter, hell und freudig in eine lachende Zukunft blicken.«

»Unbedingt!« sprach der Graf mit einem sonderbaren Blick auf den Redner und einem eigentümlichen Zucken um die Mundwinkel. »In dieser Beziehung gebe ich mich am allerwenigsten irgendeiner Täuschung hin. Sie geben und ich nehme, ich gebe und Sie nehmen, wie man an der Börse sagt; und, bei allen Freuden und Herrlichkeiten des Paradieses, Sie haben recht, Papa, wir haben uns gefunden, weil wir einander brauchen können, und wir können uns nicht fest genug aneinander binden.«

»Und deshalb kann es Ihnen wie mir nur sehr erwünscht sein, daß dieser nordische Balordo augenblicklich seinen Aufenthalt in Wien nahm. Er wird das sentimentale Gänschen uns in unsere Wünsche, in unsere Berechnungen hineintreiben. Er versperrt ihr den Weg nach jeder Seite; – ich kenne sie: um ihn nicht unglücklich zu machen, wird sie uns, wird sie Sie, Basil, glücklich machen; und, bei allem, was Ihnen heilig ist, Graf Conexionsky, ich gebe Ihnen einen Schatz, einen Schatz, einen köstlichen, unbezahlbaren Schatz in dem Kinde für alles, was Sie mir durch Ihren Namen und Ihre Verbindungen zu bieten haben!«

»Und bei Bacchus und Zythere«, rief der andere aufspringend, »ich liebe dieses Mädchen seiner Mitgift, nach jeder Seite hin, zum Trotz und halte Sie, Babbo Theodorich, für den genialsten Kuppler, der jemals das Schöne mit dem Nützlichen zu verbinden wußte. Das Kind imponiert mir durch seine tiefe Abneigung gegen Sie, ehrwürdiger Greis, gegen mich, gegen uns alle. Sie haben keine Idee davon, wie mir das Mädchen imponiert und wie mich hier eine völlig unbekannte Region, ein süßes Zauberreich voll Lindenblüte, Veilchenduft und Nachtigallengesang bewegt, reizt und zu allen möglichen Entsagungen befähigt. Es ist ein so neues, ungewohntes, anmutig-bängliches Gefühl, irgend etwas respektieren zu müssen. Eine verschüchterte galizische Landbaronesse von sechzehn Jahren kann ihrer superior finishing-governess gegenüber nichts empfinden, was ich nicht ebenfalls zu den Füßen dieses holden Wunders empfinde. Sie haßt uns alle und mich mehr als alle, und deshalb will ich sie haben mit ihren Kinderaugen, in ihrem weißen Kleidchen, und in ihrer Gesellschaft den Versuch machen, wie es sich eigentlich leben läßt im Buchenwäldchen unter Nachtigallengesang und Veilchenduft. Ach, wir werden sehr glücklich miteinander sein!«

»Würde ich sonst diese Verbindung gewünscht, erstrebt oder zugelassen haben?« fragte der Edle mit einem so zärtlichen Vorwurf in Stimme und Gebärde, daß der Graf Basilides mit dem Ausdruck höchsten Ekels und Überdrusses die Zigarette dem edlen Venezianer an der Wand an die Nase warf und sich zurück auf den Diwan.

Es entstand eine längere Pause, in welcher jeder der beiden Herren seinen eigenen Gedanken nachhing; dann fragte der Graf:

»Sie haben natürlich in den letzten Zeiten recht eifrig mit Wien korrespondiert; – wie werden wir die Stimmung dort finden?«

»Befriedigend, wie ich hoffe. Das Kind scheint wieder einmal ein wenig an den Nerven zu leiden, aber das hat nichts zu bedeuten. Sie schreibt von Müdigkeit, aber wie mir scheint, sozusagen geduldiger, sanfter, hingegebener. Sie bittet mich, mir keine Sorgen um sie zu machen –«

»Und dazu wird man Sie ersuchen, Babbo, Sie mit verhaltenen Tränen bitten, uns Ruhe, Ruhe zu lassen – unser armes Herz nicht zu quälen, nicht ungeduldig zu werden, und so weiter – eh?«

»Die Briefe stehen sämtlich zu Ihrer Verfügung, lieber Sohn!«

Der Graf winkte abwehrend mit der Hand.

»Den Jugendfreund, den lieben Spielkameraden werden wir also jedenfalls noch in der Stadt vorfinden?«

Der Edle von Haußenbleib lachte.

»Ich lese in dieser Hinsicht mancherlei zwischen den Zeilen. Sie wissen ja, Basil, daß ich zwischen den Zeilen zu lesen verstehe. Dem Burschen scheint es im Kreise unserer Freunde recht zu behagen, und ich habe auch aus jenen Kreisen Nachrichten, welche mich nicht wenig erheitern. Die arme Tonerl! Ich habe ihr im Anfang ziemlich barsch meine Ansichten ausgedrückt; allein ich empfinde jetzt einige Reue darüber. Man macht sich eben viel unnötige Sorgen in dieser wunderlichen Welt, lieber Graf. Jaja, es gefällt dem jungen Mann sehr gut in Wien, und die Tonie ist sehr überrascht und einigermaßen aus aller Fassung darüber gebracht. In einem Postskript hat sie mich neulich selbst gebeten, dem armen Teufel mein Haus zu verbieten, und in einem letzten Billett habe ich ihr natürlich den vortrefflichen Landsmann auf das beste empfohlen und ihm selber alle Annehmlichkeiten meines Wiener Etablissements zur

Verfügung gestellt. Man hält eben alte Verbindungen und Bezüge aufrecht, auch wenn man keinen momentanen Nutzen davon sieht und wenn man höflich ohne Gefahr sein kann.«

»Wann geht das Dampfschiff?« fragte der Graf.

»Morgen früh um sechs Uhr.«

»Benissimo!« lallte Basil. »Was sagen Sie zu einem Akt der Traviata?«

»Wie Sie wünschen! Ach, Basil, Sie haben keine Ahnung davon, wie jung ich mich nach den Qualen, Anstrengungen und Aufregungen der letzten drei Monate fühle!«

»Und Sie haben keine Ahnung davon, wie sehr ich Sie beneide«, erwiderte der Graf, und diesmal im bittersten Ernst, und doch ahnte er nicht zur Hälfte, wie ernst ihm dieser Neid sein mußte. –

Dreiunddreißigstes Kapitel

Sie reisten ab von Venedig und kamen gesund und wohlbehalten in Wien an; aber es mußten sich doch sowohl auf dem Dampfer wie auf dem von ihnen benutzten Bahnzug einige ausnehmend Gerechte befinden, um die erfreuliche Tatsache zu ermöglichen. In gelassener Heiterkeit kamen beide, der Graf wie der Edle, in Wien an, und da Leute ihres Schlags auf Erden so ziemlich allein das Recht haben, ihr Leben nach ihrem Willen einzurichten und mit den Nachteilen die überwiegendsten Vorteile hieraus zu ziehen, so wäre es sehr undankbar und ein großes Unrecht gegen ihre Götter gewesen, wenn sie nicht in vergnügter Stimmung sich befunden hätten.

Der Edle fuhr natürlich sofort vom Südbahnhof seinen Laren und Penaten zu und überließ den jüngern Freund bis zum nächsten Morgen seiner eigenen Schicksalsgöttin, und da diese stadtkundig genug war, so führte sie ihn recht behaglich sowohl durch den Rest des Tages als auch durch einen bedeutenden Teil der Nacht.

Doch das Behagen des Grafen Basilides kümmert uns augenblicklich weniger als das des Edlen von Haußenbleib, und diesen auf der Heimfahrt durch die muntere Stadt an diesem sonnigen Spätnachmittag zu sehen, war ein Vergnügen für jeden, der dem Manne nichts Böses gönnte.

Sein Lächeln auf der Reise durch die Lombardische Ebene war gar nichts im Vergleich zu dem fröhlichen Glanz seiner Physiognomie auf seiner jetzigen Fahrt durch die heimatlichen Gassen. Nie erschien er so jung, so wohlkonserviert wie heute.

Er hatte den Hut abgenommen und fuhr immer von neuem mit der Rechten über den silbergrauen Scheitel, wie um seine innerliche Freudigkeit niederzureiben. Er hatte mehrere Westenknöpfe springen lassen müssen und sah alle Augenblicke so zärtlich träumerisch nach der Uhr, daß er, wie er zu seinem Schrecken sogleich bemerkte, verschiedene wertvolle Bekanntschaften übersah und vorüberfuhr, ohne tief und lächelnd gegrüßt zu haben.

Diese Versäumnisse kühlten ihn ein wenig ab, er ließ fortan die Uhr stecken, rieb nur mit beiden Händen die Kniee und hauchte vorkostend, aber die Leute zur Rechten und zur Linken scharf im Auge behaltend:

»Ausgezeichnet!... vortrefflich!... angenehm... höchst angenehm!«

Er übersah nun keine Bekanntschaft mehr, und er hatte viele Menschen zu grüßen; aber er nickte auch aus allgemeinem Wohlgefallen an der Menschheit und vorzüglich an der Wiener Menschheit ununterbrochen vor sich hin.

Endlich hielt der Wagen vor dem Hause in der Mariahilfer Hauptstraße. Es entstand eine große Bewegung sowohl unter den dunkelfarbig gekleideten Fräulein unter dem Zeichen der trauernden Hekuba wie in dem Lokale links von der Haustür, allwo die »naschenden Vernichterinnen aufgekeimten Wohlstands«, die rosigen Jungfrauen und Dienerinnen der schönen Helena, die Chignons an den Spiegelscheiben zeigten und den heimkehrenden fröhlichen Greis holdanlächelnd mit Kichern und Kußhändchen begrüßten. Der Edle von Haußenbleib hatte einen wohlwollend-verständnisreichen Blick nicht nur für die schöne Helena, sondern auch für die trauernde Hekuba; aber er hielt sich diesmal nicht bei ihnen auf, sondern stieg eilig die Treppen empor, warf im Vorübertrippeln eine Visitenkarte in den Briefschalter der Nilassidantia und war nach fünf Minuten bei sich selber derartig zu Hause, als ob das Festungsviereck nur ein Traum im Traum für ihn und die Verproviantierung Veronas ein Besuch im Kontor des benachbarten Wechselagenten gewesen sei.

Er hatte von Toinette vernommen, daß Antonie sich ein wenig zum Schlummer niedergelegt habe, hatte lächelnd, mit dem Finger auf den Lippen, tiefes Schweigen geboten und war in seine eigenen Gemächer geschlüpft, wo er behaglich ein halbes Stündchen seiner Toilette widmete, um sodann mit der hübschen Kammerjungfer eine längere und ziemlich ernste Konferenz zu halten. Da er es verstand, unter allen Umständen seine Fragen zu stellen und das Wichtige von dem Unwichtigern zu scheiden, so erhielt er einen ziemlich genauen Bericht über alles, was sich während seiner Abwesenheit zugetragen hatte. Daß er jedoch vollständig dadurch befriedigt worden wäre, können wir leider nicht sagen; denn er entließ die Jungfer mit einem recht mißmutigen Kopfschütteln und schritt noch eine geraume Zeit in seinem Zimmer auf und nieder, ehe er sich so weit gesammelt hatte, um sich mit der gewohnten Zärtlichkeit persönlich nach dem Befinden seiner Enkelin erkundigen zu können.

»Das wäre in der Tat wieder ein Strich durch die Rechnung, und zwar einer ganz nach ihrem Geschmack!« murmelte er verdrießlich. »Sie wäre dazu imstande! Sie wäre imstande, mir aus reinem Eigensinn ein Konto drunten in dem Trauermagazin zu eröffnen. Ach was, die Toinette wird sich ebenfalls zur Närrin haben machen lassen – wahrhaftig, sie war mir viel zu gerührt. Aber das ist Weiberart – da ist nicht einer zu trauen, die hellsten verlieren die Balance, wo irgendeine sentimentale Dummheit ins Spiel kommt. Nun, wir werden ja sehen! Aber eines steht fest, man soll in diesen Dingen nichts zu leicht nehmen: eine solide Notiz an meinen jungen Freund aus Krodebeck zur rechten Zeit würde mir manche Unannehmlichkeiten erspart haben. Jedenfalls werde ich ihm heute noch einige schriftliche Worte zukommen lassen und ihm die Dinge ins rechte Licht rücken.«

Nach einer weitern halben Stunde saß er klar, erfrischt, mit dem gewohnten Gleichmut auf dem Gesichte und im prachtvollsten Schlafrock neben dem Sessel seiner Enkelin, von Teilnahme und Zärtlichkeit überquellend: er hatte die Sache *nicht* so bedenklich gefunden, wie er sie sich einige Augenblicke lang nach dem Bericht Toinettes vorgestellt hatte.

Antonie war freilich nicht so wohl, als man es hätte wünschen mögen; allein einen Grund zu irgendwelcher tiefer greifenden Besorgnis fand der Edle durchaus nicht vorliegend. Er fand sie ein wenig fieberisch, ein wenig unruhig, allein beides doch nicht mehr als bei seiner Abreise vor vier Monaten, und damals hatten ihn die Ärzte gebeten, sich keine unnötigen Sorgen um die junge Dame zu machen, welchen Bitten er gern nachgegeben hatte.

»Ich hatte recht, mich vorhin nicht durch die Kammerkatzenzimpereien beunruhigen zu lassen«, dachte er. »Und übrigens, glaube ich, würde die Tonerl, um mich zu ärgern – vorzüglich bei einem solchen Nachhausekommen zu ärgern, alles tun; und ich halte es für gar nicht so schwer, die Sterbende zu spielen; eine wahnsinnige Ophelia oder einen blödsinnigen König Lear könnte auch ich agieren, ohne daß man mich auslachte.«

In diese irenischen Anschauungen sich immer mehr und immer beruhigter vertiefend, brauchte der Edle natürlich seinem großväterlichen Herzen keinen Zwang mehr anzutun. Nachdem ihn das liebe, teuere Kind, die gute, beste Antonie mit allen ihren Zuständen hatte bekannt machen müssen, konnte er, ohne als ein Barbar zu erscheinen, harmlos, offen und herzlich sie auch über alle Umstände seines eigenen Befindens und alles das, was er zur Erhaltung desselben für zweckmäßig erachtet hatte und erachtete, vertraulich unterhalten, und Antonie Häußler legte darum nur von Zeit zu Zeit öfters die Hand auf die Stirn, zog sich nur ein wenig tiefer in ihre Kissen zurück und atmete nur um ein klein wenig schneller und angstvoller.

Es war eigentlich rührend, den alten Sanguiniker in seinen herzinnigen Auseinandersetzungen und eifrigen Gestikulationen zu hören und zu sehen. Es war ihm Ernst um das, was er noch für seinen Komfort, für sein Glück in seinem Leben zu tun und durchzusetzen beabsichtigte, und der Ernst – wohin er sich auch richten mag – ist immerdar eine interessante, nachdenkliche Erscheinung in einer Welt, wo der Ernst fast immer nur von außen an die Menschen herandringt, wo die Million dahingetrieben wird und der Wind in der Tat das Wahre und das Blatt im Winde wirklich nichts ist.

Daß der Graf Basilides Conexionsky augenblicklich so unzertrennlich mit dem Komfort und dem Glück des Edlen Dietrich Häußler von Haußenbleib verbunden war, war freilich recht traurig für Antonie Häußler, aber ändern ließ sich nichts daran. Der Edle hoffte auch fest, daß das Kind solches einsehe und endlich einmal Vernunft annehme und endlich einmal ihrem alten, wohlmeinenden Großvater in einem Wunsche freudig und offen entgegenkomme und endlich einmal einsehe, daß derjenige, welcher in der Komödie des Lebens mitzuspielen wünsche, auch das passende Kostüm anzulegen und die nötige Schminke anzuwenden habe.

»Wir spielen alle trotz dem hellsten Sonnenschein in einer künstlichen Beleuchtung, und du änderst nichts daran, Tonerl!« seufzte der Edle mit gefalteten Händen. »Und welche Kostüme, welche Kostüme habe ich dir zu bieten?! Denke an deinen Weg und sei dankbar. Du, du, du willst allein in der Loge sitzen, während alle andern, ich sage alle andern, auf der Bühne beschäftigt sind? Erinnere dich an das Fuhrwerk, auf welchem du vor dem Siechenhause zu Krodebeck anlangtest, und sieh dich heute um, blicke um dich und überlege! Und wenn ich es auch zugeben wollte, daß du im Parterre dich über unsere Sprünge auf den Brettern mokiertest, die andern würden es nicht leiden – du bist verloren wie eine Herrnhuterin in einer Karnevalsnacht. O Tonerl, Tonerl, es ist nichts schlimmer, als allein zu sein in der Welt, und du bist allein... aber zum Henker, du bist zugleich nicht allein, denn du bist mein Eigentum, hörst du, mein volles, eigenstes Eigentum, und ich dulde es nicht, daß du noch länger eine Närrin aus dir machst! Also bitte ich dich – auf den Knieen bitte ich dich, sei lieb und sei verständig – und kurz und gut, ich hoffe, daß du morgen dem armen Basil in einer andern Weise entgegentreten wirst, als dir bis dato zu meinem größten Kummer und Ärgernis beliebte. Ach, wenn du wüßtest, was alles zwischen eurem letzten Zusammentreffen und dem heutigen Tage liegt, so würdest du sicherlich nicht zögern – zögern, den günstigen Moment festzuhalten! Und – und wenn du ahntest, welch eine edle, edle Seele du hier – auf deine Weise – dem Verderben entreißen kannst, du würdest dich noch viel weniger bedenken, sondern wie ein gutes, liebes Mädchen, das du doch trotz allem bist, herzhaft zugreifen.« –

»Allein und hülflos«, sagte Antonie leise. »Ja, ich bin allein; es wird mir niemand helfen.«

»Und dein Jugendfreund am wenigsten!« fiel der Edle rasch ein. »Sieh, Kind, das würde ich ja nur allzugern zugeben, daß du den Jüngling dir und uns gewönnest. Dazu gäbe ich heute noch meinen Segen. Ich kenne dein Herz durch und durch, und du wirst mich verstehen, wenn ich dir mein Ehrenwort gebe, daß ich den Grafen Basil auf der Stelle zum Verzicht auf seine schönsten, innigsten Wünsche zu bringen wissen werde, wenn du mir dagegen deinerseits die Überzeugung liefern kannst, daß nach jener Seite hin alles gewonnen ist.«

»Nein, nein, nein, das will ich nicht, das kann ich nicht!« rief Tonie Häußler mit einem solchen Ausdruck des Schreckens, des Jammers und der Verzweiflung, daß der Edle trotz seiner Befriedigung ein wenig ängstlich seinen Stuhl zurückschob. »Er soll dein Haus nicht mehr betreten; er ist mir nichts – er kann mir nie etwas sein. Ich habe selbst ihm deine Tür verschlossen; aber ich habe doch keine Macht gegen ihn. O es soll alles so werden, wie du es verlangst; nur verbiete du ihm dein Haus – auf den Knieen bitte auch ich dich darum!«

»Mein armes Kind!« sprach der Edle, mitleidig das graue Haupt schüttelnd. Er sprach weiter nichts; aber er hielt einen Augenblick das Taschentuch vor die Augen; zog es wieder herab, küßte die Enkelin auf die Stirn und verließ langsam mit einem tiefen, tiefen Seufzer das Zimmer. Vor der Tür schlug er ein Schnippchen, schob das Taschentuch in die Tasche, faßte das Kammermädchen am Kinn und sagte mit einem mehr als patriarchalischen Lächeln:

»Du albernes Gänschen!«

Darauf zog er sich von neuem in seine Gemächer zurück und überlegte.

»Was tue ich nun? – Wenn ich jetzt meinen eigenen Herzensbedürfnissen folgen wollte, so müßte ich dem Junker vom Lauenhofe nunmehr mit einem höflichen Gruß meine Ankunft melden und mich ihm mit allem, was mein ist, zu unbedingter Verfügung stellen. Ich könnte nicht herzlich genug gegen ihn sein; ich könnte ihn nicht dringend genug von neuem auffordern, mein Haus als das seinige zu betrachten. Nein, nein, das wäre doch zu grausam, und auch aus Rücksicht auf den armen Basil wollen wir lieber diesen zartesten Saiten unseres Gemütes einen Drücker auflegen. Ja, ich werde nur höflich gegen den Tropf sein; es ist doch, alles in allem genommen, das einfachste und deshalb das beste.«

Er setzte sich an den Schreibtisch und schrieb ohne viel weiteres Nachsinnen ein Billett an den »jungen nordischen Freund«, in welchem er demselben seine Heimkunft in Begleitung des Verlobten seiner Enkelin, des Grafen Basilides Conexionsky, ganz gehorsamst meldete und sich freute, die beiden Herren in den nächsten Tagen miteinander bekannt machen zu können. Dazu hoffte er, daß sich ein recht inniges Verhältnis zwischen den beiden Kavalieren herstellen werde, um dadurch ältere und neuere werte Bezüge für ihn – den Briefschreiber – in anmutigster Weise zu verknüpfen. Natürlich setzte er voraus, daß der Herr Hennig sich noch einige Zeit wenigstens in Wien aufhalten werde, damit auch er, Dietrich Häußler, imstande sei, wenn auch nur einen kleinen Teil der leider versäumten Gelegenheit nachzuholen und dem verehrten Gast nach seinen schwachen Kräften die Honneurs der Stadt an der blauen Donau zu machen.

Damit schloß er und schickte noch am selbigen Abend einen Diener mit dem Billett in die Taborstraße; und dann – dann gab es kein leichteres, wohligeres Herz in ganz Ahaliba als das Dietrich Häußlers Edlen von Haußenbleib. – –

Es sind schon manche junge Leute ausgezogen wie Saul, der Sohn Kis', um ihres Vaters Eselinnen zu suchen, und haben statt derselben ein Königreich gefunden. Allein bei weitem die meisten dieser Günstlinge der Götter erkannten im gegebenen Fall den Wert dessen, was ihnen in die Hände fiel, durchaus nicht; oder wenn ihnen vielleicht eine dumpfe Ahnung darüber aufging, so wußten sie sicherlich nichts damit anzufangen. In dieser, gerade nicht sehr ehrenvollen Lage befand sich der Sohn der klugen Frau Adelheid, der Zögling des Ritters von Glaubigern und des Fräuleins Adelaide von Saint-Trouin – der Junker Hennig von Lauen. Es gehört immerhin ein fein organisiertes Geflecht der Nerven dazu, um die wirklichen Königreiche dieser Welt von den nachgemachten, den unechten, den scheinbaren zu unterscheiden, und der gute Junker war von der Natur, wie wir wissen, viel zu sehr begünstigt, um jemals durch seine Nerven veranlaßt zu werden, eine wirkliche Krone, die doch immer nur eine Dornenkrone sein kann, vor seinen Füßen vom Boden aufzuheben.

Hennig von Lauen fühlte sich schon seit einiger Zeit recht unbehaglich, recht unglücklich in Wien und kam sich noch dazu vollständig überflüssig daselbst vor. Seit jenem Morgen, welcher auf den Tag folgte, den er so heiter in der Gesellschaft der schönen Freiin Zoe auf ihrer Hietzinger Villa verbrachte, hatte das Leben in der heitern Stadt vieles von seinen Reizen für ihn verloren. Ohne irgendeinen Halt in sich oder in den Dingen außer ihm zu finden, trieb er sich verwirrt und melancholisch umher, und um gerecht zu sein, müssen wir sagen, daß ihm solches eigentlich nicht gerade übelzunehmen war; denn er befand sich wirklich in einer bedenklichen, einer betrübten Lage.

Er war dem nobelsten Antrieb seines braven Herzens an jenem Morgen nach dem Fest gefolgt, und die Tonie hatte ihm dafür die Tür vor der Nase schließen wollen. Dieses hatte er sich freilich nicht gefallen lassen, allein die letzte Harmlosigkeit im Verkehr mit der Jugendfreundin war nun gänzlich verlorengegangen, und er war ganz wohl imstande, das zu empfinden und sich recht darüber zu grämen.

Nun war er selten für seine besten Freunde, und er hatte deren von allen Arten, zu Hause. Einsam trieb er sich in der schönen Umgebung der Stadt umher und suchte durch körperliche Anstrengungen die geistige Unruhe, die ihn hier festbannte und ihm doch den Ort über alles in der Welt verleidete, niederzudrücken; und von einem Ausflug nach Baden zurückkehrend, fand er das Briefchen des Edlen von Haußenbleib auf seinem Nachttische.

Der Kellner, welcher ihm voranleuchtete und die Lichter anzündete, machte ihn auf es aufmerksam, und der Junker betrachtete die Adresse, wie man jede unbekannte Handschrift auf einem Briefe betrachtet, ehe man ihn öffnet. Er bekam bereits viele schriftliche Notizen in Wien, und so konnte er, nachdem der Kellner sich verabschiedet hatte, ziemlich gleichgültig das Miniatursiegel erbrechen.

Diesmal umnebelte ihm kein leichterer oder schwererer Rausch, nicht einmal der Nachhall eines Rausches, Stirn und Augen; aber dessenungeachtet bedurfte er mehrerer Minuten, ehe er die Meinung seines jetzigen Korrespondenten faßte und würdigte. Dann würdigte er sie aber auch gleich darauf um so mehr!

Er stieß einen Fluch hervor und trat vor seinem eigenen verstörten Bilde in dem Spiegel vor ihm zurück. Unwillkürlich griff er nach dem Glockenzug, als müsse er das ganze Haus im Sturm zu seiner Hülfe zusammenläuten. Glücklicherweise zog er jedoch die Hand zurück; denn der National-Gasthof würde doch wohl keinen Rat und Trost für ihn gehabt haben.

Nun überlas er das Billett zum zweitenmal, knitterte es wütend zusammen und warf es gegen die Wand. Was sollte er tun? Was konnte er tun? Er rannte umher im Gemach und fiel auf einen

Stuhl und suchte wenigstens einen Teil seiner Fassung wiederzugewinnen. Er zog den Stuhl an den Tisch, stützte den Kopf auf beide Hände, und – da saß er denn.

Was sollte, was konnte er tun für sie?

Hatte er ihr nicht seine Hand angeboten? Hatte er sie nicht retten wollen? Hatte er sie nicht fortführen wollen aus diesem wüsten Getriebe – zurück in die Heimat, in das vergessene Fleckchen am Fuße der Harzberge?

Sie hatte ja das schöne Haupt geschüttelt, und zähneknirschend gestand er sich selbst in dieser schweren Stunde als ein ehrlicher Gesell, daß er ihr am folgenden Tage gewissermaßen dankbar dafür gewesen sei und daß schon im ersten Augenblick ein leiser Hauch der Befriedigung über ihre Weigerung durch seine Seele gegangen sei.

Aber nun rüttelte das Schicksal des armen Geschöpfes, mit dem er doch nur alle Holdseligkeit des Lebens daheim verknüpft hatte, um so schrecklicher an ihm. Am liebsten wäre er mit Gewalt in das Haus in der Vorstadt Mariahilf eingebrochen; am liebsten hätte er als ein anderer Karl von Eichenhorst die Tonie auf dem Sattelknopf entführt, trotzdem daß sie nicht wollte; – bei allen Teufeln, es war zu niederträchtig!

Und in dieser Nacht und während der Junker mit halbblinden Augen den Brief schrieb, welchen der Ritter von Glaubigern, das Fräulein von Saint-Trouin und Jane Warwolf in dem chinesischen Pavillon zu Krodebeck zusammen lasen, – lag Tonie Häußler still in ihrem Bettchen, still und regungslos, und fürchtete sich nicht.

Es war zu traurig.

Vierunddreißigstes Kapitel

Beinahe vierzehn Tage gebrauchte der Junker Hennig von Lauen, um sich notdürftig zu fassen, und nie während seines Aufenthalts in der Fremde hatte er mit solcher Sehnsucht auf eine Lebensäußerung aus Krodebeck und vom Lauenhofe gewartet als dieses Mal. Er wartete vergeblich, und wir wissen weshalb. Da er die Sache den Leuten zu Krodebeck so eilig als möglich gemacht zu haben glaubte, so begriff er nicht im mindesten ihr Stillschweigen, und das machte ihn womöglich noch ratloser und zorniger. Er war ratlos im höchsten Grade. Hatte er das Recht, dem Herrn Dietrich Häußler einen Besuch auf seine freundliche Mitteilung zu machen und ihm mit den Fäusten auf den Leib zu rücken? Was wußte er von dem Grafen Basilides Conexionsky? In welcher Weise sollte er ihm gegenüber auftreten?

Der Name dieses Herrn war ziemlich häufig in der Unterhaltung seiner Wiener Freunde und Freundinnen aufgetaucht, und jedermann schien eine Ehre darein zu setzen, ihn zu kennen, und es für ein großes Vergnügen zu halten, mit ihm verkehren zu dürfen.

Tonie hatte freilich nie von ihm gesprochen, und nun zeigte es sich plötzlich, daß sie ihn jedenfalls genau gekannt haben mußte, daß sie längst im allergenauesten Verkehr mit ihm gestanden haben mußte!

Und was hatte die schöne Emanuele Werdenberg neulich, als er mit ihr nachts von der Villa Wanesch heimfuhr, gesagt? Alle Augenblicke sah er erschreckt über die Schulter, als ob da eben jemand hinter ihm höhnisch und hell gelacht habe; und dann lachte er selbst und nannte sich einen Dummkopf und hielt sich vor, wie vielen Ärger, wie viele Sorgen und Unannehmlichkeiten er sich erspart haben würde, wenn er nach dem ersten Besuch in der Laimgruben ruhig nach Italien weitergereist wäre und sich bei Pisa dem Studium der Kamelzucht, seiner Absicht gemäß, gewidmet hätte.

»Heut könnt ich mich selber dort auf die Weide geben!« rief er grimmig. »Dann wäre doch Hoffnung, daß ich einmal wieder in Krodebeck anlangen würde – mit einem Affen auf dem Buckel und einem Tanzbären, einer Querpfeife und Trommel zur Seite. O du lieber Himmel, da fehlte dann wirklich nichts weiter, als daß meine Mutter noch lebte und ihr Vergnügen an diesem Triumphzug haben könnte!«

Im nächsten Moment durchrieselte es ihn wieder heiß und kalt:

»Es ist nicht wahr! Es ist nicht möglich! Sie spielt nicht mit in der heillosen Posse! Sie ist nur elend und wird von den andern mit herumgezerrt und kann sich nicht wehren. Beim Satan, weshalb glaube ich ihr denn nicht? Sie hat nie ein unwahres Wort gesprochen. Ich höre ihre Stimme auf dem Lauenhofe hinter den Hecken, wenn man sie rief und sie aus der Ferne antwortete; – als ob die Stimme lügen könnte!? Weshalb der Chevalier nur nicht schreibt? Es kann ihm doch kein Vergnügen machen, sie – seinen Liebling hier im Pech zu wissen, von mir gar nicht einmal zu reden! Wenn ich nur wüßte, was ich anfinge! Ein frischgeschorener Pudel unter einem Sofa ist ein couragierter Kerl, ein Held gegen mich. Was hilft es mir und ihr, wenn ich auch hervorkrieche, um die hochverehrte, miserable Gesellschaft anzuheulen und anzubellen? Ich habe ja nicht die kleinste Berechtigung dazu vorzuweisen, und sie hätten das größte Recht, mich auszulachen, und zwar ganz höflich im besten Ton. Hallo, aber wenn sie mich auslachten und ich benutzte die Gelegenheit, um dem Don Basilio, oder wie der Bursch heißt, scharf auf den Leib zu rücken?! Das ginge vielleicht an! Das ist wenigstens ein Gedanke! Da könnte ich auch ganz fein sein und brauchte durchaus nicht aus dem guten Ton herauszufallen. Wir lernten einander bei der Gelegenheit kennen, und auf diese Weise würde einem von uns beiden jedenfalls geholfen werden! Das ist wahrhaftig ein Gedanke, und es ist eine wahre Schande, daß ich vierzehn Tage brauchte, um ihn zu finden. Der Tonie würden dadurch auch noch einmal sozusagen die Würfel in die Hand gegeben; dem alten Rattenkönig, dem Häußler, würde unbedingt für einige Zeit das Konzept verdorben, und was das beste ist, ich brauchte nicht mehr auf einen Brief aus Krodebeck zu warten. Abgemacht! Auf Ehre, morgen mache ich dem Herrn von Haußenbleib den Gegenbesuch für seine Visite auf dem Lauenhofe!«

Seit vierzehn Tagen hatte Hennig von Lauen nicht so frei und leicht geatmet wie an dem Abend, an welchem ihm dieser praktische, für alle Parteien so komfortable »Gedanke« aufging. Zum erstenmal seit vierzehn Tagen speiste er wieder mit Vergnügen und Appetit zu Nacht, um sich dann in das Karlstheater zu begeben und mit bescheiden-heiterm Gemüte den alten Nestroy in seinem eigenen Meisterstück »Einen Jux will er sich machen« – zu bewundern. Das war ganz ein Stück, sowohl für sein allgemein ästhetisches Verständnis wie für seine augenblickliche Stimmung. Für die hohe Komödie oder gar die Tragödie war er eben nicht gemacht, und da er sich ganz gemächlich und wohl dabei befand, so können wir ihm nur Glück dazu wünschen.

Er kam vollkommen in Harmonie mit sich und der Welt heim, speiste zum zweitenmal zu Nacht und trank diesmal, in seiner Ecke allein sitzend, fast zu viel. Seit vierzehn Tagen hatte er nicht einen so ruhigen Schlaf genossen wie jetzt, und als er am folgenden Morgen erwachte und mit etwas schwerem Kopf sein Programm für den heutigen Tag sich aufs neue zurechtlegte, fand er nichts daran zu ändern und machte, seine rüstige Gestalt und sein ehrlich Gesicht mit außergewöhnlichem Wohlgefallen im Spiegel beschauend, eine außergewöhnlich sorgfältige Toilette.

Während derselben fiel ihm allerlei ein, an welches er »viele Jahre nicht gedacht« hatte, und seltsamerweise spielte das Fräulein Adelaide Klotilde Paula von Saint-Trouin keine unbedeutende Rolle in diesen schwankenden Erinnerungen. Der Junker von Lauen dachte an die Zeiten, wo er mit offenem Munde zu den Füßen der hohen Dame saß, mit dem tapfern Johann von Brienne Tyrus eroberte und Kaiser von Konstantinopel wurde und alles glaubte, was das Frölen sagte, und nichts an der Art und Weise, wie es es sagte, auszusetzen fand.

»Es ist doch angenehm, wenn man etwas auf sich halten darf!« murmelte er, und: »Alles für die Ehre!« fügte er hinzu, sich seiner eigenen ritterlichen Ahnen erinnernd.

Ach – »alles für die Ehre!« hatte auch jener Herr Hilmar von Lauen gerufen, der im Jahre des Herrn 1578 mit dem einen Ende der großen Wurst in den Fäusten drei Tage und drei Nächte hindurch seinen Schemel im Kreise um die Säule im Kommißhaus zu Wolfenbüttel rückte, und es war ein Glück zu nennen, daß der jetzige Junker von Lauen mit seiner Toilette zu Ende gekommen war, ehe er seine Erinnerungen bis zu diesem Ahnen hinuntergeführt hatte! –

»Wie gut hat's doch der Mensch, der endlich weiß, was er zu tun hat«, sagte er vor dem Frühstückstisch im Kaffeehause. »Was mag die arme liebe Tonie sich über mein Ausbleiben eingebildet haben? Na, jetzt wird alles recht werden! Ah, und jetzt vorwärts! Wahrhaftig, nach einem reinen Gewissen geht doch nichts über solch eine reine, frische Morgenluft! Bei Gott, ich habe mich lange nicht so sehr Krodebeck gefühlt wie in diesem Augenblick.«

Er trat hinaus in die Gassen und ging noch ein wenig spazieren. Im Schaufenster eines Waffenhändlers betrachtete er längere Zeit mit innerlichstem Wohlbehagen ein elegantes Pistolenkästchen, und da in diesem Augenblick ein anderer junger eleganter Herr neben ihm stehenblieb, blickte er denselben unwillkürlich mit Interesse an und würde sich wenig verwundert haben, wenn sich derselbe ihm plötzlich als der Graf Basilides Conexionsky vor- und zur Verfügung gestellt haben würde.

Da das aber nicht geschah, so ging er weiter und sah noch eine geraume Zeit dem Exerzitium an der Franz-Josephs-Kaserne zu und verlor sich allmählich dabei vollständig in seine eigenen heitern und finstern militärischen Erlebnisse. Unter den nachdenklichsten Betrachtungen über die Frage, ob die tschechischen, slowakischen und hungarischen Flüche und Liebkosungsworte, die ununterbrochen durch das deutsche Kommando schnarrten, rollten, zischten und klapperten, an Ausdruck und Bedeutung wohl denen seines eigenen alten Wachtmeisters gleichkommen möchten, hätte er beinahe die Visitenstunde versäumt. Mit einem plötzlichen Schrecken hörte er die Turmuhren schlagen und blickte auf die eigene Uhr und richtete eiligst seine Schritte der Vorstadt Mariahilf zu. Wir aber haben vielleicht wieder einmal Gelegenheit gehabt, uns zu überzeugen, daß auf sein Denken, Dichten, Tun und Lassen jetzt, wo sich unsere trübe Geschichte ihrem Ende zuneigt, noch viel weniger ankommen kann als im Beginn derselben. –

Vor dem Hause in der Vorstadt Mariahilf hielt ein Reitknecht zu Pferde mit einem prächtigen ledigen Pferde, welchem der Junker von Lauen fünf Minuten lang mit höchstem Verständnis seine Aufmerksamkeit widmete, ehe er das Haus betrat. Mit ihrem zuvorkommendsten Lächeln begrüßte ihn im dritten Stockwerk die schöne Toinette, und mit seinem hellsten, offensten Lachen kam ihm der Edle von Haußenbleib unter dem Bilde des Zinsgroschens entgegen, nachdem ihn die Kammerjungfer angemeldet hatte.

»Da sind Sie endlich!« rief der Edle, beide Hände ihm darbietend. »Wie lange haben Sie auf sich warten lassen, und meine liebe Tonie sagte mir doch, daß wir Sie ganz zur Familie rechnen dürften. O Sie ahnen wohl, was alles mich abgehalten hat, zu Ihnen zu eilen, Ihnen die Hand zu drücken, mein lieber junger Freund, mein teuerster Landsmann? Aber nun ist alles recht – kommen Sie nur, mein Schwiegersohn wird sich gleichfalls unendlich freuen, Sie endlich kennenzulernen! Kommen Sie, Hennig, liebster Hennig – ach verzeihen Sie meine Vertraulichkeit, ich bin im Glück – vollkommen Hans im Glücke, und da setzt man über alle dummen Mauern und Gräben leicht weg und hat das Recht dazu. Jaja, ich habe ja zu meiner Genugtuung auch bereits vernommen, daß es Ihnen in unserm schönen, gemütlichen Wien recht wohl gefällt! Jaja, unter Wölfen muß man eben mit den Wölfen heulen! Kommen Sie, mein werter, teurer Landsmann, Ihr Name hat eine recht innige, herzliche Aufregung da drinnen hervorgerufen.«

Dem Junker summte der Kopf, und Arm in Arm betrat er mit dem Edlen das Zimmer Antoniens. Es schwindelte ihm, es drehte sich alles um ihn, er hatte ein dumpfes Bewußtsein, daß er einem eleganten jüngern Herrn im Reitkostüm mit den herzlichsten Worten vorgestellt werde; er hatte ein dumpfes Bewußtsein davon, daß er etwas von Ehre und großem Vergnügen murmele. Dazwischen schwankte, fast noch undeutlicher, eine Vision von seiner Tonie in einem schwarzen Sammetkleide, bleich und doch lächelnd, in ihrem Sessel; er wußte ziemlich deutlich, daß er den Arm des Edlen sehr fest gepackt halte, und – wer es dem Edlen gesagt haben mochte, jetzt war das Wort eine Wahrheit: er gehörte ganz zur Familie, und er wußte ganz bestimmt und klar, daß man von ihm erwarte und innigst wünsche, er werde diese Ehre, dieses Vergnügen tief im Herzen zu empfinden und zu würdigen wissen und sich demgemäß aufführen und betragen. Am meisten klares Gefühl von sich selber hatte er in dem Moment, als er eine kleine kalte Hand in der seinigen hielt und jemand mit ruhiger, sanfter, aber tonloser Stimme zu ihm: »Guten Morgen, lieber Hennig!« sagte; doch das ging schnell vorüber, und nachher dauerte es eine geraume Weile, ehe ihm seine Umgebung vollständig klar und bestimmt aus dem Nebel hervortrat.

Noch eine geraume Weile hörte er gleich einem Betrunkenen nur Bruchstücke der fortgesetzten Unterhaltung, die längst weitergeglitten war, ehe er diese Bruchstücke in irgendwelche logische Verbindung unter sich hatte bringen können. Und als er endlich seine gewöhnliche Beurteilungskraft wiedergewonnen, da mußte denn auch er einsehen, daß es längst zu spät war, hier die Lösung des Knotens nach dem alten faustrechtlichen, oft ganz praktischen Modus vorzunehmen.

Als ein alter Freund des Hauses war er von dem gerührten Schwiegervater dem Schwiegersohn vorgestellt worden, und mit dem freundschaftlichsten, offensten, herzlichsten Entgegenkommen hatte ihn der Graf Basil angenommen. Es war eine absolute Unmöglichkeit, von dem klarsten Rechte, grob zu sein, Gebrauch zu machen; durch außergewöhnliche Höflichkeit, sozusagen durch einen Brennspiegel von poliertem Stahl hätte sich in dieser Hinsicht vielleicht noch etwas ausrichten lassen; allein einen solchen Brennspiegel besaß der Junker von Lauen freilich nicht.

Man saß ganz harmlos und plauderte, und zwar durchaus nicht über irgend etwas Außergewöhnliches. Alle saßen, nur der Edle stand oder lehnte vielmehr hinter dem Sessel des Schwiegersohnes, etwas bedientenhaft zwar, aber doch nur mit großer Mühe fähig, sich selbst zu bezwingen und den teuern Menschen nicht alle zwei Minuten zärtlich tätschelnd auf die Schultern zu klopfen. Alle hatten die Tür und damit auch die horchende Kammerjungfer im Rücken; nur Antonie saß ihr mit dem Gesicht zugewendet. Wieder waren der Sonne wegen die Vorhänge herabgezogen, aber ein schöner Wind hob und senkte sie, durch die geöffneten Fenster spielend, und glänzende Lichter und magische Schatten durchtanzten wechselweise das Gemach. Es hielt ein Wagen vor dem Hause, und Zoe von Wanesch kam mit Emanuele Werdenberg – lachend, rosig, rauschend kamen sie und schüttelten perlende, blitzende Tropfen des Lebens von ihren

Schwingen und aus ihrem Gefieder, wie ein Paar weiße Schwäne, die sich im Sonnenschein halb aus ihrem Element freudekreischend aufrichten. Sie küßten Antonie auf die Stirn, und sie lachten über den Grafen Basil. Sie lachten über den Edlen und lachten über den Junker von Lauen, und sie hätten mit und über jeden geweint, wenn es die Umstände erfordert hätten – teilnehmend, naiv, herzlich und voll überquillender Lust am Dasein unter allen Umständen. Sie litten es nicht, daß Antonie noch länger die Augen mit der Hand beschattete. Emanuele zog ihr liebkosend die Hand herab und nannte sie ein dummes, süßes, zuckersüßes Herzchen.

»Antonie, um Gottes willen!« rief der Junker von Lauen. »Antonie! Antonie!«

Sie sahen ihn alle darauf sehr verwundert an, und vor allen übrigen der Graf Basilides, welcher jetzt auch am meisten das Recht dazu hatte.

»Meine Herren – meine Damen – Herr Graf, das ist eine Grausamkeit! Das ist eine –«

Tonie Häußler erhob die Hand wieder und winkte dem armen Teufel: »Sei still, lieber Freund! Es ist nichts; – ich bin wohl und – sehr glücklich.«

Sie blickten sämtlich wahrhaftig mit großer Verwunderung auf den Junker von Lauen, und Zoe klopfte ihm mit dem Fächer auf den Arm: »Liebster, wir sind en famille. Weshalb sollten wir uns nicht glücklich fühlen?« Und Emanuele drohte ihm lächelnd mit dem Finger und legte denselben zierlichen Finger in demselben Augenblick bedeutungsvoll auf die Lippen. –

Unterdessen war wieder ein Wagen vorgefahren, und ein alter Herr war mühselig ausgestiegen, hatte die Nummer des Hauses mit einer Notiz in seiner Brieftasche verglichen und war mühsam die Treppen hinaufgestiegen. Niemand hatte den Klang der Türglocke vernommen, niemand den schweren greisenhaften Schritt im Vorzimmer.

»Der Herr von Glaubigern!« sagte die hübsche Kammerjungfer, voll zweifelhaften Staunens den neuen Besucher meldend, und mit einem lauten Schrei richtete sich das Pflegekind des Herrn von Glaubigern empor, stieß mit heftiger, krampfhafter Bewegung die sie auf beiden Seiten Umgebenden zurück und sank langsam in die Kniee, beide Arme nach dem Retter ausstreckend. Daß der Edle von Haußenbleib nicht in die Kniee sank, hatte seinen Grund einzig und allein in der vollkommenen Versteinerung des Mannes. Er wußte die Bedeutung des Besuches sehr gut zu würdigen und sah gläsern auf den alten Mann und wiederholte tonlos die Meldung der schönen Kammerjungfer:

»Der Herr Ritter von Glaubigern!« –

Ja, da stand er! – so alt, so kümmerlich, halb blind und tief gebückt, und doch ein Ritter und ein Held, dieser Chevalier Karl Eustach von Glaubigern – wie vielleicht in diesen Tagen die menschenbevölkerte Erde keinen zweiten aufweisen konnte, um damit vor dem milden Auge der Sonne zu prangen und sich zu rühmen!

Es war ein weiter Weg aus dem chinesischen Gartenhäuschen auf der Terrasse zu Krodebeck in die Vorstadt Mariahilf; aber es war ein noch viel weiterer und wunderbarerer Weg aus der müden, schlaftrunkenen, längst wie in sich selber verlorengegangenen Existenz des Greises in diese helle, grelle, wirbelnde gegenwärtige Stunde hinein. Wahrlich lag ein Heroentum sondergleichen in dieser Kraft, mit welcher der alte Mann aus der vergangenen Zeit den Leuten der Gegenwart unter die Augen trat – ein vom Kopf bis zu den Füßen geharnischter Streiter, ein waffenrasselndes Gespenst, das den besten Willen hatte, den Kampf auf Leben und Tod mit den erstaunten und bestürzten Herrschaften aufzunehmen, und welches sich durchaus nicht aus dem goldenen, heiterblauen, vergnüglichen Tage, aus dem hellen Mittage hinweglächeln ließ.

Was der Edle von Haußenbleib auf der Stelle wußte, das ahnten die übrigen bereits im nächsten Moment so bestimmt und deutlich, daß der Herr des Hauses sich jede weitere Erklärung ersparen mochte. Der Graf Basilides Conexionsky wußte ganz genau, was ihm die Ankunft dieses wunderlichen Ritters bedeute; er erschien als der Ruhigste im Kreise, und da wir die Ehre hatten, ihn ziemlich genau kennenzulernen, so wissen wir, daß er auch wirklich vielleicht der Ruhigste war. Er lehnte sich jetzt freundlich-nachdenklich auf den Sessel der schönen Zoe, und um Augen und Mund zwinkerte und zuckte ein gar nicht geheimgehaltenes Ergötzen über die händereibende Verlegenheit seines lieben, teuern, verehrungswürdigen und verehrten Geschäftsfreundes, seines Nonno Teodorico von Haußenbleib, seines babbo carissimo, oder wie er ihn sonst in den Momenten zärtlichster Vertraulichkeit zu nennen beliebte.

Der Edle war in der Tat verlegen und rieb sich wirklich die Hände. Er sprach von der großen Ehre, die ihm und seinem Hause widerfahre, er bat seine Enkelin, sich doch zu fassen und zu beruhigen; er bat mit dem kläglichsten Blick im Kreise umher um Hülfe, und vor allen Dingen wünschte er den Chevalier von Glaubigern, die holde Zoe, die heitere Emanuele, den norddeutschen Krautjunker und – sich selber zu allen Teufeln oder – mit Ausnahme der letzterwähnten Persönlichkeit – in die allerunterste, tiefste und kühlste Kasematte der von ihm so unendlich geliebten und verpflegten Festung Verona.

»Sollen wir gehen?« flüsterte Emanuele Werdenberg der Freiin von Wanesch zu, und Zoe bewegte leise das Haupt:

»Nein!... Natürlich nicht!«

Sie blieben natürlich, und sie blieben auch nicht die einzigen, welche an diesem seltsamen Morgen dem Edlen von Haußenbleib und seiner Enkelin einen Besuch machten. Es hielten noch mehrere Wagen vor dem Hause, und die Türglocke klang, und Toinette meldete manchen wohlklingenden Namen. Es rauschten Schleppen herein, und Kavaliere von allen Lebensaltern und Stellungen kamen, ihre Glückwünsche zu bringen; die glänzenden, im Sonnenschein tanzenden Wogen stiegen immer höher um den Greis und sein Pflegekind, und beide sahen und hörten nichts mehr von dem, was sie umgab, umflüsterte und in wachsender Verwirrung umdrängte.

Der Ritter von Glaubigern hatte seinen Pflegesohn zurückgeschoben und sich über die Tonie geneigt. Er hatte sie wortlos aufgehoben, und sie hatte die Arme um seinen Nacken geschlungen und hing an ihm, und er war stark genug, sie zu halten und zu stützen. Sie weinte laut und bitterlich, als ob sie beide allein miteinander in einer Wüste gewesen wären. Es war für beide die Zeit vergangen, wo sie auf die Gefühle der Leute um sie her Rücksicht nahmen, den Anstand bewahrten und Furcht hatten, sich lächerlich zu machen. Sie waren ja allein in einer Wüste – allein in der Wüste des Lebens, der Lebendigkeit. Sie fühlten wohl den Boden, den Fels, auf welchem sie standen, unter sich wanken, sie wußten, daß die Wogen um sie her wuchsen, daß das Leben, die Lebendigkeit immer recht behält, sie wußten, daß sie verloren waren, und sie waren doch glücklich und sicher – gerade darum waren sie glücklich und sicher.

Mit zärtlicher, liebkosender Hand streichelte der Ritter von Glaubigern unter den Blicken des Edlen von Haußenbleib, des Grafen Basil, der schönen Damen und des Junkers Hennig von Lauen der Tonie Häußler die Wangen:

»Mein Kind!…Mein liebes, liebes Kind! Da bin ich; ich bleibe bei dir. Sei still, mein Kind.«

»Ich kann nichts sagen! Mein Vater, mein Vater! Und ich habe gedacht, daß niemand mir helfen würde! Mein Freund – mein Vater, wie bin ich nun in Sicherheit! Hab Dank – Dank –«

Sie schloß die Augen und glitt mit einem schweren schmerzlichen Seufzer langsam an der Brust des Greises herab. Der Ritter von Glaubigern sah mit einem wilden, zornigen Blick umher; er schwankte unter der Last, und Tonie würde ihn mit sich zu Boden gezogen haben, wenn jetzt nicht Hennig und die Kammerjungfer beide aufgefaßt hätten.

»Pardon«, sagte der Graf, »das gnädige Fräulein« – aber er vollendete nicht; der Chevalier winkte ihm zu schweigen, und er schwieg wirklich. Für die übrigen Herren und Damen wurde die Szene allmählich ein wenig peinlich trotz dem Interesse, welches sie so überreichlich darbot. Es wurde leer in dem Salon des Edlen von Haußenbleib, und selbst Zoe von Wanesch und Emanuele Werdenberg nahmen endlich mit Tränen in den Augen und wiederholten heftigen Küssen von der wehrlosen, halb bewußtlosen jungen Freundin Abschied und entrauschten, um mit lebhaftesten Farben und glühender Phantasie das Erlebte weiterzutragen im Kreise der Bekannten und Freunde des Hauses und überall eine lächelnde Verwunderung zu erregen.

Die Nächstbeteiligten fanden sich allein, und mit einem Ton und Ausdruck, den wir bis jetzt noch nie von ihm vernahmen, sprach der Ritter von Glaubigern, die Hand seines Pflegekindes fest in der seinigen und ihr Haupt auf den Kissen des Diwans im Arm haltend:

»Meine Herren, ich habe vielleicht in irgendeiner Weise die Formen des heutigen Tages verfehlt, und ich bitte, das zu entschuldigen. Ich bin sehr alt, um ein bedeutendes älter als der Herr von Häußler, und der Herr von Häußler weiß, aus welchem abgeschlossenen Dasein ich hierherkomme, und wird dem Herrn Grafen gewiß später das Notwendige darüber mitteilen. Ich bitte, Geduld mit mir zu haben; denn ich komme, vieles zu fordern – ein ungeschriebenes Recht, mein Recht an dieses Kind – diese junge Dame.«

Der Graf Basilides verbeugte sich stumm vor dem alten Herrn. Er stand da wie Buffon mit dem Knochen eines vorsintflutlichen Tieres vor sich, und nicht ohne einen geheimen Reiz baute auch er aus der Erscheinung, den ersten Worten und Gesten des Chevaliers eine untergegangene Welt auf. Der Edle aber ergoß sich wiederum in einen Schwall von Worten und konnte doch nicht Worte genug für seine Gefühle finden. Mit der Hand auf dem Herzen versicherte er immer von neuem, daß er sich unendlich geehrt durch diesen Besuch des Herrn von Glaubigern und durch dessen Teilnahme an dem Wohle seiner Familie tief gerührt fühle. Er habe es nie vergessen und werde es nie vergessen, was das berühmte, edle, alte Haus unter den Harzbergen für ihn – den Edlen von Haußenbleib – und seine Enkelin getan habe. Daß das Haus derer von Haußenbleib dem Herrn Leutnant zur unbeschränkten Verfügung stehe, sei so selbstverständlich, daß er hoffentlich darüber kein Wort zu verlieren brauche.

Der Ritter von Glaubigern neigte das Haupt und verwendete diese Verbeugung zu gleicher Zeit mit zu einem kurzen Gruße für Hennig, den er bis jetzt von allen Anwesenden am wenigsten beachtet hatte. Dann sagte er ruhig:

»Ich danke Ihnen, mein Herr von Häußler. Ich werde Ihre Freundlichkeit nicht mißbrauchen. Ich werde niemand ein wirkliches Recht streitig machen; aber auch das meinige wünsche ich mir zu erhalten und bitte deshalb, mein Erscheinen allhier so ernsthaft als möglich zu nehmen. Herr Graf, ich bitte Sie, sich der Vorteile der Jugend nicht überall in unserm Verkehr miteinander zu erinnern.«

»Mein Herr«, sagte der Graf sehr ernsthaft, »ich fühle mich so alt wie Sie, und ich vertrete eine Welt, die nicht jünger ist als die Ihrige. Ich bin mir keines Vorteils gegen Sie bewußt.«

Zitternd faßte die Hand des Mädchens den Arm des Greises fester; aber der Chevalier legte der Tonie seine Hand auf die Stirn und sprach:

»Der Herr Graf hat recht, Tonie, und wir werden freundlich miteinander verkehren und friedlich miteinander auskommen. Liege still, mein Kind! Du liegst wie auf dem Strohlager der
Hanne Allmann im Siechenhause zu Krodebeck; – der Schnee fällt draußen – liege still, wir
wachen.«

»Herr von Glaubigern, Herr von Glaubigern, ich bitte Sie!« rief der Edle von Haußenbleib
trotz aller seiner Selbstbeherrschung in halber Verzweiflung und sah wie hülferufend auf den
Grafen; allein dieser kam ihm keineswegs zu Hülfe, sondern sagte mit einem eigentümlichen
Blick auf den Edlen:

»Unsere arme Antonie scheint in der Tat durch die plötzliche und heftige Gemütsbewegung
sehr angegriffen worden zu sein. Mein Herr von Glaubigern, ich finde mich plötzlich sowohl
dem Fräulein wie Ihnen gegenüber in einer ziemlich verlegenen Stellung. Ach, Antonie, Sie
werden nicht an meiner Aufrichtigkeit zweifeln, wenn ich Ihnen sage, daß ich von ganzem Herzen wünsche, daß dieser – dieser Besuch für Sie, für uns alle seinen Zweck erreiche! Wenden Sie
sich nicht ab, Antonie; ich habe Ihnen nie einen Grund dazu gegeben, an meiner Ehrlichkeit
zu zweifeln, und ich habe Sie mir nur gewonnen, um Sie glücklich zu machen!«

Antonie Häußler schauderte leise, und der Ritter von Glaubigern fühlte, wie ihr ganzer Körper erzitterte.

»Wir haben einander beide sehr erschreckt, das Kind und ich«, sagte der Ritter. »Die Herren
sollten uns einen Augenblick allein lassen. Es ist eine Bitte, Herr Graf.«

»Die ich vollständig erklärlich finde und der ich gern und willig Folge leiste, mein verehrter
Herr; Sie werden in allen Dingen während Ihres hiesigen Aufenthalts verfügen – in allen Dingen, mein teurer Herr von Glaubigern; und wo wir einander als Gegner finden, da wollen wir
wenigstens mit ehrlichen Waffen kämpfen. Kommen Sie, Haußenbleib.«

Er winkte dem Edlen, und dieser sah zum erstenmal in dieser Geschichte dumm aus, voll-
endet dumm. Er blickte auf Antonie, er sah auf den Ritter, und er sah sehr fragend auf den
Grafen Basil. Aber der letztere zuckte ungeduldig die Achseln und trat leise mit dem Fuße auf.
So blieb denn dem Edlen nichts übrig, als dem Winke des Grafen zu folgen.

»Kommen Sie denn, mein lieber junger Freund«, ächzte er, seinen Arm zärtlich in den des
Junkers von Lauen schiebend. »Vielleicht ist es wirklich das beste, daß wir den Herrn Ritter
und meine Enkelin einige Augenblicke allein lassen.«

Das war der schlimmste Moment, den Hennig je in seinem Leben durchlitt. Zorn, Angst,
Selbstvorwürfe ballten sich zu einem Chaos in seiner Brust. Er warf einen ratlosen, hülfefle-
henden Blick auf den Chevalier, welcher denselben gänzlich unbeachtet ließ. Betäubt und zer-
schmettert hatte der Junker den dringenden Nötigungen des einstigen Barbiers von Krodebeck
zu folgen, und vor der Tür blieb der Graf Basilides Conexionsky kurz stehen, klopfte den Herrn
des Hauses auf die Schulter und sagte sehr kühl und ruhig:

»Babbo Teodorico, ich rate Ihnen herzlich, einen genügenden Vorrat philosophischer Trost-
gründe einzulegen. Ich hoffe übrigens, daß Sie fest im Auge halten werden, bis zu welcher zarten
Nuance des Lächerlichwerdens Sie mich kompromittieren dürfen. Meine Herren, ich habe die
Ehre, mich zu empfehlen.«

Hennig war zu betäubt, um ihn aufhalten oder ihm folgen zu können. Der Graf Basilides
sagte auf der ersten Treppe: »Maledetto!«, auf der zweiten: »Ah, ah, on n'a pas toutes ses aises
en ce monde!«, und als er in der Gasse sein Pferd bestieg, murmelte er: »Das war freilich ein
raffinierter Geschmack, sich in eine Sterbende zu verlieben, und noch dazu unter den übrigen
lächerlichen Umständen. Da ist es freilich kein Wunder, wenn die Toten am hellen Mittag
aufstehen, um das Ihrige in Anspruch zu nehmen!«

Er blickte grimmig an dem Hause hinauf und stieß mit einem slawischen Fluch seinem Pferde
die Sporen in die Seiten, daß es hoch aufstieg. So ritt er davon.

»Sie sind alle fort – wir sind allein«, flüsterte der Ritter von Glaubigern, und sein Pflegekind
legte das Haupt an seine Brust und küßte seine Hand.

»Wir sind allein, Tonie«, sagte der Ritter. »Aber sie mögen zurückkommen – fürchte dich nicht – wir bleiben zusammen. Hast du wirklich gedacht, daß Krodebeck dich ganz und gar im Stich lassen würde?«

Das junge Mädchen schüttelte den Kopf:

»Ich konnte es mir nicht vorstellen, aber so schön hab ich's mir doch nicht gedacht! Es war mir immer, als könne ich die Heimat zuletzt doch noch mit meinem Herzen herziehen; aber jetzt ist die Wirklichkeit doch viel wundervoller als jeder Traum, als jeder heiße, weinende Wunsch und Gedanke. Mein Vater, mein einziger Freund, wie hat man Ihr armes Kind gequält! Ist es Ihnen in der Nacht langsam, langsam wie heiße Blutstropfen auf Ihre Seele gefallen? Haben Sie so tief fühlen müssen, wie ich mich nach Ihnen sehnte, daß auch Sie keine Ruhe mehr in der Heimat hatten, daß Sie einen so weiten, weiten Weg kommen mußten, um mir zu helfen, um mir Ruhe und Erlösung zu bringen in meiner Not?«

»Freilich, freilich hab ich das, und der Hennig hat geschrieben, und es war schlecht bestellt um unsere Ruhe und Freude dort oben. Von dem weiten Wege habe ich nichts gespürt. Da richtet das arme, gemeine Volk, auf seinen Wegen übers Meer in fremde Wildnisse hinein, größere Wunder aus! Lache mich nicht aus, Tonie; ich bin noch sehr jung, und die Reise hat mich noch jünger gemacht; – wenn wir beiden zusammenhalten, können wir es noch mit vielen Leuten aufnehmen. Und höre – ich bringe die allerschönsten Grüße von Krodebeck, dem alten Hause, deinem Gärtchen und dem Fräulein Adelaide, von der Jane Warwolf – ja, die läßt dich tausendmal grüßen – und hundert andern Leuten und Dingen, welche allesamt eine große Sehnsucht nach ihrer kleinen Wiener Freundin haben und sie auf das feurigste zu sich zurückwünschen.«

»Sie werden mich nicht wiedersehen«, sagte Antonie Häußler. »Für die Hoffnung ist es zu spät; aber ich bin so glücklich, so glücklich in der Gegenwart, daß die über alle Träume und Hoffnungen geht.«

»Kind, Kind, das dürfte ich sagen; aber nicht du, mein liebes Kind!« rief der Chevalier.

»Doch, mein Vater, ich darf es auch sagen, denn es ist die Wahrheit, und gerade in dieser Wahrheit bin ich ruhig und glücklich und verlange nichts mehr. Die Heimat wird mich nicht wiedersehen; aber sie hat mir ihren liebsten Abgesandten geschickt, und der soll ihr nachher von meiner Liebe und Dankbarkeit erzählen.«

»Nachher, nachher!« murmelte der Greis. »Nachher ist ein Wort, das für fünfundsiebenzig Lebensjahre und diesen kahlen Schädel nicht mehr paßt, von einem solchen jungen Munde gesprochen.«

»Es ist doch wahr, mein Vater! Du von allen, die mich liebgehabt haben im Leben, hast zuerst gewußt, wie schwer es sein werde, eine ruhige Stelle für mich in diesem Leben zu finden. Du hast vielleicht Freude an mir gehabt, denn ich habe das sehr gewünscht; aber die schwere Sorge um mich bist du nie losgeworden. Und weshalb wärst du jetzt zu mir gekommen? Hast du einen Platz auf Erden gefunden, wohin du mich führen und allein lassen und lächelnd sagen könntest: Da sitze still und sei zufrieden, denn du bist geborgen!? – Nein, mein Herr Ritter, in jener Nacht, in welcher der alte Mann aus dem Siechenhause mir am Grabe meiner Mutter die Hand auf die Schulter legte, bin ich zum Tode erschreckt worden. Seit der Nacht friert mich in der Sonne. Seit jener Nacht habe ich angefangen, mich vor der Sonne zu fürchten. Der Chevalier von Glaubigern wird nach Krodebeck zurückkehren und den Leuten sagen, wo das Kind, das mit der schönen Marie ins Dorf gebracht wurde, geblieben ist. Ach, er wird den Leuten nicht erzählen, welch einen Segen er jenem Kinde in der letzten Stunde aus seinem treuen guten Herzen brachte!«

»Und mit einem solchen Glauben, mit einer solchen Gewißheit in deinem Herzen hast du dem Mann, welcher da eben hinausging, deine Hand gegeben?«

»Mein Großvater hat das getan, und Sie, mein Vater, sind zu mir gekommen, als Sie davon hörten. Nicht wahr, Sie sind nicht zu mir gekommen, um mich so schlecht Komödie spielen zu sehen? Ach, das ist heute nicht anders, als es gestern, als es vor einem Jahre war, als es seit dem Tage ist, an welchem man mich von dem Lauenhofe fortführte: ich habe immer Komödie spielen sollen, und weil ich stets meine Rolle schlecht machte, habe ich schlechte Tage und

Nächte gehabt. Nun hat man mir meine letzte Rolle gegeben. Sie glauben es nicht, daß es meine letzte sein wird; aber ich weiß es, und da lache ich zum erstenmal über das Spiel, in welchem ich selber von den harten Händen um mich her vor-und zurückgeschoben werde. O mein Vater, dies Lachen müssen Sie mir gönnen; es ist der einzige Gewinn, den ich mir aus meinem Leben, meinem schrecklichen Leben in dem Hause meines Großvaters erworben habe.«

»Wehe über sie alle, welche dich so lachen machten!« rief der Ritter von Glaubigern. »Du hast recht; ich bin zu dir gekommen, nicht um dein hiesiges Leben persönlich zu erkunden, sondern um dich mir zurückzufordern. Du sollst mit mir heimgehen, Antonie! Sie haben ja jetzt erfahren, daß du nicht zu ihnen gehörst, – der alte Mann haßt dich und fürchtet dich; er wird dich gern freilassen. Du spielst nicht Komödie; aber nun mache dem Spiel der andern mit dir ein Ende – dieser Graf wird dich nicht halten, ich habe in seiner Seele wie in der deines Großvaters gelesen. Sie wissen, warum ich hier bin; sie haben heute Furcht vor mir gehabt. Sie wissen, daß sie keine Macht mehr über dich haben; sie haben Furcht auch vor dir, und du hast gesiegt in diesen Jahren, nicht sie! Sie wissen das ganz genau und werden uns nicht auf unserm Wege aufhalten! Ich führe dich heim nach dem Lauenhofe.«

»Nach dem Lauenhofe?« rief Antonie, in Angst und Scham und Schrecken die Hände erhebend. »Nach dem Lauenhofe? Wissen Sie nicht, mein Freund, daß Hennig mich aus Mitleid dahin führen wollte? Da ist der Tod unwiderruflich in mein Herz getreten, als er mir seine Hand aus Mitleid anbot. Mein Vater, mein Vater, ich rede zu Ihnen über die Schulter, schon halb verdeckt von dem Schatten, der nach dem Tage kommt und zur ewigen Dunkelheit wird – deshalb allein kann ich so zu Ihnen sprechen! Ahnen Sie nicht, weshalb mein Heimatsrecht an den Lauenhof nur bei Ihnen ist und bei den zwei Gräbern auf dem Kirchhof, dicht an der Hecke des Siechenhauses?«

Sie barg von neuem ihr Gesicht an der Brust des Greises und weinte sehr. Der Ritter von Glaubigern sah in ratloser Verzweiflung umher – er wußte freilich jetzt alles. Er wußte vor allen Dingen, weshalb das Kind der schönen Marie, sein Pflegekind, die arme Antonie Häußler, so wenig Widerstand gegen den Willen ihres Großvaters in betreff des Grafen Basilides Conexionsky geleistet hatte. Sie spielte doch Komödie! Das Herz zerbrach ihm im tiefen Schauder über die tragische, entsetzliche Rolle, die sie diesmal auf sich genommen hatte.

»Sie liebt den Knaben – den törichten, nichtigen Knaben, der nichts als ein halb unbewußtes, ein schnell vergehendes Mitleid für sie hat!« murmelte er. »O sie sieht furchtbar klar – sie wäre doch verloren in der Heimat. Sie hat recht, sie hat keine Heimat – dort nicht – dort nicht. Und weil sie weiß, daß man an einer Rolle wie der ihrigen wirklich stirbt, so hat sie sich in dieselbe hineingeflüchtet, und ich – ich habe ihr nichts mehr zu sagen, nichts mehr zu bieten!« –

Da merkte er, daß er nicht umsonst mehr denn siebenzig Jahre alt geworden war und das Vermögen, über sein eigen Dasein und das seiner Brüder und Schwestern im Leben nachzudenken, behalten oder doch für einen kurzen Augenblick wiedererhalten hatte. Grimmig richtete sich die furchtbare Sphinx vor ihm empor und sah ihn an mit den großen, kalten, unergründlichen Augen.

Was war es auch, was ihn hier in dem Geschicke seines Pflegekindes so tief bewegte? War es wirklich so spät am Abend der Mühe und der Tränen wert? So spät am Abend! Was hatte er selber dadurch gewonnen, daß er siebenzig Jahre alt geworden war und daß er es, wie die Leute in Krodebeck sagten, in seinem Leben gut gehabt hatte? –

Hatte er es in seiner träumerischen, einsiedlerischen, verlorenen Abgeschiedenheit wirklich so gut gehabt, wie die Leute in Krodebeck meinten?

Ach, er fühlte sich als ein gar armer Mann, als er so spät am Abend seinen Gewinn zusammenzählte, während das bleiche Pflegekind von seinen Kissen ihn ebenfalls mit großen, unergründlichen Augen anblickte, als warte es darauf, daß er ihm das Ergebnis seiner Rechnung leise sage.

Er hatte hier Hülfe bringen wollen? Er? – – – So alt, so alt und ebenso allein und hülflos in dem wilden, wimmelnden, vorwärts stürzenden Leben wie dieses junge Wesen – ja hülfloser noch!

Er blickte auf den Weg zurück, auf welchem er gekommen war, und er sah ihn leer. Nur die Nacht schritt hinter ihm her, die Schatten wuchsen um ihn.

»Ach, lebte doch die Frau Adelheid noch!« sagte er, und dann dachte er an die zwei andern alten Weiber, die noch auf dem Lauenhofe saßen; aber was konnten die ihm und der Tonie helfen?

Er dachte an das hohe Alter der beiden, und das kam ihm auf einmal ganz außergewöhnlich gespenstisch vor, und dann blickte er sich von neuem in seiner Umgebung um und besann sich mühsam, wo er sich befinde. Er strich langsam über die dünnen weißen Haare und murmelte ganz ängstlich fragend:

»Tonie, Tonie?«

Sie verstand schnell, was das bedeute, und faßte seine Hand und flüsterte ihm zärtlich ermutigend zu: »Fürchte dich nicht, Vater. Du bist bei mir – bei deinem Kinde! Wir halten zusammen, wir bleiben zusammen. Niemand kann uns mehr ein Leid antun. O wir können ruhig sein, ganz ruhig, mein Vater!«

Da nickte er mit dem Kopfe, und das Kinn sank ihm tiefer auf die Brust herab. Die greisenhafte Erschöpfung gewann langsam wieder ihr Recht über ihn.

Noch wehrte er sich tapfer und ritterlich dagegen; aber schon wußte er, daß er unterliegen müsse, und jammernd rief er:

»Tonie, Tonie, weshalb bin ich denn hier? Weshalb bin ich hergekommen? Wo bin ich?«

»Du bist zu meinem höchsten Glück zu mir gekommen. In der höchsten Not. Nun bist du bei mir, mein Vater, und ich bin bei dir, und wir bleiben zusammen, niemand soll uns voneinander trennen. Sei ruhig, wir gehen denselben Weg, mein Vater!«

Noch einmal und zum letztenmal ging eine große Helle, ein großes Licht durch die Seele des Ritters Karl Eustach von Glaubigern. Noch einmal sah er sein Leben vom ersten Augenblick des selbständigen Denkens bis in diese feierliche Stunde in höchster Klarheit vor sich, und ganz klar erkannte er plötzlich, inwiefern seine tapfere Fahrt vollkommen mißlungen war und inwiefern dieselbe vollständig ihren Zweck erfüllte.

»Du sagst die Wahrheit, Tonie«, sprach er. »Wir wollen zusammenbleiben und zusammengehen, mein Kind, denn wir treffen auf ein und demselben Wege zusammen; ich komme nur ein wenig weiter her. Das sind deine jungen Locken, mein armes Kind; – man sollte es nicht denken, daß wir auf demselben Wege zusammentreffen könnten; aber es ist so. Wir können in dieser Welt einander nicht helfen, Tonie; wir können nur den Rest unseres Weges zusammen gehen.«

»Mein Glück, das ist mein Glück, lieber Vater! Und jetzt wollen wir die anderen Herren zurückrufen, und wir wollen verschwiegen sein und haben das leicht; denn wir müßten laut rufen, um uns hörbar zu machen.« –

Gerufen von Toinette, kam der Edle von Haußenbleib mit dem Junker von Lauen, stumm, sorgenvoll, verlegen und verstört. Sie hatten allen Grund, über den Ritter und sein Pflegekind zu erstaunen, denn Tonie empfing sie mit einem ruhigen Lächeln, und der Chevalier erschien ihnen nur ein wenig erschöpft von der Reise, und das konnte kein Wunder sein. Sie rieten ihm – dem Ritter von Glaubigern –, sich früh niederzulegen, und das versprach er gern, und als er dann mit Hennig nach der Taborstraße fuhr, schlief er wirklich schon im Wagen ein und schlief ruhig und fest die Nacht durch.

Auch Antonie Häußler schlief ruhig und lächelte im Schlafe; aber alle andern wachten in großer Unruhe und vielen Sorgen; vor allen andern aber wachte in Sorgen, Angst und großem Grimm der Edle Dietrich Häußler von Haußenbleib, denn er hatte gesiegt und triumphiert; – auch diesmal hatte er seinen Willen gehabt und den Sieg gewonnen, wie er unter allen Gestalten und in allen Verhältnissen, in der Tiefe und in der Höhe seit vielen, vielen tausend Jahren den Sieg gewinnt. – –

Und er war so zufrieden mit seinem Siege, wie er es seit Jahrtausenden stets ist; nämlich er zuckte die Achseln, da er die, welche ihm das Feld räumen mußten, nicht halten konnte. Daß er von allerlei verdrießlichen und unbequemen Gemütsbewegungen geplagt wurde, haben wir soeben erst gesagt; allein er wußte sich nach seiner Art ganz vortrefflich zu beherrschen, erschien dann und wann sogar recht gerührt und – erwies sich diesmal sogar außergewöhnlich höflich, nachgiebig und zuvorkommend gegen die Scheidenden bis – zum Schluß, bis zur Vollendung dessen, was er sein – gewöhnliches schlechtes Glück zu nennen beliebte.

Auch mit dem Grafen Basilides Conexionsky hatte sich jetzt der Edle von neuem auseinanderzusetzen, und dieses war für ein feinfühliges Gemüt, gleich dem seinigen, vor allem eine peinliche Aufgabe. Er versuchte es nach gewohnter freundschaftlicher Weise und, um die Wirkung zu erhöhen, mit dem Taschentuche vor den Augen. Aber wenn ihm der Graf Basil selbstverständlich auch auf halbem Wege entgegenkam, so machte doch das Taschentuch nicht die geringste Wirkung auf ihn.

»Mein lieber Herr«, sagte der Graf mit großem Ernst und mit gerade nicht geheimgehaltenem Ekel, »mein lieber Herr, ich hielt Sie für einen besseren Impresario, als Sie sich gezeigt haben. Per Bacco, ich schäme mich selber und finde für mich nur in meinem langen Aufenthalt in Italien eine Entschuldigung für die entsetzliche Gutmütigkeit, mit welcher ich mich Ihnen zur Verfügung stellte. Ich glaubte, mich für eine Buffoneria engagieren zu lassen, und nun finde ich mich als Arlecchino im fünften Akt einer Tragödie sondergleichen und hätte Lust, Sie, mein teurer capo della compagnia, auf eine Art dafür verantwortlich zu machen, die Ihnen für alle Zeit derartige Spekulationen verleiden müßte.«

»Ich bitte Sie, Basil!« rief der Edle mit gefalteten Händen.

»Lassen Sie das nur, mein wertester Exbabbo; aber danken Sie gehorsamst Ihren Göttern, daß meine Weltanschauung objektiv genug ist, um Sie wenigstens zu verstehen und deshalb milde gegen Sie sein zu können. Bei Ihrer Ehre, Sie haben nicht gewußt, daß Ihre Enkelin aus bloßem Eigensinn und Trotz unser lustiges Leben so tragisch nehmen würde! Natürlich! Sie waren mit Geschäften überhäuft, Sie hatten das Quadrilatère zu verproviantieren, und Sie wollten eben noch ein letztes Geschäft machen und verrechneten sich ein wenig. Sie dachten mit dem Strohmann zu spielen, und an seiner Stelle setzt sich der Tod an den Tisch; und – nun sage ich Ihnen, bei meiner Ehre, Signor Pantalone, wenn mir etwas unsere Situation in einer eigentümlich fahlen Beleuchtung zeigt, so ist es die Art und Weise, in der mir dieses arme Mädchen den Korb gegeben hat. Es ist Schick darin, mein Bester. Und es ist Schick in diesem alten Herrn vom Blocksberg, diesem gespensterhaften Kavalier aus Thule, der uns alle mit einer Handbewegung über den Haufen wirft und dem ich unbedingt mein Kompliment in jeder Hinsicht zu machen habe. Wahrhaftig, ich bin heute ein guter Freund – hören Sie wohl – ein sehr guter Freund Antonias; aber vor diesem süperben Greise streiche ich gern und willig die Flagge. Sie werden mich verstehen, mein Bester, wenn ich Ihnen wiederhole, daß Fräulein Antonie heute nur *einen* bessern Freund hat als mich – daß ich mich als ihr Freund behaupten werde und daß Sie bei Ihrem fernern Vorgehen gegen die Signorina dieses wohl im Auge behalten werden; denn ich würde unter Umständen dereinst Rechenschaft über die nächsten Wochen von Ihnen erbitten. Im übrigen empfehle ich mich jetzt. Man hat auf meinen Wunsch im Ministerium des Auswärtigen ausfindig gemacht, daß eine Verstärkung unseres diplomatischen Apparats zu Konstantinopel durch meine bescheidene Persönlichkeit höchst wünschenswert sein werde. Nach den Erfahrungen der letzten Zeit kann mir nur ein längerer Aufenthalt unter einfachern Menschen und in gesunderen sozialen Verhältnissen einigermaßen wieder auf die Beine helfen – ich reise. Addio, mein Teuerer; wir sind unwiderruflich geschlagen und haben uns, jeder in seiner Weise, mit den Siegern abzufinden.«

Der Graf Basilides Conexionsky hatte niemals ein wahreres Wort gesprochen, und der Edle von Haußenbleib hatte noch niemals so scharf mit seinen Gefühlen abzurechnen als in den traurigen Wochen, welche dieser Unterhaltung folgten. –

Sechsunddreißigstes Kapitel

Wir sind am Schluß – wirklich am Schluß. Von neuem fällt der Schatten des norddeutschen Gebirges auf die Leute unserer Geschichte, welche an diesem Schluß das Rollen des schwarzen Wagens noch von ferne hören. Wir befinden uns auf dem Bahnhofe zu Halberstadt, und auf dem Bahnhofe zu Halberstadt wartet ein Wagen aus Krodebeck auf zwei Reisende, die eine telegraphische Depesche vorausschickten, der zufolge sie mit dem nächsten Eisenbahnzuge anlangen werden. Ein weicher Duft liegt über den Bergen und der Ebene; die Welt lacht in Lieblichkeit, obgleich der Herbst nahe und der Winter durchaus nicht fern ist. Wir sind in der zweiten Woche des Septembers; es kommt ein frischer, erquickender Hauch vom Harz herüber, und man ahnt bei jeglichem Atemzug, wie dort oben die Waldwasser jubelnd durch Licht und Dunkel tanzen, über Stock und Stein hüpfen und lustig einstimmen in das Singen der Bergleute und Hirten, in das Geläut der Herdenglocken.

Aber die Wasser kommen selber aus dem Gebirge in die Ebene hinab, um Nachricht zu bringen, wie es in der Heimat zugeht. Da tanzt die Holzemme her, der alten Bischofsstadt die Grüße der blauen Höhen zuzutragen, und nimmt es für gar nichts Erstaunliches, daß ihr die Glocken des Domes, der Liebfrauenkirche und der andern Kirchen antworten, wie da oben die Herdenglocken.

Es ist ein Freitagmorgen, und der Kutscher auf dem Bock der Kutsche vom Lauenhofe zu Krodebeck sagt:

»Sie kommen gerade recht. Es gefällt mir, daß sie grad zum Lohntag heimkommen. Es macht sich nicht immer so, daß man so zur rechten Stunde seinen Willen kriegt. Ja, der Fröschler! Ja, man hat ihn gerade satt, und vorzüglich am Sonnabend, allwo ihm ein jeder Tagelöhner am liebsten mit dem Knüppel zu Leibe stiege; – der Teufel weiß, wie es zugeht.«

Viel Getümmel am Halberstädter Bahnhof! Der Braunschweiger Herzog wird auch mit einem der nächsten Züge erwartet. Er fährt nach seinem Schloß Blankenburg, und von Berlin kommt ein preußischer Prinz zum Aufgang der Jagd auf Besuch, und wenn jedweder offizielle Empfang von den beiden Herren verbeten wurde, so empfängt die Bevölkerung bei derartigen Gelegenheiten immer offiziell und läßt sich ihr Recht nicht nehmen.

In der Stadt ist's desto stiller. Die Fliegen summen dem steinernen Roland am Rathause und dem wie aus Erz gegossenen andern Harnischträger vor seinem Schilderhause an der Hauptwache um die Nase; an den Fenstern der schönen und der häßlichen alten Holzhäuser sitzen die schönen und häßlichen, die klugen und törichten Jungfrauen der Stadt, sowie auch ihre Mütter. Die Kinder spielen vor den Türen; die Kindermädchen nehmen die Huldigungen der weißen Kürassiere entgegen; es geht ein Geist wie der des so kriegsmutigen und doch so guten alten Vaters Gleim durch die Straßen und sonnt sich in der Mittagssonne auf den ruhigen, reinlichen Plätzen. Es ist immer recht still und behaglich in Halberstadt trotz seiner Garnison von grimmen Panzerreitern.

Unter den schattenden Bäumen des Domhofes, wo einst der gute alte Vater Gleim in Person lustwandelte und – es sind eben, auf die Stunde, hundert Jahre – als »Thyrsis« seine Sappho, die Karschin, mit spitzen Fingern spazierenführte, wandelte augenblicklich ein anderer guter Mensch, jedoch ohne Sappho, einher, der Kandidat der Theologie Franz Buschmann aus Krodebeck. Feierlich im Frack und mit einem Trauerflor um den Hut, doch knickbeinig wie immer kam er daher. Er hatte dem Generalsuperintendenten einen Besuch gemacht und wandelte jetzt in Christo nachdenklich zum Bahnhofe, um die gute Gelegenheit zur Heimfahrt zu benutzen, wie er die nämliche gute Gelegenheit, das heißt den Wagen vom Lauenhof, am frühen Morgen auch zur Herfahrt benutzt hatte. Er grüßte höflich und doch vertraulich verschiedene geistliche Herren, die ihm auf seinem Wege begegneten, und er grüßte höflich den Kutscher vom Hofe auf seinem Bocke.

»Ist der Zug noch nicht angezeigt worden, lieber Fritz?«

»Ja, eben, Herr Kandidate, und jetzt haben wir gottlob am längsten gewartet. Na, wird das eine Freude sein! Ich glaube, endlich hat's doch niemandem gepaßt, daß der Herr in der Fremde herumvagabondierte und andere Leute, die ich nicht nenne, das große Maul führten.«

Der Kandidat Buschmann seufzte und ging in die Halle, wo der Zug, welcher den preußischen Prinzen, den Junker Hennig von Lauen und den Ritter von Glaubigern mit sich brachte, soeben in die entgegengesetzte Bogenwölbung hereinächzte und -zischte. Es war ein sehr heftiges Gedränge; aber der Kandidat sah, wie wir wissen, ebenso lang als dürr über die Häupter der übrigen Menschen weg, und – da – da waren sie wirklich – sowohl der preußische Prinz wie auch der Junker und der Chevalier von Glaubigern, und der Kandidat seufzte wiederum, als er sich auf den Zehen hob und sagte:

»Ja, da sind sie! O du lieber Gott, da sind sie wirklich, und der Hennig scheint seine liebe Not mit dem Alten gehabt zu haben. Nun, nun, ich hoffe, solches wird ihn auch für meine traurige Nachricht weich und teilnehmend gestimmt haben.«

Sofort drängte er sich mit einer Rücksichtslosigkeit, die nur durch jene, seine traurige Nachricht entschuldigt werden konnte, durch das Getümmel den beiden Reisenden entgegen, streckte ihnen die Hände dar und rief:

»O mein lieber, lieber, mein teurer Hennig! Mein teurer Freund! O mein lieber Herr von Glaubigern, der Herr segne Sie in der Heimat! In bangen Sorgen und Schmerzen haben wir auf Sie gewartet.«

»Guten Tag, Buschmann!« erwiderte Hennig. »Hilf uns vor allen Dingen durch den Lärm. Wir haben auch unsere Sorgen gehabt und bringen ein gut Teil von unseren Schmerzen heim. So! Da haben wir Luft. Guten Tag, Buschmann, – da sind wir. Wie geht es dir? Wie steht es daheim?«

Der Kandidat wies mit einem scharfen Ruck auf den Trauerflor an seinem Hute:

»Vor allen Dingen ist mein armer guter Vater recht sanft und friedlich eingeschlafen.«

»Oh!« rief Hennig.

»Und er ist im tiefsten, innigsten Glauben an seinen Erlöser hinübergegangen, und er hing mit großer Liebe an dir, Hennig! Selbst in dem letzten, schweren Stündlein hat er noch von dir geredet.«

Nun seufzte auch der Junker von Lauen sehr tief; aber der Kandidat Buschmann fuhr fort:

»Wir sprechen noch davon, Lieber. Du bist so gütig, mir ein Plätzchen in deinem Wagen zu geben, dort hält er; – auf der Fahrt werde ich dir alles, alles sagen. Und nun, vor allen Dingen, Hennig, wie ist es euch ergangen? Was macht unsere gute Antonie? Wir haben lange keine Nachrichten von euch erhalten, und das hat unsere Unruhe nicht vermindert.«

Hennig faßte hastig den Arm seines Freundes und flüsterte:

»Sei still! Sprich nicht von Antonie! Jetzt nicht! Er ist mir unter den Händen zu einem Kinde geworden, und er weint und wimmert wie ein Kind, wenn der Name genannt wird. Laß uns gehen; wir wollen uns nicht aufhalten; hilf mir, ihn in den Wagen zu bringen. Es ist mir lieb, daß ich dich hier treffe, Buschmann; ich bin mit meinen Kräften vollständig zu Ende, und ich werde diese Reise in meinem Leben nicht vergessen.«

»Steht es so schlimm dort unten?« flüsterte der Kandidat.

»Es ist vorüber. Es ist vorbei. Wir haben viel Unglück gehabt und kommen auch von einem Begräbnis; mir aber ist sehr schlecht zumute«, erwiderte Hennig.

»Oh!« rief Franz Buschmann; und dann faßten sie beide den Herrn von Glaubigern unter die Arme und geleiteten ihn, ohne sich weiter nach dem preußischen Prinzen und dem Herzog von Braunschweig umzusehen, zu dem Wagen. Sie hoben den Ritter mühsam hinein, und Hennig rief:

»Das sind die Krodebecker Rappen, Herr von Glaubigern! Das ist wieder der erste gesunde Atemzug! Wir sind zu Hause, Herr Leutnant.«

Der Chevalier sah blöde umher und lächelte und nickte altersschwach:

»Jaja! Recht gut! Aber es waren nicht wir, sondern die brandenburgischen Husaren und die reitenden freiwilligen Jäger, welche die Marinegarden bei Möckern zusammenhieben. Wir Kürassiere hielten vor Klein-Wiederitzsch gegen Ney.«

»So ist er nun«, flüsterte Hennig. »Er hat alles andere bis auf den Namen Antonie vergessen; aber was er in seiner Jugend erlebte, weiß er alles wieder ganz genau, und von der Gardemarine habe ich ihm vor einem Vierteljahre von Wien aus geschrieben. O Franz, es wäre eine wahre, richtige Kuriosität, wenn es nicht so jammervoll wäre.«

Dem Krodebecker Fritz auf dem Kutschbock blieb die wohleingelernte Gratulation zur vergnügten Heimkehr in der Kehle stecken, als sie den Ritter heranführten. Er fuhr wie in einer Betäubung befangen vom Halberstädter Bahnhof ab und blickte häufig, mit aufgesperrtem Munde, über die Schulter nach den Herren im Wagen.

Sie hatten den Chevalier von Glaubigern auf den Rücksitz gesetzt, und da saß er neben dem Junker und stellenweise von diesem unterstützt. Mit dem Kinn auf dem Stockknopf, mit geschlossenen Augen saß er da und schien jegliches Interesse für seine Umgebung verloren zu haben. Auch die für ihn immer bekannter werdende Landschaft machte keinen ermunternden Eindruck auf ihn. Er schlummerte bald ganz ein und schlief vom Mittag bis spät in den Nachmittag; die beiden jungen Leute hatten das Gespräch für sich allein und führten es weiter, ohne ebenfalls viel auf ihren Weg und das zur Linken ihres Weges in immer andern Höhen, Wäldern und Talausmündungen sich hinschiebende Gebirge zu achten.

»Das ist freilich eine trostlose Geschichte«, sprach der Pastorenfranz, melancholisch das Haupt schüttelnd. »So jung, so hübsch und in so – hübschen Umständen! Wir haben davon wie von einem Märchen gesprochen, und es war auch in der Tat märchenhaft, wie sie bei uns ankam und nachher sechsspännig wieder abgeholt wurde! Und nun geht das so aus – ich begreife es noch lange nicht. Nun, der Herr führt uns alle nach seinem heiligen Willen; aber wer hätte das gedacht, als wir als Kinder so gute Freundschaft miteinander hielten?! Ich hatte sie sehr gern, obgleich ich sagen möchte, daß – daß sie – nun, wir wollen das übrige dem überlassen, der allein auf die rechte Weise in der Tiefe des Menschenherzens zu lesen versteht; aber – du verstehst mich schon, lieber Hennig – sie hatte auch ihre boshaften Launen, und dann gehörte viel christliche Geduld dazu, um es in ihrer Gesellschaft aushalten zu können. Doch – sie wußte euch sämtlich auf dem Lauenhofe recht gut zu nehmen; man hatte öfters Grund, sich darüber zu verwundern.«

Der Junker von Lauen setzte unwillkürlich einen Eckzahn auf die Unterlippe und sah den Kandidaten ziemlich sonderbar an:

»Es wird für jetzt und alle Zeiten besser sein, wir reden in dieser Weise nicht von ihr, Buschmann!« sagte er, und Blick und Ton bewogen den guten Franz wirklich, sofort in einer andern Weise von der armen Tonie Häußler zu reden, nämlich nur Gutes.

Nach einer Weile sagte Hennig, nachdem er den zungenfertigen Freund hatte reden lassen, ohne auf ihn zu achten:

»Es ist mir merkwürdig zu Sinne. Ich kenne hier jeden Baum an der Straße; ich kenne dort jeden Berggipfel, ich bin diesen Weg wohl hundertmal gefahren, geritten und gelaufen, und nun erscheint mir alles wie ausgewechselt. Es ist die ganze Welt eine andere geworden; ich habe mehr erlebt, als ich ausdenken kann. Ich bin auch ein anderer geworden, Buschmann.«

Darin irrte er sich. Seine Umgebung mochte ihm heute wohl in einer andern Gestalt und Färbung erscheinen, allein er selbst war noch ganz derselbe, der er vor Jahren gewesen war. Das Phänomen wiederholt sich häufig, wie viele Leute, die auch dann und wann meinten, sich vollständig geändert zu haben, aus ihrer eigenen Erfahrung bestätigen können.

Der Pastorenfranz sprach nun ein langes und breites von dem Tode seines Herrn Vaters und suchte nicht ohne Absicht einen tiefern Eindruck durch seinen rührenden Bericht hervorzubringen, infolgedessen er leider geraume Zeit hindurch nicht merkte, daß er diesen Eindruck keineswegs hervorbringe. Als er endlich erkannte, daß ihm der Jugendfreund nicht mit der wünschenswerten Aufmerksamkeit folge, seufzte er tiefer denn je, brach aber sofort ab und trocknete auf der Stelle für jetzt seine Tränen.

Sie näherten sich, da es Abend wurde, allmählich der Heimat. Als die kühlen Schatten des Tannenwaldes von Krodebeck auf ihre Häupter fielen, erwachte der Ritter von Glaubigern, rieb sich die Augen, sah sich um und blickte erstaunt auf den Pastorenfranz, als sei es ihm unmöglich, an die Möglichkeit seines Vorhandenseins da auf dem Wagensitze vor ihm zu glauben.

»Es ist der Franz – der Franz Buschmann«, rief Hennig. »Wir haben den alten Jungen in Halberstadt auf dem Bahnhofe getroffen, Herr von Glaubigern, und ihn mitgenommen. Dies ist das Kuckelrucksholz, in einer Viertelstunde sind wir nun wirklich zu Hause!«

Der Chevalier richtete sich empor von seinem Sitze; hätte ihn der Junker von Lauen nicht schnell umfaßt und gehalten, so würde er im nächsten Augenblicke unter den Hinterrädern des Wagens gelegen haben. Er wehrte sich aber heftig, wenn auch unbewußt, gegen die haltenden Arme seines Zöglings und schrie mit gellender, angstvoller Stimme:

»Wo ist *sie?* Sie! sie! Sie saß neben mir! Ich habe ihre Hand gehalten! Da mit dieser Hand! Wo ist sie geblieben? Wir brachten sie mit uns zurück – sie hat neben mir gesessen – halt die Pferde an, es ist ein großes Unglück geschehen. Horch, horch, sie ruft aus der Ferne!...Antonie, hier, Antonie!«

»Sie ist da – sie kommt uns nach«, murmelte Hennig in peinlicher Verlegenheit über die Art und Weise, in welcher er den alten Mann beruhigen sollte.

»Es ist nicht wahr! Es ist eine Lüge. Alle lügen, jeder lügt! Sie ist tot, und wir haben sie begraben, ich bitte um Entschuldigung«, sagte der Ritter von Glaubigern weinerlich und fiel in seine Ecke zurück. »Wann haben wir sie begraben, Herr von Lauen? Sie waren ja dabei. O es war sehr schön, Herr Buschmann, – es ist recht schade, daß Ihr Herr Vater nicht zugegen sein konnte; aber es ist lange her, sehr lange, und ich hätte doch auch nicht gern gesehen, wenn Ihr Herr Vater zugegen gewesen wäre, es waren schon zu viele unbekannte Leute da. Ja, Herr Buschmann, der Hennig ist ein guter Junge, allein in der Fremde ist wenig mit ihm auszurichten. Nun, seine Mutter wird sich recht freuen, daß ich ihn gesund und vergnügt zurückbringe. Ich hatte es ihr versprochen, und ich habe immer mein Wort gehalten; nur meiner Tonie, der armen Tonie nicht. Die habe ich in der Fremde zurückgelassen und hatte doch versprochen, bei ihr zu bleiben oder mit ihr zu gehen. Aber ich werde ihr nachkommen, ich werde ihr ganz gewißlich nachkommen – ich bin so sehr alt, und sie war so sehr jung, da ist es kein Wunder, daß sie auf ihren kleinen leichten Füßen solchen Vorsprung mir abgewann.«

»Das ist ja Wahnsinn! Ist er jetzt immer so?« fragte der Kandidat leise.

»Nein – sei nur still«, erwiderte Hennig ebenso leise. »Er ist nur wirklich recht alt, und das große Elend hat ihn mit einem Male kindisch gemacht. Warte nur, ich werde ihn auf seine Jugendzeit bringen, darin ist er einzig und allein jetzt vollständig zu Hause.«

»Und ich habe sie ihm doch wieder abgeholt; er hat sie nicht behalten können!« rief der Greis plötzlich mit einem wilden triumphierenden Blick; aber dann schloß er sogleich von neuem die Augen und saß fürderhin stumm und zusammengesunken. Der Wagen fuhr an dem Siechenhause von Krodebeck vorüber; es war nicht mehr nötig, daß der Junker von Lauen den Ritter von Glaubigern auf seine Jugendzeit zu bringen suchte.

Hennig sah nach der elenden Hütte hinüber, und wenn ihm je in seinem Leben die Welt in einem andern Lichte als gewöhnlich erschienen war, so war das in diesem Augenblicke. Einen Augenblick lang erfaßte er wirklich die große Tragikomödie der Welt, insoweit er und die Seinigen darin mitgespielt hatten und noch mitspielten, im tiefsten; und in diesem Augenblicke erhob er sanft und in schmerzlicher Zärtlichkeit das müde, schlaftrunkene Greisenhaupt an seiner Seite im Arme und gab ihm eine bequemere Lage an seiner Brust. Aber das ging schnell vorüber, denn dort ragten die Bäume des Lauenhofes, dort grüßte ein bekannter Bauer, dort erhob sich die Gartenterrasse mit dem morschen Sommerhause – die letzte Wendung des Weges, und dort ragten die alten braunen Giebel, die Schieferdächer und Schornsteine seines alten, wackern Vaterhauses empor! Er hörte das Gebell seiner Hunde, und ein freudiges Grinsen verbreitete sich über sein Gesicht, und seine Seele füllte sich mit den gewohnten Bildern. Er dachte an den Freund Fröschler, und er dachte an seine Gäule, an die Wintersaat, an die neuen friesischen Kühe, die sich jetzt allgemach eingewöhnt haben mußten.

Der Kutscher Fritz klatschte lustig mit der Peitsche; der Wagen fuhr in das Hoftor – und Hennig von Lauen war in der Tat wieder zu Hause. Es fehlte wenig, daß er fast einen lauten Jubelruf hätte hören lassen – er seufzte vor Behagen!

Von allen Seiten drängten sich die Leute heran, ihn zu begrüßen. Fröschler kam im Laufschritt über den Hof und reichte dem heimkehrenden jungen Patron zuerst die Hand in den Wagen. Die Knechte und Mägde standen schüchtern in einiger Entfernung und ließen plötzlich das Jubelgeschrei hören, in welches der Junker von Lauen – so gern eingestimmt hätte. Sie schrieen laut genug, und ihr Vivat drang zu den Ohren von zwei alten Frauenzimmern, die soeben von der Vortreppe des Hauses herabhumpelten, einen Augenblick verwundert stehenblieben und sodann ebenfalls so eilig als möglich herbeikamen.

Da niemand auf sie achtete, so machte ihnen auch niemand Platz; aber die eine der beiden Alten verstand es, sich selber den Weg frei zu machen.

»Laßt mich hinzu!« rief sie. »Glück auf, Herr von Lauen! Herr Ritter – o Herr Ritter, wo ist das Kind?«

Nun war der Chevalier von Glaubigern durch den Lärm der Hintersassen des Lauenhofes auch von neuem aus seinem Schlummer erweckt worden und sah dicht vor sich am Wagenschlag das verwitterte und im Staunen und Schrecken verzogene Gesicht Jane Warwolfs und neben der Jane die trümmerhafte Gestalt der einst so großen und hohen Freundin, Fräulein Adelaide Klotilde Paula von Saint-Trouin. Schon aber hatte die Warwölfin mit den spitzen Ellenbogen den Junker zur Rechten und den Kandidaten der Theologie Franz Buschmann zur Linken auf die Seite geschoben. Sie umfaßte den Greis und hob ihn wie ein Kind aus dem Wagen. Er stand taumelnd und schwankend auf dem Boden des Lauenhofes und nahm den Hut ab und verbeugte sich und grüßte blöde und meinungslos lächelnd im Kreise.

»O du mein Gott im Himmel, Herr von Glaubigern, was bringen Sie uns heim?« rief Jane, ihn immer noch unterstützend. »O Jesus Christus, was haben Sie uns mitgebracht, Herr von Glaubigern? Nichts weiter als solch ein Gesicht? O Himmel, was hat man aus Ihnen gemacht!«

Da ging unter den scharfen Augen Jane Warwolfs noch einmal und zum letzten Male ein Zug schärfsten Verständnisses über dieses Gesicht des kindisch gewordenen Ritters Karl Eustach von Glaubigern; er legte den Finger auf den Mund und sah hastig nach beiden Seiten hin über die Schultern. Dann faßte er die Hand der Greisin und flüsterte:

»Sei still! Ich kam zur rechten Zeit. Sie ist glücklich! Glaube niemandem, der dir sagen will, daß sie im Elend gestorben sei. Wie hieß der Mann, der sie uns nahm und wegführte und meinte, er habe ein Recht auf sie, und sie gehöre ihm an?! Ich habe den Namen vergessen, aber das ist einerlei, es war da eine ganze Welt, die denselben Namen führte und dasselbe von unserem Kinde behauptete. Es war eine Lüge – und jetzt ist alles gut und in Ordnung: wir bleiben beieinander; aber es ist ein Geheimnis. Achte nicht auf den Hennig und diese andern um uns her, sie wissen nichts, denn sie sind nur so lange glücklich, als die Sonne scheint und es ihnen wohlgeht! Auch das ist gut. Jetzt geh fort, ich muß mit dem Fräulein sprechen, sie nimmt es schon übel, daß ich so lange mit dir rede.«

Und der Chevalier bot dem Fräulein von Saint-Trouin den Arm und führte es mit der altgewohnten Höflichkeit und Zierlichkeit dem Hause zu, und sie erreichten das Haus als zwei alte, alte Kinder, für die das Erdenleben kaum noch einen klaren Sinn hatte.

Jane Warwolf sah ihnen finster und mit zitternden Lippen nach. Dann wendete sie sich an den Junker:

»Ist das so wahr, wie ich es mit meinem schlechten Verstande begriffen habe, Herr von Lauen?«

Hennig nickte traurig:

»Wir kommen von ihrem Begräbnis, Jane. Was ich durchgemacht habe, das hat noch kein anderer Mensch erlebt. Jetzt laß mich in Ruhe, es dreht sich alles um mich. Du wirst alles erfahren, ich gebe dir mein Wort darauf.«

»Das wäre denn freilich das Ende, wie ich es vom Anfang an gesehen habe!« sagte Jane, wendete sich ab und ging still fort nach dem Siechenhause von Krodebeck.

Sie umschritt die Hütte und trat durch die Hecke auf den Kirchhof des Dorfes und setzte sich kopfschüttelnd auf das Grab Hanne Allmanns und murmelte:

»Glück auf – Glück herunter – ja freilich, darauf läuft's hinaus, daß wir zuletzt doch alle beieinanderbleiben; aber wer am wenigsten darüber nachdenkt, der hat's vielleicht doch am besten. Nun bin ich auf meine alten Tage aus einer Landläuferin eine Kinderfrau geworden; aber – lache, lache nicht, Hanne! Es ist gewiß und wahrhaftig nicht zum Lachen, Hanne Allmann. Den Ritter muß ich abwarten, von dem gnädigen Frölen gar nicht zu reden. Den Ritter! Den Herrn Ritter, Hanne Allmann!«

Und die Greisin bedeckte die Augen mit den Händen und weinte selber bitterlich; wir aber, wir haben uns bereits im Anfang dagegen verwahrt, daß wir imstande seien, aus dem Buche vom Schüdderump eine besonders lustige Geschichte zu machen. –

Im Dorfe von Tür zu Tür, von Gevatterin zu Gevatterin, von der Schmiede bis in die Schenke ging ein Geflüster: die beiden Herren vom Hofe seien heimgekehrt aus der großen Stadt da unten in Osterreich und hätten kuriose und üble Nachrichten mitgebracht von dem Kinde der schönen Marie. Es nutzt uns aber nicht, von den verschiedenen Gestalten und Färbungen zu reden, welche diese Nachrichten in den verschiedenen Köpfen und Mäulern annahmen. Es genügt uns, noch einmal die Ansicht eines einzigen Mannes zu vernehmen, auf dessen Denken und Fühlen wir im stillen immer ein hohes Gewicht legten, selbst dann und da, wo wir es gerade nicht hervorhoben oder hervorheben konnten. Uns genügt hier vollständig die Moral oder die Quintessenz der Moral, welche der teure Kandidat der Gottesgelahrtheit, Franz Buschmann, der nicht nur die beste Anwartschaft auf die Krodebecker Pfarre hatte, sondern auch wirklich die innigsten Gefühle eines bedeutenden Teiles der menschlichen Gesellschaft repräsentierte, aus dem betrüblichen Fall abzog. Nach außen hin neigte er nur das Haupt, seufzte schwer und sprach ganz im allgemeinen von der Nichtigkeit des Lebens, von dem einen, was allein not tue und ohne welches freilich alle irdische Herrlichkeit und Schönheit, alle Klugheit und geistige Pracht zu Schlingen des ewigen Verderbens würden. Im Innern aber tanzten folgende Betrachtungen eines gewiß nicht irdisch-dummen Menschen den seltsamsten Tanz:

»Das war ein reizendes Mädchen – jammerschade drum! Ich hatte das liebe Kind ungemein gern und habe stets mein möglichstes getan, um in einem angenehmen Verhältnisse mit ihr zu bleiben. Welch ein Schicksal, und welch ein Charakter! Und – welche Moral, o Gott, welche Moral! Ein eigentümliches Kind, so ganz unweiblich und doch allerliebst-scharmant; sie hat mich häufig in Verlegenheit gesetzt und noch häufiger recht geärgert. Also ist sie tot! wirklich tot! Laßt mich sehen – sie kann kaum zwanzig Jahre alt geworden sein. Ach, ich hätte sie wohl sehen mögen in ihrem Glanze in Wien. Apage, apage! – welche unnützen Vorstellungen! Und doch wird man das nicht los, man hat sie zu gut gekannt. Wie wäre das geworden, wenn sich mein Herr Vater ihrer Erziehung angenommen hätte – wie glücklich hätte dann ihr Leben sein können – und sie würde heute leben und glücklich sein. Es ist gar nicht auszudrücken, in was für eine glänzende Ferne man da hinaussieht. Apage! Als der brave Papa, der Großpapa, der Edle Häußler von Haußenbleib kam, war's freilich bereits zu spät. Jaja, wir werden eben unerforschliche Wege geführt, und es ist nur ein Trost, daß der Herr den Seinen die besten anweiset. Sela.«

Daß der Herr die Seinigen die besten Wege zu führen weiß, ist wohl auch durch dieses Buch wieder einmal gezeigt worden, und wir könnten nunmehr still unsere Feder weglegen, unser Manuskript schließen und es den Leuten überlassen, wie sie sich mit dem Buche vom Schüdderump abfinden mögen.

Der Edle Dietrich Häußler von Haußenbleib hat augenblicklich in Fiume vielen Verdruß und führt eine verwickelte Korrespondenz mit der Admiralität zu Triest. Aber er baut an der zweiten Million und verspürt keine Lust mehr, mit dem Grafen Basilides Conexionsky zu teilen. Der Junker von Lauen möchte gern seine Zigarre in Frieden rauchen und seinen melancholischen Gedanken in Ruhe nachhängen; allein er kommt selten dazu, sein Freund Fröschler und ein Dutzend gute Nachbarn und die Eichsfelder dulden es nicht.

Wenn die Witterung es erlaubt, schleichen drei alte, kümmerliche Gestalten nach dem Siechenhause, das wieder leer steht, und Jane Warwolf trägt den Schlüssel und öffnet so schnell als möglich; denn der Ritter von Glaubigern wird sehr böse jetzt, wenn er nicht sogleich seinen Willen bekommt. Die drei sitzen in einer Reihe auf der Bank und betrachten die kahlen Wände. Wenn jedoch plötzlich ein Schein über die morsche Wand hinliefe und eine lichte Gestalt leise winkend und freundlich lächelnd vorbeiginge und den Finger auf den Mund legte, so würden sie sich kaum darüber wundern.

Wir sind am Schlusse – und es war ein langer und mühseliger Weg von der Hungerpfarre zu Grunzenow an der Ostsee über Abu Telfan im Tumurkielande und im Schatten des Mondgebirges bis in dieses Siechenhaus zu Krodebeck am Fuße des alten germanischen Zauberberges!